CORAÇÃO EM CHAMAS

NORA ROBERTS

CORAÇÃO EM CHAMAS

Tradução
Marta Fagundes

1ª edição

BERTRAND BRASIL
Rio de Janeiro | 2025

CIP-BRASIL. CATALOGAÇÃO NA PUBLICAÇÃO
SINDICATO NACIONAL DOS EDITORES DE LIVROS, RJ

R549c Roberts, Nora, 1950-
Coração em chamas / Nora Roberts ; tradução Marta Fagundes. - 1. ed. - Rio de Janeiro : Bertrand Brasil, 2026.

Tradução de: Chasing fire
ISBN 978-65-5838-444-1

1. Romance americano. I. Fagundes, Marta. II. Título.

25-100371.0 CDD: 813
CDU 82-31(73)

Gabriela Faray Ferreira Lopes - Bibliotecária - CRB-7/6643

Texto revisado segundo o Acordo Ortográfico da Língua Portuguesa de 1990.

Seja um leitor preferencial.
Cadastre-se no site www.record.com.br
e receba informações sobre nossos
lançamentos e nossas promoções.

Atendimento e venda direta ao leitor:
sac@record.com.br

EDITORA AFILIADA

Para Bruce
Por me entender e me amar de qualquer maneira

ATAQUE INICIAL

Que se extingue e mal começa a acender.

William Shakespeare

1

⌘ ⌘ ⌘

SOB O vento que circulava acima das Bitterroots, o pequeno aeroplano lutava para encontrar sua corrente, uma nova rota. O fogo devastando a terra abaixo erguia seus punhos através de torres de fumaça, como se tentasse acertar um nocaute.

Do assento, Rowan Tripp inclinou-se para contemplar o grande espetáculo de uma Mãe Natureza furiosa. Em minutos, ela estaria ali dentro, mergulhada naquele mundo avassalador de calor escaldante, chamas vorazes e fumaça sufocante. Travaria uma guerra com pá e serra, coragem e astúcia. Uma guerra que ela não pretendia perder.

O revirar do seu estômago acompanhava o balanço do avião, uma sensação que já havia aprendido a ignorar. Ela voava desde sempre e tinha combatido incêndios florestais em todas as temporadas desde que completara dezoito anos. Nos últimos quatro desses oito anos, saltava direto no meio do fogo.

Ela havia estudado, treinado, sangrado e se queimado — superando a dor e o cansaço para se tornar uma Zulie. Uma paraquedista de combate a incêndios de Missoula.

Esticou as longas pernas o máximo que pôde por um instante e girou os ombros sob as alças da mochila para mantê-los mais relaxados.

Ao lado, seu parceiro de salto observava seus movimentos, os dedos nervosos tamborilando nas coxas.

— Ela parece brava.

— A gente é pior.

Ele lhe lançou um sorriso rápido, cheio de dentes.

— Pode apostar.

Nervosismo. Ela quase podia sentir a emoção percorrendo-o.

Estava bem perto do fim da primeira temporada, Rowan pensou, e Jim Brayner precisava se animar um pouco antes de saltar. Alguns eram assim, ela já sabia, enquanto outros tiravam cochilos estratégicos, poupando energia para quando o corpo cobrasse.

Ela seria a primeira a saltar nesta leva, e Jim iria logo atrás. Se ele precisasse de um pouco de ânimo, ela daria.

— A gente é que vai dar um pau nessa besta selvagem. É o primeiro incêndio de verdade que enfrentamos em uma semana. — Deu uma cotovelada leve nele. — Não era você que vivia dizendo que a temporada já tinha acabado?

Ele tamborilou aqueles dedos nervosos num ritmo só dele.

— Que nada, foi o Matt — rebateu ele, o sorriso ainda largo ao jogar a culpa no irmão.

— Isso que dá ter dois caipiras do Nebraska na equipe. Você não tem um encontro amanhã à noite? Vai pegar fogo?

— Meus encontros sempre pegam fogo.

Ela não podia argumentar, pois já vira Jim fisgar mulheres como quem pesca trutas sempre que tinham uma noite de folga na cidade. Ele até tentou dar em cima dela, ela se lembrou, cerca de dois segundos depois de chegar à base. Mas levou numa boa o fora que tomou. Ela adotava uma política firme de não se envolver com ninguém da unidade.

Se não fosse por isso, ela poderia ter ficado tentada. Ele tinha aquele rosto aberto, quase inocente, compensado pelo sorriso fácil e um brilho nos olhos. *Serve bem para uma boa diversão*, ela pensou, para uma despreocupada estourada da rolha da garrafa da luxúria. Mas para algo sério — mesmo que ela estivesse procurando algo sério — ele não daria conta. Embora tivessem a mesma idade, ele ainda era muito novo, recém-saído da roça — e talvez um pouco meigo demais sob aquela fina camada de inexperiência que ainda não havia sido queimada.

— Qual garota vai dormir triste e solitária se você ainda estiver dançando com o dragão? — perguntou ela.

— Lucille.

— Aquela baixinha, da risadinha.

Os dedos dele tamborilavam, tamborilavam, tamborilavam no joelho.

— Ela faz mais do que rir.

— Você é um cachorro, Romeu.

Ele jogou a cabeça para trás e soltou uma série de latidos curtos que a fizeram rir.

— Só toma cuidado pra Dolly não descobrir que você anda uivando por aí — comentou ela. Rowan sabia, assim como todos ali, que ele estava ficando com uma das cozinheiras da base durante toda a temporada.

— Deixa a Dolly comigo. — O tamborilar acelerou. — Consigo lidar com ela.

Certo, Rowan pensou, tinha algo meio estranho ali, e era por isso que pessoas inteligentes não transavam nem ficavam com colegas de trabalho.

Ela deu um leve empurrão nele, preocupada com aqueles dedos inquietos.

— Tá tudo bem com você, menino da fazenda?

Seus olhos azul-claros cruzaram com os dela por um instante, depois se desviaram, enquanto os joelhos quicavam sob os dedos que não paravam.

— Problema nenhum aqui. Vai ser tranquilo como sempre. Só preciso descer lá.

Ela pousou a mão sobre a dele para fazê-lo parar.

— Você precisa manter a cabeça no lugar, Jim.

— Tá no lugar. Tá sim. Olha pra ela lá embaixo, balançando a cauda — disse ele. — Quando nós, os Zulies, descermos lá, ela vai perder essa pose toda. Vamos dar cabo dela, e amanhã à noite vou passar um tempo com a Lucille.

Pouco provável, pensou Rowan. Do alto, o incêndio indicava dois dias inteiros de trabalho árduo e exaustivo.

E isso se tudo corresse bem.

Rowan alcançou seu capacete e fez um sinal com a cabeça para o *spotter* — o observador de salto.

— Quase a postos. Fique tranquilo, menino da fazenda.

— Tô tranquilaço.

O Cards — assim apelidado porque carregava um baralho de cartas para todo lugar — passou por entre os dez paraquedistas e os equipamentos até a traseira do avião, prendendo a ponta do arnês ao cabo de contenção.

Assim que gritou para que protegessem seus paraquedas-reserva, Rowan enganchou o dela. Cards, um veterano musculoso e robusto, abriu a porta para uma rajada de vento impregnado de fumaça e combustível. Enquanto ele pegava o primeiro conjunto de fitas sinalizadoras, Rowan colocou o capacete sobre seu cabelo loiro curto, prendeu e ajustou a máscara.

Ela observou as fitas fazendo sua dança colorida contra o céu manchado de fumaça. As longas tiras rodopiavam na turbulência, espiralavam rumo ao sudoeste, pareciam rolar, subir, depois pegaram outra corrente antes de sumirem entre as árvores.

— Direita! — gritou Cards, através de seu comunicador, e o piloto virou o avião.

O segundo conjunto de fitas foi lançado, girando como um brinquedo de corda. As tiras se enrolaram juntas, se separaram, e caíram sobre uma clareira cercada por árvores, no local de aterrissagem.

— A trajetória do vento tá passando pelo riacho, descendo pras árvores e cruzando o ponto de pouso — disse Rowan a Jim.

Acima dela, o *spotter* e o piloto ajustavam a rota mais uma vez, e outro conjunto de fitas foi lançado na corrente de ar.

— Tá bem intenso.

— Sim. Eu vi. — Jim passou o dorso da mão sobre a boca antes de colocar o capacete e a máscara.

— Leva pra três mil! — gritou Cards.

Altitude de salto. Como primeira da leva, Rowan se levantou para assumir posição.

— Cerca de trezentos metros de desvio! — gritou ela para Jim, repetindo o que ouvira Cards dizer ao piloto. — Mas tá puxado. Não deixa o vento te levar.

— Não é o meu primeiro rodeio.

Ela viu o sorriso dele por trás das barras da máscara — confiante, até ansioso. Mas havia algo em seus olhos, ela pensou. Só por um instante. Estava prestes a falar algo, mas Cards, já em posição à direita da porta, gritou:

— Estão prontos?

— Estamos prontos — respondeu ela.

— Prendam o cinto.

Rowan enganchou o cabo de abertura automática do paraquedas.

— Pra porta!

Ela se sentou, com as pernas para fora naquela corrente de ar violenta, o corpo inclinado para trás. Tudo rugia. Abaixo de suas pernas estendidas, o fogo se alastrava em vermelho e dourado vibrante.

Não existia mais nada além daquele momento, nada além do vento e do fogo e da mistura de euforia e medo que sempre, sempre a surpreendia.

— Você viu as fitas?

— Sim.

— Viu o local?

Ela assentiu, trazendo as duas imagens à mente, seguindo aquelas tiras coloridas até o alvo.

Cards repetiu o que ela mesma havia dito a Jim, quase palavra por palavra. Ela apenas assentiu de novo, olhos no horizonte, respirando fundo, visualizando o voo, a queda, a navegação no céu até o coração do local de aterrissagem.

Fez a checagem dos quatro pontos de segurança enquanto o avião completava a volta e nivelava.

Cards estava com a cabeça do lado de fora, mas voltou antes de dizer:

— Preparar!

Pronta e firme, ouviu a voz do pai em sua mente. Ela agarrou os dois lados da porta e encheu os pulmões.

E, quando a mão do *spotter* tocou seu ombro, ela se lançou no céu.

Nada que ela conhecia superava aquele instante de insanidade: se atirar no vazio. Ela contava os segundos na mente, uma tarefa tão automática quanto respirar, e girou o corpo naquele céu carregado para ver o avião passar. Avistou Jim, disparando atrás dela.

Girou o corpo de novo, lutando contra o arrasto do vento até alinhar os pés para baixo. Com um puxão e um solavanco, o paraquedas se abriu. Ela procurou por Jim, sentindo um pequeno alívio quando viu o paraquedas dele inflar contra o céu vazio. Naquela bolha de silêncio assombroso, além do rugido do avião sobrepondo-se ao barulho das chamas, ela agarrou os controles de direção.

O vento tentava arrastá-la para o norte, e insistia bastante nisso. Mas Rowan era igualmente teimosa, decidida em manter o curso que havia traçado em sua mente. Ela observava o solo enquanto manobrava contra a corrente travessa que puxava o paraquedas, tentando empurrá-la para a corrente de cauda.

A mesma turbulência que atingiu as fitas a golpeou com rajadas irregulares enquanto o calor subia do solo em chamas. Se o vento vencesse, ela passaria direto do local de pouso, voaria para o meio das árvores, correndo o risco de ficar presa. Ou pior, poderia ser empurrada para oeste, direto para as chamas.

Ela puxou o controle com força, olhou a tempo de ver Jim ser pego pelo vento e começar a girar.

— Puxa pra direita! Pra direita!

— Deixa comigo! Já entendi!

Mas, para seu horror, ele puxou para a esquerda.

— Pra direita, droga!

Ela teve que virar para sua descida final, e o prazer de uma entrada quase perfeita na rota de pouso foi sufocado pelo pânico. Jim voava para oeste, sendo arrastado impotente por um paraquedas horizontal.

Rowan atingiu o solo, rolou. Ela se levantou, soltou o paraquedas. E ouviu enquanto se levantava ali, bem no centro das chamas.

Ela ouviu o grito do seu parceiro de salto.

O GRITO AINDA a acompanhava quando ela se sentou de supetão na cama, ecoando em sua cabeça à medida que se encolhia no escuro.

Pare, pare, pare!, ordenou a si mesma. E deixou a cabeça cair sobre os joelhos dobrados até conseguir recuperar o fôlego.

Não havia motivo para isso, pensou. Não havia motivo para reviver tudo, repassar cada detalhe, cada instante, ou se perguntar, mais uma vez, se poderia ter feito alguma coisa diferente.

Perguntar-se por que Jim não havia seguido seu salto até o local de pouso. Por que ele puxou o cabo errado. Por que, *droga*, ele puxou o cabo errado.

E voou direto para as copas e os galhos letais daquelas árvores em chamas.

Já faz meses, ela se lembrou. Tivera o longo inverno para processar tudo. E achou que tinha conseguido.

Estar de volta à base desencadeou tudo de novo, ela admitiu, e esfregou o rosto com as mãos, passando-as também pelo cabelo que havia cortado há poucos dias em um prático estilo Joãozinho.

A temporada de incêndios estava prestes a começar. O treinamento de reciclagem seria em poucas horas. Lembranças, arrependimentos, tristezas — era natural que voltassem a atormentá-la. Mas ela precisava dormir mais uma hora antes de se levantar e se preparar para a corrida extenuante de cinco quilômetros.

Ela era muito boa em se obrigar a dormir, em qualquer lugar, a qualquer hora. Era boa em cochilar em uma zona segura durante um incêndio, ou em um avião de salto trepidante. Aprendera a comer e dormir sempre que a necessidade e a oportunidade apareciam.

Mas quando fechou os olhos de novo, ela se viu de volta no avião, se virando na direção do sorriso de Jim.

Ciente de que precisava tirar aquilo da cabeça, ela se levantou da cama. Ia tomar um banho, mandar um pouco de cafeína para dentro, comer uns carboidratos, e então faria um treino leve para se aquecer antes da avaliação física.

Continuava a confundir seus colegas paraquedistas por nunca beber café, a menos que fosse a única opção. Ela preferia bebidas geladas e doces. Já vestida, Rowan pegou uma das suas Coca-Colas guardadas, apanhou uma barra de proteínas e foi para o lado de fora, onde o céu ainda nem dava sinais de amanhecer e o ar permanecia frio naquele início de primavera no oeste de Montana.

No vasto céu, as estrelas iam se apagando, como velas sendo sopradas. Ela se deixou envolver pela escuridão e pelo silêncio, encontrando algum conforto nisso. Em uma hora, mais ou menos, a base despertaria, e a testosterona inundaria o ar.

Como geralmente preferia a companhia de homens para conversar, pelo companheirismo, ela não se importava em ser minoria. Mas prezava seu tempo de silêncio, aqueles pequenos momentos de solidão que se tornavam raros e preciosos durante a temporada. *A segunda melhor coisa depois de dormir antes de um dia cheio de pressão e estresse*, ela pensou.

Podia repetir para si mesma que não havia motivo para se preocupar com a corrida, lembrar que tinha sido cuidadosa com seu treinamento físico durante todo o inverno, que estava na melhor forma de sua vida — e que isso não significava nada.

Qualquer coisa podia acontecer. Um tornozelo torcido, uma distração boba, uma cãibra repentina. Ou ela podia simplesmente estar em um dia ruim. Já aconteceu com outros. Alguns se recuperavam, outros, não.

E uma atitude negativa não ajudaria. Mandou ver na barrinha de proteína, entupiu seu corpo de cafeína e observou o dia começando a dar as caras com os primeiros raios brilhantes sobre os picos ocidentais robustos e ainda cobertos de neve.

Quando entrou na academia minutos depois, notou que seu tempo de silêncio havia acabado.

— E aí, Trigger. — Ela acenou com a cabeça para o homem que fazia abdominais em um tapete. — Conte-me tudo.

— O que eu sei é que somos todos loucos. Que diabos eu tô fazendo aqui, Ro? Tenho quarenta e três anos, porra.

Ela desenrolou um tapete e começou a se alongar.

— Se você não fosse louco, e nem estivesse aqui, ainda teria quarenta e três anos, porra.

Com um metro e noventa e cinco, beirando o limite máximo de altura permitido, Trigger Gulch era um sujeito magro e competente com um sotaque do oeste do Texas e uma afeição por botas de caubói.

Ofegante, ele disse entre uma série rápida de abdominais curtos:

— Eu podia estar deitado numa praia em Waikiki.

— Você podia estar vendendo imóveis em Amarillo.

— Podia mesmo. — Ele enxugou o rosto com a toalha e apontou para ela. — Das nove às cinco pelos próximos quinze anos, e depois me aposentava naquela praia em Waikiki.

— Ouvi dizer que Waikiki vive lotada.

— Pois é, esse é o maldito problema. — Ele se sentou. Era um cara bonito, com fios grisalhos salpicando o cabelo castanho e uma cicatriz serpenteando pelo joelho esquerdo, herança de uma cirurgia no menisco. Sorriu enquanto ela se deitava de costas, puxando a perna direita até perto do nariz. — Você tá em forma, Ro. Como foi a temporada de hibernação?

— Corrida. — Ela repetiu o alongamento com a perna esquerda. — Estava ansiosa pra voltar e descansar um pouco.

Ele riu.

— E seu pai, como tá?

— Forte como um touro. — Rowan se sentou, depois curvou o corpo longo e curvilíneo para a frente. — Ele fica um pouco nostálgico nessa época do ano. — Ela fechou os olhos azul-claros e puxou os pés flexionados em direção à cabeça. — Sente falta do agito no início das atividades, de todo mundo voltando, mas o negócio não dá tempo pra ele ficar se lamentando.

— Até pessoas diferentes da gente gostam de saltar de avião.

— E pagam muito bem por isso. Peguei um grupo bacana na semana passada. — Ela abriu as pernas em um 'V' amplo, agarrou os dedos dos pés e se inclinou para a frente de novo. — Um casal comemorou cinquenta anos de casados com um salto. Me deram uma garrafa de champanhe francês de gorjeta.

Trigger permaneceu onde estava, observando enquanto ela se erguia para começar a primeira saudação ao sol.

— Você ainda tá dando aula daquela coisa hippie?

Rowan executou com fluidez a mudança entre as posturas do cão olhando para baixo e para cima, então lançou um olhar piedoso a Trigger.

— É ioga, velhaco, e, sim, ainda tô fazendo alguns trabalhos como personal trainer fora da temporada. Ajuda a manter minha bunda magra. E você?

— Eu deixo acumular. Aí tenho mais gordura pra queimar quando o bicho pega.

— Se essa temporada for tão lenta quanto a última, vamos todos ficar sentados em traseiros gordos. Você viu o Cards? Parece que ele não recusou repetir nenhum prato nesse inverno.

— Tá de mulher nova.

— Não me diga. — Mais alongada, ela acelera o ritmo, emendando flexões.

— Ele conheceu a moça na seção de congelados do supermercado em outubro, e se mudou pra casa dela no Ano-Novo. Ela tem dois filhos. É professora.

— Professora, com filhos? O Cards? — Rowan balançou a cabeça. — Deve ser amor.

— Deve ser alguma coisa. Ele disse que ela e as crianças talvez venham no fim de julho, passar o restante do verão.

— Parece sério. — Ela mudou a postura para uma torção, olhando para Trigger. — Ela deve ser especial. Ainda assim, é bom ele ver como ela vai encarar a temporada. Uma coisa é se envolver com um paraquedista de combate a incêndios no inverno, outra é aguentar o verão. Famílias se desintegram como farelo — acrescentou ela, e logo se arrependeu, pois Matt Brayner entrou na sala.

Ela não o via desde o velório do Jim, e, embora tivesse conversado com a mãe dele algumas vezes, não tinha certeza se ele voltaria.

Parecia mais velho, pensou ela, com mais rugas ao redor dos olhos e da boca. E dolorosamente parecido com o irmão, com aquela cabeleira loira desgrenhada, os olhos azul-claros. O olhar dele passou por Trigger e encontrou o dela. Ela se perguntou quanto havia lhe custado aquele sorriso.

— Como você tá?

— Indo bem. — Ela se endireitou, limpando as palmas das mãos nas coxas da calça de ginástica. — Só suando um pouco para espantar o nervosismo antes da avaliação física.

— Tava pensando em fazer o mesmo. Ou mandar tudo à merda e ir até a cidade comer uma pilha dupla de panquecas.

— Podemos fazer isso depois da corrida. — Trigger caminhou até ele e estendeu a mão. — Bom te ver, Caipira.

— Você também.

— Vou tomar um café. Vamos entrar em ação logo, logo.

Trigger saiu e Matt se aproximou e pegou um peso de dez quilos. Em seguida, ele o posou de novo no chão.

— Acho que vai ser estranho. Por um tempo, pelo menos. Me ver faz todo mundo... pensar.

— Ninguém vai esquecer. Mas eu tô feliz que você voltou.

— Não sei se eu tô, mas parece que não consigo fazer outra coisa. De qualquer forma, queria te agradecer por ter mantido contato com a minha mãe. Foi muito importante pra ela.

— Eu queria... Bem, se desejos fossem cavalos, eu teria um rodeio. Fico feliz que você voltou. Te vejo na van.

ELA ENTENDIA o sentimento de Matt; também não conseguia fazer outra coisa. Isso resumia bem o que se passava no coração dos homens e das quatro mulheres, incluindo ela, que se amontoavam nas vans a caminho do ponto de largada da corrida. Rowan se acomodou no banco, deixando as provocações e as gaiatices fluírem ao seu redor.

Muitas piadas sobre os quilinhos extras do inverno, e os sempre populares comentários sobre "bundas gordas". Ela fechou os olhos, tentou se desligar, enquanto o nervosismo disfarçado de palhaçadas que pipocavam dentro da van tentava penetrar sua capa de concentração para se juntar ao próprio nervosismo.

Janis Petrie, uma das quatro mulheres da unidade, se jogou ao lado dela. Sua estatura pequena e compacta lhe rendeu o apelido de Elfa, e ela tinha o ar de uma líder de torcida cheia de energia.

Naquela manhã, suas unhas exibiam um esmalte rosa-choque e seu cabelo castanho sedoso balançava em um rabo de cavalo amarrado com um elástico cheio de borboletinhas.

Bonita e meiga como um docinho, sempre risonha, e ainda assim capaz de manusear uma motosserra em linha por quatorze horas seguidas.

— Pronta pra arrasar, Sueca?

— Total. Mas me explica: por que você passou maquiagem antes dessa desgraça de exame?

Janis piscou os longos cílios exuberantes.

— Pra esses pobres rapazes terem algo bonito pra olhar quando tropeçarem na linha de chegada. Já que eu vou chegar lá primeiro.

— Você é bem rápida mesmo.

— Pequena, mas poderosa. Viu os novatos?

— Ainda não.

— Seis do nosso tipo. Quem sabe a gente consiga mulheres suficientes pra montar um bom clube de costura. Ou um clube do livro.

Rowan riu.

— E depois, a gente organiza uma feirinha de bolos.

— Cupcakes. Cupcakes são minha fraqueza. — Janis se inclinou um pouco para a frente a fim de tentar ver melhor pela janela. — Essa região é muito bonita. Sempre sinto falta quando tô longe, sempre me pergunto por que continuo morando na cidade e fazendo fisioterapia naquele povo do clube com cotovelo de tenista.

Ela soltou um suspiro.

— E aí chega julho, e eu tô aqui, sem dormir, sentindo dor dos pés à cabeça, me perguntando por que não tô curtindo meu intervalo de almoço tranquila na piscina.

— É uma distância boa entre Missoula e San Diego.

— E como. Você não sente esse conflito porque mora aqui. Pra maioria de nós, isso é como uma volta ao lar. Até terminarmos a temporada e voltarmos de verdade pra casa, daí aquilo é que parece o nosso lar. Isso pode dar um curto-circuito nos miolos.

Ela revirou os olhos castanhos calorosos para Rowan quando a van parou.

— Lá vamos nós de novo.

Rowan desceu da van e respirou fundo. O ar tinha um cheiro de coisa nova, fresca. A primavera, verdejante e com flores silvestres e brisas suaves, não demoraria a chegar. Ela observou as bandeiras marcando o trajeto à medida que o gerente da base, Michael Little Bear, explicava os requisitos.

A longa trança preta dele caía sobre a jaqueta vermelha chamativa. Rowan sabia que haveria um pacote de balinhas no bolso, um substituto para os cigarros que ele tinha parado de fumar durante o inverno.

L.B. e sua família moravam a poucos metros da base, e a esposa dele trabalhava com o pai de Rowan.

Todos conheciam as regras. Correr o percurso e terminar em menos de vinte e dois minutos e meio, ou cair fora. Tentar de novo em uma semana. Se falhar outra vez, arrume outro emprego para o verão.

Rowan alongou os posteriores das coxas, quadríceps, panturrilhas.

— Odeio essa merda.

— Você vai conseguir. — Ela deu uma cotovelada na barriga dele. — Pensa numa pizza bem gordurosa te esperando do outro lado da linha de chegada.

— Vai catar coquinho.

— Não tô muito a fim agora. O tempo tá corrido.

Ele soltou uma risada quando se alinharam.

Ela se acalmou. Conectou-se totalmente, conectou-se com seu corpo, à medida que L.B. voltava para a van. Quando a van partiu, eles também partiram. Rowan apertou o cronômetro do relógio e entrou no ritmo com o grupo. Ela conhecia todos — trabalhou com eles, suou com eles, arriscou sua vida com eles. E desejou a cada um boa sorte e uma boa corrida.

Mas, pelos próximos vinte e dois minutos e trinta segundos, era cada um por si.

Ela cravou os pés, aumentou o ritmo e correu, em um sentido bem amplo, por aquilo que era sua vida. Foi abrindo caminho pelo grupo e, como os outros, gritava encorajamentos ou provocações, o que funcionasse melhor para fazer todo mundo acelerar. Ela sabia que haveria joelhos doendo, peitos martelando, estômagos revirando. O treinamento de primavera tonificaria alguns e agravaria as lesões de outros.

Ela não podia pensar nisso. Concentrou-se nos dois primeiros quilômetros e, quando passou pelo marcador, deu uma olhada no seu tempo: quatro minutos e doze segundos.

Faltam só mais três, avisou a si mesma, e manteve o ritmo suave, o passo constante — mesmo quando Janis a ultrapassou com um sorriso zombeteiro. A queimação subiu dos dedos dos pés até os tornozelos, fluiu pelas panturrilhas. O suor escorria quente pelas costas, pelo peito, sobre seu coração disparado.

Ela podia diminuir o ritmo — seu tempo estava bom —, mas o estresse só de imaginar tropeções, tornozelos torcidos, um raio vindo do além, a impulsionava.

Não desacelere.

Quando passou pelo penúltimo quilômetro, ela havia superado a queimação, o suor, entrando no modo automático. Mais um quilômetro. Passou por alguns colegas, foi ultrapassada por outros, com a pulsação martelando nos ouvidos. Como antes de um salto, ela manteve os olhos no horizonte: terra e céu. Seu amor por ambos a impulsionou pelo quilômetro final.

Ela passou voando pelo último marcador, ouviu L.B. gritar seu nome e o tempo:

— Tripp, quinze minutos e vinte segundos!

E ainda correu mais vinte metros antes de conseguir convencer suas pernas de que estava tudo bem parar.

Curvada, ela recuperou o fôlego, fechou os olhos com força. Como sempre após o exame físico, sentiu vontade de chorar. Não pelo esforço. Ela — todos eles — enfrentavam desafios muito piores e mais difíceis. Mas o estresse que atormentava sua mente por fim recuou.

Ela poderia continuar sendo quem queria ser.

Foi caminhando após a corrida, prestando atenção agora nos nomes e tempos anunciados. Bateu na mão de Trigger quando ele cruzou os cinco quilômetros.

Todos que passaram ficaram alinhados. Eram uma unidade novamente, todos quase torcendo em silêncio para que o restante também conseguisse. Ela olhou para o relógio, viu o prazo se aproximando, e quatro ainda não haviam cruzado a linha de chegada.

Cards, Matt, Yangtree, que tinha comemorado — ou lamentado — seu quinquagésimo quarto aniversário no mês anterior, e Gibbons, que mancava feio nos últimos metros por causa do joelho problemático.

Cards chegou ofegante com três minutos de sobra, e Yangtree veio logo atrás. O rosto de Gibbons estava encharcado de suor, dor e determinação, mas Matt? Parecia a Rowan que ele mal se esforçava.

O olhar dele encontrou o dela. Rowan cerrou o punho, e se imaginou puxando-o junto com Gibbons pelos últimos metros enquanto os segundos corriam. Ela podia jurar que estava vendo a faísca acender, que podia ver Matt se esforçando, dando tudo de si.

Ele cruzou a linha aos vinte e dois minutos e vinte e oito segundos, com Gibbons tropeçando meio segundo atrás.

O grito de vitória ecoou logo depois, o triunfo de mais uma temporada.

— Acho que vocês dois queriam pôr uma dose de suspense. — L.B. baixou a prancheta. — Bem-vindos de volta. Aproveitem um minuto para comemorar, depois vamos nos preparar.

— Ei, Ro! — Ela olhou para Cards quando ele gritou, a tempo de vê-lo se virar, abaixar as calças e mostrar o traseiro. — Quem catou coquinho?

E estamos de volta, pensou ela.

2

⌘ ⌘ ⌘

GULLIVER CURRY se arrastou para fora do saco de dormir e avaliou a situação. Tudo doía, ele concluiu. Mas isso criava um equilíbrio aceitável.

Sentiu cheiro de neve e, ao espiar para fora da barraca, viu que, de fato, alguns centímetros frescos haviam caído durante a noite. Sua respiração formava vapores ante o esforço para vestir a calça. As inúmeras bolhas nos pés tornavam o ato de se vestir uma... experiência.

Mas ele valorizava a experiência.

No dia anterior, ele, junto com outros vinte e cinco recrutas, tinha cavado uma linha de contrafogo por quatorze horas e, para fechar essa pequena tarefa com chave de ouro, encarou mais cinco quilômetros de trilha carregando uma mochila de trinta e oito quilos nas costas.

Eles derrubaram árvores com serras de corte cruzado, caminharam, cavaram, afiaram ferramentas, cavaram mais, caminharam, escalaram os imponentes pinheiros, e então cavaram mais um pouco.

Colônia de férias para masoquistas, ele pensou. Também conhecido como treinamento de novatos para paraquedistas de combate a incêndios. Quatro recrutas já haviam desistido — dois não passaram nem no exame físico inicial. Seus sete anos de experiência como brigadista e os últimos quatro em uma equipe de elite deram a Gull alguma vantagem.

Mas isso não quer dizer que ele estivesse se sentindo lá essas coisas.

Passou a mão pelo rosto, coçando a barba há quase uma semana por fazer. Deus, como ele queria um banho quente, uma boa barbeada e uma cerveja gelada. Hoje à noite, depois de mais uma trilha divertida pelas Bitterroots, desta vez carregando uma mochila de cinquenta quilos, ele teria os três.

E amanhã começaria a próxima fase. Amanhã, aprenderia a voar.

Equipes de elite treinavam como maníacos, trabalhavam como cães, principalmente em incêndios florestais de alta prioridade. Mas não saltavam de aviões. *Aquilo*, ele pensou, acrescentava uma experiência totalmente nova. Passou a mão pelo espesso cabelo escuro, depois engatinhou para fora da barraca, adentrando o cenário cristalino de neve antes do amanhecer.

Seus olhos de um verde quase felino se fixaram no céu, e ele ficou parado por um momento, alto e forte em sua calça marrom surrada e camisa amarela. Ele tinha o que queria ali — ou partes disso —, a certeza de que era capaz de fazer o que viera fazer.

Ele calculou a altura do pinheiro ponderosa à sua esquerda. Uns vinte e sete metros, mais ou menos. Ele havia subido aquele desgraçado no dia anterior, cravando os ganchos na casca. E, lá de cima, preso por cravos e um arnês, olhou para a floresta embaixo.

Uma experiência.

Sentindo o cheiro de neve e pinho, foi até a tenda da cozinha enquanto o acampamento começava a se agitar. E, apesar das dores, das bolhas — talvez até por causa delas —, ele mal podia esperar para ver o que o dia traria.

Pouco depois do meio-dia, Gull observou o tronco do pinheiro cair. Empurrou o capacete para trás apenas o suficiente para enxugar o suor da testa e acenou para seu parceiro na serra de corte cruzado.

— Mais uma que comeu poeira.

Dobie Karstain mal cumpria o requisito de altura com um metro e sessenta e sete. Sua barba e o abundante cabelo castanho lhe davam ares de um montanhês em miniatura, e os óculos de segurança pareciam acentuar os olhos arregalados e selvagens.

Dobie levantou uma motosserra.

— Vamos cortá-la em pedaços pequenininhos.

Eles trabalharam em um ritmo coordenado. Gull tinha apostado que Dobie não aguentaria o tranco, mas o sujeito, natural do Kentucky, era mais forte e resistente do que parecia. Gull gostava de Dobie — apesar do jeito meio matuto do homem — e estava trabalhando para conquistar um nível de confiança.

Se Dobie conseguisse chegar até o fim, era bem provável que os dois acabassem cavando e serrando juntos de novo. Mas não em uma tarde luminosa e ensolarada de primavera, mas no meio de um incêndio, onde confiança e trabalho em equipe eram tão essenciais quanto uma *Pulaski* bem afiada, aquela ferramenta de duas cabeças com machado e enxadão.

— Não me importaria de dar uns pegas nela antes de ela desistir.

Gull olhou para uma das recrutas.

— E quem disse que ela vai desistir?

— Mulheres não foram feitas para esse tipo de trabalho, filhote.

Gull arrastou a lâmina da serra pelo pinheiro.

— Só para fazer bebês, é isso?

Dobie sorriu por baixo da barba.

— Eu não projetei o modelo. Só gosto de desfrutar.

— Você é um babaca, Dobie.

— É o que dizem por aí — concordou Dobie no mesmo tom bem-humorado.

Gull voltou a olhar para a mulher. Loira extrovertida, talvez uns dois ou três centímetros mais baixa que Dobie. E, do ponto de vista dele, ela tinha aguentado tão bem quanto qualquer um deles. Instrutora de esqui no Colorado, ele lembrou. Libby. Tinha visto ela trocando o esparadrapo das bolhas naquela manhã.

— Aposto vinte que ela chega até o fim.

Dobie riu enquanto outro tronco rolava.

— Fechado, filhote.

Quando terminaram a tarefa, Gull cobriu algumas de suas próprias bolhas com esparadrapo. E então, enquanto os instrutores estavam ocupados, fez o mesmo com as novas bolhas de Dobie.

Eles atravessaram o acampamento até suas mochilas. *Mais cinco quilômetros*, Gull pensou, e então ele encerraria aquele belo dia com o tão sonhado banho, a barba feita e a cerveja gelada.

Ele se sentou, afivelou a mochila, pegou um pacote de chicletes do bolso e ofereceu um para Dobie.

— Vou aceitar sem a menor cerimônia.

Juntos, eles se levantaram.

— Imagine que você está carregando uma mulher bonita e pequenininha — aconselhou Dobie, agitando as sobrancelhas na direção de Libby.

— Cinquenta quilos é pouco pra mim.

— Ela vai parecer o dobro quando terminarmos.

Sem dúvida, Gull refletiu, e o instrutor não definiu o que se poderia chamar de um ritmo lento ao longo da trilha rochosa que queimava os quadríceps.

Eles se impulsionavam, era assim que funcionava. Provocavam um ao outro, encorajavam, insultavam, para que o grupo conseguisse dar mais um passo, avançar mais um metro. O fato motivador era que, em algumas semanas, seria real. E, na linha de fogo, a vida de todos dependia do outro.

— O que você faz lá no Kentucky? — perguntou Gull a Dobie enquanto um falcão gritava acima e o cheiro de suor do grupo competia com o de pinho.

— Um pouco de tudo. Nas últimas três temporadas combati incêndios na floresta nacional. Uma noite, depois de vencermos um, enchi a cara e aceitei uma aposta de que viraria paraquedista de combate. Então, preenchi a ficha de inscrição, e cá estou.

— Você tá fazendo isso por causa de uma aposta? — A ideia apelava ao seu senso do ridículo.

— Cem dólares em jogo, filhote. E meu orgulho, que vale mais ainda. Você já pulou de um avião?

— Já.

— Tem que ser meio louco.

— É o que dizem por aí. — Gull devolveu as palavras anteriores de Dobie.

— E como é? Quando você tá caindo?

— Como sexo suado e selvagem com uma mulher bonita.

— Era o que eu queria ouvir. — Dobie ajustou a mochila e fez uma careta. — Porque é melhor que esse maldito treinamento valha a pena.

— A Libby tá aguentando.

— Quem?

Gull fez um gesto com o queixo.

— Sua aposta mais recente.

Dobie rangeu os dentes quando começaram a escalar mais um aclive.

— O dia ainda não acabou.

Quando finalmente acabou, Gull tomou seu banho, fez a barba e ainda conseguiu pegar uma cerveja antes de cair de cara no colchão.

⌘ ⌘ ⌘

MICHAEL LITTLE Bear chamou Rowan quando ela estava a caminho da academia.

— Preciso que você assuma o treinamento dos novatos esta manhã. O Cards era o responsável, mas ele tá vomitando as tripas no banheiro.

— Ressaca?

— Não. Parece virose ou algo do tipo. Preciso que você leve a galera pro campo de treinamento. Pode ser?

— Claro. Já tô escalada com o Yangtree no simulador de impacto. Posso passar o dia devorando novatos. Quantos ainda temos?

— Vinte e cinco, e parecem bem promissores. Um deles bateu o recorde da base no percurso de quatro quilômetros. Completou em seis minutos e trinta e nove segundos.

— Ligeirinho. Vamos ver como ele se sai no restante do treinamento de hoje.

Ela cortou trinta dos noventa minutos de treino que havia planejado na academia. Conduzir os recrutas pelo percurso de obstáculos compensaria isso, e significava que ela tinha escapado da tarefa de costurar mochilas de suprimentos pessoais na sala de produção.

Excelente negócio, pensou Rowan enquanto calçava as botas.

Ela pegou a papelada, uma prancheta, uma garrafa de água e, ajeitando um boné azul na cabeça, saiu porta afora.

Nuvens haviam se acumulado durante a noite e, pela manhã, sentia-se o mormaço no ar. A base fervilhava de atividade — corredores na pista ou na estrada, caminhonetes descarregando suprimentos, homens e mulheres cruzando de um prédio para outro. Um avião taxiava para levar um grupo para um salto de prática antes do início oficial da temporada.

Muito antes de qualquer alarme de incêndio soar, o trabalho já exigia atenção: costura, abastecimento, desmontagem de equipamentos, treinamento, dobradura e empacotamento dos paraquedas.

Ela seguia para o campo de treinamento quando cruzou com Matt.

— O que você vai fazer hoje? — perguntou ele.

— Treinamento dos novatos. Cards tá fora por algum problema estomacal. E você?

— Vou à tarde. — Ele olhou para o céu, contemplando o avião que subia cada vez mais alto. — De manhã fico na sala do supervisor de carga. — Ele sorriu. — Quer trocar?

— Hum... ficar trancada empacotando suprimentos ou ficar aqui fora torturando novatos? Sem chance.

— Imaginei.

Ela continuou, notando que os recrutas começavam a se reunir no campo. Tinham voltado de uma semana de acampamento e trabalho na linha de contrafogo, e, se fossem espertos, teriam focado em desfrutar de uma boa-noite de sono.

Os que fizeram isso provavelmente se sentiam novos em folha naquela manhã.

Ela logo cuidaria disso.

Alguns deles perambulavam pelo percurso de obstáculos, tentando avaliar o desafio. *Inteligente*, ela julgou. *Conheça seu inimigo*. Vozes e risadas ecoavam no ar. Estavam animando uns aos outros — e isso também era inteligente.

O percurso de obstáculos era uma verdadeira provação, e era só o começo de um dia longo e brutal. Ela olhou para o relógio ao se mover por entre as plataformas de madeira, ocupando seu lugar no campo.

Rowan tomou um gole de sua garrafa de água, depois a deixou de lado. E soltou um longo e estridente assobio.

— Formem uma fila — instruiu ela. — Eu sou Rowan Tripp, a instrutora da nossa tranquila caminhada desta manhã. Cada um de vocês será obrigado a completar esse percurso antes de passar para o próximo exercício. As cantorias ao redor da fogueira e os marshmallows da semana passada acabaram. Agora é pra valer.

Ela ouviu alguns gemidos, algumas risadas, notou olhares nervosos enquanto analisava o grupo. Vinte e um homens, quatro mulheres, de todos os tamanhos, formas, cores, idades. Seu trabalho era dar a todos eles um único propósito: superar a dor.

Ela consultou a prancheta, fez a chamada, marcou os nomes dos que haviam chegado até ali.

— Ouvi dizer que um de vocês bateu o recorde da base na corrida de quatro quilômetros. Quem é esse relâmpago?

— Vai, Gull! — gritou alguém, e ela viu um sujeito mais baixo dar uma cotovelada amistosa no homem ao lado dele.

Cerca de um metro e oitenta e sete, ela estimou, cabelo escuro, limpo e bagunçado, sorriso arrogante, postura relaxada.

— Gull Curry — disse ele. — Gosto de correr.

— Bom pra você. Mas velocidade não vai te salvar no campo de obstáculos. Alonguem-se, recrutas. Não quero ninguém reclamando de músculos estirados.

Eles já haviam formado uma unidade, ela percebeu, estabelecendo relacionamentos entre si. Amizades, rivalidades — ambas poderiam ser úteis.

— Cinquenta flexões — ordenou, anotando enquanto eram executadas. — Vou liderar vocês por este percurso, começando aqui.

Ela apontou para a plataforma baixa de quadrados horizontais, movendo-se em seguida para as paredes de aço íngremes que precisariam escalar, as cordas que teriam que subir mão a mão, os saltos no trampolim, as rampas.

— Cada um desses obstáculos simula algo que vocês vão enfrentar durante um incêndio. Concluiu um, vá para o próximo. Desistiu? Tá fora. Termine tudo, e talvez você seja bom o suficiente para pular direto no fogo.

— Não é exatamente o Dia de São Crispim.

— Quem? — perguntou Dobie ao ouvir o murmúrio de Gull.

Ele apenas deu de ombros, e pelo olhar de soslaio que a loira gata lhe lançou, ela tinha ouvido o comentário.

— Você aí, Ligeirinho, pode liderar. O restante de vocês segue atrás dele. Fila única. Se cair, saia do caminho e vai pro fim da fila para uma segunda tentativa.

Ela tirou um cronômetro do bolso.

— Prontos?

O grupo respondeu em uníssono, e Rowan ativou o cronômetro.

— Já!

Tudo bem, Rowan pensou, *Ligeirinho era mesmo rápido, e esperto.*

— Levantem esses joelhos! — gritou ela. — Quero ver energia. Pelo amor de Deus, vocês parecem um bando de meninas passeando no parque.

— Eu sou uma menina! — gritou de volta uma loira de olhar determinado, fazendo Rowan sorrir.

— Então levanta esses joelhos. Finge que tá dando uma joelhada bem no meio das pernas de um desses idiotas.

Ela acompanhou Gull, correndo de volta enquanto avançava, ganhava impulso e saltava a primeira rampa.

E então o baixinho a surpreendeu ao praticamente se lançar por cima da estrutura como uma bala de canhão.

Eles escalaram, saltaram, rastejaram, agarraram. L.B. tinha razão, ela decidiu. Era um grupo e tanto.

Viu Gull executar os saltos e rolamentos exigidos no trampolim, ouviu o cara mais baixo — precisava conferir o nome dele — soltar um "Uh-huu" selvagem enquanto fazia o mesmo.

Ligeirinho, pensou de novo, ainda na liderança. E, que droga, não é que ele subiu na corda como um macaco em uma trepadeira?

A loira recuperou terreno, mas, quando chegou na corda, ela travou, e começou a escorregar.

— Nem pense em escorregar! — gritou Rowan, com autoridade. — Cacete, Barbie, não me faz passar vergonha. Quer começar essa merda toda de novo?

— Não. Pelo amor de Deus, não.

— Quer saltar em incêndios ou voltar pra casa e comprar sapatos?

— Os dois!

— Então sobe! — Rowan notou o sangue na corda. Um escorregão ali arrancava a pele das palmas, e a dor era absurda. — Sobe logo!

Ela subiu, doze dolorosos metros.

— Desce e continua. Vai! Vai!

Ela desceu, e, quando saltou a parede seguinte, deixou uma mancha de sangue na rampa.

Mas conseguiu. *Todos conseguiram*, Rowan pensou, e deu a eles um momento para recuperar o fôlego, gemer, massagear os músculos doloridos.

— Nada mal. Da próxima vez que precisar escalar uma corda ou subir uma parede, pode ser porque o vento mudou e o fogo invadiu sua zona segura. Aí você vai querer fazer melhor do que "nada mal". Qual é o seu nome, Barbie?

— Libby. — A loira descansava as mãos ensanguentadas nos joelhos, com as palmas para cima. — Libby Rydor.

— Qualquer pessoa que consegue subir uma corda com as mãos sangrando fez melhor do que "nada mal". — Rowan abriu o kit de primeiros socorros. — Vamos cuidar dessas mãos. Se alguém mais tiver algum dodói, cuide do assunto e depois vá buscar o equipamento. Equipamento completo — reforçou Rowan — para prática de pousos. Vocês têm trinta minutos.

Gull a observou aplicar pomada nas palmas de Libby, enfaixando-as com competência. Ela disse algo que fez Libby — e aquelas mãos que deviam estar ardendo — rir.

Ela havia instigado o grupo pelo percurso, acertando a combinação certa de insulto cortante e insistência. E, quando alguém travava, ela sabia exatamente o que dizer.

Era uma habilidade impressionante, que ele admirava. Ele podia somar isso à lista de tudo o mais que admirava naquela mulher.

Aquela loira era um espetáculo, em todos os seus quase um metro e oitenta. Seu tio a chamaria de "escultural", Gull imaginou. E quanto a ele? Só precisava dizer que aquele corpo era de tirar o fôlego. Adicione grandes e lânguidos olhos azuis e um rosto que fazia qualquer homem querer olhar duas vezes, e talvez demorar um pouco mais na terceira olhada, e você tinha um pacote e tanto.

Um pacote com atitude. E, Deus, como ele tinha dificuldade em resistir a uma mulher com atitude. Então ele se demorou até vê-la atravessar o campo e depois se pôs a andar do lado dela.

— Como estão as mãos da Libby?

— Ela vai ficar bem. Todo mundo perde um pouco de pele no campo de treinamento.

— Você também?

— Se você não sangrar, como é que eles vão saber que você passou por aqui? — Ela inclinou a cabeça, estudando-o com aqueles olhos que o fizeram pensar em gelo ártico, frio e bonito de doer. — De onde você é, Shakespeare? Já li *Henrique V*.

— Monterey, basicamente.

— Eles têm uma boa unidade de paraquedistas de combate a incêndios no norte da Califórnia.

— Têm mesmo. Conheço a maioria deles. Trabalhei com a equipe especializada de Redding por cinco anos.

— Imaginei que você fosse um brigadista de elite. Então, você é procurado na Califórnia e veio se esconder em Missoula?

— As acusações foram retiradas — disse ele, fazendo-a sorrir. — Tô em Missoula por causa do Homem de Ferro Tripp. — Ele parou quando ela estacou em seus passos. — Tô supondo que ele deve ser seu pai.

— Isso mesmo. Você conhece ele?

— Claro. Lucas "Homem de Ferro" Tripp é uma lenda. Vocês tiveram um incêndio feio por aqui em 2000.

— Sim.

— Eu estava na faculdade. Passou em todos os noticiários, e eu vi uma entrevista com o Homem de Ferro, bem aqui na base, quando ele e a unidade voltaram depois de quatro dias no meio do incêndio.

Gull vasculhou a memória, trazendo a cena para o presente.

— O rosto dele tava todo sujo de fuligem, o cabelo cheio de cinzas, os olhos vermelhos. Ele parecia ter saído de uma guerra, e não tava longe disso. O repórter fazia aquelas perguntas idiotas de sempre. *"Como foi lá dentro? Você ficou com medo?"* E ele tava sendo paciente. Dava pra ver que ele tava exausto, mas respondeu tudo. E, no fim, ainda disse pro cara: *"Rapaz, o jeito mais fácil de explicar é que a desgraçada tentou nos engolir, e nós demos uma surra nela."* E aí ele virou as costas e foi embora.

Ela se lembrava disso tão claramente quanto ele — e de muito mais.

— E é por isso que você está em Missoula tentando virar paraquedista de combate?

— Considere isso um trampolim. Posso te contar mais com uma cerveja.

— Você vai estar ocupado demais pra cerveja e histórias de vida. Melhor colocar seu equipamento. Ainda tem chão pela frente.

— A oferta da cerveja tá sempre de pé. História de vida é opcional.

Ela lançou aquele olhar de novo, a leve inclinação da cabeça, o sorrisinho no canto da boca que ele achava sexy e provocante.

— É melhor não dar em cima de mim, Elite. Não fico com novatos, nem com colegas de trabalho, nem com outros paraquedistas. Quando tô com tempo e disposição pra... entretenimento, procuro um civil. Alguém com quem eu possa brincar quando tô no clima, durante as longas noites de inverno, e esquecer logo depois, quando a temporada começa.

Ah, sim, ele adorava uma mulher com atitude.

— Vai ver tá na hora de mudar o ritmo.

— Você tá perdendo seu tempo, novato.

Quando ela se afastou com a prancheta na mão, ele deixou um sorriso escapar. Achava que já que o tempo era dele, podia desperdiçá-lo como bem entendesse. E ela lhe parecia uma experiência e tanto.

GULL SOBREVIVEU a ser içado por um cabo até o alto e depois despencar de volta ao chão. O simulador, não tão carinhosamente apelidado de "batidão", fazia um excelente trabalho ao simular o impacto de um pouso de paraquedas que sacudia o corpo inteiro e estourava os tornozelos e joelhos.

Ele bateu, se encolheu, caiu e rolou, acumulando pancadas, contusões e hematomas. Aprendeu a proteger a cabeça, a usar o próprio corpo para se preservar. E a manter o cérebro funcionando mesmo quando o chão se aproximava em alta velocidade.

Ele encarou a torre, escalando seus quinze metros de aço vermelho mortal com sua parceira de salto para o exercício.

— Como você tá? — perguntou ele a Libby.

— Sinto como se tivesse caído de uma montanha, então, nada mal. E você?

— Não tenho certeza se caí da montanha ou se dei de cara com ela. — Quando ele alcançou a plataforma, sorriu para Rowan. — Isso é tão divertido quanto parece?

— Ah, bem mais. — O sarcasmo escorria enquanto ela o prendia na polia. — Ali está o seu local de aterrissagem. — Ela apontou para uma colina de serragem do outro lado do campo de treinamento. — Vai pegar velocidade na descida, então você vai sentir quando bater. Encolha-se, proteja a cabeça, role.

Ele estudou a colina. Parecia bem menor dali de cima, através das barras da sua máscara de proteção.

— Entendido.

— Estão prontos? — perguntou a ambos.

Libby respirou fundo.

— Prontos.

— Vão para a porta.

Sim, tinha alguma velocidade, pensou Gull ao voar pelo campo de treinamento pendurado por um cabo. Ele mal teve tempo de revisar a lista mental da aterrissagem antes que a colina de serragem preenchesse sua visão. Ele se chocou com força contra ela, pensou "porra!", depois se encolheu e rolou com as mãos de cada lado do capacete.

Tentando puxar o ar de volta para os pulmões, ele olhou para Libby.

— Tudo bem?

— Definitivamente, dei de cara com a montanha desta vez. Mas sabe de uma coisa? Foi divertido. Preciso fazer de novo.

— O dia ainda é uma criança. — Ele se levantou e estendeu a mão para puxá-la para cima.

Depois da torre, veio a sala de aula. Seus anos em uma equipe de elite significavam que a maioria dos livros, gráficos e palestras não passavam de revisões do que ele já sabia. Mas sempre dava para aprender algo novo.

Depois da sala de aula, finalmente veio o tempo para cuidar dos machucados, comer uma refeição quente, relaxar um pouco com os outros recrutas. Gull notou que estavam reduzidos a vinte e dois. Haviam perdido três entre o simulador e a torre.

Mais da metade dos que ainda estavam em treinamento foi dormir cedo, e Gull considerou fazer o mesmo. Mas o jogo de pôquer em andamento o tentava, então fez um trato consigo mesmo: sairia para tomar um ar e, depois, se a vontade ainda o cutucasse, se juntaria para jogar algumas rodadas.

— Puxa uma cadeira aí, filhote. — Dobie o convidou quando Gull passou pela mesa. — Tô tentando engordar minha aposentadoria.

— Se continuar caindo de cabeça, vai se aposentar mais cedo do que imagina.

Gull continuou andando. Lá fora, a chuva que ameaçara o dia todo caía fria e constante. Enfiando as mãos nos bolsos, ele caminhou sob a chuva. Virou-se rumo ao hangar distante. Talvez desse uma passada por lá, só para ver o avião do qual logo saltaria.

Ele já havia saltado três vezes antes de se inscrever no programa, só para ter certeza de que tinha estômago para aquilo. Agora, estava ansioso, ansioso por reviver aquela sensação, desafiar os próprios instintos e se lançar pelos ares.

Ele tinha estudado os aviões — o Twin Otter, o DC-9 — mais comumente usados para saltos de paraquedas. Cogitava a ideia de fazer aulas de voo entre as temporadas, talvez tirar a licença de piloto. Nunca era demais saber que você poderia assumir o controle, caso precisasse.

Então ele a viu caminhando em sua direção, atravessando a chuva. Nem a escuridão nem o nevoeiro desfocaram aquele corpo. Ele diminuiu o passo. Talvez não precisasse jogar pôquer para fazer daquela sua noite de sorte.

— Bonita noite — disse ele.

— Para lontras. — A chuva escorria pela aba do boné de Rowan enquanto ela o estudava. — Tá tentando fugir?

— Apenas dando uma volta. Mas tenho um carro, se você quiser ir a algum lugar.

— Tenho meu próprio veículo, obrigada, mas não tô indo a lugar nenhum. Você se saiu bem hoje.

— Obrigado.

— É uma pena o que aconteceu com o Doggett. Pouso ruim, e uma fratura em fissura tira ele do programa. Aposto que ele vai voltar no ano que vem.

— Ele quer muito — concordou Gull.

— Querer não é tudo, mas ninguém chega lá sem querer.

— Eu estava pensando a mesma coisa.

Com uma risada leve, Rowan balançou a cabeça.

— As mulheres já te disseram não alguma vez?

— Infelizmente, sim. Mas, por outro lado, um homem que simplesmente desiste nunca leva o prêmio.

— Acredite em mim, eu não sou prêmio nenhum.

— Você tem o cabelo de um centurião romano, o corpo de uma deusa e o rosto de uma rainha nórdica. Isso é um pacote e tanto.

— O pacote não é o prêmio.

— Não, não é. Mas com certeza me faz querer abrir pra ver o que tem dentro.

— Um temperamento difícil, baixa tolerância pra conversa fiada e uma paixão por enfrentar incêndios. Faça um favor a si mesmo, Elite, e vai rasgar outro pacote.

— Eu tenho essa coisa, esse… foco. Quando me concentro em algo, simplesmente não consigo parar até entender por completo.

Ela deu de ombros como quem não ligava, mas ele notou que ela o observava com atenção.

— Não tem nada pra entender.

— Ah, não sei — disse ele, quando ela fez menção de entrar no dormitório. — Eu consegui que você desse uma caminhada na chuva comigo.

Com uma mão na porta, ela se virou e lhe deu um sorriso cheio de pena.

— Não me diga que tem um romântico aí dentro.

— Talvez tenha.

— É melhor ter cuidado então. Vai que eu resolvo te usar só porque você tá por perto, e depois esmagar esse coraçãozinho romântico.

— Na minha cama ou na sua?

Ela riu — uma daquelas risadas sedutoras que foi direto para o seu íntimo — e então fechou a porta, pelo menos metaforicamente, na cara dele.

Rowan tinha que admitir que ele conseguiu deixá-la um tanto intrigada. Gostava de homens confiantes — homens que tinham coragem, inteligência e habilidades para bancar essa pose. Aquilo, e o jeito como ele a olhava — como um gato na entrada da toca do rato, com desejo e uma paciência infinita —, a deixaram ouriçada.

E seguir esse ritmo seria um erro, lembrou a si mesma, antes de bater de leve na porta de Cards. Ela interpretou o grunhido dele como permissão para enfiar a cabeça lá dentro.

Aos olhos dela, ele parecia um pouco pálido, muito entediado e bastante desgrenhado.

— Como você tá se sentindo?

— Uma merda, mas tô bem. Peguei algum bicho no estômago hoje de manhã. Vomitei as tripas e alguns órgãos internos. — Ele estava sentado na cama, com as cartas espalhadas na frente dele. — Consegui passar um tempo na sala de produção, segurei o jantar. Tô só pegando leve até amanhã. Valeu por me cobrir.

— Sem problema. Estamos com vinte e dois agora. Um deles tá fora por lesão. Acho que volta. Te vejo amanhã então.

— Ei, quer ver um truque de cartas? É bom — disse ele antes que ela saísse.

Cansada da própria companhia, ela decidiu ceder à amizade e sentou-se em frente a ele na cama.

Além do mais, assistir a uns truques bobos de cartas era um jeito melhor de pegar no sono do que ficar pensando no passeio na chuva com Gulliver Curry.

3

⌘ ⌘ ⌘

GULL ALINHOU-SE na frente da sala de preparação com os outros recrutas. Do outro lado do asfalto, o avião que os levaria para o primeiro salto roncava, enquanto, ao longo da formação, os nervos estavam à flor da pele.

Os instrutores avançavam, fazendo as verificações de segurança. Gull achou que tinha tirado a sorte grande quando Rowan parou diante dele.

— Seu equipamento já foi verificado?

— Ainda não.

Ela se ajoelhou, e ele ficou observando como o cabelo dourado dela moldava sua cabeça. Ela verificou as botas, os fechos, subiu pela calça — bolsos das pernas, correias —, verificou a data de validade do paraquedas-reserva, os pinos de retenção.

— Você tem cheiro de pêssego. — Os olhos dela se encontraram com os dele. — É agradável.

— Correia inferior esquerda do reserva presa — disse ela, continuando a verificação sem comentar. — Correia inferior direita do reserva presa. Concentre-se, Ligeirinho — acrescentou Rowan, seguindo para o restante da lista. — Se algum de nós esquecer um detalhe, você pode acabar como uma mancha no chão. Capacete, luvas. Está com sua corda de descida?

— Verificado.

— Você está pronto.

— E você?

— Já fui revistada, obrigada. Pode embarcar. — Ela seguiu para o próximo recruta.

Gull entrou no avião e se sentou no chão ao lado de Dobie.

— Tá de olho naquela loira? — perguntou Dobie. — A que chamam de Sueca?

— Um homem precisa sonhar. Você tá perto de me dever vinte — comentou Gull quando Libby entrou pela porta.

— Droga. Ela ainda não saltou. Aposto dez agora que ela amarela.

— Dez contos são sempre bem-vindos.

— Bem-vindos a bordo — anunciou Rowan. — Por favor, coloquem seus assentos na posição vertical. Nosso tempo de voo hoje vai depender de quantos de vocês vão chorar feito bebês quando estiverem na porta. Gibbons será seu *spotter*. Prestem atenção. Mantenham a cabeça no lugar. Estão prontos para saltar?

A resposta foi um grito retumbante.

— Vamos lá.

O avião taxiou, ganhou velocidade, levantou o nariz. Gull sentiu aquele friozinho na barriga ao deixarem o solo. Ele observou Rowan, que para ele estava incrivelmente sexy em seu macacão, aumentar a voz para superar o barulho dos motores e — mais uma vez — repassar cada etapa do salto que fariam.

Gibbons passou uma nota do *cockpit* para ela.

— Ali está o seu local de pouso — disse ela aos candidatos, e todos se espremeram nas janelas para ver.

Gull avaliou o contorno da campina — bonita como um quadro —, a elevação dos pinheiros e abetos, o brilho de um riacho. O trabalho — uma vez que ele estivesse no ar — seria acertar a campina e evitar as árvores, a água. Ele seria o dardo, pensou, e queria acertar o alvo.

Quando Gibbons se posicionou, Rowan gritou para todos protegerem os paraquedas-reserva. Gibbons agarrou as alças da porta, abriu, e o ar, fresco e doce da primavera, invadiu em uma rajada.

— Caralho. — Dobie assobiou entre os dentes. — Estamos mesmo fazendo isso. Agora é de verdade, e sem gracinha.

Gibbons enfiou a cabeça na corrente de ar, consultou a cabine de comando pelo fone de ouvido. O avião virou à direita, deu uma sacudida e estabilizou.

— Fiquem de olho nas fitas! — gritou Rowan. — Elas são vocês.

As fitas giraram e rodopiaram, voando em círculos pelo céu azul. E foram tragadas pela densa formação de árvores.

Gull ajustou seu próprio salto mentalmente, puxando os comandos imaginários, calculando o desvio. Ajustou de novo enquanto estudava a queda de um segundo conjunto de fitas.

— Suba a altitude! — bradou Gibbons.

Dobie enfiou um chiclete na boca antes de colocar o capacete, oferecendo um a Gull. Por trás de sua máscara, os olhos de Dobie estavam arregalados e redondos como a lua.

— Tô meio enjoado.

— Espere descer pra vomitar — aconselhou Gull.

— Libby, você é a segunda a saltar. — Rowan colocou o capacete. — Só me siga. Entendido?

— Entendido.

Ao sinal de Gibbons, Rowan se sentou na porta, se preparou. O avião explodiu em gritos com o nome de Libby, mãos enluvadas batendo em encorajamento enquanto ela assumia posição atrás de Rowan.

Então a mão de Gibbons bateu no ombro de Rowan, e ela se lançou.

Gull acompanhou o voo dela, sem conseguir desviar os olhos. O paraquedas azul e branco se abriu, se inflando. Uma beleza em meio àquele céu azul-claro, sobre os verdes e marrons e o brilho da água.

O grito de alegria o trouxe de volta. Ele perdeu o salto de Libby, mas viu o paraquedas dela se abrir. Tentou manter ambos os paraquedas em sua linha de visão enquanto o avião seguia adiante.

— Parece que você me deve dez.

Um sorriso cintilou nos olhos de Dobie.

— Pode somar uma caixa de cerveja se eu fizer melhor que ela. Melhor que você.

Quando o avião completou a volta, Gibbons encarou Gull e manteve o olhar fixo por um instante.

— Está pronto?

— Estamos prontos.

— Conecte o cabo.

Gull avançou e conectou o cabo estático.

— Vai pra porta.

Gull controlou a respiração e foi.

Ele ouviu as instruções do *spotter*, o desvio, o vento, enquanto o ar batia em suas pernas. Fez a verificação final enquanto o avião alinhava a rota de salto e manteve os olhos no horizonte.

— Prepare-se — disse Gibbons.

Ah, ele estava pronto. Cada batida, contusão e bolha das últimas semanas o levaram àquele momento. Quando a mão bateu no seu ombro direito, ele saltou para o ar.

Vento e céu, e a emoção crua de desafiar ambos. A velocidade como uma droga fluindo em seu sangue. Tudo em que ele conseguia pensar era: "*Sim, meu Deus, sim, eu nasci pra isso*", mesmo enquanto contava, enquanto girava o corpo até ver o chão entre os próprios pés.

O paraquedas se abriu, inflou, puxando-o para cima. Ele olhou para a direita, depois para a esquerda e encontrou Dobie, ouviu a risada selvagem e imprudente do seu parceiro de salto.

— É isso aí!

Gull sorriu, escaneou a paisagem. Quantos já tinham visto isso, ele se perguntou, aquela vastidão de floresta e montanha, aquele céu aberto e infinito? Ele percorreu com os olhos os vestígios de neve no alto das montanhas, o verde começando a surgir no vale. Pensou, embora soubesse que era improvável, que conseguia sentir o cheiro de ambos, do inverno e da primavera, enquanto flutuava entre eles.

Ele manuseou os comandos, guiado pelo instinto, pelo treinamento e pelo capricho do vento. Podia ver Rowan agora, o sol brilhando em seu cabelo loiro, o jeito como ela estava de pé — firme, pernas afastadas, mãos nos quadris. Observando-o enquanto ele a observava.

Ele se colocou ao lado dela, calculando o alinhamento, e sentiu o instante em que conseguiu. Os paraquedistas chamavam isso de estar "na linha", então ele deslizou suavemente até lá, mantendo a respiração constante ao se preparar para o impacto.

Olhou para Dobie outra vez, notou que seu parceiro iria ultrapassar o ponto de pouso. Então ele pousou, se encolheu, rolou. Soltou o equipamento e começou a recolher o paraquedas.

Ele ouviu Rowan gritando, viu-a correndo em direção às árvores. Tudo congelou por um segundo, depois derreteu quando ele ouviu a torrente de palavrões de Dobie.

Acima, o avião inclinou as asas e começou a voar em círculos para lançar os próximos paraquedistas. Gull pegou seu equipamento, sorrindo ao caminhar até onde Dobie puxava seu paraquedas para fora das árvores.

— Eu tava indo bem, mas o vento me jogou nas árvores. Mas foi uma viagem e tanto. — A emoção e o triunfo iluminaram seu rosto. — Foi do caralho. Só que engoli o chiclete.

— Vocês estão no chão — disse Rowan. — Nada quebrado. Então, nada mal. — Ela abriu sua bolsa de equipamento e tirou barras de chocolate. — Parabéns.

— Não tem nada igual. — O rosto de Libby brilhava enquanto ela olhava para o céu. — Nada chega nem perto.

— Você ainda não saltou em um incêndio. — Rowan sentou-se e depois se esticou na grama da campina. — Aí é um mundo completamente novo. — Ela manteve os olhos no céu, esperando o avião voltar, e depois olhou para Gull quando ele se sentou ao lado dela. — Seu salto foi suave.

— Mirei em você. O sol no seu cabelo — acrescentou ele quando Rowan franziu a testa.

— Jesus amado, Gull, você é um romântico. Deus te ajude.

Ele percebeu que a tinha deixado sem graça e se deu um ponto em seu placar pessoal. Como não havia engolido chiclete, ele guardou o chocolate para mais tarde.

— O que você faz quando não está fazendo isso?

— Tipo, outro trabalho? Dou uma força no negócio do meu pai, saltando com turistas que querem emoção, ensinando gente que acha que quer, ou decide que quer, aprender a saltar como hobby. Também trabalho de vez em quando como personal trainer. — Ela flexionou os bíceps.

— Aposto que é boa nisso.

— Trabalhar como personal trainer significa que ganho pra me manter em forma pro salto durante o inverno. E você?

— Eu brinco pra viver. Na Fun World. É tipo um grande fliperama, com videogames, boliche, carrinhos bate-bate, Skee-Ball.

— Você trabalha num fliperama?

Ele cruzou os braços à nuca.

— Não é trabalho se é divertido.

— Você não parece ser do tipo que lida com crianças e máquinas o dia todo.

— Eu gosto de crianças. Em geral, elas não têm medo e são abertas a possibilidades. Os adultos tendem a esquecer como ser assim. — Ele deu de ombros. — E você passa seu tempo tentando fazer com que os preguiçosos suem a camisa.

— Nem todos os meus clientes são preguiçosos. E nenhum deles continua sendo quando a sessão de treino acaba. — Ela impulsionou o corpo para se sentar. — Lá vem o próximo grupo.

Com o primeiro salto de prática concluído, eles empacotaram tudo e levaram o equipamento de volta à base. Após mais uma rodada de treinamento físico e aulas, já estavam de volta para o segundo salto do dia.

Praticaram a descida completa com o equipamento, delinearam estratégias de combate a incêndios, estudaram mapas, fizeram incontáveis abdominais, flexões, barras, correram quilômetros e se lançaram de aviões. Ao fim de quatro semanas brutais, restavam dezesseis. Os que ainda estavam de pé se alinharam fora da central de operações, respondendo à chamada final como recrutas.

Quando Libby respondeu, Dobie espalmou vinte dólares na mão de Gull.

— Barbie bombeira paraquedista. Temos que dar crédito. Magrela daquele jeito e aguenta o tranco, e um grandalhão como o McGinty desiste.

— A gente não desistiu — lembrou Gull.

— Pode apostar que não.

Assim que se cumprimentaram batendo as mãos, um balde de água gelada os encharcou.

— Apenas lavando um pouco o fedor de novatos! — gritou alguém. E, em meio a gritos e risadas, os homens e mulheres no telhado jogaram mais uma rodada de água dos baldes.

— Agora vocês são como nós! — Da sua posição fora do alcance da água, L.B. gritou sobrepondo-se às risadas e xingamentos. — Os melhores que existem. Vão se trocar, e depois carreguem o equipamento nas vans. Estamos indo para a cidade, meninos e meninas. Vocês têm uma noite para celebrar e beber até perder a linha. Amanhã, começam o dia como paraquedistas de combate... como Zulies.

Quando Gull fez drama ao espremer a nota de vinte dólares encharcada, Dobie riu tanto que teve que se sentar no chão.

— Eu pago a primeira rodada. Você tá dentro, Libby.

— Obrigada.

Ele sorriu, enfiou a nota molhada no bolso igualmente encharcado.

— Devo tudo a você.

Lá dentro, Gull tirou as roupas pingando. Ele avaliou suas contusões — não estavam tão ruins —, e, pela primeira vez em uma semana, teve tempo de se barbear. Depois de caçar uma camisa e calças limpas, passou alguns minutos enviando um e-mail rápido para casa a fim de avisar à família que tinha conseguido.

Imaginava que a notícia geraria reações mistas, embora todos fingissem estar tão felizes quanto ele. Guardou um charuto comemorativo no bolso da camisa e saiu.

O e-mail lhe custou algum tempo, então ele entrou na última van e encontrou um assento entre novatos e veteranos.

— Pronto pra festejar, novato? — perguntou Trigger.

— Prontíssimo.

— Só se lembre de uma coisa: ninguém fica cuidando de ninguém. As vans vão embora, e se você não estiver em uma delas, dá um jeito de voltar pra base. E se for terminar a noite com uma mulher, o mais inteligente é encontrar uma que tenha carro.

— Vou me lembrar disso.

— Você dança?

— Tá me convidando?

Trigger caiu na risada.

— Você é pouca areia pro meu caminhão. O lugar aonde estamos indo tem uma pista de dança. Se fizer direito, dançar com uma mulher é o mesmo que uma preliminar.

— Isso é experiência falando?

— É, sim, jovem Jedi. E como é.

— Interessante. Então... A Rowan, ela gosta de dançar?

Trigger arqueou as sobrancelhas.

— Isso é o que chamamos de mirar na árvore errada.

— É a única árvore que chamou minha atenção.

— Então você vai passar um verão longo e na seca. — Ele deu um tapinha no ombro de Gull. — E deixa eu te contar mais uma coisa da minha vasta experiência. Quando você tá com calos por cima das bolhas, se masturbar não é tão agradável quanto deveria ser.

— Cinco anos como bombeiro de operações de elite — Gull lembrou a ele. — Se o verão for longo e na seca, minhas mãos vão aguentar.

— Talvez sim. Mas mulher é melhor.

— Com certeza, Mestre Jedi.

— Você tem uma te esperando em casa?

— Não. E você?

— Tive duas. Casei com uma delas. Mas não deu certo. Matt tem uma. Você tem uma mulher lá no Nebraska, não é, Matt?

Matt se mexeu, virou-se para olhar por cima do ombro.

— Annie continua lá em Nebraska.

— Namoradinhos da época da escola — completou Trigger. — Ela foi pra faculdade, mas eles reataram quando ela voltou pra casa. Duas mentes, um coração. Então, Matt não dança, se é que me entende.

— Entendi. — continuou Gull — É bom ter alguém.

— Não faz sentido nenhum neste mundo ferrado se você não tiver. — Matt deu de ombros. — Não há sentido fazer o que a gente faz se não tiver alguém esperando no fim.

— Adoça as coisas — concordou Trigger. — Mas alguns de nós têm que se contentar com uma dancinha de vez em quando. — Ele esfregou as mãos quando a van parou em um estacionamento cheio de caminhonetes e carros. — E meus pés já estão na pista.

Gull examinou a longa construção feita de troncos enquanto descia da van, contemplando por um momento o letreiro de neon piscando.

— *Pegue uma corda* — leu o nome do estabelecimento. — É sério isso?

— Solte o vaqueiro dentro de você, parceiro. — Trigger deu-lhe um tapa no ombro e entrou desfilando com suas botas de pele de cobra.

Uma experiência, lembrou-se Gull. Desfrutar de várias experiências nunca é demais.

Ele entrou direto ao som estridente e exagerado de uma música country raiz e muito, muito ruim, tocada por um quarteto de caras desgrenhados atrás da proteção duvidosa de uma cerca de arame farpado. No momento, as únicas coisas que estavam sendo lançadas contra os músicos eram insultos, mas a noite ainda era uma criança.

Ainda assim, as pessoas lotavam a pista de dança, batendo os calcanhares das botas, balançando os quadris. Outros se espalhavam ao longo do balcão comprido do bar ou se amontoavam nas cadeiras frágeis em mesinhas minúsculas onde podiam devorar nachos gordurosos ou roer asinhas de frango cobertas com uma substância suspeita que deixava tudo laranja, tipo salgadinhos de queijo. A maioria mandava essa combinação para dentro com cerveja servida em jarras plásticas embaçadas.

Por uma bendita misericórdia, a iluminação era fraca, e, apesar da proibição de fumar, nuvens de fumaça permeavam o ar, que fedia a cinzeiro lotado, suor e fritura.

A única coisa sensata a fazer, na visão de Gull, era começar a beber.

Foi até o bar, abriu caminho com o cotovelo e pediu uma garrafa de cerveja Bitter Root. Dobie apertou-se ao lado dele e deu-lhe um soco no braço.

— Por que você quer beber essa porcaria gringa?

— Fabricada em Montana. — Ele passou a garrafa para Dobie e pediu outra.

— Cerveja bem boa — decidiu Dobie depois de um gole. — Mas não é uma Budweiser.

— Você não tá errado. — Rindo, Gull brindou com Dobie e bebeu. — Cerveja. A resposta para todas as perguntas.

— Vou beber esta aqui e depois puxar uma dessas mulheres pra pista.

Gull tomou outro gole e observou o guitarrista de dedos grossos.

— Como é que se dança uma porcaria dessas?

Os olhos de Dobie se estreitaram, e seu dedo perfurou o peito de Gull.

— Você tem algum problema com música country?

— Você deve ter estourado um tímpano no último salto se chama isso de música. Gosto de *bluegrass* — acrescentou ele — quando é bem tocado.

— Não me venha com essa, garoto da cidade. Você não sabe diferenciar *bluegrass* de erva daninha.

Gull tomou mais um gole de cerveja.

— *I am a man of constant sorrow* — cantou, em um tenor forte e suave. — *I've seen trouble all my days.*

Dobie deu um soco em seu peito, mas dessa vez de forma afetuosa.

— Você continua me surpreendendo, Gulliver. Tem uma voz boa pra caramba também. Devia subir lá e mostrar a esses caipiras como se faz.

— Acho que vou só beber minha cerveja.

— Pois bem. — Dobie ergueu a garrafa, tomou de um gole só e soltou um arroto casual. — Agora vou atrás de uma mulher.

— Boa sorte.

— Não é questão de sorte. É questão de estilo.

Gull observou Dobie se aproximar de uma mesa com quatro mulheres e concluiu que o homem tinha um estilo só dele.

Curtindo o momento, Gull se recostou no bar e cruzou os tornozelos. Trigger, fiel à sua palavra, já tinha uma parceira na pista de dança, e Matt — fiel à sua Annie — estava sentado com Little Bear, um novato de nome Stovic e um dos pilotos que eles chamavam de Stetson por causa do chapéu preto surrado que ele não largava.

E então havia Rowan, devorando os nachos laranjas em uma mesa com Janis Petrie, Gibbons e Yangtree. Ela usava uma camiseta azul — justa, de decote arredondado — que moldava seus seios e torso. Pela primeira vez desde que a conheceu, ela usava brincos que brilhavam e balançavam em suas orelhas toda vez que ela movia a cabeça ou ria.

Ela havia passado alguma coisa nos olhos, nos lábios, ele notou, deixando-os mais marcantes. E, quando Cards a puxou para dançar, Gull viu que os jeans dela eram tão justos quanto a camiseta.

Ela o encarou bem na hora em que Cards a girou, e fez o coração dele parar ao lançar um sorriso largo, atrevido. Ele decidiu que, se ela fosse matá-lo, seria melhor que fizesse isso de perto. Pediu outra cerveja e a levou até a mesa dela.

— Ei, carne fresca. — Janis brindou com ele com um nacho pingando gordura. — Quer dançar, novato?

— Ainda não bebi o suficiente pra dançar com isso que estão tocando.

— Eles são tão ruins que são bons. — Janis deu um tapinha na cadeira vazia de Rowan. — Mais algumas bebidas e eles vão ser quase bons o suficiente pra serem ruins.

— Pela sua lógica, acho que você já passou por isso antes.

— Você não é um Zulie de verdade até sobreviver a uma noite no *Pegue uma corda*. — Ela olhou para a porta quando um grupo de três homens entrou com um ar de superioridade. — Em toda a sua glória.

— Gente da cidade?

— Acho que não. Estão todos com botas novas. E das caras. — Ela completou a própria cerveja com o que restava na jarra. — Aposto que são tipos da cidade, e que aparecem no interior pra absorver um pouco da cultura local.

Eles foram direto para o bar, e o que estava na frente abriu o caminho à base de ombradas. Em seguida, jogou uma nota no balcão.

— Uísque e uma mulher. — Ele elevou a voz de propósito, Gull apostou, para que fosse ouvida acima do barulho. As risadas e os gritos dos amigos deixaram claro que já não era a primeira bebida da noite.

Algumas pessoas no bar se afastaram para dar espaço ao grupo enquanto o barman servia as doses. O cara da frente entornou a bebida de uma vez, bateu o copo no balcão e apontou.

— Agora a gente precisa de umas *gatas*.

Mais risadas. Procurando encrenca, Gull concluiu, e como ele não estava, voltou a observar Rowan na pista de dança.

Janis se inclinou na direção dele quando a banda começou uma versão sofrível de *When the Sun Goes Down*.

— A Ro disse que você trabalha num fliperama.

— Ela falou de mim pra você?

— Claro. A gente troca figurinha no recreio todos os dias. Eu gosto de fliperamas. Vocês têm pinball? Sou fera no pinball.

— Sim, tanto dos novos quanto dos antigos.

— Antigos? — Ela o encarou com seus grandes olhos castanhos. — Vocês têm *High Speed*?

— É um clássico!

— Eu amava esse! — Ela bateu a mão na mesa. — Tinha uma máquina velha e toda detonada num fliperama que eu ia quando criança. Eu era tão boa que jogava o dia todo com a mesma ficha. Troquei cinco jogos grátis com um cara pelo meu primeiro beijo de língua. — Ela suspirou, recostando-se. — Bons tempos.

Seguindo o olhar dela até o bar, Gull virou a tempo de ver o cara do uísque dar um tapa atrevido na bunda da garçonete que passava com uma bandeja cheia. Quando a mulher olhou para trás, ele levantou as mãos e deu um sorrisinho canalha.

— Idiota. — disse Janis — Não dá pra ir a lugar nenhum sem topar com idiotas.

— Tem uma legião deles. — Gull se ajeitou na cadeira quando viu Rowan sair da pista.

— Esse lugar é meu.

— Tô guardando pra você. — Ele deu um tapinha no próprio joelho.

Ela o surpreendeu ao se sentar no colo dele, pegar a cerveja da mão dele e tomar um longo gole.

— Esbanjador, hein? Comprando garrafa de cerveja local. Você não dança, ricaço?

— Talvez eu dance, se algum dia tocarem algo que não faça meus ouvidos sangrarem.

— Você ainda consegue ouvir? Posso dar um jeito nisso. Hora dos shots.

— Tô fora — disse Gibbons imediatamente. — Da última vez que você me convenceu disso, fiquei uma semana sem sentir meus dedos.

— Não entra nessa, Gull — alertou Yangtree. — A Sueca tem um estômago de ferro. Herdou do pai.

Rowan virou o rosto para mais perto de Gull e sorriu maliciosamente.

— Ah, você tem uma barriguinha sensível, Elite?

Ele imaginou morder o lábio inferior carnudo dela, só uma mordida rápida e forte.

— Que tipo de shots?

— Só tem um shot que vale a pena. Te-qui-la — cantarolou ela, batendo a palma na mesa a cada sílaba. — Se você tiver culhões.

— Você tá sentada no meu colo, então deve saber.

Ela jogou a cabeça para trás com aquela risada sexy de garota festeira.

— Aguenta as pontas por um minuto. Vou providenciar tudo.

Ela se levantou de um salto, deu umas voltas quando Dobie agarrou sua mão e a fez rodar. Titania e Puck, Gull pensou. Típico de *Sonhos de uma noite de verão.*

Então ela enfiou os polegares nos bolsos da frente e acompanhou Dobie em uma espécie de sapateado de botas improvisado que arrancou assobios e palmas dos outros dançarinos.

Ela apontou um dedo para Gull — e caramba, lá se foi o coração dele de novo —, depois dançou até o bar.

— Ei, Big Nate. — Rowan se inclinou e chamou o chefe dos bartenders. — Preciso de uma dúzia de shots de tequila, alguns saleiros e umas fatias de limão pra chupar.

Ela olhou de lado, deu ao homem que estava agarrando a própria virilha uma olhada entediada, e se afastou um pouco.

— Posso levar pra mesa se a Molly estiver ocupada.

O sujeito repetiu o gesto indecente e jogou uma nota de cem dólares no balcão na frente dela.

— Eu pago seus shots e dez minutinhos lá fora.

Rowan deu um leve aceno de cabeça ao barman antes que ele pudesse falar qualquer coisa.

Ela se virou de frente para o bêbado, olhou bem nos olhos dele.

— Imagino que, como você não tem nenhum charme e a única maneira de conseguir uma mulher é pagando, você ache que todas nós somos prostitutas.

— Você tá rebolando essa bunda e balançando esses peitos por aí desde que eu entrei. Só tô oferecendo pagar pelo que você andou anunciando. Eu te compro uma bebida antes.

Merda, Gull pensou, à mesa, e começou a se levantar. Gibbons pousou uma mão no braço dele.

— Não se meta. Confie em mim.

— Não gosto de bêbados incomodando mulheres.

Ele se levantou, notou que o nível de barulho havia diminuído, então ouviu claramente Rowan dizer em um tom fofo como algodão-doce:

— Ah, se você vai me comprar uma bebida primeiro. Aquela ali é a sua jarra?

Ela a pegou e, com a altura que tinha, não teve dificuldade em virar o conteúdo sobre a cabeça do homem.

— Engole essa, otário.

O homem até que foi rápido para um bêbado engasgando com cerveja. Ele empurrou Rowan contra o balcão, agarrou os seios dela e apertou.

Mas ela foi mais rápida. Antes que Gull cruzasse metade do bar, ela pisou no pé do homem, cravou o joelho no saco de que ele tanto se gabava e, quando o bêbado se curvou de dor, deu um gancho de direita tão bom quanto qualquer um que Gull já havia visto, derrubando-o no chão.

Ela esmurrou um dos amigos dele que foi tolo o suficiente para tentar puxá-la. Logo depois, agarrou o braço dele, arrastou-o para a frente, fazendo-o passar por ela. A bota que ela plantou no traseiro dele o fez colidir com o amigo que tentava se levantar.

Ela se virou para o terceiro homem.

— Quer tentar também?

— Não. — O cara ergueu as mãos em um gesto de rendição. — Não, senhora, tô de boa.

— Talvez você tenha meio neurônio funcionando. Use-o e tire seus amigos idiotas daqui antes que eu fique brava. Porque quando eu fico brava, eu fico *louca*.

— Acho que ela não precisava de ajuda — observou Dobie.

— Então é isso. — Gull colocou a mão sobre o coração, deu uma palmadinha. — Tô apaixonado.

— Acho que eu não conseguiria me apaixonar por uma mulher que pode me esfregar no chão.

— Sem risco não tem graça.

Ele ficou para trás enquanto meia dúzia de Zulies conduzia os três homens porta afora.

Rowan deu um puxão para arrumar a camiseta.

— E os shots, Big Nate?

— Já saindo. Por conta da casa.

Gull voltou a se sentar, esperando Rowan chegar com a bandeja.

— Pronto? — perguntou ela.

— Coloca tudo alinhado aí, querida. Quer um pouco de gelo pros seus dedos?

Ela mexeu os dedos.

— Estão ótimos. Foi como socar um boneco de posto.

— Dizem que eles também perdem a linha quando bebem.

Ela riu, depois se sentou na cadeira que Gibbons puxou para ela.

— Vamos ver que tipo de bêbado você é.

4

⌘ ⌘ ⌘

Gull se concentrou nos olhos dela enquanto ele e Rowan entornavam o primeiro shot, à medida que a tequila atingia sua língua, garganta, e descia rápido e ardente até o estômago.

Aquilo, ele percebeu, foi o primeiro apelo dela para ele. Aqueles olhos claros e frios, de um azul intenso, continham tanta vida. Eles brilhavam agora com desafio, com humor, e havia algo na maneira como se fixavam nos dele que tornava o momento íntimo — tão intenso quanto a tequila percorrendo seu corpo.

Acompanhando o ritmo de Rowan, ele pegou o próximo copo.

Depois, havia aquela boca, quase larga, com o lábio inferior carnudo — e a forma como se curvava, tão naturalmente, num meio-sorriso de canto.

Não era de se admirar que ele desejasse tanto provar aquele gosto...

— Como você tá, Elite?

— Tô bem. E você, Sueca?

Em resposta, ela encostou o terceiro copinho no dele antes de virarem o conteúdo juntos. Ela levou a fatia de limão à boca.

— Sabe o que eu adoro na tequila?

— O que você adora na tequila?

— Tudo. — Depois de uma risada maliciosa, ela bebeu o quarto shot com o mesmo entusiasmo despreocupado dos três primeiros. Juntos, eles bateram os copinhos vazios na mesa.

— E o que mais você adora? — perguntou ele.

— Hum... — Ela ponderou enquanto tomava o quinto. — Saltar em incêndios, e quem compartilha essa insanidade. — Ela brindou com eles sob uma rodada de aplausos e comentários atrevidos, depois se recostou por um momento com o copo cheio na mão. — O fogo e a luta contra ele, meu pai, *rock and roll* estourando os tímpanos numa noite quente de verão e filhotinhos de cachorro. E você?

Como ela, Gull se recostou com seu último shot.

— Concordo com quase tudo, tirando seu pai, que eu não conheço.

— Você também não saltou em incêndio ainda.

— Verdade, mas tô predisposto a adorar. Tenho uma queda por rock barulhento e cachorrinhos, mas trocaria por sexo de tirar o fôlego em uma noite quente de verão e cães grandes e desajeitados.

— Interessante. — Eles viraram aquele último shot juntos, sob mais aplausos. — Eu jurava que você era do tipo que gosta de gatos.

— Não tenho nada contra gatos, mas um cachorro grande e estabanado sempre vai precisar do seu humano.

Os brincos dela balançaram quando ela inclinou a cabeça.

— Gosta de ser necessário, é isso?

— Acho que sim.

Ela apontou para ele em um gesto de revelação.

— Aí está aquela veia romântica de novo.

— Larga e comprida. Que tal um sexo de tirar o fôlego antes de uma noite quente de verão?

Ela jogou a cabeça para trás e riu.

— Essa é uma oferta generosa… mas não. — Ela bateu a mão na mesa. — Mas eu topo mais uma rodada de seis.

Deus o ajude.

— Tô dentro. — Ele deu um tapinha no bolso. — Acho que vou aproveitar pra fumar um charuto enquanto preparam a próxima rodada.

— Intervalo de dez minutos — anunciou Rowan. — Ei, Big Nate, que tal umas *tortillas* com salsa pra ajudar a absorver um pouco dessa tequila? E nada de coisa fraca.

A mulher dos seus sonhos, Gull decidiu, ao sair pelos fundos para fumar. Uma paraquedista de incêndios deslumbrante, que come salsa, bebe tequila, tem cérebro e um gancho de direita poderoso.

Agora, tudo o que ele precisava fazer era convencê-la a ir para a cama com ele.

Acendeu o charuto na escuridão fria, soprou a fumaça para um céu fervendo de estrelas cintilantes. A noite parecia perfeita. Música ruim em um bar de beira de estrada, tequila barata, a companhia de outros que pensavam como você e uma mulher atraente que estimulava sua mente e excitava seu corpo.

Ele se lembrou de casa e dos invernos que ocupavam e consumiam a maior parte do seu tempo. Não se incomodava com eles, na verdade até gostava. Mas se os últimos anos lhe ensinaram algo, foi que ele precisava do calor e da adrenalina dos verões, do trabalho e, sim, do risco de perseguir e combater incêndios.

Talvez fosse apenas isso, a combinação de orgulho e prazer pelo que ele havia conquistado em casa, a emoção e a satisfação do que ele sabia que poderia realizar ali, que lhe permitiram ficar em uma noite fria de primavera quase no meio do nada e reconhecer a perfeição.

Vagou por ali, curtindo seu charuto, pensando em enfrentar Rowan em mais seis shots de tequila. Da próxima vez — se houvesse uma próxima vez — ele faria questão de ter uma garrafa de *Patrón Silver*. Pelo menos assim ele se sentiria mais confiante em relação ao estado do próprio estômago.

Sentindo-se feliz, ele contornou o prédio. Primeiro ouviu os grunhidos, depois, o som feio de um soco contra a carne. Avançou na direção do barulho, escaneando os cantos escuros do estacionamento.

Dois dos homens que Rowan havia enfrentado no bar seguravam Dobie enquanto o terceiro — o grandalhão — o espancava.

— Merda — resmungou Gull e, jogando fora o charuto, correu adiante.

Sobressaindo-se ao zumbido de raiva nos ouvidos, Gull ouviu um dos homens gritar. O grandalhão se virou, o rosto tomado pela raiva. Gull recuou o punho e o esmurrou.

Ele nem pensou; não precisava. O instinto tomou conta quando os outros dois largaram Dobie no chão e partiram pra cima dele. Ele se entregou à loucura, ao momento, socos, chutes e cotoveladas, enquanto sentia o cheiro de sangue e provava o próprio.

Sentiu algo estalar sob seu punho, ouviu um arquejo quando seu pé acertou uma barriga flácida. Alguém caiu de joelhos e ofegou por ar depois que seu cotovelo acertou uma garganta exposta. Pelo canto do olho, Gull viu que Dobie havia conseguido se levantar e mancou até o homem que estava vomitando para acertar um belo chute em suas costelas.

Um deles tentou correr. Gull o agarrou e o jogou, fazendo o homem deslizar de cara no cascalho.

Ele não se lembrava claramente de derrubar o grandalhão, nem de ter montado em cima dele, mas foram necessários três de seus colegas paraquedistas para tirá-lo de lá.

— Já deu. O cara tá apagado. — A voz de Little Bear atravessou o zumbido da raiva. — Calma aí, Gull.

— Tá, beleza. Tô de boa. — Gull ergueu a mão para sinalizar que havia terminado. Quando as mãos que o seguravam afrouxaram, ele olhou para Dobie.

Seu amigo estava sentado no chão, rodeado por outros paraquedistas e algumas mulheres da região. Seu rosto e a frente da camisa eram um borrão de sangue, e o olho direito estava fechado e inchado.

— Acabaram com você, parceiro — comentou Gull. Então ele viu a mancha escura na perna direita de Dobie e a poça que escorria. — Puta merda! Eles te esfaquearam?

Antes que Gull chegasse perto, Dobie pescou com dois dedos uma garrafa quebrada de molho de pimenta do bolso.

— Que nada. Isso aqui quebrou quando eu caí. Só alguns cortes e desperdício de um bom tabasco.

L.B. se agachou para examinar Dobie mais de perto.

— Você carrega esse negócio no bolso?

— Onde mais eu carregaria?

Balançando a cabeça, Gull sentou-se sobre os calcanhares.

— Ele joga esse molho em tudo.

— Pode apostar. — E, para provar, Dobie despejou o restinho que tinha no traseiro de um dos homens semiconscientes. — Eu saí pra tomar um pouco de ar, e os três vieram pra cima de mim. Estavam me esperando, ou esperando por qualquer um de nós, imagino. Você chegou na hora certa — disse ele a Gull. — Você sabe kung fu ou alguma porra assim?

— Mais ou menos. É melhor ir se remendar.

— Ah, eu tô bem.

Rowan passou por ali, agachou-se na frente de Dobie.

— Eles não teriam vindo atrás de você se não estivessem putos da vida comigo. Me faz um favor? Vai colocar uns curativos aí pra eu não ficar me sentindo culpada. — Então ela se inclinou e beijou sua bochecha machucada e ensanguentada. — Fico te devendo uma.

— Tá bom... se isso for te fazer sentir melhor.

— Quer que eu chame a polícia? — perguntou Big Nate.

Dobie olhou os três homens no chão, depois deu de ombros.

— Parece que eles precisam mais é de uma ambulância. — Deu de ombros de novo. — Não me importo se vão pra cadeia, pro inferno ou de volta pro buraco de onde saíram.

— Então tá. — Big Nate se aproximou, cutucou o homem que estava sentado, com o rosto entre as mãos. — Você tá em condições de dirigir? — Quando o homem conseguiu fazer que sim com a cabeça, Big Nate o cutucou de novo, com mais força. — Você vai entrar na sua caminhonete com esses idiotas com quem anda. Vai ligar o motor e sair dirigindo. Se eu te vir por aqui de novo, ou em qualquer outro lugar onde eu esteja, vai desejar ao Deus todo-poderoso que eu tivesse chamado a polícia. Agora dá o fora da minha propriedade.

Para agilizar o processo, vários dos homens levantaram o grandalhão semiconsciente e seus companheiros que gemiam e os colocaram na caminhonete, depois ficaram parados como um paredão até o veículo sumir estrada afora.

Gull recebeu vários tapinhas nos ombros e nas costas, incontáveis ofertas de bebida. Aceitou todas, sabiamente, para evitar uma discussão enquanto observava Libby, Cards e Gibbons ajudarem Dobie a entrar em uma das vans.

— Quer que um médico te examine? — perguntou Little Bear.

— Não. Já me machuquei mais que isso só de cair da cama.

Little Bear seguiu a van com o olhar, assim como Gull.

— Ele vai ficar bem. É preciso mais que três babacas pra derrubar um bombeiro paraquedista. — Ele deu um último tapa no ombro de Gull, depois voltou para o bar quando a van saiu do estacionamento.

Gull ficou ali, tentando recuperar a calma. Sabia que a tranquilidade estava ali, em algum lugar dentro dele, mas no momento, era difícil de alcançar.

— Isso é seu?

Ele se virou e viu Rowan segurando seu charuto.

— Sim. Acho que deixei cair.

— Mão de alface. — Ela deu algumas tragadas até a ponta voltar a brilhar, depois se permitiu uma longa e profunda tragada. — Charuto de primeira — acrescentou, antes de devolver. — É uma pena desperdiçar.

Gull pegou, observou o charuto.

— Isso mesmo — concordou.

Ele jogou o charuto no chão de novo e, agarrando Rowan, puxou-a contra si.

— Isso mesmo — repetiu antes de colar a boca na dela.

Um homem só aguenta até certo ponto antes de precisar de um alívio.

Ela bateu as duas mãos no peito dele e o empurrou.

— Ei!

Por um momento, ele achou que ia levar na cara o excelente gancho dela. Mas ela espelhou seu movimento inicial e o puxou de volta.

A boca de Rowan era como ele tinha imaginado. Quente, macia e ávida. Encontrou a dele com o mesmo fervor, como se um interruptor tivesse sido acionado em ambos. Ela pressionou aquele corpo exuberante contra o dele sem hesitação, sem reservas, um presente e um desafio ao mesmo tempo, até o ar frio sob o céu estrelado parecer fumegar.

Ele sentiu o gosto pungente da tequila na língua dela, um contraste fascinante com o cheiro de pêssegos maduros que emanava da sua pele; sentiu o galope firme e constante do coração dela, acompanhando o ritmo do seu.

Então ela recuou, olhou nos olhos dele e manteve o olhar fixo por um momento antes de se afastar.

— Você manda bem — afirmou ela.

— Idem.

Ela soltou um longo suspiro.

— Você é uma tentação, Gull, não posso negar. Seria burrice negar, e eu não sou burra.

— Longe disso.

Ela esfregou os lábios, como se estivesse revisitando o gosto dele.

— A questão é que, quando você mistura sexo na equação, até mesmo pessoas inteligentes podem fazer besteira. Então… é melhor não.

— O não é escolha sua. A minha é continuar tentando.

— Não posso te culpar por isso. — Agora ela sorriu de verdade para ele, não seu sorriso habitual de canto de boca, mas algo mais caloroso. — Você luta como um selvagem.

— Tenho o hábito de me deixar levar, então tento evitar o máximo possível.

— Essa é uma boa política. O que acha de adiarmos a tequila pra colocar um pouco de gelo nesse seu queixo?

— Por mim, tudo bem.

Enquanto voltavam para o bar, ela o olhou de soslaio.

— Que técnica foi aquela que você usou naqueles idiotas?

— Uma técnica ancestral chamada "sentar a porrada".

Ela riu e deu um empurrão de quadril nele.

— Impressionante.

Ele retribuiu o empurrãozinho.

— Vem pra cama comigo e te dou umas aulas.

Ela riu de novo.

— Pode tentar mais que isso.

— Tô só aquecendo — disse ele, antes de abrir a porta do bar abafado e mergulhar de volta naquela música horrível.

ROWAN FECHOU o zíper do casaco de treino ao sair do prédio. Ela passou um tempo na academia e conferiu a lista de saltos no quadro da central de operações. Ela estava no primeiro grupo, como a quarta pessoa a saltar. Agora, ela queria dar uma corrida na pista, talvez arranjar algo para comer. Já tinha checado e rechecado seu equipamento. Se a sirene tocasse, ela estaria pronta. Caso contrário...

Caso contrário, ela pensou, ao cumprimentar um dos mecânicos com um aceno de mão, sempre haveria trabalho a fazer, sempre haveria treinos táticos. Mas o fato é que ela estava pronta, mais do que pronta, para saltar no seu primeiro incêndio da temporada. Olhou para o céu enquanto seguia em direção à pista. Claro, amplo e de um azul primaveril tão bonito quanto qualquer um poderia desejar.

Sob ele, a base continuava funcionando em um ritmo matinal típico de início de temporada. Paraquedistas e equipe de apoio estavam ocupados, lavando veículos ou fazendo manutenção — ou se aquecendo com exercícios no campo de treinamento. Depois da farra da noite anterior, muitos estavam começando devagar, mas ela queria ar fresco e esforço.

E, ao olhar para a pista, viu que não era a única.

Reconheceu Gull não apenas pelo corpo, mas pela velocidade. *Ligeirinho*, ela pensou de novo. Obviamente, os shots de tequila e uma briga de bar não o desaceleraram.

Rowan tinha que admirar aquilo.

Enquanto se aproximava correndo, ela notou que, apesar do ar fresco, ele já estava bem suado, o suor formando um "V" escuro na camiseta cinza desbotada que vestia.

Tinha que admirar aquilo também. Gostava de homem que se esforçava, que testava os próprios limites, mesmo quando estava em seu mundinho.

Embora já estivesse aquecida, parou para se alongar antes de tirar o agasalho. E, cronometrando sua entrada na pista, ela emparelhou com ele.

— Já correu quanto?

Ele levantou dois dedos, poupando o fôlego.

— Vai fechar três quilômetros? — Quando ele assentiu, ela se perguntou se ele conseguiria manter aquele ritmo intenso por mais alguns quilômetros. — Eu também. Vá em frente, Flash, eu não consigo te acompanhar.

Ela desacelerou, encontrou o próprio ritmo.

Adorava correr, adorava de coração, mas imaginava que, se tivesse a velocidade de Gull, adoraria ainda mais. Então ela o esqueceu, sintonizando-se com o próprio corpo, com o ar, com o compasso constante dos tênis golpeando a pista. Deixou a mente se esvaziar para que pudesse se encher novamente com pensamentos dispersos.

Lista de compras pessoais, arranjar tempo para costurar umas mochilas de suprimentos, a boca de Gull, Dobie. Ela devia ligar para o pai, já que estava de plantão e não poderia ir vê-lo. Por que Janis pintava as unhas dos pés se ninguém as via, afinal? Os dentes de Gull mordiscando seu lábio inferior. Os babacas que atacaram um cara baixinho.

Gull dando uma surra no estacionamento escuro.

O traseiro de Gull. Muito bonito.

Provavelmente era melhor pensar em outra coisa, ela disse a si mesma ao completar o primeiro trecho. Mas, convenhamos, nada era tão atraente quanto aquilo. Além do mais, pensar não era o mesmo que fazer.

O que ela precisava — o que todos precisavam — era que a sirene soasse. Então ela estaria ocupada demais para fantasiar, ao menos cogitar se envolver com um homem com quem trabalhava.

Pena que não o conheceu no inverno, mas como ela teria cruzado com alguém que morava na Califórnia? Ainda assim, caso ela tivesse tirado férias e passado pelo fliperama dele... Será que teria sentido aquele mesmo arrepio se o tivesse conhecido na pista de boliche ou durante uma partida acirrada de Mortal Kombat?

Difícil dizer.

Ele teria o mesmo charme, lembrou a si mesma. Mas será que haveria aquele impacto se ela olhasse naqueles olhos verdes quando ele lhe vendesse algumas fichas?

Será que ao menos parte da tensão não vinha do que eles faziam ali, o treinamento, o suor, a expectativa, a satisfação intensa de saber que só uns poucos selecionados conseguiam ser o que eles eram?

E não era exatamente esse o motivo pelo qual ela não se envolvia sexual ou romanticamente com outros paraquedistas? Como confiar nos próprios sentimentos quando tudo estava turbinado pela adrenalina? E o que fazer com esses sentimentos *quando*, e não *se*, as coisas desandassem? Você ainda teria que trabalhar com a pessoa e confiar sua vida a alguém com quem já tinha transado e não transa mais. E um, ou ambos, provavelmente estariam bem irritados com isso.

Era muito melhor conhecer alguém, mesmo que o cara vendesse fichas em um fliperama, ter um caso curto, leve e descomplicado. E depois retomar a vida.

Ela acelerou o ritmo para completar o último percurso, depois desacelerou para um trote de resfriamento. Ergueu as sobrancelhas quando Gull reduziu o passo e correu ao lado dela.

— Você ainda tá aqui?

— Fiz cinco. E me senti bem.

— Sem ressaca de tequila hoje?

— Eu nunca tenho ressaca.

— Nunca? Qual é o seu segredo? — Quando ele apenas sorriu, ela balançou a cabeça. — Ah, tá, se eu for pra cama com você, você me conta. Como tá o queixo e o resto?

— Tá tranquilo. — Tudo latejava pra cacete depois de mais de cinco quilômetros, mas ele sabia que melhoraria dali a alguns minutos.

— Ouvi dizer que Dobie recusou passar a noite em observação. L.B. o tirou da lista de saltos até que ele esteja em forma.

Gull assentiu. Ele mesmo já tinha verificado a lista.

— Não vai demorar muito. Ele é um baixinho osso duro de roer.

Ela reduziu os passos até caminhar e depois parou para se alongar.

— O que você tava ouvindo? — perguntou ela, apontando para o iPod preso no braço dele.

— Rock de estourar os tímpanos — disse ele, com um sorriso. — Pode pegar emprestado na próxima vez que correr.

— Não gosto de correr ouvindo música. Gosto de pensar.

— A melhor parte de correr é não pensar.

Enquanto ele se alongava, ela deu uma conferida no corpo que andava ocupando seus pensamentos.

— É, você talvez tenha razão.

Eles começaram a caminhar de volta juntos.

— Eu não vim pra cá porque te vi na pista.

— Droga. Lá se foi meu dia.

— Mas admirei sua bunda quando você passava voando.

— Isso é parcialmente satisfatório — considerou ele —, mas não massageia completamente meu ego.

— Você é um cara engraçado, Gull. Usa palavras bonitas, lê livros sofisticados, pelo que ouvi dizer. É mau como uma cascavel numa briga, rápido como um guepardo e passa os invernos jogando pebolim.

Ele se abaixou para pegar o casaco dela do chão.

— Gosto de uma boa partida de pebolim.

Enquanto amarrava as mangas do casaco ao redor da cintura, ela estudou o rosto dele por um bom tempo.

— Você é difícil de decifrar.

— Só se você estiver procurando me encaixar num molde.

— Talvez, mas... — Ela parou quando viu a caminhonete estacionando na frente do prédio de operações. — Ei! — gritou, acenando com os braços, antes de sair correndo.

Gull observou o homem descer da caminhonete, alto e robusto em uma jaqueta de couro surrada e botas gastas. Cabelo prateado soprado pelo vento voava para trás de um rosto bronzeado e de uma mandíbula forte. Ele se virou e abriu os braços para que Rowan pudesse pular neles. Gull poderia ter sentido uma pontinha de ciúmes, mas reconheceu Lucas "Homem de Ferro" Tripp.

E era uma cena bonita, na opinião dele, ver um pai dar um giro rápido no ar com sua filha adulta.

— Eu tava pensando em você — disse Rowan ao pai. — Ia te ligar mais tarde. Estou no segundo grupo a saltar hoje, por isso não consegui passar lá.

— Eu tava com saudade. Pensei em passar pra ver como as coisas estão. — Ele tirou os óculos escuros e os prendeu no bolso da jaqueta. — Então, um bom lote de novatos este ano?

— Sim. Na verdade... — Rowan olhou em volta, então fez um sinal para Gull mudar de direção e se juntar a eles. — Aqui está o cara que quebrou o recorde da base nos quatro quilômetros. Elite da Califórnia. — Ela manteve o braço ao redor da cintura do pai enquanto Gull se aproximava. — Gulliver Curry, Lucas Tripp.

— É um prazer enorme, sr. Tripp — disse Gull, estendendo a mão.

— Pode tirar o senhor. Parabéns pelo recorde da base e por ter passado na seleção.

— Obrigado.

Ela tinha os olhos do pai, Gull notou conforme os dois conversavam amenidades. E a estrutura óssea dele. Mas o que mais impressionou foi a linguagem corporal de ambos. Dizia, de maneira simples e indiscutível, que eram uma unidade inabalável.

— Olha só quem tá aqui. — Yangtree deixou a porta do prédio fechar com um baque e foi até eles para trocar abraços com Lucas.

— Cara, é bom te ver. Então te deixaram passar de novo este ano?

— Que nada. Alguém tem que manter esses desajustados na linha.

— Quando você cansar de liderar a garotada, sempre posso contar com outro instrutor.

— Ensinando meninos ricos a pular de avião.

— E meninas — acrescentou Lucas. — Dá pra pagar as contas.

— Sem carregar equipamentos, sem ficar vinte horas na fila. Você sente falta disso todo santo dia — disse Yangtree, apontando para ele.

— E duas vezes no domingo. — Tripp passou a mão pelas costas de Rowan. — Mas meus joelhos não sentem, não.

— Sei bem o que é isso.

— Vamos providenciar duas cadeiras de balanço — sugeriu Rowan —, e talvez um bom chá de camomila.

Lucas puxou o lóbulo da orelha dela.

— Se for uma cerveja, tô dentro. Por outro lado, ouvi dizer que vocês já beberam bastante ontem à noite, e ainda se meteram em confusão.

— Nada que não pudéssemos contornar — afirmou Yangtree, piscando para Gull. — Ou que você não pudesse resolver, não é, Kung Fu Panda?

— Uma distração momentânea.

— A distração momentânea te deu esse roxo aí no queixo? — perguntou Lucas.

Gull passou a mão sobre o hematoma.

— Eu diria pra você ver como os outros caras ficaram, mas é difícil saber, já que saíram correndo com o rabo entre as pernas.

— De tanto que se chocaram com seus punhos, certo? — Lucas acenou com a cabeça para os nódulos dos dedos arranhados e inchados de Gull. — E como tá o cara que eles atacaram?

— Você sabe de tudo, é? — perguntou Rowan.

— Ouvidos sempre atentos, querida. — Lucas beijou a têmpora dela. — Sempre atentos.

— Dobie é baixinho, mas acertou uns bons golpes. — Yangtree virou a cabeça, cuspiu no chão. — Eles bateram nele bonito até que o Kung Fu Panda aqui apareceu. Claro que, antes de tudo isso, sua garota já tinha derrubado dois deles no chão.

— Sim, ouvi falar disso também.

— Não fui eu que comecei.

— Foi o que me disseram. Começar é burrice — afirmou Lucas. — Terminar é necessário.

Rowan estreitou os olhos.

— Você não veio aqui para ver como estavam as coisas, veio pra dar uma olhada em mim.

— Talvez. Quer brigar por isso?

Ela deu um leve soco no peito do pai e sorriu.

E a sirene disparou.

Rowan beijou a bochecha do pai.

— Te vejo depois — disse ela e saiu correndo. Yangtree deu um tapa no ombro de Lucas e fez o mesmo.

— Foi um prazer te conhecer.

Tripp apertou a mão que Gull ofereceu e observou os nódulos dos dedos.

— Você tá fora da lista por causa disso aí.

— Hoje.

— Sempre tem o amanhã.

— Tô contando com isso.

GULL FOI para a sala de prontidão. Estava fora da lista de saltos, mas poderia dar uma mãozinha para aqueles que estavam nela. Já havia paraquedistas se preparando, tirando o equipamento dos armários altos, vestindo os trajes de Kevlar sobre as roupas de baixo resistentes ao fogo. Quando a avistou, Rowan já estava sentada em uma das cadeiras dobráveis, calçando as botas.

Ele ajudou com os equipamentos até conseguir chegar perto dela.

Sobrepondo-se ao barulho dos motores e das vozes elevadas, ele gritou para ela:

— Onde?

— Tem um nos Bitterroots, perto de Bass Creek.

Um voo curto o suficiente, ele calculou, para justificar uma checagem rápida antes do embarque. Ele começou pelos cadarços das botas dela e foi subindo. Já havia superado o estado de seus nódulos dos dedos e o fato de estar temporariamente fora da lista de saltos.

Não havia espaço para arrependimentos.

— Tudo certo. — Gull apertou a mão no ombro dela e encontrou seu olhar. — Vai lá e arrebenta.

— Deixa comigo.

Ele a observou partir, pensando que até o andar desajeitado imposto pelo traje e pelo equipamento parecia forte e sexy nela.

Enquanto saía para assistir ao embarque do restante do grupo, viu Dobie se arrastando com dificuldade. E, mais ao fundo, Lucas "Homem de Ferro" Tripp parado com as mãos nos bolsos.

— Aqueles desgraçados ferraram com a nossa chance. — Ofegando um pouco, o rosto tomado de hematomas e o olho machucado em um tom vibrante de roxo e vermelho, Dobie parou ao lado de Gull.

— Ainda vem mais por aí.

— É. Merda. A Libby tá lá. Nunca pensei que ela ia pegar um salto antes de mim.

Ficaram lado a lado, em silêncio, enquanto o avião taxiava e embicava o nariz. Gull olhou para o lugar onde Lucas ainda se encontrava, viu o homem erguer o rosto para o céu. E assistir a sua filha voar rumo às chamas.

5

⌘ ⌘ ⌘

O CORAÇÃO DO incêndio florestal pulsava ardente e intenso. Abrir caminho por tudo aquilo fazia o suor escorrer pelas costas de Rowan em cascatas constantes. Sua motosserra rasgava a casca e a madeira, cuspindo lascas e poeira que cobriam suas roupas, luvas e capacete. O rugido e os gritos das serras elétricas, da madeira rachando, das árvores caindo lutavam para sufocar aquele batimento quente e insistente.

Ela só parava para engolir água, molhar a garganta, lavar a poeira e a fumaça, ou para limpar os óculos de proteção quando o suor que escorria pelo rosto os embaçava.

Rowan recuou quando o pinheiro que tinha derrubado para salvar outros tombou com um estrondo no chão da floresta.

— Ei, Sueca! — Gibbons, atuando como chefe dos bombeiros, a chamou por cima do barulho. A fuligem escurecia seu rosto, e a fumaça pela qual ele tinha passado avermelhava seus olhos. — Vou tirar você, Matt e Yangtree da linha de corta-fogo. A cabeça do incêndio virou pro sul e tá subindo a colina. Tem foco surgindo pra todo lado. Precisamos deter as chamas enquanto dá tempo.

Ele puxou o mapa para mostrar as posições.

— Temos equipes de brigadistas trabalhando aqui, e a Janis, o Trigger e dois dos novatos flanqueando o incêndio aqui. Um novo grupo tá chegando, e eles vão assumir a linha de corta-fogo, perseguindo os focos. Temos um avião de retardante a caminho, deve fazer o lançamento na cabeça em cerca de dez minutos, então se certifique de estar fora da área.

— Entendido.

— Leva eles pra cima. Se cuida.

Ela pegou o equipamento, reuniu sua equipe e começou a escalada de meio quilômetro através da fumaça e do calor.

Em sua mente, ela traçava rotas de fuga, a distância e a direção até a zona segura. Pequenos focos de incêndio pipocavam ao longo da trilha íngreme, e eles os apagavam e sufocavam antes de continuar subindo.

À esquerda, uma parede laranja pulsava com calor e luz, sugando o oxigênio do ar para se alimentar enquanto rugia e devorava as árvores. Rowan observava as colunas de fumaça crescendo, altas e densas no céu.

Um trecho da parede se projetou, pulando e saltando pela trilha à frente deles, começando a queimar com entusiasmo. Ela avançou, chutando terra sobre o fogo e usando sua Pulaski, um machado de combate a incêndio, para sufocar as chamas, enquanto Yangtree as golpeava com um galho de pinheiro.

Eles golpearam, cavaram e abriram caminho encosta acima.

Por cima do barulho, ela ouviu o ronco do avião-tanque, pegou o rádio e respondeu ao sinal.

— Protejam-se! — gritou Rowan para sua equipe. — Estamos bem, Gibbons. Diga para soltarem o retardante. Estamos fora da área.

Através da fumaça, ela viu o avião de retardante sobrevoar a colina, ouviu o estrondo das comportas se abrindo para o despejo, e o rugido quando a chuva espessa e cor-de-rosa desceu do céu.

Aqueles lutando mais perto da cabeça também se protegeriam e ainda assim receberiam respingos do gel que queimava e ardia na pele exposta.

— Estamos seguros — disse ela à sua equipe, enquanto Yangtree mordia uma barra de proteína. — Vamos desviar um pouco pro leste, contornar a cabeça do incêndio e nos juntar à Janis e ao resto. Gibbons disse que o fogo tá avançando rápido. Precisamos fazer o mesmo pra ficar na frente dele. Em movimento! E fiquem atentos aos focos.

Ela mantinha o mapa em sua mente, o instinto afiado para as caprichosas mudanças do fogo. Continuaram perseguindo focos de incêndio, alguns não maiores que uma travessa de louça de jantar, outros do tamanho de uma piscina infantil.

E, o tempo todo, eles avançavam colina acima.

Rowan ouviu a cabeça do incêndio antes de vê-la. As chamas rugiam e estalavam como trovões, seguidas por um ronco traiçoeiro e pulsante. E ela sentiu antes de ver: o calor que lavava seu rosto e invadia seus pulmões.

Então, tudo se encheu de chamas, um mundo de laranja vivo, dourado, vermelho cruel, cuspindo nuvens sufocantes de fumaça. Através dos vapores e do clarão assombroso, ela viu silhuetas, vislumbrou as camisas amarelas e os capacetes dos bombeiros travando sua guerra.

Ajustando a mochila, ela forçou passagem encosta acima em direção ao incêndio feroz.

— Informe ao Gibbons! — gritou ela para Matt. — Diga a ele que chegamos. Ei, Elfa! — Rowan chamou Janis enquanto se apressava, acenando com os braços. — A cavalaria chegou.

— Estávamos precisando mesmo. Colocamos linhas de contenção ao redor da parte mais quente da cabeça. O retardante abafou um pouco o fogo, e estávamos riscando uma linha até a cauda. Precisamos alargá-la e derrubar as árvores mortas. Jesus!

Ela parou para engolir um pouco de água, enxugar o suor que fazia seus olhos arderem. O gel rosa do retardante cobria seu capacete e sua camisa.

— Primeiro incêndio da temporada, e essa besta já chegou com tudo. Gibbons acabou de me dizer que estão enviando mais uma equipe, e colocaram Idaho em alerta. Precisamos cortar a cabeça dela, Sueca.

— Podemos começar ampliando a linha e derrubando as árvores mortas. Encontramos muitos focos na subida pra cá. Ela continua tentando pular.

— Nem me fale. Vai lá. Os novatos estão lá em cima, a Libby e o Stovic. Mantém os dois na linha.

— Pode deixar.

Rowan cavou, cortou, bateu, picotou e suou. Horas se passaram num piscar de olhos. Ela cortou as árvores mortas, aquelas que ainda estavam de pé e que o fogo usaria como combustível. Quando sentiu a energia baixar, parou apenas o suficiente para encher a boca com os biscoitos de manteiga de amendoim da sua mochila de suprimentos, engolindo tudo com a única Coca-Cola — quase quente agora — que tinha levado consigo.

Suas roupas exibiam o gel rosa de uma segunda leva de retardante, e, por baixo, suas costas, pernas e ombros ardiam com o calor e as horas de esforço incessante.

Mas ela sentiu, no instante em que as coisas começaram a virar a favor deles.

A nuvem maciça de fumaça afinou — só um pouco — e através dela Rowan viu um único e promissor lampejo da Estrela do Norte.

O dia havia se transformado em noite enquanto eles estavam em combate.

Ela se endireitou, arqueou as costas para aliviar a dor muscular e olhou para trás, para a escuridão — a faixa queimada da floresta que o fogo consumiu, os troncos carbonizados, os tocos, os espinhos fantasmagóricos, as poças mortas de cinzas.

Nada mais para queimar ali agora, pensou, e eles cortaram o suprimento de combustível na cabeça do fogo.

Sua energia voltou. Ainda não havia acabado, mas eles tinham vencido. O dragão estava começando a esmorecer.

Ela derrubou um pinheiro morto e usou um de seus galhos para apagar um pequeno foco sorrateiro. O grito de susto e dor fez com que ela se virasse a tempo de ver Stovic cair. A motosserra saltou das mãos dele, rolou, e o sangue nos dentes serrilhados pingava no chão marcado.

Rowan largou sua motosserra e correu até ele. Ela o alcançou no momento em que ele lutava para se sentar e agarrar a coxa.

— Calma! Aguenta firme! — Ela afastou as mãos dele e rasgou a calça para alargar o rasgo irregular.

— Não sei o que aconteceu. Eu me cortei! — Sob a fuligem e as cinzas, o rosto dele estava assustadoramente pálido.

Mas ela sabia o que havia acontecido. A fadiga o deixou descuidado e fez com que ele perdesse o controle da serra ou a usasse de maneira negligente, apenas por um segundo, tempo suficiente para que ela desse um coice.

— É grave? — perguntou ele enquanto ela usava uma faca de sua mochila para cortar o tecido. — Tá muito feio?

— É só um arranhão. Aguenta firme, novato. — Disso ela não sabia, mas precisava mantê-lo calmo. — Pega o kit de primeiros socorros — ordenou Rowan quando Libby se ajoelhou ao lado deles. — Vou limpar isso aqui, Stovic, pra ver direito.

Ele estava em choque, ela concluiu ao observar os olhos dele, mas se mantinha firme.

E a enxurrada de palavrões amargos — alguns em russo, ditos com seu sotaque do Brooklyn — a deixaram um pouco mais otimista conforme ela limpava o ferimento.

— Um belo corte — disse ela com leveza, pensando, *Meu Jesus amado, um pouco mais fundo, um pouco mais à esquerda, e adeus, Stovic.* — A lâmina pegou mais a calça do que a perna.

Ela o encarou novamente. Teria mentido, se fosse necessário, e seu estômago se revirava de alívio por não precisar mentir.

— Você vai precisar de uma boa dúzia de pontos, mas isso não vai te deixar parado por muito tempo. Vou fazer um curativo improvisado que vai te manter firme até você voltar pra base.

Ele conseguiu esboçar um sorriso trêmulo, mas ela ouviu o estalo seco na garganta dele ao engolir.

— Eu não cortei nada essencial, né?

— Seu bagulho tá intacto, Motosserra.

— Tá doendo pra caramba.

— Imagino.

Ele se recompôs, respirou fundo algumas vezes. Rowan sentiu outra onda de alívio quando um pouco de cor voltou ao rosto dele.

— Primeira vez que salto em um incêndio, e olha o que eu faço. Isso não vai me deixar de molho por muito tempo, vai?

— Não. — Ela fez um curativo rápido, com firmeza. — E você ainda vai ficar com uma cicatriz sexy pra impressionar as mulheres. — Ela se sentou sobre os calcanhares, sorriu para ele. — As mulheres não resistem a um guerreiro ferido, né, Lib?

— Com certeza. Na verdade, tô me segurando aqui pra não pular em cima de você agora, Stovic.

Ele respondeu com um sorriso torto.

— Nós vencemos, não foi, Sueca?

— Sim, vencemos. — Ela deu um tapinha no joelho dele, depois se levantou. Deixando Libby cuidando dele, afastou-se para contatar Gibbons e organizar a retirada de Stovic.

Dezoito horas após saltar no incêndio, Rowan subia de volta no avião para o curto voo de retorno à base.

Usando a mochila como travesseiro, ela se deitou no piso e fechou os olhos.

— Um bife — disse ela — ao ponto. Uma batata assada do tamanho de uma bola de futebol, afogada em manteiga, uma montanha de cenouras caramelizadas, e depois uma fatia de bolo de chocolate do tamanho de Utah coberta com meio pote de sorvete.

— Almôndega. — Yangtree se jogou ao lado dela enquanto outra pessoa, ou mais de uma pessoa, pelo som estéreo, roncava como uma serra elétrica. — Uma almôndega inteira, e eu quero minha montanha em purê de batatas com um barril de molho. Torta de maçã, com um pote de sorvete.

Rowan abriu os olhos e viu Matt observando-a com um sorriso sonolento.

— E você, Matt? Qual o pedido?

— O frango e os *dumplings* da minha mãe. O melhor de todos. Pode servir num balde que eu enfio a cabeça e devoro. Torta de cereja e chantilly caseiro.

— Todo mundo sabe que chantilly vem em lata.

— Não na casa da minha mãe. Mas tô com tanta fome que comeria pizza de cinco dias atrás, e a caixa junto.

— Pizza... — gemeu Libby, tentando achar uma posição mais confortável no banco. — Nunca pensei que poderia me sentir tão vazia e ainda estar viva.

— Dezoito horas na linha de combate fazem isso. — Rowan bocejou, virou de lado e deixou as vozes, os roncos e os motores embalarem seu sono.

— Vai direto pra cozinha quando a gente chegar, Ro? — perguntou Matt.

— Humm. Preciso comer. Preciso tomar banho pra tirar o fedor antes.

Quando se deu conta, estavam pousando. Ela cambaleou para fora do avião envolta numa névoa de exaustão. Assim que largou o equipamento, tropeçou até o quarto, rasgou a embalagem de uma barra de chocolate. Quase enfiou tudo na boca enquanto arrancava as roupas imundas. Meio dormindo, ela se arrastou até o chuveiro, gemeu baixinho à medida que a água morna escorria sobre ela. Pelos olhos turvos, ela viu a água suja e cinza escorrer pelo ralo.

Ensaboou cabelo, corpo, rosto, inalando o aroma de pêssegos que, aparentemente, deixava Gull ensandecido. *Enxágue e repita*, ordenou a si mesma. *Enxágue e repita*. E quando, finalmente, a água correu limpa, ela fez uma tentativa meio tosca de se secar.

E então desabou na cama enrolada na toalha úmida.

⌘ ⌘ ⌘

O SONHO SE aproximou devagar, sorrateiro, naquela camada de penumbra do sono, enquanto sua mente começava a emergir do poço profundo da exaustão.

Motores trovejando, o chicote do vento, o salto inebriante rumo ao céu. A adrenalina se transformando em pânico — o *tum, tum, tum* do coração contra as costelas enquanto ela assistia, impotente, ao mergulho de Jim em direção ao solo em chamas.

— Ei. Ei. Você precisa acordar.

A voz interrompendo o grito que ecoava na cabeça dela, o sacolejo brusco em seu ombro fizeram com que ela se sentasse na cama de repente.

— O quê? A sirene? O quê? — Ela olhou para o rosto de Gull, esfregando uma das mãos no próprio rosto.

— Não. Você tava tendo um pesadelo.

Ela inspirou, expirou, semicerrando os olhos. Era de manhã — ou talvez mais tarde — ela podia perceber isso. E Gulliver Curry estava no seu quarto. Sem ser convidado.

— O que você tá fazendo aqui?

— Talvez você queira ajustar essa toalha um pouco? Não que eu esteja reclamando da vista. Aliás, posso muito bem passar o resto do dia só admirando.

Ela olhou para baixo, viu que estava nua da cintura para cima, e a toalha que havia escorregado não cobria muito abaixo também. Com uma careta, puxou a toalha para cima e ao redor do corpo.

— Responda logo antes que eu chute a sua bunda.

— Você perdeu o café da manhã, e estava prestes a perder o almoço.

— Trabalhamos no incêndio por dezoito horas. Só fui pra cama lá pelas três da manhã.

— Fiquei sabendo, e bom trabalho, aliás. Mas alguém comentou que você não comeu, e que tem uma quedinha por sanduíches de bacon com ovo e queijo branco. Então… — Ele apontou com o polegar para a mesinha de cabeceira. — Eu trouxe um pra você. Só ia deixar ali, mas você estava tendo um pesadelo. Eu te acordei, você me pagou uns peitinhos… e só para constar, você tem o par de seios mais magnífico que já tive o privilégio de ver, e cá estamos nós.

Ela olhou para o sanduíche, a lata de refrigerante ao lado. Daquela vez, quando respirou fundo, o cheiro quase a fez chorar de alegria.

— Você me trouxe um sanduíche de bacon e ovo?

— Com queijo branco.

— Eu diria que você até mereceu ver meus peitos.

— Posso buscar outro agora mesmo, se for assim.

Ela riu, bocejou, então ajustou a toalha antes de pegar o prato. A primeira mordida fez com que fechasse os olhos em puro êxtase. Tomada pelo prazer, nem mandou ele sair da cama quando sentiu o colchão ceder sob seu peso.

— Obrigada — disse ela, com a boca cheia da segunda mordida. — De verdade.

— Vou ter que admitir que valeu muito a pena. De verdade.

— Eu tenho mesmo seios excepcionais. — Ela pegou a bebida, torceu a tampa. — O fogo continuava mudando de direção, cuspindo focos pra tudo quanto é lado. A gente traçava uma linha de defesa, e ele vinha com um "*Ah, você quer brincar, é? Tente isso.*" Mas no fim, ele não conseguiu vencer os Zulies. Você tem notícias do Stovic?

— Agora conhecido como Motosserra. Ele e seus vinte e sete pontos estão indo bem.

— Eu devia ter ficado de olho nele.

— Ele passou no teste, Rowan. Acidentes acontecem. Faz parte do pacote.

— É. Não dá pra discordar, mas ele fazia parte da minha equipe, e eu era a membro sênior naquele setor. — Ela deu de ombros. — Ele tá bem, então tá tudo bem.

Ela desviou o olhar.

— Suas mãos parecem melhores.

— Boas o suficiente. — Ele as flexionou. — Já tô de volta à lista de saltos.

— E o Dobie?

— Ele tá se recuperando, mas ainda vai levar alguns dias. Little Bear descobriu que o Dobie costura como uma tiazinha, então deixou ele acorrentado a uma máquina. Ganhei cinquenta e seis dólares e uns trocados no pôquer ontem à noite, e o Bicardi, um dos mecânicos, ficou meio bêbado e cantou ópera italiana. Isso, acredito, é toda a fofoca que sei.

— Agradeço pela atualização e pelo sanduíche. Agora cai fora pra eu poder me vestir.

— Eu já te vi pelada.

— Vai precisar de mais do que um sanduíche de café da manhã pra me ver pelada de novo.

— Que tal um jantar?

Deus, ele a fazia rir.

— Fora, Elite. Preciso ir pra academia, colocar meu treino em dia e aliviar os músculos travados.

— E, pra provar o quanto sou um cara elegante, vou me abster de fazer qualquer comentário óbvio sobre essa afirmação. — Ele se levantou e pegou o prato vazio. — Você é uma mulher deslumbrante, Rowan — disse, ao sair. — Isso tem tirado meu sono.

— E você é um homem sexy, Gulliver — murmurou ela depois que ele saiu. — Isso tá mexendo comigo.

Ela fez uma sessão de noventa minutos na academia, mas pegou leve, mantendo um ritmo mais lento para evitar sobrecarregar o corpo, e depois foi para o refeitório.

Sentindo-se humana de novo, mandou uma mensagem rápida para o pai.

Acabamos com o incêndio. Estou bem. Amo você, Ro.

Ela foi até o mezanino a fim de verificar o paraquedas que havia pendurado na noite anterior. Começou a examinar em busca de buracos, enroscamentos, defeitos.

E levantou a cabeça quando Matt e Libby entraram.

— Bem, você tá com cara de quem foi atropelada por um caminhão.

— Me lembre de nunca mais comer como uma porca antes de me jogar na cama. — Libby levou a mão à barriga. — Não consegui pregar o olho até depois das cinco, e fiquei lá, largada, igual a uma baleia encalhada.

— Você não passou no refeitório — comentou Matt, carregando o próprio paraquedas.

— Quando consegui me livrar da inhaca, mal tive tempo de sair do chuveiro e chegar à cama. Dormi feito uma pedra — acrescentou ela, sorrindo para Libby. — Recebi serviço de quarto, fiz meus noventa minutos de treino, comi mais, e aqui estou eu pronta pra fazer tudo de novo.

— Que bom. — Libby estendeu seu paraquedas. — Serviço de quarto?

— O Gull me trouxe um sanduíche de café da manhã.

— É assim que chamam em Missoula?

Rowan apontou o dedo.

— Só o sanduíche, mas ele ganhou alguns pontos. Alguém aqui viu o Motosserra?

— Vi sim, antes de encontrar o Matt. Ele me mostrou os pontos.

— É assim que chamam na Califórnia?

— Caí como um patinho nessa.

— Ele teve sorte — disse Matt. — Pegou só músculo. Um centímetro pra qualquer lado e seria outra história.

— No fim, tudo se resume a centímetros, não é? — Libby passou os dedos sobre seu paraquedas. — Ou segundos. Ou uma distração mínima. A diferença entre ganhar uma cicatriz interessante ou… — Ela interrompeu a frase, empalideceu um pouco. — Desculpa, Matt. Falei sem pensar.

— Tá tudo bem. Você nem conhecia ele. — Ele continuou sua inspeção do paraquedas, pigarreou de leve. — Pra ser sincero, eu não sabia, não com certeza, se seria capaz de realmente fazer isso de novo até ontem. Na porta do avião, olhando lá pra baixo, esperando a mão do *spotter* bater no meu ombro, eu não sabia se ia conseguir saltar no fogo de novo.

— Mas você saltou — murmurou Rowan.

— Sim. Eu disse a mim mesmo que ia fazer isso pelo Jim, mas até realmente saltar… Porque você tá certa, Libby. Tudo se resume a centímetros e segundos. É destino. É por isso que não podemos relaxar. Enfim. — Ele soltou um longo suspiro. — Você sabia que a Dolly tá de volta? — perguntou a Rowan.

— Não. — Surpresa, Rowan interrompeu o que estava fazendo. — Quando? Não a vi na base.

— Ela voltou ontem, enquanto a gente tava no incêndio. Passou no meu quarto hoje de manhã depois do café. — Ele manteve os olhos fixos no paraquedas. — Ela parece bem. Queria se desculpar pelo modo como agiu depois que o Jim morreu.

— Isso é bom. — Mas Rowan sentiu um aperto no estômago enquanto completava a inspeção do paraquedas.

— Eu disse a ela que devia fazer o mesmo com você.

— Não importa.

— Sim, importa.

— Posso perguntar quem é essa Dolly? — Libby quis saber. — Ou devo cuidar da minha própria vida?

— Ela era uma das cozinheiras — explicou Rowan. — Ela e o Jim tinham um lance. Na verdade, a Dolly tinha mania de ter lances com vários, mas havia se concentrado no Jim na maior parte da última temporada. Ela ficou muito mal quando ele morreu. Compreensível.

— Ela foi pra cima de você com uma faca de cozinha — lembrou Matt. — Não tem nada de compreensível nisso.

— Uau, minha nossa...

— Ela meio que veio pra cima de mim — corrigiu Rowan enquanto Libby olhava para ela, boquiaberta.

— Por quê?

— Eu era a parceira de salto do Jim naquele dia. Ela precisava culpar alguém. Surtou, sacou a faca. Mas, no fundo, ela culpou todo mundo, disse que tínhamos matado ele.

Rowan esperou um momento para ver se Matt comentaria algo, mas ele permaneceu em silêncio.

— Ela foi embora logo depois. Acho que ninguém esperava que ela voltasse, ou que fosse contratada de novo, pra ser sincera.

Matt mudou de posição, voltou a olhar para ela.

— E você tá bem com isso?

— Não sei. — Rowan esfregou a nuca. — Acho que, se ela não apontar objetos cortantes pra mim nem tentar me envenenar, dá pra conviver.

— Ela tem um bebê.

Foi a vez de Rowan ficar espantada.

— O quê?

— Ela me disse que teve uma menina, em abril. — Seus olhos ficaram marejados um pouco, então ele desviou o olhar. — Dolly deu o nome de Shiloh. A mãe dela tá cuidando da menina enquanto ela trabalha. Ela disse que é filha do Jim.

— Meu Deus, você não soube disso antes? Sua família não sabia?

Ele negou com a cabeça.

— Foi por isso que ela se desculpou. Pediu pra eu contar pra minha mãe, pra minha família, e me deu algumas fotos. Disse que eu podia ir ver... ela... a bebê... se quisesse.

— O Jim sabia?

A cor voltou ao rosto dele, mas logo sumiu de novo.

— Ela disse que contou pra ele naquela manhã, antes do salto. Disse que ele ficou muito empolgado, que escolheu o nome. Menino ou menina, ele disse a ela, queria Shiloh. Eles iam se casar no outono, segundo ela.

Ele tirou uma pequena foto do bolso.

— Olha ela aqui. Essa é a Shiloh.

Libby pegou a foto.

— Ela é linda, Matt.

Os olhos dele clarearam, e o sorriso se espalhou.

— Careca que nem um melão. Eu, o Jim, minha irmã... todos nascemos assim. Preciso ligar pra minha mãe — disse ele, enquanto Libby passava a foto para Rowan. — Só não consigo imaginar como contar isso pra ela.

Rowan observou a foto da bebê de bochechas rechonchudas e olhos brilhantes antes de devolvê-la.

— Vai dar uma caminhada, coloca as ideias no lugar. Depois liga pra sua mãe. Ela vai ficar feliz. Talvez meio chateada por não ter sabido antes, mas no fundo vai ficar feliz. Vai lá. Eu cuido do seu paraquedas.

— Não consigo parar de pensar nisso, então acho que você tem razão. Depois eu termino o paraquedas.

— Eu cuido disso.

— Obrigado. Obrigado — repetiu ele, e saiu como um homem que ainda não tinha acordado de um sonho.

— É muita coisa ao mesmo tempo — comentou Libby.

— É, é muita coisa mesmo.

Ela deixou o assunto borbulhar no fundo da mente enquanto trabalhava. Outros entraram, e, como a notícia do retorno de Dolly Brakeman se espalhou, aquele foi o assunto mais comentado do dia.

— Você já viu ela?

Rowan balançou a cabeça para Trigger. Como já havia terminado de revisar seu paraquedas, ela se concentrou no de Matt.

— Dizem que ela chegou ontem à tarde, com a mãe e o pastor.

— O quê?

— Sim. — Trigger revirou os olhos. — Um tal de reverendo Latterly. Dizem que é o pastor da mãe dela, e que a Dolly agora vai à igreja direitinho. E então eles ficaram uma hora trancados com o L.B. Hoje de manhã, ela já estava na cozinha com a Lynn e a Marg, fritando bacon.

— Ela sabe cozinhar.

— Sim, esse nunca foi o problema dela.

Ela encontrou o olhar de Trigger, balançou a cabeça mais uma vez.

— Ela tem uma filha agora. — Rowan manteve a voz baixa. — Não tem por que desenterrar tudo de novo.

— Você acha que a criança é do Jim, como ela diz?

— Eles estavam transando feito coelhos, então por que não seria? — Porque, nenhum dos dois disse, ela tinha o hábito de pular de um coelho pra outro. — De qualquer forma, isso não é da nossa conta.

— Ele era um dos nossos, então você sabe que isso faz com que seja da nossa conta.

Ela não podia negar, mas ignorou os boatos e especulações até ter guardado os paraquedas. Então, foi atrás do Little Bear.

Ele se endireitou da posição curvada sobre a mesa e fez um gesto para que ela fechasse a porta.

— Imaginei que você ia aparecer.

— Só quero saber se preciso ficar de olho. Preferiria não acabar com uma faca de pão entre as escápulas.

Ele esfregou um ponto entre as sobrancelhas.

— Você acha mesmo que eu teria deixado ela voltar para a base se achasse que ela ia te causar algum problema?

— Não. Mas eu gostaria de ouvir isso de você.

— Ela trabalhou aqui três anos antes de conhecer o Jim. O único problema que a gente teve era a velocidade com que ela levantava a saia. E ninguém ligava muito pra isso, também.

— Eu não tô nem aí se ela pagava boquete pra todos os novatos, veteranos, paraquedistas e mecânicos na sala de prontidão. — Rowan enfiou as mãos nos bolsos e deu uma volta pela sala. — Ela é uma boa cozinheira.

— Isso é verdade. E, pelo que ouvi, muitos homens sentiram falta desses boquetes quando ela ficou com o Jim. E agora ela tem uma filhinha. Pelo tempo e pelo que ela diz, é dele. — L.B. inflou as bochechas. — Ela trouxe o pastor dela. A mãe levou ela pra igreja. Ela precisa do trabalho, quer fazer as pazes.

Ele acenou com a mão no ar.

— Não vou negar que senti pena dela, mas teria mandado ela embora na hora se não acreditasse que ela quer um recomeço pra si mesma e pra filha. E ela sabe que, se causar problemas pra você ou pra qualquer outra pessoa, tá fora.

— Não quero que isso recaia sobre mim, L.B.

Ele encarou Rowan por um longo instante com seus olhos castanhos e sérios.

— Então pense que está sobre mim. Se você não estiver bem com isso, eu resolvo.

— Merda.

— Ela tá cantando no coral da igreja aos domingos.

— Ah, me poupe. — Ela enfiou as mãos nos bolsos novamente enquanto L.B. sorria. — Tá bom, tá bom. — E caiu sentada em uma cadeira.

— Não tá tão bom assim?

— Ela te disse que ela e o Jim iam se casar, e que ele tava todo feliz com o bebê?

— Disse.

— A questão, L.B., é que eu sei que ele tava saindo com outra. A gente pegou aquele incêndio no ano passado, em St. Joe, e ficamos lá por três dias. Jim ficou com uma das mulheres da equipe da cozinha; ele parecia ter uma queda por cozinheiras. E eu sei que eles se encontraram num motel entre aqui e lá algumas vezes quando ele tava fora da lista de saltos. E não foi só ela. Tiveram outras, também.

— Eu sei. Tive que conversar com ele sobre esperar que eu encobrisse isso da Dolly.

— No dia do acidente, como eu te contei, ele tava nervoso no avião. Não tava animado, mas nervoso, inquieto. Se a Dolly contou da gravidez antes de sairmos, provavelmente era por isso. Ou parte disso.

Ele bateu com um lápis na mesa.

— Não vejo nenhuma razão pra Dolly precisar saber de nada disso. Você vê?

— Não. O que eu tô dizendo é que talvez ela tenha mesmo encontrado Deus ou encontre algum conforto cantando pra Jesus, mas ela tá mentindo ou delirando com relação ao Jim. Então, por mim, tudo bem ela voltar, contanto que entendamos isso.

— Pedi pra Marg ficar de olho nela, me avisar como ela vai se sair.

Satisfeita, Rowan ficou de pé.

— Isso é suficiente pra mim.

— Está relampejando bastante lá pro norte — disse L.B. enquanto ela saía.

— É? Vai que a gente dá sorte e salta num incêndio, daí todo mundo pode parar de falar sobre a volta da Dolly. Inclusive eu.

Rowan decidiu resolver isso de uma vez por todas, e fez do refeitório sua próxima parada.

Encontrou os preparativos para o jantar em andamento, como tinha previsto.

Marg, a rainha do refeitório, onde reinava há doze anos, estava no balcão cortando batatas vermelhas. Ela usava seu avental sobre camiseta e jeans, e o cabelo castanho preso sob uma bandana rosa-choque.

O vapor subia das panelas no fogão enquanto Lady Gaga cantava *Speechless* na playlist do dispositivo que Marg deixava no balcão.

Ninguém além dele decidia a trilha sonora da cozinha.

Ela cantava junto em um timbre forte e rouco, marcando o ritmo com a faca.

Seu sangue indígena — da bisavó materna — era nítido nas maçãs do rosto, mas era o lado irlandês que dominava a pele branca salpicada de sardas e os olhos vívidos, cor de avelã.

Aqueles olhos captaram os de Rowan, e se direcionaram para a mulher lavando verduras na pia.

Rowan ergueu os ombros e os deixou cair.

— Tá um cheiro bom aqui. — Ela fez questão de falar alto o bastante para sua voz se sobressair à música.

Diante da pia, Dolly congelou, depois desligou a água bem devagar e se virou.

O rosto estava um pouco mais rechonchudo, Rowan notou, e os seios também. Ela usava o cabelo loiro em um rabo de cavalo alto e bem preso, e já precisava retocar a raiz.

Mas talvez isso fosse maldade, pensou Rowan. Uma mãe de primeira viagem tinha outras prioridades. O rubor em suas bochechas vinha mais da emoção do que da maquiagem quando ela baixou o olhar e secou as mãos com um pano de prato.

— Nós temos carne de porco assada pra acompanhar as batatas com alecrim, feijão-manteiga e cenouras. Pros vegetarianos tem ravioli de três queijos. Vou preparar uma saladona mediterrânea. Bolo amanteigado e torta de mirtilo de sobremesa.

— Tô dentro.

Rowan abriu a geladeira e pegou um refrigerante enquanto Marg voltava para as batatas.

— Como você tá, Dolly?

— Bem, e você? — respondeu com firmeza, o queixo erguido.

— Bem o bastante. Talvez você possa fazer uma pausa, dar uma voltinha comigo lá fora?

— Estamos ocupadas. A Lynn…

— É melhor aquela magricela voltar logo pra cá — interrompeu Marg. — Vai lá fora, e se cruzar com ela, manda entrar.

— Preciso secar essas verduras — Dolly tentou, mas, como todos faziam, murchou sob o olhar firme de Marg. — Tá, tudo bem. — Ela largou o pano de prato e foi em direção à porta.

Rowan trocou um olhar com Marg e foi atrás.

— Eu vi uma foto da sua bebê — começou Rowan. — Ela é linda.

— Filha do Jim.

— Ela é linda — repetiu Rowan.

— Ela é um presente de Deus. — Dolly cruzou os braços enquanto andava. — Preciso desse trabalho pra sustentar ela. Espero que você seja cristã o suficiente pra não fazer nada que me faça ser demitida.

— Eu não penso nisso como algo cristão ou não, Dolly. Eu penso nisso como ser humana. Nunca tive problema com você e não tô atrás de ter agora.

— Vou cozinhar pra você assim como cozinho para os outros. Espero que você me respeite e fique longe de mim, e eu farei o mesmo. O reverendo Latterly diz que eu preciso te perdoar para ficar bem com o Senhor, mas eu não perdoo.

— Me perdoar pelo quê?

— Você é a razão pela qual minha filha vai crescer sem o pai.

Rowan ficou em silêncio por um momento.

— Talvez você precise acreditar nisso pra conseguir seguir em frente, e sinceramente, eu não dou a mínima.

— Eu esperava isso de você.

— Então fico feliz em não te decepcionar. Você pode alegar que encontrou Deus ou que nasceu de novo, tanto faz. Mas você tem uma filha, e precisa de trabalho. Você é boa no que faz. O que você vai ter que engolir, Dolly, é que para manter esse trabalho, você vai ter que lidar comigo. Quando eu quiser entrar na cozinha, eu vou entrar, esteja você lá ou não. Não vou viver em função dos seus caprichos ou rancores mal direcionados.

Ela levantou a mão antes que Dolly pudesse responder.

— Mais uma coisa. Da outra vez, você veio pra cima de mim e ficou por isso mesmo. Isso não vai acontecer de novo. Com filha ou sem filha, eu acabo com você. Fora isso, não teremos problemas.

— Você é uma vadia sem coração, e um dia vai pagar por tudo o que fez. Era pra ter sido você no lugar do Jim naquele dia. Era pra ter sido você, gritando até o chão.

E correu de volta para a cozinha.

— Pois é — murmurou Rowan —, e não é que correu tudo bem?

6

⌘ ⌘ ⌘

ROWAN DORMIU mal e colocou a culpa inteiramente em Dolly. Ela havia verificado o radar, os registros, os mapas antes de se deitar. Incêndios tinham surgido perto de Denali, no Alasca, e nas Marble Mountains, ao norte da Califórnia. Ela cogitou ser chamada e passar parte da noite em um avião de transporte, e até torceu por isso. Mas nenhuma sirene soou, ninguém bateu à porta.

Em vez disso, sonhou com Jim pela segunda noite consecutiva. Acordou irritada e inquieta, e ficou brava consigo mesma por deixar seu subconsciente ser tão facilmente manipulado.

Decidiu acabar com isso e prometeu a si mesma começar o dia com uma corrida puxada para espantar o mau humor.

Quando seus músculos começaram a aquecer nos primeiros metros, Gull se juntou a ela.

Ela lançou um olhar de relance para ele.

— Isso vai virar hábito?

— Ontem fui eu que comecei a correr primeiro — lembrou ele. — Gosto de correr uns quilômetros logo cedo. Me desperta.

Ele também a observou e decidiu que ela parecia um pouco irritada, com olheiras.

— Tá correndo por tempo ou distância?

— Estou só correndo.

— Vamos considerar distância então. Eu gosto de ter uma meta.

— Já percebi. Acho que três.

Ele deu um risinho.

— Você aguenta mais. Cinco.

— Quatro — rebateu ela, só para não deixá-lo conseguir o que queria. — E não fala comigo. Gosto de estar na minha cabeça quando corro.

Obediente, ele deu um toque no aparelho preso ao braço e correu ao som de música.

Eles mantiveram o ritmo constante no primeiro quilômetro. Ela estava ciente da presença dele a seu lado, do som dos dois pisando na pista em uníssono. E chegou à conclusão de que não se importava com isso. Podia especular sobre qual música ele escutava para correr, qual agenda ele havia planejado para o restante do dia. Como aquilo tudo poderia desmoronar se eles fossem chamados para um incêndio.

Ambos estavam no topo da lista de saltos.

Quando passaram pelo segundo quilômetro, ela ouviu o som de um motor acima e viu um dos aviões do pai deslizar pelo vasto céu azul. Aula de voo, ela concluiu — os negócios iam bem. Ela se perguntou se era seu pai ou um dos outros três pilotos que estava como instrutor, então viu a asa direita inclinar duas vezes, seguida por uma única inclinação à esquerda.

Seu pai.

Com o rosto voltado para cima, ela ergueu o braço, os dedos bem abertos, retribuindo o sinal.

Esse simples contato estraçalhou os resquícios de irritação que nem a corrida nem a companhia de Gull tinham conseguido dissipar.

Então seu companheiro de corrida acelerou o passo. Ela aumentou o dela para acompanhar, sabendo que ele estava desafiando-a, testando-a. E, para ela, não valia a pena viver sem um pouco de competição. O ardor crescente nos músculos das suas pernas queimou até mesmo os últimos resquícios de mau humor.

Sua passada se alongou no terceiro quilômetro. Seus braços bombeavam, os pulmões trabalhavam. O sol forte que os meteorologistas haviam prometido, que faria as temperaturas chegarem a vinte e sete graus à tarde, já a envolvia em uma fina camada de suor.

Ela se sentia viva, desafiada, feliz.

Foi então que Gull olhou para ela e deu uma piscadela. E a deixou comendo poeira.

Ele tinha algum tipo de marcha extra, ela pensou assim que ele a engatou. Só podia ser isso. E, quando engatava, ele simplesmente sumia.

Ela buscou a própria arrancada, descobriu que ainda tinha um restinho de energia. Não o bastante para alcançá-lo — a menos que se amarrasse a um foguete —, mas o suficiente para não passar vergonha.

O último quilômetro a deixou um pouco zonza, ofegante, e ela simplesmente se deixou rolar na grama ao lado da pista no final.

— Você vai ter cãibra. Vamos lá, Ro, sabe que não deveria fazer isso.

Ele também estava ofegante — não tanto quanto ela, e Rowan sentiu um pouco de satisfação naquilo.

— Um minuto. — Foi tudo o que conseguiu dizer, mas ele agarrou suas mãos e a puxou para que ficasse de pé.

— Dá uma andada pra se recuperar, Ro.

Ela caminhou até que seu ritmo cardíaco voltasse a um nível razoável, lançou um jato da garrafa de água na boca.

Observando-o, ela se apoiou numa perna só, alongou os quadríceps flexionando a perna e segurando o calcanhar atrás de si. Ele havia suado, e ficava gostoso daquele jeito.

— Parece que você tem um motor nesses Nikes.

— Você também manda bem. E agora não tá mais irritada nem deprimida. Era seu pai naquele avião?

— Era. Por que disse que eu estava irritada e deprimida?

— Tava estampado na sua cara. Tenho estudado seu rosto, e foi assim que identifiquei o humor.

— Vou pra academia.

— Melhor alongar esses isquiotibiais primeiro.

A irritação subiu pelas costas dela como um besouro.

— O que você é, técnico de atletismo?

— Não adianta ficar irritada comigo porque percebi que você tava irritada.

— Talvez não, mas você tá bem aqui. — Ainda assim, ela se abaixou para um alongamento dos isquiotibiais.

— Pelo que ouvi, você tem motivo para estar.

Ela levantou a cabeça e lançou aquele olhar azul gélido.

— Deixa eu resumir. — Ele abriu a bolsa que havia jogado na borda da pista, pegou um pouco de água. — O irmão do Matt e a cozinheira loira passaram boa parte da última temporada enroscados debaixo dos lençóis. Historicamente, a tal cozinheira tinha bastante talento em se enroscar, com destreza e entusiasmo.

— Entusiasmo.

— É uma forma educada de dizer que ela transava bastante, bem e sem muita discriminação.

— Isso também pareceu educado.

— Fui bem criado. Além disso, o Jim também era generoso com suas atenções.

— Entendi.

— Só que — continuou Gull —, durante os enroscos e as transas, a cozinheira decidiu que estava apaixonada pelo Jim; isso eu peguei da Lynn, que ouviu da loira, e a loira partiu o coração de muitos ao focar toda a sua energia no Jim, ignorando completamente o fato de que ele não retribuía o sentimento.

— Você poderia escrever um livro.

— Já pensei nisso. Perto do fim desse longo, quente verão, a cozinheira aparece grávida, o que, segundo boatos, já que ela sempre evitou isso antes, pode ter sido de propósito.

— Provavelmente. — Era uma das coisas que ela já havia considerado, e uma das que mais a deprimiam.

— Triste — murmurou ele, e deixou por isso mesmo. — A cozinheira afirma que contou pro Jim, que recebeu a notícia com alegria e empolgação. Embora eu não o conhecesse, isso me parece duvidoso. Planos de casamento foram imediatamente traçados, o que me parece ainda mais duvidoso. Então, mais triste ainda, o Jim morre durante um salto, e a investigação subsequente determina que foi erro dele, mas a cozinheira culpou o parceiro do salto, que no caso é você, e tentou te esfaquear com uma faca de cozinha.

— Ela não tentou me esfaquear, não exatamente. — A questão era, Rowan pensou, que ela não conseguia entender por que continuava defendendo a louca da Dolly nesse ponto. — Ou não teve tempo, porque a Marg arrancou a faca dela quase na mesma hora.

— Ponto pra Marg. — Ele observou o rosto dela enquanto falava, olhos felinos firmes e pacientes. — O luto assume muitas formas, e muitas delas são distorcidas e feias. Mas culpar você, ou qualquer outra pessoa da equipe, pelo acidente do Jim é simplesmente burrice. Continuar culpando é crueldade, burrice e autossabotagem.

Ela não queria falar sobre aquele assunto. Por que estava falando? Não conseguia evitar, percebeu, com ele a observando tão atentamente, falando com tanta calma.

— Como você sabe que ela ainda me culpa?

A luz do sol destacou os reflexos dourados em seu cabelo castanho enquanto ele bebia mais água.

— Pra encerrar, a cozinheira vai embora, encontra a religião; ou assim ela afirma, e talvez até acredite. Só que não encontrou graça nem fé suficientes pra contar à família enlutada do pai sobre o bebê, até que decide voltar pra base procurando trabalho. Então, eu acho que esse lance de ter encontrado Deus é meio que papo-furado.

— Tudo bem. — Talvez ela não pudesse evitar porque ele havia exposto tudo de forma direta, exatamente como ela via. — Uau!

— Ainda não terminei. Você procura a cozinheira, conversa com ela em particular. Embora, é claro, privacidade seja algo raro por aqui. Durante essa conversa não tão privada, a cozinheira fica muito irritada, despeja xingamentos e aponta o dedo, depois sai bufando. O que me leva a concluir que encontrar a religião não incluiu encontrar perdão, nem caridade, nem bom senso.

— Como é que você ficou sabendo de tudo isso? E quero dizer tudo mesmo.

— Sou um bom ouvinte. Se você se importa, o consenso geral na base é que ela teve a filha do Jim, que é sobrinha do Matt, então ela deve receber algum apoio. Na verdade, o Cards tá arrecadando doações para um fundo universitário em nome do Jim.

— É, é bem a cara dele pensar em algo do tipo. Ele é assim mesmo.

— O consenso continua que, se ela te incomodar ou falar merda de você, ela recebe um aviso. Na segunda vez, nos encontramos com L.B., explicamos e ela tá fora. Você não tem voz nisso.

— Eu...

— Nenhuma. — disse ele, calmo, mas categórico. — Todos basicamente querem que ela continue no emprego. Mas ninguém vai deixar se ela causar problemas. Então, se você não concordar com isso, será voto vencido. Pode parar de ficar irritada e deprimida porque isso não vai mudar nada.

— Acho que não concordo porque sou eu. Se fosse com outra pessoa, eu estaria de acordo.

— Entendo.

— Deixando de lado muita coisa que eu não tô a fim de falar, minha mãe morreu quando eu tinha doze anos.

— Isso é pesado.

— Meus pais não estavam juntos, e… enfim, isso é o que eu não tô com vontade de falar. Meu pai me criou, com meus avós assumindo boa parte da carga durante a temporada, quando ele ainda saltava. O que eu quero dizer é: sei que não é fácil ser pai ou mãe solo, mesmo com ajuda. Estou disposta a dar uma chance pra Dolly.

— Ela já tá tendo uma chance, Rowan. Tá trabalhando na cozinha. Vai depender dela se manter.

Eles andaram por todo o caminho de volta enquanto conversavam. Então, ele gesticulou em direção à academia.

— Tá a fim de puxar peso?

— Sim. Posso usar isso aqui? — Ela bateu no iPod dele. — Quero dar uma olhada na sua playlist.

— Malhar sem música é um sacrifício. — Ele tirou o aparelho do braço e o entregou a ela. — Considere isso ao enumerar as razões pra ir pra cama comigo.

— Vou colocar no topo da lista.

— Boa. Então… que item saiu do topo?

Ela riu e entrou na academia à frente dele.

Depois de terminar seu treino diário e tomar uma ducha, ela foi ao refeitório para se abastecer de carboidratos.

No refeitório, Stovic devorava bacon, ovos e pãezinhos enquanto Cards zombava dele por ser um malandro entre garfadas de panquecas. Gull já estava lá, montando a própria pilha no bufê de café da manhã.

Rowan pegou um prato. Jogou uma panqueca, colocou duas fatias de bacon por cima, acrescentou outra panqueca, mais duas fatias de bacon, e fechou com uma terceira panqueca, sobre a qual despejou uma generosa colherada de frutas vermelhas.

— Como você chama isso aí? — perguntou Gull.

— Meu. — Ela levou o prato para a mesa e se largou numa cadeira. — Qual é a palavra do dia, Cards?

— Plumbago.

— Essa é boa. Parece nome de doença de velho, mas é uma flor, né?

— Arbusto. Meio ponto pra você.

— A flor do arbusto, ou da planta, também é chamada de plumbago — apontou Gull.

Cards considerou.

— Acho que isso é verdade. Ponto inteiro.

— Oba! — Rowan despejou uma calda sobre sua torre de panquecas com bacon. — Como tá a perna, Motosserra?

— Os pontos coçam. — Ele olhou para Dobie, que acabara de entrar, e sorriu. — Mas pelo menos não é o meu rosto.

— Pelo menos eu não fiz isso comigo mesmo — retrucou Dobie, examinando as opções do bufê. — Se eu não tivesse perdido aquela aposta, teria me inscrito só por causa do café da manhã. — Para provar, ele pegou um pouco de tudo.

— Seu olho parece melhor — disse Rowan.

Ele já conseguia abrir os dois, e ela reconheceu que as contusões multicoloridas estavam cicatrizando.

— Como estão as costelas?

— Coloridas, mas quase não doem mais. O L.B. me colocou pra fazer um monte de trabalho sentado. — Ele tirou uma garrafinha de tabasco e despejou sobre os ovos. — Perguntei se podia pegar uma folguinha hoje. Pensei em dar um pulo lá no seu pai, pra ver como funciona. Ver alguns daqueles tipos que pagam pra saltar.

— Você devia ir. Muitas pessoas fazem até piquenique quando vão lá. Marg pode preparar alguma coisa.

— Talvez eu vá com você.

Dobie balançou uma salsicha no espeto para Stovic.

— Você tá mancando.

— A caminhada vai me distrair da coceira.

Provavelmente sim, Rowan pensou, mas só por precaução...

— Vou te passar o telefone da recepção. Se você não conseguir, eles mandam alguém te buscar.

Marg entrou, examinou a mesa enquanto se aproximava e colocou um copo alto de suco na frente de Rowan.

— Vocês vão ficar entrando e saindo daqui a manhã toda, e enrolando na minha mesa metade do dia? O que vocês estão precisando é de um incêndio.

— Não dá pra discordar disso. — Rowan pegou o copo, provou. — Cenoura, porque sempre tem cenoura, aipo, eu acho, algumas laranjas… e tenho quase certeza que manga.

— Muito bem. Agora bebe tudo.

— Marg, você tá mais bonita do que nunca esta manhã.

Marg lançou um olhar penetrante para Dobie.

— O que você quer, novato?

— Ouvi dizer que você poderia arrumar um lanche se eu e meu colega de cela aqui quisermos dar um pulo lá na escola de paraquedismo do pai da Rowan pra ver o pessoal em ação.

— Eu poderia. E diga ao Lucas, se encontrar com ele, que já passou da hora de ele vir me fazer uma visita.

— Vou fazer isso com certeza.

COMO ELE tinha um pequeno intervalo antes de um salto duplo, Lucas fez questão de sair assim que soube que dois dos novatos da base estavam por perto.

Muitos turistas e moradores da região iam até lá para assistir aos aviões e aos paraquedistas, e boa parte aproveitava o passeio para incluir uma visita à base dos bombeiros paraquedistas. Ele achava aquilo ótimo para os negócios.

Tinha começado com um avião, um piloto que era instrutor em meio período, e a mãe atendendo aos telefones. Quando eles tocavam. O pai cuidava da organização e ajudava com a contabilidade. Claro que, naqueles dias, ele só podia dar atenção àquele negócio meia-boca fora da temporada, ou quando estava fora da lista de saltos.

Mas precisava construir algo sólido para sua filha.

E ele construiu. E se orgulhava daquilo, da sua frota de aviões, da equipe em tempo integral de vinte e cinco funcionários. Sentia satisfação em saber que, um dia, quando ela estivesse pronta, Rowan poderia contar com o que o pai construíra e assumir o lugar dele.

Ainda assim, havia dias em que ele via um avião decolar da base, levando homens e mulheres direto para o fogo, e sentia falta daquilo como se fosse um membro amputado.

Ele entendia, agora, como era estar em terra e saber que alguém que ele amava mais do que qualquer coisa no mundo estava prestes a arriscar a vida. Ele se perguntava como seus pais, sua filha, até a esposa que ele teve por tão pouco tempo, aguentaram aquela constante mistura de medo e resignação.

Mas hoje, até agora, as sirenes estavam em silêncio.

Ele parou por um momento para observar um dos alunos — um bancário de sessenta e três anos da cidade — despencar do Otter. Aplausos irromperam entre os espectadores quando o paraquedas foi acionado.

Zeke era o gerente de banco de Lucas havia quase quarenta anos, então Lucas observou um pouco mais, fez um aceno de aprovação, e só então foi até a toalha sobre a qual os dois homens da base estavam estendidos com o que ele reconheceu ser um dos famosos lanches embalados da Marg.

— Tudo certo por aqui? — perguntou Lucas, agachando-se ao lado deles. — Lucas Tripp, e você deve ser o Dobie. Ouvi dizer que arrumou confusão no *Pegue uma corda* na outra noite.

— Sim. Eu normalmente sou mais bonito. É um prazer te conhecer — acrescentou Dobie, estendendo a mão. — Este aqui é o Motosserra, já que ele gosta de usar a ferramenta pra se depilar.

— Ouvi falar disso também. Se você vai se machucar, é melhor que seja no início da temporada, antes que as coisas esquentem.

— É uma estrutura muito boa a que você tem aqui, sr. Tripp — comentou Stovic.

A deferência educada fez Lucas se sentir velho como um carvalho.

— Você pode deixar o 'senhor' para o meu pai. Estamos indo bem aqui. Tá vendo aquele ali? — Apontou para onde Zeke tinha acabado de aterrissar e rolar. — Ele já passou dos sessenta. Gerente de banco em Missoula. Avô de oito, com mais dois a caminho. Conheço o cara há mais tempo do que vocês dois têm de vida, e, até alguns meses atrás, ele nunca me disse uma palavra sobre querer saltar. Lista de Desejos — disse Lucas, com um sorriso. — Desde que aquele filme saiu, estamos recebendo muitos clientes e alunos mais velhos. Tenho um salto duplo daqui a pouco. A cliente deve chegar em uns quinze minutos. Uma mulher de cinquenta e sete anos. Diretora de escola. Você nunca sabe quem tem o desejo secreto de voar.

— Você sente falta? — perguntou Dobie. — De saltar em incêndios?

— Todos os dias. — Lucas deu de ombros enquanto observava o banqueiro acenar para três de seus netos. — Mas cavalos velhos como eu precisam dar espaço para garanhões jovens como vocês.

— Você deve ter muitas histórias do passado.

E mais antigas ainda, pensou Lucas, mas sorriu para Stovic.

— Me pague umas cervejas e contarei todas, quer você queira ouvir quer não.

— A qualquer hora — disse Dobie. — Em qualquer lugar.

— Vou me lembrar dessa oferta. É melhor eu ir, dar à diretora a maior aventura da vida dela. — Lucas se levantou. — Aproveitem o dia de folga. Vocês não terão muitos mais deles.

— Não sei como ele conseguiu desistir — comentou Dobie. — Acho que eu não conseguiria.

— Você ainda não saltou em um incêndio — salientou Stovic.

— Na minha cabeça, já. — Dobie mordeu uma coxa de frango que Marg fritou até ficar crocante. — E eu não tentei me castrar com uma motosserra.

Stovic lhe deu um soco amistoso no braço.

— Mas isso fez a Sueca tocar minha coxa. Valeu cada ponto.

— Se você tentar seguir com isso, Gull vai te dar mais que uns pontinhos. Os olhos dele tão bem fixados naquela direção.

— Eu não sou cego. Mas que ela tem um toque bem agradável, isso tem. — Stovic enfiou o garfo na salada de batata enquanto assistiam ao próximo salto.

LUCAS CHECOU seus registros, inspecionou a aeronave, trocou umas palavras rápidas com o mecânico e com o piloto responsável pelo salto duplo. Mesmo que a cliente chegasse na hora, Marcie — sua assistente de atendimento ao cliente — a faria ouvir uma explicação geral e preencher os formulários necessários. Como ela havia escolhido o pacote com filmagem, ele passou para garantir que seu cinegrafista já estivesse a postos.

Quando entrou no prédio de operações, avistou Marcie e a cliente sentadas a uma das mesas preenchendo a papelada. Sua primeira reação foi um *clichê*, mas expressava a mais pura verdade.

Eles não faziam diretoras de escola assim quando ele estava no ensino médio.

A mulher tinha cabelo ruivo abundante, que esvoaçava ao redor do rosto, e olhos em um tom profundo de verde, como sombras de floresta. Quando ela sorriu para algo que Marcie disse, duas covinhas surgiram nas bochechas, e seus lábios se curvaram em um arco delicado.

Ele não costumava ser tímido com mulheres — a menos que se sentisse atraído por uma. Sentiu o calor do constrangimento subir pela nuca enquanto se aproximava da mesa.

— E aqui está seu mestre de salto — anunciou Marcie —, e o dono da *Zulie Skydiving.* Lucas, eu estava dizendo à sra. Frazier que ela está prestes a viver a maior emoção da vida, e que ela vai contar com o chefão para guiá-la.

— Bem... — Lucas conseguiu dizer, sentindo o calor se espalhar até o cocuruto.

— Se vou me emocionar, gosto de saber que é com o chefão. — Ela estendeu a mão fina, de dedos esguios. Lucas a apertou com delicadeza, soltando-a logo em seguida, com medo de esmagá-la.

— O filho da sra. Frazier comprou o pacote de presente de Natal pra ela — acrescentou Marcie.

— Pode me chamar de Ella, já que vamos pular de um avião juntos. Ele me ouviu comentar que queria experimentar paraquedismo um dia, e me levou a sério, embora eu acredite que ele já tivesse tomado várias taças de vinho na ocasião. — Os lábios dela se curvaram novamente; as covinhas voltaram. — Ele e a família estão por aí, assim como minha filha e os filhos dela. Todos empolgados para assistir.

— Isso é bom. Que legal.

— Então... — Ella esperou um instante. — Quando começamos?

— Vamos colocar seu equipamento. — Embora ela sorrisse abertamente, Marcie lançou um olhar curioso para Lucas. — Enquanto fazemos isso, você vai assistir a um vídeo instrucional curto. Depois o chefe aqui vai te passar um treinamento rápido, responder a quaisquer perguntas. Isso levará cerca de trinta minutos, para que você se familiarize com o equipamento, se sinta confortável e aprenda a aterrissar.

— Aterrissar é fundamental. Não quero traumatizar meus netos — disse ela, com um brilho divertido nos olhos.

Casada. O cérebro de Lucas finalmente acompanhou o restante dele. Com filhos. Com netos. Saber que ela era casada dissipou a timidez. Agora ele poderia apenas admirar sua beleza, pois estava fora dos limites.

— Não se preocupe com isso. — Ele conseguiu retribuir o sorriso. — Eles vão se lembrar de hoje como o dia em que viram a avó voar. Se você terminou a papelada, vamos buscar seu macacão de voo.

Ele se trocou enquanto Marcie equipava a cliente. Em geral, gostava de fazer saltos duplos com iniciantes, acalmando os nervos deles, se necessário, respondendo perguntas, proporcionando a melhor experiência possível e uma lembrança que carregariam pelo resto da vida. Ele esperava que esse salto não fosse diferente.

A cliente parecia em boa forma, o que ajudava. Ele conferiu sua cópia do formulário e notou que havia acertado nas medidas dela. Um metro e sessenta e cinco, cinquenta e seis quilos. Sem problemas de saúde.

Ele saiu para esperá-la.

— Me sinto oficialmente pronta. — Ela riu e deu uma voltinha com o macacão de voo e as botas de paraquedismo.

— Está ótima. Sei que a Marcie já explicou o procedimento pra você, mas posso repassar tudo de novo e responder a qualquer pergunta que tiver.

— A Marcie foi minuciosa, e o vídeo foi ótimo. O arnês me prende a você do início ao fim, o que é muito importante do meu ponto de vista.

— É uma boa maneira de fazer o primeiro salto. Menos estresse.

Ela riu com entusiasmo.

— Pra você é fácil dizer isso. Imagino que já esteja acostumado com pessoas gritando.

— Não se preocupe. Aposto que vai estar ocupada demais se deslumbrando com a vista. — Ele a conduziu até um pequeno campo de treinamento. — Vamos subir a cerca de quatro mil e duzentos metros. Quando você estiver pronta, vou te levar em uma viagem por esse céu gigante. A queda livre é uma sensação incrível, emocionante. Vai durar cerca de um minuto até o paraquedas abrir. Depois disso, você vai flutuar e ouvir o tipo de silêncio que só os paraquedistas conhecem.

— Dá pra ver que você ama isso.

— Com toda a certeza.

— Tô fazendo isso por algumas razões. Primeiro, pelo meu filho. Eu simplesmente não podia decepcioná-lo. Segundo, percebi no caminho pra cá que precisava me lembrar de que eu costumava ser destemida. Me diz uma coisa, sr. Tripp…

— Lucas.

— Lucas, quantas pessoas desistem quando já estão lá em cima?

— Ah, algumas, claro. Eu geralmente consigo identificar antes de decolarmos. — Ele lhe deu um sorriso tranquilo. — Você não vai ser uma delas.

— Por quê?

— Porque você já foi destemida. E a gente não esquece quem é. Às vezes, só deixa isso de lado por um tempo.

As covinhas surgiram em suas bochechas.

— Você tem razão. Aprendi essa lição nos últimos anos.

Ele mostrou a Ella como deveria aterrissar, como usar o próprio corpo dela e o dele para um pouso suave. Em seguida, prendeu o arnês para que ela pudesse se acostumar com a sensação e com o corpo dele contra o dela.

O leve frio na barriga que sentiu o fez se lembrar, aliviado, de que ela era casada.

— Alguma dúvida? Preocupações?

— Acho que entendi. Devo relaxar e aproveitar, e torcer para não gritar o caminho inteiro para baixo, senão a filmagem vai mostrar minha boca escancarada e os olhos fechados.

— Ei, mãe!

Eles olharam para o grupo à beira do campo.

— A família. Você tem tempo de conhecê-los antes de fazermos isso?

— Claro.

Ele caminhou com ela, trocou algumas palavras com o filho — que agora parecia pálido e nervoso com a proximidade do salto —, com a filha e com as três crianças, incluindo a que o observava com olhos arregalados como os de uma coruja do colo do pai.

— Você tem certeza disso? Porque se…

— Tyler. — Ella se ergueu na ponta dos pés das botas de paraquedismo, beijou a bochecha do filho. — Tô animada e pronta. Melhor presente de Natal de todos os tempos.

— A vovó vai voar. — Um menino de cerca de cinco anos lançou o paraquedista de brinquedo da loja de presentes para o ar. O boneco flutuou preso a um paraquedas vermelho brilhante.

— Pode apostar que vou. Fiquem de olho.

Depois dos abraços e beijos, ela seguiu com Lucas em direção ao Twin Otter que os aguardava.

— Não tô nervosa. Não vou ficar nervosa. Não vou gritar. Não vou vomitar.

— Olha só esse céu. Não fica mais bonito que isso. Até você flutuar nele. Aqui está o Chuck. Ele vai filmar toda a sua experiência.

— Chuck. — Ela apertou a mão dele. — Você vai pegar meu melhor ângulo, né?

— Pode ter certeza. Ninguém faz um salto duplo como o Homem de Ferro, senhora. Suave como seda.

— Certo. — Ela soltou um suspiro. — Vamos nessa, Homem de Ferro.

Ela se virou, acenou para a família e embarcou.

Ella cumprimentou o piloto com um aperto de mão e, aos olhos de Lucas, manteve-se firme e atenta durante o voo. Ele esperava mais perguntas — sobre o avião, o equipamento, sua experiência —, mas ela estava empenhada em fazer graça para a câmera, decidida a dar à família uma lembrança divertida.

Fez caretas, fingiu desmaiar e surpreendeu Lucas ao se jogar no colo dele e dizer aos filhos que estava fugindo para Fiji com seu mestre de salto.

— Vamos ter que voltar para pegar um avião maior — disse ele, arrancando uma risada dela.

Quando atingiram a altitude de salto, ele piscou para ela.

— Pronta para prender o arnês?

Os lábios dela se curvaram com um toque de nervosismo nos cantos.

— Vamos nessa.

Ele revisou o procedimento novamente, com a voz calma e tranquila, enquanto os conectava.

— Você vai sentir uma rajada de ar, ouvir o barulho ensurdecedor do motor quando abrirmos a porta. Estamos conectados com um microfone, então o Chuck vai gravar o que dissermos para a sua filmagem.

Enquanto ele explicava, sentiu a respiração dela acelerar. Quando a porta se abriu, sentiu o corpo dela se enrijecer, tremer.

— Não vamos até você dizer que podemos.

— Eu nadei pelada no Golfo do México. Posso fazer isso. Vamos.

— Estamos prontos. — Ele fez um sinal para Chuck, que pulou primeiro.

— Olhe para o céu, Ella — murmurou, e saltou.

Ela não gritou, mas depois de um suspiro estrangulado, ele a ouviu alto e claro:

— Puta merda!

Lucas se perguntou se eles iriam querer editar aquilo por conta dos netos.

Mas depois ela riu, estendeu os braços como asas.

— Ai, meu Deus! Ai, meu Deus! Meu Deus do céu! Eu consegui, Lucas! — Ela vibrava contra ele, e em sintonia com ela, ele reconheceu a euforia, e não o medo.

O paraquedas abriu, um estouro de asas, e o mergulho veloz se transformou em um flutuar gracioso.

— Foi rápido demais, acabou rápido demais. Mas, nossa, você tinha razão. Isso é lindo. Isso é... religioso.

— Coloca as mãos nas alças de controle. Você pode pilotar um pouco.

— Tá bom, uau. Olhe pra vovó, Owen! Eu sou uma paraquedista. Obrigada, Tyler! Oi, Melly, oi, Addy, oi, Sam! — Ela inclinou a cabeça para trás. — Estou no céu, e ele é de seda azul.

Ela ficou em silêncio, depois suspirou.

— Você tinha razão sobre o silêncio. Tinha razão sobre tudo. Nunca vou esquecer isso. Ah, olha eles ali! Estão acenando. É melhor você assumir pra eu poder acenar de volta.

— Você tem uma família linda.

— Eu tenho mesmo. Ai, meu Deus, uau, lá vem o chão.

— Confie em mim. Confie em si mesma. Relaxe.

Lucas a conduziu para baixo com suavidade.

Com gritos animados e aplausos efusivos, a família pulou e acenou. Quando Lucas desatou o arnês, ela fez uma reverência exagerada e soprou beijos.

Então girou, o rosto radiante, e o surpreendeu ao enlaçar o corpo de Lucas e lhe dar um beijo firme nos lábios.

— Eu teria feito isso no ar, se pudesse, porque, meu Deus, aquilo foi orgástico. Não sei como te agradecer.

— Acho que você acabou de fazer isso.

Ela riu, e fez com que ele risse ao improvisar uma dancinha da vitória.

— Eu saltei da merda de um avião. Meu ex-marido dizia que eu só podia estar louca de fazer isso, o idiota. Mas que saber? Eu me sinto louca mesmo, porque vou fazer de novo.

Ainda rindo, ela correu até a família de braços abertos.

— Ex-marido. — Foi tudo o que Lucas conseguiu dizer. E o calor subiu de novo pela nuca.

7

⌘ ⌘ ⌘

Com a sirene em completo silêncio, Rowan passou a maior parte do tempo no mezanino verificando, limpando ou consertando paraquedas. Colocou a papelada em dia, reembalou sua mochila de equipamentos pessoais, verificou duas vezes o próprio paraquedas, preparou o equipamento de salto. Ela continuava sendo a primeira a saltar do primeiro grupo.

— Tô ficando maluco aqui — disse Cards quando se levantou da máquina de costura.

— Estamos todos. E a palavra do dia é...

— Fastidioso. Não estamos fazendo nada além de limpar e organizar. A sala de prontidão tá de um jeito fastidioso o suficiente para agradar aos padrões assustadores da minha mãe.

— Não deve ficar assim por muito tempo.

— Tomara. Ontem, tive que me dar uma bronca por trapacear no joguinho de paciência, e já tô começando a pensar em fazer artesanato. Em breve, estaremos tricotando.

— Eu aceito um cachecol bonito que combine com os meus olhos.

— É capaz de isso acontecer — disse ele, sério. — Pelo menos fiz sexo por telefone com a Vicki ontem à noite. — Ele tirou o baralho do bolso da camisa, misturando as cartas enquanto andava de um lado para o outro. — É divertido enquanto dura, mas não resolve de verdade.

— E já se foram os dias em que você procuraria uma companhia para sexo de verdade?

— Há muito tempo. Ela vale a pena. Eu te disse que ela e as crianças estão vindo no mês que vem, né?

— Você mencionou. — *Umas mil vezes*, pensou Rowan.

— Preciso adiantar serviço agora, pra poder tirar alguns dias depois. Preciso trabalhar, preciso da grana, preciso…

— Resistir a perambular pelos corredores da loja de artesanato — completou Rowan.

— Não vou ser o único se essa calmaria durar muito mais. Você tem algo pra ler? Tudo o que Gibbons tem são livros que me dão dor de cabeça. Li um dos romances da Janis, mas aquilo não ajuda a tirar o sexo da cabeça.

— Nada profundo, nada sexy. Entendido. — Ela assinou e datou a etiqueta no paraquedas reparado. — O que você tá procurando?

— Quero algo bem sangrento, onde as pessoas morrem de um jeito miserável nas mãos de um psicopata.

— Posso te ajudar com isso. Vamos. Vamos dar uma olhada na minha biblioteca.

— O Dobie está na cozinha com a Marg — disse Cards, passando a mão sobre a cabeça de Rowan, então tirou um ás de espadas. — Ele pegou uma receita da mãe dele e tá lá fazendo uma torta ou algo assim.

Cozinhar, tricotar… vender bolos poderia ser o próximo passo. Então, intrigada, Rowan parou.

— O Dobie tá dando em cima da Marg?

Cards apenas balançou a cabeça e disse:

— Ela é vinte anos mais velha que ele.

— Homens vivem dando em cima de mulheres vinte anos mais jovens.

— Tô entediado, Ro, mas não tão entediado a ponto de entrar nessa discussão com você.

— Covarde. — Mas, ao saírem, ela parou de novo. — Olha só aquelas nuvens.

— Temos patrulheiros de olho. — Seu rosto se iluminou ao observar as nuvens sobre as montanhas. — Uma bela sequência delas.

— Pode significar fumaça hoje. Com sorte, teremos a sala de prontidão zoneada de novo antes do meio-dia. Ainda quer aquele livro?

— Pode ser. Vou me acomodar, com um bom livro, um bom lanche. É batata: é fazer isso e a gente acaba voando hoje.

— É o início de temporada mais lento de que eu me lembro. Mas, de novo, meu pai me disse uma vez que quando começa frio, termina quente. Talvez não devêssemos estar tão ansiosos assim.

— Se não começar, o que a gente tá fazendo aqui?

— Tô contigo. Então... — Ela tentou soar casual enquanto atravessavam até o alojamento. — Você viu o Ligeirinho hoje de manhã?

— Na sala de mapas. Estudando. Pelo menos estava há uma hora.

— Estudando. Huh. — Ela não estava interessada em se acomodar com um livro, mas um flertezinho com Gull talvez fosse a solução para o tédio que estava sentindo.

Lá dentro, ela liderou o caminho até seu quarto.

— Assassinatos brutais — começou. — Você quer só violência ou sexo e violência? Mas não aquele sexo romântico.

— Eu sempre quero sexo.

— De novo, é difícil de... — Ela parou de falar ao abrir a porta. O fedor de abatedouro a atingiu como um soco na garganta.

Uma poça de sangue se espalhava sobre a cama. Rios escuros escorriam pelas pilhas de roupas amontoadas no chão. Na parede, escritas com sangue ainda úmido e brilhante, gotejavam as palavras:

QUEIME NO INFERNO!

Bem no centro da cena grotesca, Dolly se virou para encarar a porta. Parte do sangue no recipiente que ela segurava espirrou em sua camisa.

— Filha da puta! — Com os punhos cerrados, sua mente tão vermelha e feroz quanto o sangue, Rowan avançou. Sangue de porco espirrou em seu rosto quando Dolly gritou e se jogou no chão, segundos antes de Cards agarrar os braços de Rowan.

— Calma aí! Calma aí!

— Vai se foder. — Rowan se lançou com mais força, espalhando ainda mais sangue ao cenário quando a parte de trás da sua cabeça acertou o nariz de Cards, fazendo o sangue dele jorrar.

Ele gritou, mas com pura determinação conseguiu segurá-la por mais um ou dois segundos.

— Você tá morta! — gritou Rowan para Dolly, e, cega por vingança, deu uma cotovelada nas costelas de Cards e se desvencilhou.

Aos gritos e rastejando para trás, Dolly arremessou o vasilhame. Jorros de sangue voaram para todo lado, atingindo a parede, o teto, os móveis, até Rowan dar um tapa e desviar o recipiente.

— Você gosta de sangue? Vamos ver se vai gostar de pintar com o seu sangue, sua *filha da puta* maluca!

Rowan agarrou os tornozelos de Dolly quando ela tentou se enfiar debaixo da cama. Mesmo enquanto a arrastava pelo chão lambuzado, outros homens que haviam corrido até lá por conta da comoção avançaram para segurar Rowan.

Rowan não perdeu tempo com palavras. Ela socou, chutou, golpeou e deu joelhadas, sem se importar onde os golpes acertavam, até acabar de bruços no chão, imobilizada.

— Fica quieta — disse Gull em seu ouvido.

— Sai de cima de mim. Caralho, sai de cima de mim. Você tá vendo o que ela fez?

— Tá todo mundo vendo. Jesus, alguém tira essa idiota histérica daqui antes que eu mesmo dê um soco nela.

— Vou chutar cada centímetro quadrado daquela bunda nojenta dela. Me solta! Tá ouvindo, sua psicopata? Na primeira chance que eu tiver, não vai ser sangue de porco que você vai usar, vai ser o seu! Me solta agora!

— Você vai ficar no chão até se acalmar.

— Beleza. Tô calma.

— Nem um pouco.

— Ela tem o sangue do Jim nas mãos! — gritava Dolly, aos prantos, enquanto Yangtree e Matt a arrastavam para fora do quarto. — Todos vocês têm o sangue dele nas mãos. Espero que morram todos. Espero que queimem vivos. Todos vocês.

— Acho que ela abandonou a igreja — comentou Gull. — Me escuta, Rowan. Escuta. Ela já foi, e se você tentar ir atrás dela e bater nela agora, a gente vai te derrubar de novo. Você já fez o nariz do Cards sangrar, e tenho quase certeza de que a Janis vai ficar com um olho roxo.

— Eles não deviam ter se metido no meu caminho.

— Se a gente não tivesse se metido, você teria descido a mão numa lunática patética, e ia acabar fora da lista de saltos até tudo isso ser resolvido.

Gull notou que aquilo a fez respirar fundo, tentando se acalmar. Ele sinalizou para Libby e Trigger soltarem as pernas dela e, quando ela não tentou chutá-los, apontou para a porta.

Libby fechou a porta em silêncio assim que saíram.

— Vou te soltar. — Ele afrouxou o aperto nos braços dela, pronto para agarrá-los de novo, se necessário. Então, com cuidado, ele se afastou e se sentou no chão.

Ambos estavam cobertos de sangue, mas ele tinha certeza de que ela estava pior. O sangue manchava o rosto dela, escorria de seu cabelo, cobria os braços e a camisa. Ela parecia ter sido golpeada com um machado. E aquilo o deixava enjoado.

— Sabe, tá uma bela porcalhada aqui.

— Não tem graça.

— Não, não tem, mas foi o melhor que consegui. — Ele a observou com calma enquanto ela erguia o tronco para se sentar, vendo a mão direita dela se fechar em um punho. — Eu aguento um soco, se você precisar dar um.

— Só se manda daqui.

— Não. Vamos só ficar sentados aqui mais um pouco.

Rowan usou o ombro para limpar o rosto, espalhando mais sangue.

— Ela jogou essa porcaria em mim. Na minha cama, no chão, nas paredes.

— Ela é doente. E burra. E merecia levar uma surra em cada centímetro daquela bunda nojenta. Vai ser demitida, e todos na base e num raio de cem quilômetros saberão por quê. Isso pode ser ainda pior.

— Não é tão satisfatório. — Ela desviou o olhar por um momento e, com o calor selvagem da raiva se esvaindo, sentiu as lágrimas querendo escorrer. Juntou as mãos; elas haviam começado a tremer. — Isso aqui tá com cheiro de abatedouro.

— Você pode dormir no meu quarto hoje. — Ele tirou um lenço do bolso e tentou limpar o sangue do rosto dela. — Mas todo mundo que dorme no meu quarto tem que dormir pelado.

Ela soltou um suspiro cansado.

— Vou dormir com a Janis até limpar isso. Ela tem a mesma regra.

— Isso foi cruel.

Ela o olhou então, apenas ficou lá sentada e o encarou enquanto ele arruinava o lenço em uma tarefa inútil. Ajudou ver que ele não estava tão calmo quanto parecia, ajudou ver a raiva e o nojo no rosto dele.

Curiosamente, ver aquilo a acalmou um pouco.

— Fui eu que te deixei com esse lábio sangrando?

— Foi. Um soco direto. Nada mal.

— Provavelmente vou me arrepender disso em algum momento, mas não consigo me sentir mal agora.

— Foram necessários cinco de nós pra te conter.

— Eu preciso me lavar.

Ela começou a se levantar quando L.B. bateu firme na porta e entrou.

— Nos dê um minuto, Gull?

— Claro. — Antes de se levantar, Gull se inclinou, pôs a mão no joelho de Rowan. — Pessoas como ela? Nunca entendem pessoas como você. E elas que saem perdendo.

Ele se levantou e fechou a porta ao sair.

L.B. olhou ao redor do quarto, passou a mão pelo rosto.

— Minha nossa, Ro. Meu Deus. Me desculpa. Não sei nem como te pedir perdão.

— Não foi você quem fez isso.

— Eu não devia ter contratado a Dolly. Não devia ter aceitado ela de volta. Isso é culpa minha.

— É culpa dela.

— Ela só teve a chance de te atacar assim porque eu dei a oportunidade. — Ele se agachou para que seus rostos ficassem na mesma altura. — Ela tá no meu escritório, com alguns dos caras vigiando. Vai ser demitida, banida da base. E vou chamar a polícia. Você quer prestar queixa?

— Quero, porque ela merece. — As lágrimas haviam recuado, graças a Deus. Agora ela só se sentia nauseada. Nauseada e cansada. — Mas a bebê não merece. Eu só quero ela fora daqui.

— Considere feito — prometeu ele. — Vamos lá, você precisa sair daqui. Vamos chamar a equipe de limpeza pra cuidar disso.

— Eu preciso tomar um ar. Pedir desculpa pra algumas pessoas. Tomar um banho, lavar essa porcaria de mim. — Ela soltou outro suspiro ao olhar para si mesma. — Acho que preciso de uma descontaminação total.

— Leve o tempo que precisar. E ninguém precisa que você se desculpe.

— Eu preciso. Mas essa merda tá em todas as minhas coisas. Preciso limpar um pouco disso eu mesma.

Ela se levantou, abriu a porta. E olhou para trás.

— Ela amava ele tanto assim? Isso é amor?

L.B. encarou as palavras sangrentas na parede.

— Isso não tem nada a ver com amor.

A SIRENE SOOU no exato instante em que ela saiu do chuveiro.

— Perfeito — resmungou Rowan. Ela vestiu as roupas íntimas sem se preocupar em se secar, enfiou uma camisa, a calça, e fechou o zíper enquanto corria.

Os outros nove paraquedistas da lista chegaram antes dela à sala de prontidão. Ela ouviu os informes enquanto se equipava: relâmpagos atingiram a Montanha Morrell. Ela e Cards tinham acertado ao avaliar aquelas nuvens matinais. O vigia avistou a fumaça por volta das onze, bem na hora em que ela flagrou Dolly e aquele maldito sangue de porco.

Durante a hora seguinte, o oficial de gerenciamento de incêndios precisou decidir se deixava o fogo seguir seu curso, limpando arbustos e árvores caídas, ou se chamava os bombeiros paraquedistas.

Alguns relâmpagos a mais e condições anormalmente secas tornaram o incêndio natural arriscado demais.

— Pronto pra hora da verdade, Ligeirinho? — Ela colocou sua corda de descida no bolso enquanto Gull pegava o equipamento no suporte de fácil acesso.

— Você quer dizer saltar no fogo, ou você e eu acendendo o nosso?

— É melhor tirar isso da cabeça. Isso aqui não é um salto de prática.

— Mandou bem. — Dobie deu um tapinha nas costas de Gull. — Queria ir com vocês.

— Logo você vai sair da lista de incapacitados. Guarda um pedaço de torta pra mim! — gritou Rowan, e foi até o avião que esperava.

Ela segurava o capacete na dobra do cotovelo.

— Muito bem, meninos e meninas, serei a chefe do time hoje. Para alguns de vocês, este será o primeiro salto em incêndio. Sigam o protocolo direitinho, não façam besteira, e vocês vão se sair bem. E lembrem-se: se não conseguirem evitar as árvores...

— Mire nas pequenas — respondeu a equipe em coro.

Já no ar, ela se sentou ao lado de Cards.

— Pelo menos o nariz não te tirou da jogada.

Ele o apertou de leve, movendo-o de um lado para o outro.

— Então não preciso ficar puto com você. Como eu disse, Sueca, a garota é pirada.

— Sim. E agora já foi. — Ela pegou o bilhete que foi passado para ela da cabine. — Vamos segurar um pouco enquanto eles despejam lama. O inverno foi pesado naquela área, e tem muita árvore caída alimentando o incêndio. Tá se movendo mais rápido do que o previsto.

— Quase sempre se move.

Ela puxou o mapa, escaneou a área. Mas, em poucos instantes, só precisou olhar pela janela para ver com o que estavam lidando.

Uma torre de fumaça subia aos céus, deslizando ao longo do cume da montanha. Árvores, de pé e caídas, alimentavam o paredão de fogo. Ela localizou o riacho que havia mapeado, calculou a quantidade de mangueira que tinham a bordo e julgou que dariam conta de usar aquela fonte de água.

O avião sacudia e tremia diante da turbulência enquanto os paraquedistas se enfileiravam nas janelas para estudar o solo em chamas. E, aos trancos, seguiram em círculos para esperar o lançamento de lama retardante na cabeça do fogo que disparava labaredas que ela estimava em bons nove metros.

Ela foi até L.B., que havia embarcado como *spotter*.

— Tá vendo aquela clareira? — gritou ele. — Vai ser o nosso ponto de aterrissagem. Um pouco mais perto do flanco direito do que eu gostaria, mas é o melhor que temos nesse terreno.

— Nos poupa uma boa caminhada.

— O vento tá atiçando o fogo. Evite aquela vegetação densa logo a leste do ponto.

— Pode apostar que sim.

Juntos, eles observaram o tanque despejar sua carga no centro do fogaréu. As nuvens avermelhadas fizeram Rowan pensar no sangue que ainda manchava seu quarto.

Sem tempo para remoer, lembrou a si mesma.

— Isso vai segurar um pouco o fogo. — Quando o tanque se afastou, L.B. assentiu para ela. — Pronta?

— Pronta.

Ele apertou o braço dela, um reconhecimento tácito.

— Protejam o paraquedas-reserva! — gritou ele, e foi até a porta.

Do banco, Gull observava Rowan à medida que o vento e o barulho invadiam a aeronave. Cerca de uma hora antes, ela estava tomada pela raiva, com sangue no rosto e vingança cega nos punhos. Agora, enquanto ela consultava o *spotter* sobre o lançamento dos primeiros sinalizadores, a frieza estava de volta àqueles olhos lindos e frios. Ela seria a primeira a saltar, levando a frieza direto para o fogo.

Para ele, o fogo não teria chance alguma.

Ele olhou pela janela a fim de estudar o inimigo abaixo. Em seus dias de bombeiro de elite, teria entrado — um dos vinte homens da equipe — no caminhão da brigada que se tornava a casa deles a cada temporada.

Agora, ele chegaria lá saltando de um avião.

Métodos diferentes, mesmo objetivo: conter e controlar incêndios.

No chão, ele sabia exercer seu papel e seguir ordens. Desviou o olhar de volta para Rowan. Não havia dúvida de que ela sabia dar ordens.

Mas, naquele momento, tudo girava em torno de chegar lá. Ele observou o conjunto de sinalizadores seguinte, tentando julgar a corrente de ar por conta própria. Com o avião chacoalhando, ele entendeu que o vento não seria um aliado.

O avião subiu até a altitude de salto por ordem de L.B., e, enquanto Rowan ajustava o capacete e a máscara, com Cards — seu parceiro de salto — se posicionando atrás dela, Gull sentiu a respiração acelerar. Subia junto com o avião.

Mas ele manteve o rosto impassível, forçando-se a controlar o ritmo respiratório, visualizando o momento em que se lançaria porta afora, entrando na corrente de ar, atravessando-a, despencando rumo a seu trabalho.

Rowan olhou de relance para ele, só o suficiente para Gull captar aquele lampejo de azul por trás da máscara. Então ela se posicionou. Segundos depois, ela se foi. Gull voltou-se para a janela, observou ela voar, com Cards logo atrás. Quando o avião fez a curva, ele mudou de ângulo e viu o paraquedas dela abrir.

Ela deslizava rumo à fumaça.

Quando os paraquedistas seguintes se posicionaram, ele colocou seu capacete e máscara, acalmou e clareou a mente. Tinha tudo de que precisava: equipamento, treinamento, habilidade. E a alguns milhares de pés abaixo estavam as duas coisas que ele queria: a mulher e o fogo.

Ele avançou, sentiu o golpe do vento.

— Tá vendo o ponto de pouso?

— Sim, tô vendo.

— O vento vai te chutar o caminho todo, e vai querer te empurrar pro leste. Tenta não cair naquela vegetação densa ali. Viu aquele raio?

Gull viu o clarão rasgar o céu, atingir o chão como uma bala elétrica.

— Difícil não ver.

— Não entra no caminho dele.

— Entendido.

— Pronto?

— Pronto.

— Vai pra porta.

Com o olhar fixo no horizonte, Gull se abaixou, projetou as pernas para fora, contra a poderosa corrente de ar. O calor do fogo irradiava contra seu rosto; o cheiro de fumaça impregnava o ar que ele puxava com força para os pulmões.

Mais uma vez, L.B. colocou a cabeça para fora da porta, escaneando, estudando as colinas, a elevação das árvores, as paredes revoltas de chamas.

— Preparar!

Quando sentiu o tapa no ombro, Gull se lançou. O mundo virou de ponta-cabeça, terra, céu, fogo, fumaça, enquanto ele fazia um mergulho a 145 km/h. Verdes, azuis, vermelhos e pretos rodopiavam ao seu redor em um borrão esfumaçado à medida que ele contava mentalmente. Os sons — um rugido trovejante — o maravilharam. O vento o jogou de lado, o arrastou para um giro, e ele teve que recorrer à força, à vontade e ao treinamento a fim de girar o corpo até ficar com a cabeça para cima, os pés para baixo, estabilizado pelo paraquedas auxiliar.

Com o coração acelerado — adrenalina, encantamento, euforia, medo —, ele localizou Trigger, seu parceiro de salto, no céu.

Espere, ordenou a si mesmo. *Espere*.

O raio riscou o céu como uma lança de bordas azuis e deixou um rastro de ozônio no ar.

Então veio o puxão e o solavanco. Ele inclinou a cabeça para trás, viu seu paraquedas subir e abrir-se no ar como uma flor. Soltou um grito de triunfo, não pôde evitar, e ouviu Trigger responder com uma risada enquanto Gull agarrava os comandos.

Foi uma luta virar para enfrentar o vento, mas ele se deliciou com aquilo. Mesmo engasgado com a fumaça que o vento soprava arrogantemente em seu rosto, ouvindo a explosão de trovões que seguia outro raio, ele sorriu. E com seu paraquedas oscilando, seus olhos rastreando a vegetação densa, a linha de árvores, as furiosas paredes de chamas — agora perto o suficiente para lançar calor sobre seu rosto —, ele mirou no ponto de aterrissagem.

Por um momento, achou que o vento o venceria, e imaginou o desconforto, o constrangimento e a maldita inconveniência de cair no meio daquelas árvores decepadas. E justo no seu primeiro salto.

Ele puxou o comando com força, gritando:

— Nem fodendo!

Ele ouviu a risada selvagem de Trigger, e, segundos antes de pousar, Gull puxou para o oeste. Seus pés bateram no chão, bem no extremo leste do ponto de aterrissagem. O impulso quase o jogou na vegetação densa, mas ele se jogou de volta em uma cambalhota desajeitada para dentro da clareira.

Levou um momento — talvez meio momento — para recuperar o fôlego, se parabenizar por ter pousado inteiro, depois rolou para recolher o paraquedas.

— Nada mal, novato — disse Cards, fazendo um joinha para ele. — A viagem acabou, agora começa a diversão. A Sueca tá formando uma equipe para cavar uma linha de corta-fogo ao longo do flanco ali. — Ele apontou na direção da parede flamejante e barulhenta. — E você foi convocado. Outra equipe vai pra cabeça, atacar com as mangueiras. A lama segurou um pouco, mas o vento deixou o fogo todo animadinho, e os raios tão caindo pra todo lado. Você tá comigo, Trigger, Elfa, Gibbons e Southern na linha. E merda, lá vai um naquela vegetação pesada e outro nas árvores. Vamos puxar os dois e começar a trabalhar.

Gull seguiu para ajudar Southern, mas parou ao ver o colega novato se levantar entre as árvores serradas e irregulares.

— Você se machucou? — gritou Gull.

— Não. Droga. Um pouco baqueado, e meu paraquedas rasgou todo.

— Poderia ser pior. Poderia ser eu. A gente vai pra linha de corta-fogo.

Ele manobrou pela vegetação densa para ajudar Southern a recolher o paraquedas rasgado. Depois de guardar o macacão, Gull foi até onde Cards estava tirando sarro de Gibbons.

— Agora que o Tarzan aqui terminou de balançar nas árvores, vamos fazer o que somos pagos para fazer.

Com sua equipe, Gull caminhou por mais de um quilômetro com a mochila nas costas até a linha que Rowan delegou a Cards para cavar.

Eles se espalharam, e com o fogo lambendo cada vez mais perto, os sons de picaretas atingindo o solo, serras e lâminas cortando árvores ressoaram pelo ar enfumaçado. Gull pensou na linha de corta-fogo como uma parede invisível ou, com sorte, uma espécie de campo de força que mantinha as chamas do outro lado.

Trabalho braçal heroico, ele pensou, enquanto o suor escorria em filetes pela fuligem em seu rosto. O termo, e o trabalho, o satisfaziam.

Por duas vezes o fogo tentou saltar a linha, pulando os pontos de teste como pedras planas arremessadas sobre a superfície de um rio. O ar se encheu de faíscas que enxameavam como vagalumes assassinos. Mas eles mantiveram o flanco. De tempos em tempos, através das cinzas voadoras e da fumaça espessa, Gull vislumbrava um rápido raio de sol.

Pequenos faróis de esperança que brilhavam em roxo e depois desapareciam.

A notícia chegou pela linha de comunicação de que a equipe das mangueiras teve que recuar, e, com o flanco sob controle, eles seguiriam para ajudar.

Depois de mais de seis horas abrindo uma linha de controle, subiram a montanha e atravessaram a área que o fogo já havia devastado.

Se a linha era a parede invisível, Gull pensava na área queimada como o reino dizimado onde a batalha tinha sido travada e perdida. A guerra continuava, mas ali o inimigo já havia destruído tudo e deixado o que antes era verde e dourado em ruínas fumegantes e esqueléticas.

Os finos raios de sol que conseguiam atravessar a neblina só serviam para amplificar a destruição.

Mancando um pouco, Southern se postou ao lado dele.

— Como você tá? — perguntou Gull.

— Estaria melhor se não tivesse aterrissado naquela maldita vegetação — respondeu ele com o sotaque arrastado da Geórgia que lhe rendera o apelido. — Achei que sabia como era. Já encarei duas temporadas em incêndios florestais, e isso bem antes do treinamento cabuloso de recrutas. Mas isso aqui é difícil pra caralho, na boa. Quase caguei nas calças quando vi que ia passar do ponto de pouso.

Gull tirou da mochila um Snickers meio derretido pelo calor, partiu ao meio.

— Snickers realmente satisfaz — disse Gull, no tom animado de um comercial de TV.

Southern sorriu e deu uma mordida.

— Satisfaz mesmo.

Eles chegaram ao riacho, viraram para nordeste seguindo o som de motores e serras.

Rowan surgiu de uma nuvem de fumaça, uma deusa viking saindo do meio da guerra.

— Os raios secos estão acabando com a gente. — Ela parou só o suficiente para engolir um pouco de água. — Nós quase aniquilamos o foco central, quase o controlamos, aí veio um triplo impacto. Tem fogo nas copas ao longo do cume ao norte, e a cabeça do incêndio tá crescendo de novo a oeste. Precisamos cortar pelo meio antes que esses focos se juntem. Fiquem aqui até liberarem. Vem mais uma carga de lama. E tem outra equipe chegando da base para atacar os flancos de trás e a cauda, manter aquilo sob controle. Uma escavadeira conseguiu passar, e tá limpando o mato e árvores caídas. Mas precisamos da linha de corta-fogo.

Ela examinou os semblantes ao redor.

— Vocês têm cerca de cinco minutos até o lançamento. Aproveitem ao máximo; comam, bebam, porque não terão outro intervalo desses hoje.

Ela entrou em uma conversa com Cards. Gull esperou até que se separassem, então foi até ela. Antes que ele pudesse falar qualquer coisa, ela balançou a cabeça.

— O vento mudou de direção num instante, e o fogo explodiu. Derreteu quinze metros de mangueira antes de conseguirmos sair. Depois foi *boom*,

boom, boom! Parecia o feriado de Quatro de Julho. As árvores queimaram como tochas, e o vento levou o fogo por cima das copas.

— Alguém se machucou?

— Não. Mas pode esquecer lençóis limpos e um travesseiro hoje à noite. Vamos acampar por aqui, e voltar ao ataque amanhã. Esse fogo não vai morrer fácil. — Ela olhou para o céu. — Aí vem o avião-tanque.

— Não tô vendo.

— Ainda não. Mas dá pra ouvir.

Ele fechou os olhos, inclinou a cabeça.

— Não. Você deve ter superaudição. Tá, agora tô ouvindo.

Ela puxou o rádio, falou com o avião-tanque e depois com a equipe no cume.

— Manda ver — murmurou Rowan.

A chuva rosa caiu, captando pequenos arco-íris dispersos de luz solar.

— Estamos seguros! — gritou ela. — Vamos nos mover. Tomem cuidado onde pisam, mas não demorem.

E, com isso, ela desapareceu na fumaça.

ELES CORTARAM, golpearam e combateram o fogo noite adentro. Corpos treinados para suportar todo tipo de inferno começaram a fraquejar. Mas a determinação, não. Gull avistou Rowan algumas vezes, trabalhando no corta-fogo, entrando e saindo enquanto coordenava com as outras equipes e com a base.

Por volta de uma da manhã, mais de doze horas depois de ter aterrissado na clareira, o fogo começou a se aquietar.

Para descansar, Gull pensou, *não para se render*. Só tirando uma soneca. E, caramba, ele bem que poderia fazer o mesmo. Eles trabalharam por mais uma hora antes que a notícia chegasse de que acampariam cerca de oitocentos metros a leste do flanco direito do fogo.

— E aí, como tá indo o primeiro dia de trabalho, novato?

Ele olhou para o rosto exausto de Cards enquanto caminhavam.

— Tô pensando em pedir um aumento.

— Porra, eu me contentaria com um sanduíche de presunto no pão de centeio.

— Eu preferia uma pizza.

— Irlandês exigente. Você já esteve lá? Na Irlanda?

— Algumas vezes, sim.

— É realmente tão verde quanto dizem, quanto parece nas fotos?

— Mais verde.

Cards olhou para a escuridão enfumaçada.

— E fresco, né? Fresco e úmido. Muita chuva.

— É por isso que é verde.

— Talvez eu vá lá um dia, com a Vicki e as crianças. Fresco, úmido e verde parece bacana depois de um dia como hoje. Chegamos. — Ele ergueu o queixo em direção às luzes adiante. — Hora de tocar o sino da janta.

Aqueles que já haviam chegado montavam as barracas, ou já tinham montado. Alguns apenas se sentaram no chão e enfiaram seus kits de refeições prontas na boca.

Rowan, usando uma pedra perto da fogueira como mesa, analisava um mapa com Gibbons enquanto comia uma maçã. Ela havia tirado o capacete. Seu cabelo parecia quase branco contra o rosto imundo.

Ele achou que ela estava linda, gloriosa, assombrosamente bela — e foi forçado a admitir que ela provavelmente estava certa. Ele era, no fundo, um romântico.

Largou o equipamento no chão, sentiu suas costas e ombros chorarem de alívio antes de se contraírem como punhos raivosos.

Não havia um caminhão onde pudesse se enfiar para descansar dessa vez, ele refletiu enquanto armava a barraca. Então, como os outros, ele se jogou perto da fogueira e comeu como quem estava faminto. A carga incluía mais kits de comida, água, ferramentas, mangueiras e, Deus abençoe alguma alma generosa, uma caixa de maçãs e outra de barras de chocolate.

Ele comeu sua refeição enlatada, duas maçãs, um chocolate — e guardou outro na mochila de suprimentos. A leve náusea que o atormentara durante a caminhada até o acampamento recuou conforme seu corpo se reabastecia.

Ele se levantou, foi até Rowan e deu um toque no ombro dela.

— Posso falar com você um minuto?

Ela se levantou, obviamente grogue de cansaço e distraída, e o seguiu para longe da fogueira, rumo às sombras.

— Qual é o problema? Eu preciso ir pra cama. Amanhã a gente vai...

Ele simplesmente a puxou contra si, cobriu sua boca com a dele e a devorou com a mesma fome com que devorara a comida. O cansaço tornou-se uma fadiga mais suportável enquanto ele se abastecia dela. As dores nas costas, nos braços e nas pernas deram lugar aos arrepios de desejo latente no baixo-ventre.

Ela retribuiu na mesma medida, agarrando seus quadris, seu cabelo, pressionando aquele corpo incrível contra o dele, mergulhando de cabeça naqueles beijos profundos e vorazes.

E aquilo, ele pensou, era o que tornava tudo tão bom.

Quando se afastou, manteve as mãos nos ombros dela, estudando seu rosto.

— É só isso que você tem pra dizer? — perguntou ela.

— Eu diria mais, mas o resto da conversa exige mais privacidade. De qualquer forma, isso deve te segurar até amanhã.

O humor cintilou nos olhos dela.

— Me segurar?

— O chefe da equipe é quem mais rala, na minha opinião. Então, eu queria te dar algo a mais pra levar pra cama.

— Isso foi muito atencioso da sua parte.

— Não tem de quê. — Ele viu os olhos dela mudarem de divertidos para confusos quando ele se inclinou e deu um beijo na testa imunda dela. — Boa noite, chefe.

— Você é um enigma, Gulliver.

— Talvez, mas não sou tão difícil de resolver. Te vejo de manhã.

Ele foi para sua barraca, rastejou para dentro dela. Mal conseguiu tirar as botas antes de apagar. No entanto, apagou com um sorriso no rosto.

8

⌘ ⌘ ⌘

O ALARME MENTAL de Rowan a despertou pouco antes das cinco da manhã. Ela permaneceu deitada, olhos fechados, fazendo um inventário do corpo. Um mundo de dores, muita rigidez e uma fome profunda, mas nada grave ou inesperado. Saiu do saco de dormir e, no escuro, alongou os músculos doloridos. Permitiu-se fantasiar com um banho quente, uma Coca-Cola gelada, um prato transbordando de um dos omeletes recheados da Marg.

Então, rastejou para fora da barraca a fim de encarar a realidade.

O acampamento ainda dormia — e poderia, segundo seus cálculos, dormir por mais uma hora. A oeste, o fogo tingia o céu de um vermelho encardido. *Uma luz de espera*, ela pensou. Esperando pela batalha do dia.

Bem, eles estariam prontos para isso.

Ela enxaguou a secura da boca com água, cuspiu, depois usou o brilho da fogueira do acampamento para pegar um pouco de comida. Comeu, engolindo as rações com café instantâneo que ela detestava, mas de que precisava, enquanto revisava seus mapas. O silêncio não duraria muito, então aproveitou para planejar suas tarefas, direções, organizar equipes e ferramentas. Rowan entrou em contato com a base para um relatório de status e uma previsão do tempo, rabiscando anotações e esboçando rapidamente mapas operacionais.

Ao amanhecer, ela já havia organizado suas ferramentas, reabastecido a mochila tática, engolido outro sanduíche e uma maçã. Alerta, energizada, pronta, aproveitou seu pequeno momento de solidão.

Ela observou a floresta ganhar vida ao redor do acampamento ainda adormecido. Como algo saído de um conto de fadas, as sombras de um pequeno bando de alces deslizaram pela névoa matinal que envolvia as árvores como fumaça. O brilho do sol nascente coroava o cume ao leste, espalhando seu tom dourado derretido. A luz se infiltrava pela linha das árvores, cintilando no riacho, acariciando o verde do vale abaixo.

Os pássaros entoavam sua canção matinal, e, no céu que despertava, um falcão já planava em busca de sua presa.

Aquilo, ela pensou, era apenas mais uma das razões para fazer o que fazia, apesar dos riscos, da dor, da fome. Para Rowan, não havia nada mais mágico ou intensamente real do que o amanhecer em meio à natureza selvagem.

Ela lutaria até a exaustão ao lado dos melhores homens e mulheres que conhecia para proteger aquilo.

Quando Cards saiu da barraca, ela sorriu. Ele parecia um urso que havia passado sua hibernação rolando em fuligem. Com o cabelo arrepiado em picos ensebados, olhos vidrados de cansaço, ele grunhiu para ela antes de cambalear em busca de um pouco de privacidade para aliviar a bexiga.

O acampamento começou a despertar. Mais grunhidos e movimento, mais olhos turvos e sonolentos enquanto os paraquedistas pegavam comida e café. Gull saiu da barraca, seu rosto sombreado por fuligem e barba por fazer. Mas seus olhos estavam alertas, ela notou, e reluziram brevemente na direção dela antes de ele desaparecer entre as árvores.

— O vento já está aumentando. — Gibbons veio se colocar ao lado dela, bebendo o café.

— Sim. — Ela olhou para as colunas de fumaça subindo ao céu. Laranja e dourado brilhavam agora através do vermelho. Assim como o céu, a magia, o acampamento... o dragão tinha acordado. — Não vamos ter ajuda dos deuses do clima hoje. Vento variável, de vinte a trinta quilômetros por hora, as condições continuam secas, e a temperatura vai passar dos vinte e sete graus. Ela vai devorar isso.

Rowan puxou seus mapas desenhados à mão.

— Seguramos o flanco dela aqui, mas perdemos terreno na nossa fonte de água, e, quando ela atingiu as copas, varreu direto por aqui. Os brigadistas a atingiram, empurraram de volta até mais ou menos aqui, mas ela se voltou contra eles por volta da meia-noite, e eles tiveram que recuar — acrescentou —, voltando para esta linha do corta-fogo aqui.

— Alguém se feriu?

— Queimaduras leves, alguns arranhões e machucados. Ninguém precisou ser evacuado. — Ela olhou por cima do ombro quando Gull se aproximou. — Eles estão acampados aqui. — Desdobrou o mapa principal para mostrar a Gibbons. — Estou pensando se conseguimos bombear água na cabeça por aqui, e abrir uma linha de corta-fogo ao longo deste setor, interceptar o ponto baixo da linha feita pelos brigadistas, depois cruzar. Vamos subir enquanto eles trabalham para cima. Poderíamos cercar ela. É uma escalada dos infernos, mas sufocaríamos a cauda dela, bloquearíamos o flanco esquerdo e depois encontramos a equipe com as mangueiras pra cortar a cabeça dela.

Gibbons assentiu.

— Vamos ter que segurar esta linha aqui. — Ele apontou para o mapa. — Se ela passar por ali, pode nos cercar por trás. E aí é a equipe da linha que fica encurralada.

— Eu explorei essa área ontem. Temos alguns pontos seguros. E estão enviando mais paraquedistas agora de manhã. Vamos ter uns quarenta. Quero dez na equipe das bombas d'água, e quero você no comando, Gib. Você manda muito bem com uma mangueira. Escolhe os nove que quiser.

— Fechado. — Ele olhou para o fogo. — Parece que o recreio acabou.

— Onde você me quer? — perguntou Gull a ela quando Gibbons saiu para escolher sua equipe.

— Linha de serra, sob o comando do Yangtree. Segure essa linha de corta-fogo ou você vai precisar desses pés rápidos que tem aí. Se ela passar pra trás de você, corre direto pro cume e entra no terreno queimado. Aqui. — Ela olhou nos olhos dele enquanto apontava para o mapa. — Entendido?

— Nós vamos segurar, e aí você me paga uma bebida.

— Segura a linha, corta até chegar à equipe das mangueiras, e talvez eu pague. Pegue seu equipamento. — Ela caminhou até a fogueira do acampamento e ergueu a voz. — Muito bem, meninos e meninas, hora de dar uma surra nesse dragão!

Ela pegou carona por parte do caminho em um trator, depois saltou para uma caminhada brutal, decidida a ver com os próprios olhos o progresso dos brigadistas.

— Winsor, certo? Tripp! — gritou ela para o homem magro e de rosto sombrio por cima do rugido das serras. O fogo bradava sua ameaça enquanto o calor pulsava forte o suficiente para fazer a pele formigar. — Tenho uma equipe subindo pra cruzar com vocês. Talvez até uma da tarde.

Uma varredura da equipe indicou o que ela suspeitava. Tinham minimizado os ferimentos. Ela apontou para um dos homens que manejava uma Pulaski. Seu rosto brilhava de suor e estava em carne-viva onde as sobrancelhas haviam sido chamuscadas.

— Vocês passaram por um sufoco.

— Um sufoco de quase cagar nas calças. O vento fodeu com a gente, e ela virou num piscar de olhos, rolou direto pra cima da gente. Ela soltou aquela risada do inferno. Você sabe do que eu tô falando.

— Sei. — Era um som projetado para congelar as entranhas. — Eu sei bem.

— A gente bateu em retirada. Não dava pra ver porra nenhuma com a fumaça. Juro que ela nos perseguiu como se quisesse brincar de pega-pega. Senti o cheiro do meu cabelo queimando. Foi por pouco que escapamos.

— Mas agora vocês estão contendo a besta.

— Esses caras vão lutar até cair, mas se não derrubarmos aquela cabeça, acho que ela vai dar a volta e tentar outra investida.

— Estamos bombeando água nela agora. Vou verificar com o líder da equipe, ver se ele quer outro lançamento. — Ela encarou a parede de fogo enquanto as cinzas giravam ao seu redor como neve. — Subestimaram ela, mas vamos virar o jogo. Fica atento que a minha equipe deve se juntar à sua lá pela uma da tarde.

— Mantenha a calma! — gritou ele para Rowan quando ela se afastou.

Ela contornou de volta, enchendo os pulmões quando alcançou uma área de ar mais limpo. Sempre em movimento, ela checou suas equipes, a base, o coordenador de incêndios. Depois de pular um riacho estreito, virou para o oeste mais uma vez. Então parou abruptamente quando um urso cruzou seu caminho.

Ela conteve o impulso de correr, sabia que não era o certo. Mas seus pés coçavam para sair dali.

— Ah, qual é… — murmurou, entre os dentes — Tô fazendo isso por você também. Só segue em frente.

Seu coração batia forte enquanto ele a observava, e correr já não parecia uma ideia tão estúpida, afinal. Então ele virou a cabeça como se estivesse entediado, e foi embora lentamente.

— Eu amo a natureza selvagem e tudo o que ela contém — lembrou a si mesma quando conseguiu reunir saliva suficiente para engolir.

Caminhou mais cerca de quatrocentos metros antes de o coração desacelerar. E, ainda assim, lançava olhares cautelosos por cima do ombro até ouvir o zumbido abafado das motosserras.

Rowan apertou o passo e encontrou a nova linha de corta-fogo. Depois de uma rápida atualização com Yangtree, ela se juntou à equipe. Daria a eles uma hora antes de subir e contornar de novo.

— Dia bonito, né? — comentou Gull enquanto cortavam uma árvore caída em toras.

Ela olhou para cima e, por entre algumas frestas na fumaça, o céu resplandecia em um azul intenso.

— Tá uma belezura.

— Um bom dia para um piquenique.

Rowan pisou em um foco do tamanho de um prato que acendeu sob seus pés.

— Piquenique com champanhe. Sempre quis fazer um.

— Que pena que não trouxe uma garrafa.

Ela se contentou com água, depois limpou o rosto.

— Vamos conseguir. Tô começando a sentir.

— O piquenique?

— O fogo é um pouco mais urgente. Você manda bem com a serra. Continue assim.

Ela subiu para conversar com Yangtree novamente a respeito dos mapas e, rasgando a embalagem de um biscoito, voltou para a fumaça.

Enquanto devorava o biscoito, pensou no urso — e disse a si mesma que ele já devia estar bem longe, lá para o leste. Ela escalou o cume, verificou as horas quando encontrou a linha dos brigadistas.

Meio-dia em ponto. Já tinham trabalhado por cinco horas naquele dia, com um progresso muito bom.

Ela subiu e desceu, suas pernas queimando e ficando bambas, para verificar os bombeiros com as bombas d'água. Arcos de água atingiam o incêndio, flechas líquidas disparadas para matar. Rowan cedeu ao cansaço, curvando-se para a frente, apoiando as mãos nas coxas doloridas. Não saberia dizer quantos quilômetros já havia percorrido naquele dia, mas tinha certeza de que sentia cada centímetro do esforço.

Ela se ergueu e foi até Gibbons.

— A linha de corta-fogo do Yangtree tá avançando bem. Ele deve se encontrar com a brigada de elite em uma hora. Ela tentou virar a cauda, mas eles seguraram. Idaho está de sobreaviso, se você precisar de mais gente nas mangueiras.

— Estamos contendo a fera. Vamos bombear com força, passar por esse ponto aqui. Se conseguirem descer essas linhas e cruzar, teremos ela sob controle.

— Quero usar os sinalizadores e começar um contrafogo aqui. — Ela tirou seu mapa. — Podemos dobrar ela sobre si mesma até ficar sem combustível.

— Gosto da ideia. Mas a decisão é sua.

— Então, tá decidido. — Rowan pegou o rádio. — Yangtree, vamos com o contrafogo. Separa dez pessoas, leva elas pra cima. Eu vou dar a volta por baixo. Continue afogando essa desgraçada, Gib.

Rowan repôs calorias com uma barrinha de proteína, hidratou-se com água enquanto recuava. E se considerou sortuda por não repetir o encontro com o urso. Nada se mexia nas árvores, na vegetação. Ela atravessou uma trilha onde as árvores ainda se erguiam — árvores que eles lutavam para salvar — e as flores silvestres estendiam as pétalas em direção ao céu sufocado pela fumaça. Os pássaros tinham alçado voo, então não havia canto, nenhum som rompia o silêncio.

Mas o fogo murmurava e rosnava, lançando suas chamas como punhos e pés irados.

Ela seguiu o flanco do fogo, pensou nas flores silvestres e levou a esperança delas consigo enquanto caminhava até a queima controlada que havia ordenado.

Sob as ordens de Yangtree, Gull se afastou da linha de corte para lidar com os focos que o incêndio principal cuspia para além da fronteira. A maioria da equipe estava cansada demais para conversar, e, como a velocidade era crucial, o fôlego para bater papo era limitado.

A água ingerida escorria em suor; a comida engolida às pressas queimava rápido, deixando uma fome constante e irritante.

O truque, ele sabia pelos anos como bombeiro de elite, era não pensar naquilo e em nada além do fogo, e o próximo passo para extingui-lo.

— Peguem os sinalizadores. — Gibbons passou a ordem com uma voz rouca de tanto gritar e inalar fumaça. — Vamos queimar o rabo dela, fazer ela recuar até se consumir.

Gull olhou na direção da cauda. A linha de corta-fogo deles estava contendo a desgraçada, e a linha cruzada com a da outra equipe cortava o flanco dela — por enquanto. Pequenos focos de incêndio surgiam, mas o incêndio maior havia perdido o embalo por ali.

Ele considerou o *timing* e a estratégia do contrafogo impecáveis. Apesar da fadiga, ficou satisfeito quando Yangtree o tirou da linha e o mandou descer com uma equipe para controlar o contrafogo.

Com os outros, ele ergueu suas ferramentas e deixou a área.

Viu as flores silvestres como Rowan havia visto, e os buracos que os pica-paus tinham feito no tronco de um abeto, e fezes de um urso — dos grandes — que o fizeram escanear a floresta enevoada. Só para garantir.

Liderando a linha, Cards mancava um pouco à medida que mantinha contato com Rowan e outros líderes pelo rádio. Gull se perguntou onde e como ele havia se machucado, mas eles continuaram a se mover, e em um ritmo urgente.

Ouviu o ronco abafado de um trator. Surgindo na névoa, ele empurrava arbustos e pequenas árvores. Rowan se sobressaltou enquanto a máquina avançava aos trancos e barrancos por uma nova linha.

— Vamos trabalhar atrás da linha do trator. Temos mangueiras. — Ela apontou para a remessa de equipamentos que havia solicitado. — Temos uma fonte de água naquele riacho. Quero o contrafogo contido aqui, de modo que, quando ela recuar, se consuma. Fiquem atentos aos focos. A besta tá cuspindo pra todo lado.

Ela voltou o olhar para Gull.

— Você consegue lidar com a mangueira tão bem quanto com a serra?

— Já ouvi dizer que sim.

— Você, Matt, Cards. Vamos começar a bombear. Todos os outros, cuidem dos galhos e troncos mortos.

Ele gostava de mulheres com um plano, pensou Gull começando a trabalhar.

— Vamos acender ao meu comando. — Rowan ofereceu a Cards um dos biscoitos de manteiga de amendoim de sua mochila. — Você tá machucado?

— Não é nada. Tropecei nos meus próprios pés.

— Nos meus — corrigiu Matt. — Eu entrei no caminho.

— Meus pés tropeçaram nos dele. A coisa ficou meio insana na linha por um tempo.

— E agora tá bem tranquilo. Encharquem tudo — disse ela. — Tudo à frente da linha do trator, molhem bem.

Manejar uma mangueira de incêndio exigia músculos, estabilidade e suor. Em dez minutos — e depois de horas com a serra e na linha de corta-fogo —, os braços de Gull pararam de doer e simplesmente ficaram dormentes. Ele firmou o corpo, lançou arcos de água sobre as árvores, encharcando o chão. Sobre a cacofonia de bombas, serras e motores, ouviu Rowan gritar a ordem para acender:

— Lá vai!

Ele viu os sinalizadores acenderem, explodirem.

Efeitos especiais, pensou, *não tem nada igual*, enquanto as chamas subiam como flechas, incendiando a floresta. Ela rugiu, a plenos pulmões, e, se Deus atendesse suas preces, aquilo chamaria o dragão.

— Firmem aqui! Não daremos mais um centímetro pra ela!

Na voz de Rowan, ele ouviu o que o inundava — admiração e determinação, e uma energia renovada que fluiu por sua corrente sanguínea como uma droga.

Outros também gritavam, contagiados pela mesma droga. O vapor subia do chão, misturando-se à fumaça enquanto eles avançavam com o contrafogo. Brasas disparavam e se extinguiam e afogavam no chão molhado.

Isso era vencer. Não só virar o jogo, não só manter o terreno, mas vencer de verdade. Uma hora se passou em fumaça, vapor e calor infernal — depois outra — até que o fogo começou a ceder, desta vez em derrota.

Rowan correu até a linha de água.

— Ela recuou. A cabeça foi cortada e tá sob controle. Os flancos estão recuando. Apaguem tudo. Acabou.

A retirada do fogo foi vacilante e fraca. À noite, mal conseguia chiar. O pulsar da bomba cessou, e Gull deixou os braços em frangalhos baixarem. Ele cavoucou a mochila, encontrou um sanduíche que havia guardado ao amanhecer. Não sentiu o sabor, mas como aquilo despertou a fome em seu estômago, desejou ter pegado mais do que quer que fosse.

Foi até o riacho, tirou o capacete e o encheu de água. Considerou a sensação de ter água fresca escorrendo sobre sua cabeça e ombros quase tão boa quanto sexo.

— Bom trabalho.

Ele olhou de relance para Rowan, encheu o capacete de novo. De pé, arqueou uma sobrancelha. Ela riu, tirou o capacete e levantou o rosto, fechando os olhos.

— Ah, sim — suspirou ela quando ele despejou água sobre sua cabeça. Abriu os olhos, frios, de um azul cristalino. — Você se vira muito bem para um novato ex-brigadista.

— Você se vira muito bem pra uma garota.

Ela riu de novo.

— Tá, foi empate. — Então levantou a mão. Ele arqueou a sobrancelha outra vez, o sorriso se espalhando, mas ela balançou a cabeça. — Você tá sujo demais para um beijo, e eu ainda sou a chefe de equipe aqui. Tudo o que você ganha é um *high-five.*

— Eu aceito. — Ele bateu a mão na dela. — A gente tava segurando, afastando um pouco, mas vencemos mesmo quando você decidiu pelo contrafogo.

— Estou me perguntando se deveria ter decidido isso antes. — Então ela deu de ombros. — Mas não adianta pensar em "e se". A gente derrotou ela. — Rowan colocou o capacete de volta, levantou a voz: — Beleza, pessoal, vamos acabar com isso.

Eles cavaram raízes, apagaram brasas, derrubaram árvores fumegantes. Quando a etapa final de todo o combate terminou, eles voltaram, praticamente dormindo em pé, carregando ferramentas e equipamentos. Ninguém conversou no curto voo de volta à base; a maioria estava ocupada roncando. Cerca de trinta e oito horas depois que a sirene soou, Gull se arrastou até os alojamentos e largou seu equipamento. A caminho do quarto, ele esbarrou em Rowan.

— Que tal uma saideira?

Ela soltou uma risada. Ele imaginou que ela havia apoiado a mão na parede apenas para se manter de pé.

— Embora uma cerveja gelada fosse cair bem, acredito que isso seja seu jeito espertinho de dizer "sexo". Mesmo que meu cérebro estivesse tão frito a ponto de aceitar, não acredito que você conseguiria dar conta esta noite... hoje... esta manhã.

— Discordo veementemente e estaria disposto a provar com uma demonstração.

— Que fofo. — Ela deu um leve tapa em seu rosto sujo. — Dispenso. Boa noite.

Rowan entrou no quarto, e Gull seguiu para o dele. Depois de tirar a camisa fedorenta e a calça, caiu de bruços, imundo, na cama. Teve tempo de pensar *"ainda bem que ela não aceitou"* antes de desmaiar.

NO BELICHE em seu escritório, onde costumava passar a noite sempre que Rowan enfrentava um incêndio, Lucas ouviu o avião de transporte decolar. Ouviu-o voltar. Ainda assim, ele não relaxou por completo até que seu celular sinalizou uma mensagem de texto.

Ficou feio, mas extinguimos. Estou bem. Com amor, Ro

Ele colocou o telefone de lado, acomodou-se e deslizou para o primeiro sono tranquilo desde que a sirene soou.

LUCAS SALTOU de paraquedas com um grupo de oito pessoas logo pela manhã, posou para fotos, assinou folhetos e depois dedicou um tempo para discutir a possibilidade de avançar para queda livre acelerada com dois do grupo.

Quando os levou até Marcie para fazerem a inscrição, seu cérebro entrou em curto-circuito. Ella Frazier, com aquele cabelo ruivo e olhos verdes como uma floresta, virou-se e sorriu para ele.

Com covinhas.

— Oi de novo.

— Ah... de novo — ele conseguiu dizer, meio atrapalhado. — Hum, Marcie vai guiar vocês pelo processo, agendar tudo certinho — disse ele ao casal que estava em sua companhia.

— Eu vi o seu salto. — Ella sorriu para eles. — Acabei de fazer o meu primeiro salto duplo outro dia. É incrível, não é?

Ele ficou parado, lutando para não mexer os pés enquanto Ella conversava com seus novos alunos.

— Você tem um minutinho pra mim? — perguntou ela.

— Claro. Claro. Meu escritório...

— Podemos caminhar lá fora? Marcie me disse que você tem mais dois saltos duplos logo, logo. Eu adoraria assistir.

— Tá bem. — Ele segurou a porta aberta para ela, depois se perguntou o que fazer com as mãos. Nos bolsos? Soltas ao lado do corpo? Desejou ter uma prancheta para mantê-las ocupadas.

— Sei que você está ocupado hoje, e eu provavelmente deveria ter ligado antes.

— Sem problemas.

— Como está sua filha? Acompanhei o incêndio nos noticiários — acrescentou ela.

— Ela está bem. De volta à base, sã e salva. Eu te contei sobre a Rowan?

— Não exatamente. — Ela ajeitou o cabelo atrás da orelha ao virar o rosto para ele. — Eu pesquisei você no Google antes de me inscrever. Amo meu filho, mas não ia pular de um avião sem saber quem era a pessoa em quem eu estaria presa.

— E tá certa. — *Olha só*, ele disse para si mesmo, *sensata*. Qualquer homem deveria conseguir relaxar perto de uma mulher sensata. Uma avó, lembrou. Uma *educadora*.

Ele conseguiu, enfim, relaxar os ombros.

— Sua experiência e reputação me convenceram. Então, Lucas, eu estava me perguntando se poderia te pagar uma bebida.

E seus ombros voltaram a tensionar como molas excessivamente apertadas enquanto seu cérebro virava mingau.

— Como é?

— Pra te agradecer pela experiência e por me dar a chance de impressionar meus netos.

— Ah, bem. — E lá vinha aquele calor subindo pela nuca. — Você não precisa... Quero dizer...

— Eu te peguei de surpresa, e provavelmente soei como metade das mulheres que passam por aqui, dando em cima de você.

— Não, elas... você...

— Eu não estava. Dando em cima de você — acrescentou Ella, com um sorrisão. — Mas agora tenho que confessar um segundo propósito. Tenho um projeto que adoraria discutir com você e, se eu puder te pagar uma bebida, te amaciar um pouco, espero que você tope. Se você estiver em um relacionamento, pode trazer sua namorada.

— Não, não estou. Quero dizer, não tem nenhuma namorada.

— Você estaria livre hoje à noite? Eu poderia te encontrar por volta das sete, no bar do *Open Range*. Eu gostaria de te agradecer, e você pode me contar mais sobre o treinamento para queda livre.

Negócios, ele repetiu para si. *Negócios amigáveis*. Ele discutia negócios amigáveis em meio a drinques o tempo todo. Não havia motivo para não fazer o mesmo com ela.

— Eu não tenho nenhum plano.

— Então está combinado? Muito obrigada. — Ela estendeu a mão, apertou a dele com firmeza. — Vejo você às sete.

Ele a observou se afastar, tão bonita, tão descontraída — e lembrou a si mesmo que era apenas um negócio amigável.

9

⌘ ⌘ ⌘

Assim como fizera em sua barraca, Rowan deitou de olhos fechados e fez seu inventário matinal. Percebeu que se sentia como uma pessoa de cem anos que havia feito greve de fome. Mas ela saiu dessa — como chefe de incêndio — sem ferimentos, sua equipe inteira, e o fogo controlado.

Além disso, pensou ao abrir os olhos e examinar seus aposentos, durante os dois dias fora, as fadas do sangue de porco não só esfregaram e limparam tudo, como ainda passaram uma nova demão de tinta nas paredes.

Ela devia um favor a alguém, e, se conseguisse se arrastar para fora da cama, descobriria a quem.

Quando conseguiu, suas panturrilhas se queixaram, os quadríceps protestaram. Seus bíceps e tríceps, ela notou, choraram lágrimas amargas. O banho quente durante o qual ela praticamente dormiu ajudou, um pouco, mas ela precisava de mais do que as oito horas na cama depois de dois dias árduos.

Combustível e movimento, ordenou a si mesma. E onde estava Gull com aquele sanduíche de café da manhã quando ela precisava? Ela se contentou com uma barra de chocolate enquanto se vestia, depois mancou até a academia.

Ela não era a única mancando.

Resmungou um oi para Gibbons, que resmungou em resposta, observou Trigger fazer caretas durante os alongamentos no chão. Ela estudou Dobie — um cara miúdo e ágil — enquanto ele fazia supino com o que ela julgava ser o peso do próprio corpo.

— Volto pra lista de saltos amanhã — informou ele, erguendo os pesos com uma explosão de fôlego. — Tô pronto. Bem mais pronto do que vocês, pelo que parece.

Ela mostrou o dedo do meio para ele, depois gemeu ao se inclinar para a frente. Permaneceu abaixada, apenas respirando pelo tempo que conseguiu aguentar, depois, com as palmas no chão, arqueou as costas e olhou para cima.

As contusões amarelas de Dobie no rosto vermelho pelo esforço o faziam parecer uma vítima de queimadura com icterícia. E ele havia raspado aquela barba ridícula — uma melhoria, na opinião dela, pois agora ele parecia menos um duende caipira.

— Alguém limpou e pintou meu quarto.

— Sim. — Com outra explosão de fôlego, ele levantou os pesos e os encaixou no suporte. — O Stovic e eu estávamos com tempo de sobra.

Ela se levantou.

— Vocês fizeram tudo aquilo?

— A maior parte. A Marg e a Lynn fizeram o que puderam para salvar suas roupas. Sal é o que tira sangue; é o que minha mãe usa.

— É mesmo?

— Não funciona tão bem nas paredes, então a gente pintou. Isso nos impediu de enlouquecer enquanto vocês se divertiam. Tava uma bagunça danada lá dentro e cheirava igual a um abatedouro de porcos. Me deu saudade de casa — acrescentou ele, com um sorriso. — De qualquer forma, aquela mulher deve ser uma doida varrida.

Ela se aproximou, se inclinou, e o beijou na boca.

— Obrigada.

Ele arqueou as sobrancelhas.

— Foi uma bagunça *bem* grande e fedorenta.

Dessa vez, ela cravou o dedo na barriga dele. Depois de voltar para seu tapete, alongou os músculos, acalmou a mente com ioga. Já tinha passado para os exercícios de solo quando Gull entrou. Renovado, ela pensou. Ele parecia limpo, com o andar solto e tranquilo ao se aproximar dela.

— Ouvi dizer que você apareceu. — Ele se agachou. — Tá bem flexível para o dia seguinte.

— Só preciso de alguns ajustes.

— E de um piquenique.

Ela levantou o nariz de onde se encontrava em meio aos joelhos.

— Eu preciso de um piquenique?

— Com uma cesta gigante abastecida com iguarias da Marg e uma boa bebida de adultos, tudo isso na companhia de alguém encantador.

— A Janis vai comigo nesse piquenique?

— Eu tenho a cesta gigante.

— Sempre tem uma pegadinha. — *Zona de perigo*, ela se advertiu. Aquele homem era uma tentação ambulante. — É uma boa ideia, mas...

— Não estamos na lista de saltos hoje, e o L.B. liberou a gente pro dia. Agora que passamos pelo fogo juntos, acho que podemos dar uma pausa, comer algo e jogar conversa fora. A menos que você ache que um simples piquenique vai te levar a um desejo incontrolável até você me agarrar e se aproveitar da minha boa vontade.

Tentação e desafio — ambos igualmente difíceis de resistir.

— Tenho certeza de que consigo me controlar.

— Então tá. Podemos sair quando você estiver pronta.

Que se dane, ela pensou. Ela vivia e respirava zonas de perigo. Certamente poderia lidar com um cara atraente e convencido em um piquenique.

— Me dá vinte minutos. E é melhor você escolher um lugar perto porque eu tô morrendo de fome.

— Te encontro lá fora.

Ela foi atrás do Stovic primeiro, deu nele o mesmo beijo nos lábios que tinha dado em Dobie. Ela pagava suas dívidas. Tinha um relatório para escrever e entregar sobre o incêndio, mas aquilo poderia esperar algumas horas. *Verificar e reorganizar o equipamento*, ela pensou enquanto vestia uma calça caqui curta. *Lidar com o paraquedas, refazer a mochila*. Ela vestiu uma camisa branca, passou um pouco de maquiagem e protetor solar e considerou isso bom o suficiente para um piquenique amigável com um colega paraquedista.

Colocou os óculos escuros ao sair porta afora, depois estreitou os olhos por trás das lentes. Gull estava encostado no capô de um conversível prateado elegante e estiloso, batendo papo com Cards.

Rowan foi caminhando até eles.

— Como tá a perna? — perguntou a Cards.

— Nada mal. O joelho ainda tá um pouco inchado. Vou colocar gelo de novo. — Ele deu um tapinha no capô ao lado do quadril de Gull. — É um baita carro, Ligeirinho. Um carro e tanto. A palavra de hoje tem que ser virilidade, porque essa máquina tem colhões. Divirtam-se, crianças. — Ele piscou para Rowan e, ainda mancando, voltou para dentro.

Com as mãos nos quadris, Rowan deu uma volta em torno do carro.

— Este é o carro do Homem de Ferro.

— Como duvido que você esteja dizendo que roubei do seu pai, concluo que você é uma mulher que conhece os super-heróis e seus veículos motorizados.

Ela parou na frente dele.

— Onde tá o traje?

— Em um local não revelado. A vilania espreita em toda parte.

— Verdade. — Ela inclinou a cabeça, deslizando um dedo sobre o para-lama reluzente enquanto estudava Gull. — O Homem de Ferro é um super-herói rico. É por isso que ele pode pagar por um carro assim.

— Tony Stark tem muitos carros.

— Também é verdade. Saltar de paraquedas paga bem, na temporada. Mas não vejo como vender fichas e monitorar jogos em um fliperama possa pagar por um carro assim.

— Mas é divertido, e ganho pizza de graça. O carro é meu — disse ele quando ela continuou a encará-lo. — Quer ver o documento? Meu currículo?

— Isso significa que você *tem* um currículo, e duvido que tenha construído um trabalhando num fliperama. — Pensativa, ela franziu os lábios. — Talvez se você fosse dono de uma parte dele.

— Seus poderes de dedução são impressionantes. Você pode ser minha Pepper Potts. — Ele se aproximou, abriu a porta para ela. Ela entrou, olhou para cima.

— Qual é o tamanho dessa parte da sociedade?

— Vou contar a história da minha vida enquanto comemos, se você quiser.

Ela pensou um pouco à medida que ele contornava o capô e assumia o volante. E decidiu que queria.

Ele dirigia rápido, tinha uma mão suave e competente na alavanca de câmbio — duas coisas que ela apreciava.

E, meu Deus, como ela adorava um carro elegante.

— Tenho que transar com você antes de me deixar dirigir essa beleza?

Ele deu um olhar de relance na direção de Rowan.

— Claro.

— Parece justo. — Divertindo-se, ela ergueu o rosto para o vento e o céu, depois levantou as mãos. — Passear nela já é quase um compromisso. Como você conseguiu organizar tudo isso?

— Habilidades de organização impressionantes. E aproveitei que tinha algumas horas livres. A comida foi a parte fácil. Só precisei falar pra Marg que ia te levar para um piquenique, e ela cuidou do resto. Ela é apaixonada por você.

— O sentimento é recíproco. Ainda assim, eu mal consegui me arrastar pra fora da cama hoje de manhã, imagina planejar qualquer coisa.

— Tenho poderes de recuperação impressionantes para combinar com as habilidades de organização.

Ela baixou os óculos escuros e olhou para ele por cima das lentes.

— Sei reconhecer um discurso de autoelogio sexual quando ouço um.

— Então provavelmente não devo acrescentar que acordei sentindo como se tivesse sido atropelado por um caminhão de dezesseis rodas, depois de carregar uma mochila de duzentos quilos de tijolos por oitenta quilômetros. Na lama.

— É. E a gente ainda tá no começo de junho.

Quando ele entrou na Bass Creek Road, ela assentiu.

— Boa escolha.

— Não é uma trilha difícil, e deve estar bonita.

— Sim, sim. Eu morei aqui a minha vida toda — acrescentou ela enquanto ele estacionava na área no fim da estrada. — Caminhar pelas trilhas era o que eu fazia. Isso me mantinha em forma, me dava uma noção dos lugares onde eu ia saltar um dia... e me fazia entender por que eu queria isso.

— Ontem, cruzamos a área queimada. — Ele apertou o botão para subir o teto. — É duro, e é difícil. Mas você sabe que a vida vai voltar.

Eles saíram do carro, e ele abriu o capô do bagageiro mínimo.

— Caramba, Gull, você não tava brincando sobre a cesta gigante.

— Colocar isso aqui foi um exercício de geometria. — Ele a puxou para fora.

— Só estamos nós dois aqui. Quanto pesa essa coisa?

— Bem menos que meu equipamento. Acho que consigo levá-la pelos dois quilômetros de trilha.

— A gente pode revezar.

Ele a encarou enquanto iam para o início da trilha.

— Sou totalmente a favor de salários iguais para mesmas funções no trabalho. Um firme defensor de que capacidade, determinação e inteligência não têm nada a ver com gênero. Sou até cautelosamente aberto a jogadoras na Liga de Beisebol. Cautelosamente aberto, repito. Mas existem limites.

— Carregar uma cesta de piquenique é um desses limites?

— É.

Ela enfiou as mãos nos bolsos, cantarolou um pouco ao andar com um sorriso no rosto.

— É um limite besta.

— Talvez. Mas continua sendo um limite.

Eles caminharam pelo desfiladeiro arborizado. Ela ouviu o que havia perdido durante o incêndio: o canto dos pássaros, os ruídos do mato — a vida. O sol brilhava através do dossel, refletindo nas águas borbulhantes e turbulentas do riacho enquanto seguiam a curva da trilha.

— É por isso que você estava estudando mapas? — perguntou Rowan. — Procurando um lugar pro piquenique?

— Isso foi só um bônus. Eu não morei aqui a vida toda, e quero saber onde estou. — Ele esquadrinhou o desfiladeiro, as cascatas enquanto subiam a trilha. — Gosto de onde estou.

— Sempre morou no norte da Califórnia? E tem algum motivo pra gente ter que esperar a comida pra começar a história da sua vida?

— Acho que não. Não, eu morei primeiro em Los Angeles. Meus pais eram da indústria do entretenimento. Ele era cinegrafista, ela era figurinista. Eles se conheceram em um set e ficaram a fim um do outro. — O riacho foi ficando para trás conforme subiam ainda mais a encosta. — Aí — continuou —, eles se casaram, e eu nasci alguns anos depois. Eu tinha quatro anos quando eles morreram num acidente de avião. Um pequeno bimotor que estavam usando para ir até uma locação de filmagem.

O coração dela se apertou um pouco.

— Gull, sinto muito.

— Eu também. Eles geralmente me levavam quando trabalhavam no mesmo projeto. Mas eu estava com otite, então me deixaram com a babá até eu melhorar.

— É difícil perder os pais.

— É dureza. Olha ali a represa de troncos — anunciou ele. — Igualzinho ao prometido.

Ela deixou o assunto de lado quando a trilha se aproximou do riacho mais uma vez. Não podia culpá-lo por não querer revisitar o luto de um menino pequeno.

— Isso aqui vale muito mais do que uma caminhada de dois quilômetros — disse ele observando o lago atrás da represa, que cintilava como se estivesse salpicado de joias. Mais além, o vale se abria como um presente, estendendo-se até o anel de montanhas ao redor. — E a cesta vai estar bem mais leve na volta.

Perto do lago, sob o vasto céu azul, ele a pousou no chão.

— Trabalhei num incêndio ali por trás, no parque ecológico de Selway-Bitterroot. — Ele ficou olhando para o horizonte. — Estando aqui, num dia como hoje, é difícil acreditar que tudo isso pudesse pegar fogo.

— Saltar de paraquedas é diferente.

— É certamente uma maneira mais rápida de chegar.

Ele abriu a tampa da cesta, tirou a toalha dobrada no topo. Ela o ajudou a estender, depois se sentou de pernas cruzadas.

— O que temos no cardápio? — Ele puxou uma garrafa de champanhe envolta numa capa térmica. Surpresa, ela riu. — Isso é um belo começo, e você realmente não perde uma.

— Você mencionou piquenique com champanhe. Para nossa entrada, temos o tradicional frango frito *à la* Marg.

— O melhor que existe.

— Me disseram que você prefere coxas. Eu sou mais de peito.

— Nunca conheci um homem que não fosse. — Ela começou a descarregar os itens da cesta. — Ah, sim, a salada de batata vermelha e vagem dela, e olha só esses queijos, o pão. Temos frutas vermelhas, ovos recheados. Bolo de chocolate! A Marg mandou quase metade de um dos bolos dela. — Ela olhou para cima. — Vai ver ela está apaixonada é por você.

— Eu só posso ter esperanças. — Ele estourou a rolha. — Estende o copo.

Ela pegou o copo, então notou o rótulo na garrafa.

— *Dom Pérignon*. O carro do Homem de Ferro e o champanhe do James Bond.

— Tenho um gosto heroico. Estende o copo, Rowan. — Ele encheu o dela, depois o dele. — Aos piqueniques na natureza.

— Tudo bem. — Ela brindou, deu um gole. — Caramba, isso aqui não é a tequila vagabunda do *Pegue uma corda*. Agora entendo por que o 007 gosta disso. Onde você arranjou?

— Eles vendem na cidade.

— Você foi à cidade hoje? Que horas você acordou?

— Umas oito. Nem consegui chegar ao chuveiro ontem à noite, e estava tão fedido hoje de manhã que o mau cheiro me acordou. — Ele abriu um dos recipientes e, depois de partir um naco da baguete, espalhou queijo macio e amanteigado e ofereceu a ela. — Não sou exatamente rico, acho.

Ela o estudou enquanto os sabores dançavam na boca. Capturado por uma brisa suave, o cabelo dele dançava ao redor do rosto em uma atraente mistura de marrom e dourado ao sol.

— Quero saber. Mas não quero que lembranças ruins estraguem seu piquenique.

— Aquilo que contei é tudo de ruim. Não tenho certeza se me lembraria deles, ou mais do que vagamente, se não fosse pela minha tia e meu tio. A irmã da minha mãe — explicou Gull. — Meus pais os nomearam como meus tutores no testamento. Eles foram me buscar, me levaram pro norte, me criaram.

Enquanto falava, Gull tirou pratos e talheres da cesta, e ela lhe dava espaço para a história.

— Eles falavam dos meus pais o tempo todo, me mostravam fotos. Os quatro eram muito próximos, e meus tios queriam que eu guardasse as boas lembranças. E eu guardei.

— Você teve sorte. Depois de uma tragédia dessas, você teve sorte.

Seu olhar encontrou o dela.

— Muita sorte. Eles não só me acolheram. Eu era deles, e sempre senti isso.

— A diferença entre ser uma obrigação, mesmo que bem tratada, e pertencer.

— Nunca precisei aprender o tamanho dessa diferença. Meus primos, um é um ano mais velho, o outro, um ano mais novo, nunca me fizeram sentir alguém de fora.

Isso explica parte do equilíbrio dele, ela concluiu, aquela tranquilidade e confiança.

— Eles parecem pessoas incríveis.

— Eles são. Quando me formei na faculdade, eu tinha um fundo fiduciário, uma grana boa. Dinheiro do patrimônio dos meus pais, o seguro, tudo isso. Eles nunca usaram um centavo, só investiram para mim.

— E você comprou um fliperama.

Gull ergueu seu champanhe.

— Gosto de fliperamas. Os melhores têm a ver com ambientes familiares. De qualquer forma, meu primo mais novo é quem administra a maior parte, e Jared, o mais velho, é advogado e cuida da parte jurídica. Minha tia supervisiona e ajuda a planejar eventos, e nos últimos anos meu tio tem lidado com a parte do marketing.

— Para famílias, por famílias. É bonito.

— Dá certo com a gente.

— E como eles se sentem com relação às suas atividades de verão?

— Eles lidam bem. Acho que se preocupam, mas não me perturbam por causa disso. Você cresceu com um paraquedista. — Eles serviram o frango e a salada nos pratos. — Como lidou com isso?

— Pensando que ele era invencível. Falando em super-heróis. Humm... — acrescentou ela quando mordeu a pele crocante e chegou à carne tenra do frango. — Deus abençoe a Marg. Eu realmente achava que ele era imortal — continuou Rowan. — Nunca me preocupei com ele. Nunca tive medo por mim ou por ele. Ele era... o Homem de Ferro.

Gull serviu mais dois copos.

— Eu com certeza vou brindar ao Homem de Ferro Tripp. Ele é o motivo de estarmos aqui.

— Estranho, mas é verdade. — Ela comeu, aproveitou o momento e percebeu que se sentia mais à vontade com ele do que esperava. — Não sei quanto da história você ouviu. Sobre os meus pais.

— Um pouco.

— Muito do que se sabe é uma versão amenizada. Meu pai, você provavelmente já viu fotos, era, e ainda é, um verdadeiro 'uau'.

— E ele passou esse fator 'uau' pra você.

— De uma forma meio Valquíria.

— Você não é do tipo que decide morrer na batalha.

— Vejo que você conhece bem a mitologia nórdica.

— Tenho muitos interesses aleatórios e inexplicáveis.

— Já percebi. De qualquer forma, um cara que parece o Homem de Ferro, que faz o que faz… As mulheres o cercam.

— Sofro do mesmo mal. É um fardo.

Ela riu, beliscou mais salada de batata.

— Mas ele não era do tipo que, depois de um incêndio, ou no fim da temporada, saía por aí atrás de uma transa fácil. — Ela arqueou uma sobrancelha quando Gull apenas sorriu. — Não é o estilo dele. Como eu, ele morou aqui a vida toda. Se ele tivesse essa fama, teria ficado marcado. Conheceu minha mãe quando ela veio pra Missoula e arranjou um trabalho como garçonete. Ela tava atrás de aventura. Era linda, meio rebelde. Enfim, eles se envolveram, e *uups*, ela engravidou. Casaram. Se conheceram no início de julho, e em meados de setembro estavam casados. Burrice, do ponto de vista racional, mas tenho que ser grata, já que tô aqui contando a história.

Ele sempre soube que foi desejado, a vida inteira. Quanto mudava as coisas quando você, como ela, crescia achando que tinha sido um acidente?

— Vamos ser ambos gratos por isso.

— Acho que deve ter sido emocionante para ela. — Rowan colocou uma amora gorda na boca. — Aqui está esse homem lindo que usa um macacão de voo como um astro de cinema, um dos melhores, no auge de sua carreira, e ele a escolhe. Ao mesmo tempo, ela estava se rebelando contra uma criação bastante rígida e conservadora. Era quase dez anos mais nova que o meu pai, e deve ter adorado a ideia de brincar de casinha. Durante o inverno, ele tava montando a empresa que tinha acabado de abrir, mas ficava por perto. Meus avós também, e ela estava carregando o filho do único filho deles. Ela era o centro das atenções. Os pais dela a deserdaram, romperam todos os laços.

— Como as pessoas são capazes disso? Como justificam ou vivem com algo do tipo?

— Elas acham que estão certas. E acho que isso só deixou tudo mais empolgante pra ela. Aí chega a primavera, e lá estou eu, então ela tem um bebê pra exibir. Avós dedicados, um marido apaixonado, e ainda por perto.

Ela pegou outra amora, deixou-a repousar na língua por um momento, doce e firme.

— Daí, um mês depois, começa a temporada, e ele já não está mais por perto todos os dias. Agora, trata-se de trocar fraldas e embalar um bebê chorando de madrugada. Não é mais uma aventura, nem é emocionante. — Ela pegou mais um pedaço de frango. — Ele nunca, nem uma vez, falou mal dela pra mim. O que sei daquela época descobri lendo cartas que ele guardava a sete chaves, fuçando papéis, espionando, ou, de vez em quando, ouvindo minha avó quando ela estava irritada e deixava a língua um pouco mais solta.

— Você queria saber — disse Gull, simplesmente.

— Sim, eu queria. Ela foi embora quando eu tinha cinco meses. Simplesmente me levou pros meus avós, pediu pra cuidarem de mim enquanto ela resolvia umas coisas, e nunca mais voltou.

— Fria. — Ele não conseguia entender esse tipo de frieza, ou o que isso faria à criança deixada para trás. — E insensível — acrescentou. — É tipo: *"Decidi que isso não é pra mim, então vou simplesmente fugir."*

— Isso resume bem. Meu pai ainda tentou achar ela, algumas vezes. Deu telefonemas, escreveu cartas. De acordo com ela, porque eu vi as cartas que ela escreveu de volta, era tudo culpa dele. Ele era o frio e egoísta, tinha destruído ela emocionalmente. O mínimo que ele podia fazer era mandar dinheiro enquanto ela tentava se recuperar. Ela prometia voltar assim que estivesse melhor, dizia que sentia minha falta e tudo o mais.

— E ela voltou?

— Uma vez, no meu aniversário de dez anos. Ela apareceu na minha festa, toda sorridente e chorosa, cheia de presentes. De repente, não era mais a minha festa.

— Não, era o grande retorno dela, colocando-a no centro de novo.

Rowan o encarou por um longo momento.

— É exatamente isso. Eu odiei ela naquele momento, do jeito que só uma criança de dez anos consegue odiar. Quando ela tentou me abraçar, eu a empurrei pra longe. Mandei ela sair dali, mandei ela ir pro inferno.

— Parece que aos dez anos você já tinha um bom detector de mentiras. Como ela reagiu?

— Fez um escândalo, choro, choque, mágoa... e um monte de acusações amargas lançadas pro meu pai.

— Por ter virado você contra ela.

— Acertou de novo. Saí furiosa pela porta dos fundos, e teria continuado andando se meu pai não tivesse vindo atrás de mim. Ele tava bravo, com todos. Eu sabia que não deveria falar com ninguém daquele jeito, e ele disse que eu ia voltar, pedir desculpas pra minha mãe. Eu me recusei e disse que ele não podia me obrigar, e que, enquanto ele não mandasse *ela* embora, eu não voltava pra dentro daquela casa. Eu tava tão zangada que nem senti medo. Lá em casa, respeito era lei. Você não mentia e não respondia com malcriação; eram os dois grandes mandamentos.

— E como ele lidou com isso?

— Ele me pegou do chão, e eu sei que ele tava nervoso o suficiente pra me levar de volta pra dentro. Eu bati nele, chutei, gritei, arranhei, mordi. Nem percebi que tava chorando. Mas sei que se ele tivesse me arrastado pra dentro, se tivesse me ameaçado, ordenado, se ele, que nunca levantou a mão pra mim, tivesse feito isso, eu não teria pedido desculpas.

— Então você teria quebrado o outro grande mandamento, mentindo.

— Quando dei por mim, estávamos sentados no chão do quintal, eu chorando no ombro dele. E ele me abraçando, fazendo carinho e dizendo que eu tava certa. Ele disse: *"Você tá certa, me desculpe."* Ele me falou pra ficar ali, que ele ia entrar e mandar ela embora. — Ela virou o resto do copo. — E foi o que ele fez.

— Você também teve sorte.

— Sim, tive. Ela é que não teve.

Rowan fez uma pausa, olhou para o lago.

— Um pouco mais de dois anos depois, ela entra numa loja de conveniência pra comprar alguma coisa, e dá de cara com um assalto. Morre ali mesmo, no lugar errado, na hora errada. Horrível. Ninguém merece morrer sangrando no chão de um mercadinho em Houston. Deus, como é que a gente chegou nisso tendo bolo de chocolate e champanhe?

— Termina.

— Não tem muito mais. Meu pai me perguntou se eu queria ir ao velório com ele. Ele disse que precisava ir, mas que, se eu não quisesse, tudo bem. Eu falei que ia pensar, depois minha avó entrou no meu quarto, sentou na cama. Disse que eu precisava ir. Que, por mais difícil que fosse naquele momento, seria mais difícil pra mim mais tarde se eu não fosse. Que, se eu fizesse aquilo, nunca teria arrependimentos. Então eu fui, e ela estava certa. Eu fiz o que precisava fazer, o que meu pai precisava que eu fizesse, e não tenho arrependimentos.

— E a família dela?

— Os pais dela viraram as costas pra gente. É assim que eles são. Nunca falei com eles. Conheço a irmã dela, minha tia. Ela fez questão de ligar e escrever ao longo dos anos, até veio nos visitar com a família algumas vezes. São boas pessoas. E isso conclui nossa troca de histórias de vida.

— Imagino que haja outro capítulo ou dois, pra outro dia.

Ela o observou enquanto ele enchia o copo dela mais uma vez.

— Você parou de beber e continua enchendo meu copo. Tá tentando me embebedar e me deixar pelada?

— Pelada é sempre o objetivo. — Ele disse aquilo com leveza, percebendo que ela precisava mudar o clima. — Embriagar? Não depois de ter visto você virando tequila. Eu estou dirigindo — lembrou ele.

— Responsável. — Ela brindou a ele. — E isso deixa mais pra mim. Sabia que o Dobie e o Stovic limparam e pintaram o meu quarto?

— Ouvi dizer que o Dobie chegou à primeira base com você, com um beijinho.

Ela soltou uma daquelas risadas altas e descaradas.

— Se ele considera aquilo a primeira base, nunca acertou uma jogada certeira. — Ela pegou o garfo, deu uma bela garfada do bolo direto do recipiente. Seus olhos cintilaram enquanto o enfiava na boca, depois se fecharam em um gemido longo e baixo. — Agora, isso sim é um bolo. É o equivalente a um *home run*. Com fogo e chocolate suficientes, posso passar a temporada inteira sem sexo.

— Não se surpreenda se o estoque de chocolate desaparecer em um raio de cem quilômetros.

— Gosto do seu estilo, Gull. — Ela pegou outra quantia generosa de bolo. — Você é bonito, inteligente, sabe brigar e faz o que precisa ser feito quando estamos na linha de frente. E definitivamente sabe acertar uma jogada. Mas tem dois problemas.

Ela garfou outro pedaço de bolo, desta vez oferecendo-o a ele.

— Primeiro: eu sei que você tem bolsos fundos. Se eu transasse com você agora, você poderia pensar que fiz isso por causa do seu dinheiro.

— Não tão rico. Mas, de qualquer forma. — Ele considerou, sorriu. — Eu sobreviveria.

— Segundo. — Ela ergueu mais um pedaço de bolo, deu um giro e comeu ela mesma. — Você é um bombeiro paraquedista na minha unidade.

— Você é do tipo de mulher que quebra regras. Códigos, não. Regras, sim.

— Essa é uma distinção interessante.

Satisfeita, ela se esticou na toalha, contemplou o céu.

— Nenhuma nuvem — murmurou. — A previsão de longo prazo é de calor e seca. Não teremos muitos piqueniques com champanhe nesta temporada.

— Então é melhor a gente aproveitar este aqui.

Ele se inclinou e pousou os lábios sobre os dela em um beijo longo, lento e de ponta-cabeça. Rowan tinha gosto de champanhe e chocolate, e cheiro de pêssegos em um dia quente de verão.

Ela carregava cicatrizes, no corpo e no coração, e ainda assim enfrentava a vida com coragem.

Quando as mãos dela tocaram o rosto dele, Gull se demorou nos sabores, nos cheiros, nos contrastes fascinantes daquela mulher, se deixando levar um pouco mais fundo por aquela sensação luxuriante. Então ela afastou o rosto dele com delicadeza.

— Você tá tentando marcar um ponto extra.

— Funcionou pro Homem-Aranha.

— Ele tava pendurado de cabeça pra baixo, na chuva... e logo depois de chutar a bunda dos vilões. Sem mencionar que ele não chegou nem na segunda base.

— Estou correndo o risco de ficar louco por você, nem que seja apenas pelo seu profundo conhecimento de filmes de super-heróis.

— Tô tentando salvar você desse destino. — Ela deu um tapinha na toalha ao lado dela. — Por que não se deita aqui pra gente seguir pra próxima etapa da tradição do piquenique enquanto eu explico?

Gull afastou a cesta e se deitou ao lado dela, quadril com quadril.

— Se fôssemos pra cama — começou Rowan —, não tem dúvida de que ia ser explosivo. Ia ter tambor, sino...

— Soaríamos todas as trombetas.

— Sim. Mas depois viria a tragédia inevitável. Você se apaixonaria por mim. Todos se apaixonam.

Ele ouviu o humor na voz dela e entrelaçou os dedos distraidamente com os dela.

— Você tem esse poder?

— Tenho. E, por mais que Deus saiba que eu tento, não consigo controlá-lo. E você... tô te contando isso porque, como eu disse, gosto do seu estilo. Você, indefeso, sem esperança, ficaria fraco de amor, mal conseguindo comer ou dormir. Ia gastar toda a grana que ganha com as fichas de *Skee-Ball* comprando presentes na tentativa vã de conquistar meu coração.

— E eles poderiam ser bem elaborados — disse ele. — *Skee-Ball* é o máximo.

— Ainda assim, meu coração não pode ser comprado. Eu seria forçada a partir o seu, fria e cruelmente, para poupá-lo de mais humilhação. E também porque seus pedidos patéticos me irritariam profundamente.

— Tudo isso — disse ele, após um momento —, por causa de uma noite juntos?

— Infelizmente, sim. Já perdi a conta dos sapatos que tive que jogar fora porque as solas ficaram manchadas de corações sangrentos que esmaguei pelo caminho.

— Essa é uma advertência de respeito. Eu vou arriscar.

Ele rolou para cima dela e a beijou.

Por um momento, ela pensou que o topo da sua cabeça simplesmente tivesse explodido. Explosões, calor, erupções atravessaram seu corpo como uma bola de fogo. Ela perdeu o fôlego, e também o que costumava chamar de bom senso, naquele turbilhão selvagem de desejo.

Ela arqueou o corpo contra o dele, as mãos se enfiando sob a camisa de Gull — ansiosa por senti-lo pressionado contra ela, a pele, os músculos sob suas mãos.

Havia uma selvageria ali. Ela sabia que isso vivia dentro dela, e agora sentia que o animal que ele mantinha enjaulado estava saindo para correr junto com o dela.

Ela o enlouquecia. Aquela boca farta, faminta, aquelas mãos rápidas e curiosas, o corpo que se movia sob o dele com tanta força e propósito, mesmo quando, só por um momento, cedesse.

Os seios dela, cheios e firmes, enchiam suas mãos, e o gemido de prazer que escapou dos lábios dela vibrou contra os dele. Ela era pura sedução, e o bombardeava com sentimentos que ele não conseguia nomear.

Ele imaginou arrancar as roupas dela, as suas, e tomar o que ambos queriam ali mesmo, sobre uma toalha emprestada ao lado de um lago brilhante.

Mas então as mãos dela se colocaram entre eles e o empurraram. Ele se deu mais um instante, deliciando-se com aquele banquete de sensações, antes de se afastar um pouco para olhar para ela.

— Isso — declarou ele — é o próximo passo em um piquenique tradicional.

— Sim, acho que é. E é um golaço. Ainda bem que me esbaldei naquele bolo de chocolate, porque você, definitivamente, sabe como deixar uma mulher fora de si. Aliás… — Ela se desvencilhou dele, pegou o que restava do bolo e deu uma mordida. — Hum, sim, isso resolve.

— Maldita seja a Marg.

Os lábios dela se curvaram enquanto ela lambia o chocolate dos dedos.

— Isso foi ótimo… cada passo.

— Eu ainda tenho algumas cartas na manga.

— Tenho certeza de que sim, e não tenho dúvidas de que funcionariam. Por isso é melhor a gente ir.

Os lábios dela se curvaram, ele notou enquanto começavam a arrumar as coisas, mas o sorriso não alcançou os olhos. Ele esperou até que tivessem dobrado a toalha e guardado-a de volta na cesta, agora bem mais vazia.

— Eu cheguei na segunda base.

Ela riu, como ele esperava, depois soltou um risinho travesso quando pegaram a trilha de volta.

10

⌘ ⌘ ⌘

LUCAS DEU uma espiada na cozinha do refeitório.

— Ouvi um boato sobre uma torta de mirtilo.

Marg olhou por cima do ombro enquanto terminava de regar dois perus do tamanho de avestruzes.

— Pode ser que eu tenha guardado uma fatia, e talvez possa oferecer uma xícara de café junto. Se alguém me pedir com jeitinho.

Ele se aproximou e beijou sua bochecha.

— Isso dá pro gasto. Sente-se.

Ele se sentou no balcão de trabalho onde Lynn preparava montanhas de legumes.

— Como estão as coisas, Lynn?

— Nada mal, considerando que continuamos perdendo cozinheiras. — Ela lhe deu um sorriso com um brilho divertido nos olhos castanhos. — Se você ficar aqui tempo suficiente, vamos te colocar pra trabalhar.

— Trabalho em troca de torta. Ouvi falar do problema. Estava querendo falar com a Rowan, mas me disseram que ela está num piquenique com o novato da Califórnia.

— Ligeirinho — confirmou Lynn. — Ele conseguiu convencer Marg a preparar uma cesta de piquenique.

— Ninguém me convence com conversa mole, a menos que eu goste da conversa. — Marg colocou uma fatia quente de torta de mirtilo, com uma bola de sorvete derretendo sobre a crosta dourada, na frente de Lucas.

— Ele tem lá o jeito dele — comentou Lynn.

— Ninguém consegue ter um jeito com a Rowan a menos que ela goste do jeito. — Marg pousou uma caneca de café ao lado da torta.

— Não me preocupo com ela. — Lucas deu de ombros.

— Mentiroso.

Ele sorriu para Marg.

— Muito. Qual a sua opinião sobre essa história com a Dolly?

— Primeiro, a menina sabe cozinhar, mas não tem o cérebro, nem o bom senso, daquele monte de brócolis que a Lynn tá preparando. — Marg acenou com um pegador para ele. — E não pense que não sei que ela deu em cima de você umas vezes.

— Eita! — disse Lynn, e tanto ela quanto Lucas coraram até a raiz do cabelo.

— Pelo amor de Deus, Marg, ela tem a idade da Rowan.

— Isso e o bom senso te detiveram, mas não a impediram de tentar.

— Isso não vem ao caso — murmurou Lucas, focando na torta.

— Você pode me agradecer por mandar ela parar antes que a Rowan soubesse e escalpelasse a mulher. De qualquer forma, eu teria discutido com o L.B. sobre recontratá-la, mas precisávamos de ajuda. A cozinheira que contratamos não aguentou nem o treinamento.

— Ela disse que era trabalho demais. — Lynn revirou os olhos enquanto enchia uma panela enorme com as montanhas de batatas que havia descascado e cortado.

— Estava pensando em ver se poderíamos promover uma das meninas que às vezes ajudam no preparo e na limpeza a cozinheira em tempo integral. Mas a Dolly já tinha experiência, e eu sabia do que ela era capaz. E, bem, ela tem uma bebê agora.

— A bebê de Jim Brayner. — Lucas assentiu, comendo a torta. — Todo mundo merece uma chance.

— Sim, e essa frase batida acabou deixando o quarto da Ro manchado de sangue de porco. Uma nojeira, viu.

— Aquela garota tem raiva da Ro desde os tempos de escola, mas isso? — Lucas balançou a cabeça. — Não faz o menor sentido.

— Dolly teve sorte que o Cards tava lá pra segurar a Ro tempo suficiente pra que alguns dos outros caras fossem correndo e conseguissem conter ela. Caso contrário, teria sido mais do que sangue de porco.

— Minha filha é cabeça-quente.

— E estava mais do que certa, se me perguntar, ou perguntar a qualquer outra pessoa por aqui. E o que a Dolly fez depois que o L.B. a despediu? — Os olhos de Marg se acenderam enquanto ela batia um pano de prato no balcão. — Ela veio chorando pra mim, perguntando se eu poderia dar uma palavrinha por ela. Eu dei uma palavrinha, sim.

Lynn soltou uma risada.

— No meio de várias outras, algo do tipo: se manda da minha cozinha.

— Sinto muito pelos problemas dela, mas foi melhor ela ter ido embora. E que fique longe da minha menina — acrescentou Lucas. Para ele, aquilo encerrava o assunto. — Como você avaliaria os novatos desta temporada?

Marg pegou algumas travessas de caçarola.

— O novato com quem sua filha tá comendo frango frito, ou todos eles?

— Todos. — Lucas raspou o último pedacinho de torta. — Talvez um em particular.

— São um bom grupo, incluindo esse "um em particular". Eu diria que a maioria é louca o suficiente pra aguentar firme.

— Acho que vamos ver. A torta estava ótima, Marg.

— Quer outra fatia?

— Não posso. — Ele deu um tapinha na barriga. — Meus dias de comer como um bombeiro paraquedista acabaram. E tenho algumas coisas pra fazer — acrescentou ao se levantar para levar seu prato e a caneca até a pia. — Quando vir a Ro, diga que passei por aqui.

— Pode deixar. Você mora perto o suficiente pra não sumir.

— Os negócios estão indo bem, e isso me mantém ocupado lá. Mas vou arranjar tempo. Não trabalhe demais, Lynn.

— Volte em outubro e diga isso, talvez eu consiga ouvir.

Ele saiu e foi até onde tinha deixado sua caminhonete. Como sempre, a nostalgia o cutucou, só um pouco. Alguns dos paraquedistas estavam correndo na pista. Outros, ele podia ver, conversavam com um grupo de mecânicos.

Ele avistou Yangtree, todo profissional em seu uniforme e chapéu, conduzindo um grupo de turistas pelo edifício de operações. Notou que havia muitas crianças sendo guiadas, aproveitando para ver paraquedas, macacões de salto e a rede de sistemas de computadores — amplamente aprimorada desde seus primeiros dias.

Talvez tivessem sorte e vissem alguém preparando um paraquedas. De qualquer forma, era um bom passeio para uma criança nas férias de verão.

Aquilo o fez pensar na escola, e a escola o levou à diretora com quem ele havia concordado em se encontrar para um drinque mais tarde.

Provavelmente deveria tê-la levado ao escritório, feito a reunião lá. Profissional.

Negócios amigáveis começaram a parecer mais estressantes à medida que o dia avançava.

Agora não tem como fugir, lembrou a si mesmo, e tirou as chaves do bolso. Ao fazer isso, ele se virou em direção ao ronco do motor que mais parecia um rugido de leão, franziu a testa um pouco e viu a filha aparecer no banco do passageiro de um Audi Spyder conversível.

Ela acenou para ele, depois pulou para fora quando o elegante automóvel parou com um ronco.

— Ei! Eu ia tentar passar pra te ver mais tarde. — Ela o abraçou; *será que havia algo mais maravilhoso do que um abraço apertado da sua filha?* — Agora não preciso, porque aqui está você.

— Quase não te via a tempo. Gull, certo?

— Isso mesmo. É bom te ver novamente.

— Belo carro.

— Estou feliz com ele.

— Muito veloz?

— Teoricamente, ou na prática… com a sua filha junto.

— Essa foi uma boa resposta, mesmo sem responder — decidiu Lucas.

— Quer dar uma volta? — Gull ofereceu a chave.

— Ei! — Rowan tentou pegá-la, mas Gull fechou a mão antes. — Por que ele pode ter essa chance?

— Ele é o Homem de Ferro.

Rowan enfiou os polegares nos bolsos.

— Ele disse que eu teria que ir pra cama com ele antes de poder dirigir.

Gull deu um olhar sardônico diante do sorriso dela.

— Ela recusou.

— Uh-huh. Bem, eu não me importaria de dar uma volta. Vou deixar pra outra hora, já que tenho que seguir em frente.

— Não pode ficar um pouco? — perguntou Rowan. — Podemos passar um tempo juntos. Você pode filar o jantar.

— Bem que eu gostaria, mas tenho algumas coisas pra resolver, e depois vou me encontrar com uma cliente para um drinque... uma reunião. Um compromisso.

Rowan tirou os óculos escuros.

— Uma cliente?

— Sim. Sim. Ela tem um projeto que quer me apresentar, e está interessada em tentar o salto em queda livre. Então acho que vamos conversar sobre isso. Enfim... Vou passar por aqui em breve, filar esse jantar com você. Talvez tentar dar uma volta nessa sua máquina, Gull.

— Quando quiser.

Lucas segurou o queixo de Rowan.

— Até mais.

Ela o observou entrar na caminhonete e continuou observando enquanto ele se afastava.

— Reunião uma ova.

Gull abriu o capô para retirar a cesta.

— Como é?

— Ele tem um encontro. Com uma mulher.

— Uau! Que notícia chocante. Acho que meu coração até parou de surpresa.

— Ele não namora. — Rowan continuou a franzir o cenho, a caminhonete do pai sumindo a distância. — Ele fica todo atrapalhado e envergonhado perto de mulheres, se estiver atraído. Você não viu como ele ficou atrapalhado quando falou sobre o *compromisso*? E quem diabos é ela?

— É dureza, mas você tem que deixar os filhos saírem do ninho um dia.

— Ah, seu puxa-saco. O cérebro dele vira mingau quando tá perto de um certo tipo de mulher, e ele pode ser manipulado.

Fascinado com a reação dela, Gull encostou-se no carro.

— É só um palpite louco mesmo, mas pode ser que ele esteja indo encontrar uma mulher por quem está interessado, e que não tem intenção nenhuma de manipular o seu pai. E eles vão poder tomar uma bebida, bater papo...

— O que diabos você sabe? — caçoou Rowan, e saiu pisando duro em direção aos alojamentos.

Achando graça, Gull levou a cesta de volta para Marg.

Ele mal havia colocado a cesta no balcão quando alguém bateu na porta.

— Com licença. Margaret Colby?

Gull deu uma rápida analisada no homem — terno escuro, gravata bem apertada em um tom de rosa vibrante, sapatos engraxados, cabelo preto tingido penteado para trás a partir de uma testa alta.

Marg permaneceu onde estava.

— Sou eu.

— Sou o reverendo Latterly.

— Lembro de você da última vez, com a Irene e a Dolly.

Percebendo o tom dela e o fato de que ela não convidou o homem para entrar, Gull decidiu ficar por perto.

— Posso falar com você por um momento?

— Pode, mas vai desperdiçar o seu fôlego e o meu tempo se está aqui para tentar me convencer a falar com Michael Little Bear e pedir para deixar Dolly Brakeman voltar para esta cozinha.

— Sra. Colby. — Ele entrou sem ser convidado, sorrindo, mostrando muitos dentes brancos.

Gull decidiu que não gostava da gravata do homem e pegou uma lata de refrigerante gelado.

— Se eu pudesse ter um momento em particular.

— Estamos trabalhando. — Ela lançou um olhar de advertência para Lynn antes que a mulher pudesse escapulir da cozinha. — Isso é o mais particular que você vai conseguir.

— Sei que você está muito ocupada, e cozinhar para tantas pessoas é um trabalho árduo. Um trabalho exigente.

— Eu sou paga pra isso.

— Sim. — Latterly fixou o olhar em Gull, deixando o silêncio pairar.

Em resposta, Gull se recostou no balcão e bebeu um pouco de seu refrigerante, o que fez os lábios de Marg se contraírem.

— Bem, eu queria falar com você, já que é a supervisora direta da Dolly e...

— Era — corrigiu Marg.

— Sim. Falei com o sr. Little Bear e entendo a relutância dele em perdoar a transgressão da Dolly.

— Você chama de transgressão. Eu chamo de pura maldade.

Latterly abriu as mãos, depois as juntou por um momento como um homem em oração.

— Sei que é uma situação difícil, e não há desculpa para o comportamento da Dolly. Mas ela estava naturalmente chateada depois que a srta. Tripp a ameaçou e a acusou de... ter baixa moral.

— Essa é a versão da Dolly? — Marg apenas balançou a cabeça, com tanto desgosto quanto pena no gesto. — Essa menina mente metade das vezes em que abre a boca. Se você não sabe disso, não é muito bom em julgar o caráter das pessoas. E seria de pensar que essa é uma habilidade importante na sua profissão.

— Como conselheiro espiritual da Dolly...

— Pode parar por aí, porque não estou muito interessada no espírito da Dolly. Ela tem raiva da Rowan desde que a conheço. Sempre foi ciumenta, sempre quis o que era dos outros. Ela não vai voltar pra cá, não vai ter outra chance de atacar a Rowan. Agora, o L.B. comanda esta base, mas eu comando esta cozinha. Se ele resolvesse deixar a Dolly voltar pra cá, teria que procurar uma nova cozinheira-chefe, e ele sabe disso.

— Essa é uma atitude muito inflexível.

— Eu chamo de bom senso. A menina sabe cozinhar, mas é rebelde, não é confiável, e arruma problemas. Não posso ajudá-la.

— Ela está perturbada, ainda tentando encontrar o caminho dela. Ela também está criando uma criança sozinha.

— Ela não está sozinha — corrigiu Marg. — Conheço a mãe dela desde que éramos meninas, e sei que a Irene e o Leo estão fazendo tudo o que podem pela Dolly. Provavelmente mais do que deveriam, considerando a situação. Agora você vai ter que me desculpar.

— Você poderia, pelo menos, escrever uma carta de referência para ela? Tenho certeza de que isso a ajudaria a conseguir outro emprego como cozinheira.

— Não, não vou escrever.

Gull julgou como sincero o choque que surgiu no rosto do homem. Muito provavelmente, o reverendo não estava acostumado a um "não" tão direto.

— Como uma mulher cristã…

— Quem disse que eu sou cristã? — Ela apontou um dedo para ele, com ênfase suficiente para fazê-lo dar um passo para trás. — E por que isso é algum tipo de escala de certo e errado, bom e mau? Não vou escrever uma carta de referência porque minha palavra e minha reputação significam muito pra mim. Aconselhe o espírito dela o quanto quiser, mas não venha à minha cozinha tentar me aconselhar sobre o meu. A Dolly fez as escolhas dela, agora vai lidar com as consequências.

Ela deu um passo à frente, e aqueles olhos castanhos cuspiram fogo.

— Você acha que não ouvi o que ela anda dizendo sobre a Rowan pela cidade? Sobre mim, sobre o L.B., até sobre a pequena Lynn ali? Sobre todos? Eu ouço tudo, reverendo, e não darei nada a quem mente sobre mim e os meus. Se não fosse pela mãe dela, eu mesma daria a Dolly Brakeman uma boa sova.

— Fofoca é…

— Igual a fogo no pavio. Se quer fazer um favor à Dolly, diga a ela pra cuidar da própria língua. Agora eu tenho trabalho a fazer e já dei tempo suficiente pra você e pra Dolly.

Deliberadamente, ela se voltou para o fogão.

— Peço desculpas pela intromissão. — Ele falou com rigidez agora, sem o sorriso cheio de dentes. — Rezarei para que a raiva saia do seu coração.

— Gosto da minha raiva exatamente onde está — retrucou Marg enquanto Latterly recuava para a porta. — Lynn, esses legumes não vão se preparar sozinhos.

— Não, senhora.

Com um suspiro, Marg se virou.

— Desculpe, querida. Não estou brava com você.

— Eu sei. Eu queria ter coragem pra falar assim com as pessoas… e dizer exatamente o que penso e sinto.

— Não, você não queria. Você é ótima do jeito que é. Eu só não gostei do jeito pomposo daquele metido à besta. — Ela olhou para Gull. — Nada a dizer?

— Apenas que ele é um pomposo metido à besta com dentes demais e uma gravata feia. Minha única crítica à sua resposta é que acho que você deveria ter dito que era budista, ou talvez pagã.

— Queria ter pensado nisso. — Ela sorriu. — Quer um pouco de torta?

Ele não sabia se tinha espaço para torta depois do bolo de chocolate, mas entendendo o sentimento por trás da oferta, não conseguiu dizer não.

O ESTÔMAGO DE Lucas revirou quando ele entrou no bar, mas ele garantiu a si mesmo que se acalmaria assim que eles começassem a conversar sobre o que quer que fosse.

Então ele a viu, sentada à mesa lendo um livro, e sua boca ficou seca.

Ela havia colocado um vestido, um negócio todo verde e típico do verão, que mostrava seus braços e pernas, enquanto o bonito cabelo ruivo ondulava até os ombros.

Será que ele deveria ter posto uma gravata?, ele se perguntou. Quase nunca usava gravatas, mas tinha algumas.

Ela olhou para cima e sorriu assim que o viu. Então ele não teve escolha a não ser ir até a mesa.

— Acho que estou atrasado. Desculpe.

— Não está. — Ela fechou o livro. — Cheguei mais cedo, pois os meus afazeres não demoraram tanto quanto pensei. — Ela guardou o livro na bolsa. — Sempre carrego um livro caso tenha algum tempo livre.

— Eu já li esse. — Pronto, ele pensou, estava falando. Estava até se sentando. — Acho que imaginei que, fazendo o que você faz, estaria sempre lendo livros educativos.

— Leio bastante sobre o assunto, mas não como livro de bolsa. Tô gostando bastante desse até agora, mas eu sempre gosto de Michael Connelly.

— Sim, ele é bom mesmo.

A garçonete se aproximou.

— Boa noite. O que gostariam de beber?

Quando Ella se moveu, seu perfume — quente e picante — flutuou por sobre a mesa e nublou o cérebro de Lucas.

— O que estou com vontade de beber? — Ela ponderou. — Acho que um Bombay com água tônica e uma fatia de limão.

— E o senhor? Senhor? — repetiu a garçonete quando Lucas permaneceu em silêncio.

— Ah, desculpa. Vou querer uma cerveja. Uma Rolling Rock.

— Já volto com suas bebidas. Algo mais? Um aperitivo?

— Sabe o que eu adoraria? Alguns chips de batata-doce. São incríveis — disse ela a Lucas. — Você precisa experimentar.

— Claro. Beleza. Ótimo.

— Já volto com as bebidas.

— Eu agradeço mesmo por você ter tirado um tempo pra vir — começou Ella. — Isso me dá uma desculpa para ir a um bar bonito, tomar uma bebida de verão e comer algo pecaminoso.

— É um lugar agradável.

— Gosto de vir aqui quando tenho uma desculpa. Passei a me sentir em casa em Missoula em um tempo relativamente curto. Amo a cidade, o campo, meu trabalho. É difícil pedir mais.

— Você não é daqui. Digo, de Montana. — Ele sabia disso. Não sabia?

— Nascida na Virgínia, transplantada para a Pensilvânia quando fui pra faculdade, onde conheci meu ex-marido.

— Fica bem longe de Montana.

— Fui me aproximando com o tempo. Nos mudamos para Denver quando as crianças tinham dez e doze anos, quando meu marido, ex, recebeu uma oferta de emprego difícil de recusar. Ficamos lá por uns doze anos antes de nos mudarmos para o estado de Washington, outra oferta de emprego. Meu filho se mudou pra cá, casou, começou uma família, e minha filha se estabeleceu na Califórnia, então, após o divórcio, eu queria algo novo. Como gosto das montanhas, decidi tentar aqui. É revigorante, e tenho meu filho e a família dele, com minha filha perto o suficiente de avião para que eu a veja várias vezes por ano.

Ele não conseguia imaginar pegar suas coisas e ir embora, e depois arrumar a mudança toda de novo. Embora seu trabalho o levasse por todo o Oeste, ele tinha morado em Missoula a vida toda.

— É muito chão percorrido, muita mudança.

— Sim, e estou feliz por ter acabado com isso. Você é daqui?

— Sou. Nascido e criado em Missoula. Já fui para o Leste algumas vezes. Fomos contratados fora da temporada pra trabalhar em queimadas controladas ou erradicação de insetos.

— Exterminando insetos?

Ele sorriu.

— Insetos que vivem no alto das árvores — explicou ele, apontando para o teto. — Nós, digo, os bombeiros paraquedistas, somos treinados pra escalar. Mas a maior parte da minha vida foi passada a oeste de St. Louis.

A garçonete trouxe as bebidas, e Ella ergueu a dela em um brinde.

— Um brinde às raízes, mantidas e plantadas.

— O estado de Washington é um lugar bonito. Saltei em alguns incêndios lá. No Colorado também.

— Muito chão deste país. — Ella sorriu para ele. — Você viu o mais intocado e o mais devastado. No Alasca também, né? Li que você combateu incêndios florestais lá.

— Sim.

Ela se inclinou para a frente.

— É mesmo um lugar fantástico? Sempre quis ver, visitar aquelas bandas.

Por um minuto, ele perdeu o ritmo da conversa ao olhar nos olhos dela.

— Ah... Só vi no verão, e é fantástico. O verde, o branco, a água, quilômetros e quilômetros de horizonte. Toda aquela água é um perigo pra saltar em um incêndio, mas eles não têm as mesmas árvores que temos aqui, então é uma troca.

— O que é mais perigoso? Água ou árvores?

— Se pousar na água com todo o seu equipamento, você vai afundar, e talvez não consiga subir. Se pousar nas árvores, de um jeito errado, talvez você só fique preso, talvez quebre o pescoço. A melhor coisa a fazer é não pousar em nenhum dos dois.

— Você já pousou?

— Já, em ambos. A pior parte é saber que você vai pousar em um dos dois, e tentar corrigir a rota o suficiente para sair andando da experiência. Qualquer salto do qual saia andando é um bom salto.

Ela se recostou.

— Eu sabia. Sabia que você seria perfeito pro que eu quero fazer.

— Ah...

— Sei que eles oferecem visitas guiadas à base, e grupos podem ver a operação, fazer perguntas. Mas tive essa ideia, especificamente para estudantes. Algo mais íntimo, mais aprofundado. Ouvir diretamente da fonte, o que é preciso, o que vocês fazem, o que você já fez. Experiências pessoais do trabalho, da vida, dos riscos, das recompensas.

— Você quer que eu fale com crianças?

— Sim. Quero que você fale com elas. Quero que as ensine. Olha só... — acrescentou ela quando ele apenas a encarou. — Muitos dos nossos alunos vêm de famílias privilegiadas, de pais que podem pagar para mandar os filhos para uma escola particular de alto nível como a nossa. Todos conhecem os Zulies. A base fica bem aqui. Mas garanto que poucos, se é que algum, a menos que tenham uma conexão, entendem realmente o que significa ser o que você é, fazer o que você faz.

— Não sou mais paraquedista.

— Lucas. — O sorriso suave trouxe à tona as covinhas. — Você sempre será um. De qualquer forma, dedicou metade da vida a isso. Viu as mudanças no processo, nos equipamentos. Você lutou contra incêndios florestais e violentos por todo o Oeste. Você viu a beleza e o horror. Sentiu isso. — Ela colocou a mão cerrada sobre o coração. — Algumas dessas crianças, as que eu mais gostaria de alcançar com isso, são temperamentais. O trabalho duro, o trabalho sujo, isso é pra outra pessoa, alguém que não tem dinheiro ou inteligência pra ir pra faculdade, ter uma carreira lucrativa. A natureza selvagem? Qual é a importância? Deixe que outra pessoa se preocupe com isso.

Ela havia acionado algo nele no instante em que disse que ele sempre seria um paraquedista. Quando viu que ela entendia aquilo.

— Não sei como eu falando com eles vai mudar isso.

— Acho que ouvir você, poder fazer perguntas, ter você para conduzi-los, desde o treinamento até o incêndio, abrirá algumas dessas mentes.

— E esse é o seu trabalho. Embora você não ensine mais, sempre será uma professora.

— Sim. Nós entendemos isso um sobre o outro. — Ela o observou enquanto tomava um gole da bebida. — Pretendo falar com o oficial de operações na base. Gostaria, com permissão dos pais, de levar um grupo, ou grupos, para passar pelo treinamento. Uma versão abreviada, óbvio. Talvez durante um fim de semana, depois da temporada de incêndios.

— Você quer colocá-los à prova — disse ele com um leve sorriso.

— Quero mostrar pra eles, ensiná-los, fazê-los entender que os homens e mulheres que se dedicam a proteger a nossa natureza selvagem passam por desafios enormes. Tenho ideias sobre fotografias e vídeos, e... bem, tenho ideias — disse ela, com uma risada. — E teríamos o verão inteiro para montar o projeto.

— Acho que é uma coisa boa o que você está tentando fazer. Não sou muito bom em falar… Falar em público.

— Posso te ajudar com isso. Além do mais, prefiro que você seja quem você é. Acredite, já é o suficiente.

Ela pegou um dos chips de batata-doce que a garçonete havia servido enquanto expunha seu plano.

Ella o envolveu naquilo, ele não podia negar. A ideia, a paixão por trás de tudo.

— Acho que posso tentar, pelo menos ver como vai desenrolar.

— Isso seria ótimo. Eu realmente acho que podemos fazer algo impactante… e divertido. E isso me leva a dois pontos. — Ela tomou outro gole. — Deixe-me tirar logo isso do caminho. Fui casada por vinte e oito anos. Desenraizei a mim mesma, e depois meus filhos também, para apoiar e agradar meu marido. Eu o amei, por quase todos esses vinte e oito anos, e nos últimos, acreditei no casamento, na vida que construímos. Acreditei nele. Até que no meu aniversário de cinquenta e dois anos, ele me levou pra jantar. Um restaurante lindo, velas, flores, champanhe. Ele até tinha comprado um par de brincos de diamante bastante requintado pra coroar a noite. — Ela se recostou um pouco, cruzou as pernas. — Tudo isso pra preparar o terreno, pra que eu não fizesse uma cena em público quando ele me contasse que estava tendo um caso com a assistente, uma mulher jovem o suficiente pra ser filha dele, a propósito. Que estava apaixonado por ela e queria o divórcio. Ele ainda me adorava, é claro, e esperava que eu entendesse que essas coisas acontecem. Ah, e que o coração tem vontade própria.

— Sinto muito. Estou tentando pensar no que dizer, mas nada que vem à minha cabeça parece apropriado.

— Ah, não pode ser menos apropriado do que aquilo que eu disse, depois que peguei o balde de champanhe e derramei o gelo na cabeça dele. Quando fui a uma advogada, no dia seguinte, ela perguntou se eu queria agir de forma amigável ou cortá-lo pela raiz. Fui pela castração. Pra mim, já tinha dado essa coisa de agir de forma amigável.

— Bom para você.

— Eu me perguntei se me arrependeria. Mas até agora, não. Estou te contando isso porque acho que é justo que você entenda, agora mesmo, que posso ser má, e que tanto meu casamento quanto meu divórcio me ensinaram a entender a mim mesma, virtudes e defeitos, e a não perder tempo para ir em busca do que quero.

— Tempo é sempre desperdiçado se você não estiver mirando no que quer.

— Excelente argumento. O que me leva ao segundo assunto. Menti pra você mais cedo quando disse que não estava dando em cima de você. Eu estava. Estou.

Não foi só a mente dele que ficou em branco, mas todo o sistema entrou em sobrecarga e parou abruptamente. Mal conseguia engolir ao encarar aqueles olhos cintilantes dela.

— Não acredito em honestidade absoluta pra tudo — continuou ela —, porque acho que um pouco de suavidade de vez em quando não só amortece, mas torna as coisas mais interessantes. Mas, neste caso, decidi pela verdade nua e crua. Se isso te assusta, é melhor saber agora, quando não tem nada em jogo pra nenhum de nós ainda.

Ela tomou um golinho do copo.

— Então... Te assustei?

— Eu... Não sou muito bom nisso.

— Eu deveria ter dito que, quer você esteja interessado ou não, sou muito sincera e séria sobre o projeto e sobre aprender a fazer paraquedismo. Ambas as coisas podem estar ligadas ao fato de eu estar atraída por você, mas não são condicionadas a isso. Nem a você retribuir.

Ela suspirou.

— E isso soou como uma diretora de escola, quando eu queria que não soasse. Estou um pouco nervosa.

Aquela ideia interrompeu a degeneração das células cerebrais dele.

— Você tá?

— Gosto de você, e espero que você esteja interessado o suficiente pra querer passar um tempo comigo, em um nível pessoal. Então, sim, estou um pouco nervosa, com medo de que avançar assim, tão cedo, possa te afastar. Mas faz parte da minha política de não perder tempo, então... Se você estiver interessado, ou inclinado a considerar estar interessado, gostaria de te levar pra jantar. Tem um restaurante agradável a uns quarteirões daqui. É uma caminhada tranquila, e fiz uma reserva, só por precaução.

Ele pensou, balançou a cabeça.

— Não.

— Bem. Então vamos apenas...

— *Eu* gostaria de te levar pra jantar. — Ele mal podia acreditar que as palavras saíram da sua boca, e sem causar um único engasgo. — Ouvi dizer que tem um restaurante agradável a uns quarteirões daqui, se você quiser dar uma caminhada.

Ele adorou ver como o sorriso floresceu no rosto dela.

— Parece ótimo. Só vou me ajeitar rapidinho antes.

Ela se levantou da mesa e foi em direção ao banheiro.

No minuto em que a porta se fechou atrás dela, Ella fez uma dancinha feliz nos sapatos roxos de salto alto e bico semiaberto que havia comprado naquela tarde.

Com uma risada boba, foi até a pia, avaliou seu rosto radiante no espelho.

— Que comece a aventura — disse ela, e tirou o batom da bolsa.

Alguns anos antes, ela havia se perguntado, havia se preocupado, quase presumido que sua vida estava essencialmente acabada. De certa forma, estava, precisava estar, para obrigá-la a recomeçar.

Até agora, a nova vida de Ella Frazier estava cheia de possibilidades interessantes.

E uma delas estava prestes a levá-la para jantar.

Ela acenou para seu reflexo, guardou o batom na bolsa.

— Obrigada, Darrin — declarou ao ex-marido. — Foi preciso aquele chute na bunda pra me acordar. — Ela balançou o cabelo, fez uma meia-volta elegante. — E veja só, agora estou completamente desperta.

ROWAN RESISTIU à tentação de ligar ou mandar mensagem para o celular do pai. Pareceria óbvio demais, uma forma de checar o que ele estava fazendo. Em vez disso, optou por ligar para o telefone fixo de casa.

Esperava que ele atendesse. Afinal, ela havia esperado até as nove e meia, ocupando-se com seus relatórios. Ou tentando. Quando a secretária eletrônica atendeu, ela ficou momentaneamente perdida. Teve que se esforçar para lembrar a desculpa que havia levado quase meia hora para inventar.

— Ah, oi. Tô dando uma pausa rápida dos meus relatórios e percebi que não tive a chance de te contar sobre a minha brilhante atuação como chefe de combate ao fogo. Se eu não puder me gabar com você, com quem vou poder? Vou ficar aqui por mais uma hora, mais ou menos, depois provavelmente vou dar uma caminhada pra tirar essa porcaria administrativa da cabeça. Então me liga. Espero que a sua reunião tenha ido bem.

Ela revirou os olhos ao desligar.

— Reunião, uma ova — resmungou. — Um drinque com uma cliente não leva duas horas e meia.

Ela ficou remoendo por um tempo. Não que achasse que o pai não tinha direito a uma vida social. Mas ela nem sabia quem era essa *cliente*. Lucas Tripp era bonito, interessante, um empresário bem-sucedido. E um alvo perfeito para uma mulher oportunista.

Uma filha tinha o dever solene de cuidar do pai solteiro, bem-sucedido, ingênuo e crédulo demais com as mulheres. Ela queria que ele voltasse para casa e ligasse, para que ela pudesse fazer exatamente aquilo.

Talvez devesse tentar ligar para o celular dele, só para garantir...

Não, não, não, ordenou a si mesma. Aquilo extrapolaria o limite do que poderia ser considerado como interferência. Ele tinha sessenta anos, pelo amor de Deus. Não tinha hora para voltar para casa.

Ela só precisava terminar o maldito relatório, dar aquela caminhada. Com certeza ele ligaria antes que ela terminasse tudo.

No entanto, ela terminou o relatório e o enviou para L.B. Em seguida, deu uma longa caminhada — e precisava admitir que estava mal-humorada — antes de voltar para o quarto e demorar o dobro do tempo necessário para se preparar para dormir.

Irritada consigo mesma, apagou a luz. Durante um intenso debate mental sobre a justificativa para ligar para o celular do pai depois da meia-noite, ela caiu no sono.

Vozes a acordaram. Vozes elevadas do lado de fora da janela e da porta. Por um momento meio nebuloso, achou que estava naquele sonho recorrente — o pesadelo do salto trágico de Jim, quando todos gritavam, corriam. Assustados, com raiva.

Mas quando abriu os olhos na penumbra, continuou ouvindo as vozes. *Tem alguma coisa errada*, ela pensou, e o instinto a fez sair da cama e porta afora antes mesmo de estar completamente desperta.

— Que merda é essa? — perguntou Rowan quando Dobie passou por ela.

— Alguém invadiu a sala de prontidão. O Gibbons disse que parece que uma bomba explodiu lá dentro.

— O quê? Isso não pode...

Mas Dobie continuou correndo, obviamente querendo ver com os próprios olhos. Vestindo apenas uma calça de algodão e uma regata, com as quais dormia, Rowan correu descalça.

O frio da manhã atingiu sua pele, mas o que viu nos semblantes daqueles que corriam com ela, ou que seguiam apressados para o prédio de operações, fez seu sangue ferver.

Tem algo muito errado, ela percebeu, e apertou o passo.

Chegou à porta da sala de prontidão ao mesmo tempo que Dobie.

Uma bomba não era uma ideia tão absurda, pensou. Paraquedas, tão meticulosa e laboriosamente dobrados e empacotados, estavam jogados ou pendurados como balões murchos e emaranhados. Ferramentas estavam espalhadas sobre as sedas rasgadas, com equipamentos caoticamente derrubados dos armários. Pelo que parecia, as ferramentas, que antes estavam limpas e organizadas com todo cuidado, foram usadas para cortar e rasgar pacotes, macacões, botas, danificando ou destruindo tudo o que era necessário para saltar e conter um incêndio.

Na parede, borrado em tinta spray vermelho-sangue, a mensagem era clara:

SALTEM E MORRAM

QUEIMEM NO INFERNO

Rowan pensou no sangue de porco.

— Dolly.

Com os punhos cerrados, Dobie encarou a destruição.

— Então ela é mais pirada do que pensamos.

— Talvez seja. — Rowan se agachou, passou a mão pelo corte na seda. — Talvez seja.

ATAQUE PROLONGADO

Um incêndio pequeno é rapidamente apagado;
se permitido, nem rios podem extingui-lo.

William Shakespeare

11

⌘ ⌘ ⌘

TODAS AS mãos disponíveis trabalhavam na sala de produção, na sala do mestre de cargas, no mezanino. Eles se espalhavam pelos prédios, enrolando sacos de dormir, ponchos, finalizando paraquedas que já estavam em reparo, montando, reembalando. Sob o zumbido e o clamor das máquinas, sob os murmúrios, Rowan sabia que todos pensavam na mesma coisa.

Que a sirene continue em silêncio.

Até que reparassem, reabastecessem, remontassem, inspecionassem, não havia lista de saltos.

Nada na sala de prontidão podia ser tocado até que os policiais liberassem. Então, eles trabalhavam com o que tinham na sala de produção, correndo contra o relógio e os caprichos da natureza.

— Talvez possamos mandar oito. — Cards trabalhava do lado oposto de Rowan, embalando um paraquedas com extremo cuidado. — Podemos montar oito agora mesmo.

— Não posso pensar nisso. E não podemos nos apressar. Ainda bem que ela não entrou aqui. Já está ruim o suficiente como está.

— Você acha mesmo que foi a Dolly quem fez isso?

— Quem mais?

— Que bizarrice. Ela meio que era uma de nós. Eu até…

— Muitos outros caras também.

— Antes da Vicki — acrescentou Cards. — Antes do Jim. De qualquer forma, quero dizer, ela trabalhava aqui na base, brincando e flertando no refeitório. Como a Marg e a Lynn.

— A Dolly nunca foi como a Marg e a Lynn. — Concentrando-se, Rowan organizou as cordas do paraquedas em dois feixes perfeitos. Um cabo emaranhado poderia ser a diferença entre um bom salto e um pesadelo. — Quem mais tá pau da vida e pirado além da Dolly?

— Pintando aquelas porcarias na parede também — concordou Cards. — Igual ela fez no seu quarto. Fiquei acordado até quase uma da manhã e não ouvi nada. Pra destruir o lugar desse jeito, tinha que fazer algum barulho.

— Ela entrou na base de madrugada, depois que todo mundo já tava deitado. — Rowan deu de ombros. — Não é tão difícil assim, ainda mais se você conhece o lugar. O lance é que aconteceu.

— Isso não faz sentido nenhum. — Gull parou a caminho de outra mesa com um paraquedas reparado. — Se acontecer um incêndio e nós não estivermos prontos, eles vão enviar paraquedistas de outras bases. Ninguém vai saltar até que o nosso equipamento seja liberado. Quem ela tá tentando prejudicar?

— Loucuras não precisam fazer sentido.

— Você tem razão. Mas toda aquela bagunça lá embaixo só serve pra perder tempo e dinheiro... e irritar todo mundo. Sem contar com os policiais batendo na sua porta, quando você escapou por pouco da última vez.

— Rancor não precisa fazer sentido também.

Gull ia falar mais alguma coisa, mas Gibbons chamou Rowan:

— Os policiais querem falar com você, Ro. Com todos nós — acrescentou ele quando as máquinas silenciaram. — Mas você é a primeira.

— Vou terminar de embalar esse paraquedas. Cinco minutos — estimou ela.

— Na sala do L.B. Tenente Quinniock.

— Cinco minutos.

— Cards, quando você terminar aí, pode ir pro refeitório. O outro, o detetive Rubio, vai falar com você lá.

Cards acenou com a cabeça, mostrando que entendeu.

— Parece que eu tirei a sorte grande, Ro. Pelo menos vou tomar café da manhã.

— Gull, Matt, Janis, quando os policiais derem o sinal verde, vocês vão trabalhar comigo na limpeza e no inventário. Se quiserem comer, a Marg preparou um bufê. Encham a barriga porque vamos ficar nisso por um tempo. Tá uma zona do caralho — disse ele com desgosto ao sair.

Cards assinou seu nome, hora e data no paraquedas reembalado.

— Vou descer com você — disse Gull a Cards, e passou a mão nas costas de Rowan ao passar por ela.

Ela terminou o trabalho, engolindo tudo aquilo com dificuldade, exceto a tarefa em mãos. Quando concluiu, etiquetou o pacote. *Paraquedas montado pela Sueca.*

Ela o guardou na prateleira, então saiu de bom grado da sala barulhenta da produção. Mas fez um desvio até a sala de prontidão.

Queria ver de novo. Talvez precisasse.

Dois policiais trabalhavam com uma dupla de civis — *peritos forenses*, Rowan concluiu. Ela conhecia a mulher que tirava fotos da mensagem pintada. *Jamie Potts*, Rowan pensou. Tinham sido colegas em uma aula chata pra cacete de história mundial do sr. Brody no terceiro ano do ensino médio. Ela também reconheceu um dos policiais, já que havia namorado ele por um tempo na mesma época das aulas do sr. Brody.

Fez menção de falar com eles, mas desistiu, percebendo que não queria conversar até ser obrigada a isso.

Além do mais, olhar para o que estava rasgado e pisoteado, espalhado e desfigurado, só fazia sua raiva já fervente esquentar ainda mais.

Ela enfiou as mãos nos bolsos do moletom que tinha vestido por cima do pijama.

No meio do caminho para o prédio de operações, Gull cruzou na sua frente. Ele lhe entregou uma Coca-Cola.

— Achei que gostaria.

— É, obrigada. Achei que você já tinha descido pro café da manhã.

— Já estou indo. Isso é uma lombada, Ro.

— O quê?

— Isso. — Ele gesticulou para trás, para a sala de prontidão. — É uma lombada, do tipo que te dá um tranco desagradável, mas não te impede de chegar aonde você está indo. Quem fez isso? Não conseguiu nada além de deixar todos na base mais determinados a chegar aonde estamos indo.

— Tipo um copo meio cheio? — Ela honestamente não sabia por que aquilo a irritava tanto. — Nesse momento, meu copo não apenas tá quase vazio, como tem um lascado que corta os lábios. Não tô pronta pra olhar essa coisa por um lado positivo. Talvez eu consiga fazer isso quando aquela vadia vingativa e maluca estiver numa cela.

— Eles vão ter que chamar os guardas florestais ou os federais, acho. Tudo o que foi danificado é propriedade do Serviço Florestal do país, então, provavelmente, é crime. Não sei como funciona.

Aquilo a fez parar, pois não havia pensado por aquele ângulo.

— O L.B. chamou os policiais locais. Os federais não vão perder tempo com isso.

— Não sei. Mas acho que se alguém quisesse levar isso adiante, é pra lá que iria. Destruição de propriedade federal pode levá-la a uma sentença severa na prisão. O que ela precisa é de uma dose grande de terapia obrigatória.

Aquele homem, ela concluiu, era uma peça rara. No fundo, era boa gente, e justamente agora aquele fundo de bondade a fazia querer socar algo. Possivelmente ele.

— Você tá me dizendo isso porque não tem certeza se eu quero que ela cumpra pena em Leavenworth, ou onde quer que seja.

— Você quer?

— Merda. Agora eu não derramaria uma lágrima por isso, mas no fundo, eu só quero que ela saia do nosso caminho, de uma vez por todas.

— Ninguém pode discordar disso. Quem fez aquilo na sala de prontidão tem sérios problemas.

— Olha, você ficou pouco tempo perto da Dolly. Eu passei quase a vida inteira, e tô cansada dos problemas dela virando meus.

— Ninguém pode discordar disso também. — Ele colocou a mão na nuca dela, surpreendendo-a com um beijo. — Vamos ver se conseguimos dar uma corridinha mais tarde. Bem que tô precisando.

— Você pode *parar* de tentar me acalmar?

— Não, porque você provavelmente não deve falar com um policial irritada do jeito que tá, pronta pra arrancar a garganta dele se ele apertar o botão errado.

Ele segurou os ombros dela, apertando com firmeza. E, ela notou, os olhos dele não estavam tão calmos nem pacientes.

— Você é esperta. Seja esperta. A sala de prontidão não foi um ataque a você; foi um golpe baixo pra todos nós. Lembre-se disso.

— Ela é…

— Ela é uma ninguém. Faça dela um nada, e concentre-se no que é importante. Dê ao policial o que ele precisa, volte ao trabalho pra consertar os danos. Depois disso, vem correr comigo.

Ele a beijou de novo, rápido e firme, e então foi embora.

— Correr. Vou te mostrar o que é correr — murmurou ela. Rowan se dirigiu ao escritório do L.B., e percebeu que Gull a deixava quase tão inquieta quanto a repentina inclinação de Dolly para a violência.

O tenente Quinniock estava sentado à mesa abarrotada de L.B., com uma caneca de café e um bloco de anotações. Óculos de armação preta pendiam da ponta do nariz comprido e afilado, enquanto olhos de um azul desbotado espreitavam por cima deles. Uma pequena cicatriz subia por sua bochecha direita, um anzol pálido contra o rubor. E uma mecha branca dividia o cabelo ruivo e grisalho desde a têmpora esquerda até o topo.

Ela já tinha encontrado com ele antes, Rowan concluiu — em um bar ou loja —, em algum lugar. Seu rosto não era fácil de esquecer.

Ele usava um terno escuro, sutilmente listrado, como um executivo — passado e feito sob medida, com uma gravata vermelha em nó perfeito.

O terno não combina com o rosto, ela pensou, e se perguntou se o contraste era deliberado.

Ele se levantou quando ela entrou na sala.

— Srta. Tripp?

— Sim. Rowan Tripp.

— Agradeço por me dar alguns minutos. Sei que é um dia estressante. Você se importaria de fechar a porta?

A voz, ela decidiu, era suave, educada e envolvente, combinava com o terno.

— Sente-se — disse ele. — Tenho algumas perguntas.

— Claro.

— Conheci seu pai. Imagino que a maioria das pessoas por aqui também, em algum momento. Você está seguindo os passos de um grande homem, e me disseram que está fazendo um bom trabalho.

— Obrigada.

— Então… você e uma senhorita Dolly Brakeman tiveram uma altercação alguns dias atrás.

— Pode-se dizer que sim.

— Como você descreveria isso?

Ela queria gritar, apontar o dedo para o meio daquela gravata chamativa. *Seja esperta*, Gull tinha dito — e merda, ele estava certo.

Então ela se obrigou a relaxar na cadeira e a falar com calma:

— Vamos ver, eu chamo isso de invasão, vandalismo, depredação de propriedade privada e, geralmente, agir como uma louca de pedra. Mas isso é só a minha opinião.

— Aparentemente, não só a sua, pois outras pessoas com quem conversei compartilham desse ponto de vista. Você encontrou a srta. Brakeman em seus aposentos aqui na base enquanto ela despejava sangue de animal em sua cama. Isso está correto?

— Está. E isso foi depois que ela já havia despejado, jogado, respingado nas paredes, no chão, nas minhas roupas e em outros itens variados. Depois que ela escreveu na minha parede com aquela porcaria. "Queime no inferno", para ser exata.

— Sim, tenho as fotos dos danos que o sr. Little Bear tirou antes de a área ser limpa e repintada.

— Ah. — Aquilo a pegou de surpresa por um momento. Ela não tinha se dado conta de que L.B. havia documentado a cena com fotos. Deveria ter imaginado que ele faria isso, pensou agora. Por isso ele estava no comando.

— E o que aconteceu quando você a encontrou em seus aposentos?

— O quê? Ah, eu tentei dar uma surra nela, mas vários dos meus colegas me impediram. O que, dado a situação atual, é uma pena ainda maior.

— Você não prestou queixa na polícia.

— Não.

— Por que não?

— Parcialmente porque eu estava com raiva demais, e parcialmente porque ela foi demitida e expulsa da base. Aquilo parecia suficiente, considerando...

— Considerando?

— Considerando que, na hora, eu só achei que ela era muito burra, e que a burrice dela era direcionada apenas pra mim, e ela tem uma bebê. Além do mais, em menos de uma hora pegamos um incêndio, então ela não era uma prioridade pra mim depois disso.

— Você e sua equipe tiveram alguns dias longos e difíceis.

— É o que fazemos.

— O que vocês fazem é muito valorizado. — Ele tomou um gole de café enquanto revisava as anotações. — A bebê que você mencionou é supostamente filha de James Brayner, um paraquedista de Missoula que morreu em um acidente em agosto passado.

— Isso mesmo.

— A srta. Brakeman culpa você.

Ainda doía; ela supôs que doeria para sempre.

— Eu era a parceira de salto dele. Ela culpa a equipe toda, e a mim em particular.

— Só para a minha compreensão, o que significa "parceiro de salto"?

— Saltamos em duplas. Um após o outro, depois que recebemos o sinal do *spotter*. O primeiro a saltar, que no caso fui eu, verifica a localização e o status do segundo homem. Podemos fazer ajustes na direção, na trajetória, para dar ao segundo homem um fluxo claro. Se um de nós tiver algum problema, o outro deve ser capaz de identificar. Cuidamos um do outro, tanto quanto possível, no ar e ao aterrissar.

— E o acidente de Brayner foi considerado, após investigação, como erro dele.

A garganta dela estava embargada diante da emoção.

— Ele não desviou. Pegamos uma corrente de ar ruim, mas ele simplesmente seguiu nela. Ele puxou o controle errado, desviou para o lado errado. Eu não pude fazer nada. O paraquedas dele abriu; eu dei espaço, mas ele não fez a volta. Ele ultrapassou o local de aterrissagem, continuou indo, e caiu no meio do incêndio.

— É difícil perder um parceiro.

— É. Difícil.

— Naquela época, a srta. Brakeman trabalhava como cozinheira na base.

— Isso mesmo.

— Vocês tiveram algum problema antes do acidente?

— Ela cozinhava. Eu comia. Era basicamente isso.

— Tenho a impressão de que vocês se conhecem há muito tempo. Que estudaram juntas.

— Não frequentávamos o mesmo círculo. Nós nos conhecíamos. Por alguma razão, ela sempre teve ciúmes de mim. Eu conheço muitas pessoas. Conheço a Jamie e o Barry, que estão lá fazendo o trabalho policial na sala de prontidão; também estudaram comigo. Nenhum deles jamais deu uma de *Carrie, a estranha* no meu quarto.

Ele a observou por cima do nariz longo e estreito.

— Você sabia que ela estava grávida na época da morte de Brayner?

— Não. Até onde eu sei, ninguém fazia ideia, a não ser o Jim, de acordo com o que ela disse. Ela foi embora logo depois do acidente; não sei para onde, e não me importo. Pelo que posso dizer, ela voltou com a bebê, passou a seguir uma religião e veio aqui em busca de trabalho, armada com a mãe, o pastor e fotos da nenê de bochechas rosadas. O L.B. a contratou. — Para ganhar tempo, ela tomou um longo gole da Coca-Cola. — Tive uma conversa com ela, achando que deveríamos esclarecer as coisas, e durante essa conversa ela deixou claro que odiava cada centímetro do meu ser e desejava que eu fosse pro inferno. Ela jogou sangue no meu quarto todo. O L.B. demitiu ela. E isso nos traz ao presente.

Ela se remexeu na cadeira, cansada de ficar sentada, cansada de responder perguntas para as quais suspeitava que ele já tivesse as respostas. *Concentre-se no que é importante*, ela lembrou.

— Olha, sei que você tem muita coisa pra investigar, mas não vejo por que meu histórico com a Dolly é relevante. Ela invadiu a sala de prontidão e danificou equipamentos. Equipamentos essenciais. É muito mais do que uma inconveniência ou uma bagunça. Se não estivermos prontos quando formos chamados, pessoas podem morrer. Animais silvestres e as florestas onde vivem serão destruídas.

— Entendido. Vamos falar com a srta. Brakeman. No momento, o único possível elo entre ela e o vandalismo na sua sala de prontidão é o vandalismo confirmado nos seus aposentos.

— Ela disse que queria que todos nós morrêssemos. Que todos nós queimássemos. Assim como escreveu na parede. Acho que ela não conseguiu mais sangue de porco, então usou tinta spray desta vez.

— Sem equipamento, vocês não podem saltar. Se vocês não podem saltar, não estão em perigo.

— Lógico. Mas lógica não é o ponto forte da Dolly.

— Se acabar sendo ela a responsável por essa situação, terei que concordar. Obrigado pelo seu tempo e pela franqueza.

— Sem problema. — Ela se levantou, mas parou a caminho da porta. — Não vejo como pode haver algum 'se'. As pessoas por aqui entendem o que fazemos. Somos como um tecido. Todos na base são um fio nesse tecido, e fazemos o que fazemos porque queremos. Dependemos uns dos outros. A Dolly é a única peça que destoa.

— Três homens que levaram uma surra no mês passado em frente ao *Pegue a corda* poderiam muito bem gostar de desfazer esses fios.

Ela se virou completamente de volta para a sala.

— Você acha mesmo que aqueles babacas voltaram pra Missoula, invadiram a base, encontraram a sala de prontidão e fizeram aquela merda?

Quinniock tirou os óculos, dobrando-os e pousando cuidadosamente sobre a mesa.

— É outro "se". É meu trabalho considerar todos os "ses".

A entrevista deixou Rowan mais irritada do que satisfeita. Embora seu apetite mal tivesse despertado, ela foi até o bufê e preparou um sanduíche de café da manhã. Comeu no caminho de volta para a sala de produção.

Ninguém reclamou. Não do trabalho extra ou da monotonia de fazê-lo. Enquanto ela estava com Quinniock, Janis configurou seu dispositivo de músicas para tocar nos alto-falantes, então R&B, country, rock, hip-hop suavizavam o barulho das máquinas. Ela observou Dobie fazer uma dancinha ao som de Shania Twain com um monte de sacos de dormir nos braços.

Poderia ser pior, ela pensou. *Sempre poderia ser pior, então o mais inteligente a fazer é tirar o melhor proveito do ruim.* Quando Gull levou os paraquedas para reparo, ela deduziu que a polícia tinha liberado a sala de prontidão.

Ela deixou sua máquina e foi até o balcão ajudá-lo a estender as sedas.

— Tá muito ruim lá? — perguntou ela.

— Provavelmente não tão ruim quanto parece. Tá tudo espalhado, mas não tem tantos danos de verdade como pensávamos. Ou quanto eu pensava, pelo menos. Muito do que precisa é ser organizado e reembalado.

— Pelo menos tem um lado positivo. — Ela marcou rasgos e cortes.

— E ainda com bônus. A galera da manutenção tá montando mesas lá fora. O boato é que a Marg tá preparando um churrasco, e ela apareceu com uma tonelada de costelas.

Rowan marcou outro rasgo. Homens que não se deram ao trabalho de fazer a barba ou tomar banho naquela manhã estavam cantando Taylor Swift. Era um pouco surreal.

— Quando a situação fica difícil — concluiu ela —, os fortes comem costelas. Quase todos os paraquedas que estavam para montagem e reparo estão prontos, e quase todos eles estão embalados. Estamos avançando com as mochilas de mantimentos, os sacos de dormir e os ponchos.

Ela fez uma pausa, encontrou o olhar dele.

— Se continuarmos assim, talvez a gente consiga encaixar aquela corrida.

— Estou pronto quando você estiver.

— Eu odeio estar errada.

— Quem não odeia provavelmente tem baixa autoestima. Baixa autoestima pode levar a muitos problemas, muitos deles sexuais.

Ela sabia quando estava sendo provocada, então acenou solenemente.

— Tenho sorte de ter uma autoestima excepcionalmente alta. De qualquer forma, odeio estar errada quanto a achar que isso foi um golpe contra mim. Eu preferiria que ela tivesse me atacado pessoalmente. Preferiria estar irritada com uma vingancinha pessoal do que com isso.

— Isso é uma droga, mas há algo a ser dito sobre ouvir Southern e Trigger cantando um dueto de "Wanted Dead or Alive".

— Eles não foram mal. Não são nenhum Bon Jovi, mas não foram mal.

— Se o seu copo tá meio vazio e tem um lascado no vidro, é melhor ir até o bar e pedir um novo. Preciso voltar.

Lado positivo, ela pensou. Um raio de esperança. Talvez ela demorasse mais para encontrá-los — ou querer encontrá-los —, mas que se dane. Poderia muito bem jogar fora o copo estragado.

Ela examinou cada centímetro do paraquedas antes de entregá-lo para o reparo, e então começou a mexer no próximo. Estava tão focada no que considerava uma linha de montagem de vida ou morte que não ouviu L.B. se aproximar dela.

A mão dele pousou em seu ombro como a de um *spotter* na porta de um avião.

— Faça uma pausa.

— Alguns desses precisam ser montados, mas a maioria dos que estão chegando só precisa de remendos.

— Tenho recebido atualizações. Vamos pegar um pouco de ar.

— Beleza. — Dobrar, curvar-se e vasculhar tudo a deixaram rígida e tensa. Ela decidiu que queria aquela corrida, queria queimar a tensão e as horas de pé.

Então sentiu o cheiro das costelas assando nas grelhas e decidiu que queria aquilo ainda mais.

— Santo Deus, que cheiro bom. A Marg sabe como tirar a mente dos problemas e focá-la no estômago.

— Espera só até ver o pão de milho. Acabei de falar com a polícia.

— Eles prenderam ela? Não — disse Rowan antes que ele pudesse responder. — Posso dizer pela sua cara. Caralho, L.B.

— Ela disse que estava em casa a noite toda. A mãe dela tá confirmando isso.

— Que surpresa.

— A questão é que eles não podem provar que ela não estava. Talvez, quando analisarem tudo, encontrem alguma evidência. Tipo, impressões digitais ou algo do tipo.

Ele tirou uma pastilha para acompanhar a que já estava na boca, e ela percebeu que o estresse o estava fazendo sentir falta de um cigarro.

— Mas, no momento — continuou ele com um hálito de cereja —, ela está negando. Eles também falaram com os vizinhos. Ninguém consegue dizer com certeza se ela estava em casa ou não. E, como nenhum de nós viu a Dolly, eles não podem acusá-la de nada. — L.B. inflou as bochechas. — Quinniock queria que soubéssemos que ela está ameaçando nos processar por difamação.

— Me poupe.

— Estou com você, Ro. Ela não vai, mas ele achou que deveríamos saber que ela ficou bem irritada quando ele a questionou.

— A melhor defesa é o ataque.

— Pode ser, com certeza. — Ele olhou para a grelha e ela imaginou as dezenas de coisas na mente dele, o peso nos ombros.

— Droga, isso tudo é coisa pra policiais e advogados, de qualquer forma.

— Sim. O principal é que, se formos chamados, estamos prontos. Já podemos enviar vinte.

— Vinte?

— Alguns dos mecânicos ajudaram a equipe da sala de prontidão. Eles têm trabalhado duro. Já temos equipamentos e suprimentos pra vinte bombeiros. Requisitei substituições para o que foi danificado ou destruído. Isso não vai nos atrasar. Você tá de volta à lista de saltos.

— Acho que não foi tão ruim quanto parecia.

— Bem, parecia bem ruim. — Ela o observou, muito deliberadamente, tirar um pouco daquele peso. — Somos paraquedistas, Sueca. Podemos fazer uma linha de corta-fogo daqui até o Canadá. Podemos lidar com isso, com certeza.

— Eu quero que ela pague.

— Eu sei, e por Deus, também quero. Se encontrarem algo que a ligue àquela sala, quero que a joguem em uma cela. Eu senti pena dela — disse ele com desgosto. — Dei uma segunda chance, depois uma terceira quando a demiti em vez de chamar a polícia. Então, acredite, ninguém quer que ela pague mais do que eu.

O telefone no bolso dela tocou.

— Pode atender. Vou compartilhar as notícias no almoço. — Ele voltou, se virou brevemente para andar de costas. — Fique longe da debandada — avisou ele.

Rindo, ela pegou o telefone. Ver o número do pai na tela a fez se lembrar das mensagens que havia deixado para ele.

— Bem, já era hora.

— Querida, desculpe por não ter respondido antes. Cheguei tarde e não queria arriscar te acordar. Estive ocupado a manhã toda.

— Aqui também. — Ela contou a ele sobre os danos na sala de prontidão, a polícia, sobre Dolly.

— Pelo amor de Deus, Ro, o que tem de errado com essa garota? Você quer mais ajuda? Posso reagendar algumas coisas ou, pelo menos, mandar alguns homens.

— Acho que estamos bem, mas vou perguntar ao L.B.

— Quinniock, você disse. Conheço ele, mas só um pouco. Encontrei com ele quando fiz um daqueles eventos beneficentes no ano passado. Ele veio com os filhos. Demos um tour pra família.

— Foi onde o vi. Ele também já esteve por aqui. Então… como foi sua reunião ontem à noite?

— Foi boa. Vou trabalhar em um projeto para alguns dos alunos do ensino médio. E Ella, a cliente, está se inscrevendo para o treinamento de salto em queda livre.

— Tudo isso? Foi uma boa conversa.

— Ahn. Bem. Ah, você provavelmente vai conhecer ela. Ela quer se conectar com a base também. Para o projeto. Tenho um grupo chegando, mas avise ao L.B., se ele precisar de gente. Posso arranjar um tempo.

— Vou avisar, mas acho que estamos bem. Você poderia vir depois que terminar. Pode sempre passar um tempinho comigo.

— Tenho um jantar com o contador hoje à noite. Que tal planejarmos pra amanhã? Passo aí depois do trabalho.

— Por mim, tudo bem. Vejo você amanhã.

Ela desligou e começou a se juntar à multidão que saía da sala de produção em direção às mesas.

Seu humor melhorou. Progresso, um estômago cheio, um encontro em breve com seu cara favorito. Depois de tudo isso, prometeu a si mesma que iria dormir cedo e recuperar o sono.

Ela ficou ainda mais animada ao ouvir Matt rir de algo que Libby disse, ver Cards deslumbrar um dos novatos com um truque de mágica, ouvir Trigger e Janis discutirem sobre beisebol.

Por mais irritante que fosse, Gull estava certo. As coisas com Dolly? Só uma lombada.

Ela o cutucou enquanto eles voltavam para suas respectivas áreas de trabalho.

— Quatro horas, na pista.

— Estarei lá.

Estava pedindo por problemas, ela pensou, e admitiu que gostava daquilo. Então talvez ela quebrasse sua regra um pouco — ou muito — por ele. Talvez pensasse um pouco mais sobre o assunto, prolongasse o calor, aquela eletricidade. Ou talvez pulasse de cabeça, com tudo, queimasse de vez.

Eles eram adultos. Ambos sabiam como as coisas funcionavam. Quando o fogo entre eles diminuísse, poderiam simplesmente se afastar. Sem cicatrizes, sem preocupações.

Se ela optasse por mergulhar, era exatamente assim que abordaria a situação. Dois adultos saudáveis, solteiros, que se gostavam, desfrutando de um sexo bacana para aliviar a tensão.

— E esse sorriso todo convencido aí… — disse Janis ao se juntar a Rowan na mesa.

— Estou decidindo se vou transar com o Gull mais cedo ou mais tarde.

— Isso colocaria um grande sorriso presunçoso no meu rosto. Ele é tãoooo bonito... — Ela deu uma mexida nos ombros que fez seu rabo de cavalo, preso com laços de passarinhos azuis, sacudir. — De uma maneira masculina. Mas o que aconteceu com a regra?

— Estou pensando em suspendê-la temporariamente. Mas devo esperar, continuar aproveitando, por assim dizer, a tensão sexual, as insinuações, o flerte e a perseguição? Ou devo mergulhar de cabeça na deliciosa e ardente sensação?

— Ambas são excelentes maneiras de passar o tempo. No entanto, às vezes, percebo que alimentar a antecipação pode também criar expectativas exageradas. E aí ninguém consegue atender a essas expectativas exageradas.

— Isso é um problema, e outro fator a considerar. A questão é que acho que não estaria considerando, pelo menos não ainda, se isso não tivesse acontecido. A porcalhada da Dolly. Isso me desestabilizou, Janis.

— Se você deixar essa vagabunda de cérebro minúsculo, sem coração e cheia de pena de si mesma te desestabilizar, vai estar deixando ela ganhar. Se você deixar ela ganhar, vai me irritar. E se me irritar, vou te dar uma surra.

Rowan fez um som de desprezo.

— Pff... Você sabe que não consegue ganhar de mim.

— Isso ainda não foi testado. Consegui minha faixa preta de quarto grau no inverno. Quando dou meus gritos de artes marciais, milhares fogem aterrorizados. Não me teste.

— Você consegue ouvir isso? São os meus joelhos tremendo.

— Eles têm razão em me temer. Vá, transe por diversão e tenha um monte de orgasmos, e esqueça aquela Dolly Merdeira.

— Você é tão sábia quanto é baixinha.

— Eu também consigo quebrar tijolos só com as mãos. — E examinou suas unhas.

— Essa é uma habilidade útil se algum dia você se encontrar trancada por um psicopata no porão de uma casa abandonada.

— Eu guardo essa habilidade no bolso para tal eventualidade. — Ela olhou de relance enquanto Trigger plantava bananeira em cima da mesa. — Um sinal claro de que estamos enlouquecendo. Muito a fazer, mas estamos presos no chão.

— Do jeito que estamos indo, especialmente com o Supercostureiro Dobie, vamos estar em melhor forma em termos de equipamentos do que antes do Pesadelo na Rua Dolly.

— Espero que a polícia tenha assustado ela de verdade. — Janis baixou a voz. — Matt deu cinco mil pra ela.

— O quê?

— Pra bebê. Eu ouvi ela choramingando pro Matt depois que o L.B. mandou ela embora. Como ela iria pagar as contas do hospital agora, e o pediatra? Ele disse que podia dar cinco mil pra ajudar a cobrir as despesas, pra ela se manter até conseguir trabalho. Mas acho que eu entendo. É a sobrinha dele, afinal. Mas ela vai continuar explorando ele, você vai ver.

— Por que trabalhar quando você pode contar uma história triste pro irmão do seu amante morto e fazer com que ele te dê dinheiro? Se ele quer ajudar com a bebê, deveria dar o dinheiro pra mãe da Dolly, ou pagar diretamente algumas dessas contas.

— Você vai dizer isso pra ele?

— Talvez eu diga. — Rowan juntou o paraquedas para levar ao reparo. — Talvez eu diga.

Ela ponderou entre dar conselhos e opiniões não solicitados — o que todo mundo odeia — e simplesmente ficar fora daquilo. Quando fez uma pausa para a corrida, já havia praticamente esgotado as ideias para uma terceira opção. Talvez o treino ajudasse a pensar em uma.

Ela trocou de roupa para correr, pegou uma garrafa de água. Gull se juntou a ela enquanto saía do alojamento.

— Bem na hora — comentou ele.

— Se eu tivesse que passar mais uma hora lá dentro, teria machucado alguém. Como você está hoje?

— Vamos descobrir. Vou te dizer uma coisa, a sala de prontidão parece que foi organizada pela Martha Stewart. E já tô bem cansado de qualquer coisa que chegue perto de trabalho doméstico, mas tô tentando treinar mais a minha amarração.

— Então você tem estudado isso também?

— Saber como algo funciona não é o mesmo que fazer funcionar. Você é mestre em amarração de cordas. Poderia me dar aulas.

— Talvez. — Ela já sabia que ele era um bom aluno. — Você tá querendo a certificação pra se tornar sênior na arte de amarrar ou quer passar mais tempo comigo?

— Eu chamaria isso de multitarefa.

Eles pararam ao lado da pista onde Rowan tirou o casaco de treino, pousando a garrafa de água sobre ele.

— Distância ou tempo?

— Que tal uma corrida?

— Fácil pra você dizer, Ligeirinho.

— Eu te dou uma vantagem: 400 metros de cinco quilômetros.

— Quatrocentos metros? — Ela fez um pequeno movimento de calcanhar e ponta do pé para alongar as articulações dos tornozelos. — Você acha que pode me vencer com essa vantagem?

— Se eu não conseguir, vou ter bastante tempo pra apreciar a vista.

— Tá bom, campeão, se você quer minha bunda na sua mira, você conseguiu.

Ela tomou a pista interna, ativou seu cronômetro e disparou.

Bela vista, Gull pensou ao entrar na pista e colocar os fones de ouvido. Ele se deu um momento para aquecer, sacudindo os braços, erguendo os joelhos. Quando ela atingiu a marca de quatrocentos metros, ele começou a correr.

E, Deus, como era bom se mover, respirar, ter a música explodindo na cabeça. O ar quente e seco passava por ele, o sol cintilava na pista, e ele tinha o corpo curvilíneo de Rowan correndo à frente.

Não poderia ser melhor.

Ele aumentou o ritmo gradualmente, e depois do primeiro quilômetro e meio já havia cortado a vantagem dela pela metade. Ela havia trocado de roupa e agora usava um short que se ajustava às coxas e uma camiseta que moldava o torso. Enquanto ele diminuía a distância, permitiu-se apreciar a musculatura sexy das panturrilhas dela, a forma como o sol brincava na pele dos ombros fortes.

Ele queria pôr as mãos em ambos.

Completamente fascinado pelo corpo dela, ele admitiu. Completamente fascinado pela mente dela. A combinação o deixava incapaz de pensar em outra pessoa e desinteressado em tentar.

Depois do terceiro quilômetro, ele avançou para ficar a alguns passos atrás dela. Ela olhou para trás, balançou a cabeça e tentou aumentar a velocidade.

Ainda assim, aos quatro quilômetros, ele corria ao lado dela, ombro a ombro. Considerou diminuir o ritmo — por respeito à respiração ofegante dela —, mas seu espírito competitivo entrou em ação. Ele completou a marca dos cinco uma dúzia de passos à frente.

— Jesus amado! — Rowan se curvou para recuperar o fôlego. — Eu deveria estar pau da vida. Isso foi humilhante.

— Eu pensei em deixar você ganhar, mas te respeito demais pra ser condescendente.

Ela soltou uma risada ofegante.

— Nossa, obrigada.

— De nada.

— Mesmo assim. — Ela examinou o cronômetro que clicou na linha de chegada. — Foi meu melhor tempo. Aparentemente, você me pressiona a ser melhor.

O rosto dela brilhava pelo esforço e pelo suor; os olhos dela encontraram os dele, frios e claros.

Ele percebeu que não havia corrido o suficiente. Nem de perto, não para dissipar a necessidade que sentia. Ele agarrou o decote da camiseta dela, puxando-a para si.

— Espera... Eu ainda não recuperei o fôlego.

— Exatamente.

Eu a quero sem fôlego, pensou enquanto a beijava. Quente e ofegante e tão necessitada quanto ele. Ela tinha gosto de bala de limão derretida, ácida e quente. O calor da corrida e aquele desejo dominante pulsavam em ambos à medida que o coração dela galopava contra o dele.

Pela primeira vez, ela tremia, só um pouco. Ele não sabia se era por causa da corrida ou do beijo. Não dava a mínima.

De algum lugar próximo, alguém soltou um assobio e um grito de aprovação. E, pela primeira vez, como uma bala de limão ao sol, ela começou a derreter.

A sirene soou.

Eles se separaram, respirando rápido e com dificuldade ao olharem na direção do alojamento.

— Continua depois — disse Gull para ela.

12

⌘ ⌘ ⌘

EM PLENO ar na tarde seguinte, com um jogador de golfe preso a ele por um arnês, Lucas observou a base agitada abaixo. Ele e a filha não jantariam juntos naquela noite, afinal.

A decepção foi aguda, lembrando-o de quantas vezes ele teve que cancelar planos com ela durante suas temporadas. Desejou que ela estivesse segura; desejou que ela estivesse fortalecida.

— Este é o melhor momento da minha vida! — gritou o cliente.

Você ainda é jovem, Lucas pensou. Os melhores momentos vêm e vão. Se você tiver sorte, eles continuam vindo.

Depois que pousaram, e após a rotina de fotografias, recapitulações e agradecimentos, ele leu a mensagem no celular.

Desculpa pelo jantar. Peguei mais um. Te vejo mais tarde.

— Te vejo mais tarde — murmurou ele.

Lucas ligou para a base para obter um resumo sobre o incêndio.

O do dia anterior só havia exigido uma equipe de quatro homens, e eles entraram e saíram em dez horas.

Aquele parecia mais complicado.

Incêndio causado por campistas, perto de Lee Ridge, onde uma equipe de dezesseis estava saltando. E sua filha estava junto.

Embora ele pudesse visualizar mentalmente a área, consultou o mapa na parede. Pinheiros ponderosa e de tronco reto, refletiu, abetos de Douglas. Talvez pudessem usar o Lee Creek como fonte de água ou, dependendo da situação, um dos pequenos e bonitos riachos.

Ele estudou o mapa, considerou os locais de salto e o trabalho complicado de saltar naquelas florestas densas e imperturbáveis.

Ela ficaria bem, ele se assegurou. Ele preencheria uns documentos, depois compraria algo para o jantar. E então se acomodaria para esperar.

Ficou olhando para a tela do computador por cinco minutos inteiros antes de aceitar a derrota. Havia coisa demais em sua mente, ele admitiu.

Considerou ir até a base, usar a academia, talvez filar uma refeição com a Marg. Mas ia parecer exatamente o que era: ficar rondando.

Foi bom comer em um restaurante na outra noite, ele lembrou. Beber um pouco de vinho, conversar durante uma refeição quente. Ele tinha se acostumado demais com o estilo "comprar e levar" quando Rowan não estava por perto. Não que nenhum dos dois fosse excelente cozinheiro, mas conseguiam se virar.

Sozinho, ele costumava ir à pequena cafeteria anexa à sua loja de presentes, se lembrasse antes de tudo fechar. Ou fazia um sanduíche, a menos que fosse até a base. Ele podia esquentar uma refeição pronta no micro-ondas, sempre tinha várias em casa. Mas nunca tinha se acostumado a se sentar para comer sem a companhia dos colegas.

Houve momentos, ele sabia, durante seus saltos, em que se sentiu intensamente solitário. No entanto, ele passou a entender que não compreendia completamente a solidão até que as noites se estendessem à sua frente em uma casa vazia.

Pegou o telefone. Se pensasse demais, não seguiria adiante. Então ligou para Ella antes de ter uma ideia clara do que dizer ou como dizer.

— Alô?

A voz dela soava tão alegre, tão leve. Ele quase entrou em pânico.

Homem de Ferro uma ova, pensou.

— Ah, Ella, é o Lucas.

— Olá, Lucas.

— Sim, olá.

— Como você está? — perguntou ela após dez segundos de silêncio.

— Bem. Estou bem. Foi muito divertido na outra noite. — *Pelo amor de Deus, Lucas.*

— Eu também achei. Foi um prazer ficar me lembrando, e de você também, desde então.

— Foi?

— Foi. Agora que você ligou, estou esperando que me convide pra sair de novo.

Ele sentiu o prazer subir dos dedos dos pés até se transformar em um grande e estúpido sorriso. Isso não era tão difícil.

— Eu gostaria de jantar com você de novo.

— Eu também gostaria. Quando?

— Na verdade, eu... hoje à noite? Sei que está em cima da hora, mas...

— Vamos chamar de espontâneo. Eu gosto de espontaneidade.

— Isso é bom. Isso é ótimo. Eu poderia te buscar às sete.

— Você poderia. Ou podemos ambos ser espontâneos. Vem jantar aqui, Lucas, tô com vontade de cozinhar. Você gosta de macarrão?

— Claro, mas não quero te dar trabalho.

— Nada sofisticado. Parece que será uma noite bonita; podemos comer no deque. Tenho trabalhado no meu jardim, e você me daria a chance de mostrá-lo.

— Parece bom. — Uma refeição caseira, uma noite no deque ao lado de um jardim... Dois jantares em três dias com uma mulher bonita? Isso parecia absolutamente incrível.

— Você precisa de instruções pra chegar aqui?

— Eu te encontro.

— Então nos vemos por volta das sete. Tchau, Lucas.

— Tchau.

Ele tinha um encontro, pensou, um pouco atordoado. Um encontro oficial.

Deus, esperava não estragar tudo.

ELE PENSOU em Rowan enquanto dirigia para casa a fim de se trocar antes do jantar. Ela estaria no meio da ação agora, na fumaça e no calor, agindo, tomando decisões. Cada célula de seu corpo e mente focada em combater o fogo e se manter viva.

Pensou nela quando entrou em casa, a apenas alguns minutos da base. Um lugar de bom tamanho, ele refletiu. Mas quando Rowan estava em casa, ela precisava do próprio espaço, e os pais dele voltavam para casa várias vezes por ano e precisavam do espaço deles.

Ainda assim, durante as longas ausências deles, o vazio parecia crescer.

Ele mantinha tudo arrumado. Todos aqueles anos precisando pegar o que fosse, no exato instante em que precisasse, se refletiam em sua vida pessoal. E ele mantinha as coisas simples.

Sua mãe gostava de enfeitar a casa, de ter coisas espalhadas por toda parte, as quais ele embalava sempre que ela não estava por ali e guardava até ela voltar.

Menos para limpar.

Ele fazia o mesmo com as almofadas coloridas que ela gostava de espalhar no sofá, nas poltronas. Isso o poupava de jogá-las no chão toda vez que queria se esticar.

No quarto, uma colcha marrom cobria sua cama, uma poltrona reta e bege ficava no canto. Persianas de madeira escura cobriam as janelas. Até mesmo Rowan ficava desesperada com a falta de cor e estilo, mas ele achava fácil manter tudo limpo.

As camisas pendiam ordenadamente no armário, separadas das calças por um conjunto de prateleiras abertas que ele mesmo havia construído para os sapatos.

Nada sofisticado, Ella havia dito, mas o que isso significava? Exatamente?

Quando o pânico tentou subir à sua garganta, ele pegou suas peças básicas. Calça cáqui e uma camisa azul. Depois de se vestir, verificou mais uma vez o relatório de incêndio.

Nada a fazer além de esperar, ele pensou e, por algumas horas, dessa vez, ele não esperaria sozinho.

Como Ella mencionou o jardim, ele parou no caminho e comprou flores. Flores nunca são má ideia, disso ele sabia.

Inseriu o endereço dela no GPS da caminhonete como backup. Ele conhecia a área, a rua.

Lucas se perguntou sobre o que conversariam. Ele se perguntou se deveria ter comprado vinho. Não pensou em vinho. *Será que vinho e flores seriam exagero?*

Era tarde demais para comprar vinho, de qualquer forma. Além do mais, como ele saberia qual escolher?

Entrou na rua, estacionou em frente à garagem de uma casa bonita de vários níveis, em um ousado estuque laranja que ele achou que combinava com ela. Muitas janelas para apreciar as montanhas, flores no jardim, com mais em uma explosão de cores e formas brotando e se espalhando em grandes vasos nativos nas pedras da entrada coberta.

Então ele se perguntou se as rosas amarelas que comprou eram exagero.

— Flores nunca são má ideia — murmurou para si mesmo ao sair da caminhonete com as pernas um pouco trêmulas.

Deveria ter comprado um hambúrguer com batatas fritas na cafeteria, se escondido no escritório. Ele não sabia fazer aquilo. Era *velho* demais para estar fazendo algo do tipo. Mulheres nunca fizeram sentido para ele, então, como ele faria sentido para uma mulher?

Sentia-se desajeitado e sem palavras, mas como recuar não era uma opção, tocou a campainha.

Ela atendeu, com o cabelo preso para trás e para cima, o rosto caloroso e acolhedor.

— Você me encontrou. Ah, que lindas elas são! — Ela pegou as rosas e, como uma mulher faria, enterrou o rosto nos botões. — Obrigada.

— Elas me lembraram da sua voz.

— Minha voz?

— Elas são bonitas e alegres.

— Isso é uma coisa adorável de se dizer. Entre — disse ela, e, segurando a mão dele, o puxou para dentro.

A casa era cheia de cores, e com *coisas* que a mãe dele aprovaria. Clara e ousada, suave e texturizada, uma mistura de padrões se destacava pela área de estar, onde velas lotavam uma lareira de pedras naturais.

— É uma ótima casa.

— Eu a adoro. — Ela examinou a área de estar com ele com uma expressão de satisfação tranquila. — É a primeira que comprei, mobiliei e decorei por conta própria. Provavelmente é grande demais, mas as crianças vêm aqui direto, então gosto de ter bastante espaço. Vamos lá pra trás, assim eu posso colocar essas flores na água.

Era grande, ele notou, e todo o espaço era aberto, de modo que um ambiente meio que se conectava casualmente ao outro. Ele não sabia muito — ou nada, na verdade — sobre decoração, mas a casa refletia exatamente o que aparentava: claridade, felicidade, relaxamento.

Então a cozinha fez seus olhos se arregalarem. Ela fluía para uma área de jantar de um lado e para um grande espaço de convivência — outro sofá, poltronas, uma grande TV de tela plana — do outro. Mas o coração da casa era como uma imagem de revista, com balcões de granito, uma ilha central, eletrodomésticos de aço escovado, armários de madeira escura, muitos deles com portas de vidro para exibir copos e louças. Alguns eletrodomésticos pequenos e complicados, também em aço, estavam nos balcões.

— Essa é uma cozinha de respeito.

— Isso e a vista me fizeram comprar a casa. Eu quis comprar no minuto em que a vi. — Ela escolheu uma garrafa de vinho tinto de um suporte de vidro, colocou-a no balcão junto com um saca-rolhas. — Por que você não abre isso enquanto eu pego um vaso?

Ela abriu uma porta, examinou as prateleiras e escolheu um vaso comprido de cobalto. Ele abriu o vinho enquanto ela aparava as hastes das flores sob a água corrente na pia da ilha central.

— Estou feliz que você ligou. Esta é uma maneira muito mais agradável de passar a noite do que trabalhar no meu doutorado.

— Você tá fazendo doutorado?

— Quase lá. — Ela levantou uma mão, dedos cruzados. — Deixei pra depois por tempo demais, então tô compensando o tempo perdido. Taças de vinho tinto — indicou ela — na segunda prateleira do armário à direita da pia. Hum, adoro como essas rosas ficam contra o azul. Como foi o trabalho hoje?

— Bem. Tivemos um grupo grande vindo do Canadá, outro do Arizona, junto com alguns estudantes. Dia cheio. Ontem foi ainda mais. Mal tive tempo de passar na base para verificar depois que tiveram problemas.

— Problemas? — Ela olhou para cima, interrompendo o arranjo.

— Acho que você não ficou sabendo. Alguém entrou na sala de prontidão ontem, ou durante a noite, e destruiu o lugar.

— Quem faria uma coisa tão estúpida?

— Bem, as probabilidades são de que tenha sido a Dolly Brakeman. Ela é uma garota local que teve um… um relacionamento com o paraquedista que morreu no verão passado. Ela teve a bebê dele na primavera.

— Ai, meu Deus, eu conheço a mãe dela. Somos amigas. Irene trabalha na escola. Ela é uma das nossas cozinheiras.

Ele sabia disso, Lucas percebeu, sabia que Irene trabalhava na cozinha da escola.

— Olha, sinto muito. Eu não deveria ter falado nada sobre a Dolly.

— A Irene é uma coisa, a Dolly é outra... e acredite, eu sei disso muito bem. — Ella fincou uma haste aparada no vaso. — Essa garota fez a Irene passar por um inferno. De qualquer forma, sobre o que aconteceu com o pai da bebê da Dolly... foi muito trágico, mas por que ela vandalizaria a base?

— Você sabe que a Dolly era cozinheira lá, e eles recontrataram ela?

— Eu sabia que ela havia trabalhado lá. Não falo com a Irene desde que passei pra entregar um presente pra bebê. Eu sabia que ela e o Leo foram até... Bozeman, acho que foi... pra trazer a filha e a netinha de volta pra casa, então eu estava dando um tempo, pra eles se ajustarem. Eu não sabia que a Dolly tinha voltado a trabalhar na base.

— Eles deram uma chance pra ela. Sabe? Ela sumiu depois do acidente do Jim. Antes disso, ela caiu matando em cima da Rowan.

— Sua filha? A Irene nunca mencionou... Bem, tem muita coisa que ela não conta sobre a Dolly. Por quê?

— A Ro era parceira de salto do Jim naquele dia. Não faz sentido, mas foi assim que a Dolly reagiu. E ela estava de volta à base fazia poucos dias quando a Ro a encontrou espirrando sangue de porco por todo o quarto dela.

— Pelo amor de Deus.

Quando ela colocou as mãos nos quadris, Lucas pensou que aquela devia ser sua postura de diretora rigorosa.

Ele gostou daquilo.

— Não ouvi nada sobre isso. — Os olhos verdes dela brilharam ao servir o vinho. — Vou ter que ligar pra Irene amanhã, ver se ela precisa de... alguma coisa. Sei que a Dolly é problemática, pra dizer o mínimo, mas a Irene realmente acreditava que por causa da bebê, ou se levasse a filha à igreja e a trouxesse de volta pra casa, ela ficaria mais calma. Obviamente, não.

Cheia de empatia agora, e um toque de preocupação, os olhos dela encontraram os dele.

— Como a sua filha tá lidando com isso?

— A Ro? Ela lida bem com o assunto. Eles têm trabalhado nos reparos e na produção desde então, e devem ter feito o suficiente pra atender algumas chamadas. Um salto de quatro paraquedistas ontem, basicamente um entra e sai.

— Isso é bom. Talvez eles tenham tempo pra respirar.

— Pouca chance disso. A sirene tocou por volta das quatro e meia hoje.

— A Rowan tá em um incêndio? Agora? Eu não ouvi falar nada disso também. Não liguei a TV o dia todo. Lucas, você deve estar preocupado.

— Não mais do que o normal. Faz parte do trabalho.

— Agora tô ainda mais feliz que você ligou.

— E te deixei chateada e preocupada com a Irene.

— Fico feliz por saber o que está acontecendo com ela. Não posso ajudar se não souber. — Ela estendeu a mão, pousou-a sobre a dele. — Por que você não pega seu vinho e a garrafa e vai para o deque? Já vou sair.

Ele saiu pelas amplas portas de vidro até o deque que oferecia vistas das montanhas, do céu infinito — e do jardim, que o impressionou — de novo — como algo saído de uma revista.

Uma área quadrada coberta por aquela cobertura colorida e macia que ele já tinha visto em playgrounds abrigava uma área de brincadeiras para os netos. Balanços, escadas, barras, gangorras, até uma casinha de brinquedo com uma mesinha e cadeiras em miniatura com um guarda-sol.

Ele achou tão alegre quanto a casa — e aquilo lhe disse que ela havia criado um lar ali não apenas para si mesma, mas para a família aproveitar.

E, ainda assim, as flores dela roubavam a cena.

Ele reconheceu as rosas — sabia disso, pelo menos —, mas o resto, aos seus olhos, criava rios e lagos de cores e formas dignas de um conto de fadas, todos ligados por estreitos caminhos de pedra. Pequenos recantos ofereciam espaço para bancos, uma pérgola coberta com uma trepadeira, uma pequena fonte de cobre borbulhante.

Enquanto observava, um tordo-do-oeste voou até a ampla tigela de um alimentador de pássaros para se servir de um jantar.

Lucas se virou quando ela saiu com uma bandeja.

— Ella, isso aqui é incrível. Nunca vi nada parecido, só em filmes.

Covinhas apareceram nas bochechas dela, coradas de prazer.

— Meu orgulho e alegria, e talvez só um pouquinho de obsessão. Os antigos donos da casa eram jardineiros entusiastas, então eu tive uma base maravilhosa. Com algumas mudanças, alguns acréscimos e muito trabalho, fiz dela a minha casa.

Ela colocou a bandeja em uma mesa entre duas cadeiras pintadas em azul vibrante.

— Pensei que você disse que não ia ter frescura. — Ele olhou para os aperitivos sofisticados dispostos na bandeja.

— Vou ter que confessar meu vício secreto. Eu adoro uma frescura. — Ela pegou sua taça de vinho. — Espero que você não se importe.

— Minha mãe não criou um bronco.

Ela se sentou, virando-se para ele enquanto os sinos de vento captavam a melodia da brisa de verão. O tordo-do-oeste cantarolava feliz com o jantar.

— Adoro sentar aqui fora, ainda mais nessa hora do dia, ou bem cedo pela manhã.

— Seus netos devem adorar brincar aqui fora.

Eles beberam vinho, comeram seus aperitivos sofisticados, falaram sobre os netos dela, o que o fez contar histórias da infância de Rowan.

Ele se perguntou por que teve aqueles momentos de pânico. Estar com ela era tão confortável, depois que ele ultrapassou o nervosismo inicial. E toda vez que ela sorria, algo se agitava dentro dele. Após um tempo, quase não parecia estranho se encontrar desfrutando de uma noite de verão agradável, bebendo um vinho suave, admirando a vista enquanto conversava tranquilamente com uma mulher bonita.

Isso *quase* bloqueava as lembranças de como ele passara tantas outras noites de verão. Como sua filha estava passando as dela agora.

— Você tá pensando nela. Na sua Ro.

— Acho que sempre fica no fundo da minha mente. Ela é boa, e está com uma equipe competente. Eles vão fazer o trabalho.

— O que ela estaria fazendo agora?

— Ah, depende. — *Tantas coisas*, ele pensou, *e todas elas difíceis, perigosas, necessárias.* — Ela pode estar numa linha de corta-fogo. Eles traçam uma posição, consideram como o fogo está reagindo, o vento e assim por diante, e derrubam árvores, cortam a vegetação.

— Porque é tudo combustível.

— É. Eles têm algumas fontes de água, então ela pode estar operando a mangueira. Eu sei que lançaram lama sobre ela mais cedo.

— Por que jogariam lama na Rowan?

Ele deu um sorriso longo e deliciado.

— Desculpe. Eu quis dizer no fogo. Lama é como chamamos o retardante que o avião-tanque despeja. Acredite, nenhum paraquedista gostaria de ficar debaixo disso.

— E você chama o fogo de "ela" porque os homens sempre se referem a coisas perigosas ou irritantes com as quais têm que lidar como femininas.

— Ah...

— Tô brincando com você. Mais ou menos. Venha pra dentro enquanto começo o jantar. Você pode me fazer companhia e me contar sobre lama.

— Você não quer ouvir sobre lama.

— Você está errado — disse ela, recolhendo a bandeja, as taças, o vinho. — Estou interessada.

— É uma gosma rosa espessa, e queima se tocar na pele.

— Por que rosa? É meio feminino.

Lucas sorriu enquanto ela pegava uma frigideira.

— Eles adicionam óxido de ferro para torná-la vermelha, mas parece uma chuva rosa quando está caindo. A cor marca a área de lançamento.

Ela salpicou óleo na frigideira de um recipiente com bico, picou alho, alguns tomates ovais e carnudos, tudo enquanto fazia perguntas e comentários.

Ella certamente parecia interessada, Lucas pensou, mas ele estava tendo dificuldade em se concentrar. O jeito como ela se mexia, o jeito como suas mãos se moviam quando cortavam e picavam, o jeito como ela sorria e cheirava, o som do seu nome saindo dos lábios dela.

Os lábios dela.

Ele não tinha a intenção de fazer aquilo. Era o que acontecia quando agia antes de pensar. Mas ele estava um pouco no caminho dela quando ela se virou da ilha central, e seus corpos se esbarraram e roçaram. Ela levantou o rosto, sorriu, talvez tenha começado a falar, mas então...

Uma pergunta nos olhos dela, ou um convite? Ele não sabia, não pensou. Apenas agiu. Suas mãos deslizaram para os ombros dela, e ele encostou seus lábios nos dela.

Tão suaves. Tão doces. Cedendo sob os dele, enquanto as mãos dela subiam pelas costas dele, se entrelaçando ali para mantê-los juntos. Ela se ergueu nas pontas dos pés, e a sensação do corpo dela subindo pelo dele fez o calor fervilhar sob a suavidade.

Ele queria se enterrar nela como se fosse um cobertor no fim de uma fria noite de inverno.

Ele afastou os lábios de Ella, descansou a testa na dela.

— É seu sorriso — murmurou ele. — Fica difícil pensar direito.

Ela emoldurou o rosto dele, levantou a cabeça até poder olhar nos olhos dele. *Que homem adorável,* ela pensou. *Que homem adorável e meigo.*

— Acho que o jantar pode esperar. — Ela se afastou, desligou o fogo sob o óleo e depois se inclinou para olhar para ele novamente. — Você quer subir comigo, Lucas?

— Eu...

— Nós não somos crianças. Temos mais anos atrás da gente do que à frente. Quando temos uma chance de algo bom, temos que aproveitá-la. Então... — Ela estendeu a mão. — Vem comigo.

Ele segurou a mão dela e soltou um suspiro trêmulo ao ser conduzido pela casa.

— Você não tá só com pena de mim, né?

— Por que eu estaria?

— Porque é tão óbvio que eu quero... isso.

— Lucas, se você não quisesse, eu teria pena de mim. — O humor cintilou no rosto dela. — Eu fiquei me perguntando desde que você ligou se iríamos pra cama hoje à noite, e depois tive que fazer trinta minutos de ioga pra ficar menos nervosa.

— Nervosa? Você?

— Não sou criança. — Ela o lembrou enquanto o puxava para o quarto, onde a luz através das janelas iluminava o ambiente docemente. — Homens da sua idade costumam olhar para mulheres de trinta e poucos anos, não de cinquenta e poucos. Isso são vinte anos de gravidade contra mim.

— O que eu iria querer com alguém jovem o suficiente pra ser minha filha?

Quando ela riu disso, ele sorriu.

— Droga. Isso só faria eu me sentir velho. Já tô preocupado em estragar tudo. Estou fora de prática, Ella.

— Também estou meio enferrujada. Acho que veremos se nos afinamos à medida que avançarmos. Você pode começar me beijando de novo. Parece que essa parte a gente acertou.

Ele a alcançou, e dessa vez os braços dela o enlaçaram pelo pescoço. Ele a sentiu subir nas pontas dos pés novamente quando seus lábios se encontraram, quando se separaram para o deslizamento lento e sedutor das línguas.

Lucas se permitiu parar de pensar, parar de se preocupar com "e se". Apenas agir. Suas mãos deslizaram pelas costas dela, sobre os quadris, subiram pelas costelas, depois subiram outra vez para soltar os grampos do cabelo dela.

Cabelo caiu sobre suas mãos, deslizou por entre os dedos enquanto ela inclinava a cabeça para trás para que os lábios dele encontrassem o contorno daquele pescoço delicado.

O nervosismo desapareceu em uma mistura indescritível de conforto e excitação. Ela estremeceu quando ele recuou para desabotoar a camisa dela. Ele também, quando ela fez o mesmo com ele.

Ella tirou as sandálias; ele tirou os sapatos.

— Até agora...

— Tudo bem — completou ele, e a beijou mais uma vez.

E, ah, sim, ela pensou, *ele definitivamente sabe como fazer isso.*

Ela abriu a camisa dele, espalmou as mãos sobre o peito largo, duro e em forma por causa de uma vida inteira de treinamento, marcado por uma vida inteira de dever. Encostou os lábios ali ao mesmo tempo que ele tirava a camisa dela, que se juntou à dele no chão. Quando ele segurou seus seios nas mãos, ela esqueceu a gravidade. Como poderia se preocupar quando ele a olhava como se ela fosse linda? Quando a beijava com tanta calma, com total intensidade?

Ela desafivelou o cinto dele, emocionada por tocar e ser tocada, por se lembrar de todas as sensações que um corpo sente quando deseja e é desejado. A calça que ela levou vinte minutos para escolher depois que ele ligou deslizou para o chão. E seu coração simplesmente disparou quando ele a carregou nos braços.

— Lucas. — Dominada pela emoção, ela recostou a cabeça no ombro dele. — Minha vida inteira eu quis que alguém fizesse isso. Que simplesmente me pegasse nos braços. Você é o primeiro que fez.

Ele encarou os olhos deslumbrados dela e se sentiu como um rei ao levá-la para a cama.

À meia-luz, eles se tocaram e saborearam. Lembraram e descobriram. Curvas arredondadas, ângulos duros, com todos os pontos de prazer para serem apreciados.

Quando ele a preencheu, ela sussurrou o nome dele — como uma música suave. Movendo-se dentro dela, cada longa e lenta estocada tocava seu coração, como um martelo na bigorna. Ela o acompanhava, o igualava, os dedos cravando-se nos quadris dele para instigá-lo a continuar.

O rei se tornou um garanhão, empinando sobre sua companheira.

Quando ela gritou, contraindo-se ao redor dele em um clímax, o sangue dele pulsava em triunfo. E, deixando-se levar, ele cavalgou esse triunfo até o limite.

— Meu Deus... — disse ela após os vários minutos em que ambos continuaram deitados em silêncio, atônitos e saciados. — Existem todos esses clichês, tipo "é como andar de bicicleta", ou "só melhora com a idade, como vinho e queijo". Mas deve ser o suficiente só dizer: uau.

Ele a puxou para o lado, e ela obedientemente se enroscou ali, com a cabeça no ombro dele.

— Uau já diz tudo. Tudo sobre você é uau para mim.

— Lucas. — Ela virou o rosto e o aninhou contra o pescoço dele. — Eu juro, você faz meu coração disparar. Ninguém nunca me disse esse tipo de coisa.

— Então tem muito homem burro por aí. — Ele enrolou o cabelo dela ao redor do dedo, encantado por poder fazer isso. — Eu escreveria um poema para o seu cabelo, se soubesse.

Ela riu e teve que piscar para afastar as lágrimas.

— Você é o homem mais doce que já conheci. — Ela se inclinou para beijá-lo. — Vou fazer o melhor macarrão que você já comeu.

— Você não precisa se dar a esse trabalho todo. A gente pode só fazer uns sanduíches ou algo assim.

— Macarrão — disse ela — com tomates frescos e manjericão do meu jardim. Você vai precisar de energia, para mais tarde.

Aqueles olhos brilharam, e ele deu um tapinha na bunda nua dela.

— Nesse caso, é melhor a gente descer e começar a cozinhar.

13

⌘ ⌘ ⌘

ENQUANTO SEU pai dormia o sono dos justos, exausto na cama de Ella, Rowan entrava na sua oitava hora de batalha. Eles haviam cercado o fogo e quase o controlado, quando uma cadeia de focos de incêndio surgiu além da linha, provocados por uma chuva de brasas. Em um piscar de olhos, a equipe se viu presa entre o incêndio principal e os novos focos que se espalhavam.

Como uma chuva de granizo vinda do inferno, brasas atravessavam a névoa, açoitando os capacetes, queimando a pele exposta. Com um rugido ensurdecedor, um pinheiro ponderosa pegou fogo, lançando chamas através de nuvens de fumaça que faziam os olhos arderem. Catapultadas pelo vento criado pelo próprio fogo, brasas incandescentes voaram sobre a linha em desintegração, transformando uma quase vitória em uma nova e desesperada batalha.

Sob as ordens gritadas, Rowan se separou com metade da equipe, correndo com o equipamento em direção ao novo incêndio ativo.

— A rota de fuga é de volta pela crista! — bradou ela, sabendo que seriam encurralados se o flanco em mudança alimentasse a cabeça do fogo. — Se tivermos que sair, larguem o equipamento e corram como o diabo.

— Vamos pegar ela. Vamos matar essa desgraçada! — gritou Cards, o rosto tomado pela febre do dragão.

Eles apagavam os focos enquanto avançavam, batendo, cavando, serrando.

— Tem um riacho a uns cinquenta metros — disse Gull, correndo ao lado dela.

— Eu sei. — Mas ficou surpresa por ele saber. — Vamos acionar a bomba, ligar as mangueiras e fazer uma linha úmida. Vamos afogar a fera.

— Quase pegamos ela agora há pouco.

— Gibbons e os outros vão derrubar a cabeça. — Ela olhou para ele, seu rosto brilhando com o reflexo do fogo enquanto gritos roucos e risadas selvagens se misturavam ao rugido animalesco das chamas.

Ela sabia que a febre do dragão podia se espalhar como um vírus — para o bem ou para o mal. E agora ela pulsava em seu próprio sangue, porque o tudo-ou-nada estava chegando.

— Se eles não conseguirem, Ligeirinho, pega o que puder de equipamento, carregue o máximo que der. Do jeito que você corre, deve conseguir vencer o dragão na corrida.

— Entendido.

Eles trabalharam em uma velocidade demoníaca, largando o equipamento para montar a bomba, ligar a mangueira, enquanto outros cortavam uma linha de corta-fogo rapidamente.

— Manda ver! — gritou Rowan, firmando os pés e preparando o corpo ao segurar a mangueira. Quando ela encheu e disparou seu poderoso jato, Rowan soltou um grito enlouquecido.

Seus braços, já exaustos pelo esforço de horas de trabalho físico pesado, vibravam. Mas seus lábios se abriram em um sorriso feroz.

— Toma essa!

Ela olhou para Gull e riu como uma louca.

— Só mais uma noite preguiçosa e abafada de verão. Olha! — Ela acenou com o queixo. — Ela tá caindo. A cabeça tá morrendo. Que visão linda.

UMA HORA antes do amanhecer, o incêndio se rendeu. Em vez de fazer as malas, a equipe exausta acampou perto do riacho, com as cabeças apoiadas nas mochilas para tirar algumas horas de cochilo antes do rescaldo. Rowan não reclamou quando Gull se acomodou ao lado dela, ainda mais quando ele ofereceu um gole de cerveja.

— Onde você conseguiu isso?

— Tenho meus meios.

Ela tomou um longo gole, depois se deitou de costas para contemplar as estrelas romperem a fumaça que diminuía.

Isso, ela pensou, era o melhor — o momento atemporal entre a noite e o dia —, a quietude da floresta, da montanha e do céu. Ninguém que não tivesse lutado na guerra poderia sentir uma satisfação tão intensa em vencê-la.

— Um trabalho noturno bem-feito sempre deve ser seguido de cerveja à luz das estrelas — decidiu ela.

— Agora quem é o romântico?

— Isso é só porque tô tonta com a fumaça, igual a uma abelha.

— Eu namorei uma apicultora uma vez.

— Sério?

— Katherine Anne Westfield. — Ele suspirou ao lembrar. — Morena de pernas compridas com olhos como chocolate derretido. Eu estava tão apaixonado que ajudei com as colmeias por um tempo. Mas não deu certo.

— Você foi picado.

— Rá-rá. A questão é que ela insistia em ser chamada de Katherine Anne. Não Katherine, nem Kathy ou Kate ou Kat, nem K.A. Tinha que ser o nome completo. Ficou complicado demais.

— Você terminou com uma mulher porque o nome dela tinha muitas sílabas?

— Pode-se dizer que sim. E devo admitir, as abelhas começaram a me assustar também.

— Eu gosto de ouvi-las. O zumbido dá sono. Cassiopeia tá bem ali — disse ela diante da constelação que surgia. Então seus olhos se fecharam, e ela apagou.

ACORDOU ENROSCADA nele com a cabeça aninhada em seu ombro. Ela não era de se aconchegar, Rowan pensou. Gostava do próprio espaço — e com certeza não se aconchegava durante um acampamento da equipe.

Era muito constrangedor.

Ela começou a se desvencilhar, mas o braço dele a puxou para mais perto, só um pouco.

— Espera só mais um pouquinho.

— Precisamos começar o dia.

— É, é. Cadê meu café, mulher?

— Muito engraçado. — Na verdade, aquilo fez seus lábios se contraírem. — Chega pra lá.

— Você vai notar que eu tava quietinho no meu lugar, e que foi você quem se aproximou e se enroscou em mim. Mas você tá me vendo reclamar?

— Acho que fiquei com frio.

Ele virou a cabeça para beijar o topo da cabeça dela.

— Você parece bem quente pra mim.

— Sabe, Gull, isso não é uma viagem romântica nas montanhas. Temos um dia inteiro de rescaldo pela frente.

— O que estou feliz em adiar por mais alguns minutos enquanto fantasio que estamos prestes a desfrutar de um sexo matinal em nossa viagem romântica nas montanhas. Depois do qual você vai me fazer café e fritar bacon e ovos, vestindo um short cavado e uma daquelas camisetas bem curtinhas. Depois disso, tenho que lutar com o urso que aparece no acampamento. Naturalmente, eu o mato após uma batalha brutal. E depois você cuida dos meus ferimentos, cheia de carinho, e depois *disso*, fazemos mais sexo.

Ela não era de se aconchegar, Rowan pensou, e charme não a afetava. Então por que ela estava se aconchegando, e por que estava encantada?

— Essa é uma senhora fantasia que você tem aí.

— Não saio de casa sem ela.

— Que tipo de urso?

— Tem que ser um urso pardo, senão qual é o sentido?

— E eu suponho que estou usando salto alto com meu shortinho.

— Novamente, qual seria o sentido se fosse de outra forma?

— Bem, todo esse sexo, ter que cozinhar e cuidar dos seus ferimentos me deixou com fome. — Ela se afastou, sentou-se. — Vinte minutos em uma *jacuzzi* quente e borbulhante, seguidos de uma massagem com pedras quentes. Essa é a minha fantasia matinal.

Rowan mexeu na mochila para pegar uma barra de cereais. Devorou-a enquanto observava Gull. Ele havia limpado parte da sujeira do rosto, mas ainda havia bastante, e seu cabelo estava tão bagunçado que parecia que tinha esfregado o chão com ele.

Então ela olhou para longe, para as montanhas, a floresta, brilhando sob o sol amarelo. Quem precisava de fantasias, ela pensou, quando podia acordar aqui?

— Levante-se, novato. — Ela deu um tapinha na perna dele. — Não podemos perder tempo.

Gull ajudou a separar os mantimentos para que pudesse arranjar uma refeição de café da manhã — e, mais importante, o café. Ele se sentou ao lado de Dobie.

— Como foi pra você?

— Filhote, foi o dia mais difícil da minha jovem vida. — Dobie encharcou suas batatas fritas e bacon com tabasco antes de enfiá-los na boca como se estivessem prestes a ser proibidos. — E talvez o melhor. Você acha que sabe — acrescentou, agitando o bacon —, mas não sabe. Não tem como saber até fazer.

— Ela te deu uns beijos.

Dobie levou a mão à nuca para esfregar as queimaduras.

— Sim, ela me deu umas lambidas. Achei que, quando começou a chover fogo, a gente estivesse frito. Só por um minuto. Mas nós vencemos. Você devia ver o Trigger. Um pedaço de madeira voou de um galho seco que ele tava derrubando. Acertou ele bem aqui. — Dobie apontou com o dedo para o lado do pescoço. — Quando ele arrancou, o buraco que ficou parecia que ele tinha sido esfaqueado com um canivete.

— Não fiquei sabendo disso.

— Aconteceu depois que a sua equipe correu pro ponto mais alto na colina. Sangue por toda parte. Daí ele colocou um pouco de algodão, prendeu com fita adesiva e foi pro próximo galho. Aquilo me fez pensar: se eu for cozido, serei cozido com os melhores.

— E agora podemos sentar aqui e tomar café da manhã com essa vista.

— Não dá pra melhorar — disse Dobie, pegando outra embalagem de comida. — O que você vai fazer quanto aquela mulher?

Ele não precisou perguntar que mulher, e olhou na direção de Rowan.

— Tudo o que eu puder.

— Melhor acelerar o passo, filhote. — Dobie balançou sua sempre presente garrafinha de pimenta picante. — O verão não dura pra sempre.

GULL PENSOU naquilo enquanto trabalhava com afinco por boa parte do dia. Ele havia se aproximado dela como faria se tivessem se conhecido fora deste ambiente — onde o tempo era abundante, assim como as oportunidades de sair para jantar, ir ao cinema, fazer uma longa viagem ou passar um dia na praia. Este mundo e o outro não pareciam ter tanta coisa em comum.

Talvez fosse hora de lidar com ela como fazia com o trabalho. Nada de errado com piqueniques com champanhe, mas havia momentos em que a situação exigia uma abordagem menos… elegante.

Quando enfim arrumaram tudo, Gull decidiu que tudo o que queria no mundo era se sentir limpo e desfrutar de um colchão de verdade sob ele por oito horas seguidas.

Não era de se admirar, decidiu ao se sentar no avião, que as mulheres, apesar de todo o seu apelo, ocupavam uma posição bem baixa em sua lista de prioridades durante as temporadas.

Ele desligou a mente e pegou no sono antes que o avião decolasse.

Com o resto da equipe, ele desceu da aeronave, cuidou do equipamento e pendurou o paraquedas. Observou Rowan digitando no celular ao seguir para o alojamento. Ele entrou logo depois, com a intenção de ir direto para o quarto, tirar a camisa e a calça de combate, livrar os pés das malditas botas que estavam pesando como chumbo. Tudo nele pulsava de fadiga e de tensão, e de uma irritação que vinha de ambos.

Se ele estava com fome, não era por uma mulher, ou por Rowan Tripp em particular. Se ele estava cansado, era porque passava tempo demais pensando nela no meio da noite. Então ele ia parar. Ele simplesmente ia parar de pensar nela.

Quando ela entrou no próprio quarto, ele foi logo atrás.

— O que você…

Ele fechou a porta — e a boca dela — ao empurrá-la contra a porta. O beijo queimava com raiva, ardia com a frustração que havia conseguido ignorar nas últimas semanas. Agora ele deixou ambos fluírem. Foda-se.

Ele recuou um centímetro, o olhar fixo no dela.

— Tô cansado. Tô puto. Não sei exatamente por quê, mas não dou a mínima.

— Então por que você não…

— Cala a boca. Tenho algo pra falar. — Ele esmagou os lábios contra os dela de novo, prendendo os punhos dela com as mãos. — Isso já tá uma idiotice. Eu sou um idiota, ou talvez você seja uma idiota. Não me importo.

— Com o que diabos você se importa? — ela exigiu saber.

— Aparentemente, com você. Talvez porque você é bonita pra caralho, e tem um corpo espetacular, e consegue ser inteligente e destemida ao mesmo tempo. Talvez só porque tô com tesão. Pode ser isso. Mas algo clicou aqui; nós dois sabemos disso.

Como ela ainda não tinha mandado ele para o inferno, ou acertado um chute em sua virilha — ainda —, ele calculou que tinha uma pequena oportunidade para apresentar seu argumento.

— Então é hora de parar de brincar, Rowan. É hora de jogar essa regra idiota pela janela. Seja lá o que temos aqui, precisamos encarar. Se for apenas um lance, tudo bem, vamos resolver e seguir em frente. Sem prejuízo, sem estresse. Mas não vou mais perder tempo só apagando os pequenos incêndios. Você tá dentro ou tá fora. Agora, como quer resolver isso?

Rowan não esperava raiva e força dele, o que, considerando que o tinha visto enfrentar três homens com uma ferocidade que ela admirava, era um erro dela. Não esperava que algo pudesse agitar seus ânimos depois de um salto de trinta e seis horas, mas ali estava ele, olhando para ela como se não soubesse se queria beijá-la ou estrangulá-la, e seus ânimos não estavam só agitados, mas fervilhavam.

— Como eu quero resolver?

— Isso mesmo.

— Vamos afogar isso. — Ela agarrou o cabelo dele com as mãos, puxou sua boca de volta para a dela. Em seguida, inverteu suas posições, empurrando-o contra a porta. — No chuveiro, novato. — Ela desabotoou rapidamente a camisa dele.

— Engraçado, isso tava no topo da minha lista antes de eu ficar puto. — Ele tirou a camisa dela e a empurrou para o banheiro. — Depois, tudo o que consegui pensar foi em colocar as mãos em você. — Ele desabotoou a calça dela.

— Botas — ela conseguiu dizer enquanto se apalpavam. Ela se sentou sobre o tampo do vaso, os dedos desatando os cadarços. Ele se abaixou no chão para fazer o mesmo.

— Isso não deveria ser sexy. Talvez eu só esteja com tesão mesmo.

— Anda logo! — Rindo, ela tirou a calça e se levantou para tirar a regata e o sutiã.

— Aleluia... — murmurou Gull.

— Tira a roupa! — ordenou ela, tirando a calcinha, e então abrindo o chuveiro.

Loucura, ela pensou. Uma coisa louca de se fazer, mas ela se sentia louca. Outro tipo de febre do dragão, decidiu, e o puxou para debaixo do jato d'água.

— Estamos sujos demais — disse ela, entrelaçando os braços ao redor do pescoço de Gull, pressionando o corpo contra o dele.

— E prestes a ficarmos mais sujos ainda. Vamos aumentar o calor. — Alcançando o registro atrás dela, ele aumentou um pouco a temperatura da água, depois se deu o prazer de beijar aqueles lábios ansiosos e dispostos.

Bom, tão bom, ela pensou, sentindo a água na pele, as mãos dele espalhando o molhado e o quente por todo o seu corpo. Por que negar o que ela já sabia desde a primeira vez em que trocaram olhares? Eles sempre souberam que acabariam aqui. Ela deslizou as mãos pelas costas dele, sobre os músculos duros e definidos, instintivamente massageando os nós tensos que se formaram por conta das horas de esforço brutal.

Ele gemia conforme ela massageava os ombros dele.

Gull mordeu o pescoço dela, também massageou a coluna de Rowan, depois subiu até encontrar pontos de dor e prazer na base da nuca delgada.

— Deixa que eu cuido disso.

Ela despejou xampu nas mãos, esfregou-as de leve, observando-o, depois deslizou os dedos pelo cabelo dele. Enquanto ela esfregava e massageava, ele encheu as mãos com o sabão líquido dela. O chuveiro se encheu com o aroma de pêssegos maduros, e ele fez círculos, círculos lentos, sobre os seios dela, sobre a barriga dela.

A espuma perfumada escorria, borbulhando entre seus corpos à medida que ele deslizava a mão para baixo, os dedos provocando, só provocando, quando ele a tocou.

Rowan tombou a cabeça para trás, e um som baixo de prazer vibrou em sua garganta. Vendo-a absorver a sensação, deu um pouco, um pouco mais até que os quadris e a respiração dela entrassem no ritmo.

Ainda não, ele pensou, *ainda não*, e a fez gemer quando a virou para encarar a parede molhada.

— Gull, Jesus...

— Preciso lavar as suas costas. Adoro as suas costas. — Na parte inferior, uma tatuagem de um dragão vermelho cuspia uma chama dourada. Ele passou as mãos ensaboadas ali, e as seguiu com os lábios. — Sua pele é como leite.

Ele se deleitou com a curva sutil da nuca, exposta e vulnerável aos seus dentes e língua, e, quando o braço dela se inclinou para trás, puxando para mais perto, ele deslizou as mãos ao redor dela, enchendo-as com aqueles seios.

Tão firmes, tão cheios.

Ele a girou, substituindo as mãos pela boca.

Não era o que ela esperava ou estava preparada para receber. *Nunca o que esperava*, pensou, enquanto seu corpo tremia. O homem irritado que a empurrou contra a porta deveria ter avançado sobre ela. Em vez disso, ele a seduzia. Ela não sabia se conseguiria suportar.

Com o vapor subindo como fumaça, ele desceu com a boca pelo corpo dela, até que cada músculo tremesse, até que a antecipação e a sensação se comprimiram em uma dor pulsante dentro dela.

Então, ele usou a boca até que o orgasmo quente a inundasse.

Quando ela estava fraca, naquele instante trêmulo em que corpo e mente se rendem, ele mergulhou dentro dela.

Sem sedução agora, sem mãos lentas ou boca provocante. Ele segurou os quadris dela e deixou-se levar, e tomar, e possuir. Necessidade fervia dentro dele, incitada pelo som de corpos molhados se chocando, pelo ritmo constante da água, pelo impulso selvagem dos quadris dela ao se entregar ao que eles alimentavam um no outro.

As correntes de controle se romperam; a loucura foi libertada.

Através da névoa de vapor e paixão, ele observou os olhos de Rowan ficarem vidrados. Mesmo assim, ele a guiava, a si mesmo, ganancioso por mais, até que o prazer o atravessou e o esvaziou.

Ela repousou a cabeça no ombro dele até conseguir recuperar o fôlego. Talvez demorasse um pouco, percebeu, pois estava ofegante como uma idosa.

— Preciso de um minuto.

Ela emitiu um som de concordância.

— Se tentarmos nos mexer agora, nós dois vamos acabar caindo e nos afogando... depois de fraturarmos o crânio.

— Tivemos sorte de não ter acontecido isso.

— Provavelmente. Mas morreríamos limpos e satisfeitos. Vou fechar a água. Tá ficando fria.

Ela teria que acreditar na palavra dele. Seu corpo ainda bombeava calor suficiente para derreter um iceberg. Ela conseguiu respirar fundo pela primeira vez quando ele roçou os lábios no cabelo dela. Simplesmente não sabia como reagir à doçura após o ato.

— Conseguiu firmar as pernas? — perguntou ele.

— Firmes como uma rocha. — *Esperava que sim.*

Ele a soltou para pegar toalhas.

— É um sacrifício te dar algo para cobrir esse corpo. — Antes que ela pudesse pegar, ele a envolveu na toalha, depositando um beijo quente e demorado em seus lábios. — Algum problema? — perguntou ele.

— Não. Por quê?

Ele deslizou a ponta do dedo entre as sobrancelhas dela.

— Você tá franzindo a testa.

— Meu rosto tá refletindo o estado de espírito do meu estômago, que está se perguntando por que ainda tá vazio. — O que era verdade. — Tô morrendo de fome. — Ela relaxou de novo, sorriu. — Entre o salto e o bônus do chuveiro, tô acabada.

— Estamos juntos nisso. Vamos comer.

Ela começou a passar por ele em direção ao quarto, então se virou.

— Eu já disse isso antes, mas vale a pena repetir: você manda bem.

— Eu também sou muito bom no trabalho horizontal.

Ela riu ao pegar uma camiseta e uma calça jeans.

— Acho que você vai ter que me provar isso.

— Agora ou depois da comida?

Rowan balançou a cabeça ao se vestir.

— Depois, definitivamente. Tô com vontade de... Você não vai se vestir?

— Não vou colocar essa roupa fedida de novo. Preciso pegar sua toalha emprestada.

Ela pensou no estado das roupas que ambos tiraram.

— Espera um minuto. Vou pegar uma roupa pra você.

— Sério?

— Eu sei onde fica o seu quarto. — Ela saiu, foi até o quarto dele.

Ele mantinha tudo arrumado, pensou ela ao abrir uma gaveta. E por dentro também. Pegou o que achava que ele precisava, deu mais uma olhada rápida. Quando notou a fotografia, se aproximou para observá-la de perto.

Gull, ela notou, com os prováveis tios e primos, todos de braços dados na frente de grandes portas vermelhas.

Um belo grupo, ela pensou, e a linguagem corporal falava de afeição e felicidade. Em frente ao fliperama, que, pelo que ela podia ver, era muito maior do que havia imaginado.

Levou as roupas de volta, colocando tudo nas mãos dele.

— Anda, se veste logo antes que eu comece a roer a minha mão.

— *"Anda logo pra tirar a roupa, anda logo pra se vestir"*. Ordens, ordens. — Ele lhe lançou um olhar exageradamente sedutor. — Mulheres dominantes me deixam com tesão.

— Vou ver se consigo encontrar meu chicote e minha coleira mais tarde.

— Ah, uma nova fantasia pra explorar.

— Não se esqueça de me chamar de "Senhora".

— Só se você prometer ser gentil. A propósito, gostei da tatuagem.

— Amuleto da sorte — disse ela. — Se eu ostentar o dragão, o dragão não me destrói. E a sua? — Ela deu a volta para bater nas letras tatuadas na escápula esquerda dele. — *Teine* — pronunciou Rowan.

— É pronunciado "teen", não "The-ine". Irlandês antigo, significa fogo. Acho que se eu me apropriar do fogo, ele não me controla.

— Ele só nos testa de vez em quando. Como você conseguiu essa? — perguntou ela, apontando para a cicatriz ao longo das costelas dele.

— Briga de bar em Nova Orleans.

— Não, fala sério.

— Bem, tecnicamente foi fora do bar. Fui pro Mardi Gras um ano. Você já foi?

— Não.

— Imperdível. — Seu cabelo, ainda úmido do banho, enrolava-se na gola da camisa que ele vestiu. — Eu estava na faculdade, fui com alguns amigos. Depois da festa, fomos a um bar. Um babaca foi atrás de uma garota. Igual ao babaca que te perturbou, mas esse estava mais bêbado e mais agressivo ainda, e ela não tinha o seu estilo.

— Poucas têm — disse Rowan, com um sorriso.

— Verdade. Então, quando sugeri que ele parasse, ele se opôs. Uma coisa levou à outra. Aparentemente, ele não gostou do fato de eu estar dando uma surra nele com plateia e tudo, então puxou uma faca.

O sorriso dela se transformou em choque.

— Uau, meu Deus do céu, ele te *esfaqueou*?

— Não exatamente. A faca meio que deslizou pelas minhas costelas. — Gull fez um gesto despreocupado acima do local. — Ele não conseguiu me machucar muito, e eu tive o prazer de quebrar o queixo dele. A garota ficou muito grata, então foi uma noite bem aproveitada.

Ele amarrou os cadarços dos tênis.

— Tenho um passado agitado e indisciplinado.

— Você é um enigma.

— Beleza. — Ele estendeu a mão. — Que tal eu te pagar o jantar e umas cervejas geladas?

— Eu diria que, como as refeições tão inclusas no trabalho, isso faz de você um pão-duro, mas que seja.

MAIS TARDE, depois de Gull provar que ele realmente trabalhava bem na horizontal, Rowan lhe deu um empurrão sonolento.

— Vai pro seu quarto.

— Não. — Ele simplesmente se aconchegou mais ainda.

— Gull, nenhum de nós dois é exatamente pequeno, e essa cama não é exatamente feita pra dois. — Além disso, dormir com um cara era diferente de sexo.

— Deu supercerto até agora. Vamos dar um jeito. Além disso, você viu a lista de saltos. Somos os primeiros, no grupo principal. Se recebermos um chamado, tudo o que a gente precisa fazer é vestir as roupas que estão espalhadas pelo chão e sair. É eficiente.

— Então você sempre dorme com seu parceiro de salto por questão de eficiência.

— Estou experimentando isso com você primeiro. Quem sabe, se economizar tempo suficiente, pode se tornar uma norma. Se estivermos livres, quer correr de manhã?

O toque da mão dele, acariciando suas costas, era gostoso — era reconfortante. Já estava tarde, pensou ela, podia abrir uma exceção na regra de não dormir junto só dessa vez. Exceto que ela já tinha aberto uma exceção para o sexo, e agora…

— Vamos continuar fazendo isso? — perguntou ela.

— Beleza, mas você vai ter que me dar uns vinte minutos.

— Não hoje à noite. Acho que já batemos o martelo nisso.

— Ah, você quer dizer como uma série contínua. — Ele deu um tapinha leve e amigável na bunda dela. — Com certeza.

— Se continuarmos a série, tem uma regra.

— Claro que tem.

— Se eu transo com um cara, não transo com outros, nem transo com o cara se ele estiver transando com outra pessoa. Se algum de nós dois decidir que outra pessoa parece interessante, tudo bem. Série encerrada. Essa regra é definitiva. Sem exceções.

— Justo. Uma pergunta: por que eu iria querer outra pessoa quando posso tomar banho com você?

— Porque as pessoas tendem a querer o que não têm.

— Eu gosto do que eu tenho. — Ele a abraçou apertado. — Destarte, estou feliz em cumprir sua regra nesse assunto.

— Destarte. — Ela riu, fechou os olhos. — Você é surpreendente, Gulliver.

Naquele momento, aconchegado com Rowan na cama, com uma coruja piando sombriamente na noite e a lua brilhando pela janela, Gull achou que estava exatamente onde queria estar.

UM CORPO leva menos tempo para queimar do que uma floresta. É um negócio mais feio, porém mais rápido. Ainda assim, lesões não intencionais eram inevitáveis, e provavelmente até serviam como vantagem. Ela não pesava muito no fim das contas, então carregá-la pela trilha, entre os pinheiros, não foi tão difícil quanto pensou.

O brilho prateado da lua ajudava a iluminar o caminho — como um sinal —, e a música das criaturas noturnas era tranquilizante.

A trilha se bifurcou, ficou mais íngreme, mas a subida não chegou a ser desagradável no ar fresco e perfumado de pinho.

Melhor não pensar no desagradável, no horror. Melhor pensar na luz da lua e no ar fresco e nas aves noturnas.

A distância, um coiote uivou, alto e claro. Um som selvagem, um som *faminto*. Queimá-la seria humano. Melhor do que deixá-la para os animais.

Já deviam estar longe o suficiente.

A tarefa não exigia muito esforço nem muitas ferramentas. Apenas cortar alguns galhos secos e gravetos, encharcar tudo, incluindo as roupas. Ela. Sem pensar.

Encharcar tudo com gasolina do galão de reserva.

Tentar não olhar para o rosto dela, tentar não pensar no que ela disse e fez. No que tinha acontecido. Concentrar-se no que precisava ser feito agora.

Acender o fogo. Sentir o calor. Contemplar a cor e a forma. Ouvir os estalos e o crepitar. Então o som da rajada de ar e chamas quando o fogo começasse a respirar.

Uma verdadeira maravilha. Deslumbrante, perigosa, destrutiva.

Tão bela e feroz, e *pessoal*, quando iniciada com as próprias mãos. Nunca havia percebido, nunca soubera.

Isso a purificaria, a apagaria e a mandaria para o inferno. Onde ela merecia estar. Os animais não a alcançariam, não a destroçariam como os cães que destroçaram Jezebel. Mas ela merecia o inferno.

Sem mais danos, sem mais ameaças. Nunca mais. No fogo, ela deixaria de existir.

Observar o fogo consumi-la trouxe um prazer terrível, um formigamento latente de excitação inesperada. O gosto do poder. Sem lágrimas, sem arrependimentos — nunca mais.

Aquela emoção, e o ruído crescente do fogo, seguiu pela descida da trilha enquanto a fumaça subia em direção à lua cintilante.

14

⌘ ⌘ ⌘

PELA SEGUNDA vez, Rowan acordou aninhada em Gull, com a cabeça no ombro dele. Dessa vez, ela se perguntou como diabos ele conseguia dormir com o peso dela sobre ele.

Então se perguntou, já que estava espremida naquela cama estreita com ele, por que diabos não estava aproveitando? Ela mordeu o lóbulo da orelha dele enquanto sua mão descia pelo peitoral forte. Como esperava, encontrou-o já pronto.

— Eu bem que podia ter apostado nisso — murmurou ela.

— Gosto mais da sua mão bem aí.

— Agora, isso… — Ela passou uma perna por cima dele, tomando-o devagar. Bem devagar, até envolvê-lo em seu calor úmido. — Isso é o que eu chamo de eficiência.

Achando que não havia maneira melhor de começar o dia, ele agarrou os quadris dela.

— Top de linha.

Quando ela arqueou para trás, a luz do sol lançando sombras e brilhos sobre o corpo dela, formando diamantes na coroa de seu cabelo, um trecho de Tennyson passou pela mente dele.

Uma filha dos deuses, divinamente alta, e mais divinamente bela.

Ela era isso, naquele momento, e naquele momento assumiu o comando do coração romântico dele.

O aperto dele suavizou para uma carícia. E ela começou a se mover, ondulando sobre ele em um ritmo lento e fluido. A sensação se espalhou dentro dele, desenrolando um prazer delicioso e preguiçoso.

De olhos fechados, ela deslizou as mãos pelo próprio corpo, incendiando os dois.

Através das frestas de luz, da beleza crescente, ele a puxou para si. Pensou que poderiam flutuar assim para sempre, despertando o corpo, o sangue, o coração.

A sirene soou.

— Merda! — Os olhos dela se abriram num estalo.

— Ah, qual é, porra! — Ele a segurou por um momento frustrante, então se separaram para correr atrás das roupas.

— A culpa é sua — acusou-o. — Você que zicou ontem à noite com aquele papo sobre eficiência.

— Mais dez minutos e teria valido a pena.

Em vez disso, dez minutos depois eles estavam equipados na sala de prontidão.

— Detectaram fumaça ao amanhecer. — L.B. deu o briefing. — Floresta Nacional de Lolo, entre Grave Creek e Lolo Pass. Totalmente ativo na encosta sul, acima do Lolo Creek. Condições secas. Rowan, quero você como chefe da equipe; Gibbons, você tá na linha.

O chão estremeceu quando o avião-tanque começou a taxiar com a primeira carga de retardante.

No minuto em que embarcou no avião dos paraquedistas, Rowan puxou o sanduíche de ovo e a Coca-Cola que havia guardado nos bolsos. Ela comeu e bebeu enquanto coordenava com o piloto e o *spotter*.

— Lá está ela. — Rowan pressionou o rosto na janela. — E, droga, tá toda agitada hoje.

Cerca de quarenta hectares, talvez cinquenta, ela estimou, já totalmente tomados pelo fogo em algumas das áreas mais primitivas e intocadas de Lolo. Lewis e Clark, dois exploradores do passado, tinham viajado por ali, e agora o fogo queria tudo aquilo para o café da manhã.

Lá vamos nós, ela pensou, e guardou suas provisões, o vento entrando pela porta aberta.

Ela se sentia renovada, abastecida e pronta — e não podia negar que a descida era linda. Olhou para Gull, abriu um grande sorriso.

— Não é sexo, mas não é ruim! — gritou Rowan.

Ela ouviu a risada dele e entendeu exatamente o que fluía pelo corpo dele. Era o mesmo que fluía nela, livre e forte no céu, misturando-se à fumaça, até pousar suavemente em um prado tranquilo.

Assim que a unidade e a carga que levavam tocaram o solo, ela traçou a estratégia com Gibbons. Decidiu fazer um reconhecimento pelo flanco direito enquanto o restante da equipe seguia para começar a escavar a linha de corta-fogo.

Avançou num trote, avaliando a área, o vento, e mantendo-se a vinte metros do flanco à medida que o incêndio ardia. Ela ouviu a cabeça do fogo rugindo com aquele som voraz e ganancioso, lançando focos de incêndio na majestade intocada da floresta.

Não vou deixar, pensou, usando sua Pulaski e a bomba de água acoplada à mochila para sufocar os focos conforme avançava. O fogo quer se alastrar, quer se alimentar. Ela sentiu o cheiro da resina queimando, ouviu os estalos das árvores, sentiu o ar tremer com o poder já desencadeado. A fumaça espiralava onde as brasas encontravam o chão seco.

Puxou o rádio.

— Ela quer correr, e é rápida, L.B. Ela é rápida. Precisamos de mais uma carga de retardante na cabeça, e outra pelo flanco direito. Ela tá jogando muitos focos ao longo dessa linha.

— Entendido. Você tá numa área segura?

— Vou estar. — Continuou se movendo, afastando-se de um foco que já tomava uma área do tamanho de uma quadra de tênis. — Precisamos conter esses focos agora, L.B. Estamos em situação crítica. O Gibbons tá na linha, a sudoeste, e eu tô voltando.

— Fique longe. Temos mais uma equipe de paraquedistas de prontidão. Basta dizer e eles chegam aí.

— Entendido. Vou terminar o reconhecimento e falar com o Gibbons.

— Os tanques estão a caminho. Não deixe o retardante pegar você, Sueca.

— Estou segura — repetiu ela. — E fora de alcance.

Ela correu, avançando enquanto checava com Gibbons, seguindo em direção à trilha por onde Lewis e Clark haviam passado. Ao ouvir o rugido atrás dela, xingou, correu por entre as brasas que caíam, os projéteis de pinhas em chamas lançados pelo vento forte de uma explosão. Quando o chão tremeu sob seus pés, ela avançou pelo coração do fogo.

É mais seguro dentro dele, pensou, a fumaça passando pelas chamas alaranjadas.

No meio do terreno chamuscado, ela pegou a bússola por um instante para se orientar, planejar os próximos movimentos. Gibbons teria enviado a equipe para o ataque no cume, ela pensou, e então…

Ela quase tropeçou. O instinto e o horror primitivo a fizeram recuar três passos das cinzas e restos carbonizados do que antes fora humano. Estava lá, os ossos quebradiços dos braços e pernas encolhidos. Contraídos pelo calor, ela sabia disso, mas naquele terrível momento parecia que o morto ou moribundo havia tentado se encolher em posição fetal para se proteger das chamas.

Seus dedos pareciam entorpecidos quando ela pegou o rádio.

— Base.

— Base aqui. Pode voltar, Sueca.

— Encontrei um corpo.

— Pode repetir?

— Estou a uns dez metros da Trilha Lobo, perto da curva sudeste, no terreno queimado. Tem um corpo aqui, L.B. — Ela soltou um suspiro. — Tá carbonizado.

— Minha nossa. Entendido. Você tá segura aí?

— Sim. Tô na área queimada. Tô bem.

— Fique aí. Vou contatar o Serviço Florestal e volto a te chamar.

— L.B. — Ela esfregou a linha entre as sobrancelhas — Não tenho certeza, mas o solo sob e ao redor dos restos, o padrão da área queimada… Merda, acho que alguém ateou fogo nele… nela. E, sei lá, mas o ângulo da cabeça dá a impressão de que o pescoço tá quebrado.

— Jesus amado! Não toque em nada. Entendeu, Rowan? Não toque em nada.

— Pode acreditar que não vou tocar em nada. Vou falar com o Gibbons, passar um relatório da situação. Caramba, L.B., acho que é uma mulher ou uma criança. Pelo tamanho…

— Aguenta firme, Rowan. Já te ligo.

— Entendido. Desligo.

Ela se recompôs. Já havia visto corpos carbonizados outras vezes. Tinha visto Jim, pensou, quando finalmente recuperaram os restos mortais dele. Mas nunca havia tropeçado em um, sozinha, no meio de uma operação.

Então ela respirou fundo e contatou Gibbons pelo rádio.

Levou mais de uma hora e meia para ela voltar para a equipe, depois de manter sua posição e guiar dois guardas florestais até o local. Ela acolheu o calor, a fumaça, a batalha após sua vigília com os mortos.

Como ela esperava, Gibbons havia levado a equipe até a cordilheira, e a linha de corta-fogo se manteve.

— Caralho, Ro. — Gibbons passou o antebraço sobre o rosto coberto de fuligem. — Você tá bem?

O tempo, a vigília, a dura realidade de dar um depoimento não tinham aliviado completamente o mal-estar em seu estômago.

— Muito melhor do que quem quer que esteja lá atrás. Os guardas florestais tão lá agora, e um agente especial qualquer tá a caminho. Além de um perito em incêndios criminosos.

— Incêndio criminoso?

— Pode ser que esse fogo tenha sido provocado de propósito, pra encobrir um assassinato. — Como sentia algo apertando o crânio, ela ajustou o capacete, mas aquilo não aliviou o latejar constante. — Ainda não sabem — disse ela, quando ele resmungou. — Pode ter sido algum moleque idiota brincando, mas, pelo que vi, pode muito bem ter sido o ponto de origem. Apagar o fogo é a prioridade. Os agentes federais cuidam do resto. Aonde você quer que eu vá?

— Você sabe que pode ir embora, Ro. Ninguém vai te culpar.

— Vamos terminar isso.

Ela trabalhou na linha de corta-fogo, enquanto outra parte da equipe reforçava as linhas improvisadas subindo para a cabeça do incêndio. Uma nova equipe de paraquedistas atacou o outro flanco, descendo em direção à cauda.

Incontáveis vezes durante as horas passadas na linha, ela se afastou para comunicar-se pelo rádio com a outra equipe sobre o progresso, atualizou a base, consultou Gibbons.

Mais algumas horas até acabar com o fogo e fazer o rescaldo, pensou, e a equipe dormiria em camas naquela noite.

— O que tá acontecendo? — Gull parou ao lado dela. — Tem um boato por toda a linha de que tem alguma coisa rolando, e que você sabe o que é.

Ela fez menção de dispensá-lo, mas ele a encarou com firmeza.

— Você pode me contar agora ou depois. Melhor acabar com isso logo.

Ela havia compartilhado seu corpo com ele, lembrou a si mesma, e sua cama.

— O fogo tá contido. Se o Gibbons puder te dispensar, você pode vir comigo verificar os focos de fumaça.

Liberados, eles se afastaram da linha. Rowan apagou um foco do tamanho de uma bola de basquete e seguiu em frente.

E contou para ele.

— Você acha que a pessoa foi assassinada e que quem fez isso iniciou o incêndio pra tentar encobrir?

— Não tenho como saber. — Mas seu instinto, ainda agitado, dizia o contrário.

— Seria mais inteligente enterrar o corpo. — O tom prático dele diminuiu a agitação. — Um fogo como esse chama atenção. Obviamente.

— Nunca fiz isso, mas imagino que matar alguém possa atrapalhar o raciocínio lógico. Ou talvez o fogo tenha piorado as coisas. Muita gente sente prazer em iniciar incêndios.

— Detectaram esse fogo ao amanhecer. Pelo progresso que tinha quando a gente saltou, deve ter começado tarde da noite, ou no início da manhã. Tava queimando com vontade, e já tinha se alastrado por pelo menos quarenta hectares quando a gente saltou, por volta das oito?

Estranho, ela percebeu, como falar sobre o assunto, destacando o lado prático, acalmava os nervos.

— Sim.

— O acampamento não fica muito longe a oeste, mas com aquela área queimada entre o local onde você encontrou o corpo e o acampamento, o fogo seguiu pro leste. Sorte dos campistas.

A pulsação dentro do seu crânio diminuiu um pouco. Pensar era agir, decidiu. Até agora, ela havia reagido demais e agido de menos.

— Talvez fossem do acampamento — especulou Rowan. — Podem ter saído pra uma trilha, começado uma discussão. Por acidente ou de propósito, ele acaba matando ela.

— Ela?

— Considerando o tamanho do corpo, acho que era uma mulher ou uma criança, e como não quero pensar que era uma criança, estou preferindo chutar que é uma mulher. Ele deve ter arrastado ou carregado ela pra fora da trilha. Talvez tenha pensado em enterrá-la, e voltou pra buscar ferramentas. O fogo é mais rápido e exige menos esforço. Condições secas, alguns galhos.

— Se tiver começado por volta das duas, três da manhã — calculou Gull —, daria pra conseguir uma boa chama até o amanhecer, e ainda ganharia umas horas pra sumir do mapa.

Sim, ela pensou. Claro. A sobrevivência tinha que ser a prioridade.

— Guardar tudo e fugir antes do amanhecer. — Ela assentiu, mais firme ao tratar disso como um problema a ser resolvido. — Vai levar um tempo pra identificar o corpo, então isso dá mais tempo ainda. E o fato é que, se eu não tivesse seguido aquele caminho de volta à linha, talvez demorasse mais horas, até dias, antes que ela fosse encontrada. Eu não ia passar por ali, mas a explosão de fogo me forçou.

Eles continuaram a encontrar e apagar focos em meio à conversa. Então ela parou.

— Eu achava que não queria pensar sobre isso. Eu encontrei ela, contatei a base, e agora cabe ao Serviço Florestal cuidar do assunto. Mas isso tá me atormentando desde então. Isso… me abalou — confessou ela.

— Abalaria qualquer um, Rowan.

— Você já viu alguém depois de ter sido…

— Sim. É algo que fica marcado na memória. — E ele sabia que falar sobre isso, pensar nos "comos" e "porquês", ajudava.

— Os verões geralmente se resumem a isso. — Ela apagou um foco do tamanho de um balde antes que tivesse a chance de crescer. — Apagar incêndios, limpar a área, treinar e preparar para o próximo salto. Mas esse verão? Tem a louca da Dolly, meu pai indo num encontro, pessoas mortas.

— Seu pai namorando tá no mesmo nível que vandalismo e possível homicídio e incêndio criminoso?

— É só que tá tudo diferente. Incomum. Como o fato de eu transar com um novato… o que, aliás, não fazia desde que eu também era uma novata.

— Pontos pra mim.

Ela mudou de direção, seguindo para o sul. Pontos para ele, talvez, mas na mente dela, mudanças, exceções e eventos diferentes bagunçavam a ordem das coisas.

Depois de quase duas horas apagando focos, eles se juntaram à equipe e passaram para o modo de rescaldo.

Ela pegou o rádio para atender uma ligação da central de operações.

— Queremos que o primeiro grupo faça a desmobilização — disse L.B. a Rowan. — O segundo grupo e a equipe de solo completarão o rescaldo.

— Entendi.

— A agente federal quer falar contigo quando você voltar.

— Não dá pra esperar até amanhã? Já falei com os guardas florestais, dei todos os detalhes.

— Parece que não. Você pode ir embora. Vai ter um transporte terrestre te esperando na entrada da trilha.

— Entendido. — Que se dane, pensou, pelo menos assim ela acabaria com tudo logo, no mesmo dia.

ELA PLANEJAVA tomar um banho primeiro, mas mal havia largado o equipamento quando a agente federal apareceu para procurá-la.

— Rowan Tripp?

— Sou eu.

— Agente especial Kimberly DiCicco. Tenho algumas perguntas.

— Os guardas florestais já têm minhas respostas, mas como ambas trabalhamos pra uma burocracia, sei como é.

— O sr. Little Bear ofereceu o escritório dele para que possamos conversar em particular.

— Não vou empestear o escritório do L.B. com o meu fedor. Caso você não tenha notado, tô bem impregnada de fumaça e suor.

Ela devia ter notado, pensou Rowan. O corpo compacto da agente estava vestido em um terno preto clássico com uma camisa branca impecável. Sem um fio de cabelo fora do lugar, o coque elegante à nuca deixava seu rosto de ossos finos, moreno claro, sem moldura.

As sobrancelhas de DiCicco se arquearam sobre os olhos cor de mel enquanto ela inclinava a cabeça.

— Você teve um longo dia. Estou ciente. Vou ser o mais breve possível.

— Então vamos caminhar e conversar. — Rowan se livrou do equipamento e ficou só de calça e regata. — Talvez eu consiga arejar um pouco a cabeça.

— Se liga!

Ela se virou e pegou a garrafa de Coca-Cola gelada que Gull arremessou ao passar.

— Valeu. Guarda um pouco de lasanha pra mim.

— Vou fazer o possível.

— Tudo bem, agente DiCicco. — Com um gesto de Rowan, as duas saíram porta afora. — Você pergunta, e eu respondo.

— Pode começar me contando como se deparou com o corpo.

Já falei disso, Rowan pensou, mas recontou a história.

— Com o jeito que o fogo estava avançando — continuou ela —, tive que interromper o reconhecimento e ir para uma zona segura. Então, atravessei a área incendiada e segui pro terreno já queimado. A área adjacente àquela onde o fogo havia passado. Eu estava seguindo para a Trilha Lolo. Poderia seguir por ali a maior parte do caminho de volta até a minha equipe. E foi quando a encontrei.

— Ela?

— Não sei. Os restos eram pequenos demais para um homem adulto.

— Você tem razão. A vítima era uma mulher.

— Ah. Bem. — Rowan parou, soltou um suspiro. — Isso é melhor do que a alternativa.

— Como?

— Poderia ter sido uma criança. Pelo tamanho, de novo.

— Você entrou em contato com a central de operações imediatamente após a descoberta?

— Isso mesmo.

— Então, se entendi corretamente… — DiCicco repetiu os movimentos de Rowan, os horários em que ela havia informado sua posição e a situação, do reconhecimento até o relato do corpo. — Essa é uma área considerável em um curto espaço de tempo.

— Quando você entra num incêndio, não tá dando um passeio ou fazendo trilha. Você se move, e rápido. Meu trabalho é avaliar a situação no terreno, traçar um plano e alinhá-lo com Gibbons, que é o chefe da linha nesta missão, fazer o reconhecimento e manter a central de operações informada da situação e de qualquer apoio extra de que possamos precisar.

— Entendido. Quando você contatou a central de operações, afirmou que acreditava que a vítima havia sido assassinada e que o fogo fora iniciado para encobrir o crime.

Rowan se perguntou se deveria ter ficado de boca fechada. Será que tudo isso estaria acontecendo se ela tivesse guardado suas suspeitas para si?

Tarde demais agora, lembrou a si mesma.

— Eu disse o que parecia. Salto em incêndios há cinco anos, e antes disso trabalhei dois anos numa equipe de bombeiros de elite. Não sou especialista em incêndios criminosos, mas sei quando um incêndio parece suspeito. Não sou médica, mas sei quando a cabeça de alguém tá virada de maneira errada no pescoço. — E agora, mas que droga, aquela imagem voltou a surgir em sua mente. — Agi com base no que observei para que as autoridades competentes pudessem ser acionadas. Isso é um problema?

— Estou coletando fatos, srta. Tripp. — O tom de DiCicco contrastava com a rispidez de Rowan. — Os achados preliminares do legista indicam que o pescoço da vítima foi quebrado.

— Ela foi assassinada.

Isso era melhor ou pior?, Rowan se perguntou.

— O legista vai determinar se foi homicídio ou acidental, se a lesão no pescoço foi a causa da morte ou ocorreu depois.

— Vocês verificaram o acampamento? O Acampamento Lolo não fica longe de onde eu encontrei o corpo, não pra uma caminhada diurna.

— Estamos trabalhando na identificação dela. Você teve algum problema por aqui recentemente?

— O quê? — Rowan parou na mesma hora de especular sobre a quantidade necessária de força para quebrar um pescoço. — O vandalismo?

— Seria no plural, não? — DiCicco manteve o olhar inexpressivo fixo no rosto de Rowan. — De acordo com minhas informações, uma certa Dolly Brakeman, empregada na época como cozinheira aqui, vandalizou seu quarto. Você pegou ela no ato e teve que ser fisicamente contida para não agredi-la.

A raiva ardente se alastrou através da fadiga como fogo em mato seco.

— Entre no seu quarto, DiCicco, e encontre alguém derramando sangue de porco na sua cama. Veja como você reage. Se quiser chamar minha reação de "tentativa de agressão", fique à vontade.

— A srta. Brakeman também foi interrogada pela polícia sobre o vandalismo na sala de prontidão aqui na base.

— Isso mesmo. Aquilo nos custou horas de trabalho, e poderia ter custado mais ainda se tivéssemos recebido uma chamada antes de repararmos os danos.

— Você e a srta. Brakeman têm um histórico.

— Como você já sabe disso, não vou repassar tudo de novo. Ela é um pé no saco, vingativa e instável. Se os policiais locais transferiram o caso de vandalismo daqui pra sua agência, ótimo. Espero que isso deixe ela apavorada. Agora, veja bem, eu tô cansada, com fome e quero tomar a merda de um banho.

— Quase terminando. Quando foi a última vez que você viu Dolly Brakeman?

— Caramba, quando ela destruiu o meu quarto.

— Você não a viu nem falou com ela desde então?

— Não, não vi, e adoraria manter esse recorde. O que diabos a Dolly tem a ver com eu ter encontrado uma mulher carbonizada em Lolo?

— Precisamos aguardar a confirmação da identificação, mas como Dolly Brakeman não voltou pra casa ontem à noite, uma casa que ela divide com os pais e a filha bebê, como a vítima e a srta. Brakeman têm a mesma altura, e até agora a investigação não encontrou nenhuma outra mulher desaparecida, é uma forte possibilidade de que a vítima seja Dolly Brakeman.

— Isso é... — Rowan sentiu o estômago embrulhar, o sangue drenar da cabeça, enquanto aqueles olhos inexpressivos não desgrudavam do seu rosto. — Muitas mulheres têm a altura da Dolly.

— Mas nenhuma delas foi dada como desaparecida nesta área.

— Ela provavelmente se enroscou com algum cara. Dá uma olhada nessa parte do histórico dela. — *Mas ela tinha um bebê agora*, pensou Rowan. *A filha do Jim*. — A Dolly não estaria na trilha, na floresta. Ela gosta é da cidade.

— Você pode me dizer onde estava ontem à noite, das oito até se apresentar na sala de prontidão hoje de manhã?

— Eu sou uma suspeita? — Raiva e choque travaram uma batalha curta e sangrenta antes que a raiva vencesse. — Você acha mesmo que eu quebrei o pescoço dela, arrastei pro meio da floresta, e depois comecei um incêndio? Um incêndio que homens e mulheres com quem eu trabalho, com quem eu vivo, com quem eu como todos os dias, teriam que enfrentar? Teriam que arriscar a vida, a vida deles, para apagar?

— Você tentou agredi-la. Ameaçou matá-la.

— Porra, pode apostar que sim. Eu tava puta. Quem não ficaria? Queria ter dado um soco nela, e isso tá a anos-luz de matar alguém.

— Seria mais fácil se você pudesse me dizer onde estava ontem à noite entre…

— Vou facilitar bastante — cortou Rowan. — Jantei no refeitório por volta das sete, talvez sete e meia. Havia umas trinta pessoas da equipe lá na hora, além do pessoal da cozinha. Ficamos por lá, jogando conversa fora, até quase dez. Depois fui pro meu quarto, onde fiquei até a sirene tocar hoje de manhã. Espremida na cama com o bonitão que você viu jogar essa Coca-Cola pra mim.

— E o nome dele? — perguntou DiCicco sem piscar.

— Gulliver Curry. Ele deve estar na cozinha agora. Vá perguntar pra ele. Vou tomar o caralho de um banho.

Rowan saiu furiosa, a indignação queimando como uma tempestade em seu estômago, e entrou com tudo nos alojamentos.

Trigger teve o azar de cruzar seu caminho.

— Ei, Ro, você tá…

— Cala a boca e sai da frente.

Ela o empurrou para o lado e entrou no quarto. Então, chutou a porta, depois a cômoda, fazendo o pequeno prato onde jogava as moedas soltas pular e se estilhaçar no chão.

Suas botas esmagaram os cacos.

— *Filha da puta* metida e arrogante! E não era a Dolly! — Furiosa, ela puxou os cadarços das botas, depois as atirou longe.

Dolly era do tipo que seguia em frente sem olhar para trás, pensou, ao mesmo tempo que arrancava as roupas, jogando-as em uma pilha. Ela fazia as pessoas sentirem pena dela, ou — se fossem homens — adoçava a situação com sexo ou a promessa disso. Era do tipo que fazia a merda que quisesse, e depois culpava outra pessoa se não dava certo.

Igual à minha mãe, Rowan pensou, e talvez essa fosse só mais uma razão pela qual ela nunca gostou de Dolly Brakeman. Egoísta, manipuladora, chorona…

Igual à minha mãe, pensou de novo. A mãe dela morreu sangrando no chão. Assassinada.

Não é a mesma coisa, disse a si mesma com firmeza. Definitivamente não é a mesma coisa.

No chuveiro, abriu a água no máximo, apoiou as mãos na parede e deixou-a correr sobre seu corpo. Observou-a escorrer preta, depois cinza de fuligem.

Ela já estava farta dessa merda, farta de levar golpes baixos.

Que direito tinha aquela vadia federal de acusá-la? Ela era a razão de o corpo ter sido encontrado tão rapidamente, a razão de os federais terem sido chamados em primeiro lugar, caralho.

Depois de ter esfregado a própria pele até quase ficar em carne viva, o ápice da raiva se desgastou, dando lugar a um medo doentio.

Suas mãos tremiam ao se vestir, mas ela disse a si mesma que era fome. Não comia fazia horas e havia queimado milhares de calorias. Por isso estava trêmula. Era só isso.

Quando a porta se abriu, ela virou depressa e sentiu o tremor aumentar quando Gull fechou-a devagar atrás de si.

— Você disse para aquela vaca que passou a noite me fodendo?

— Eu disse que a gente passou a noite aqui, numa cama tão pequena que, se você tivesse conseguido se mexer, eu teria percebido.

— Bom. Bom. Ela pode enfiar isso naquele rabo federal dela. — Ela o empurrou quando ele se aproximou. — Não quero ser paparicada. Agradeço o álibi e tudo mais. Parece que quebrar a minha regra continua rendendo frutos. Uhuu.

Ela o empurrou de novo, mas desta vez ele a abraçou, forte e apertado, e a segurou ali enquanto ela se debatia.

— Eu disse que não queria ser paparicada. Tenho o direito de extravasar depois de ser interrogada como uma assassina, uma incendiária, como alguém que trairia tudo o que importa pra dar cabo de uma vaca insignificante qualquer… — Rowan parou, desabou. — Ai, meu Deus! Ai, meu Deus, eles acham que é a Dolly. Eles acham que a Dolly tá morta e que fui eu que matei ela.

— Olha só. — Com as mãos firmes em seus ombros, ele a afastou devagar até poder olhar nos olhos dela. — Eles ainda não sabem quem é a vítima. Talvez seja a Dolly.

— Ai, Gull. Ai, meu Deus do céu!

— Ninguém pode fazer nada a respeito, se for mesmo ela. Se for, ninguém acha que você tem a ver com isso.

— DiCicco…

— Acabou de ser informada de que nós passamos a noite inteira juntos. Tem muita gente nos alojamentos que sabe que entramos aqui juntos e que saímos juntos. Então, se você for uma suspeita, eu também sou. Não acho que isso vá fazer sentido pra DiCicco ou pra qualquer outra pessoa. Ela tinha um trabalho a fazer. Ela fez, e agora essa parte acabou.

Ele deslizou as mãos pelos braços de Rowan até conseguir entrelaçar seus dedos com os dela.

— Você tá exausta, tremendo. Ela não teria te afetado desse jeito se você estivesse em plena forma.

— Talvez não, mas que ela conseguiu, conseguiu.

— Ela que se foda. — Ele beijou a testa de Rowan, depois seus lábios. — Olha só o que vamos fazer. Vamos lá jantar. Você pode ouvir o resto da equipe expressar suas opiniões sucintas e expressivas sobre o fato de a agente federal ter pedido um álibi.

— Sucintas. — Isso quase arrancou um sorriso dela. — Acho que pode ser bom.

— Nada é tão bom quanto solidariedade. Depois, a gente vai voltar pra cá, e aí eu posso te dar um álibi para hoje à noite também.

Naquele momento, o sorriso formou-se, rápido e atrevido.

— Talvez seja eu a pessoa que vai te dar um álibi.

— De um jeito ou de outro, serve pra mim. Vamos antes que aqueles porcos devorem toda a lasanha. — Ele deu um tapinha na bunda dela ao saírem do quarto. — E, Ro? Não se preocupe. Se te prenderem, eu pago sua fiança.

A risada a surpreendeu. E acalmou um pouco o frio que assolava sua barriga.

15

⌘ ⌘ ⌘

Depois do treino matinal, Rowan fez questão de passar na cozinha do refeitório. Se havia alguém que sabia um pouco de tudo, e quase tudo sobre alguma coisa, esse alguém era Marg.

— Lynn tá reabastecendo a mesa de bufê agora — avisou Marg. — Ou você veio atrás de um agrado?

— Eu não recusaria.

Com brincos de argola prateados balançando dos lados do seu lenço — hoje estampado com carinhas sorridentes amarelas sobre um fundo azul vibrante —, Marg pegou uma jarra.

— Não quer tomar café da manhã com seu namorado?

Rowan respondeu ao sorriso maroto de Marg com um revirar de olhos.

— Eu não tenho namorados, eu tenho amantes. E pego e largo quando me dá na telha.

— Ahã. — Marg serviu um copo de suco. — Aquele ali não vai ser tão fácil de largar. Bebe isso.

Obediente, Rowan franziu os lábios.

— Base de cenoura, um pouco de cranberry e… — Tomou outro gole. — Não é exatamente laranja. Tangerina?

— Laranja sanguínea. Te peguei.

— O nome é bem nojento, mas o gosto é bom. Alguma novidade sobre a Dolly?

Marg balançou a cabeça enquanto batia os ovos. Não foi um gesto negativo, Rowan reconheceu, mas de pena.

— Encontraram o carro dela, numa das estradas de serviço nas florestas próximas à rodovia doze, com um pneu furado.

— Só o carro?

— O que ouvi foi que as chaves ainda estavam na ignição, mas a bolsa dela não estava lá. Como se ela tivesse tido algum problema com o carro e parado no acostamento.

— Por que ela ia sair da rodovia principal se tivesse um pneu furado?

— Só tô contando o que ouvi. — Depois de despejar os ovos na frigideira de omelete, Marg acrescentou pedaços de presunto, queijo, tomates e um pouco de espinafre. — Algumas pessoas acham que talvez ela tenha voltado a pé pra rodovia, ou que alguém a tenha seguido até a estrada de serviço. E pegado ela.

— Ainda não sabem se os restos encontrados no incêndio... Não podem ter certeza disso ainda.

— Então não tem motivo pra se preocupar com isso.

Marg tentou parecer animada, mas Rowan percebeu a hesitação na voz dela que indicava que estava bem preocupada.

— Eu queria machucá-la, e me arrependi seriamente de não ter enfiado meu punho na cara dela pelo menos uma vez. Agora, sabendo que alguém pode ter machucado ela, ou pior? Não quero me sentir culpada pela Dolly. Odeio me sentir culpada por qualquer coisa, mas *odeio* me sentir culpada pela Dolly.

— Nunca conheci ninguém melhor em atrair encrenca e drama pra si mesma do que Dolly Brakeman. E se o L.B. não tivesse demitido ela, eu teria dito na lata que ele ia ter que escolher entre nós duas. Não me sinto culpada por isso. Posso até ficar triste se algo tiver acontecido com ela, mas sem me sentir culpada por ter querido dar uns tapas nela mais de uma vez.

Marg colocou a omelete e as torradas de trigo com geleia de ameixa que tinha preparado na frente de Rowan.

— Coma. Você perdeu uns quilos, e ainda é cedo na temporada pra isso.

— É a primeira temporada em que precisei de um álibi numa investigação de assassinato.

— Eu não me importaria de ter um álibi como o seu.

Rowan caiu dentro da omelete.

— Você quer ficar com ele quando eu acabar? Ai. — Rowan riu quando Marg deu um tapinha na lateral da sua cabeça. — E depois de eu te oferecer um cara tão bonitão.

Ela sorriu, tentando ser encantadora.

— Quando você acha que vai terminar com ele? Caso eu esteja disponível pra pegar um bonitão.

— Não posso dizer. Até agora, ele está servindo a contento, mas eu te aviso.

Quando Marg colocou uma Coca ao lado do prato, Rowan se inclinou um pouco para ela.

— Obrigada, Marg. De verdade.

Em resposta, Marg lhe deu um forte abraço lateral.

— Come tudo — ordenou.

Depois do café da manhã, ela foi atrás de L.B. na academia, onde ele suava com os supinos.

— Tô no fim da lista de saltos — disse ela sem rodeios.

Ele se sentou, enxugou o rosto com a toalha. Sua longa trança descia pela camisa de treino suada e sem mangas.

— Isso mesmo. — Ele pegou um halter de dez quilos e começou a fazer exercícios para os bíceps, em dois tempos.

— Por quê?

— Porque foi onde eu te coloquei. Eu teria te tirado completamente por um dia ou dois, mas pegaram um incêndio lá em Payette, e Idaho pode precisar de alguns Zulies lá.

— Estou em forma e estou bem. Me coloca no início da lista. Caramba, L.B., você colocou o Stovic na minha frente, e ele ainda tá mancando um pouco.

— Você tem estado em quase todos os saltos que tivemos este mês. Precisa de um descanso.

— Eu não...

— Eu digo que você precisa — interrompeu ele, e trocou o peso para o outro braço quando viu o semblante dela. — É meu trabalho decidir isso.

— Só por causa do que aconteceu ontem, e isso não é certo. Eu preciso do trabalho, preciso do pagamento. Não tô machucada, não tô doente.

— Você precisa de um descanso — repetiu ele. — Passe um tempo no mezanino. Ainda estamos colocando as coisas em dia por lá. Vou dar uma olhada na lista amanhã.

— Eu encontro restos mortais, que reporto devidamente, e sou suspensa.

— Você ainda tá na lista — lembrou ele. — E você sabe que saltar em incêndios não é tudo o que fazemos por aqui.

Ela também sabia que, quando Michael Little Bear usava aquele tom calmo e assertivo, ela teria mais sorte discutindo com a fumaça. Poderia ficar emburrada, poderia se irritar, mas não mudaria a opinião dele.

— Talvez eu dê um pulo na casa do meu pai então.

— É uma boa ideia. Me avise se decidir sair da base.

— Eu sei o procedimento — resmungou. Começou a enfiar as mãos nos bolsos, mas ficou rígida quando o tenente Quinniock entrou. — A polícia tá aqui — murmurou ela.

L.B. colocou o peso no chão e se levantou.

— Sr. Little Bear, srta. Tripp. Tenho mais algumas perguntas.

— Vou sair do seu caminho — começou Rowan.

— Na verdade, eu gostaria de falar com você também. Que tal sairmos? Você pode terminar o seu treino — disse a L.B. —, e depois podemos conversar no seu escritório.

— Estarei lá em vinte minutos.

— Ótimo. Senhorita? — Quinniock, em seus sapatos polidos e terno cinza-granito, gesticulou em direção às portas da academia.

— Não me chame de "senhorita". Pode me chamar de Tripp — disse ela ao abrir a porta. — Ou Rowan, ou Ro, mas não me chame de "senhorita".

Ele sorriu.

— Rowan. Você se importaria de nos sentarmos lá fora? Aqui é um lugar meio movimentado.

— Você quer que eu reconte a minha... como você chamaria? Altercação com a Dolly?

— Você tem algo a acrescentar ao que já me disse?

— Não.

— Ela conseguiu o sangue de porco de um rancho, se você estiver interessada em saber. De um dos membros da igreja.

— Avante, soldados de Cristo. — Ela se sentou em um banco fora dos alojamentos.

— Ela conseguiu o sangue um dia antes de vir aqui pedir trabalho. — Ele assentiu quando Rowan se virou para encará-lo. — Isso me leva a concluir que ela já pretendia te causar problemas antes mesmo de vocês conversarem no dia em que foi recontratada.

— Então não teria importado o que eu dissesse ou fizesse.

— Provavelmente não. Estou sabendo que você conversou com a agente especial DiCicco.

— Ela se veste muito bem. Você também.

— Eu gosto de um bom terno. Complicou as coisas para você, encontrar os restos mortais.

— Complicou porque foi durante um incêndio ou porque a Dolly tá desaparecida?

— Ambos. O caso da pessoa desaparecida está a cargo da Polícia de Missoula, por enquanto. Estamos cooperando com o Serviço Florestal dos EUA enquanto eles trabalham na identificação do corpo. Por conta disso, compartilhei informações com a agente DiCicco.

— Meu *histórico*, como ela chamou, com a Dolly.

— Isso, e o fato de a Dolly ter dito a várias pessoas que você era a culpada pelo que aconteceu com James Brayner. Você e todos aqui. Ela tem verbalizado bastante essa raiva já faz um tempo, inclusive durante o período em que esteve fora de Missoula.

Isso não a surpreendia, e já não a irritava mais.

— Não sei como ela pôde trabalhar aqui, se envolver com paraquedistas, e não entender o que fazemos, como fazemos, o que enfrentamos. — Ela olhou para Quinniock, com o cabelo impecável e a gravata perfeitamente ajustada. — E não entendo por que você tá me dizendo isso.

— É possível que ela tenha planejado continuar causando problemas... para você, para a base. E é possível que ela tenha voltado para cá a fim de ter acesso mais fácil. E é possível que ela tenha recebido ajuda. Alguém que ela convenceu a ajudá-la. Você a viu com alguém em particular depois que voltou?

— Não.

— Ela e Matthew Brayner, o irmão.

Rowan ficou tensa.

— Ela pegou o Matt e a família Brayner de surpresa com a bebê. Sei que todos se interessaram pela criança, naturalmente, e, sendo como são, fariam tudo o que pudessem pela Dolly. Foi corajoso da parte do Matt voltar pra cá, trabalhar aqui depois do que aconteceu com o Jim. Qualquer ideia que você tenha de que ele ajudaria a Dolly a destruir o meu quarto ou os equipamentos é errada e ofensiva.

— Eles eram próximos quando o irmão estava vivo?

— Acho que o Matt nunca deu muita bola pra Dolly, mas ele era, e ainda é, amigo de todo mundo. E não vou falar mal de outro paraquedista pelas costas.

— Estou só tentando entender a dinâmica. Também fui informado de que vários homens na base tiveram algum tipo de relacionamento com a Dolly, pelo menos até ela se envolver com James Brayner.

— Sexo não é relacionamento, principalmente sexo pra aliviar a tensão com uma mulher disposta a se divertir com praticamente qualquer um. E ela se divertiu bastante na cidade também.

— Até conhecer James Brayner.

— Ela mirou nele na temporada passada e, pelo que sei, foi uma novidade pra ela. Olha, ele era um cara bonito, divertido, charmoso. Talvez ela tenha se apaixonado, não sei. A Dolly e eu não compartilhávamos segredos, esperanças e sonhos.

— Você provavelmente já sabe que encontramos o carro dela.

— Sim, as notícias correm. — Ela fechou os olhos por um momento. — Vai ser ela, quando concluírem a identificação. Eu sei disso. Você só precisa esquadrinhar a cidade, o lugar onde encontraram o carro, onde eu encontrei o corpo, e o peso disso é significativo. Eu não gostava dela. Não gostava nem um pouco, mas ela não merecia o que aconteceu. Ninguém merece acabar desse jeito.

— As pessoas sempre acabam recebendo o que não merecem. De uma forma ou de outra. Obrigado pelo seu tempo.

— Quando eles vão saber? — perguntou Rowan quando ele se levantou. — Quando vão saber com certeza?

— O dentista dela é da cidade. Eles vão confirmar com os registros dentários ainda hoje. Esse caso não é meu, mas, só por curiosidade, na sua opinião, quanto tempo levaria pra chegar da trilha até onde você encontrou os restos mortais, carregando cerca de cinquenta quilos, no escuro?

Ela se levantou para que ficassem cara a cara.

— Depende. Pode levar uma hora. Mas se você estiver em forma, for um trilheiro experiente e conhecer a área, pode fazer em menos da metade desse tempo.

— Interessante. Obrigado mais uma vez.

Ela se sentou de novo quando ele seguiu em direção ao prédio de operações, tentando entender a conversa, as informações.

E admitiu, por mais que odiasse admitir, que talvez L.B. estivesse certo. Talvez ela precisasse mesmo de um descanso. Então, decidiu caminhar e ir ver o pai, encontrar o resto da equipe dele. A caminhada poderia clarear sua mente, e Deus sabia que passar um tempo com o pai nunca fazia mal.

Ela voltou para pegar uma garrafa de água e um boné, e cruzou com Gull ao sair.

— Eu te vi com o policial. Vou precisar pagar sua fiança?

— Ainda não. Eles encontraram o carro dela, Gull.

— Sim, fiquei sabendo.

— E… tem outras coisas. Preciso digerir tudo. Vou até a escola de paraquedismo pra ver meu pai.

— Quer companhia?

— Preciso de um tempo sozinha.

Ele passou os nódulos dos dedos pela bochecha dela em um gesto casualmente afetuoso que a pegou de surpresa.

— Me procure quando voltar.

— Claro. Você tá na segunda equipe! — gritou ela, começando a caminhar. — Idaho pode precisar de alguns Zulies. Se você saltar, salte direito.

Ela observou o espetáculo durante a caminhada. Aviões subindo; paraquedistas descendo. Nuvens grandes e brancas se acumulando sobre as montanhas a oeste. Ela notou algumas menores e mais fofas acima e ao norte, flutuando para o leste em uma deriva lenta e tranquila.

Ouviu os mecânicos trabalhando nos hangares, o som de música, o tilintar de metal, o barulho das vozes, mas não parou como poderia ter feito em outro dia. Não estava atrás de conversa.

Precisava de um tempo sozinha.

O assassino tinha um carro, ou caminhonete, ela concluiu. Ninguém teria carregado a Dolly do local onde ela parou na estrada até onde foi deixada. Ele a matou quando ela parou na rodovia doze, jogou o corpo no porta-malas do carro, na caçamba da caminhonete? Ou ele deu uma carona, talvez tenha estacionado na trilha, e então a matou? Ou a forçou a subir a trilha, então...

Jesus, de qualquer forma, ela acabou morta, e deixou órfã a filhinha ainda bebê.

Por que ela estava indo para o sul? Será que estava voltando de mais longe? Para se encontrar com um amante? Para se encontrar com essa pessoa hipotética que ela recrutou para causar problemas? Havia muitos motéis por ali. Difícil se encontrar um amante — e Dolly era famosa por usar o sexo como barganha — quando você mora com os pais e uma bebê.

Por que ela não podia amar a bebê o suficiente para simplesmente construir uma vida? Para valorizar o que tinha e se esforçar para ser uma boa mãe, em vez de deixar aquela obsessão a corroer?

Todo o tempo que ela gastou planejando essa estranha vingança, abrigando todo aquele ódio, poderia ter sido gasto vivendo, acariciando a neném.

— Ah, complexo com a mãe, é? — Irritada consigo mesma, ela acelerou o passo.

Chega de tempo sozinha, decidiu. Tempo sozinha era superestimado. Ela deveria ter aceitado a oferta de Gull de vir junto. Ele teria tirado ela desse estado de espírito, feito-a rir, ou pelo menos a irritado o suficiente para que ela parasse de se sentir triste e com raiva.

Quando contornou as pessoas espalhadas pelo gramado, as mesas de piquenique no terreno do pai, ela olhou para cima, como todos faziam.

Estava chegando o momento, pensou, observando o avião. Foi até a cerca, enfiou as mãos nos bolsos de trás e decidiu aproveitar o espetáculo. Um sorriso se abriu quando o paraquedista saltou — e, afinal, tirar um tempo para descansar não parecia tão ruim assim. Quando a segunda figura saltou, ela se acomodou, avaliando suas formas na queda livre.

O primeiro era, definitivamente, um aluno, mas não era ruim. Nada mal. Braços abertos, aproveitando. *Olha aquela vista! Sente esse vento!*

E o segundo... Rowan inclinou a cabeça, semicerrou os olhos. Ela não podia ter certeza, não ainda, mas apostaria um bom dinheiro que Homem de Ferro Tripp estava descendo como um foguete em direção ao aluno.

Então chegou o momento. Os paraquedas se abriram, um depois do outro — para aplausos e gritos —, com listras azuis e brancas do aluno, e o paraquedas que ela havia projetado e montado para o aniversário de sessenta anos do pai, com as letras em negrito grafando HOMEM DE FERRO em vermelho (sua cor favorita) sobre a figura desenhada de um bombeiro paraquedista.

Ela adorava vê-lo daquele jeito, e sempre tinha adorado. Forma perfeita, pensou, controle absoluto, deslizando do céu para a terra enquanto o sol reluzia através das nuvens.

Rowan estava mesmo certa em ir até ali, percebeu, quando o mundo parecia virar de cabeça para baixo ao seu redor. Naquele lugar, o que ela amava se mantinha constante. O que quer que acontecesse, ela podia contar com ele.

Afastou o estresse da manhã. Não podia ignorá-lo, mas podia deixá-lo um pouco de lado e se concentrar no que a deixava feliz. Ela passaria um tempo ali com o pai, almoçaria com ele, conversaria sobre o que estava acontecendo. Ele a ouviria, deixaria que ela desabafasse e, de alguma forma, a traria de volta ao equilíbrio.

Ela sempre pensava com mais clareza e se sentia menos sobrecarregada depois de uma sessão com o pai.

O aluno lidou bem com o salto, observou Rowan, e conseguiu fazer um pouso muito decente. Logo já estava de pé; na verdade, não era *ele*, mas *ela*, Rowan percebeu. Então, o Homem de Ferro pousou, suave como manteiga, leve como seda.

Ela se juntou aos aplausos dos outros, soltou um assobio de aprovação antes de acenar com os braços na esperança de chamar a atenção do pai.

A aluna soltou o arnês, tirou o capacete. Um cabelo ruivo deslumbrante pareceu explodir ao sol. Quando a mulher correu em direção ao seu pai, Rowan sorriu. Ela entendia a exuberância, a descarga de adrenalina, já tinha visto essa cena se repetir inúmeras vezes entre aluno e instrutor. Ela continuou sorrindo enquanto a mulher pulava nos braços de Lucas, algo que ela já tinha visto antes.

O que ela não tinha visto, e o que fez seu sorriso se transformar em uma expressão de confusão, foi seu pai girando uma aluna em círculos eufóricos enquanto a referida mulher envolvia os braços ao redor do pescoço dele.

E, quando Lucas "Homem de Ferro" Tripp se inclinou e plantou um beijo longo e muito entusiasmado — levando a plateia à loucura — na boca da aluna, o queixo de Rowan quase caiu no chão.

Ela teria ficado mais chocada se Lucas tivesse sacado uma arma e atirado na ruiva entre os olhos, mas seria por pouco.

A mulher tinha as mãos nas bochechas de Lucas, um gesto de alguma forma mais íntimo do que o próprio beijo. Transmitia conhecimento, familiaridade, privilégio.

Quem caralhos era aquela vaca, e quando caralhos o Homem de Ferro começou a beijar alunas? Beijar *alguém*?

E em público.

A mulher se virou, o rosto — que não parecia em nada com o de uma vaca — rubro pelo beijo, brilhante de risos, e fez uma reverência exagerada para a multidão que ainda aplaudia. Para o contínuo choque de Rowan, Lucas simplesmente ficou ali, sorrindo como um idiota.

Será que ele estava drogado?

Seu cérebro disse para ela se afastar, encontrar um lugar tranquilo para absorver o choque. Seu instinto disse para pular a cerca, marchar até lá e exigir saber que merda estava acontecendo.

Mas seus dedos estavam agarrados na cerca, e ela parecia incapaz de soltá-los.

Então, seu pai a avistou. O sorriso bobo se direcionou a ela enquanto ele — Deus do céu — segurava a mão da ruiva e a balançava de leve. Ele acenou para Rowan com a mão livre antes de dizer algo para a ruiva que tinha acariciado seu rosto, que ainda teve a *audácia* de sorrir na direção de Rowan.

Ainda de mãos dadas, eles foram até a cerca, e até Rowan.

— Oi, querida. Não sabia que você estava aqui.

— Eu… tô no fim da lista de saltos, então…

— Fico feliz que tenha vindo. — Ele colocou os dedos sobre os dela, que estavam agarrados à cerca, efetivamente unindo os três. — Ella, essa é a minha filha, Rowan. Ro, Ella Frazier. Ela acabou de fazer seu primeiro salto em queda livre.

— É um prazer te conhecer. Lucas me falou muito sobre você.

— Ah, é? Engraçado, ele não me falou nada sobre você.

— Você tem estado bastante ocupada. — Obviamente alheio, Lucas falou em tom alegre. — Continuamos nos desencontrando. Ella é diretora da Academia Orchard Homes.

Uma diretora de escola. Escola particular de prestígio. Outro ponto contra o status de vaca. Droga.

— Ela ganhou um salto em dupla de presente do filho — continuou Lucas —, e ficou viciada. Você deveria ter trazido sua família pra ver isso, Ella — prosseguiu ele. — Seus netos teriam adorado.

E *avó*? Que tipo de vaca que quase sugou o rosto do meu pai é essa?

— Eu queria ter certeza de que conseguiria antes que eles viessem assistir. Da próxima vez. Na verdade, vou entrar e falar com a Marcie pra organizar isso. Foi bom te conhecer, Rowan. Espero que nos vejamos mais vezes.

Embora sua voz fosse suave e educada, o rápido confronto entre os olhares das duas mulheres deixou claro que elas se entendiam.

— Te vejo lá dentro, Lucas.

É, continue andando, pensou Rowan. *Vai logo.*

— O que você achou? — perguntou Lucas, ansioso. — Eu estava esperando você ter uma folga pra poder conhecer a Ella. É muito legal você estar aqui para o primeiro salto em queda livre dela.

— Ela não está em má forma. Fez um bom voo. Escuta, pai, por que não almoçamos na cafeteria? Tem…

— Eu e Ella vamos fazer um piquenique aqui pra comemorar o salto. Por que você não se junta a nós? Assim vocês teriam a chance de se conhecerem melhor.

Ele só podia estar de brincadeira.

— Acho que não, mas obrigada. Ficar de vela não é a minha praia.

— Não seja boba. Se eu conheço Ella, ela fez bastante comida. Ela é uma ótima cozinheira.

— Só… só… — Ela teve que destravar a língua. — Há quanto tempo isso tá rolando? *O que* tá acontecendo? Beijinhos na área de pouso, mãos dadas, piqueniques? Minha nossa, pai, você tá *transando* com ela?

Ele fechou o semblante, um olhar que ela conhecia bem, significando que tinha tocado num ponto sensível.

— Acho que isso entraria na categoria de meus assuntos pessoais, Rowan. Qual é o seu problema?

— Meu problema, além dos beijos, mãos dadas e tudo mais na frente de Deus, da equipe e dos visitantes, é que eu vim aqui porque precisava conversar com meu pai, mas você, obviamente, tá ocupado demais com a Diretora Boazuda pra me dar atenção.

— Cuidado. — Os dedos dele apertaram os dela antes que ela pudesse se afastar. — Não use esse tom comigo. Não tô nem aí pra quantos anos você tem. Se precisa falar comigo, entre. Vamos conversar.

— Não, obrigada — disse ela, com frieza e educação. — Vai lá cuidar dos seus assuntos pessoais. Eu cuido dos meus. Com licença. — Ela puxou a mão, libertando-se do agarre do pai. — Preciso voltar para a base.

Ela reconheceu a combinação de raiva e decepção no rosto dele, algo raro de se ver e instantaneamente compreendido. Virou-se e se afastou dele, com as costas retesadas pelo ressentimento. Seu coração doía com o que ela dizia a si mesma que era traição.

Sua irritação só aumentou na caminhada de volta, e então deu um salto amargo quando ouviu a sirene soar. Começou a correr, cobrindo o resto da distância até a base, onde já podia ver os paraquedistas se preparando e o avião de salto taxiando na pista.

Ela entrou na sala de prontidão, deixando de lado a amargura como havia feito com o estresse — como algo para ser retirado e examinado mais tarde.

Rowan pegou o equipamento da prateleira de fácil alcance para Cards.

— Payette?

— Isso mesmo. — Ele fechou o zíper da corda de descida no bolso apropriado. — Zulies para o resgate!

Ela o encarou.

— Tenha um bom salto.

— Está nas cartas. — Ele deu uma risadinha antes de seguir para o avião que esperava.

Ela seguiu o mesmo procedimento com Trigger enquanto Gull ajudava Dobie.

Em minutos, estava vendo o avião decolar sem ela.

— Um incêndio secundário explodiu — disse Gull a ela. — Idaho já está sobrecarregado. Um integrante da segunda equipe deles se enroscou no salto, quebrou o braço, e tem mais dois feridos no solo.

— Você tá bem-informado, hein?

— Gosto de me manter atualizado. — Ele reposicionou o boné para ganhar mais sombra da aba enquanto acompanhava o avião com o olhar. — Assim como o relâmpago seco fazendo um estrago lá em Flathead. Você não passou muito tempo com o seu pai.

— Tá me vigiando?

— Apenas usando meus poderes de observação. Eles também me dizem que você tá irritada pra caramba.

— Não gosto de ficar em terra quando estou apta a saltar.

— Você tá na lista — lembrou ele. — E...?

— E o quê?

— E o que mais te deixou tão irritada?

— Você e seus poderes de observação estão prestes a me irritar ainda mais, então direcione-os para outro lugar. — Ela começou a se afastar, porém, irritada demais para se conter, acabou voltando. — Eu fui ver o meu pai, passar um tempo com ele, falar sobre essas besteiras porque é isso que fazemos. Quando chego lá, ele tá fazendo um salto em queda livre com uma aluna. Uma aluna que, por acaso, é uma mulher. Uma ruiva. Que, no minuto em que eles pousam, pula nele como meu velho cão Butch costumava pular no ar pra pegar um Frisbee. Depois, ele gira ela, e então a beija. Beija, ali mesmo, um beijo de verdade, de lábios grudados, entrelaçar de corpos, sem dúvida envolvendo línguas.

— Os melhores fazem isso. Então... tô tentando entender o que te irritou tanto.

— Eu não acabei de te dizer que o meu pai beijou aquela ruiva?

— Você disse, mas tô tendo dificuldade em entender por que isso te incomodou tanto. Você tá agindo como se nunca tivesse visto seu velho beijar uma mulher antes.

Quando ela não disse nada e só ficou ali, com os olhos como gelo azul faiscando, ele soltou uma risada meio surpresa.

— Sério? Você realmente nunca viu ele beijar uma mulher? O homem deve ter uma discrição sobre-humana.

Gull parou, balançou a cabeça e deu um tapinha no ombro dela.

— Qual é, Ro. Você não vai me dizer que acha mesmo que ele nunca encostou os lábios em uma mulher em... quantos anos você tem, exatamente?

— Ele não namora.

— Você disse isso quando ele teve aquele encontro com a cliente pra tomar uns drinques... Ahá. Agora minhas habilidades dedutivas intrépidas se unem aos meus aguçados poderes de observação para concluir que essa seria a mesma mulher.

— Ela diz que é diretora de uma escola de ensino médio. Tá bem claro que eles tão indo pra cama juntos.

— Acho que ser chamado até o escritório da diretora ganhou um novo significado pro seu pai.

— Vai se foder.

— Ei. — Ele segurou o braço dela quando Rowan se virou. — Você tá com ciúmes? Você tá com ciúmes de verdade porque o seu pai tá interessado em uma mulher... que não é você?

O calor — raiva, constrangimento — aqueceu suas bochechas.

— Isso é nojento e não é verdade.

— Você tá pau da vida e com ciúmes, e magoada de verdade porque o seu pai pode estar em um relacionamento romântico com uma mulher. Isso não é nojento nem mentira, Rowan, mas certamente me parece mesquinho e egoísta.

Algo muito parecido com a decepção que ela acabara de ver no rosto do pai passou pelo rosto de Gull.

— Quando foi a última vez que ele fez birra porque você tava envolvida com alguém?

Agora ela se sentia mesquinha, e isso só alimentava sua raiva.

— Meus sentimentos e meu relacionamento com meu pai não são da sua conta. Você não sabe nada sobre isso, ou sobre mim. E quer saber, tô muito cansada de ser criticada, da Dolly e das besteiras vingativas dela, dos agentes especiais metidos a besta, da decepção do meu pai e da sua opinião de merda sobre mim. Então, você pode simplesmente...

A sirene estridente interrompeu suas palavras.

— Parece que eu e minha opinião de merda temos que ir. — Gull deu as costas para ela e voltou para a sala de prontidão.

Era quase mais do que ela podia engolir, ficar em terra mais uma vez enquanto o avião voava para o norte.

— Se isso continuar, eles vão ter que enviar a gente.

Ela olhou para Matt.

— Com a sorte que estou tendo, o L.B. vai me riscar da lista e mandar a Marg se recebermos outra chamada. Como você acabou indo parar no porão?

— Ele acha que estou abalado demais com a Dolly, por causa da minha sobrinha. Talvez eu esteja mesmo.

— Sinto muito. Falei sem pensar.

— Tudo bem. Eu continuo esperando que eles voltem e digam que foi tudo um engano. — Ele segurava o boné nas mãos, girando-o repetidamente, deixando o cabelo loiro e bagunçado exposto. — Não é certo, sabe, pra um bebê perder o pai antes mesmo de nascer, e depois a mãe tão pouco tempo depois. — Ele se virou para Rowan, e ela achou que ele parecia incrivelmente jovem e vulnerável.

— Não é justo — disse Rowan.

— Mas as coisas... acho que as coisas simplesmente nem sempre são justas. Acho que... é como o destino.

Ele se inclinou um pouco em sua direção quando ela o enlaçou pela cintura.

— É mais difícil pra você, talvez — disse ele — do que para mim.

— Pra mim?

— Você encontrou ela. Se for ela. Mesmo que não seja, encontrar quem quer que fosse. É horrível que tenha sido você a encontrá-la.

— Nós dois vamos superar isso, Matt.

— É o que continuo dizendo pra mim mesmo. Continuo pensando na Shiloh e dizendo para mim mesmo que, aconteça o que acontecer, vamos garantir que ela fique bem. Quero dizer, ela é só um bebê.

— Os Brakeman e a sua família vão cuidar dela.

— É, bem, acho que vou subir pro mezanino, tentar pensar em outra coisa.

— É uma boa ideia. Vou subir em alguns minutos.

Ela foi primeiro para o quarto e se trancou lá dentro. Embora soubesse que era vitimismo, que era inútil, ela se sentou no chão, encostou-se na cama e chorou com vontade.

16

⌘ ⌘ ⌘

O CHORO ALIVIOU a raiva e a autopiedade. Em troca, Rowan aceitou a dor de cabeça latejante e tomou o remédio antes de lavar o rosto com água fria.

Um dos problemas de ser uma loira legítima de pele clara, ela refletiu, encarando seu reflexo no espelho, era que, depois de uma crise de choro, ela ficava parecendo alguém que tinha sofrido uma queimadura solar brutal através de uma gaze.

Jogou mais água no rosto, depois umedeceu um pano com água fria. Deu a si mesma dez minutos deitada na cama, com o pano sobre o rosto, para deixar o remédio e o frescor fazerem efeito.

Então ela havia exagerado, pensou. *Paciência*.

Ela se desculparia com o pai por se intrometer nos assuntos dele, já que agora ele tinha assuntos nos quais ela não devia meter o bedelho.

E esperava que um certo novato rápido no pé e talentoso demonstrasse a mesma cortesia, então era melhor que ele voltasse são e salvo.

Ela conferiu seu reflexo no espelho de novo e decidiu que estava aceitável. Talvez não estivesse no seu melhor, mas pelo menos não parecia que tinha passado os últimos vinte minutos deitada em posição fetal no chão, choramingando como um bebezão.

No caminho do prédio de operações para verificar o status das equipes, avistou a agente especial DiCicco vindo em sua direção.

— Srta. Tripp.

— Olha, eu sei que você tem um trabalho a fazer, mas temos duas equipes em campo. Estou indo para a Ops e não tenho tempo para revisar coisas que já discutimos.

— Sinto muito, mas vou precisar falar com você, assim como com outros membros da equipe e do staff. Os restos mortais que você encontrou ontem foram identificados como sendo de Dolly Brakeman.

— Merda. — Nauseada, Rowan pressionou a testa e massageou a pele de um lado para o outro. — Ah, merda. Como? Como ela morreu?

— Como alguns desses detalhes vão aparecer no noticiário da noite, posso dizer que a causa da morte foi uma fratura no pescoço, possivelmente por conta de uma queda.

— Uma queda? Teria que ser uma queda muito forte e muito tosca. Não foi uma queda acidental, não quando ela deixou o carro em um lugar e acabou em outro.

O semblante de DiCicco permaneceu impassível, seus olhos firmes.

— Esta é uma investigação de homicídio, coordenada com uma investigação de incêndio criminoso. Seus instintos em ambos os casos parecem ter sido certeiros.

— E estar certa me torna uma suspeita.

— Não estou preparada para eliminar ninguém como suspeito, mas você tem um álibi para o período em questão. O fato é que você e a vítima tinham um relacionamento adverso. É uma linha de investigação que preciso explorar.

— Explore à vontade. Vai na cara e na coragem. Eu não cacei problemas com ela. Se pudesse ter dado um soco nela no infame dia do sangue de porco, eu teria dado. E ela teria merecido. Acho que deveria ter sido processada pelo que fez com o nosso equipamento e passado um bom tempo na cadeia. Não acho que ela deveria ter morrido por nenhum desses crimes. Ela era...

Rowan parou quando uma caminhonete rugiu, derrapando ao seguir a toda velocidade em sua direção. Ela agarrou o braço de DiCicco para puxá-la para trás, ao mesmo tempo que DiCicco agarrava o dela para fazer o mesmo.

A caminhonete freou com um guincho, levantando nuvens de poeira.

— Jesus Cristo! O que diabos você...? — Ela interrompeu a frase ao reconhecer o homem que saltava da caminhonete como sendo Leo Brakeman, pai de Dolly.

— Minha filha está morta! — Ele ficou lá, com as mãos grandes cerradas em punhos ao lado do corpo, seu corpanzil de ex-jogador de futebol americano tremendo, o rosto largo e severo avermelhado.

— Sr. Brakeman, sinto muito por...

— Você é a responsável. Não sobrou nada dela além de ossos queimados, e você é a responsável.

— Sr. Brakeman. — DiCicco se colocou entre Rowan e Brakeman, mas Rowan foi para o lado, recusando o escudo. — Expliquei ao senhor que eu e todos os recursos da minha agência faremos tudo o que for possível para identificar o assassino da sua filha. O senhor precisa ir pra casa, ficar com sua esposa e sua neta.

— Vocês vão só encobrir. Vocês trabalham para as mesmas pessoas. Minha filha estaria viva hoje se não fosse por essa aí.

Quando ele apontou o dedo, Rowan sentiu a dor e a raiva atrás do gesto, como uma lâmina perfurante.

— Ela fez a Dolly ser demitida porque não conseguia suportar ser lembrada de que deixou o Jim Brayner morrer. Ela fez ela ser demitida, então a Dolly teve que dirigir até Florence pra procurar trabalho. Se ela não matou minha filha com as próprias mãos, ela é a razão disso. Você se acha tão importante, não é? — rugiu ele para Rowan. — Acha que pode se apoiar na reputação do seu pai, e só porque seu sobrenome é Tripp, você pode pisar nas pessoas? Você tinha inveja da minha filha, inveja porque o Jim te trocou por ela, e você não suportou. Você deixou ele morrer pra ela não poder ficar com ele.

— Leo. — L.B., com uma parede de homens atrás dele, avançou. — Sinto muito pela Dolly. Todos nós sentimos muito pela sua perda. Mas só vou pedir uma vez que você saia desta propriedade.

— Por que você não demite ela? Por que não expulsa ela dessa base como se fosse lixo, do mesmo jeito que fez com a minha menina? Agora a minha filha tá morta, e ela tá aí, como se não fosse *nada*.

— Este não é um bom momento pra você estar aqui, Leo. — L.B. manteve a voz baixa, calma. — Você precisa ir pra casa e ficar com a Irene.

— Não me diga o que preciso fazer. Tem uma bebê que precisa da mãe. E nenhum de vocês dá a mínima pra isso. Vocês vão pagar pelo que aconteceu com a minha Dolly. Vocês vão pagar caro, todos vocês.

Ele cuspiu no chão, voltou para a caminhonete com um estrondo. Rowan viu lágrimas escorrendo pelo rosto dele enquanto ele girava o volante e acelerava.

— Ro…

— Agora não, L.B. Por favor. — Ela balançou a cabeça.

— Agora — retrucou ele, e colocou um braço firme ao redor dos ombros dela. — Você vai entrar comigo. Agente DiCicco, se precisar falar com a Rowan, vai ter que ser mais tarde.

DiCicco observou a parede de homens se fechar como uma barricada, depois entrar no prédio atrás de Rowan.

Lá dentro, L.B. a conduziu diretamente para o seu escritório, e fechou a porta para o restante dos homens.

— Sente-se — ordenou ele.

Quando ela obedeceu, ele passou as mãos pelo cabelo, recostou-se na mesa.

— Você sabe que Leo Brakeman é durão nas melhores circunstâncias.

— Sei.

— E as circunstâncias agora são das bem fodidas.

— Eu entendo. Tem que ser culpa de alguém, e como a Dolly me culpou por tudo, sou a escolha óbvia. Eu entendo. Se ela disse pra ele, ou pras outras pessoas, que eu tava pegando o Jim antes de ele me dispensar, por que o pai dela não acreditaria que eu tinha algo contra a filha dele? E só pra deixar claro, o Jim e eu nunca…

— Você acha que eu não te conheço? Vou falar com a DiCicco e esclarecer isso.

Rowan deu de ombros. Curiosamente, tinha sentido a espinha se reerguer sob o ataque de Brakeman.

— Ela vai acreditar ou não. Não importa. Eu tô bem, ou quase bem. Você não tem tempo pra bancar a minha babá, L.B., não com as nossas equipes em campo. Sinto muito por Brakeman — disse ela —, mas essa foi a última vez que ele me usou como saco de pancadas emocional. Dolly era uma mentirosa, e o fato de ela estar morta não muda isso.

Ela se levantou.

— Eu te disse hoje de manhã que estava apta e bem. Não era mentira, mas também não era completamente verdade. Agora é. Ninguém vai me tratar como a Dolly e o pai dela trataram e me fazer sentir mal por isso. Não sou responsável pela bagagem cheia de merda que eles carregam. Já tenho a minha própria.

— Agora, sim, parece que você tá apta e bem.

— Posso ajudar na Ops, se quiser, ou subir pro mezanino, ver o que precisa ser feito lá.

— Vamos ver como nossos meninos e meninas estão se saindo.

DiCicco se dirigiu à cozinha do refeitório e a encontrou vazia, exceto pelos aromas que ela classificou tanto como reconfortantes quanto pecaminosos. Estava prestes a entrar no amplo salão quando um movimento na janela chamou sua atenção.

Viu a cozinheira-chefe, Margaret Colby, arrancando ervas daninhas de uma horta impressionante. Marg olhou para cima ao ouvir o som da porta dos fundos se abrir, e ajustou a aba larga do chapéu de palha que usava sobre o lenço de cozinha.

— Esse orégano tá bem bonito.

— Tá crescendo bem. Você tá me procurando ou só dando uma volta?

— Gostaria de conversar com você por alguns minutos. E com a outra cozinheira também, Lynn Dorchester.

— Deixei a Lynn ir pra casa de tarde, ela tava bem abalada. Ela volta por volta das quatro. — Marg jogou as ervas daninhas no balde de plástico a seus pés e bateu as mãos para limpá-las. — Tô com vontade de tomar uma limonada. Você aceita?

— Se não for muito incômodo.

— Se fosse, eu não faria. Pode se sentar ali. Já passo tempo demais na cozinha em dias bonitos, então aproveito pra ficar aqui fora quando posso.

DiCicco sentou-se em uma das cadeiras, contemplando o jardim, a disposição das terras além dele. Os grandes hangares e edifícios, a curva da pista a uma certa distância. E a elevação e extensão das montanhas salpicadas de nuvens.

Marg voltou com a limonada e um prato de biscoitos com generosos pedaços de chocolate.

— Aaah… Você descobriu minha maior fraqueza.

— Todo mundo tem uma. — Marg pousou a bandeja na mesa, sentou-se confortavelmente e tirou os sapatos de jardinagem de sola de borracha. — Ficamos sabendo que era a Dolly. Deixei a Lynn ir embora porque ela ficou muito afetada. Elas não eram melhores amigas; a Dolly não tinha amigas. Mas trabalharam juntas por um bom tempo e se davam bem no geral. A Lynn tem um coração mole, e isso atingiu ela em cheio.

— Você também trabalhou com a Dolly por um bom tempo. Era a supervisora dela.

— Isso mesmo. Ela sabia cozinhar, tinha mão boa pra isso, e nunca me deu problema na cozinha. O problema dela, ou um deles, era que ela via o sexo como uma conquista e como moeda de troca.

Marg pegou um biscoito, deu uma mordida.

— Os homens daqui são fortes. São corajosos. Têm corpos malhados, e é difícil não notar. A Dolly não tinha dificuldades em notar. Muitos deles são jovens também — continuou —, e quase todos estão longe de casa. Eles arriscam a vida e trabalham como condenados, às vezes por dias a fio nas piores condições possíveis. Se aparece a chance de rolar nos lençóis com uma mulher pelada, não são muitos que diriam "não, obrigado". A Dolly deu essa chance pra muitos deles.

— Isso gerou algum tipo de ressentimento? Quando uma mulher dá uma chance para um homem, e logo depois dá a mesma chance pra outro, é natural que haja ressentimento.

— Não conheço ninguém aqui que tenha levado a Dolly a sério. E isso inclui o Jim. Sei que ela disse que ele ia casar com ela, e sei que ela estava mentindo. Ou sonhando. É mais gentil dizer que estava sonhando.

Embora tenha usado palavras diferentes, L.B. havia expressado a mesma opinião.

— O Jim tinha algum relacionamento sério com Rowan Tripp?

— A Ro? Bem, ela ajudou a treiná-lo como recruta e trabalhou com ele… — interrompeu-se Marg ao perceber o *real* sentido da pergunta. Então ela se recostou na cadeira e riu até doer a barriga. Acenou com a mão no ar, bebeu um pouco de limonada para se acalmar.

— Não sei de onde você tirou essa ideia, agente DiCicco, mas se o Jim tivesse tentado algo *sério* com a Ro, ela teria espantado ele como uma mosca. Ele flertava com tudo que era mulher, inclusive comigo. Era o jeito dele, e ele era todo gaiato sobre isso. Mas não tinha nada entre ele e a Ro além do que existe entre todos eles: um tipo de amizade que imagino que veteranos de guerra entendem bem. Além disso, a Rowan nunca se envolveu com ninguém da unidade… até essa temporada. Até que Gulliver Curry apareceu. Estou gostando de ver como isso vai se desenrolar.

— Leo Brakeman alega que Rowan e Jim estavam envolvidos antes de ele terminar com ela para ficar com a Dolly.

Marg tomou mais um gole de limonada e contemplou as montanhas, assim como DiCicco havia feito.

— O Leo tá de luto, e meu coração dói por ele e pela Irene, mas ele está enganado. Pra mim, isso soa mais como algo que a Dolly teria dito.

— Por que ela faria isso?

— Pelo drama, e pra tentar sujar um pouco a imagem da Rowan. Já te disse, a Dolly não tinha amigas. Ela se dava bem com a Lynn porque não a via como ameaça. A Lynn é casada e feliz, e os homens tendem a vê-la como uma irmã ou filha. Mas a Dolly sempre viu a Rowan como uma ameaça, e mais, sabia que a Rowan a considerava… vulgar, por assim dizer.

— É óbvio que elas não se davam bem.

— Até a morte do Jim, elas se toleravam bem o suficiente. Conheço as duas desde que eram crianças. A Rowan nem notava a Dolly. A Dolly tava sempre de olho na Ro. E, se você ainda tá pensando que a Rowan teve algo a ver com o que aconteceu, tá perdendo bastante tempo que seria mais bem gasto descobrindo quem realmente fez isso.

Tempo nunca era desperdiçado, na opinião de DiCicco, se você descobrisse *alguma coisa*.

— Você sabia de algo sobre a Dolly ter arranjado um emprego em Florence?

— Não. Não sei por que ela faria isso. Tem muitos lugares por aqui que contratariam ela, pelo menos para a temporada.

Marg soltou um longo suspiro.

— Eu não queria dar uma carta de referência pra ela. O pastor dela veio aqui, tentou me convencer a escrever uma. Não gostei do jeito dele, isso é uma coisa, mas de qualquer forma eu não faria. Ela não mereceu, com o comportamento que teve. Acho que lamento por isso, se ela sentiu que precisava sair de Missoula pra trabalhar. Mas tem muitos lugares onde teria conseguido trabalho sem uma referência.

Marg ficou um momento em silêncio, estudando as montanhas.

— Ela tava voltando de lá quando aconteceu? Voltando do trabalho em Florence?

— É algo que vou ter que investigar. Odeio exageros, então você sabe que estou falando sério quando digo que esse é o melhor biscoito que já comi.

— Vou embalar alguns pra você.

— Claro que não vou recusar.

A EQUIPE EM Idaho conseguiu conter o incêndio ao anoitecer. Mas, ao norte, a batalha continuava.

Ela podia ver. Quando Rowan saiu para respirar um pouco, dava para ver o fogo e a fumaça, bem como as figuras em camisas amarelas brandindo ferramentas como armas.

Se eles solicitassem outra equipe, se precisassem de reforço ou substituição, L.B. a enviaria. E ela estaria pronta.

Suas costas retesaram ao ver o brilho dos faróis e a silhueta de uma caminhonete se aproximando. Depois relaxou um pouco, quando percebeu que não era Leo Brakeman voltando para mais uma investida contra ela.

Lucas desceu da caminhonete e foi até a filha.

Ele ainda está com raiva, ela reparou. Ainda está irritado.

Ele provou isso quando segurou os ombros dela com força e lhe deu uma leve sacudida.

— Por que diabos você não me contou o que aconteceu? Que tinha encontrado o corpo, sobre a Dolly, sobre tudo?

— Achei que você soubesse.

— Pois eu não sabia, caralho.

— Você andou ocupado.

— Não me vem com essa merda, Rowan. A mensagem que você me mandou depois do salto só dizia que "estava bem".

— E eu estava. Não me machuquei nem nada.

— Rowan.

— Eu não queria contar por mensagem, nem por telefone. Depois foi uma coisa em cima da outra. Hoje de manhã fui lá na escola pra falar com você sobre isso, mas…

Ele simplesmente a puxou para si e a abraçou.

— Eu sou uma suspeita.

— Para com isso — murmurou ele, e encostou os lábios no topo da cabeça dela.

— A agente federal do Serviço Florestal já me interrogou duas vezes. Eu me desentendi com a Dolly, daí, com aquele tanto de hectares lá em cima, fui tropeçar justamente no que sobrou dela. Aí, hoje, o Leo Brakeman apareceu por aqui.

Ela desabafou, desnudando a alma, porque o pai estava ali para ampará-la outra vez.

— O Leo tá fora de si por conta da tristeza. No lugar dele, não sei o que eu faria. — Não conseguia nem pensar nisso. — Eles vão encontrar quem fez isso. Talvez ajude, como dizem, embora eu juro que não sei como.

— Ele tava chorando quando foi embora. Acho que foi nessa hora que parei de sentir pena de mim mesma, porque eu tava numa festinha de autopiedade.

— Você nunca conseguiu ficar nessa por muito tempo.

— Eu tava tentando bater o recorde. Pai, sobre o que aconteceu hoje mais cedo… Me desculpa.

— Eu também quero pedir desculpa. — Ele fez um gesto familiar, sacudindo a mão. — É página virada.

— Vamos começar do zero.

— Onde está o cara com quem você tem andado?

— Ele tá no incêndio em Flathead.

— Vamos ver como estão as coisas na central de operações.

— Eu quero que ele volte em segurança, quero que todos voltem em segurança. Embora eu esteja brava com ele. E tô brava porque acho que ele tava certo quanto a algumas coisas.

— Odeio quando isso acontece. Além disso, quem ele pensa que é pra estar certo?

Ela riu e descansou a cabeça no ombro do pai.

— Obrigada.

ELA FICOU de vigília no prédio da central de operações, ajudou a atualizar o mapa que rastreava o progresso da equipe e as voltas e reviravoltas do fogo, e observou as descargas elétricas sendo registradas no radar.

Pouco depois das duas da manhã, enquanto uma tempestade trovejante varria a base e, ao norte, Gull e seus companheiros se enfiavam em barracas, ela desabou na cama.

E quase de imediato se viu em meio ao sonho.

O retumbar do trovão tornou-se o rugido dos motores, o uivo do vento se transformou no ar explodindo pela porta aberta do avião. Ela notou o nervosismo nos olhos de Jim, ouviu o mesmo em sua voz e, revirando-se na cama, ordenou a si mesma que o impedisse. Que contactasse a base, alertasse o *spotter*, falasse com o chefe da equipe.

Qualquer coisa.

— A vida é assim — disse ele, com os olhos cheios de tristeza. — Sabe como é... É o meu destino.

Então, ele pulou, como sempre fazia, dando aquele último salto atrás dela. Direto no fogo, gritando à medida que as chamas o consumiam.

Daquela vez, ela aterrissou sozinha, as chamas atrás dela rosnando, grunhidos roucos se avolumando até que o chão tremesse. Ela correu, subindo a ladeira, o calor encharcando sua pele ao se lançar no meio da fumaça densa.

Ela gritou o nome de Jim — sempre havia esperança —, procurando cegamente. O fogo escalava as árvores como fios incandescentes, e espalhava-se sobre o terreno em uma dança mortal. Através de tudo aquilo, alguém a chamou.

Ela mudou de direção e, gritando até a garganta doer, tropeçou no terreno todo queimado. Galhos carbonizados saltavam de pontos fumegantes e acenavam como dedos ossudos. Troncos secos tortos e salientes pareciam se mover e balançar por trás da cortina de fumaça. A terra queimada crepitava sob seus pés e ela corria na direção de onde ouvira seu nome.

O silêncio pairou, como uma respiração contida. Deteve-se diante do vazio absoluto de som, desorientada, confusa. Por um momento, foi como se tivesse ficado presa em uma fotografia em preto e branco. Nada se movia, mesmo enquanto ela corria. O chão permanecia silencioso sob seus pés.

Ela o viu, deitado no chão que o fogo havia despido, voltado para o oeste, como se posicionado para assistir ao pôr do sol. A própria voz ecoou dentro da sua cabeça ao chamar o nome dele. Tonta de alívio, ela caiu de joelhos ao lado dele.

Jim. Graças a Deus.

Puxou o rádio, mas, como o ar ao redor, só havia o silêncio.

Eu encontrei ele! Alguém me responde. Alguém me ajuda!

— Eles não podem.

Ela se jogou para trás quando a voz de Jim rompeu o silêncio, quando, por trás da máscara, seus olhos se abriram e seus lábios se curvaram em um sorriso horrível.

— Nós queimamos aqui. Todos nós queimamos aqui.

Chamas se acenderam por trás da máscara que ele ainda usava. E, mesmo quando ela fez menção de puxar o ar para gritar, ele agarrou a mão dela. O fogo fundiu sua carne à dele.

Ela gritou, e continuou gritando enquanto as chamas envolviam os dois.

ROWAN SE arrastou para fora da cama e cambaleou até a janela. Ela a abriu e engoliu o ar que entrava em rajadas. A tempestade havia seguido para o leste, levando consigo a chuva e os trovões ensurdecedores. Em algum momento durante aquele pesadelo horrível, o céu se desfez das nuvens. Ela contemplou as estrelas para se acalmar, encontrando conforto em seu brilho frio e intenso.

Um dia ruim, só isso, pensou. Teve um dia ruim que culminou em uma noite ruim. Agora estava acabado, fora da sua mente. No passado.

Mas deixou a janela aberta, ansiando pela brisa fresca ao voltar para a cama, onde ficou um tempo de olhos abertos, olhando as estrelas.

Quando sentiu-se adormecer, algo sobre o sonho cutucou um canto da sua consciência. Ela afastou o pensamento, focando nas estrelas. Manteve-se focada naquela luz fria e intensa enquanto caía em um sono tranquilo e sem sonhos.

ROWAN E uma equipe de limpeza pousaram em Flathead no final da manhã. Embora estivesse grata pelo trabalho, pela rotina — por mais tediosa que fosse —, não pôde negar certa decepção ao ver que Gull e sua equipe já tinham ido embora quando ela chegou.

Enquanto executava o trabalho, a agente especial Kimberly DiCicco fazia o dela. Ela se encontrou com Quinniock em uma lanchonete perto da rodovia doze. Ele se sentou diante dela na cabine e acenou com a cabeça.

— Agente.

— Tenente. Obrigada por vir.

— Sem problemas. Só café — disse ele à garçonete.

— Vou direto ao ponto, se não se importar — começou DiCicco, quando a garçonete desvirava a xícara já posta sobre a mesa, servia o café e se afastava.

— Economiza tempo.

— Você conhece a área melhor do que eu, assim como as pessoas. Sabe das relações, dos atritos, e recentemente interrogou a vítima a respeito do vandalismo. Preciso da sua ajuda.

— O departamento está sempre disposto a cooperar, ainda mais porque o seu pedido me poupa de ter que ir atrás de você para tentar arranjar uma forma de participar no caso. Ou de ter que dar a volta em você e investigar por conta própria, se recusasse.

— Economiza tempo — repetiu ela, ecoando as palavras dele —, e dor de cabeça. Você tem uma boa reputação, tenente.

— Assim como você. E, de acordo com Rowan Tripp, nós dois temos muito bom gosto quanto a roupas.

DiCicco sorriu, muito discretamente.

— Essa é uma bela gravata.

— Obrigado. Parece que nós dois gastamos tempo e esforço investigando um ao outro. Na minha opinião, a jurisdição é sua, agente DiCicco, porém a vítima pertence à minha. Vamos conseguir o que queremos mais rápido se unirmos nossas forças. Por que você não me diz em quem está de olho, e talvez eu possa lhe dar alguma informação?

— Vamos começar pela vítima. Acho que já tenho uma impressão sobre ela, após rever as evidências, compilar entrevistas e observações. Minha conclusão principal é que Dolly Brakeman era uma mentirosa de carteirinha, que vivia em um mundo de ilusão.

— Eu não discordaria dessa conclusão. Ela também era impulsiva, ao mesmo tempo que era o que chamo de uma pessoa que "rumina" ressentimentos. Tinha tendência a guardar mágoas, supostos insultos, ruminando tudo aquilo até agir por impulso quando o gatilho era acionado.

— Como fugir daqui depois da morte de Jim Brayner — disse DiCicco —, mesmo sendo justamente a época em que mais precisava estar em casa, recebendo o apoio da família.

— Ela brigou com o pai.

DiCicco recostou-se.

— Eu imaginei.

— Descobri isso com a sra. Brakeman, quando conversei com ela depois do vandalismo na base. Dolly chegou em casa fora de si quando soube do acidente de Jim, e foi quando contou aos pais que estava grávida e que tinha largado o emprego. Brakeman não reagiu bem. Eles discutiram, e ele disse algo sobre ela ter que voltar pra base, recuperar o emprego ou encontrar outra pessoa pra bancar as despesas dela. A Dolly arrumou as malas e foi embora. Com um pouco mais de investigação, descobri que ela levou os quinhentos dólares em dinheiro que os pais guardavam pra alguma emergência.

— Não se vai muito longe com quinhentos dólares.

— A mãe dela mandava dinheiro de vez em quando. E quando a Dolly entrou em trabalho de parto e ligou para os pais de Bozeman, os Brakeman foram até lá e se reconciliaram.

— Bebês são ótimos para unir as pessoas.

— A Dolly disse que tinha sido salva, e passou a frequentar a igreja da mãe quando voltaram para casa.

— A igreja do reverendo Latterly. Eu entendi isso, e já falei com ele. Ele fez questão de me dizer que Leo Brakeman não frequenta a igreja. — Ela pensou no que Marg havia dito durante o lanche. — Não posso dizer que gostei do jeito dele... Achei bem passivo-agressivo — acrescentou, e Quinniock concordou com um aceno de cabeça. — Ele parece sentir que Little Bear, Rowan Tripp, e o resto da equipe falharam em demonstrar caridade cristã a uma alma aflita. Apesar da grosseria dele, prefiro a dor genuína e a raiva do Leo Brakeman.

— Independentemente do jeito dele, Irene Brakeman afirma que ele ajudou os três, ela, o marido e Dolly, a entrarem em um acordo quando a filha voltou. O que a Dolly não mencionou quando ligou para os pais pedindo ajuda, e acabei descobrindo depois de investigar um pouco mais, foi que ela havia arranjado uma adoção particular em Bozeman, o que custeou as despesas dela na cidade.

— Ela planejava entregar a bebê para adoção?

— Só ela sabia o que andava planejando, mas ela não contatou os pais adotivos quando entrou em trabalho de parto, nem o obstetra que foi pago pelo casal. Em vez disso, foi ao pronto-socorro de um hospital do outro lado da cidade e deu o endereço de Missoula. Quando a outra parte descobriu o que havia acontecido, ela já estava a caminho de casa. Como as mães biológicas têm o direito de mudar de ideia, não havia muito o que eles pudessem fazer.

DiCicco abriu sua caderneta.

— Você tem os nomes deles?

— Sim. Vou te passar todas as informações, mas não acredito que essas pessoas tenham rastreado a Dolly até aqui, nem que a mataram e atearam fogo na floresta.

— Talvez não, mas é uma motivação forte.

— Você ainda tá investigando Rowan Tripp?

DiCicco se recostou enquanto a garçonete enchia a xícara de café deles mais uma vez.

— Deixe-me falar o que penso da Rowan Tripp. Ela é temperamental. Tem um poder considerável, força física e força de vontade. Ela detestava a Dolly, tanto em nível pessoal quanto em termos gerais. O álibi dela é um homem com quem ela está tendo relações no momento. Homens mentem em troca de sexo.

DiCicco fez uma pausa para colocar uma colherinha de açúcar no café.

— Dolly afirmou que Rowan tinha implicância porque Brayner a trocou por ela. Ela era uma mentirosa — acrescentou DiCicco, antes que Quinniock pudesse responder. — Rowan Tripp não é. Na verdade, ela é quase impiedosamente franca. Se a Dolly tivesse levado um soco no rosto, eu apontaria o dedo para Tripp. Mas o local do assassinato, distante da estrada, o pescoço quebrado, o incêndio criminoso? Isso não bate com as minhas observações. Quem quer que tenha matado a Dolly e levado ela pra floresta deve ter esperado que o fogo a carbonizasse até virar cinzas, ou pelo menos que demorasse mais para os restos mortais serem descobertos. Teria sido uma burrice gigante da Tripp reportar a descoberta, e ela não é burra.

— Nisso, estamos de acordo.

— Continuando com a vítima, passei algum tempo tentando checar a alegação dela de que tinha um emprego em Florence. Até agora, não consegui confirmar nada. Comecei a conferir estabelecimentos como este, à beira da estrada, mas não encontrei nenhum que tenha contratado ela, nem ninguém que se lembre de tê-la visto procurando emprego. E, dado seu histórico, fico me perguntando por que ela se daria ao trabalho de procurar emprego por aqui, quando recentemente fez dois depósitos de cinco mil dólares, rastreados até Matthew Brayner, em uma conta em Lolo. Não era o banco que ela costumava usar — acrescentou DiCicco —, o que me leva a acreditar que ela não queria que ninguém soubesse disso. O que, provavelmente, inclui os pais dela.

Ele não tinha ficado sabendo do dinheiro — pelo menos, não ainda —, e dinheiro sempre importava.

— Ela pode ter pensado em fugir de novo.

— Pode até ser. Tem outro padrão no histórico da Dolly: homens. Por isso vou começar a investigar os motéis ao longo da estrada entre Florence e Missoula. Talvez ela tenha decidido tentar o outro irmão Brayner.

— Sexo, dinheiro e culpa. — Quinniock assentiu. — A tríade de possíveis motivações. Pronta para começar?

conseguiu confirmar nada. Contactei e conferi estabelecimentos a noroeste, à beira da estrada, mas não encontrei nenhum que tenha contratado ela, nem ninguém que se lembre de tê-la visto procurando emprego. Dado seu histórico, fico me perguntando por que ela se daria ao trabalho de procurar emprego por aqui, quando recentemente fez dois depósitos de cinco mil dólares, rastreados até Matthew Brunner, em uma conta em Lolo. Não era o banco que ela costumava usar — acrescentou DiCicco —, o que me leva a acreditar que ela não queria que ninguém soubesse disso. O que, provavelmente, incluía os pais dela.

Ele não tinha ficado sabendo do dinheiro — pelo menos, não ainda —, e dinheiro sempre importava.

— Ele pode ter pensado em fugir de novo.

— Pode até ser. Tem outro padrão no histórico da Holly, homens. Por isso vou começar a investigar os motéis ao longo da estrada entre Florence e Missoula. Talvez ela tenha decidido tentar o outro irmão Brunner.

— Sexo, dinheiro e culpa — Quinnlock assentiu. — A tríade de possíveis motivações. Pronta para começar?

17

⌘ ⌘ ⌘

GULL ESTAVA sentado na cama com o laptop. Já havia respondido seus e-mails pessoais, anexado algumas fotos que tirara das montanhas e do acampamento naquela manhã. Trabalhou um pouco e agora acessava o jornal da sua cidade natal para dar uma olhada na seção de esportes.

Sabia que o helicóptero de transporte já havia retornado e se perguntou quanto tempo levaria para Rowan bater à sua porta.

Ela viria, pensou. Nem que fosse só para retomar a discussão de onde haviam parado. Rowan não era do tipo que evitava confrontos e, mesmo que fosse, seria praticamente impossível fugir dele trabalhando na mesma base.

Ele podia esperar.

Por curiosidade, fez uma pesquisa no Google sobre investigação de incêndios criminosos em florestas e, enquanto analisava os resultados, considerou dar uma passada na sala de descanso para ver o que estava acontecendo, ou talvez chamar o Dobie para dar uma volta na cidade.

É sempre mais fácil esperar quando se está ocupado, pensou. Então, um artigo chamou sua atenção. Distraído, respondeu à batida na porta.

— Tá aberta.

— Destrancada é diferente de aberta.

Ele olhou para o lado. Rowan estava apoiada no batente.

— Agora tá aberta.

Ela deixou a porta entreaberta ao entrar e inclinou-se para ver a tela do laptop.

— Você tá estudando sobre incêndios criminosos?

— Especificamente sobre incêndios florestais. Parece relevante no momento. Como foi a limpeza?

— Vocês deixaram uma bela bagunça.

Ela desviou o olhar da tela para o rosto dele.

— Ouvi dizer que as coisas ficaram complicadas lá em cima.

— Tivemos alguns momentos. — Ele sorriu. — Senti sua falta.

— Porque sou muito boa ou porque sou linda?

— Ambas as coisas.

Ele desligou o computador.

— Que tal a gente dar uma volta pra ver o pôr do sol?

— Sim, tudo bem.

Ao saírem, ela pegou os óculos escuros do bolso.

— O fato de eu estar surpresa, e não feliz, por meu pai estar envolvido com uma mulher que não conheço, e sobre a qual ele não me contou, não me torna ciumenta.

— É assim que vamos chamar isso? Surpresa e não feliz? Eu definiria como indignada e furiosa.

— Por causa da surpresa — disse ela, em tom firme.

— Vou te dar esse ponto — decidiu Gull —, já que, aparentemente, você passou a vida inteira sem presenciar um beijo.

— Não acho que reagi de forma exagerada. Muito.

— Por que discutir detalhes?

— Não vou me desculpar por ter mandado você cair fora.

— Então, não preciso ser gentil e aceitar um pedido de desculpas que não existe. Também não vou me desculpar por dar minha opinião sobre a sua reação "não muito exagerada".

— Então acho que estamos quites.

— Quase isso. Que pôr do sol incrível.

Ela ficou ali com ele, observando o sol baixar atrás dos picos ocidentais, mergulhando em um mar de vermelho, dourado e lilás.

— Não preciso gostar dela, e com certeza não preciso confiar nela.

— Você é igualzinha a um cachorro com um osso, Rowan.

— Talvez. Mas é o meu osso.

O silêncio, pensou Gull, podia expressar uma opinião tão bem quanto as palavras.

— Então... Ouvi dizer que o pai da Dolly veio pra cima de você.

— Já passou.

— Não acho que tenha passado.

— Você tá se metendo de novo, Gull?

— Se quiser chamar assim. O cara tá passando por uma barra, então talvez ele mereça um desconto dessa vez. Mas é só isso que já passou. Ninguém se mete com a minha namorada.

— Sua namorada? Eu não sou sua namorada.

— Estamos ou não aqui juntinhos assistindo ao pôr do sol? E não é bem provável que acabemos juntinhos e pelados na cama hoje à noite?

— Independentemente disso...

— Independentemente uma ova. — Ele segurou o queixo dela e a puxou para um beijo. — Isso faz de você a minha namorada.

— Caracas, Gull, você tá me dando nos nervos.

Achando graça, ele apoiou o braço nos ombros dela e continuou andando.

— Então, mais tarde. No seu quarto ou no meu?

Com a luz do dia suavizando, ela tirou os óculos escuros e começou a girá-los pela alça.

— Algumas pessoas se sentem intimidadas ou incomodadas com um certo nível de confiança.

— Você não.

— Não, eu não sou desse tipo. Felizmente para você, eu gosto disso. Vamos... — Ela se afastou bruscamente ao ouvir um estalo seco no ar. — Minha nossa, isso foi...

Ela perdeu o fôlego na hora quando Gull a derrubou no chão e caiu em cima dela.

— Fique abaixada — ordenou, vendo uma bala se cravar no chão a cerca de dois metros de distância. — Segure-se em mim. Vamos rolar.

No instante em que os braços dela o enlaçaram, ele impulsionou o corpo para o lado, sentindo-a fazer o mesmo, e os dois rolaram desajeitadamente pelo chão, protegendo-se atrás de um dos jipes estacionados do lado de fora de um hangar.

Um terceiro disparo soou, ricocheteando no metal acima deles.

— Tá vindo de onde? Consegue dizer?

Gull negou com a cabeça, mantendo o corpo sobre o dela, esperando pelo próximo tiro. Mas o silêncio imperou por alguns segundos, até ser rompido por gritos e passos apressados.

— Pelo amor de Deus, fiquem abaixados e se protejam! — gritou ele. — Tem um atirador.

Dobie correu até o jipe e mergulhou atrás dele.

— Vocês foram atingidos? Você… Caramba, Gull, você tá sangrando.

Rowan se contorceu sob ele.

— Sai de cima, sai! Deixa eu ver.

— Só ralei no asfalto. Não fui baleado. Fica abaixada.

— Rifle. — Dobie se agachou. — Sei reconhecer um tiro de rifle quando ouço um. Acho que veio dali, das árvores. Sorte do caralho ele ser um péssimo atirador, porque vocês dois estavam bem na mira, dando sopa.

— Ei! — gritou Trigger do outro lado do hangar. — Alguém ferido?

— Estamos bem — respondeu Rowan. — Não sai daí. Ele pode estar esperando alguém se expor.

— O L.B. já chamou a polícia. Fiquem onde estão por enquanto.

— Entendido. Agora sai de cima de mim, Gull.

— Ele te derrubou de jeito — comentou Dobie quando Gull se afastou. — Você sabia que ele jogava futebol americano no colégio? Era quarterback.

— Que interessante — resmungou Rowan, segurando o braço de Gull para examinar os arranhões ensanguentados nos cotovelos e antebraços. — Tá cheio de cascalho nos arranhões.

— Eu gostava mais de basquete — comentou Gull casualmente. — Mas não tinha altura suficiente pra competir. Tinha velocidade, mas parei no um metro e oitenta até o último ano, quando cresci mais cinco centímetros. Agora, beisebol, esse eu gostava mais que os outros dois. Eu tinha um braço bacana pra arremessar na época.

Talvez falar ajudasse a distraí-lo dos ferimentos, Rowan pensou, porque aquilo devia estar ardendo pra cacete.

— Achei que você fosse estrela do atletismo.

— Eu era bom, mas sempre gostei de esportes, então experimentei de tudo. Eu gostava mesmo é de colecionar medalhas. Me formei sendo destaque em quatro esportes.

Rowan o observou à luz do entardecer.

— Estamos aqui atrás de um jipe, nos escondendo de algum lunático com um rifle, e você tá se gabando dos seus dias de glória no colégio?

— Ajuda a passar o tempo. Além disso, foram dias de glória muito impressionantes. — Ele limpou um pouco de sujeira da bochecha dela. — Estamos bem.

— Se vocês dois começarem a se agarrar, eu não vou fingir que não tô vendo. — Dobie se encostou ao pneu. — Queria uma cerveja.

— Quando essa brincadeira acabar — disse Gull —, a primeira rodada é por minha conta.

— Eu tava pensando em ir pra sala de descanso, relaxar vendo alguma coisa e tomando uma cerveja. Saí só por um minuto e... *bam! bam!*

— Então, em vez de voltar pra dentro do prédio, você saiu correndo pro lado de fora? — questionou Rowan.

— Do jeito que vocês caíram, fiquei sem saber se tinham sido atingidos ou não.

Rowan se inclinou por cima de Gull e deu um beijo na boca de Dobie.

— Obrigada.

— Não vou te beijar — avisou Gull. — Ele já foi. Sumiu depois do terceiro tiro.

— Provavelmente — concordou Dobie. — Já tá bem escuro agora. Ele não deve conseguir ver nada, só se tiver óculos de visão noturna.

— Vamos. — Rowan se sentou sobre os calcanhares. — Se ele quiser mesmo atirar na gente, pode dar a volta, no escuro, e nos pegar enquanto estamos sentados aqui.

— Ela tem razão. Não corram em linha reta. Pelo menos é o que dizem nos filmes — salientou Gull. — Alojamento?

— Alojamento — concordou Dobie.

Antes que qualquer um dos dois pudesse reagir, Rowan se levantou de um pulo e começou a correr.

— Merda!

Gull correu atrás dela — poderia tê-la alcançado, ultrapassado, e ambos sabiam disso. Mas ficou logo atrás, desviando quando ela desviava, ziguezagueando junto com ela.

— Estamos chegando! — gritou Rowan antes de atravessar a porta.

— O que diabos você tava pensando? — Gull a segurou e a virou de frente para ele. — Sair correndo desse jeito?

— Eu estava pensando que não queria que você fosse meu escudo humano duas vezes no mesmo dia. Agradeço pela primeira ocorrência, mas não sou idiota.

— Você não decide por mim.

— O mesmo vale pra você.

Eles berravam um com o outro conforme as pessoas gritavam ao redor. Libby soltou um assobio estridente.

— Calem a boca! Todo mundo! — Ela passou as mãos pelo cabelo molhado do banho do qual havia saído correndo. — Gull, você tá sujando o chão de sangue. Alguém pega um kit de primeiros socorros e cuida dele. A polícia tá a caminho. Beleza, a polícia chegou — corrigiu a frase, quando as sirenes soaram. — O L.B. quer todo mundo dentro até… até termos alguma informação.

— Vamos, Gull. — Janis deu um tapinha na bunda dele. — Eu vou ser a sua enfermeira.

— Tá todo mundo aqui? — perguntou Rowan.

— Aqui, no refeitório e na central de operações, tudo em ordem. — Yangtree deu um passo à frente e a puxou para um abraço que quase quebrou suas costelas. — Eu estava assistindo à TV. Achei que fosse um pipoco de cano de escapamento. Aí o Trig entrou correndo, dizendo que alguém tava atirando e que você tava lá fora. — Ele se afastou um pouco. — Mas que porra foi essa, Ro?

— Exatamente o que pensei. Por que alguém atiraria em nós?

— O povo não bate das ideias. — Dobie deu de ombros. — Pode ser um daqueles lunáticos que acham que o governo é o inimigo. Vocês têm um pessoal desse tipo por aqui.

— Se quisessem fazer algum tipo de declaração, três tiros não são lá grande coisa.

— Mas seriam — apontou Trigger —, se um deles tivesse acertado você ou o Gull.

— Seu pai vai ficar sabendo disso, Ro — comentou Yangtree. — Liga pra ele agora, antes que alguém conte, e avisa que você tá bem.

— Sim, tem razão.

Ela olhou rapidamente para o quarto de Gull antes de entrar no seu para fazer a ligação.

Pau da vida, Gull suportou a ardência enquanto Janis limpava seus cortes e arranhões.

— O que diabos tem de errado com ela?

— Já que o sangue nela parecia ser mais seu do que dela, não muito. E eu sei que você tá falando sobre como ela pensa ou age, mas vai ter que ser mais específico.

— Como é que alguém treinado pra trabalhar em equipe, que *realmente* trabalha em equipe na maior parte do tempo, consegue ser o completo oposto quando quer?

— Primeiro: bombeiros paraquedistas trabalham como um time, mas você sabe muito bem que todos temos que pensar, agir e reagir individualmente. Mas, mais importante: no caso da Rowan, é um mecanismo de defesa, orgulho, uma hesitação instintiva em confiar.

— Defesa contra o quê?

— Contra ter o orgulho ferido e a confiança traída. Na minha opinião, acho que ela lidou muito bem com o fato de ter sido abandonada pela mãe quando era bebê. Mas não acho que alguém consiga superar por completo um abandono desses. Beleza, vou precisar usar a pinça pra tirar um pouco desse cascalho. Pode xingar à vontade.

— Caralho — rosnou Gull, cerrando os dentes. — Você tem que confiar toda vez que entra num avião. No *spotter*, no piloto, em si mesmo. E tem que confiar que o destino não vai jogar um ônibus desgovernado na sua frente toda vez que sai de casa, cacete. Se você não consegue depositar esse mesmo tipo de confiança em outra pessoa, acaba sozinho.

— Acho que ela sempre imaginou que acabaria mesmo. Ela tem o pai, tem a gente, um grupo seleto de pessoas. Mas um relacionamento sério, comprometido, de um pra um? Ela não tem certeza se acredita nisso no geral, muito menos pra si mesma.

Um fragmento de cascalho caiu na tigela com um pequeno estalido.

— Trabalho com a Ro há muito tempo. Ela é uma otimista proativa no geral. Acredita que ela, ou nós, dependendo da situação, vamos encontrar uma maneira de fazer as coisas darem certo. Mas, na vida pessoal, é uma pessimista proativa que não tem problema em viver o momento porque, no fim das contas, acredita que isso não vai durar mesmo.

— Ela tá errada.

— Ninguém provou isso pra ela ainda. — Janis ergueu o olhar. — Você consegue provar?

— Se eu não sangrar até a morte nessa sua cirurgia sádica que você resolveu inventar aqui...

— Ainda nem usei um bisturi. — Ela sorriu. — Você é o primeiro cara, na minha opinião, que tem uma chance de provar que ela tá errada. Então, não estrague tudo. Pronto. — Ela jogou mais alguns detritos na tigela. — Acho que é isso. Você perdeu um bocado de pele aqui, Gull — disse, aplicando o antisséptico. — Arrebentou legal os cotovelos, mas poderia ter sido muito pior.

— Não desmerecendo o resultado, mas continuo me perguntando por que não foi muito pior.

Ele olhou para a porta ao ouvir uma batida no batente.

Como antes, Rowan estava encostada ali, mas agora tinha duas cervejas nas mãos.

— Trouxe uma cerveja para o paciente.

— Ele provavelmente tá precisando. — Janis terminou de enfaixar os ferimentos no cotovelo direito dele. — Alguma novidade?

— A polícia iluminou o terreno inteiro, parece até Natal. Se encontraram alguma coisa, ainda não informaram.

— Prontinho. Fiz o melhor que pude. — Janis pegou a tigela cheia de cascalho, panos ensanguentados e chumaços de algodão. — Tome dois analgésicos e me ligue de manhã.

— Obrigado, Janis.

Ela apertou de leve a perna dele ao se levantar.

— Ganhou um certificado de coragem — disse antes de sair.

Rowan se aproximou e estendeu uma cerveja.

— Quer brigar?

Observando-a por cima da garrafa, ele tomou um longo gole.

— Sim.

— Parece um desperdício, dadas as circunstâncias, mas tudo bem. Escolha o tema.

— Vamos começar pelo mais recente, já que podemos sempre voltar no tempo, e falar sobre como você saiu correndo, sozinha, pro campo aberto lá fora.

— A gente tinha decidido tentar chegar ao alojamento, então foi o que eu fiz.

— Dos três, eu sou o mais rápido, e o mais qualificado para atrair e evitar tiros, se rolasse mais algum.

— Eu disse que gosto de excesso de confiança, mas essa ideia de que você pode desviar de balas talvez seja um pouco exagerada. Eu sei e consigo me cuidar, Gull. Faço isso todos os dias. E vou continuar fazendo.

Ele se considerava um homem paciente e compreensivo na maior parte do tempo. Mas ela estava prestes a fazê-lo perder a paciência de vez.

— O fato de você saber e conseguir se cuidar é uma das coisas mais atraentes em você, cabeça-dura. Se cuidar durante um dos nossos saltos, no meio de um incêndio ou no dia a dia, sem problemas. Mas aquilo foi diferente.

— Como?

— Você já foi alvo de tiros?

— Não. E você?

— Foi a primeira vez pra nós dois, e nitidamente uma situação em que você devia ter confiado em mim pra cuidar de você.

— Eu não quero que ninguém cuide de mim.

— Isso é uma burrice. A Janis acabou de cuidar de mim e, de alguma forma, meu orgulho e autoestima continuam intactos.

— Fazer um curativo em alguém não é o mesmo que se jogar em cima da pessoa como se fosse uma granada que você ia abafar com o próprio corpo pra salvar os companheiros na trincheira. E olha pra você, Gull. Eu mal me ralei porque você levou a pior naquele rolamento em vez de deixar que eu levasse a minha parte.

— Eu protejo o que é importante pra mim. Se você tem um problema com isso, então, tem um problema comigo.

— Eu protejo o que é importante pra mim — rebateu ela no mesmo tom.

— Você tava protegendo um colega, um bombeiro paraquedista, ou a mim?

— Você *é* um colega bombeiro paraquedista.

Ele se aproximou.

— É pelo que eu faço ou pelo que sou? E não tente me dizer que "você é o que você faz", porque eu sou muito mais, e menos, do que isso, e um monte de outras coisas. Você também. Eu me importo com você, Rowan. Com a mulher que ri como uma dançarina de *saloon* do Velho Oeste, que aponta constelações no céu à noite e tem cheiro de pêssego. Me importo com essa mulher tanto quanto com a outra, a destemida, inteligente, incansável, que arrisca a vida toda vez que a sirene toca.

A cautela nublou o olhar dela.

— Eu não sei o que dizer quando você fala desse jeito.

— Quando olha pra mim, só vê outro paraquedista com quem vai trabalhar por uma temporada?

— Não. — Ela soltou um suspiro vacilante. — Não, não é só isso, mas...

— Pare no "não". — Ele segurou a nuca dela. — Faça um favor pra nós dois e pare no "não". Isso já é o suficiente por agora.

Ela chegou mais perto dele, enlaçando sua cintura conforme os lábios se encontravam. Sentiu-se oscilar, como se estivesse prestes a perder o equilíbrio à beira de um penhasco. Isso desencadeou um tremor na base da garganta. Firmou ainda mais o abraço, querendo sentir o calor, a energia, uma confirmação de que os dois estavam vivos e inteiros.

Nada além daquilo, disse a si mesma. Não precisava ser mais do que aquilo.

— Se enfiar num quarto às vezes não é o bastante — comentou Trigger, parado no batente. — Às vezes, é preciso fechar a porta também.

— Pode fechar, se quiser — instigou Gull, antes de aprofundar o beijo.

— Desculpa, mas querem vocês na sala de descanso.

— *Querem*? Quem? — perguntou Rowan, mordiscando o lábio inferior de Gull.

— O tenente e a agente. Mas se vocês não querem saber quem diabos *atirou* em vocês hoje à noite, posso dizer que os pombinhos estão num encontro.

Gull ergueu a cabeça.

— Já vamos.

Ele olhou para Rowan, deslizando as mãos pelos ombros dela e descendo pelos braços.

— Meu quarto — disse ele. — Aquela decisão tão rudemente interrompida mais cedo. Meu quarto hoje, porque é mais perto da sala de descanso.

— Não é um motivo tão ruim.

Ela pegou as cervejas e entregou uma a ele.

— Vamos resolver isso logo para podermos fechar a porta.

DiCicco estava sentada com Quinniock e L.B. na sala de descanso. Normalmente, àquela hora da noite, as pessoas se espalhavam pelos sofás e poltronas assistindo à TV ou se reuniam em torno de uma mesa de carteado. Alguém provavelmente teria esquentado uma pizza de micro-ondas ou estourado pipoca. E sempre havia alguém disposto a conversar sobre incêndios.

Mas hoje a tela da TV permanecia desligada, e os sofás vazios.

L.B. se levantou e andou rápido até Gull e Rowan, envolvendo os dois em um abraço.

— Vocês estão bem. Isso é o que mais importa. Agora, precisamos encontrar esse desgraçado.

— Eles descobriram alguma coisa? — perguntou Rowan.

— Se pudermos colher os depoimentos de vocês primeiro — DiCicco gesticulou em direção à mesa —, isso pode nos ajudar a ter uma visão mais clara da situação.

— A visão já tá clara — rebateu Rowan. — Alguém atirou na gente. E errou.

— E quando você redige um relatório de incêndio, escreve apenas: "O fogo começou. Nós apagamos?"

— Se pudermos começar do início. — Quinniock ergueu as mãos em um gesto pacificador. — A testemunha, Dobie Karstain, disse que saiu do prédio de alojamentos por volta das nove e meia. Alguns minutos depois, ele viu vocês dois caminhando juntos entre o campo de treinamento e a área do hangar, a aproximadamente trinta metros das árvores. Isso está correto?

— Bem por aí. — Gull tomou a frente, já que parecia óbvio que DiCicco estava irritando Rowan. — Demos uma volta, tomamos uma cervejinha, assistimos ao pôr do sol. Vocês podem confirmar o lugar onde estávamos se procurarem as garrafas. Largamos tudo por lá quando os tiros começaram.

Ele narrou os acontecimentos passo a passo.

— Dobie disse que parecia o disparo de um rifle — continuou —, e que veio das árvores. Ele cresceu caçando no interior do Kentucky, então tô inclinado a acreditar nele. Não conseguimos ver ninguém. O primeiro tiro foi disparado bem na hora do pôr do sol. Tudo deve ter durado menos de dez minutos, mas pareceu mais.

— Algum de vocês teve problemas com alguém recentemente, foram ameaçados? — Quando Rowan apenas ergueu as sobrancelhas, DiCicco inclinou a cabeça. — Além de Leo Brakeman.

— Estamos ocupados demais por aqui pra arranjar briga com moradores ou turistas.

— Na verdade, houve um incidente envolvendo você, sr. Curry, a srta. Tripp e o sr. Karstain na primavera.

— Ah, foi na noite que a Rowan não gostou do comportamento de um daqueles três babacas, e eles, por causa do orgulho ferido, decidiram atacar o Dobie quando ele saiu do bar.

— E você deu uma surra neles — concluiu Rowan. — Bons tempos.

— Vale a mesma lógica do lance do vandalismo — continuou Gull. — É difícil imaginar que eles voltariam pra cá. E mais difícil ainda imaginar que um deles ficaria de tocaia no mato esperando a gente sair pra começar a atirar. A gente tá sempre entrando e saindo da base, juntos e separados. É forçar demais acreditar que aqueles imbecis de Illinois teriam voltado até aqui e ainda dado a sorte de encontrar eu e a Ro passeando justo na hora certa pra gente servir de alvo.

— Como você sabe que eles eram de Illinois? — perguntou DiCicco.

— Por causa da placa da caminhonete deles; e eu dei uma pesquisada depois daquele incidente na sala de prontidão.

— Você nunca me contou isso.

Gull deu de ombros para Rowan.

— Não tinha nada de relevante pra contar. O grandalhão, que era o alfa do grupo, tem uma oficina mecânica em Rockford. É um idiota, e já teve algumas ocorrências por agressão, já que adora uma briga de bar, mas nada grave. — Ele deu de ombros outra vez quando DiCicco o encarou. — Internet. Você consegue descobrir qualquer coisa se souber onde procurar.

— Certo. Vocês dois começaram um envolvimento recentemente — comentou DiCicco. — Há alguém que possa estar ressentido por conta disso? Algum relacionamento anterior?

— Eu não saio com o tipo de mulher que me daria um tiro — disse ele, lançando um olhar para Rowan. — Pelo menos até agora.

— Eu atiro em todos os meus ex-amantes, então seu destino já tá selado.

— Só se chegarmos à parte do "ex". — Ele cobriu a mão dela com a dele. — Foi um morador local com uma rixa contra um de nós dois ou contra a base em geral. Ou um lunático que queria atacar uma instalação federal.

— Um terrorista?

— Acho que um terrorista teria usado mais munição — disse Gull. — Mas, de qualquer forma, ele era um péssimo atirador. A menos que fosse um atirador muito bom e só quisesse nos assustar e intimidar.

O olhar de Rowan se aguçou.

— Eu não tinha pensado nisso.

— Eu penso muito. Não posso jurar, mas acho que o tiro mais próximo atingiu uns dois metros de onde nós nos jogamos no chão. Não é uma distância segura quando se trata de balas, mas ainda assim é uma boa distância. O outro tiro pareceu atingir uma estrutura de metal do hangar, bem acima das nossas cabeças. Talvez, no fim, tenha sido só um bando de garotos cumprindo um desafio do tipo: "os bombeiros paraquedistas se acham os fodões, vamos fazer eles se mijarem de medo." É uma teoria — acrescentou quando Rowan revirou os olhos.

— Tenente. — Um policial uniformizado entrou na sala.

— Oi, Barry.

— Ro. Que bom que você está bem. Senhor, encontramos a arma, ou o que acreditamos ser a arma.

— Onde?

— A uns vinte metros, floresta adentro. Um Remington 700, modelo de rifle de repetição por ferrolho. Edição especial. Estava escondido debaixo de um monte de folhas.

— Que burrice — murmurou Rowan. — Deixar a arma ali.

— Seria uma burrice maior ainda se tiver uma placa de latão de identificação na coronha — disse L.B. — Fui caçar com o Leo Brakeman no outono passado, e ele carregava um 700, edição especial. Tava todo orgulhoso dela.

A mão de Rowan se fechou em punho sob a de Gull.

— Lá se foram as teorias.

Quando DiCicco e Quinniock saíram para examinar a arma, L.B. foi até a cafeteira.

— Sabe — disse Rowan —, ela contou todas aquelas mentiras pro pai. E as mentiras fizeram ele vir até aqui com uma arma e tentar me matar.

— Eu diria que você tá parcialmente certa. — L.B. se sentou com o café, suspirando. — As mentiras fizeram ele vir até aqui com uma arma, mas, como eu disse, já fui caçar com o Leo. Eu vi o homem abater um cervo em plena corrida, a trinta metros de distância, com aquele rifle. Se ele quisesse te acertar, você estaria morta.

— Acho que hoje foi meu dia de sorte, então.

— Alguma coisa se rompeu dentro dele. Não tô desculpando o que ele fez, Ro. Não tem desculpa para isso. Mas alguma coisa se rompeu de vez. E agora? O que diabos a Irene vai fazer? A filha assassinada, o marido provavelmente preso, uma bebê pra cuidar. Ela nem enterrou a Dolly ainda, e agora isso.

— Eu sinto muito por eles. Por todos eles.

— Sim, é uma situação de merda mesmo. Vou ver se a polícia me diz o que vai acontecer agora.

Ele saiu, deixando o café intocado para trás.

18

⌘ ⌘ ⌘

Agitada demais para ficar sentada, Rowan se levantou, andou pelo cômodo, espiou pela janela e deu uma volta. Gull apoiou os pés na cadeira que ela havia desocupado e decidiu beber o café abandonado por L.B.

— Quero *fazer* alguma coisa — reclamou Rowan. — Ficar sentada aqui não parece certo. Como é que você consegue só ficar sentado?

— Eu tô fazendo alguma coisa.

— Beber café não conta como fazer alguma coisa.

— Tô sentado, tô bebendo café. E tô pensando. Tô pensando que, se aquele rifle for mesmo do Brakeman, e se foi ele quem atirou, será que ele simplesmente ficou parado no meio das árvores esperando você aparecer em campo aberto?

— Não sei se precisava ser eu. Ele tá pau da vida com todos nós, só mais comigo.

— Beleza, é bem possível. — Gull achou o café amargo, desejou um pouco de açúcar para suavizar o gosto, mas não sentiu vontade de se levantar para pegar. — Então, Brakeman ficou na mata com o rifle, vigiando a base. Ele deu sorte e nós aparecemos. Se ele é tão bom atirador quanto dizem, por que errou?

— Porque atirar em um ser humano deve ser muito diferente de atirar em um cervo. Nervosismo. Ou ele não conseguiu seguir em frente e me matar, ou *nos* matar, e decidiu dar um baita susto na gente.

— Também é possível. Mas por que largar a arma lá? Por que abandonar uma edição especial, que deve ter custado caro, que ele valorizava o suficiente pra colocar o nome nela, escondida debaixo de um monte de folhas? Por que deixar algo assim pra trás sabendo que a polícia faria uma busca?

— Pânico. Reflexo. Ele não tava pensando com clareza, é óbvio. Escondeu, fugiu, planejava voltar para pegar depois. E talvez dar mais uns tiros.

Ela parou, esfregando os músculos tensos à nuca e observando Gull.

— E você acha que não foi o Leo Brakeman quem atirou em nós.

— Acho que seria interessante descobrir quem tinha acesso ao rifle dele. Quem poderia querer causar problemas pra ele e não se importaria em te dar um susto no processo. — Ele tomou mais um gole de café. — Mas também pode ter sido Brakeman agindo por impulso, dando sorte, ficando nervoso e entrando em pânico.

— Falando desse jeito, é muita coisa pra assimilar.

Ela se jogou na cadeira de L.B., deixando que Gull abrisse sua mente para outras possibilidades. Pensar *era* agir, lembrou-se.

— Acho que a esposa dele teria acesso à arma, mas é difícil imaginar ela fazendo isso. Além do mais, nunca ouvi falar que ela fosse de caçar ou praticar tiro. Ela é mais do tipo que organiza eventos beneficentes na igreja. E, se pensar bem, faz mais sentido que ela entrasse em pânico, porque é mais reservada, até um pouco tímida. Mas, se a primeira parte for válida, com ela vindo até aqui com um rifle, o resto até se encaixa. Talvez um duplo blefe — ponderou em voz alta. — Ele deixou o rifle pra poder dizer: "Ah, alguém seria tão burro assim?" Mas não sei se ele seria tão esperto. Eu não conheço essas pessoas tão bem. Nunca tivemos muita interação, mesmo quando a Dolly trabalhava aqui. O que significa que não sei se alguém tem uma rixa com Brakeman, ou saberia o suficiente para usá-lo como bode expiatório. Seria mais fácil se fosse Brakeman. Assim, tudo estaria resolvido e não haveria mais nada com que se preocupar.

— Isso é com a polícia, de qualquer jeito. Podemos só deixar pra lá.

— É esperar demais, e é isso que tá me enlouquecendo. Quem matou a Dolly? Essa é a primeira pergunta. Caramba, Gull, e se foi o pai dela?

— Por quê?

— Sei lá. — Ela enroscou os pés nas pernas da cadeira e se inclinou para a frente. — Digamos que eles tenham brigado. Digamos que ela estivesse voltando de Florence, se é que arrumou trabalho lá, como alegava, e o pneu do carro furou. Daí, ela liga pro pai pedindo ajuda. Não consigo imaginar a Dolly mexendo num macaco e numa chave de roda. Ele vai e os dois discutem sobre alguma coisa. Talvez por ela largar a bebê com a mãe toda hora. Ou por ter tido a bebê em primeiro lugar. Ou só por ter arrastado o pai pra fora de casa naquela hora da noite. A situação sai do controle. Ela cai, bate mal, quebra o pescoço. Ele entra em pânico, coloca o corpo dela na caminhonete. Precisa decidir o que fazer, decide se livrar das evidências... e por aí adiante. Ele conhece a área, as trilhas, e tem força pra carregar ela.

— Plausível — avaliou Gull. — Talvez ele tenha contado pra esposa, e aí temos a segunda parte da história. Tem outra hipótese.

— Manda.

— Você disse que não conhecia a Dolly tão bem, mas tinha opiniões bem claras sobre ela. O Jim morreu em agosto passado. Estamos chegando em julho. Você acha que ela era do tipo que ficaria sem homem por quase um ano?

Rowan abriu a boca, depois a fechou e se recostou.

— Não. E por que não pensei nisso antes? Não, ela nunca ficaria tanto tempo sem um cara. E isso faz ainda mais sentido, já que todo aquele lance de "encontrei Jesus" era fachada.

— Talvez o cara atual morasse em Florence. Talvez tenha sido por isso que ela arrumou trabalho lá, ou disse que arrumou. Ou talvez só se encontrassem num motel de beira de estrada, na rodovia doze, ou por ali.

— Rola uma briga de amantes e *ele* mata a Dolly. Se é que existe esse ele. Tem que ter... Estamos falando da Dolly. Ou o pai dela descobriu, e aí... Mas se ela tinha um caso em Florence, por que voltou pra cá? Por que não foi direto pra lá, pra ficar com ele? Porque ele era casado — Rowan respondeu a si mesma, antes que Gull pudesse falar. — Ela adorava se envolver com homens casados.

— Se for isso, é mais provável que ele more em Missoula. Ela voltou pra cá, conseguiu trabalho aqui na base. Queria estar perto de quem quer que fosse. Digamos que ele fosse casado, ou houvesse alguma outra razão para manter o relacionamento em segredo. Então, eles se encontravam em algum lugar discreto, longe de olhares conhecidos.

— Você é bom nisso.

— É como um jogo. Você vai passando de fase. — Ele segurou a mão dela de novo. — Só que não são personagens. São pessoas de verdade.

— Ainda assim, é melhor analisar tudo do que ficar de braços cruzados. E tem mais uma coisa. A Dolly não era tão esperta ou discreta quanto gostava de pensar. Se estivesse transando com alguém, teria deixado escapar alguma dica. Talvez pra Marg. Mais provavelmente pra Lynn. Ela tava frequentando a igreja, então talvez pra alguém que conheceu lá.

— Seria interessante descobrir.

— Seria.

Ela sentiu a necessidade de se mexer de novo, fazer algo além de pensar.

— Por que não vamos lá fora, ver o que tá rolando?

— Boa ideia.

— Acho que o Quinniock gosta de mim. Talvez ele nos dê algumas pistas.

Quando saíram, Rowan avistou Barry indo em direção à viatura.

— Ei, Barry. O tenente Quinniock tá por aí?

— Ele e a agente DiCicco acabaram de sair. Você precisa de alguma coisa, Ro?

Ela lançou um olhar rápido para Gull.

— Eu adoraria um pouco de certeza. Ia dormir melhor hoje à noite.

— Posso te dizer que a arma que encontramos pertence ao Leo Brakeman. O tenente e a DiCicco estão indo pra casa dele pra conversar.

— Conversar.

— É o primeiro passo. Tive que confirmar o que o Little Bear disse: o Leo é um atirador muito bom. Não sei se isso faz você se sentir melhor ou não, mas não acho que ele estivesse mirando em você.

— Não me faz sentir pior.

— Ele agiu errado em culpar você pelo que aconteceu com a Dolly. Algumas pessoas não conseguem se acertar na vida.

— Eu queria ter perguntado ao tenente Quinniock se descobriram onde ela arranjou emprego. Talvez o assassino seja alguém que ela conheceu por lá.

Barry hesitou antes de dar de ombros.

— Parece que ela não tava trabalhando. Mas isso não é algo com que você precise se preocupar, Ro.

— Barry. — Ela colocou uma mão no braço dele. — Qual é... Eu tô no meio disso tudo, mesmo sem querer. Por que ela tava voltando de lá se não tinha um emprego?

— Não posso dizer com certeza, e nem deveria dizer nada. — Ele estufou as bochechas, como se tentasse decidir, mas ela continuou olhando diretamente para ele. — Tudo o que sei é que o retratista da polícia vai trabalhar com alguém amanhã. O que estão dizendo é que se trata de uma camareira de um motel na rodovia doze. Se conseguirmos identificar esse cara, o tenente vai querer falar com ele.

— Obrigada, Barry. — Ela se inclinou e o abraçou. — A Erin teve sorte com você. Diz pra ela que eu falei isso.

— Vou dizer. E não se preocupe, estamos cuidando de você.

Gull enfiou as mãos nos bolsos quando Barry entrou no carro.

— Você não reclamou quando ele disse que tava cuidando de você.

— Policiais têm que cuidar de todo mundo. Além disso, o Barry tem passe livre. Ele foi o meu primeiro. Na verdade, nós dois perdemos a virgindade juntos, um cenário que eu não necessariamente recomendo, a menos que ambos tenham muito senso de humor. Aconteceu vários anos antes de ele conhecer a Erin, que agora é esposa e mãe dos dois filhos dele.

— Minha primeira foi a Becca Rhodes. Ela era um ano mais velha e experiente. Foi tudo bem tranquilo.

— Você ainda mantém contato com a Becca Rhodes?

— Não vejo ela desde o colégio.

— Viu? O senso de humor sempre leva a melhor. — Ela balançou a cabeça, então voltou ao assunto principal. — A Dolly nunca trabalhou em Florence. Nosso joguinho de "e se" acertou o alvo. Um homem, um motel... possivelmente um assassino.

Ela inclinou a cabeça para trás e olhou o céu.

— Me sinto menos inútil e menos vítima. Isso já é muito. Vou falar com a Lynn assim que puder, só pra ver se a Dolly deixou escapar alguma pista.

Era hora de encerrar o assunto pela noite, decidiu Gull. Ele apoiou o braço sobre os ombros dela.

— Escolhe uma constelação pra mim. Nada das Ursas, porque até eu consigo encontrar. Às vezes.

— Beleza. Então, você vai ver a Ursa Menor ali. — Ela segurou a mão dele e a usou para traçar as conexões entre as estrelas. — Agora, as estrelas dessa aqui não são tão brilhantes, mas se seguir para o oeste, conectar os pontos, descendo e dando a volta... ela se enrola ao redor da Ursa Menor, tá vendo? Ali. Você tem o Draco. O dragão. Parece apropriado para dois bombeiros paraquedistas.

— Sim, faz sentido. Bem legal. Agora que temos a nossa constelação, só falta escolher a nossa música.

Ele fazia com que as coisas parecessem mais leves, pensou ela. Sem dúvida.

— Você é muito cheio de papo, Gulliver.

— Só porque sou um poço de sabedoria.

— Que saco. — Ela se virou para ele e o presenteou com um beijo intenso e apaixonado. — Vamos pra cama.

— Você leu a minha mente.

— VOCÊS DESCOBRIRAM quem matou a minha filha? — Leo exigiu saber assim que abriu a porta.

— Vamos entrar e nos sentar — sugeriu Quinniock.

Ele e DiCicco haviam discutido a abordagem durante o caminho e, conforme combinado, Quinniock assumiu a dianteira.

— Sra. Brakeman, gostaríamos de falar com vocês dois.

Irene entrelaçou as mãos sobre o peito.

— É sobre a Dolly. Vocês sabem quem fez mal a ela.

— Estamos explorando várias linhas de investigação — respondeu DiCicco, em tom seco. Não era exatamente uma abordagem de policial bom/policial mau, porém seguia mais para policial frio/policial caloroso. — Existem alguns assuntos que precisamos esclarecer com vocês. Para começar, sr. Brakeman…

Quinniock tocou de leve o braço dela.

— Por que não nos sentamos? Sei que já é tarde, mas apreciaríamos se pudessem nos dar um pouco do seu tempo.

— Já respondemos um monte de perguntas. Deixamos vocês revirarem o quarto da Dolly, as coisas dela. — Leo continuou bloqueando a porta, os nós dos dedos brancos na maçaneta. — Estávamos indo dormir. Se vocês não têm nada de novo pra nos dizer, deixem a gente em paz.

— Não teremos paz até descobrirmos quem fez isso com a Dolly. — A voz de Irene se elevou, vacilante. — Vai pra a cama se quiser — disse ao marido, com um quê de desgosto. — Eu vou falar com a polícia. Sobe lá e reclama com Deus o quanto quiser, vê se ajuda em alguma coisa. Por favor, entrem.

A mulher pequena deu um passo à frente, empurrando o marido corpulento para o lado, obrigando-o a retroceder, a cabeça baixa como a de uma criança repreendida.

— Só tô cansado, Reenie. Tô exausto. E você tá se acabando, cuidando da bebê e de tanta preocupação.

— A gente nunca recebe um fardo maior do que pode carregar. Então, vamos carregar esse. Querem café, chá, alguma coisa?

— Não se preocupe com isso, sra. Brakeman — disse Quinniock, sentando-se em uma poltrona com estofado coberto de flores azuis e vermelhas. — Sei que isso é difícil.

— A gente nem conseguiu enterrar ela ainda. Disseram que precisam ficar com ela por mais algum tempo, então não podemos dar um enterro cristão pra nossa filha.

— Vamos liberá-la assim que pudermos. Sra. Brakeman, da última vez que conversamos, a senhora disse que a Dolly tinha arranjado um emprego em Florence, como cozinheira.

— Sim, foi isso mesmo. — Ela entrelaçou os dedos no colo, as mãos calejadas com uma simples aliança dourada. — Ela não quis procurar emprego em Missoula depois do que aconteceu na base. Acho que ficou envergonhada. Ficou sim, Leo — cortou Irene com firmeza quando ele fez menção de resmungar. — Ou era pra estar.

— Eles nunca trataram ela direito lá.

— Você sabe que isso não é verdade. — Ela suavizou o tom de voz, tocou a mão do marido por um breve momento. — Não pode aceitar tudo o que a Dolly dizia como verdade absoluta agora que ela se foi, quando você sabe que ela mentia quase o tempo todo. Eles deram uma chance pra ela lá na base — disse Irene a Quinniock quando Leo caiu em silêncio carrancudo. — O reverendo Latterly e eu nos responsabilizamos por ela. Mas ela fez a gente passar vergonha. Ela arrumou um emprego lá em Florence — continuou, contraindo os lábios trêmulos. — Nossa filha era uma boa cozinheira. Sempre gostou disso, desde pequena. Quando se dedicava, trabalhava bem. Os horários eram puxados, principalmente com a bebê, mas o salário era bom, e ela dizia que podia crescer lá.

— Da última vez que conversamos, a senhora não conseguiu se lembrar do nome do restaurante onde ela trabalhava — lembrou DiCicco.

— Acho que ela nunca mencionou. — Irene comprimiu os lábios de novo. — Eu estava brava com ela pelo que fez com a Rowan Tripp, e com vergonha de mim mesma. É difícil aceitar que a Dolly e eu estávamos brigadas quando ela morreu. É duro lidar com isso.

— Tenho que dizer aos dois que a agente DiCicco e eu contatamos ou fomos pessoalmente a todos os restaurantes, lanchonetes e cafés entre Missoula e Florence, e a Dolly não estava trabalhando em nenhum deles.

— Não estou entendendo.

— Ela não estava trabalhando em restaurante nenhum — disse DiCicco, com rispidez. — Ela não tinha arranjado emprego. E não saiu daqui na noite em que morreu pra ir trabalhar.

— Não arranjou, o cacete! — exclamou Leo.

— Na noite em que morreu, assim como na tarde e noite anterior, a Dolly passou várias horas em um quarto do motel Big Sky, à beira da rodovia doze.

— Isso é mentira.

— Leo, por favor. — Irene entrelaçou as mãos com mais força.

— Várias testemunhas a identificaram pela fotografia — continuou Quinniock. — Sinto muito. E ela não passou essas horas sozinha. Ela se encontrou com um homem lá, o mesmo, todas as vezes. Temos uma testemunha fazendo o retrato-falado dele com o retratista da polícia.

Com lágrimas escorrendo pelo rosto, Irene assentiu.

— Eu estava com medo disso. Sabia, no fundo, que ela estava mentindo, mas estava tão chateada com ela que não me importei. "Então, vai", eu pensei. "Faça o que quiser, e eu cuido da bebê". Mas depois... depois que tudo aconteceu, eu apaguei isso da cabeça. Me convenci de que tinha sido severa demais, que fui uma mãe fria e crítica. Eu sabia que ela estava mentindo. — Ela se virou para o marido. — Reconheci todos os sinais. Mas não consegui aceitar isso depois que ela morreu. Não consegui carregar isso dentro de mim.

— A senhora tem ideia de com quem ela estava envolvida?

— Juro que não. Mas acho que já fazia algum tempo. Conheço os sinais. O jeito como ela andava sussurrando ao telefone. Dizendo que precisava sair pra dar uma volta e esfriar a cabeça. Ou que tinha umas coisas pra resolver e pedia pra eu cuidar da Shiloh. E aí ela voltava com aquela expressão no olhar.

Ela soltou um suspiro trêmulo.

— Ela nunca quis mudar. — Desabando, Irene se virou e repousou o rosto no ombro de Leo. — Talvez ela simplesmente não conseguisse.

— Por que precisamos saber disso? — Leo exigiu saber. — Por que vocês precisam nos contar isso? Vocês estão tirando tudo da gente.

— Sinto muito, mas a Dolly estava com esse homem na noite em que morreu. Precisamos identificá-lo e interrogá-lo.

— Ele matou a minha filha. Esse homem a quem ela se entregou. Esse homem sobre quem ela mentiu pra gente.

— Precisamos interrogá-lo — repetiu Quinniock. — Se vocês têm alguma ideia da identidade do homem com quem ela estava se encontrando, precisamos saber.

— Ela mentiu pra nós. Não sabemos de nada. Não temos nada. Só nos deixem em paz!

— Tem mais uma coisa, sr. Brakeman, que precisamos discutir. — DiCicco assumiu a conversa. — Por volta das nove e meia hoje à noite, Rowan Tripp e Gulliver Curry foram alvejados enquanto caminhavam na base.

— Isso não tem nada a ver com a gente.

— Pelo contrário. Um rifle Remington 700, edição especial, foi encontrado escondido na mata ao redor da base. Ele tem seu nome gravado em uma placa na coronha.

— Você tá me acusando de tentar matar aquela mulher? Entra na minha casa, diz que minha filha era uma mentirosa e uma vagabunda e agora me chama de assassino?

— A arma é sua, sr. Brakeman, e você recentemente ameaçou a srta. Tripp.

— Minha filha foi *assassinada*, e ela... A minha arma tá no cofre. Eu não tiro o rifle de lá há semanas.

— Se for esse o caso, gostaríamos que nos mostrasse.

DiCicco se levantou.

— Vou mostrar. Mas depois quero vocês fora da minha casa.

Ele se levantou de um pulo e saiu pisando firme até a cozinha, onde abriu uma porta que levava ao porão.

Ou a um cantinho só dele, pensou DiCicco ao segui-lo. Cabeças de animais empalhadas pendiam das paredes revestidas de madeira, formando uma verdadeira exposição de vida selvagem acima de uma enorme poltrona reclinável e um sofá surrado. A mesa de centro diante do sofá era toda marcada por anos de botas apoiadas e ficava de frente para uma televisão de tela plana gigantesca.

O cômodo ainda contava com uma geladeira antiga — que ela imaginou estar cheia de bebidas "de macho" —, uma bancada para recarregar cartuchos de espingarda, uma prateleira com caixas de pratos de argila para treino de tiro, coletes de caça, bonés, e, curiosamente, vários porta-retratos da família. Um deles, bem grande, mostrava uma adorável bebê com uma faixa elástica cor-de-rosa em volta da cabeça careca.

Havia também uma luminária em formato de bola de futebol, um computador e pilhas de papéis espalhados sobre uma escrivaninha de metal cinza encostada no canto. Acima dela, uma foto de Leo ao lado de vários homens junto a uma aeronave que ela deduziu ser um 747, o que a fez se lembrar de que ele trabalhou como mecânico no aeroporto.

E, encostado na parede lateral, um grande cofre de armas de portas alaranjadas.

Fumegando de raiva e ressentimento, Leo marchou até o cofre, girou o botão da senha e o abriu com um puxão.

DiCicco não tinha problemas com armas — na verdade, acreditava no direito de possuí-las. Mas o pequeno arsenal dentro do cofre fez seus olhos se arregalarem. Rifles, espingardas, pistolas — de ação por repetição, semiautomáticas, revólveres, de cano duplo, miras telescópicas. Todas brilhando com o cuidado de quem mantém suas armas limpas, bem lubrificadas e em perfeito estado.

Mas, ao examinar rapidamente o conteúdo, ela não encontrou a arma em questão. Sua mão se moveu sutilmente em direção à própria arma quando percebeu Leo Brakeman hiperventilando.

— O senhor tem uma excelente coleção de armas, sr. Brakeman, mas parece que está faltando um Remington 700.

— Alguém roubou.

A mão dela se fechou no cabo da própria pistola quando ele se virou de repente para encará-la, o rosto vermelho, os punhos cerrados.

— Alguém invadiu a minha casa e roubou.

— Não há nenhum registro de arrombamento relatado pelo senhor — interveio Quinniock, dando um passo à frente.

— Porque eu não sabia. Alguém tá armando pra mim. Vocês têm que descobrir quem tá fazendo isso.

— Sr. Brakeman, o senhor precisa vir conosco agora.

Ela não queria sacar a arma, esperava não precisar, mas DiCicco estava pronta para fazê-lo.

— Vocês não vão me tirar da minha casa.

— Leo. — Quinniock manteve o tom calmo. — Não piore as coisas. Se vier de boa vontade, podemos conversar. Caso contrário, vou ter que te algemar e levá-lo à força.

— Leo. — Irene simplesmente desabou em um degrau da escada. — Meu Deus, Leo.

— Eu não fiz nada. Irene, juro por Deus. Nunca menti pra você na vida, Reenie. Eu não fiz nada.

— Então vamos conversar sobre isso. — Quinniock deu um passo à frente e pousou a mão no ombro trêmulo de Leo. — Vamos tentar entender tudo.

— Alguém tá armando pra mim. Eu nunca atirei em ninguém na base. Nem em lugar nenhum. — Com um solavanco, ele se afastou do contato da mão de Quinniock. — Eu saio por conta própria.

— Certo, Leo. É o melhor a se fazer.

Com as pernas rígidas, ele seguiu em direção às escadas. Parou e estendeu as mãos para a esposa.

— Irene, juro pela minha vida que eu não atirei em ninguém. Preciso que você acredite em mim.

— Eu acredito. — No entanto, ela desviou o olhar ao dizer isso.

— Tranque a casa. Certifique-se de que tá tudo trancado. Eu volto assim que resolvermos tudo.

ROWAN FICOU sabendo assim que entrou de fininho na cozinha do refeitório na manhã seguinte.

Lynn pousou a cuba de panquecas quentinhas que carregava e envolveu Rowan em um abraço.

— Tô tão feliz por você estar bem. Por estarem todos bem.

— Eu também.

— Não sei o que pensar. Não sei nem o que dizer. — Balançando a cabeça, pegou a bandeja de novo. — Preciso levar isso pro bufê.

Ao fogão, Marg tirava o bacon da chapa, colocando-o de lado para escorrer, antes de se virar para encher um copo de suco. Estendeu-o para Rowan.

— Beba isso, vai te fazer bem — ordenou, então voltou-se para tirar uma fornada de pãezinhos recém-assados do forno. — Prenderam o Leo Brakeman ontem à noite.

Rowan bebeu o suco.

— Sabe o que ele tá dizendo?

— Não sei de muita coisa, mas sei que ficaram um bom tempo conversando com ele ontem à noite e que ele continua detido. Sei que tá dizendo que não foi ele. Tô me sentindo igual à Lynn, não sei o que pensar.

— Acho que foi burrice largar o rifle na floresta. Mas, de todo jeito, os policiais iam fazer o trabalho deles, já que encontraram pelo menos uma das balas. Só que, de novo, com a mira dele, daquela distância, ele poderia ter cravado todas as três balas em mim.

— Não fala isso.

Com a voz embargada, Marg desviou o olhar. Rowan se aproximou e passou uma mão tranquilizadora pelas costas dela.

— Mas ele não fez isso, e é por isso que posso entrar aqui e beber um suco de cenoura, maçã, pera e nabo.

— Você esqueceu a beterraba.

— Então era isso. Melhor no suco do que no prato.

Marg se afastou para tirar uma caixa de ovos da geladeira.

— Vai lá pra dentro tomar seu café da manhã. Tenho muitas bocas famintas pra alimentar.

— Queria te perguntar uma coisa. Na verdade, queria perguntar pra vocês duas — disse Rowan quando Lynn voltou com outra cuba vazia. — A Dolly tava saindo com alguém? Ela mencionou estar envolvida com algum cara?

— Ela não teria coragem de vir com esse papo pra cima de mim — começou Marg —, quando vivia dizendo que era praticamente uma viúva enlutada, encontrando consolo em Deus e na filhinha dela. Mas duvido muito que saísse no intervalo pra rir horrores sozinha com alguma besteira no celular.

— Ela não me disse nada diretamente — acrescentou Lynn. — Mas comentou algumas vezes que eu tinha sorte de ter um pai pros meus filhos, e que sabia que a bebê dela também precisava de um pai. Disse que rezava muito por isso e tinha fé de que Deus proveria. — Lynn se mexeu, desconfortável. — Não gosto de falar dela assim, mas o fato é que ela falava isso meio atravessado, sabe? E pensei: bom, já deve ter alguém em mente. Não foi muito gentil da minha parte, mas foi o que pensei.

— Você contou isso pra polícia?

— Eles só perguntaram se ela tinha namorado, essas coisas. Eu disse que não sabia de ninguém. Não achei certo falar que achava que ela tava de olho em alguém. Você acha que eu devia ter contado?

— Você disse o que sabia. Acho que vou correr um pouco, pra abrir o apetite. — Ela viu Lynn morder o lábio. — A polícia tem o rifle e Brakeman sob custódia. Não posso passar minha vida trancada em casa. Vou voltar morrendo de fome.

Ela saiu do refeitório. O arrepio que percorreu seu corpo ao olhar para as árvores só a fez erguer o queixo. Não podia viver a vida com medo de que tivesse um alvo nas costas.

Colocou os óculos escuros — os mesmos que Cards encontrou no local onde Gull a havia derrubado — e começou a andar em direção à pista.

Podia correr na estrada, pensou, mas estava na primeira leva da lista de saltos. As nuvens sobre as montanhas confirmavam a previsão do informe matinal. *Cumulus horaextrum*, pensou, sabendo que aquela formação poderia trazer uma pancada de relâmpagos e trabalho acumulado — motivo para o trocadilho entre os bombeiros paraquedistas. Provavelmente saltaria em um incêndio hoje, e ainda ganharia horas extras.

Melhor ficar por perto, caso fosse chamada.

— Ei. — Gull a alcançou em um trote leve. — Vamos correr?

— Achei que você tinha coisas pra fazer.

— Eu disse que queria café, talvez umas calorias. Mas isso foi mais pra te dar tempo de falar com a Marg e a Lynn. Cinco quilômetros direto?

— Eu… — Atrás dele, ela viu Matt, Cards e Trigger saindo do refeitório e virem em sua direção. Rowan estreitou os olhos. — A Lynn entrou e avisou o pessoal que eu tava vindo pra pista, não foi?

— O que você acha?

Foi a vez de Dobie, Stovic e Gibbons também aparecerem.

— Ela chamou os fuzileiros navais também? Não preciso de um bando de guarda-costas.

— O que você tem são pessoas que se importam com você. Vai mesmo reclamar disso?

— Não, mas não vejo por que…

Yangtree, Libby e Janis apareceram, vindos da academia.

— Pelo amor de Deus, daqui a pouco a unidade inteira vai estar aqui fora.

— Não me surpreenderia.

— Metade de vocês nem tá de roupa de corrida! — esbravejou ela.

Trigger, de jeans e botas, foi o primeiro a alcançá-la.

— A gente não usa roupa de corrida num incêndio.

Ela o analisou por um segundo.

— Mandou bem.

— Quando você corre, todos corremos — disse Cards. — Pelo menos todo mundo que não tá de plantão com outra coisa. Fizemos uma votação.

— Eu não votei. — Ela apontou um dedo para Gull. — Você votou?

— Só pude acrescentar meu voto ao resultado unânime hoje de manhã, então o seu voto é irrelevante.

— Ótimo. Maravilha. Vamos correr.

Ela disparou para a pista e, assim que a alcançou, aumentou o ritmo para um *sprint*. Só para ver quem conseguiria acompanhá-la, além de Gull, que manteve o ritmo ao lado dela.

Ouviu a correria e as passadas pesadas atrás dela, depois os gritos e assobios quando Libby acelerou para ultrapassá-la.

— Pega leve, Ro! — gritou Libby. — Temos velhotes aqui, tipo o Yangtree.

— Quem você tá chamando de velho?!

Ele aumentou a velocidade, aumentando a distância do grupo na curva.

— E pessoas com deficiência, tipo o Cards mancando lá atrás com as botas.

Achando graça, Rowan lançou um olhar por cima do ombro e viu Cards levantando o dedo do meio. E Dobie começando a correr de costas para provocá-lo.

Ela diminuiu um pouco o ritmo porque Cards estava mesmo mancando, mas quase perdeu o fôlego de tanto rir quando Gibbons passou trotando com Janis nos ombros, os braços dela erguidos como se estivesse comemorando uma vitória.

— Bando de lunáticos — disse Rowan.

— Sim. O melhor bando de lunáticos que conheço. — O sorriso de Gull se alargou quando Southern passou correndo com Dobie de cavalinho nas costas. — Quer uma carona?

— Vou te poupar de carregar uma tonelada nas costas. Mas por que você não mostra pra eles como se faz, Ligeirinho? Você tá doido pra fazer isso.

Ele deu um tapinha na bunda dela e disparou como um foguete, arrancando uma chuva de aplausos, xingamentos e assobios.

Quando Rowan completou seus cinco quilômetros, Gull estava esparramado na grama, apoiado nos cotovelos, assistindo ao show. Divertindo-se, ela ficou de pé, mãos nos quadris, observando junto com ele.

Até que viu a caminhonete do pai chegando.

— Ainda bem que ele não chegou antes — comentou —, ou teria vindo para a pista também.

— Aposto que ele daria conta.

— Sim, ele daria.

Ela foi andando até o pai, tentando sorrir de forma descontraída. Mas a expressão no rosto dele deixou claro que aquilo não funcionaria.

Ele a puxou para um abraço apertado.

— Eu tô bem. Eu disse que tava ótima.

— Não vim ontem à noite porque você me pediu, porque disse que precisava falar com a polícia e descansar depois. — Ele se afastou um pouco, examinando o rosto dela. — Mas eu precisava ver com meus próprios olhos.

— Então pode parar de se preocupar. A polícia pegou o Brakeman. Eu te mandei mensagem dizendo que encontraram a arma dele e estavam indo buscá-lo. E eles o prenderam.

— Quero vê-lo. Quero olhar nos olhos dele e perguntar se ele acha que machucar minha filha vai trazer a dele de volta. Quero perguntar isso antes de arrebentar a cara dele.

— Agradeço o carinho, de verdade. Mas ele não me machucou, nem vai me machucar. Dá uma olhada naquele pessoal. — Ela gesticulou para a pista. — Saí pra dar uma corridinha, e todo mundo saiu das tocas pra me acompanhar.

— Todos por um — murmurou ele. — Preciso falar com o seu namorado.

— Ele não é meu... Pai, eu não tenho dezesseis anos.

— Namorado é o termo mais fácil pra mim. Você já tomou café da manhã?

— Ainda não.

— Então vai entrando. Vou tentar convencer a Marg a me dar comida também... depois da minha conversa com o seu namorado.

— É só usar o nome dele, não é difícil.

Lucas apenas sorriu e beijou a testa dela.

— Eu entro em um minuto.

Ele foi até Gull, cumprimentou Gibbons com um *high-five* e deu um tapinha nas costas de Yangtree enquanto o homem se curvava para recuperar o fôlego.

— Quero falar com você um minutinho — disse ele a Gull.

— Claro. — Gull se levantou. Suas sobrancelhas se arquearam quando Lucas se afastou do grupo, mas o seguiu.

— Fiquei sabendo do que você fez pela Rowan. Você cuidou dela.

— Eu agradeceria se não dissesse isso pra ela.

— Sei como é, mas tô dizendo pra você. Tô te agradecendo. Ela é o meu mundo. Meu universo inteiro. Se algum dia você precisar de qualquer coisa...

— Sr. Tripp...

— Lucas.

— Lucas, primeiro, acho que praticamente qualquer um teria feito o que eu fiz, e nem foi grande coisa. Se os instintos da Rowan tivessem entrado em ação primeiro, ela teria me derrubado no chão, e eu é que teria ficado debaixo dela. E segundo, não fiz isso pra que você me devesse um favor.

— Você arranjou uns machucados bem feios.

— Vão sarar, e isso não me tirou da lista de saltos. Então, sem problemas.

Lucas assentiu e olhou para as árvores.

— Eu deveria perguntar quais são as suas intenções em relação à minha filha?

— Caramba, espero que não.

— Porque, na minha opinião, se você estivesse com ela só pela diversão, o fato de eu dizer que estou em dívida contigo não te incomodaria. Então, vou retribuir o favor, quer você queira ou não. É o seguinte. — Ele olhou Gull nos olhos. — Se você tá se relacionando sério com ela, não deixa que ela te afaste. Você vai ter que aguentar firme até ela acreditar em você. A Rowan é difícil de conquistar, mas, quando ela confia, é pra valer. Então — Lucas estendeu a mão e apertou a de Gull —, vou tomar café da manhã com a minha filha. Você vem?

— Já vou — decidiu Gull.

Ele ficou a sós por um momento, assimilando o fato de que Lucas "Homem de Ferro" Tripp havia acabado de lhe dar sua bênção. Além de matutar sobre o que fazer com aquilo.

Refletiu sobre o assunto enquanto seguia devagar para o refeitório. A sirene soou pouco antes de ele chegar. Resmungando pela chance perdida de tomar café da manhã, Gull deu meia-volta e correu para a sala de prontidão.

19

⌘ ⌘ ⌘

Depois de quarenta e oito horas combatendo um incêndio florestal de mais de oitenta hectares na Floresta Nacional de Beaverhead, ser o alvo de alguns tiros parecia fichinha. Assim que engoliu o restante de um sanduíche que tinha surrupiado, Rowan voltou ao trabalho com a equipe, acendendo sinalizadores em uma tentativa desesperada de conter o fogo enfurecido antes que ele avançasse para o oeste, para a área de preservação nacional.

A frente já havia mudado de direção três vezes em dois dias, rosnando contra a chuva de retardante e cuspindo tudo de volta.

O ataque inicial, considerado um fracasso terrível, se transformara em uma batalha prolongada e brutal.

— Gull, Matt, Libby, fiquem de olho nos focos. Cards, Dobie, nós vamos avançar para o oeste, derrubar qualquer tronco queimado. Cavar, cortar e abafar. Nós vamos conter o bicho aqui.

Ninguém dizia uma palavra enquanto avançavam, forçavam e atiçavam o contrafogo para o leste. O mundo era fumaça, calor e barulho, e cada centímetro conquistado era uma vitória. Já era hora, Rowan pensou, já era hora de a sorte virar.

O tronco que ela cortava caiu com um estalo. Ela se posicionou para fatiá-lo em toras menores e menos inflamáveis. Eles arrastariam os galhos e as brasas para longe da área verde, jogando tudo na área já queimada, formando uma pilha de cinzas.

Vamos deixar essa porcaria morrer de fome, Rowan pensou. Era só matar o dragão de fome.

Ela endireitou a postura por um instante a fim de esticar as costas.

E então viu acontecer. Tão rápido que não conseguiu nem gritar, muito menos correr para impedir.

Uma lasca afiada de madeira voou do galho que Cards estava fatiando e disparou direto para o rosto dele.

Ela largou a serra e correu até lá enquanto ele gritava de choque e dor e perdia o equilíbrio.

— Qual é a gravidade? Qual é a gravidade? — berrou ela, segurando-o enquanto ele tentava se firmar.

Ela viu o pedaço de madeira cravado na bochecha dele, a menos de dois centímetros abaixo do olho direito. O sangue escorria até o queixo.

— Puta merda — disse ele, por fim. — Arranca isso!

— Aguenta firme. Espera um pouco.

Dobie chegou correndo.

— O que vocês dois estão... Caralho, Cards, como é que você fez isso?

— Segura as mãos dele — ordenou Rowan, revirando a mochila.

— O quê?

— Fica atrás e segura as mãos dele pra baixo. Acho que vai doer quando eu puxar.

Ela plantou os pés ao lado das pernas de Cards, arrancou a luva da mão direita e segurou firme o pedaço de madeira serrilhada que se projetava da bochecha dele.

— No três. Se prepara. Um, dois...

Ela puxou no dois. Viu o sangue jorrar, viu os olhos dele ficarem meio vidrados. Rapidamente, pressionou a gaze que tinha tirado da mochila contra o ferimento.

— Você ficou com um belo buraco na cara — disse ela.

— Você falou que ia contar até três.

— É, bem, perdi a conta. Dobie, segura a gaze e mantém a pressão. Eu preciso limpar o ferimento.

— Não temos tempo pra isso — protestou Cards. — Só prende a gaze com fita. A gente cuida disso depois.

— Dois minutos. Se apoia no Dobie. — Ela jogou fora a gaze ensanguentada, despejou água sobre o ferimento, esperando remover farpas minúsculas. — E tenta não gritar igual a uma garotinha — acrescentou, antes de despejar uma dose generosa de água oxigenada.

— Puta que pariu, Ro! Caralho, que merda!

Implacável, ela esperou a água oxigenada borbulhar, limpando a sujeira e os fragmentos de madeira, depois lavou com mais água. Fez outro curativo com pomada antibiótica, adicionou mais uma camada e prendeu com esparadrapo sobre o buraco do tamanho de uma bolinha de gude.

— Podemos te levar pra base.

— Nem a pau! Não vou sair daqui. Foi só uma farpa do caralho.

— É, né? — Dobie ergueu o pedaço de madeira de quase oito centímetros. — Se você tivesse quinze metros de altura. Guardei pra você.

— Puta merda, isso é um míssil de madeira. Fui atingido por um míssil de madeira. Bem na minha cara. Tô com uma sorte de merda a temporada inteira — resmungou, afastando a mão que Rowan havia estendido. — Consigo me levantar sozinho.

Ele cambaleou por um momento, mas se firmou.

— Toma uns dois comprimidos do analgésico que tem no seu kit. Se tem certeza de que está bem, quero que vá revezar para inspecionar os focos. Você não vai manusear uma serra, Cards. E sabe disso. Troca de função ou vou ter que reportar o ferimento pra central.

— Não vou sair daqui até esse fogo extinguir.

— Então troca de função. Se esse buraco na sua cara continuar sangrando e encharcar os curativos, pede pra alguém da equipe trocar.

— Tá, tá. — Ele tocou o curativo com os dedos. — Parece até que perdi uma perna — resmungou, mas saiu andando.

Quando já estava longe o suficiente, Rowan pegou o rádio e contatou Gull.

— Cards tá indo até você. Ele sofreu um ferimento leve. Quero que um de vocês suba até aqui, daí ele assume um lugar aí embaixo.

— Entendido.

— Beleza, Dobie, coloca essa motosserra pra trabalhar. E cuidado com os mísseis de madeira voadores. Não quero mais drama.

O contrafogo deu conta do serviço. Levaram mais dez horas, mas os relatórios de ponta a ponta confirmaram que o fogo estava contido.

O sol poente incendiava o céu quando ela voltou para o acampamento. Lembrou-se do pôr do sol com Gull. Dos tiros e do ódio cego. Ela desabou no chão, desejando sentir aquela euforia que sempre a dominava quando um incêndio finalmente se rendia.

Yangtree sentou-se ao lado dela.

— Vamos encher o bucho antes do rescaldo. A central escalou oito pessoas pra isso. A decisão é sua, já que ele tava na sua equipe, mas acho que o Cards devia ser liberado pra tratar direito do ferimento.

— Concordo. Vou junto com ele. Se podem enviar oito pra cá, vamos liberar oito do acampamento.

— Pensei o mesmo. Vou te dizer, Ro... Eu sempre brinco falando que tô velho demais pra isso, mas tô começando a falar sério. Talvez eu peça um emprego pro seu pai no fim da temporada.

— Ah, pelo amor de Deus. Quem tá com um buraco na cara é o Cards.

Ele olhou para o oeste, para o sol se pondo, para a montanha escurecida pelo fogo.

— Tô pensando que seria bom ficar sentado na minha varanda numa noite de verão, beber uma cerveja com uma mulher do meu lado, se eu arranjar uma, sem ter que pensar em fogo.

— Você sempre vai pensar em fogo. E, sentado na varanda, ia querer estar aqui.

Ele deu um tapinha no joelho dela ao se levantar.

— Talvez seja hora de descobrir.

Ela teve que forçar Cards a aceitar sair da linha de frente. Bombeiros paraquedistas, pensou, tratavam ferimentos como troféus ou desafios.

Ele ficou emburrado durante todo o voo de volta.

— Entendo por que ele tá de mau humor. — Gull se acomodou ao lado dela. — Mas e você?

— Talvez sessenta horas no combate ao fogo tenham algo a ver com isso.

— Não. Isso explica por que você tá acabada e mais vulnerável ao mau humor, mas não o motivo dele.

— Sabe o que eu não entendo, Elite? É por quê, depois de alguns meses, você acha que me conhece tão bem assim. E outra: por que você perde tanto tempo psicanalisando as pessoas?

— Essas duas são fáceis de responder. A primeira é que podem ter sido só alguns meses, mas pessoas que vivem e trabalham juntas, principalmente sob condições intensas, tendem a se conhecer e se entender bem mais rápido do que aquelas que não passam por isso. Some a isso o fato de estarmos dormindo juntos, e a curva de aprendizado acelera. Segundo... — Ele pegou um saquinho de amendoins sem casca e ofereceu a ela. Quando

Rowan apenas lançou um olhar atravessado, ele deu de ombros e começou a comer. — Segundo — repetiu —, as pessoas me interessam, então gosto de entender como elas se comportam.

Ele comeu mais um bocado de amendoins. Qualquer que fosse o motivo do mau humor dela, não estava disposto a deixar que afetasse o dele. Um banho quente, uma refeição decente e uma cama com uma mulher gostosa o aguardavam em breve.

Quem poderia pedir mais?

— Você já tá pensando no que te espera na base. Em toda a merda que estivemos ocupados demais para nos preocupar. O que aconteceu enquanto estávamos no incêndio, se a polícia indiciou o Brakeman, se descobriram o assassino da Dolly. E se não, o que vem a seguir? — Ele lançou um olhar para Cards, que roncava com a cabeça apoiada na mochila, um curativo novo e branquinho contrastando com o rosto sujo de fuligem. — E você, junto com isso, tá preocupada com o estrago no rosto do Cards. E seja lá o que você e o Yangtree conversaram antes de sairmos, isso só completou a equação.

Ela ficou em silêncio por um instante.

— Esse pessoal sabichão é irritante. — Recostando a cabeça, fechou os olhos. — Vou tirar um cochilo.

— Engraçado, acho que é reconfortante ter alguém que entende a gente.

Ela abriu um olho só, frio, azul cristalino.

— Eu não disse que você entende tudo.

— Verdade.

Gull também fechou os olhos e pegou no sono.

ROWAN FOI direto para os alojamentos depois de descarregar o equipamento. Para se acalmar, Gull imaginou, tanto quanto para se limpar. Talvez ela chamasse aquilo de "cuidar de si mesma", e azar o dela, mas ele adiou os próprios planos para ir atrás de L.B.

Ele esperou na central de operações enquanto L.B. coordenava com o chefe da equipe de rescaldo.

— Tem um minuto?

— Pela primeira vez em três dias, tenho alguns. Tô saindo — anunciou L.B., então inclinou a cabeça em direção à porta. — O que tá pegando?

— Quero que me diga o status das coisas por aqui para que eu possa repassar pra Rowan.

— Não sei o quanto estão me mantendo informado, mas vamos achar um lugar pra conversarmos.

QUANDO ROWAN saiu do banheiro enrolada em uma toalha, encontrou Gull, ainda imundo, sentado no chão.

— Tem algum problema com o seu chuveiro?

— Não sei. Ainda nem entrei nele.

— Tenho coisa demais pra fazer antes de terminar, então vamos ter que remarcar a parte do sexo suado da noite.

— Você só pensa nisso, Sueca. Eu gosto dessa linha de pensamento, mas existem outras.

Ela abriu uma gaveta e escolheu uma calça legging e uma blusa.

— Vou te atualizar — começou Gull. — Trigger levou o Cards pra enfermaria. O ferimento tá limpo. Sem infecção, mas é bem profundo. Recomendaram um cirurgião plástico e, depois de muita enrolação, ele vai pra cidade se consultar amanhã cedo. Ele quer manter o rostinho bonito.

— Que bom. — Ela vestiu a calça e a blusa sem se preocupar com a roupa íntima; algo que Gull apreciava, em qualquer circunstância. — E vai ser divertido zoar ele sobre a cirurgia plástica — acrescentou, voltando ao banheiro para pendurar a toalha. — A gente merece tirar alguma diversão disso.

— O Trigger já sugeriu que aproveitassem pra fazer uma lipo naquela bunda gorda dele.

— Já é um começo.

— Indiciaram o Leo Brakeman.

Ele notou o leve sobressalto de Rowan antes que ela cruzasse o quarto e se sentasse na beirada da cama.

— Okay. Certo.

— O rifle dele, as ameaças anteriores e o fato de que ele não pôde comprovar onde estava na hora do disparo. Ele admitiu que discutiu com a esposa e saiu dirigindo por algumas horas. Tinha acabado de voltar quando a polícia apareceu na porta.

— A esposa dele poderia ter mentido por ele.

— Ele nunca pediu que ela fizesse isso. Parte disso veio dos policiais, parte veio da Marg. Eu poderia separar as informações, mas, sendo o sabichão que sou, acho que a fonte da Marg é tão confiável quanto a da polícia.

— Você tá certo.

— Eles brigaram porque ele veio até aqui, porque surtou com você. E por causa da Dolly em geral. Acho que perder um filho ou une os pais, como cimento, ou acaba destruindo tudo.

— Meu pai tinha um irmão. Mais novo. Você já deve saber disso também, já que pesquisou tudo sobre o Homem de Ferro. — Gull ficou em silêncio, dando tempo a ela. — Ele morreu quando tinha três anos, de uma infecção estranha. Nunca foi o que se chamaria de saudável e, bem, não conseguiram salvar ele. Acho que isso cimentou meus avós. Ele já admitiu? O Brakeman?

— Não. Ele disse que estava só dirigindo por aí, rodando nas estradinhas, que alguém invadiu a casa, pegou o rifle dele. Que estão armando pra ele. A esposa finalmente convenceu ele a contratar um advogado. A audiência de fiança foi hoje de manhã. Ela hipotecou a casa pra pagar.

— Ai, meu Deus.

— Ele não vai voltar aqui, Ro.

— Não é isso que eu quis dizer. É que ela tá lidando com muito mais do que qualquer um deveria ter que lidar, e nada disso parece culpa dela. Não sei como ela ainda tá de pé.

— E ainda tem mais coisa pra enfrentar. Identificaram um homem que a Dolly encontrou num motel na rodovia doze na noite em que morreu. Alguém com quem ela se encontrou lá várias vezes nos últimos meses. O reverendo Latterly.

— O pastor deles? Pelo amor de… — Ela parou no meio da frase e se jogou para trás. — A Dolly tava dando pro *pastor* da mãe dela, enquanto ficava se gabando de ter visto a luz do Senhor, ou seja lá o que fosse. Faz sentido — acrescentou. — Agora faz sentido. "Deus proverá". Foi isso o que ela disse pra Lynn. A bebê dela precisava de um pai, e Deus proveria.

— Não acho que Deus pretendia providenciar pra Dolly um homem casado com três filhos. Ele nega tudo, tá todo indignado, e, até agora, a esposa tá apoiando ele. A polícia tá tentando destrinchar essa história.

— Ele encontrou com a Dolly na noite em que ela foi morta. Ela queria um pai pra bebê, e ela sempre insistia quando queria alguma coisa. Ela pressionou, talvez tenha ameaçado contar pra esposa dele, arruinar a reputação dele com a congregação. E ele acabou matando ela.

— Faz sentido — concordou Gull.

— Ainda não explica por que ele simplesmente não abandonou ela, por que levou o corpo pra floresta e ateou fogo. Mas é provável que tenha sido a primeira vez que ele matou alguém. Deve ser meio difícil agir com a cabeça depois de algo assim. Gull… Se ele e a Dolly estavam transando esse tempo todo, e ele já era pastor da sra. Brakeman, ele pode ter entrado na casa deles…

Ela inclinou a cabeça.

— Você já andou pensando nisso — concluiu Rowan.

— Especulei. Imagino que ele já tenha ido jantar lá algumas vezes, ele e a esposa provavelmente foram convidados pra churrascos no verão e tudo mais. Sim, acho que ele sabia como entrar, e pode ter descoberto ou tido acesso à combinação do cofre.

— Seria uma maneira de fazer a polícia suspeitar do Brakeman, e funcionou. Talvez tenha feito eles pensarem que o homem era violento, esquentado, que já tinha expulsado a própria filha de casa uma vez, que discutia com ela o tempo todo. Pode ser.

— Não é impossível. Você não tá mais de mau humor.

Ela deu um sorriso enviesado.

— Sabichão. Talvez eu estivesse me sentindo inútil de novo, depois de três dias em que tudo o que fiz importou, fez diferença, foi necessário. E agora tô de volta aqui, onde não posso fazer absolutamente nada. Não posso estar no comando, então acho que ajuda pensar em tudo, imaginar o que eu faria se estivesse no comando. Talvez ajude conversar sobre isso com alguém que me entende. — Rowan sorriu de novo. — Pelo menos algumas partes de mim.

— Sabe, eu poderia ficar aqui sentado olhando pra você a noite inteira. Toda bronzeada e linda, perfumada como um pomar no verão. É uma boa maneira de voltar à rotina depois de um ataque prolongado. Mas que tal eu tomar um banho e irmos jantar?

— Tô dentro.

— Ótimo. — Ele se levantou. — Posso usar o seu chuveiro?

Ela riu e acenou na direção do banheiro. Já que tinha um tempo livre, decidiu ligar para o outro homem que a entendia.

— Oi, pai.

Ella se virou quando Lucas abriu a porta do deque. Ela havia saído quando o telefone dele tocou, para lhe dar privacidade e para admirar as luzes coloridas que havia pendurado nos galhos finos da sua ameixeira ornamental.

— Tudo bem?

— Tudo, sim. A Rowan só queria dar notícias e me atualizar sobre o que tá acontecendo.

— Alguma novidade?

— Na verdade, não. — Ele tomou um gole do vinho que tinham apreciado no jantar e deslizou a ponta dos dedos pelo braço dela.

Ela adorava o jeito como ele a tocava — com frequência, como se quisesse reafirmar que estavam juntos.

— Ela parecia tranquila, então isso me deixa mais sossegado. Quando algo ruim acontece ou dá errado com a Ro, ela tende a internalizar tudo. O que ela poderia ter feito pra evitar? O que deveria fazer pra consertar?

— Não faço ideia de onde ela pode ter herdado isso. Quem é mesmo que anda fuçando tudo aqui em casa sempre que pode? Consertando a torneira que tava pingando na área de serviço, a gaveta emperrada naquela mesa velha que comprei num bazar?

— Tenho que pagar de algum jeito por todos os jantares que você cozinha pra mim. E pelos cafés da manhã também — acrescentou, deslizando a mão até a cintura dela.

— É bom ter um faz-tudo por perto.

— É bom estar por perto, com você. — Ele enlaçou a cintura de Ella, de forma que ambos ficaram contemplando o jardim, as luzinhas delicadas, as sombras suaves. — É bom estar com você.

— Estou feliz — disse Ella. — Sempre fui uma pessoa feliz, e aprendi a ser feliz sozinha. Foi bom pra mim, ter esse tempo, descobrir um pouco mais sobre mim mesma. O que eu podia fazer, do que podia abrir mão. Mas sou mais feliz com você. — Foi a vez de ela enlaçar a cintura de Lucas. — Antes de você chegar, eu estava aqui fora pensando em como sou sortuda. Tenho uma família que amo e que me ama, uma carreira da qual me orgulho, este lugar, bons amigos. E agora, como um prêmio extra, tenho você.

As luzes brilhavam, ela pensou, no jardim e em seu coração. E, ao mesmo tempo, sua amiga estava imersa numa escuridão total.

— Falei com a Irene hoje mais cedo.

— Ela tá carregando um fardo terrível agora.

— Fui vê-la, querendo ajudar, mas... Não consigo nem imaginar conviver com o tipo de perda que ela tá enfrentando. A pior perda que uma mãe pode sofrer. E o que ela ainda pode perder. Nada na vida dela agora é certo, ou estável, ou feliz. Ela tá enterrando a filha, Lucas. Tá enfrentando a possibilidade real de que o marido vá pra prisão. O homem em quem confiava sua orientação espiritual, sua fé, traiu ela da pior maneira. A única coisa que resta é a neta. E cuidar daquela menininha deve ser, ao mesmo tempo, uma alegria imensa e uma dor insuportável. Eu sou bem sortuda. E acho que sou parecida o bastante com você e com a Rowan pra querer consertar tudo. Queria saber o que fazer, ou dizer, ou como ajudar a Irene.

— Você tá ajudando a planejar o velório, e vai estar lá pra apoiá-la. Isso importa. Quer que eu vá com você?

— Pensando de um jeito egoísta, sim. Mas acho que isso deixaria ela constrangida.

Ele assentiu, pois havia pensado o mesmo.

— Se achar certo, pode dizer que sinto muito pela perda dela, pelo que ela está passando.

— Deixei o clima triste, e antes eu tava aqui pensando em felicidade.

— Pessoas que estão juntas compartilham as alegrias e as tristezas. Quero compartilhar as duas com você.

Quase, ela pensou, quando uma onda de calor subiu pelo seu peito. *Os dois estavam quase prontos para dizer em voz alta.*

Ela havia dito que se sentia sortuda? Na verdade, era abençoada.

— Vamos dar um passeio à luz do luar — decidiu. — Pelo jardim. Podemos terminar de beber esse vinho e namorar um pouco.

— Você sempre tem as melhores ideias.

⌘ ⌘ ⌘

USAR o celular de uma mulher morta para atrair um homem para a própria morte parecia… justo. Um homem de Deus deveria entender isso, deveria aprovar a lógica de olho por olho. Mas Latterly não era um homem de Deus, e sim uma fraude, um mentiroso, um adúltero, um fornicador.

Em um sentido muito real, Latterly tinha matado a Dolly. Ele a tentou, a conduziu pelo caminho — ou, se a tentação e a condução tivessem partido dela, ele certamente a seguiu.

Ele deveria tê-la aconselhado, orientado, ajudado a ser uma pessoa decente, uma mulher honrada, uma boa mãe. Em vez disso, traiu sua esposa, sua família, seu Deus, sua igreja, só para transar com a filha de uma de suas fiéis.

A morte dele seria justiça, retribuição e vingança sagrada.

A mensagem de texto havia cumprido seu papel, tão simples, na verdade.

> **Dolly:** não era eu vc tem q vir trazer dinheiro não conta nada antes preciso saber o q fazer me encontra 1h da manhã no centro de visitantes em Lolo Pass no posto florestal 373 portão 2 URGENTE posso ajudar vc

Claro que o homem prestes a morrer ligou para a mulher morta. A resposta ao ver sua ligação ignorada veio repleta de choque, pânico, exigências. Fácil de contornar.

> **Dolly:** preciso ver vc cara a cara explicar depois faço o q vc disser qnd souber o q sei não posso escreve mais eles podem descobrir

Ele viria. Se não viesse, haveria outro jeito.

Planejar um assassinato não era o mesmo que um acidente. Qual seria a sensação?

O carro chegou dez minutos antes da hora, percorrendo devagar a estrada de serviço.

No fim das contas, tão fácil. Será que tinham que bater um papo antes? O homem morto devia saber por que iria morrer? Por que arderia no fogo do inferno?

Ele chamou o nome de Dolly, a voz um sussurro áspero ecoando na paz absoluta da noite. No portão, continuou sentado dentro do carro, sua silhueta nítida à luz do luar.

A morte o esperava pacientemente.

Ele desceu do carro, olhando de um lado para o outro, ainda chamando por Dolly. E continuou fazendo a mesma coisa à medida que subia a estrada.

Sim, era fácil, afinal.

— Olho por olho.

Latterly olhou para o lado, o rosto tomado de terror quando a sombra avançou para a claridade.

A primeira bala o atingiu no meio da testa, um pequeno buraco preto que transformou o terror em choque apático. A segunda perfurou seu coração, liberando um fluxo lento de sangue escuro sob o brilho do luar.

Fácil. Uma mão firme, um coração justo.

Sem choque, sem tristeza, sem tremores, não desta vez.

O caminho era longo para arrastar um corpo, mas tinha que ser feito da maneira certa, não? Qualquer coisa que valesse a pena ser feita, tinha que ser bem-feita. E a floresta à noite tinha tanta beleza, tanto mistério... Paz. Sim, por um momento, paz.

Todo o esforço se reduziu a nada no instante em que o corpo repousou no local onde seria queimado, sobre a pira já preparada.

O reverendo Latterly não parecia tão bem, não parecia tão *piedoso* agora, com as roupas e a carne dilaceradas e sujas da trilha.

Um clique do isqueiro, só isso bastou para enviá-lo ao inferno.

As chamas se acenderam com um assobio, devorando combustível e oxigênio. Queimando o corpo assim como a alma arderia. A paz imperou à medida que o fogo subia e se espalhava.

O que sentiu ao matar e incendiar?

Sentiu paz.

20

⌘ ⌘ ⌘

O FOGO AVANÇAVA em direção ao leste, devorando florestas e pradarias, sua cabeça um surto de fúria e gula, uma ganância voraz, guiando o corpo através de dois estados.

Gull fincou os grampos de escalada em um pinheiro, subindo rumo ao céu de fuligem avermelhada. Seu rosto pingava de suor, encharcando a bandana que usava como um fora da lei dos tempos modernos, enquanto os dentes da serra cortavam casca e madeira. Troncos despencavam, se espatifando lá embaixo conforme ele descia.

As chamas que eles tentavam conter rodopiavam, escalando as árvores com agilidade, enlaçando os galhos com clarões, entoando uma melodia furiosa.

Assim que pisou no chão, ele desenganchou seu arnês e seguiu pela linha de abate.

Sabia que Rowan combatia o incêndio na linha de frente. As notícias se espalhavam pela equipe de que os bombeiros paraquedistas de Idaho tinham sido obrigados a recuar duas vezes por conta dos ventos instáveis.

Ele ouviu o estrondo do trovão e viu o avião-tanque chacoalhar em meio à fumaça. Até agora, o dragão parecia engolir o retardante como se fosse bala.

Gull perdeu a noção das horas passadas no ventre da besta desde que a sirene havia soado naquela manhã. Na mesma manhã em que encarara os olhos de Rowan quando ela se movia e arqueava o corpo sob ele. Na mesma manhã em que havia provado o sabor da pele dela, quente de sono, em sua língua.

Agora, ele sentia o gosto da fumaça. Sentia o chão tremer quando mais uma árvore sacrificada tombava. Encarou o inimigo e reconheceu a fome ávida em seu olhar.

O que ele não fazia ideia, ao largar a serra para beber um pouco de água, era se era dia ou noite. E que diferença fazia? O único mundo que importava existia nesse eterno crepúsculo avermelhado.

— Estamos avançando para o leste. — Dobie veio correndo em meio à fumaça, os olhos avermelhados por cima do lenço. — Gibbons tá nos levando pra lá, cavando a linha de corta-fogo enquanto avançamos. As mangueiras tão contendo o fogo na ala direita, no Pack Creek, e a lama conseguiu dar uma segurada.

— Beleza. — Gull pegou o equipamento.

— Eu me voluntariei e te incluí pra irmos ao sul pela área queimada, checar focos e árvores instáveis ao longo da borda, depois damos a volta até a linha de frente.

— Foi muito gentil da sua parte me incluir na sua missão.

— Alguém tem que fazer isso, filhote. — Aqueles olhos vermelhos cintilaram de humor. — É um caminho mais longo, mas aposto que chegamos à linha de frente antes do resto da equipe. Voltamos pra verdadeira ação mais rápido.

— Talvez. Na linha de frente é onde eu quero estar.

— Lutando lado a lado com a sua mulher. Vamos nessa.

Os focos de incêndio brotavam como flores, explodiam como granadas, fervilhavam como poças rasas. O vento conspirava, engrossava a fumaça, lançando brasas voadoras para o alto.

Gull abafava, cavava, apagava, batia, e ainda ria, mesmo com o trabalho árduo, quando Dobie passou a batizar os focos de incêndio.

— Maldito vice-diretor Brewster! — Dobie pisoteou as chamas que lambiam suas botas. — Me suspendeu por fumar no banheiro.

— Ensino médio é um saco.

— Foi no ensino fundamental. Comecei cedo.

— Preparando os pulmões para seu futuro trabalho — concluiu Gull, passando para outro foco.

— Essa aqui é a maldita Gigi Japper. Deixa que eu cuido dela. Me largou por um jogador de beisebol.

— Ensino fundamental?

— Ano passado. O filho da mãe joga softbol de arremesso lento. Dá pra acreditar? Softbol de arremesso lento. Isso vale de alguma coisa?

— Você tá melhor sem ela.

— Com certeza. Bom, capitão, acho que garantimos essa linha e recomendo que a gente corte caminho por aqui pra explorar mais ao norte. Ainda tô procurando aquele velho louco do sr. Cotter, que costumava atirar no meu cachorro só porque o filhote gostava de cagar nas petúnias dele.

— Vamos acabar com o velho sr. Cotter juntos.

— Isso que é amigo de verdade.

Eles almoçaram, jantaram, tomaram café da manhã — quem diabos sabia? — durante a caminhada apressada, devorando barras de proteína, biscoitos com manteiga de amendoim e a única maçã da mochila de Gull, que compartilharam.

— Eu adoro esse trabalho — disse Dobie. — Não sabia se ia curtir. Sabia que conseguiria, que daria conta do serviço. Achei que ia gostar. Mas não sabia que era isso que eu tava procurando. Nem sabia que tava procurando por alguma coisa.

— Se o negócio te pega de jeito, é porque era pra ser. — E aquilo, pensou Gull, valia tanto para saltar sobre incêndios quanto para mulheres.

Árvores mortas permaneciam de pé, esqueletos carbonizados na fumaça que se dissipava. O vento sussurrava por entre elas, fazendo-as gemer, erguendo cinzas que rodopiavam como um pó encantado imundo.

— Parece um daqueles filmes de fim do mundo — comentou Dobie. — Onde um meteoro destrói quase tudo, e o que resta são saqueadores mutantes e uns poucos guerreiros valentes tentando proteger os inocentes. Podemos ser os guerreiros.

— Eu preferia ser um mutante, mas tudo bem. Olha aquilo. — Gull apontou para o leste, onde o céu brilhava vermelho acima de torres de labaredas. — Metade do tempo eu não entendo como posso odiar isso e ainda achar bonito.

— Foi assim que me senti com a filha da puta da Gigi Japper.

Rindo, de certa forma feliz por estar sujo e suado ao lado do amigo estranhamente cativante, Gull observou o incêndio durante a caminhada — sua vastidão, suas cores e tons, suas formas.

Por impulso, tirou a câmera da mochila. Uma foto não poderia traduzir sua magnificência aterrorizante, mas serviria de lembrança, durante o inverno. Serviria de lembrança.

Dobie entrou no enquadramento, apoiou sua Pulaski no ombro, abriu as pernas e adotou uma expressão feroz.

— Agora, tira uma foto: "O exterminador de dragões."

Na verdade, Gull pensou ao enquadrar a cena, o título parecia bastante adequado e preciso, logo, tirou duas.

— Chupa essa, Gigi.

— Isso aí! Vamos nessa, filhote, o tempo tá passando.

Ele saiu andando com um ar de superioridade enquanto Gull guardava a câmera.

— Gull.

— O quê? — Ele tirou os olhos da mochila e viu Dobie parado quase na mesma posição, porém de costas para ele. — Já guardei a máquina, bonitão.

— É melhor você vir aqui. Dá só uma olhada nisso.

Alertado pelo tom, Gull se apressou e ficou paralisado quando Dobie apontou.

— Aquilo é o que tô pensando?

— Ah, merda.

Os restos mortais estavam ali, como uma placa de sinalização sinistra na trilha carbonizada.

— Caramba, Gull, parece que os mutantes passaram por aqui.

Dobie cambaleou alguns passos para longe, apoiou as mãos nos joelhos e vomitou as barrinhas de proteína que tinha comido.

— Igual a Dolly — murmurou Gull. — Só que…

— Credo, tô me sentindo um molenga. Coloquei o almoço todo pra fora. — Pálido sob a camada de fuligem, Dobie pegou sua garrafa de água, tomou um gole e cuspiu. — O filho da puta tacou fogo bem aqui, igual com a Dolly. — Ele enxaguou a boca de novo, cuspiu, depois bebeu. — Foi ele quem fez isso.

— Sim, só que acho que ele não fez isso pra tentar esconder ou destruir o corpo. Talvez tenha sido pra gente encontrar, ou pra chamar atenção, ou porque o filho da puta gosta de fogo. E não é igual à Dolly porque esse aqui tem o que parece ser um buraco de bala bem no meio da testa.

Respirando fundo, Dobie chegou perto de novo e olhou.

— Puta merda, acho que você tem razão.

— Acho que devia ter aceitado aquela aposta. — Gull pegou seu rádio. — Porque pelo jeito não vamos voltar pra ação antes do restante da equipe.

Enquanto esperavam, Dobie pegou duas garrafinhas de uísque da mochila e tomou um gole.

— Quem você acha que pode ser? — perguntou, passando a segunda garrafa para Gull.

— Talvez a gente tenha um incendiário homicida escolhendo pessoas aleatoriamente. Mas é mais provável que seja alguém ligado à Dolly.

— Pelo amor de Deus, espero que não seja a mãe dela. Espero muito que não seja a mãe dela. Alguém precisa cuidar daquela criança.

— Eu vi a mãe dela naquele dia, quando ela e o pastor apareceram pra agradecer ao L.B. por ter recontratado a Dolly. Ela é baixinha, magra, como a filha. Acho que o que sobrou aqui é alto demais. Bem alto, eu diria.

— O pai dela, talvez.

— Talvez.

— Se eu não tivesse nos voluntariado, outra pessoa teria encontrado. Tá bem no meio da trilha. A Ro disse que a Dolly estava fora. Mas esse aqui tá bem na trilha. Os guardas florestais teriam encontrado. Isso faz a gente pensar no que o fogo pode fazer com você, se tiver a chance.

Gull olhou para o vermelho, o preto, o ouro feroz que ainda ardia. E entornou a garrafinha de uísque.

Os guardas florestais os liberaram para voltar à batalha. A fúria se avolumou dentro de Gull ao avançar diante da cabeça do incêndio, que rugia e estalava. Ele canalizou essa fúria no ataque, e cada golpe do machado alimentava sua raiva. Essa guerra não era contra Deus, nem contra a natureza ou o destino, mas contra o ser humano que havia provocado o incêndio por prazer, propósito ou fraqueza.

Durante as horas de combate, ele não deu a mínima para os motivos. Só se importava em acabar com aquilo.

— Faz uma pausa — disse Rowan. — Já controlamos o pior. Dá pra sentir. Descansa um pouco, Gull. Isso não é trabalho pra fazer sozinho.

— Vou descansar quando acabar.

— Olha, eu sei como você se sente. Sei exatamente como…

— Não tô no clima pra pensar com sensatez. — Ele afastou a mão dela do seu braço, os olhos ardendo, intensos. — Tô no clima pra acabar com esse incêndio desgraçado. Podemos discutir nossos traumas depois. Agora me deixa fazer meu trabalho.

— Certo, tudo bem. Precisamos de gente lá no topo daquela cordilheira cavando uma linha de corta-fogo antes que ele tome carona no vento, mude de direção e se alimente de mais combustível.

— Beleza.

— Leva o Dobie, o Matt, a Libby e o Stovic.

JÁ ERA noite, pensou Gull — ou manhã, provavelmente —, quando ele se arrastou até o riacho. O fogo tremia em seus estertores mortais, tossindo e crepitando. Acima, as estrelas cintilavam, esperançosas, através da fumaça dispersa.

Ele tirou as botas, as meias, e mergulhou os pés doloridos na água incrivelmente fria. A conversa pós-incêndio ecoava às suas costas, as vozes roucas por conta da fumaça e da adrenalina. Piadas, insultos, recordações da longa batalha. E, como esperado, a pergunta *"que porra foi aquela?"* sobre o que ele e Dobie tinham encontrado.

Mais trabalho os esperava, mas poderia esperar até o amanhecer. O fogo não havia se deitado para descansar. Havia se deitado para morrer.

Rowan sentou-se ao lado dele, largou uma refeição pronta em seu colo e enfiou uma bebida em sua mão.

— Mandaram um bom carregamento pro acampamento, então fiz o jantar pra você.

— A jornada de uma mulher não acaba nunca.

— Vejo que você tá mais disposto a ser sensato agora.

— Eu precisava extravasar.

— Eu sei. — Ela tocou a mão dele de leve, depois pegou o garfo e começou a devorar o ensopado de carne. — Coloquei um pouco da famosa pimenta do Dobie. É forte pra cacete.

— Eu tava tirando uma foto dele. Ele parado ali no meio da área queimada, e atrás dele o fogo, o céu. Surreal. Eu tinha acabado de tirar a foto quando encontramos aquilo. Não me abalou de verdade até que começamos a subir pra encontrar vocês, depois, o negócio foi se avolumando aqui dentro. Meu Deus, eu não tava nem pensando no cara que foi carbonizado depois de tomar um tiro na cabeça.

— Tiro?

Gull assentiu.

— Sim, mas eu não tava pensando nele. Tudo em que eu conseguia pensar era nisso, e em nós. Toda essa perda e destruição, os riscos, o suor e o sangue. E pra quê, Ro? Como não dava pra espancar quem quer que tenha causado isso, tive que espancar o fogo.

— O Matt se enroscou no salto. Ele desceu bem, mas poderia ter dado ruim. Um galho seco, grosso como o meu braço, quase acertou a Elfa quando tivemos que recuar, e o Yangtree tomou um talho na panturrilha com uma *Pulaski*, além de estar com o joelho inchado. Um dos caras de Idaho caiu feio, quebrou a perna. Você tinha razão em estar puto.

Por um tempo, eles comeram em silêncio.

— Eles querem você de volta de manhã; você e o Dobie, para conversar com a DiCicco e o Quinniock. Posso ir junto.

Ele a olhou de soslaio, sentindo-se grato — o suficiente para não mencionar que ela estava cuidando dele.

— Seria bom.

— Imaginei que estivesse cansado, então posso te poupar do trabalho de montar sua barraca. Posso compartilhar a minha com você.

— Isso seria ainda melhor. Amo esse trabalho. — Ele ficou em silêncio por um momento, pensando em Dobie. — Não sei bem o porquê, mas o que esse desgraçado fez me faz amar ainda mais. Os tiras têm que encontrar esse cara, prendê-lo, impedir que continue. É a gente que limpa a bagunça dele. Somos nós que fazemos o que for preciso pra evitar que a situação piore. O que existe na natureza não significa nada pra ele. O que vive nela, o que sobrevive dela. Mas significa algo pra gente.

Ele olhou para Rowan, inclinou-se devagar e tomou seus lábios em um beijo surpreendentemente gentil.

— Eu te encontrei na natureza, Rowan. Isso é surpreendente.

Ela sorriu, um pouco incerta.

— Eu não estava perdida.

— Nem eu. Mas, ainda assim, fui encontrado.

Quando voltaram para as barracas, cruzaram com a Libby.

— Como você tá, Gull?

— Bem. Melhor agora que sei que vou escapar do rescaldo. Você viu o Dobie?

— Sim, ele acabou de deitar. Tava se sentindo... Acho que você sabe. O Matt e eu ficamos com ele um tempo depois que o restante foi dormir. Ele tá bem.

— Você fez um bom trabalho hoje, Barbie — disse Rowan para ela.

— Nem passa pela minha cabeça fazer de outro jeito. Boa noite, gente.

Rowan bocejou ao entrar na barraca e, com a mente e o corpo já desligando, tirou as botas.

— Não me acorde a menos que seja um ataque de urso. Aliás, nem assim.

Ela se livrou do uniforme, ficando apenas com a regata e a calcinha. Quando se virou para o saco de dormir, Gull refletiu.

— Sabe de uma coisa? Trinta segundos atrás, achei que estava cansado demais pra coçar minha própria bunda. E agora, estranhamente, tô cheio de uma energia renovada.

Ela abriu um olho, fechou de novo.

— Faça o que tiver que fazer. Só não me acorde no processo.

Ele se acomodou ao lado dela, sorrindo, puxando o corpo dela já mole de sono contra o dele. Quando fechou os olhos, pensou nela, apenas nela, e deslizou silenciosamente para a escuridão.

FOI O joelho dela, pressionando firme contra a virilha dele, que o acordou. Ele revirou os olhos antes mesmo de abri-los. Recuou de leve para aliviar a pressão sobre suas bolas latejantes.

Será que ela mirou de propósito, cogitou Gull, ou foi só um golpe de sorte? De todo jeito, havia acertado em cheio.

Rowan nem se mexeu quando ele saiu do saco de dormir, vestiu a calça, meias limpas, e calçou as botas. Deixou para fechar a calça e amarrar os cadarços das botas do lado de fora da barraca, deparando com a suave luz matinal.

Nada nem ninguém se movia. Mas, até onde ele sabia, as outras barracas abrigavam ocupantes solitários — sem ninguém para enfiar o joelho nas bolas deles. Caso as tivessem.

De pé, ele endireitou a postura, ajeitou as partes — com o maior cuidado — e dirigiu-se a um local fora do acampamento para aliviar a bexiga. Café e bucho cheio seriam os próximos da lista, decidiu. Ser o primeiro a acordar significava que era o primeiro a escolher o café da manhã enlatado. Ele se sentaria ali fora, talvez à beira do riacho, e deixaria Rowan dormir mais um pouco, desfrutando de uma refeição horrorosa e solitária até...

Gull parou e olhou adiante. Contemplou a bela pradaria à frente, com tremoceiros silvestres florescendo em um majestoso tom púrpura. Uma névoa tênue e rasteira tremeluzia por entre eles, dando a ilusão de que flutuavam sobre um rio branco e delgado, com dezenas de borboletas azuis dançando acima das hastes imponentes.

Intocado, pensou. O fogo não tocou aqui. Eles o contiveram, e agora as flores silvestres desabrochavam, as borboletas bailavam em meio à bruma matinal.

Aquilo era a mais bela e vívida obra de arte, pensou Gull. Talvez mais. E ele teve participação nos esforços para salvar tudo aquilo, e as árvores mais além, e tudo o que se estendia no horizonte.

Ele havia lutado em meio à fumaça e ao ar escaldante, atravessado terrenos queimados impregnados com o cheiro da morte. E agora estava ali, onde a vida prosperava e florescia em uma beleza serena e graciosa.

Estava ali, naquele lugar que abrigava todas as respostas para o porquê.

ELE A levou até aquele lugar, arrastando-a pelo acampamento antes que fossem embora.

— Temos que ir — protestou Rowan. — Se a gente chegar no centro de visitantes, podemos ir de van até a base. Banho tomado, roupas limpinhas. E, *Jesus amado*, eu preciso de uma Coca-Cola.

— Isso é melhor que uma Coca-Cola.

— Nada é melhor que beber uma Coca assim que acorda. Vocês, viciados em café, não sabem de nada.

— Só olha. — Ele gesticulou. — Aquilo é melhor do que qualquer coisa.

Ela já tinha visto pradarias antes, já vira os tremoceiros silvestres e as borboletas que eles atraíam. Estava prestes a dizer isso para Gull, mal-humorada pela falta de cafeína, mas ele parecia tão... impressionado.

E ela entendeu tudo. Claro que entendeu. Quem melhor do que ela para entender?

Ainda assim, não resistiu em caçoar dele, dando-lhe uma cotovelada nas costelas.

— Lá vem esse seu lado romântico brega.

— Fica paradinha bem aí. Vou tirar uma foto.

— Nem a pau! Caracas, Gull, olha pra mim.

— Essa é uma das minhas atividades favoritas.

— Se você tá a fim de tirar foto de uma mulher na frente de uma campina florida, é melhor arranjar alguém de cabelo lavado e sedoso e um vestido branco esvoaçante.

— Deixa de ser boba, você tá perfeita. Porque você é parte do motivo de aquela pradaria estar ali. É um complemento àquela que tirei do Dobie no meio da área queimada. Mostra como, por que e quem participa dos dois lados da mesma moeda.

— Romântico brega — repetiu ela. Mas ficou tocada, para dizer a verdade, com o que compartilhavam.

Então, enganchou os polegares nos bolsos dianteiros, inclinou um pouco o quadril e deu um sorriso largo e ousado para a câmera.

Ele tirou a foto, abaixou a máquina fotográfica e simplesmente a encarou como havia feito com a pradaria. Impressionado.

— Aqui, troca comigo. Vou tirar uma de você.

— Não. É você. É o Dobie na área queimada, com o fogo rugindo atrás dele, me dizendo o quanto ama esse trabalho, o que encontrou nele. E é você, Rowan, à luz do sol, com toda a bela paisagem preservada às suas costas. Você é o final do maldito arco-íris.

— Ah, para com isso… — Levemente envergonhada, ela deu de ombros e foi até ele. — Você deve estar delirando.

— Você é a resposta, mesmo sem eu ter feito a pergunta.

— Gull, é muito bizarro quando você começa a falar assim.

— Acho que você vai ter que se acostumar. Eu me ap… apeguei demais a você. Vamos chamar assim por enquanto, porque acho que é muito mais que isso, e já é coisa demais pra assimilar.

Uma pontada de pânico perfurou a vergonha que ela sentia.

— Gull, ficar apegado a pessoas como nós, como eu… é uma roubada.

— Não acho. Gosto de um bom desafio.

— Porque você é doido.

— Tem que ser doido pra fazer esse trabalho.

Ela não podia discutir com aquilo.

— Temos que ir.

— Só mais uma coisa.

Ele a segurou pelos ombros e a puxou para perto. Seus dedos deslizaram até o rosto dela, conduzindo-os a um beijo feito para campos floridos e verões reluzentes, para borboletas esvoaçantes e para cantoria de pássaros.

Incapaz de firmar os pés, ela desabou contra ele, perdendo-se na doçura e na promessa que se recusava a admitir que desejava. O coração de Rowan martelou no peito, doeu.

E, pela primeira vez na vida, ansiou por algo mais.

Trêmula, ela recuou um passo.

— É só tesão.

— Continue dizendo isso pra si mesma.

Ele a enlaçou pelos ombros, em um gesto amigável, mudando a atitude em um piscar de olhos.

Aquele homem, pensou Rowan, conseguia deixá-la zonza.

DICICCO E Quinniock saíram do prédio de operações assim que as vans chegaram à base.

— Seria legal se deixassem a gente tomar pelo menos um banho primeiro — comentou Gull, saindo da van e acenando com a cabeça para a agente federal e o policial. — Onde vocês querem conversar?

— O escritório do L.B. está disponível para nós — respondeu Quinniock.

— Olha, tem um monte de mesas do lado de fora do refeitório. Não seria um mau negócio tomar um pouco de ar fresco e comer alguma coisa enquanto isso. Acho que o Dobie pensa o mesmo.

— Acertou direitinho, filhote. Vocês já descobriram quem é o morto?

— Vamos conversar sobre isso — disse DiCicco.

— A gente cuida dos equipamentos de vocês. — Rowan fez um gesto para Matt e Janis. — Não se preocupem.

— Obrigado. — Gull relanceou o olhar.

— Nós somos suspeitos? — Dobie exigiu saber no caminho do refeitório.

— Ainda não chegamos a nenhuma conclusão, sr. Karstain.

— Pega leve, Kim — sugeriu Quinniock. — Não temos motivos pra suspeitar de vocês. Mas se quiserem nos informar onde estiveram na noite anterior ao incêndio, entre onze e três da manhã, fiquem à vontade.

— Eu tava jogando cartas com a Libby, o Yangtree e o Trigger até perto de meia-noite. Trig e eu ainda tomamos uma última cerveja. Acho que fomos dormir por volta de uma hora.

— Eu estava com a Rowan — disse Gull, deixando por aquilo mesmo.

— Gostaríamos de repassar os depoimentos que vocês deram aos guardas florestais no local. — DiCicco se sentou à mesa de piquenique, pegou sua caderneta e um minigravador. — Gostaria de gravar isso.

— Dobie, por que você não começa? Vou ver se a Marg pode preparar alguma coisa pra gente. Vocês querem algo? — perguntou Gull.

— Eu aceitaria uma bebida gelada — disse Quinniock, e, lembrando-se da limonada, DiCicco assentiu.

— Seria ótimo. Agora, sr. Karstain…

— Dá pra parar de me chamar de senhor? É só Dobie.

— Dobie.

Ele recontou tudo o que aconteceu. O que tinha visto, feito, o que já havia relatado aos guardas florestais.

— Sabe… a área queimada parece um filme de terror por si só, aí basta adicionar aquilo. O Gull disse que deve ter ligação com a Dolly.

— É mesmo? — sondou DiCicco.

— Faz sentido, né? — Dobie olhou de um para o outro. — Tem a ver?

— Dobie, por que só você e o sr. Curry foram parar naquela área?

Dobie deu de ombros para a agente federal no exato instante em que Gull apareceu, dois passos à frente de Lynn, os dois carregando bandejas.

— A gente precisava de quase todo mundo na linha de frente, cavando a linha de contrafogo, mas alguém ainda tinha que averiguar focos de incêndios pelas laterais. Daí, eu me ofereci como voluntário, e chamei o Gull pra ir comigo.

— Foi você quem sugeriu que os senhores seguissem por aquele trajeto?

— Ela adora um "senhor", né? — disse Dobie a Gull. — Isso mesmo. É uma caminhada mais longa, mas eu gosto de apagar focos. Eu e o Gull trabalhamos bem juntos. Valeu. — Ele sorriu para Lynn quando ela pousou um prato bem servido à sua frente. — Parece uma delícia.

— Marg mandou guardar espaço pra torta de cereja. Me avisa se precisar de mais alguma coisa.

— Vamos economizar tempo. — Gull se sentou. — Nós seguimos aquele percurso porque estávamos verificando possíveis focos. Você vê um, apaga e segue em frente. Era a nossa função enquanto avançávamos para nos juntar ao restante da equipe ao leste. O fogo tava se movendo naquela direção, mas os ventos mudavam toda hora, deslocando os focos laterais. Encontramos os restos mortais porque cortamos caminho pela área queimada, seguindo pelo flanco mais distante, caso algum foco surgisse e se espalhasse. Se isso acontecesse, e não estivéssemos lá pra conter, o centro de visitantes ficaria na reta. Ninguém queria isso. Está claro?

— Foi desse jeitinho que aconteceu. — Dobie tirou do bolso seu vidrinho de pimenta, levantou a parte de cima do pão e despejou um bocado do condimento no rosbife preparado por Marg.

Gull negou com um aceno de cabeça quando Dobie ofereceu o tabasco.

— O meu tá bom assim. E, sim, pensei na possibilidade de o corpo estar relacionado à Dolly. Pode ser que tenhamos um *serial killer* incendiário escolhendo vítimas aleatórias, mas acho mais provável que haja uma conexão.

— Aquele lá levou um tiro — disse Dobie, com a boca cheia. — Não tinha como não ver o buraco da bala.

— Alguns paraquedistas se feriram nesse incêndio. Fiquei sabendo que alguns brigadistas que eu conheço se machucaram. Eu vi hectares de floresta virarem cinzas. Quero que o responsável pague por isso, e quero saber por que matar não foi suficiente. Porque dá pra especular que o incêndio era tão importante quanto o assassinato. Do contrário, não haveria razão pra isso. O fogo, por si só, tem que significar alguma coisa.

— É uma linha de raciocínio interessante — comentou DiCicco.

— Já que contamos tudo o que sabemos, só o que nos resta é especular. E como nenhum de vocês parece burro, devo crer que já consideraram esse mesmo tipo de especulação.

— Ele tá meio puto porque tá aqui falando com a polícia em vez de estar tomando banho com a Sueca.

— Puta merda, Dobie. — Gull gargalhou. — É. Tô puto mesmo. Então, já que vocês estragaram os meus planos, podiam pelo menos nos dizer se os restos mortais já foram identificados.

— Essa informação é… — DiCicco trocou um olhar com Quinniock, e suspirou. — Enquanto esperamos pela confirmação, encontramos o carro do reverendo Latterly estacionado na entrada de serviço ao lado do centro de visitantes. A esposa dele não sabe onde ele está; quando acordou hoje de manhã, o marido não estava em casa nem na igreja.

— Alguém atirou num pastor? — Dobie exigiu saber. — É pedir pra ir pro inferno.

— O pastor dos Brakeman — acrescentou Gull. — E aquele, de acordo com os boatos, com quem a Dolly tava tendo um caso. Fiquei sabendo que Leo Brakeman pagou a fiança.

— É melhor aquele filho da puta não aparecer por aqui de novo.

DiCicco encarou Dobie, mas manteve a atenção em Gull.

— Vamos conversar com o sr. Brakeman logo após o enterro da filha hoje à tarde.

— Alguns dos meus policiais estão de olho nele — acrescentou Quinniock. — Também temos a lista das armas registradas no nome dele, e vamos dar mais uma olhada no cofre.

— Tem que ser muito burro pra usar uma das próprias armas, pelo menos uma registrada, pra matar o homem que tava transando com a filha e pregando pra esposa.

— De qualquer forma, vamos investigar todas as possibilidades. Nós também podemos especular, sr. Curry — complementou DiCicco. — Mas temos que trabalhar com fatos, informações e evidências. Duas pessoas estão mortas, e essa é a nossa prioridade. No entanto, esses incêndios florestais não podem ser ignorados. Também trabalho para o Serviço Florestal. Acredite, eu me importo com tudo isso.

Ela se levantou.

— Obrigada pelo seu tempo. — Ela deu a Gull um sorriso quase imperceptível. — Desculpa pelo banho.

— Ora, ora, agente DiCicco — disse Quinniock ao se afastarem —, acho que você acabou de fazer um comentário sarcástico e descontraído. Deu até um quentinho no coração.

— Pois aproveita enquanto dá. Enterros costumam esfriar as coisas.

EXPLOSÃO DE FOGO

Queimar sempre com essa chama intensa e reluzente, manter este êxtase, é sucesso na vida.

Walter Pater

21

⌘ ⌘ ⌘

ROWAN FICOU enrolando. Passou mais tempo no banho, demorou para escolher um short e uma blusa, como se fosse fazer diferença. Até dedicou alguns minutos para fazer uma maquiagem, satisfeita ao perceber que toda aquela enrolação a havia transformado em uma mulher feminina.

Já era hora, decidiu, e saiu à procura de Gull.

Saiu do quarto ao mesmo tempo que Matt saía do dele.

— Uau! — Ela arqueou uma sobrancelha com malícia quando o viu com o terno escuro e a gravata. — E eu achando que estava bonita.

— Você está.

— E aí? Tem um encontro marcado? Tá indo num casamento, num fune... — Ela interrompeu as palavras e se xingou mentalmente. — Porra, eu me esqueci, Matt. Nem pensei. Você tá indo no velório da Dolly.

— Achei que devia, já que estamos fora do fogo.

— Você vai sozinho? Eu até iria com você, mas acho que sou a última pessoa que os Brakeman querem ver hoje.

— Não tem problema. Eu só... Só acho que tenho que ir... pra representar o Jim, sabe? Eu não quero, mas... tem a bebê. — Ele passou os dedos pelo cabelo bagunçado e clareado pelo sol. — Bem que eu queria que a gente ainda estivesse combatendo o fogo, só pra não ter que ir.

— Chama alguém pra ir junto. A Janis voltou com a gente, ou o Cards pode te acompanhar se estiver bem. Ou...

— O L.B. vai. — Matt enfiou as mãos nos bolsos, e as tirou logo em seguida para tamborilar os dedos nas coxas. Dolorosamente, aquilo a fez se lembrar de Jim. — E a Marg e a Lynn.

— Então, tá. — Ela se aproximou e ajeitou a gravata dele, embora não precisasse. — Você tá fazendo a coisa certa pela sua família indo até lá. Se quiser conversar depois, ou só passar o tempo, vou estar por aqui.

— Obrigado. — Ele colocou a mão sobre a dela até que seus olhos se encontraram. — Valeu, Rowan. Eu sei que ela te causou muitos problemas.

— Não tem importância. De verdade, Matt. Hoje é um dia difícil pra muita gente. É só isso que importa.

Ele apertou a mão dela em concordância.

— É melhor eu ir.

Rowan decidiu ir para a sala de descanso quando ele saiu. Cards estava esparramado no sofá, assistindo a uma novela.

— Essa garota tá dizendo pro cara que tá grávida, mesmo não estando, porque ele tá apaixonado pela irmã dela, mas transou com ela, essa que não tá grávida, depois que ela batizou a bebida dele quando foi lá na casa do cara contar que a irmã dela tava traindo ele… o que era mentira.

Ele tomou um longo gole de seu Gatorade.

— Mulheres são uma merda.

— Ei!

— Isso é fato — disse ele, com ar sombrio. — Tô vidrado nisso. Acho que posso ficar viciado nesse troço durante meu repouso obrigatório. Tenho mais um dia pra me recuperar e ficar gato de novo.

Ela se sentou e observou o curativo no rosto dele.

— Não sei… O buraco na sua cara até dá um certo charme, e meio que disfarça os olhos muito juntos.

— Eu tenho olhos de anjo. E de falcão. De um anjo falcão.

— O Matt tá indo pro enterro da Dolly.

— É, eu sei. Ele tá usando a gravata do Yangtree.

— Devíamos fazer alguns dos caras irem com ele. A Libby ainda tá no rescaldo, mas a Janis já voltou.

— Deixa isso pra lá, Ro. Não tem como consertar tudo.

Ele soltou um resmungo entre os dentes quando ela não disse nada.

— Olha só, o L.B. vai representar a equipe, e a Marg e a Lynn vão, porque trabalharam com ela. O Matt… bem, ele agora é praticamente da família, com a filhinha do Jim e tudo mais. Mas eu e o L.B. conversamos sobre isso. Com tudo o que aconteceu aqui com a Dolly, o melhor é manter a coisa no mínimo. Vai ser mais fácil pra mãe dela.

— É, provavelmente — concordou ela, mas franziu o cenho ao observá-lo. Ela conhecia aquela cara, com ou sem um buraco, e aqueles olhos grandes de camelo. — O que foi?

— Nada, exceto que você tá atrapalhando a minha novela. A Orchid vai se ferrar de jeito quando o Payton descobrir que ela tá fazendo ele de trouxa.

Ela sabia reconhecer uma pessoa de mau humor quando via uma.

— Você tá emburrado.

— Eu tô com um maldito buraco na cara e tô assistindo à novela, daí você chega falando da Dolly defunta e de um enterro. — Ele lançou um olhar irritado para Rowan. — Vai pentelhar outra pessoa.

— Beleza.

Ela se levantou com brusquidão.

— Mulheres são uma merda — repetiu ele, com um tom amargo que fez com que ela se sentasse de novo. — Estamos melhores sem elas.

Ela escolheu não mencionar que também era uma mulher.

— Todas ou uma em particular?

— Você sabe que eu tava saindo com uma no último inverno.

Como ele havia comentado diversas vezes, além de mostrado a foto dela, não tinha como não saber.

— Vicki, claro.

— Ela viria pra cá em algumas semanas, com os filhos. Eu ia tirar uns dias de folga pra passear com eles. Os meninos estavam pilhados pra conhecer a base.

Estavam, Rowan notou.

— O que aconteceu?

— Esse é o lance. Eu não sei. Ela mudou de ideia, só isso. Disse que acha que não é uma boa ideia; que eu tenho a minha vida, ela tem a dela. Me deu um pé na bunda e pronto. Nem me falou o motivo, só disse que tinha que pensar nos filhos, que ela precisa de um relacionamento estável e essas porcarias.

Ele se virou, encarando Rowan com aqueles olhos furiosos e confusos.

— Eu nunca menti pra ela, essa é a questão. Eu falei como as coisas eram, e ela disse que estava de boa com isso. Disse até que sentia o maior orgulho do que eu fazia. Agora, ela cansou e ponto. Pior ainda... ela tava pau da vida. Até chorou. Que porra eu fiz?

— Acho que... a teoria de se sentir atraído por alguém que faz o que a gente faz é bem diferente da realidade. É difícil.

— Então, eu deveria largar meu emprego? Fazer outra coisa? Ser outra pessoa? Isso não é justo.

— Não é justo mesmo.

— Eu ia pedir ela em casamento quando ela chegasse.

— Caramba, eu sinto muito.

— Ela nem fala mais comigo. Continuo mandando mensagem, e ela nem responde. Nem me deixa falar com as crianças. E eu sou doido por elas.

— Escreve uma carta pra ela.

— O quê?

— Ninguém mais escreve cartas. Escreve uma. Diz como se sente. Coloca tudo pra fora.

— Bosta, eu não sou bom nisso.

— E isso vai tornar tudo melhor. Se você gosta dela o suficiente pra querer se casar, não é possível que não consiga escrever uma maldita carta.

— Não sei. Talvez. Cacete.

— Mulheres são uma merda.

— Nem me fala. Escrever uma carta — repetiu ele, entornando o Gatorade. — Talvez. Vamos falar de outra coisa. Se eu continuar falando dela, vou acabar tentando ligar de novo. É humilhação demais.

— Que tal a gente falar sobre os Cubs?

Ele deu uma risada sarcástica.

— Preciso de mais do que beisebol pra tirar a cabeça dessa merda, ainda mais porque os Cubs tão uma merda esse ano... mais do que as mulheres. Temos homicídios e incendiários. Fiquei sabendo que apareceu outro corpo. E foi o assassino que ateou fogo na floresta. É melhor a polícia pegar logo esse desgraçado antes que ele queime metade do lado oeste de Montana. Todo mundo gosta de grana no bolso, mas ninguém quer faturar desse jeito.

— Ele pegou um bom pedaço de Idaho também. É meio assustador — disse ela, só porque estavam a sós. — A gente sabe que o fogo quer nos matar quando vamos pro meio do incêndio. Sabemos que a natureza não dá a mínima. Mas entrar sabendo que tem alguém por aí matando pessoas e tacando fogo, que talvez queira ver alguns de nós queimando, ou simplesmente esteja pouco se lixando... É assustador. Ainda mais porque a gente não sabe se ele acabou, ou se da próxima vez que a sirene tocar, vai ser por causa dele.

Ela olhou para cima quando Gull entrou na sala.

— O que os policiais disseram? — Rowan exigiu saber.

— Nada oficial, mas é quase certo de que o que encontramos lá foi o que sobrou do reverendo Latterly.

Cards se sentou de supetão.

— O pastor?

— Tipo isso. — Gull desabou em uma cadeira. — Eles encontraram o carro dele por lá, e ninguém consegue achar o homem. Então, ou nós encontramos ele, ou o cara se mandou. Vão falar com o Brakeman depois do enterro.

— Eles acham que ele matou o cara e tacou fogo? — perguntou Cards. — Mas... isso não significa que... ou eles acham que ele matou a Dolly e...? O pai dela? Ah, qual é.

— Não sei o que eles estão achando.

— O que você acha? — perguntou Rowan.

— Ainda tô tentando entender. Por enquanto, acho que temos alguém putaço e que gosta de fogo. Preciso de um banho.

Rowan o seguiu até o quarto dele.

— Por que você disse "gosta de fogo"? Usar como recurso não é o mesmo que gostar.

— Acho que, como você tá vestida, e muito gata, por sinal, não vai querer esfregar as minhas costas.

— Não. Por que você disse "gosta de fogo"?

Gull tirou a camiseta.

— Andei pesquisando um pouco mais sobre incêndios criminosos depois da morte da Dolly.

— Sei, você gosta de estudar. É bem a sua cara.

— Eu gosto de aprender. De qualquer forma — continuou ele, se livrando das botas —, incendiários geralmente se encaixam em categorias. Tem os que fazem por dinheiro, tipo, alguém que ateia fogo em uma propriedade por causa do seguro, por exemplo, ou um incendiário contratado por um valor. Não é esse o caso aqui.

— Tem os incendiários que tacam fogo pra encobrir outro crime. Eu também tenho uma leve experiência no assunto — lembrou ela enquanto Gull tirava a calça. — Assassinato é, com certeza, outro crime.

— Talvez tenha sido o caso da Dolly. — Ele entrou no banheiro e ligou o chuveiro. — Por acidente ou de propósito, pelo pânico, pra encobrir. Mas esse agora, logo depois do primeiro que não deu muito certo...?

Gull se enfiou debaixo da ducha e soltou um longo gemido de alívio.

— Abençoado seja o deus da água.

— Talvez seja um imitador. Alguém que queria matar o Latterly. O Brakeman tinha um motivo, assim como a esposa do pastor, se ela ficou sabendo do caso dele com a Dolly. Talvez um dos membros da igreja que se sentiu ultrajado ou traído. Daí, imitaram o crime da Dolly por causa da conexão. O motivo é o mesmo.

— Pode ser.

Ela abriu a cortina do chuveiro.

— É o que faz mais sentido.

— Dentro ou fora, loirinha. — Ele percorreu o corpo dela com olhos felinos. — Eu prefiro dentro.

Ela fechou a cortina.

— A terceira categoria não se encaixa, Gull. O incendiário que faz isso pelo prazer de ver queimar. Não se encaixa por causa dos assassinatos.

— Talvez ele tenha acertado dois coelhos com uma cajadada só.

— Já é ruim o suficiente se for pra encobrir os assassinatos. Já é ruim demais. O que você tá pensando é pior ainda.

— Eu sei. Se a impressão que tive dos policiais estiver certa, eles também estão considerando essa possibilidade.

Ela apoiou as mãos na pia e encarou o próprio reflexo no espelho.

— Não quero que seja alguém que eu conheço.

— Você não conhece todo mundo, Ro.

Não, ela não conhecia, e, de repente, sentiu-se profundamente grata por conhecer apenas algumas pessoas ligadas a Dolly e Latterly.

Mas... e se fosse uma dessas poucas pessoas?

— O velório da Dolly. Onde vai ser? — refletiu Rowan. — Não devem ter programado para ser na igreja da sra. Brakeman, mesmo antes de isso acontecer.

— A Marg disse que vai acontecer na funerária. Não estão esperando muita gente por lá.

— Deus do céu. — Ela fechou os olhos. — Eu odiava aquela mulher, mas isso é deprimente demais.

Ele desligou o chuveiro e abriu a cortina.

— Sabe do que você precisa? — Gull pegou uma toalha.

— Do que eu preciso? Hum… deixa eu adivinhar.

— Mente suja. Você precisa dar uma voltinha de carro, com a capota abaixada e um sorvete.

— Preciso?

— Precisa, sim. Estamos em terceiro na lista de saltos, então podemos dar um pulo na cidade pra achar uma sorveteria.

— Acontece que eu sei onde tem uma.

— Perfeito. E você tá bonita. Tenho que levar a minha namorada pra tomar um sorvete.

— Para com isso, Gull.

— Nem pensar. — Ele enrolou a toalha na cintura, com o corpo ainda úmido, e a puxou para um beijo.

— Você tá me deixando toda molhada!

— Sexo, sexo, sexo. Tudo bem, se é isso que você quer.

Ele conseguiu afastar o mau humor e fazê-la rir enquanto ela o empurrava para trás.

— Eu quero sorvete. — Como ele já tinha molhado a regata dela, Rowan segurou o rosto de Gull entre as mãos e o beijou de novo. — Mas antes: vai se vestir, sr. Riquinho. Vou ver com o pessoal na central de operações se estamos liberados por algumas horas.

✖ ✖ ✖

Fotografias de Dolly Brakeman, da infância à idade adulta, estavam organizadas em uma exposição sorridente. Rosas cor-de-rosa e delicados ramos de mosquitinho emolduravam as imagens. O caixão, fechado, ostentava um juvenil manto de crisântemos rosados e brancos sobre a superfície reluzente.

Como havia ajudado Irene a escolher as flores, Ella enviou lírios rosa e brancos. Notou mais alguns arranjos florais e mesmo uma homenagem tão singela impregnava a pequena sala com o pesado perfume.

Irene, pálida e de olhos fundos em seu luto impenetrável, estava sentada no austero sofá bordô com a irmã, uma mulher que Ella conhecia de vista e que viera de Billings com o marido. O homem, austero e carrancudo, estava sentado no sofá oposto, ao lado de Leo.

Música sacra tocava baixinho nos alto-falantes. Ninguém falava.

Ella pensou que nunca tinha visto um testemunho tão triste de uma vida curta e violentamente interrompida.

Ela atravessou a sala e segurou as mãos frias da amiga.

— Irene.

— As flores estão bonitas.

— Estão, sim.

— Agradeço por ter cuidado disso por mim, Ella.

— Não foi trabalho nenhum.

A irmã de Irene assentiu para Ella, então se levantou para sentar-se junto ao marido.

— As fotos estão lindas. Você escolheu bem.

— A Dolly sempre gostou de tirar fotos. Mesmo quando era bebê — disse Irene, enquanto Ella se sentava ao lado dela. — Eu não sei como fazer isso. Não sei como enterrar a minha menina.

Sem dizer nada — o que havia para dizer? —, Ella a abraçou.

— Tenho fotos. Tudo o que tenho são muitas fotos. Aquela ali, da Dolly com a bebê, foi a última que tirei dela. Minha outra irmã, Carrie, tá trazendo a nenê daqui a pouco. Ela tem me ajudado muito, veio de Billings. Tá trazendo a Shiloh. Sei que a Shiloh não vai entender nem se lembrar, mas achei que ela deveria estar aqui.

— Claro. Você sabe que pode me ligar, a qualquer hora, pra qualquer coisa.

— Eu não sei o que fazer… com as coisas dela, com as roupas.

— Eu te ajudo com isso quando você estiver pronta. Ali está o reverendo Meece.

Irene agarrou a mão de Ella.

— Eu não conheço ele. Foi bom você ter pedido a ele pra fazer a cerimônia, mas…

— Ele é bondoso, Irene. Ele vai ser gentil com a Dolly.

— O Leo não queria pastor nenhum. Não depois do que... — Os olhos dela se encheram de lágrimas mais uma vez. — Não posso pensar nisso agora. Vou enlouquecer se pensar nisso agora.

— Então não pense. Lembre-se da menina bonita das fotos. Vou trazer o reverendo Meece. Acho que ele pode te confortar. Prometo.

Embora não fosse muito de frequentar a igreja, Ella gostava de Meece e de seu jeito gentil. Irene precisava de gentileza agora.

— Muito obrigada por fazer isso, Robert.

— Não precisa agradecer. É um dia difícil — disse ele, olhando para o caixão. — O tipo de dia que abala a fé de uma mãe. Espero poder ajudá-la.

Enquanto o conduzia até Irene, Ella viu três funcionários da escola entrarem. *Graças a Deus,* pensou. Alguém veio. Deixando Irene com Meece, foi receber os convidados, já que a irmã mais velha de Irene parecia incapaz ou sem vontade de assumir essa tarefa.

Ela se afastou dos recém-chegados quando a irmã mais nova de Irene entrou com a bebê, o marido e os dois filhos.

— Carrie, quer que eu segure a bebê? Acho que a Irene precisa de você.

Enquanto as pessoas se organizavam em pequenos grupos e conversavam baixinho, Ella aninhou a órfã rechonchuda e de olhos brilhantes.

E, então, Leo se levantou de supetão.

— Vocês não deviam estar aqui. Não têm o direito de estar aqui.

O tom furioso fez o lábio de Shiloh tremer antes de um choramingo escapar. Ella murmurou palavras tranquilizadoras, virou-se e viu um pequeno grupo da base.

— Depois do que vocês fizeram? Do jeito que trataram minha filha? Saiam daqui. Saiam daqui *agora*!

— Leo. — Do outro lado da sala, Irene afundou no sofá. — Pare. Pare.

Ela cobriu o rosto com as mãos e começou a soluçar convulsivamente.

Ignorando Leo, Marg foi até Irene, sentou-se ao lado dela e a abraçou, deixando-a chorar em seu ombro.

— Sr. Brakeman. — Irene observou o jovem de rosto avermelhado e cabelo claro que deu um passo à frente, o maxilar travado como os punhos cerrados de Leo. — Essa bebê aí é meu sangue tanto quanto o seu, e a Dolly era a mãe dela. Não faz nem um ano que enterrei meu irmão. Nós dois perdemos alguém, e a Shiloh é o que nos resta. Viemos prestar nossas homenagens à mãe dela.

O tom rubro no rosto de Leo se tornou ainda mais intenso. Por um terrível instante, Ella imaginou o pior. Punhos, sangue, caos. Mas então o tenente Quinniock e uma mulher entraram, e o medo cintilou brevemente nos olhos de Leo.

— Fique longe de mim — rosnou ele para o jovem.

Matt, percebeu Ella. *Matt Brayner.*

— Aquele é o seu tio — sussurrou ela para a bebê. — O tio Matt. Tá tudo bem agora.

Leo se virou de costas, afastando-se o máximo possível para dentro da sala estreita, cruzando os braços sobre o peito.

Ella se aproximou de Matt.

— Você pode segurá-la? Quero levar a Irene até ali fora por alguns minutos, pra ela tomar um pouco de ar fresco.

— Seria um prazer.

Os olhos de Matt se encheram de lágrimas quando a bebê estendeu uma mão gordinha para tocar seu rosto.

— Ela se parece um pouco com o Jim — disse Lynn, com candura. — Não acha, Matt? Ela se parece com o Jim, né?

Matt engoliu em seco ao assentir, inclinando a cabeça para encostar a bochecha na de Shiloh.

— Vem com a gente, Irene. — Com a ajuda de Marg, Ella ajudou Irene a se levantar. — Vamos sair um pouco.

Ao levarem a mulher aos prantos para fora, Ella ouviu a voz tranquila de Meece encobrir o clima tenso que pairava na sala.

ROWAN LAMBEU seu sorvete de morango, apreciando o burburinho dos pedestres e o trânsito enquanto caminhava com Gull.

— Isso nem é sorvete de verdade — disse.

— Noz-pecã com bordo não apenas é sorvete de verdade, é sorvete de macho.

— Bordo é pra xarope. É tipo um condimento, como mostarda. Você comeria sorvete de mostarda?

— Estou aberto a todos os sabores, até ao seu sorvetinho feminino de morango.

— É refrescante.

Assim como o passeio tinha sido, ela pensou. Um longo trajeto sem rumo por estradas sinuosas, e agora uma caminhada lenta e sem direção pela alameda sombreada que levava a um dos parques da cidade.

Ainda tinham duas das quatro horas que pegaram de folga, então ela podia relaxar. A menos que os celulares em seus bolsos sinalizassem um chamado de volta à base.

Por enquanto, ela apenas apreciaria a pausa, o sorvete, a companhia e a rara felicidade de uma tarde livre de verão.

— Vou ignorar seu sorvete-xarope porque você teve uma ideia realmente boa. Vinte e quatro horas atrás, estávamos no ventre do dragão, e agora estamos aqui, passeando como turistas.

— Uma coisa faz a outra valer ainda mais a pena.

— Sabe de uma coisa? Se não tivermos nenhum incêndio, a gente deveria terminar nossa competição de tequila hoje à noite. Podemos comprar uma garrafa das boas antes de voltar.

— Você só quer me embebedar e se aproveitar de mim.

— Não preciso te embebedar pra isso.

— De repente, tô me sentindo facinho. E tô curtindo.

— Talvez a gente consiga convencer o Cards a entrar na brincadeira. Ele tá precisando de uma distração.

Ela já tinha contado a Gull sobre a situação durante o caminho para a cidade.

— O lance da carta é uma boa ideia. Ele devia levar adiante.

— Talvez você pudesse ajudar ele.

— Eu?

— Você tem jeito com as palavras.

— Acho que o Cards não quer que eu seja o Cyrano da Roxanne dele.

— Tá vendo? — Ela cutucou o braço dele com o dedo e fingiu um sotaque caipira. — Você tem todo esse *trem* de livros.

— Rowan?

Ela olhou para trás ao ouvir seu nome. Sentindo-se desconfortável, levemente irritada e incerta sobre o que viria a seguir, Rowan abaixou o sorvete.

— Ah, sim, oi.

Ella continuou sentada no banco.

— É bom te ver. Ouvi dizer que você voltou hoje de manhã. — Ella esboçou um sorriso para Gull. — Meu nome é Ella Frazier, sou amiga do pai da Rowan.

— Gulliver Curry. — Ele se aproximou e estendeu a mão livre. — Como está?

— Honestamente? Nada bem. Acabei de sair do velório da Dolly, e foi tão ruim quanto se poderia imaginar. Queria andar pra esfriar a cabeça, depois achei que me sentar um pouco poderia ajudar. Aqui é tão bonito. Mas não tá funcionando.

— Por que você tava...? Ah, a sra. Brakeman trabalha na sua escola. — Rowan se lembrou.

— Sim. Nós nos tornamos amigas no último ano.

— Como ela está? É meio idiota perguntar se ela tá bem. Não tem como ela estar bem.

— Ela não está. E acho que pode piorar ainda mais. A polícia também estava lá, e levou o Leo para interrogatório depois do velório. A Irene tá vivendo um pesadelo. É difícil ver uma amiga passar por tudo isso, sabendo que não tem muito o que se possa fazer para ajudar. — Ela parou de falar, balançando a cabeça. — Aqui estão vocês, em um raro e precioso momento de folga, e eu estragando tudo com esse clima triste.

— Você precisa de um sorvete — decretou Gull. — Que sabor?

— Ah, não, eu...

— Sorvete — repetiu ele — tem garantia de aliviar a tristeza. Qual você quer?

— É melhor escolher logo — disse Rowan. — Ele não vai desistir.

— Chocolate com menta. Obrigada.

— Volto em um minuto.

Naquele momento, ela se sentia mais constrangida ainda, Rowan pensou, vendo Gull correr de volta para a sorveteria.

— Imagino que você tenha visto o pessoal da base.

— Sim. O Leo começou a fazer uma cena, que poderia ter piorado. Mas entre a chegada do Matt e da polícia, aquilo se transformou em uma tensão terrível, ressentimento, luto, raiva contida. E... chega. — Ella fechou os olhos. — Só chega disso tudo. Não quer se sentar? Você sabe que seu namorado adorável não foi só buscar um sorvete pra mim, mas também nos deu alguns minutos a sós.

— Provavelmente. Ele adora dar o pontapé inicial.

— Ele é lindo e me parece durão e meigo ao mesmo tempo. É uma combinação atraente em um homem. — Ella se virou no banco, ficando de frente para Rowan. — Você se sente desconfortável comigo, com meu relacionamento com o seu pai.

— Eu não te conheço.

— Não, não conhece. Mas sinto que conheço você um pouco, porque o Lucas fala de você o tempo todo. Ele te ama muito, tem muito orgulho de você. Você deve saber que não há nada que ele não faria por você.

— É recíproco.

— Eu sei. Assim como sei que, se você mandasse ele escolher entre nós duas, eu não teria a menor chance.

— Eu não vou...

— Deixa eu terminar, porque você não me conhece e, até aqui, não gosta muito de mim. E por que gostaria? Mas já que temos essa oportunidade, vou te dizer: seu pai é o homem mais maravilhoso, encantador e fascinante que já conheci. Fui eu que dei o primeiro passo. Ele era tão tímido. Ai, meu Deus... — Ela levou uma das mãos ao coração, o rosto iluminado pelos raios de sol. — Eu tinha esperança de que a gente pudesse se conhecer melhor, sair, aproveitar a companhia um do outro. E aproveitamos. O que nunca esperei foi me apaixonar por ele.

Rowan olhou para o sorvete derretendo em sua mão, sentindo um turbilhão de emoções conflitantes.

— Você é tão jovem... E eu sei que não acha que é, mas é sim. E deve ser impossível entender como alguém da minha idade pode se apaixonar com a mesma intensidade, profundidade e desespero que alguém da sua. Mas eu me apaixonei, e sei o que isso significa, Rowan. E espero que você possa me dar uma chance.

— Ele nunca... Ele não se envolveu com ninguém desde a minha mãe.

— Eu sei. Isso me torna muito, muito sortuda. Olha, o Gull tá voltando. Na minha opinião, nós duas somos bem sortudas.

Gull passou os olhos pelo rosto de Rowan antes de se concentrar em Ella.

— Aqui está.

— Foi rápido.

— Chamamos ele de Ligeirinho.

Sem saber o que pensar, Rowan atacou os pingos que escorriam pela casquinha do sorvete.

— Obrigada. — Depois da primeira lambida, Ella sorriu e provou mais um pouco. — Você tinha razão. Isso espanta a tristeza. Fiquem com o banco — disse, ao se levantar. — Acho que agora consigo andar um pouco. Foi bom conversar com você, Rowan.

— É… digo o mesmo.

De certa forma, pensou Rowan, enquanto Ella se afastava.

Gull se sentou, acompanhou-a com o olhar.

— Ela é gata.

— Pelo amor de Deus. Ela tem idade pra ser sua mãe.

— Minha tia também é gata. Um cara não precisa querer fazer sexo com uma mulher pra reconhecer que ela é bonita.

— Ela disse que tá apaixonada pelo meu pai. O que eu devo dizer sobre isso? O que devo fazer? O que devo sentir?

— Talvez ela tenha bom gosto para homens. — Ele deu um tapinha na coxa de Rowan. — Você tem que deixar o casal de pombinhos resolver isso sozinhos. De qualquer forma, minha primeira impressão, mesmo que breve: gostei dela.

— Porque ela é gata.

— Isso é um detalhe à parte. Ela tava sentada aqui, triste por causa do luto da amiga, preocupada pelo que ela teria que enfrentar. Empatia e compaixão. Ela tá pau da vida com o Leo Brakeman, o que demonstra que tem bom senso e que não é hipócrita. Ela declarou o que sente pelo seu pai, mesmo sendo nítido que você não é nem um pouco fã do casalzinho. Isso exigiu coragem e honestidade.

— Talvez você devesse se candidatar pra ser o assessor de campanha dela. — Rowan se recostou. — Ela jogou a bola pra mim, e foi esperteza da parte dela. Eu tenho o poder de decisão. Adicione isso na lista de virtudes dela.

— Você ia preferir ver o seu pai com uma mulher tapada, egoísta, hipócrita e sem sentimentos?

— Você também não é burro. Caramba, vamos comprar duas garrafas de tequila. Acho que preciso de um porre hoje à noite.

— Quem disse que eu vou ficar de porre?

ROWAN FOI checar como Matt estava quando voltaram para a base e o encontrou sentado na beirada da cama, amarrando os tênis de corrida.

— Ouvi dizer que foi bem ruim.

— Foi, mas poderia ter sido pior. Por que ele quer botar a culpa em mim, no L.B., na Marg e na Lynn pelo fato da Dolly ter sido demitida? Ela fez isso consigo mesma.

Ótimo, pensou Rowan. Ele estava puto, não deprimido.

— Porque as pessoas são uma merda e geralmente querem que qualquer coisa ruim seja culpa dos outros.

— No maldito velório? Ele começa a gritar e a ameaçar a gente no velório da própria filha?

— No da minha mãe, os pais dela nem falaram comigo. E fizeram questão de deixar isso bem claro.

— Você tem razão. As pessoas são uma merda.

— Vamos fazer um concurso de shots de tequila na sala de descanso mais tarde. Você também tá no terceiro grupo. Eu pago sua taxa de inscrição.

Aquilo arrancou um sorriso dele.

— Você sabe que não consigo competir com você. Vou dar uma corrida. Tá mais fresco agora. — Ele colocou o boné. — Consegui ver a bebê, até segurei ela no colo por uns minutos. Estou achando que meus pais deviam conversar com um advogado, sobre guarda ou direitos e tudo mais.

— Essa é uma decisão difícil, Matt.

Ele ajustou a aba do boné com um puxão rápido e encarou Rowan com o cenho franzido.

— Ela também é sangue deles. Não quero sacanear a sra. Brakeman. Acho que ela é uma boa pessoa. Mas se aquele imbecil com quem ela é casada for preso, como ela vai cuidar da Shiloh sozinha? Como vai pagar todas as despesas da Shiloh com o salário que ganha cozinhando na cafeteria da escola?

— É uma situação complicada e, bom, eu sei que você já deu dinheiro pra Dolly por causa da bebê.

Os olhos azul-claros de Matt se tornaram frios.

— O dinheiro é meu, e ela é meu sangue.

— Eu sei disso. Foi muito legal da sua parte querer ajudar com as despesas da Shiloh, assumir esse papel no lugar do Jim.

Ele relaxou um pouco.

— Era a coisa certa a fazer.

— E nem sempre é fácil fazer a coisa certa numa situação difícil. Acho que eu teria medo de envolver advogados, porque pode complicar tudo ainda mais. Pelo menos por enquanto.

— Não custa nada conversar. Todo mundo devia fazer o que for melhor pra bebê, certo?

— Devia. Eu… eu provavelmente sou a pessoa errada pra te aconselhar quanto a isso. Talvez, não sei, Matt, se a sua mãe viesse até aqui… Se ela e a sra. Brakeman conversassem sobre tudo, elas poderiam decidir o que é melhor, o que é certo.

— Talvez. Ela parece uma Brayner, sabia? A bebê. Até a Lynn disse isso. Tenho que pensar no assunto.

Quando ele saiu para correr, Rowan refletiu que, sim, eles teriam que pensar no assunto. Matt, a família dele, os Brakeman, todos. Mas ela sabia como era ser a criança sobre quem todo mundo estava pensando.

E não era um lugar fácil de ocupar.

22

⌘ ⌘ ⌘

ROWAN OBSERVOU Dobie engolir dolorosamente o décimo *shot*. Seus olhos já haviam ficado vidrados no oitavo, e agora as bochechas assumiam um leve tom esverdeado e doentio.

— Isso dá vinte.

— A contagem é dez, Dobie — disse Cards, o árbitro oficial da rodada.

— Tô vendo dobrado, então são vinte.

Rindo como um idiota, ele quase caiu da cadeira.

Janis, a responsável pelos *shots*, encheu o copo de número onze para Yangtree.

— Experiência — disse ele, entornando o líquido de uma vez só. — Esse é o segredo.

Rowan deu uma risadinha sardônica, lambeu o sal das costas da mão e virou o dela.

— Quero agradecer ao futuro perdedor por bancar a tequila top de linha.

— De nada. — Gull mandou seu décimo primeiro para dentro.

— Eu ainda aguento mais um. — Stovic ergueu o copo, provou que aguentava mesmo... antes de se esparramar no chão, mole feito um boneco.

— E... ele tá fora. — Cards riscou o nome de Stovic do quadro.

— Eu não tô fora. — Do chão, Stovic acenou com a mão. — Tô completamente consciente.

— Se você sai da cadeira sem pedir uma pausa para ir ao banheiro, tá fora.

— Quem saiu da cadeira?

— Vamos, Motosserra. — Gibbons pegou Stovic pelos braços e o arrastou para que saísse de debaixo da mesa.

Dobie chegou ao décimo terceiro antes de se render.

— É essa bebida estrangeira, só pode. Tinha que ser um uísque americano.

Ele escorregou da cadeira, engatinhou alguns centímetros e se deitou ao lado de Stovic, que já roncava.

— Amadores. — Yangtree engoliu o décimo quarto, depois descansou a cabeça na mesa com um baque e gemeu: — Mamãe.

— Você quis dizer titio? — provocou Cards.

Yangtree mostrou o dedo do meio.

Rowan e Gull estavam empatados até Janis dividir o último *shot* entre os dois.

— Acabou. Não tem mais nada.

— Devíamos ter comprado três garrafas. — Rowan fechou um olho para conseguir focar e tocou seu copo no de Gull. — No três?

Os ainda conscientes na sala fizeram a contagem e começaram a gritar quando as últimas gotas foram entornadas.

— E temos um empate — anunciou Cards.

— Tenho orgulho de conhecer vocês. — Janis pousou uma mão em cada ombro. — E desejo a vocês toda a sorte do mundo com a ressaca de amanhã.

— O Gull não tem ressaca.

Ele deu um sorriso meio bobo, encarando Rowan.

— Essa pode ser a exceção. Vamos lá fazer muito sexo bêbado antes de apagar.

— Tá bom. Sexo bêbado pra todo mundo! — Ela levantou as mãos e acabou acertando o rosto de Yangtree, que estava quase dormindo. — Opa.

— Não, eu precisava disso. Todo mundo vivo ainda?

— Não dá pra fazer tanto barulho morto. — Rowan apontou para Stovic e Dobie roncando alto enquanto se levantava, cambaleando. — Vem comigo, bonitão.

— Eu tô com a loira. — Gull andou a passos trôpegos atrás dela.

— A gente vai conseguir. — Ela tentou desabotoar a camisa dele quando ele chutou a porta… na terceira tentativa. — Assim que o quarto parar de rodar.

— Finge que a gente tá num carrossel.

— Pelados no parque de diversões.

Dando uma gargalhada escandalosa, ela conseguiu arrancar a camisa dele, mas começou a cambalear. Quando ele tentou segurá-la, os dois desabaram no chão.

— Acho que doeu, mas aqui embaixo é melhor por causa da gravidade.

— Tá bom. — Ele se virou, lutando para arrancar a roupa dela. — A gente devia tomar *shots* de tequila pelados. Assim, não ia ter que tirar a roupa depois.

— Agora que você pensa nisso? — Ela ergueu os braços para ajudá-lo a tirar a blusa. — Vem logo. — Enlaçou a cintura de Gull com as pernas, os braços em volta do pescoço, e colou a boca na dele.

O calor queimava através da névoa da tequila, incendiando os sentidos. O mundo girava e rodava, mas ela permanecia constante, presa a ele. Aprisionado, ele correspondeu ao desejo faminto de sua boca, imprensando-a até sentir que enlouqueceria.

As correntes se romperam. Ela inverteu as posições e ficou por cima, mordendo, agarrando, lambendo, até rolar de novo.

— Tira a roupa — ordenou Rowan. — Ganhei de você.

Eles arrancaram sapatos e roupas numa agitação desenfreada. Com as peças caindo para todo lado, lançaram-se um ao outro. Aquilo se tornou um duelo, as peles quentes e escorregadias, conforme rolavam pelo chão. Joelhos e cotovelos se chocavam, mas nada continha as gargalhadas de Rowan. O luar transformava sua pele orvalhada em prata, cintilante e preciosa, irresistível.

Sem fôlego de tanto prazer, enlouquecida pelo desejo vertiginoso, ela inclinou a cabeça para trás quando ele a penetrou com vontade.

— Me pega de jeito.

E foi o que ele fez. Ele a preencheu, cada pedacinho dela, arrancou gemidos, e ela continuou pedindo por mais. *Pegando fogo*, ela pensou, saltando direto para o coração da chama. Ela cavalgou a sensação ardente até que o calor a consumiu por completo.

— Carrossel — murmurou Rowan. — Ainda girando. Fica aqui comigo.

Dessa vez, ela o puxou para perto antes de dormirem.

OUTRO TIPO de fogo a despertou, o fogo que matava, que caçava e destruía. Ele rosnava atrás dela, arranhando o chão enquanto ela corria. Ela voava pelo breu, mas ele continuava avançando, perseguindo-a até o cemitério onde os mortos jaziam insepultos sobre a terra. Esperando por ela.

Os olhos de Jim se reviraram nas órbitas do crânio carbonizado.

— Me mataram de vez.

— Me desculpa. Eu sinto tanto.

— Tem muito disso por aí. Muita febre de dragão. Ainda não acabou. Tem mais pela frente. O fogo não pode queimá-lo para sempre. Mas com certeza pode tentar.

Atrás dela, ele respirou fundo, e seu sopro a incendiou como gravetos secos.

— Ei, ei. — Gull a puxou para se sentar, sacudindo-a pelos ombros. — Acorda.

Ela o empurrou, ofegante, mas ele firmou os braços. Ele não conseguia vê-la direito, mas podia senti-la, ouvi-la. Os tremores, o suor frio, o sibilar enquanto ela lutava para respirar.

— Foi um pesadelo — disse ele, em tom mais calmo. — Foi um daqueles ruins. Já passou.

— Não consigo respirar.

— Consegue, sim. Você tá respirando, só tá rápido demais. Se continuar assim, vai hiperventilar. Diminui o ritmo, Rowan.

Mesmo balançando a cabeça, ela sentiu as mãos dele subirem de seus ombros para o pescoço, onde os músculos estavam retesados.

— É um ataque de pânico. Você sabe disso na sua cabeça. Agora deixa o resto do corpo entender. Respira devagar.

Ele já conseguia ver os olhos dela, esbugalhados. Rowan pressionou a mão contra o peito, onde ele imaginou que a pressão era esmagadora como uma bigorna.

— Expira. Bem devagar, expira. Depois, inspira. Isso. Solta tudo. De novo. Suaviza. Você está bem. Continua assim, solta e puxa o ar. Vou pegar um pouco de água.

Ele a soltou para buscar uma garrafa no cooler.

— Não bebe de uma vez — avisou. — Estamos no modo lento.

Quando ela tomou o primeiro gole apressado, ele inclinou a garrafa para baixo.

— Devagar.

— Tá. — Ela tomou outro gole, mais devagar. Parou, voltou a respirar, agora com mais controle, menos tremores. — Uau.

Ele tocou o rosto dela, inclinou-se até recostar a testa à dela.

O tremor que ele havia reprimido sacudiu seu corpo.

— Você me deu um susto da porra.

— Assustei nós dois, né? Eu gritei? — Ela olhou para a porta ao perguntar.

Era nítido, pensou Gull, que ela estava preocupada em ter passado vergonha na frente da equipe.

— Não. Era como se você quisesse gritar, mas sem conseguir.

— Eu tava pegando fogo. Eu podia jurar que a minha pele tava queimando, o cheiro do meu cabelo tostando. Um pesadelo do caralho.

— Você tem isso com frequência?

Agora que o pior tinha passado, ele podia mimá-la um pouco, até para reconfortar a si mesmo. Então, encostou os lábios na testa dela e deslizou as mãos para massagear suas costas e ombros.

— Não costumava ter. Ou só tive aqueles típicos com monstros no armário de vez em quando, quando era criança. Mas depois do Jim, eles começaram. Uma repetição do salto, depois como encontramos ele. Diminuíram no inverno, mas voltaram no começo da temporada. E estão piorando.

— Você encontrou outro corpo carbonizado, alguém que você conhecia. Isso pode ter sido um gatilho maior ainda.

— Ele começou a falar comigo... dizendo coisas enigmáticas. Eu sei que é a minha cabeça colocando palavras na boca dele, mas não consigo entender.

— O que ele disse dessa vez?

— Que não tinha acabado. Que haveria mais. Acho que no fundo eu tenho medo que seja verdade, e deve ser só isso.

— Por que você tá preocupada?

— Pelo amor de Deus, Gull, quem não estaria?

— Não, seja específica.

— Específica no meio da madrugada? Depois de um ataque de pânico do cacete?

A irritação na voz dela o acalmou.

— Sim.

— Não sei. Se soubesse, já teria… É óbvio que existe uma conexão entre a Dolly e o Latterly. A chance de ambos se tornarem alvo de um incendiário homicida aleatório é praticamente nula. Se estivéssemos lidando com algo aleatório, seria um baita motivo de preocupação. Mas não é. E, provavelmente, vão prender o Brakeman por tudo isso. Mas…

— Mas você tem dificuldade em acreditar que ele atearia fogo no corpo da própria filha. Eu também.

— Sim, mas essa é a versão que mais faz sentido. Ele descobre que a Dolly não estava apenas mentindo, mas também transando com o pastor. Eles brigam, ele mata ela… num surto, por acidente, sei lá. Aí, entra em pânico e faz o resto. Alguma coisa se rompeu dentro dele. — Ela se lembrou das lágrimas escorrendo pelo rosto de Leo. — Ele atira na gente, mata o Latterly. Caso encerrado.

— Só que você não acredita totalmente nisso. Logo…

— Logo… — repetiu Rowan, com uma risada nervosa.

— Pois é. Logo, você começa a ter pesadelos onde o Jim, alguém ligado a você e à Dolly, diz exatamente o que você já tá pensando, pelo menos no seu subconsciente.

— Valeu, Dr. Freud.

— Bem, sua sessão acabou. Você devia aproveitar as horas que restam pra dormir.

— Ainda estamos no chão. O chão foi ótimo, mas pra dormir a cama é melhor.

— A cama, então. — Ele se levantou e segurou a mão dela para ajudar. Então, só para fazê-la rir, a pegou nos braços. E ela riu.

— Eu posso ter perdido uns quilinhos nessa temporada, mas ainda não sou peso leve.

— Verdade. — Ele a jogou na cama. — Da próxima vez, você me carrega. — Gull se deitou ao lado. — Uma coisa: parece que seu pesadelo eliminou qualquer chance de ressaca da tequila.

— Sempre vendo o lado bom das coisas.

Ele a aninhou, acariciando as costas dela até senti-la cair no sono.

⌘ ⌘ ⌘

DEPOIS DA reunião informativa da manhã, Rowan fez sua corrida, um pouco de musculação e exercícios mais puxados de ioga, na companhia de Gull. Ela precisava admitir, ter alguém que conseguia acompanhá-la — e até superá-la — tornava a rotina diária mais divertida.

Eles foram juntos para o refeitório, onde encontraram Dobie largado sobre um prato de torradas e um copo de algo que Rowan reconheceu como a famosa cura para ressaca da Marg.

— Hum, olha só essas linguiças gordas e suculentas. — Ela fechou a tampa do aquecedor com um baque. — Nada como uma gordurinha de porco logo pela manhã.

— Vou te dar uma coça assim que conseguir me mexer sem minha cabeça explodir.

— Ressaca? — perguntou ela, com meiguice. — Nossa, eu tô me sentindo ótima.

Havia uma leve dor latejante na base do seu crânio, mas, considerando tudo, era um preço pequeno a pagar.

— Vou dar uma coça em você e em toda a sua família. Nos seus bichos de estimação também.

Ela apenas sorriu, sentando-se à mesa com um prato cheio.

— Não tá com fome nesta bela manhã?

— Acordei no chão com o Stovic. Talvez eu nunca mais coma na vida.

— Como tá o Stovic? — perguntou Gull.

— Da última vez que vi, os olhos dele tavam vermelhos pra caramba e ele tava se arrastando pro quarto. Se algum dia eu pegar um copo de tequila de novo, me matem. Vai ser um favor.

— Bebe logo isso — aconselhou Rowan. — Não vai te fazer sair dançando e cantarolando como o dia está lindo, mas vai aliviar um pouco.

— Isso é marrom. E acho que tem alguma coisa se mexendo aí dentro.

— Confia em mim.

Quando Dobie pegou o frasco de molho de pimenta que Lynn sempre deixava na mesa para ele, Rowan fez menção de avisar que não precisava, mas sorriu para si mesma enquanto fatiava uma salsicha.

Dobie despejou o molho generosamente na bebida, respirou fundo e fez um aceno decidido.

— Lá vai.

Ele fechou os olhos e engoliu tudo de uma vez.

Seus olhos se arregalaram, o rosto passando do tom cinzento da ressaca para um vermelho-vivo.

— Puta merda!

— Queima como um lança-chamas. — Rowan lutou para não rir ao comer mais um pedaço da salsicha. — Pode fritar algumas células cerebrais no caminho, mas passa pelo sangue rapidinho. Você foi purificado, meu filho.

— Ele não vai começar a falar em línguas, vai? — perguntou Gull.

— Puta merda. *Isso*, sim, é uma bebida. Só faltava um *shot* de uísque. Cara, eu tô suando.

Fascinado, Gull observou o suor brotar no rosto vermelho de Dobie.

— Eliminando as toxinas, acho. O que diabos tem aí dentro?

— Ela não revela de jeito nenhum. Primeiro você tem que tomar um analgésico com um copão d'água. Depois, bebe isso, come torrada, toma mais água.

— Ela disse que eu tinha que dar uma corrida também.

— É. — Rowan assentiu para Dobie. — Até a hora do almoço, você vai se sentir quase humano de novo e vai conseguir comer. Alguém devia arrastar o Stovic pra cá... e o Yangtree também. Ei, Cards — disse ela ao vê-lo entrando. — Que tal trazer as carcaças do Stovic e do Yangtree pra cá pra gente despejar o antídoto da ressaca da Marg neles?

Ele não disse nada até puxar uma cadeira e se virar ligeiramente em sua direção.

— O L.B. acabou de receber uma ligação da polícia. Os guardas florestais encontraram uma arma, meio enterrada, a alguns metros de onde encontraram o carro do pastor. Fizeram uma análise... e bate com uma das armas do Brakeman.

— Bem... — Rowan passou geleia de amora na torrada com uma calma deliberada. — Acho que isso responde à pergunta.

— Foram buscá-lo hoje de manhã. Ele sumiu. A caminhonete dele também.

A faca de Rowan ficou suspensa no ar quando ela interrompeu o movimento.

— Você não quer dizer sumiu tipo... foi trabalhar.

— Não. Parece que ele levou equipamento de acampamento, uma espingarda, um rifle, duas pistolas e uma porrada de munição. A esposa disse que não sabia pra onde ele foi, nem que ele tinha arrumado as coisas pra sair. Não sei se acreditam nela ou não, mas pelo que o L.B. disse, ninguém tem a menor ideia de onde ele tá.

— Achei que... ouvi dizer que iam levá-lo depois do velório ontem.

— Para interrogatório, sim. Mas ele tem advogado e tudo mais, e até terem essa arma, Ro, não tinham nada contra ele no caso.

— Pelo amor de Deus — explodiu Gull. — Eles não tavam de olho nele?

— Não sei. Não sei merda nenhuma quanto a isso, Gull. Mas o L.B. disse que quer você na base, Ro. A menos que a gente tenha um incêndio. Quer que você fique dentro dos prédios o máximo possível até a gente entender o que diabos tá acontecendo. E ele não quer ouvir reclamações.

— Vou trabalhar no mezanino.

— Eles vão pegá-lo, Ro. Não vai demorar muito.

— Claro.

Ele deu um tapinha meio sem graça no braço dela.

— Vou atrás do Yangtree e do Stovic. Vai ser divertido ver a fumaça saindo das orelhas deles quando tomarem o remédio da ressaca.

No silêncio após a saída de Cards, Dobie se levantou para pegar café.

— Vou dizer isso porque tenho muito respeito por você. E porque o Gull tem mais do que isso. Se eu fugisse para as colinas lá em casa, com o equipamento certo, ou mesmo sem ele, mas se tivesse um bom rifle, uma faca de qualidade, eu poderia viver lá por meses. Ninguém me encontraria se eu não quisesse ser encontrado.

Rowan continuou comendo.

— Vão encontrar a caminhonete dele, talvez. Mas não vão encontrar ele. Ele vai se perder nas Bitterroots, ou nas Montanhas Rochosas. A esposa dele vai perder a casa. Ela colocou como garantia pra pagar a fiança dele, e ele simplesmente fugiu, porra. Eu não acreditava que ele tinha feito aquilo... pelo menos não com a Dolly. Mas ele tá fugindo, e deixou a esposa e a neta largadas ao vento. Abandonou as duas.

— Espero que ele faça alguma merda. Espero que se dê mal e que peguem ele, e joguem numa cela pro resto da vida. Vou estar no mezanino, costurando malditas mochilas de suprimentos.

Quando ela saiu dali bufando de raiva, Dobie despejou três colheres cheias de açúcar no café.

— Como você pretende lidar com isso, filhote?

— Racionalmente, não acho que o Brakeman vai voltar pra cá nem se preocupar com a Rowan agora.

— Mmm-hum. Como você quer lidar com isso?

Gull olhou para ele.

Às vezes, a pessoa mais improvável se tornava o amigo mais confiável.

— Enquanto estivermos na base, alguém vai ficar com ela 24 horas por dia. A gente garante que ela tenha um bocado de coisas pra fazer do lado de dentro. Mas ela precisa sair. Se ficar presa aqui, ela vai surtar. Então, trocamos a rotina. Normalmente, a gente corre de manhã cedo. Vamos passar a correr à noite.

— Se todo mundo usasse boné e óculos escuros, seria mais difícil saber quem é quem à distância. O problema é que aquela mulher tem um corpaço. É impossível esconder. Duvido que ela vai querer ser transferida pra West Yellowstone ou Idaho por um tempo.

— Não. Ela veria isso como uma fuga. Abandono dos deveres.

— Talvez. Mas pode ser que não, se você fosse junto.

— Ela ainda não chegou nesse estágio, Dobie.

Dobie contraiu os lábios, observando Gull beber o café.

— Mas você chegou?

Gull encarou a comida no prato.

— Tremoceiros do caralho.

— O que diabos são tremoceiros?

Gull apenas balançou a cabeça.

— É, eu tô nesse estágio — disse ele, levantando-se. — Droga.

Gibbons, Southern e Janis entraram ainda suados do treinamento físico enquanto Gull saía furioso.

— O que rolou? — perguntou Gibbons.

— Senta aí, pessoal, que eu conto.

⌘ ⌘ ⌘

Com a irritação crescente, Gull foi atrás de L.B., encontrando-o do lado de fora de um hangar, conversando com um dos pilotos.

— Como é que isso aconteceu?

— Você acha que eu não fiz a mesma maldita pergunta? — rebateu L.B. — Você acha que não tô puto com isso?

— Não me importa se você tá puto. Eu quero respostas.

L.B. fez um gesto com o polegar e começou a andar para longe do hangar, seguindo uma das estradas de serviço.

— Se quiser esculachar alguém, procure um policial. Foram eles que ferraram tudo.

— Quero saber como.

— Quer saber como? Eu te digo como. — L.B. pegou uma pedra do tamanho da palma da mão e a arremessou com força. — Tinha dois policiais do lado de fora da casa do Brakeman. Aposto que estavam olhando revista de mulher pelada e comendo rosquinhas.

Ele pegou outra pedra e a jogou também.

— Meu maldito irmão é policial, lá em Helena, e eu sei que ele não faz esse tipo de merda. Mas, caralho...

Gull se abaixou, pegou uma pedra e ofereceu a ele.

— Vai em frente.

— Valeu. — Depois de jogá-la longe, L.B. girou o ombro. — Os policiais estavam na frente, vigiando a casa. A caminhonete do Brakeman estava na lateral da casa, debaixo de uma cobertura. No meio da noite, ele colocou as coisas na carroceria, empurrou o veículo pelo quintal, abriu um buraco do tamanho de uma caminhonete na cerca e empurrou aquela merda pelo quintal do vizinho até chegar na estrada. Depois, só Deus sabe pra onde ele foi.

— E os policiais só perceberam que a caminhonete tinha sumido de manhã.

— Isso mesmo.

— Beleza.

— *Beleza?* Só isso?

— É uma resposta. Eu lido melhor com respostas. Ela tá no terceiro grupo de salto. Dá pra colocá-la na central de operações se formos chamados pro primeiro ou pro segundo?

— Sim. — L.B. pegou outra pedra, ficou olhando para ela por um momento e então a largou no chão. — Já tinha pensado nisso. Só queria esperar ela esfriar um pouco a cabeça.

— Eu conto pra ela.

— Ela é famosa por matar o mensageiro. Foi por isso que mandei o Cards — acrescentou L.B., com um sorriso brando. — Ele acabou de sair da lista de lesionados, então achei que ela pegaria leve com ele.

— É por isso que você é o chefe.

Gull passou pelo prédio de alojamentos para buscar uma Coca-Cola. Ponderou por um instante e, embora achasse ridículo se disfarçar, pegou bonés e óculos escuros.

No caminho para o mezanino, pegou o celular e ligou para Lucas.

Como a maior parte da equipe estava na academia ou ainda tomando café da manhã, encontrou apenas alguns trabalhando no mezanino, junto com Rowan. Ela inspecionava, costura por costura, um paraquedas pendurado no suporte.

— Ocupada — disse, ríspida.

Ele mostrou a Coca, balançando-a de um lado para o outro.

— Já deve estar sentindo falta disso.

— Muito ocupada.

Com uma pinça, ela removeu algumas agulhas de pinheiro presas ao tecido.

— Tudo bem, eu bebo — respondeu Gull, abrindo a lata. — O L.B. quer você na central de operações se tivermos um chamado.

Ela se virou bruscamente.

— Ele não vai me prender aqui na base.

— Eu não disse isso. Você tá no terceiro grupo, então, a menos que venha um apocalipse, provavelmente não vai saltar no primeiro chamado. Você é assistente qualificada de gerente de operações, não é?

Ela arrancou a Coca da mão dele, tomou um gole e devolveu.

— Sim. — Em seguida, voltou a se concentrar na inspeção. — Valeu por avisar.

— Sem problema. Sobre essa situação...

— Eu não quero nem preciso ser tranquilizada, protegida, aconselhada ou...

— Pelo amor de Deus, cala a boca.

Ele encarou o teto alto e tomou outro gole.

— Cala *você*.

Gull deu uma risada.

— Cala a boca já morreu. Você quer mesmo descer tanto o nível? Não acho que o Brakeman seja um problema pra você.

— Não tô preocupada com ele. Eu sei me cuidar e não sou burra. Tenho muita coisa pra fazer aqui, na produção, na academia quando não tô num incêndio.

Cuidadosamente, ela retirou um graveto, marcou um pequeno rasgo de três centímetros para reparo e então baixou o ápice do paraquedas para inspecionar as partes superiores.

— Ontem à noite, o Brakeman enganou dois policiais empurrando a caminhonete pelo quintal, cortando uma cerca e atravessando outro quintal até chegar à estrada. Ele levou tudo o que precisava pra sobreviver na floresta. Isso me diz que ele não é burro.

— Então ele não é burro. Ponto pra ele.

— Mas ele deixou as armas, *duas vezes*, para serem encontradas com facilidade. Um revólver registrado no nome dele, um rifle com o nome dele gravado. Isso é muita burrice.

— Você voltou a achar que ele não fez nada disso.

— Voltei. Eu preferia não pensar assim, porque significa que voltamos à estaca zero. Não sabemos quem foi, nem o porquê. Não de verdade. Por outro lado, também acho improvável que alguém vá usar você ou a base como alvo. Improvável não é o suficiente, mas já é alguma coisa.

— Porque seria burrice alguém atirar em mim agora, quando o Brakeman está foragido e a polícia sabe exatamente quais armas ele tem.

Não, ela não era burra, lembrou a si mesma, mas tinha ficado com tanta raiva que não chegou a pensar com clareza. Gull, ao que parecia, não tinha o mesmo problema.

— Mas se não foi ele, Gull, por que alguém tá se esforçando tanto pra fazer parecer que foi?

— Porque é um babaca? Porque é um suspeito plausível? Porque alguém quer vê-lo se ferrar? Talvez os três. Mas o ponto é: você tem que ser esperta, o que você é, mas acho que não precisa perder o sono com isso.

Ela assentiu, continuou inspecionando as cordas superiores e os dutos de ventilação.

— Eu não tô perdendo o sono. Tô pau da vida.

— Então, o seu subconsciente que perdeu.

— Tá, tá. — Ela conferiu o topo de cada ranhura, e, em seguida, a rede de segurança contra inversão. Ali, marcou uma costura rompida.

Gull esperou com a maior paciência até ela prender a etiqueta de inspeção ao *riser* do paraquedas.

— Acho que preciso ligar pro meu pai. A fofoca vai correr, e ele vai ficar preocupado.

— Já falei com ele antes de vir pra cá.

— Ele esteve aqui? Por que não…

— Eu liguei pra ele.

Ela se virou com brusquidão para encará-lo.

— Você fez o quê? Ligou pro meu pai antes de eu…

— Isso se chama vínculo masculino. Você nunca vai entender. Eu acredito que as mulheres são tão capazes quanto os homens, merecem salários iguais, e que, um dia, mais cedo do que tarde, na minha opinião, a mulher certa pode e deve ser uma líder mundial. Mas você nunca vai entender os rituais de vínculo entre homens, assim como os homens nunca vão entender por que a maioria das mulheres é obcecada por sapatos.

— Eu não sou obcecada por sapatos, então não tenta transformar isso em algo cultural ou… ou de gênero.

— Você tem três pares de botas de paraquedismo. Dois já seriam suficientes. Você tem quatro pares de tênis de corrida. Dois também bastavam.

— Tô amaciando o terceiro par de botas antes de aposentar o primeiro, pra não acabar com bolhas nos pés. E tenho quatro pares de tênis de corrida porque… Você tá tentando me distrair do assunto.

— Sim, mas ainda não terminei. Você também tem botas de caminhada, dois pares, três sandálias e três sapatos de salto alto bem sensuais. E isso é só aqui na base. Só Deus sabe o que você tem no armário de casa.

— Você tá contando os meus sapatos? Olha só quem é o obcecado agora.

— Sou um observador. O Lucas quer que você ligue pra ele quando tiver um tempo. Se ele estiver dando aula, é pra deixar uma mensagem de voz ou texto. Ele vai passar aqui pra te ver hoje à noite. Ele gosta de saber que estou cuidando de você. Você cuidaria de mim, não cuidaria? — perguntou ele, antes que ela pudesse retrucar.

Rowan suspirou.

— Sim. Você me derrota com sua lógica e sua ladainha sobre sapatos. Pelos quais eu não sou obcecada.

— Você também tem pelo menos uma dúzia de brincos e não usa nenhum regularmente. Mas podemos discutir isso numa outra hora.

— Ah, vai embora. Vai estudar alguma coisa.

— Você poderia me dar uma aula de aparelhamento. Quero tirar a certificação.

— Talvez. Volta daqui a uma hora e a gente... — Quando a sirene soou, ela recuou um passo. — Acho que não. Vou pra central de operações.

— Eu te acompanho. Toma... — Ele entregou o boné e os óculos escuros, e ela franziu o cenho na hora.

— O que é isso?

— Um disfarce. — Ele abriu um sorriso. — O Dobie quer que você use. Vamos dar um descanso pra ele, ou daqui a pouco ele vai encomendar bigodes falsos e narizes de palhaço pela internet.

Ela revirou os olhos, mas colocou os itens.

— E isso faz a gente parecer gêmeos? Cadê os seus peitos?

— Você tá com eles, e preciso dizer que são espetaculares.

— Não posso discordar disso. Mas, ainda assim, todo mundo devia parar de se preocupar com a Rowan e focar no próprio trabalho.

Às quatro da tarde, ela estava saltando sobre o incêndio, fazendo a parte dela.

23

⌘ ⌘ ⌘

JULHO ARDIA. Quente e seco, a vegetação pegava fogo, inflamada por tempestades de raios, negligência, uma fagulha errante soprada por uma rajada de vento.

Por dezoito dias e noites seguidos, os Zulies saltaram e combateram incêndios. Em Montana, Idaho, Colorado, Califórnia, nas Dakotas, no Novo México. Os corpos perderam peso, suportaram dor, exaustão, ferimentos, combatendo em desfiladeiros, em cordilheiras, em florestas.

A guerra constante deixava pouco tempo para pensar no que existia além do fogo. A caçada a Leo Brakeman, entrando em sua terceira semana, pouco importava quando o inimigo cuspia toras incandescentes do tamanho de balas de canhão ou varria barreiras cuidadosamente construídas com ventos turbulentos.

Junto com sua equipe, Rowan subia apressada a encosta do Monte Blackmore, como um batalhão avançando para o inferno. Ao lado dela, outra árvore ardia feito uma tocha, lançando brasas como confete. Eles derrubavam árvores flamejantes no caminho, serravam e cortavam os galhos baixos que o fogo podia escalar como serpentes.

Não podemos deixá-la subir, Rowan pensou enquanto cavava e retalhava. Não podiam deixá-la atingir o cume.

Não podiam deixá-la vencer.

Então batalhavam encosta acima, o suor escorrendo em rios salgados no ar abrasador.

Quando Gull subiu a linha até onde Rowan estava, ela abaixou a bandana que cobria o rosto para despejar água pela garganta seca.

— A linha tá segurando. — Ele apontou com o polegar por cima do ombro. — Algumas chamas saltaram, mas apagamos. O Gibbons vai deixar um pessoal lá embaixo pra monitorar, daí vai mandar o resto pra cá.

— Ótimo.

Ela tomou mais um gole, contando os capacetes e camisetas amarelas através da fumaça. À esquerda, o mundo cintilava em um tom laranja sinistro, com chamas ocasionais iluminando semblantes impenetráveis e exaustos, destacando seus rostos com nitidez.

Naquele momento, ela os amava — a todos eles — com um fervor quase religioso. Cada músculo, cada calo, cada bolha e queimadura.

Seus olhos reluziram ao se virar para Gull.

— Melhor trabalho do mundo.

— Se você não se importar em passar fome, suar e respirar fumaça.

Sorrindo, ela apoiou a Pulaski no ombro.

— Quem se importaria? Continue subindo. Ainda estamos abrindo linha, então...

Ela parou de falar, segurou o braço dele.

Rodopiando para longe da muralha alaranjada, impulsionado pelo vento, o vórtice de chamas dançava e girava, subindo trinta metros no ar. Em segundos, com um ruído estarrecedor, arrancou duas árvores.

— Redemoinho de fogo! *Corre!* — Ela apontou para a frente da linha quando o calor escaldante a atingiu como um soco no rosto. Agarrou o rádio, observando a coluna flamejante e gritou para a equipe: — Subam, subam! *Acelerem!* Gibbons, redemoinho de fogo no flanco sul. Fiquem *longe*!

Ele rugiu em direção à linha, uma luz dourada giratória, tão linda quanto aterrorizante, cuspindo chamas e destroços incandescentes. O ar explodia com o rugido feroz, com seu calor sufocante. Ela viu Matt cair, viu Gull levantá-lo e carregá-lo. Mantendo o olhar focado no redemoinho de fogo, foi até eles e passou o outro braço de Matt por cima de seus ombros.

— Só torci o tornozelo. Eu tô bem.

— Continua andando! Continua andando!

A coisa se retorcia voltada para eles, ondulando. *Nunca vamos conseguir fugir*, ela pensou, não com Matt mancando.

Por trás das costas de Matt, Gull deu um suave aperto no cotovelo de Rowan, e ela retribuiu o gesto.

É o fim. Mesmo pensando isso, forçou-se a subir a encosta. Não havia tempo para os abrigos térmicos de emergência.

— Ali! — Gull a puxou, arrastando Matt junto, desviando cinco preciosos metros para a direita. Ele empurrou Rowan primeiro para debaixo de uma rocha enorme, depois Matt, antes de se espremer atrás deles. — Lá vamos nós — murmurou, fixando os olhos em Rowan no exato momento em que o mundo explodia.

Rochas estouraram e atiraram fragmentos como projéteis. Através da fumaça escura como breu, Rowan enxergou uma árvore em chamas tombar, vomitando um rio de fogo e brasas.

— Respirações curtas e leves, Matt. — Ela apertou a mão dele com força. — Como se a gente estivesse num abrigo de emergência.

— Foi isso que o Jim sentiu? — As lágrimas e o suor escorriam pelo rosto dele. — Foi isso que ele sentiu?

— Respirações curtas e leves — repetiu ela. — Pela bandana, como no abrigo.

Por um instante, talvez dois, o calor cresceu até um nível tão insano que ela se perguntou se todos se incendiariam como uma árvore. Com a mão livre, encontrou a de Gull e segurou firme.

Então, o vento ensurdecedor se calou.

— Tá esfriando. Estamos bem. Estamos bem? — repetiu Rowan, agora em forma de pergunta.

— O que você consegue ver? — perguntou Gull.

— A fumaça tá começando a dissipar, pelo menos um pouco. Tem alguns focos espalhados. Mas sem muralhas ou redemoinhos. — Ela se mexeu o máximo possível. — Fica atrás de mim, Matt, daí eu consigo ver.

Rowan se esgueirou ao lado de Gull, espiou com cautela.

— Não chegou ao cume nem avançou. Só sobraram os focos. Minha nossa, Gull, o seu casaco tá soltando fumaça. — Ela bateu com as mãos no tecido enquanto ele tentava tirar a peça. — Você se queimou? — exigiu saber. — Pegou em você?

— Acho que não. — Ele rastejou para trás. — O chão ainda tá quente. Cuidado.

Rowan saiu do abrigo improvisado e pegou o rádio. Do outro lado, Gibbons gritava seu nome.

— Aqui é a Ro. Gull e Matt também. Estamos bem. Estamos fora de perigo. Tá todo mundo bem? Todos a salvo?

— Agora, sim. — O alívio transbordava na voz dele. — Onde diabos vocês estão?

Ela olhou ao redor para passar as coordenadas.

— O Matt torceu o tornozelo. O Gull e eu podemos cuidar desses focos, mas largamos quase todo o equipamento na hora que saímos correndo, então… Deixa pra lá. — Ela parou ao ouvir os gritos e ver os capacetes amarelos surgindo na fumaça. — A cavalaria tá chegando.

Dobie correu até eles, com Trigger logo atrás.

— Pelo amor de Deus, por que vocês não causam logo um infarto na gente? — Ele agarrou Gull, deu-lhe um tapa nas costas. — O que foi que aconteceu com você?

— Dançamos com o diabo. É melhor cuidar logo daqueles focos antes que a gente tenha que sair correndo de novo.

Trigger se agachou ao lado de Matt, segurou um capacete amassado e todo chamuscado.

— Achei seu capacete, queridinho. Você é um sortudo do caralho. — Ele segurou Matt em um mata-leão, em um gesto de alívio e carinho. — Um filho da puta sortudo. Toma aqui uma lembrancinha.

Ele colocou o capacete ao lado de Matt antes de correr para ajudar a combater os focos de incêndio com Dobie.

— Vamos dar uma olhada nesse tornozelo. — Rowan se ajoelhou para soltar a bota dele.

— Achei que a gente ia morrer. Eu ia morrer, se você e o Gull não tivessem me carregado até aqui. Vocês salvaram a minha vida. E podiam ter morrido tentando me salvar.

Ela avaliou o tornozelo inchado com cuidado.

— Somos Zulies. Quando um de nós cai, nós o levantamos. Não acho que tá quebrado, só torcido o suficiente pra te dar umas feriazinhas. — Ela olhou para cima e sorriu para ele ao enfaixar o tornozelo. — Filho da mãe sortudo.

Mesmo reclamando, Matt foi levado embora de helicóptero, enquanto o restante da equipe continuou a combater o fogo até enfim extingui-lo nas primeiras horas da manhã. O rescaldo levou mais um dia inteiro entre escavar, abafar e encharcar.

— Você se voluntariou pra ficar e confirmar a extinção — disse Rowan a Gull.

— Preciso parar com essa mania de me voluntariar.

— Comigo. Os outros estão indo embora.

— Não é assim tão ruim.

— Temos comida enlatada, uma nascente fresquinha da montanha e, segundo consta, a fada da cerveja deixou um engradado de seis latinhas.

— E tem gente que diz que ela não existe.

— Esse povo não sabe de nada. Eu queria concluir totalmente esse incêndio, fazer uma pausa pra respirar um pouco, acho. Você tá de boa com isso?

— O que você acha?

— Então vamos dar uma caminhada e começar a verificar tudo antes de o sol se pôr.

Eles seguiram a passos lentos pelo terreno devastado pelo fogo, procurando por fumaça ou brasas.

— Eu quis esperar até que tudo tivesse acabado de verdade, antes de falar nisso — começou Rowan. — Achei que não fôssemos sair vivos daquele redemoinho de fogo. Se você não tivesse visto aquelas rochas, reagido tão rápido, teríamos acabado como o agora famoso capacete do Matt.

— Não planejo perder você. De qualquer forma, se você estivesse no meu lado, também teria visto as rochas.

— Gosto de pensar que sim. Era lindo demais — disse ela, após um instante, com reverência. — Pode parecer loucura dizer ou pensar assim, sobre algo que realmente quer te matar, mas foi lindo. Aquele redemoinho de fogo girando, parecia algo de outro mundo. De certa forma, acho que é.

— Depois que você vê um, tudo muda, porque sabe que não dá pra vencer. Você corre, se esconde e reza. E se sobreviver, por um tempo, todo o resto da merda da vida real não significa nada.

— Por um tempo. Acho que é por isso que eu quis ficar um pouco mais, manter isso comigo um pouquinho mais. Tem merda demais esperando lá fora. O Leo Brakeman ainda tá por aí. Ele não é um redemoinho de fogo, mas ainda tá por aí. — Ela soltou um longo suspiro. — Toda vez que recebemos um chamado, me pergunto se vamos tropeçar em outro corpo. O dele ou de outra pessoa. Porque ele tá por aí. E se ele não começou aqueles incêndios, quem quer que tenha começado ainda tá à solta também.

— Já se passaram três semanas. É um intervalo longo entre os casos.

— Mas não parece que acabou.

— Não, não parece que acabou.

— Essa é a merda que tá esperando a gente. — Ela fez um gesto para o terreno. — Por que você não segue por aquele lado e eu por esse? Cobrimos mais terreno e nos encontramos no acampamento. — Ela conferiu o relógio. — Por volta das seis e meia.

— A tempo pros coquetéis e aperitivos.

ELA CHEGOU à clareira antes dele, junto ao riacho borbulhante. O acampamento, mais parecido com uma colmeia de abelhas operárias exaustas e imundas na noite anterior, agora estava silencioso como uma igreja, brilhando sob os raios do sol poente. Rowan guardou o equipamento, conferiu o engradado de cerveja e de latinhas de Coca-Cola que tinha pedido para L.B. deixar.

Percebeu que preferia aquilo — neste local remoto, na montanha — a uma garrafa do melhor champanhe no restaurante mais chique de Montana.

De qualquer lugar.

Foi até a mochila de mantimentos para buscar os frasquinhos de sabonete líquido e xampu que sempre carregava.

Sozinha sob a luz dourada do entardecer, tirou as botas, as meias, e se livrou do uniforme suado. O riacho mal chegava aos joelhos, mas a água fria parecia o paraíso. Sentou-se, deixando a correnteza murmurar sobre sua pele ao contemplar a imensidão do céu acima das copas das árvores.

Ela desfrutou de um tempo no banho, como outra mulher poderia fazer numa banheira quente e perfumada, apreciando o frescor, a limpeza, o jeito como a água levava embora a espuma que ela criava.

Com os joelhos dobrados e contra o peito, ela os envolveu com os braços, apoiou o rosto e fechou os olhos.

Rowan voltou a abri-los quando notou a sombra pairando sobre si, e lançou um sorriso lânguido para Gull. Até ver a câmera fotográfica.

— Você não tirou uma foto minha assim. Vou ter que quebrar essa coisa?

— É pra minha coleção particular. Você é um sonho, Rowan. A deusa do riacho. Como tá a água?

— Fria.

Assim como ela, ele se livrou das botas.

— Tô mesmo precisando de um banho frio.

— Você demorou. Já deve ser quase sete horas.

— Fiz um desviozinho.

— Encontrou novos focos?

— Não, tudo tranquilo. Mas encontrei isso. — Ele ergueu uma garrafa d'água cheia de flores silvestres.

— Você sabe que não pode colher flores aqui — disse ela, porém não conseguiu reprimir o sorriso.

— Já que passamos o tempo todo salvando essas belezinhas, achei que a montanha poderia me ceder algumas. Ui, tá fria mesmo — disse Gull, ao entrar. — Mas tá uma delícia.

Ela pegou o frasco de sabonete líquido que tinha enfiado entre as pedras e jogou para ele.

— Fique à vontade. Parece que somos as duas únicas pessoas no mundo. Eu não ia querer ser uma das duas únicas pessoas no mundo pra sempre… quem iria cozinhar? Mas, por agora, é gostoso.

— Ouvi pássaros na área queimada. Já estão voltando, pelo menos pra ver o que aconteceu. E, na parte verde, do outro lado do campo onde peguei as flores, vi um bando de alces. Podemos ser as únicas pessoas aqui, mas a vida segue.

— Vou me vestir antes de congelar. — Ela se levantou, a água escorrendo pelo corpo, brilhando ao sol como pequenos diamantes.

— Uau! — disse Gull.

— Por isso, e pela garrafa de flores silvestres, acho que você merece uma cerveja. — Rowan saiu da água, tremendo e esfregando a pele para se secar e se aquecer. — Temos espaguete com molho de carne, potinhos de frutas, bolachas com requeijão e bolo amanteigado pro jantar.

— Agora eu comeria até papelão e ficaria feliz, então o cardápio parece incrível.

— Vou acender a fogueira — disse ela, vestindo-se. — E você pega a cerveja quando sair da água. Acho que coquetéis e aperitivos vão consistir em… Puta merda.

— Merda não é algo que eu gostaria de comer, nem mesmo agora.

— Não se mexa. Ou se mexa... *bem* rápido.

— Por quê?

— A vida continua, certo? Incluindo o urso gigantesco na outra margem.

— Ah, cacete. — Gull se virou devagar e viu o urso imenso descendo para o riacho.

— Talvez essa seja sua fantasia se tornando realidade, mas eu acho mesmo que você deveria sair da água.

— Caralho. Joga alguma coisa nele — sugeriu Gull, mantendo-se abaixado na água ao avançar para a margem.

— Tipo o quê? Uns xingamentos? Merda, merda, ele tá olhando pra gente.

— Pega uma das Pulaskis. De jeito nenhum vou ser devorado por um urso, ainda por cima pelado.

— Ah, claro, como se fosse mais agradável estar vestido. Ele não vai comer a gente. Ursos comem frutas e peixes. Sai da água antes que ele pense que você é um peixão.

Gull saiu do riacho, pingando, encarando o urso que o encarava de volta.

— Recuar. Devagar. Ele deve tá só zoando com a nossa cara e já vai embora, mas, só por precaução...

Antes que Rowan pegasse o equipamento, o urso virou de costas para eles, se pôs de cócoras, fez cocô e se mandou tranquilamente pelo mesmo caminho de onde veio.

— Bem, acho que ele deixou bem claro o que pensa da gente. — Sem conseguir se conter, Rowan se sentou no chão e explodiu numa gargalhada. — Um homem de verdade iria atrás dele, fazer ele pagar por esse insulto... Daí, depois, eu cuidaria dos seus ferimentos.

— Azar o seu, você tem que se contentar comigo. — Gull passou as mãos pelo cabelo molhado. — Cara, eu quero muito aquela cerveja.

⌘ ⌘ ⌘

NA OPINIÃO de Gull, macarrão instantâneo e cerveja ao lado de uma fogueira crepitante, no meio de uma montanha isolada, era tão romântico quanto jantar à luz de velas com vinho sofisticado em taças de cristal. E, no quesito diversão, ganhava de lavada da opção tradicional.

Rowan estava relaxada pela primeira vez em semanas, ele pensou, saboreando a satisfação de um trabalho bem-feito e desfrutando da solidão do que haviam preservado.

— Sua família tem o costume de acampar? — perguntou ela.

— Não exatamente. Minha tia é mais do tipo que curte serviço de quarto. Eu costumava ir com uns amigos. A gente pegava a estrada pelo litoral, viagem de carro, sabe? Escolhia um lugar. Sempre quis ir pro leste, encarar a Trilha dos Apalaches, mas entre esse trabalho e o fliperama, nunca deu certo.

— Deve ser uma experiência incrível. A gente ficava mais por Montana, na maioria das vezes. Tem muito lugar bacana por aqui. Meu pai sempre dava um jeito de conseguir dois dias seguidos de folga todo verão e me levava. Nunca sabíamos quando ele teria esses dias, então era sempre de última hora.

— Isso deixava tudo mais legal — comentou Gull, e ela abriu um sorriso radiante.

— Com certeza. Só depois que entrei pra equipe foi que percebi que acampar no meio do mato, nos dias de folga, provavelmente não teria sido a primeira escolha dele. Imagino que ele teria preferido um lugar com serviço de quarto.

— Os filhos vêm em primeiro lugar, né? Código universal dos pais.

— Acho que deveria ser. Eu tava pensando na Dolly e no pai dela mais cedo, e no jeito como eles sempre brigavam. Será que foi a dinâmica zoada entre eles que fez dela o que era, ou foi o jeito dela que tornou a dinâmica disfuncional?

— As coisas quase nunca são só de um jeito ou de outro.

— É mais uma combinação — concordou ela. — Um pouco de cada lado. Não te faz pensar no que levou ela até o Latterly? Tinha um monte de homens solteiros com quem ela podia ter se envolvido. E ele era o quê, uns quinze anos mais velho, e não exatamente o que podemos chamar de galã.

— Vai ver ele era bom de cama.

— É, do tipo "come-quieto", mas você tem que transar primeiro com o cara pra descobrir isso. Um homem casado, com três filhos. Um homem de Deus. Se ela planejava mesmo fisgar ele até o altar, será que nunca parou pra pensar em como seria a vida dela? Mulher de pastor, madrasta de três crianças? Ela teria odiado isso.

— Talvez tenha sido só uma questão de provar algo. Homem casado, pastor, pai de três. E ela pensa: "mas eu consigo se quiser."

— Não entendo esse tipo de pensamento — declarou ela. — Para um caso de uma noite, até faz sentido. Bate a vontade, você avalia as opções no bar e laça um do rebanho pra resolver o problema. Mas não consigo entender essa coisa de destruir uma família só pra anotar mais um nome na lista.

— Porque você tá pensando como você mesma. — Gull abriu as duas últimas cervejas. — O lance do homem mais velho. Ele provavelmente se sentiria inclinado a mimar ela, e ficaria muito grato por uma mulher jovem e bonita querer ir pra cama com ele. É um bom combustível pra uma paixão de ambos os lados.

Ela inclinou a cabeça.

— Sabe que você tem razão? Um cara meio entediado no casamento, uma jovem mãe solteira carente. Essa combinação faz sentido. Claro que, até onde sabemos, o Latterly podia muito bem ser um galinha que pegava metade das mulheres da congregação, e a Dolly foi só a mais recente.

— Se for o caso, a polícia vai descobrir, se já não descobriu. Sexo nunca passa despercebido.

— Talvez quando a gente voltar, isso já esteja resolvido. — Ela partiu um pedaço do bolo. — Ninguém fala muito sobre isso, mas tá na cabeça de todo mundo. Principalmente do L.B., porque ele tem que pensar em todo mundo, avaliar todo mundo, se preocupar com todo mundo.

— É, ele tem muita coisa pra gerenciar. Mas sabe equilibrar tudo bem.

— No meu primeiro ano, o chefe era o Bootstrap. Ele era legal, fazia as coisas funcionarem bem, mas dava pra perceber, até um novato percebia, que a cabeça dele já tava na aposentadoria. Ele tinha uma cabana em Washington, e era lá que queria estar. Todo mundo sabia que era a última temporada dele. Ele mantinha certa distância, principalmente dos calouros.

Gull assentiu e provou um pedaço do bolo. Delicioso.

— Não queria intimidade, nem criar mais laços.

— Acho que era isso. Mas aí o L.B. assumiu. Você sabe como ele é. É o chefe, mas também é um de nós. Todo mundo sabe que, se precisar reclamar, desabafar ou aliviar a cabeça, pode ir falar com ele.

— Um brinde ao L.B.

— Um brinde a ele. — Ela ergueu a lata de cerveja e brindou com Gull. — Gosto de transar com você.

Os olhos felinos de Gull cintilaram à luz da fogueira.

— Esse é um comentário inesperado que eu total apoio.

— Sério. Me dei conta de que já passamos da metade da temporada e nunca tive uma igual. Assassinatos, incêndios criminosos, caos, e eu transando regularmente.

— Vamos torcer para que só o último elemento continue na segunda metade.

— Com certeza. A questão, Gulliver, é que, por mais que eu goste mesmo de transar com você, também percebo que, se parássemos de…

— Morde essa língua.

— Se parássemos — repetiu ela, rindo —, eu ainda ia querer me sentar aqui ao lado da fogueira com você e conversar sobre qualquer coisa.

— Eu também. Mas ainda quero o sexo.

— Sorte a nossa, então. O que torna tudo ainda melhor é que você não fica secretamente desejando que eu fosse outra coisa. Menos envolvida com o trabalho, mais inclinada a usar lingeries sofisticadas.

Ele pegou um charuto, acendeu, soltou uma longa baforada.

— Só pra constar, eu gosto de lingeries sofisticadas.

— Não te incomoda o fato de eu ter te treinado em algumas coisas, ou que posso ser eu quem dá as ordens no meio do incêndio. — Ela pegou o charuto quando ele ofereceu, saboreando o gosto forte. — Porque você sabe quem você é, e é isso que importa. Eu não consigo te empurrar pra onde quero, e isso também importa. E tem outra coisa que eu achava que não importava, porque nunca importou. Mas importa quando se mistura ao resto. Quando as coisas se combinam, em um equilíbrio, como falamos antes. Você me trouxe flores numa garrafa.

— Eu penso em você — disse ele, apenas.

Ela tragou o charuto mais uma vez, deixando as emoções se assentarem, então o devolveu.

— Eu sei. E isso é mais uma novidade dessa temporada. E tem mais uma. Acho que o negócio, Gull, é que também meio que me apeguei a você.

Ele segurou a mão dela.

— Eu sei. Mas é bom ouvir você dizer isso.

— Sabichão. — Ainda segurando a mão dele, ela inclinou a cabeça para trás e contemplou o céu estrelado. — Seria bom ficar aqui por uns dias. Sem preocupações, sem incertezas.

— Podemos voltar depois que a temporada acabar.

Ela não conseguia enxergar tão longe assim. O próximo mês, pensou Rowan, o próximo ano? Pareciam tão distantes quanto as estrelas. Tão nebulosos quanto a fumaça. Para ela, era sempre melhor se concentrar no agora.

PERTO DO amanhecer, Gull começou a sonhar que nadava em uma cachoeira. Mergulhava fundo na piscina cristalina, onde os raios de sol tingiam o fundo dourado em faixas cintilantes. Acima dele, água batia em um tamborilar constante e suave, enquanto Rowan, com a pele dourada e reluzente como a areia, os olhos tão límpidos e frios quanto o poço, nadava em sua direção.

Seus braços se entrelaçaram, suas bocas se encontraram, e o coração dele pulsava no mesmo compasso da batida da água.

Deitado contra ela, a mão deslizando preguiçosamente ao longo de seu quadril, Gull achou que ainda estava sonhando. Flutuava para a superfície, no sonho e fora dele, e a água continuava a martelar.

O eco se espalhava pelo interior da barraca quando ele abriu os olhos. Sorrindo na escuridão, sacudiu Rowan de leve.

— Ei, tá ouvindo isso?

— O quê? — O tom dela, sonolento e irritado, combinava com o empurrão que ela lhe deu de volta. — O quê? — repetiu, já mais lúcida. — É o urso? Ele voltou?

— Não. Escuta.

— Eu não quero… É chuva! — Ela o empurrou com mais força e se sentou de supetão. — Tá chovendo!

Rowan engatinhou até a entrada da barraca e abriu a aba.

— É isso aí! Uhuuu! Chuva, chuva, não vai embora. Você tá ouvindo isso?

— Sim, mas confesso que tô meio distraído com a vista.

Gull notou o brilho nos olhos dela quando Rowan o encarou por cima do ombro e sorriu. Então, ela saiu da barraca e soltou um grito de pura euforia.

Que se dane, pensou ele, e saiu atrás dela.

Ela ergueu os braços, levantou o rosto.

— Isso não é só uma tempestade passageira nem uma chuvinha de verão. Isso é o que meu avô gosta de chamar de "chuva de respeito". E já tava mais do que na hora.

Rowan ergueu os punhos, rebolou os quadris, chutou as poças d'água para todo lado.

— Vamos, Gulliver! Dança! Dança pra honrar o deus da chuva!

Então ele dançou com ela, nus, na penumbra chuvosa do amanhecer. E depois a arrastou de volta para a barraca a fim de honrar os deuses da chuva do seu próprio jeito.

A chuva firme e constante encharcava a terra sedenta e tornava o caminho de volta um lamaçal. Mas Rowan se manteve alegre a cada passo de cada quilômetro.

— Talvez seja um sinal — disse ela, com a água escorrendo das capas impermeáveis e pingando das abas dos bonés. — Talvez seja um daqueles momentos de virada, e signifique que o pior já passou.

Gull achou que era esperar demais de uma boa chuva em um verão seco, mas a esperança era a última que morria.

24

⌘ ⌘ ⌘

ROWAN SE recusava a deixar que a notícia de que Leo Brakeman continuava foragido a desanimasse, e preferiu adotar o copo meio cheio de Gull: já fazia quase um mês sem novos incêndios criminosos ou assassinatos ligados ao caso.

Talvez a polícia nunca o encontrasse, nunca resolvesse aqueles crimes. Mas isso não mudava, nem mudaria, a vida dela.

Enquanto ela e Gull terminavam de arrumar a tralha, uma equipe de doze paraquedistas saltava para combater um incêndio em Shoshone, o que colocou os dois de volta na lista de saltos assim que deram entrada na base.

Aquela era a vida dela, pensou, ao desembrulhar e reorganizar seu equipamento. Treinar, se preparar, agir, e depois limpar tudo para começar de novo.

Além disso, analisando o panorama geral, não tinha do que reclamar. Com a temporada se aproximando de agosto, ela não havia sofrido nenhum ferimento, tinha conseguido manter um bom peso de combate, perdendo apenas uns cinco quilos, e justificou a confiança de L.B. ao se provar uma chefe de combate ao fogo competente na linha de frente. Mais importante ainda, teve um papel fundamental em salvar incontáveis hectares de florestas.

O fato de ter conseguido tudo aquilo e ainda ter construído o que, precisava admitir, já se tornara um relacionamento de verdade, era motivo de celebração, não de ficar procurando defeito.

Ela decidiu fazer exatamente aquilo com algo doce e saboroso do refeitório.

Encontrou Marg colhendo ervas no ar fresco e úmido.

— A gente trouxe a chuva junto — disse Rowan. — Ela nos seguiu o caminho todo de volta. Só parou quando sobrevoamos Missoula.

— É a primeira vez em semanas que não preciso regar o jardim. A terra chupou tudinho, mas vamos precisar de mais. E trouxe esses malditos pernilongos também. — Marg os espantou com a mão ao erguer a cesta. Depois, borrifou um pouco do seu repelente caseiro nas mãos, deu leves batidinhas no rosto e adoçou o ar com eucalipto e poejo. — Aposto que veio atrás de comida.

— Qualquer coisa com muito açúcar.

— Posso te ajudar com isso. — Marg inclinou a cabeça. — Você tá com uma cara ótima pra alguém que caminhou horas debaixo de chuva.

— É que eu me sinto ótima, e acho que é por isso.

— Não teria nada a ver com um certo paraquedista bonitão de olhos verdes?

— Bom, ele tava caminhando comigo. Não atrapalhou.

— Pra mim é uma alegria. — Dentro da cozinha, Marg pousou a cesta de ervas sobre o balcão. — Ver esses romances florescendo. O seu, o do seu pai.

— Eu não sei se é... O do meu pai?

— Encontrei o Lucas e a namorada dele no show de fogos de artifício, e outra vez há alguns dias, no viveiro. Ela tava ajudando ele a escolher umas plantas.

— Plantas? Você tá falando do meu pai? Lucas "dedo podre" Tripp?

— O próprio. — Enquanto falava, Marg cortava uma fatia enorme de bolo Floresta Negra. — Ella tá ajudando o seu pai a montar um canteiro de flores. Pequeno, por enquanto. Ele tava procurando pérgulas.

— Pérgulas? Você quer dizer aquele arco de madeira? — Rowan desenhou um arco com os dedos. — Ah, por favor. Meu pai só sabe cortar grama, e olhe lá.

— As coisas mudam. — Ela colocou o bolo e um copo cheio de leite na frente de Rowan. — Como devem mudar, ou a gente fica parado no mesmo lugar. É bom ver ele animado com algo que não envolve um paraquedas ou um motor. Você devia ficar feliz, Rowan, ainda mais porque tem muita gente por aqui perdendo o brilho.

— Eu só não sei... só isso. O que tem de errado em ficar no mesmo lugar, se é um bom lugar?

— Até um bom lugar vira rotina, principalmente se você tá sozinho. Querida, "sozinho" e "solitário" vêm da mesma raiz. Coma o bolo.

— Eu não vejo como o meu pai poderia estar solitário. Ele sempre tem um tanto de coisa pra fazer. Tem tantos amigos...

— E ninguém ao lado quando ele apaga as luzes, até recentemente. Se você não percebeu como ele anda mais feliz desde que conheceu a Ella, então não tem prestado atenção.

Rowan pensava em uma resposta, mas notou a expressão no rosto de Marg quando a cozinheira se virou para lavar as ervas na pia. Era nítido que ela não vinha prestando muita atenção ao redor, ou teria percebido a tristeza ali.

— O que foi, Marg?

— Ah, só tempos difíceis. Mais pra alguns do que pra outros. Eu sei que, pra você, tanto faz se o Leo Brakeman nunca mais der as caras. E eu não te culpo nem um pouco. Mas isso tá devastando a Irene.

— Se ele voltar ou se encontrarem ele, ele vai acabar na prisão. Não sei se isso é melhor pra ela.

— Saber é sempre melhor. Enquanto isso, ela teve que arranjar outro emprego, porque o salário da escola não paga todas as contas. Principalmente porque hipotecou a casa pra pagar a fiança dele. E, com o trabalho extra, não consegue cuidar da bebê.

— A família dela não pode ajudar?

— Não o suficiente, pelo visto. Não é só dinheiro. É tempo, energia, disposição. A última vez que encontrei com ela, parecia esgotada. Tá prestes a desistir, e não sei por quanto tempo mais ela vai aguentar.

— Sinto muito, Marg. De verdade. Podemos fazer uma vaquinha. Talvez não seja muito, mas ajudaria um pouco, e é a bebê do Jim. Todo mundo faria o que pudesse.

— Honestamente, Ro, acho que ela não aceitaria. Além de tudo, essa mulher tá envergonhada até a alma. O que o marido e a filha fizeram aqui é um peso pra ela. Acho que não conseguiria aceitar dinheiro da gente. Conheço a Irene desde que éramos garotas, e ela mal consegue olhar pra mim. Isso me parte o coração.

Rowan se levantou, cortou outra fatia menor de bolo e serviu mais um copo de leite.

— Senta. Come um pouco de bolo. A gente vai dar um jeito — acrescentou. — Sempre tem um jeito de consertar as coisas, se a gente insistir o suficiente.

— Gosto de pensar assim, mas não sei quanto tempo a Irene ainda tem antes de desistir.

Quando Ella voltou para o andar de baixo, Irene continuava sentada no sofá, os ombros caídos, cabisbaixa. Deliberadamente, Ella estampou um sorriso tranquilo no rosto.

— Ela dormiu. Juro que essa é a bebê mais fofinha do mundo, Irene. Sempre tão alegre e risonha.

Ela não mencionou o tempo que passou dobrando e guardando as roupas do cesto ao lado do berço, nem a desordem que reparou ao entrar na casa de Irene, que costumava ser impecável.

— Ela me faz desejar mais netos — continuou Ella, determinada a manter o tom descontraído. — Vou fazer um chá pra gente.

— A cozinha está uma bagunça. Não sei nem se tenho chá. Não consegui ir ao mercado.

— Vou dar uma olhada.

A pia da pequena cozinha, que Ella sempre achou aconchegante e charmosa, estava lotada de louça suja. Os armários quase vazios e a geladeira com poucos mantimentos precisavam urgentemente de reabastecimento.

Aquilo, pelo menos, era algo que ela podia resolver.

Ella encontrou uma caixa de saquinhos de chá e encheu a chaleira. Enquanto colocava pratos na lava-louças, Irene entrou na cozinha arrastando os pés.

— Tô cansada demais pra sentir vergonha do estado da minha cozinha ou pra ver você lavando minha louça.

— Não há nada do que se envergonhar, e você estaria insultando a nossa amizade se fizesse isso.

— Eu costumava ter orgulho da minha casa, mas ela já não é minha, não de verdade. Agora é do banco. É só um lugar pra morar… até deixar de ser.

— Não fala assim. Você vai superar isso. Só tá exausta. Por que não me deixa ficar com a bebê por uns dias? Assim você respira um pouco. Você sabe que eu adoraria. Depois podemos nos sentar e, se me permitir, a gente repassa as suas finanças, vê se tem algo que pode ser feito… — Ela parou de falar ao se virar e ver as lágrimas escorrendo pelo rosto de Irene. — Ah, me desculpe. Me desculpe.

Abandonando os pratos, ela correu para abraçar a amiga.

— Eu não consigo, Ella. Simplesmente não consigo. Não tenho mais forças. Nem coragem.

— Você só tá cansada demais.

— Eu tô. Tô exausta. Os dentinhos dela tão nascendo, e quando ela chora à noite, eu fico deitada só desejando que pare. Que fique quieta, que me deixe em paz. Tô deixando ela ficar com qualquer um disponível por algumas horas enquanto trabalho, e mesmo com o trabalho extra, não vou conseguir pagar as prestações da casa, a menos que deixe de pagar outra coisa.

— Deixa eu te ajudar.

— Ajudar como? Pagar as minhas contas, criar a minha neta, cuidar da minha casa? — As palavras eram ríspidas, mas sem emoção. — Por quanto tempo, Ella? Até o Leo voltar, se ele voltar? Até ele sair da prisão, se for pra prisão?

— Me deixa fazer o que for preciso pra te ajudar a passar por isso, Irene.

— Eu sei que você quer ajudar, mas não vejo como sair dessa. Eu queria acreditar nele. É meu marido, e eu queria acreditar quando ele disse que não fez nada disso.

Sem ter o que dizer, Ella permaneceu em silêncio enquanto Irene olhava ao redor do cômodo.

— Agora ele me deixou assim. Me deixou sozinha. E ainda levou o dinheiro da nossa conta, sacou tudo do caixa eletrônico antes de sumir. No que devo acreditar agora?

— Senta aqui à mesa. Chá pode não ser grande coisa, mas já ajuda.

Irene se sentou, olhando para o quintal que um dia adorou cuidar. O mesmo quintal que o marido usou para escapar dela.

— Eu sei o que as pessoas andam dizendo, mesmo que não falem disso perto de mim. Que o Leo matou o reverendo Latterly. E se ele matou o reverendo, então deve ter matado a Dolly também. A própria filha.

— As pessoas dizem e pensam muitas coisas cruéis, Irene.

Os ossos do rosto de Irene estavam muito marcados sob a pele que envelhecera uma década em apenas dois meses.

— Agora sou uma dessas pessoas. Posso não estar pronta pra dizer em voz alta, mas eu penso. Penso em como ele e a Dolly brigavam, gritavam um com o outro, diziam coisas horríveis. Mas, ainda assim… ele amava ela. Eu sei disso.

Irene encarou o chá que Ella colocou diante dela.

— Talvez ele tenha amado a Dolly demais. Talvez mais do que eu. E isso doía mais nele, o que ela fazia e dizia. Doía mais nele do que em mim. O amor pode se transformar, não pode? Pode se tornar algo sombrio num piscar de olhos.

— Eu não tenho respostas pra isso. Mas sei que você não vai encontrá-las no desespero. Acho que o melhor agora é se concentrar na bebê e em você. Fazer o que for necessário pra construir a melhor vida possível pra vocês duas, até que tenha essas respostas.

— É o que tô tentando fazer. Liguei para a sra. Brayner hoje de manhã, antes de ir trabalhar. A outra avó da Shiloh. Ela e o marido vão vir de carro até aqui, de Nebraska, pra levar a Shiloh com eles.

— Ah, Irene…

— É o melhor pra ela. — Irene enxugou uma lágrima. — Essa bebê preciosa merece mais do que eu posso dar agora. Ela é a única inocente em tudo isso. A única de nós que realmente é. Ela merece mais do que eu tenho feito, deixando ela com amigos e vizinhos a maior parte do dia. Merece mais do que eu, que mal consigo cuidar dela quando tô aqui. Não tenho certeza de quanto tempo ainda vou poder manter um teto sobre a cabeça dela, muito menos comprar roupas ou pagar um pediatra.

Sua voz falhou, e ela levantou a xícara, bebendo um pouco.

— Rezei muito sobre isso, e conversei com o reverendo Meece. Ele é gentil, Ella, como você disse.

— Ele e o pessoal da igreja podem te ajudar — começou Ella, mas Irene balançou a cabeça.

— No meu coração, eu sei que não posso dar à Shiloh a vida que ela merece, não do jeito que as coisas estão. E não posso ficar com a menina sabendo que ela tem uma família que pode dar tudo isso. Não posso ficar com ela me perguntando se o avô dela é o motivo pelo qual ela não tem mais a mãe.

Ella estendeu as mãos e segurou as de Irene.

— Sei que essa não foi uma decisão fácil pra você. Sei o quanto você ama essa criança. Tem algo que eu possa fazer? Qualquer coisa?

— Você não disse que era a decisão errada, ou egoísta, ou covarde. Isso já ajuda. — Ela respirou fundo e tomou mais um gole de chá. — Acho que eles são boas pessoas. Kate... o nome dela é Kate... disse que eles vão ficar em Missoula por alguns dias, pra Shiloh se acostumar com eles. E que a gente vai dar um jeito de a Shiloh ter todos nós presentes na vida dela. Eu... eu disse que eles podiam levar todas as coisas da bebê, o berço e tudo mais. E a Kate perguntou se eu não queria ficar com as coisas, deixar o quartinho pronto pra quando eles pudessem vir me visitar.

Ella apertou ainda mais as mãos de Irene, as lágrimas caindo no chá.

— Eles parecem ser boas pessoas, não parecem?

— Eu acredito que sim. Estou em paz com isso. Mas, mesmo assim, sinto que mais uma parte de mim está morrendo. E não sei quanto de mim ainda resta.

⌘ ⌘ ⌘

A CONVERSA COM Marg fez os pensamentos de Rowan começarem a girar. Ela decidiu que tinha chegado a hora de ter uma conversa séria com o pai. Como queria ter essa conversa fora da base, foi até o escritório de L.B. Então, viu Matt saindo.

— Oi. Ele tá aí?

— Sim, acabei de pedir uns dias de folga no fim da semana. — Seu rosto se iluminou com um sorriso que Rowan raramente via desde o acidente de Jim. — Meus pais tão vindo pra cá.

— Que ótimo. Eles vão poder ver você e a bebê do Jim.

— Mais do que isso. Eles vão levar a Shiloh pra casa com eles.

— Eles conseguiram a guarda? Que rápido... Não achei que o processo fosse tão rápido.

— Eles não contrataram um advogado. Estavam considerando, talvez, mas ainda não tinham feito isso. A sra. Brakeman ligou pra minha mãe hoje de manhã e disse que precisava, que queria, que eles ficassem com a Shiloh.

— Ah. — *Não demorou muito*, pensou Rowan, sentindo uma pontada de compaixão. — Isso é ótimo pra sua família, Matt. De verdade. Mas deve estar sendo bem difícil pra sra. Brakeman.

— Sim, e eu sinto muito por ela. Ela é uma boa mulher. Acho que provou isso ao tomar essa atitude, pensando primeiro na Shiloh. Eles vão ficar alguns dias aqui, sabe, pra dar tempo de todo mundo se adaptar e tudo mais. Achei que eu poderia ajudar. A Shiloh me conhece, então isso deve facilitar. É como se eu estivesse representando o Jim.

— Acho que sim. É muita coisa, pra todo mundo.

— Do jeito que o Brakeman fugiu... — A alegria no rosto de Matt desvaneceu, dando lugar a algo mais sombrio. — Ele é um covarde. Não merece ver essa criança nunca mais, se quer saber minha opinião. A sra. Brakeman provavelmente vai perder a casa por causa dele.

— Não parece justo — concordou Rowan. — Perder tanta coisa por causa de uma pessoa só.

— Ela poderia se mudar pro Nebraska, se quisesse, e ficar mais perto da Shiloh. Ela deveria ir. Espero que vá. Não vejo mais nada que a prenda aqui. Ela devia ir pro Nebraska, pra bebê ter as duas avós por perto. Bom, tenho que ligar pros meus pais, avisar que consegui os dias de folga.

Uma tragédia para uma família, uma celebração para outra, pensou Rowan enquanto Matt se afastava apressado. O mundo podia ser um lugar cruel. Ela bateu de leve na porta de L.B. antes de espiar pela fresta da porta.

— Tem mais um minutinho pra outra pessoa querendo uma folga?

— Pelo amor de Deus, talvez a gente devesse só mijar no próximo fogo para apagá-lo.

— Estratégia interessante, mas só tô pedindo algumas horas.

— Quando?

— Agora mesmo. Queria ir ver o meu pai.

— De repente, todo mundo quer uma reunião de família. — Ele deu de ombros. — Uma noite de folga tá de boa. Temos fumaça em Payette e lá no Alasca. A região de Denali tá sendo atingida por uma tempestade seca. Yellowstone tá na linha de frente em outro foco. Pode contar que você vai saltar amanhã.

— Estarei pronta. — Ela começou a sair antes que ele mudasse de ideia, mas hesitou. — Imagino que o Matt tenha contado por que queria a folga.

— Contou. — L.B. esfregou os olhos. — É difícil saber o que pensar. Acho que, no fim das contas, é o melhor pra criança, mas parece que tão chutando um cachorro morto no chão.

— Ainda sem notícias do Leo?

— Nada, pelo que sei. Desgraçado. Me dá nojo pensar que ele foi capaz de fazer tudo isso. Já fui caçar com aquele filho da puta. Até fiz uma viagem pro Canadá com ele e uns caras, uma vez.

— Você contou pra polícia sobre todos os lugares que ele gostava de ir?

— Cada um deles. E não senti nem um pingo de culpa. Desgraçado — repetiu, dessa vez saboreando a palavra. — A Irene é uma mulher correta. Não merecia isso. Melhor ir antes que a situação mude. Se tivermos um chamado do Alasca, vamos partir hoje à noite.

— Já fui.

Ao sair do escritório, Rowan pegou o celular e decidiu mandar uma mensagem de texto, torcendo para que isso tornasse seus planos um fato consumado.

> Consegui umas horas livres. Te encontro em casa. Vou cozinhar!
> Preciso muito conversar com você.

Agora, ela só precisava torcer para que ele tivesse algo em casa que ela soubesse cozinhar.

Passou pelos alojamentos, pegou as chaves do carro e parou na porta do quarto de Gull.

— Consegui umas horinhas pra ir ver meu pai.

Gull afastou o laptop.

— Beleza.

— Quero conversar algumas coisas com ele. Só nós dois. — Ela balançou as chaves na mão. — Temos possíveis alertas em Yellowstone, Wyoming e no Alasca. Podemos ser chamados antes do amanhecer. Não vou demorar.

— Tá esperando pra ver se vou reclamar porque você tá saindo da base sem mim?

— Talvez estivesse curiosa pra saber se você reclamaria.

— Eu não sou assim. Só pra constar, eu não me importaria de jantar com você e seu pai algum dia, quando as coisas acalmarem.

— Anotado. Te vejo quando voltar. — Ela balançou as chaves de novo. — Ah, acabei de me lembrar, meu carro tá quase sem gasolina. Posso pegar o seu emprestado?

— Você sabe onde ficam as bombas de combustível da base.

— Não custava nada tentar.

Ela prometeu a si mesma que o convenceria a deixá-la dirigir aquele carro antes do fim da temporada. Só precisava bolar a estratégia certa.

No instante em que saiu da base, sentiu algo mudar dentro dela. Por mais que amasse o que fazia, sentiu-se um pouco mais leve dirigindo pela estrada deserta. Sozinha, longe da pressão, da intensidade, dos dramas, até mesmo da interação.

Talvez, por ora, percebeu, principalmente da interação. Um tempo para se reconectar consigo mesma. Depois, para se reconectar com o pai.

Ela podia admitir o aspecto contraditório desse sentimento. Se L.B. tivesse insistido que ela tirasse uma folga, se a tivesse tirado da lista de saltos, ela teria lutado contra isso com unhas e dentes. Pedir essa pequena brecha na agenda era mais um presente para si mesma, um presente em que ela escolhia tanto a embalagem quanto o conteúdo.

Talvez também fosse algo próximo o suficiente das viagens de acampamento que seu pai sempre arranjava no meio da temporada — essa única noite juntos, ela preparando o jantar na casa que compartilhavam metade do ano. Só os dois, sentados à mesa com uma boa refeição e uma boa conversa.

Muita coisa tinha acontecido, muitas lembranças se atropelavam em sua cabeça. Boa parte do verão voltava para ela feito um bumerangue, fazendo-a pensar na mãe e em todas aquelas emoções difíceis de lidar. Já tinha conseguido deixar a maioria delas para trás, mas ainda restava uma camada fina e pegajosa que nunca conseguira se livrar de vez.

Gostava de pensar que essa camada a tornava mais forte, mais resistente — e acreditava nisso —, mas começou a se perguntar se não teria se transformado também em um escudo.

Será que ela usava aquilo como desculpa, como fuga? Se usava, seria esperteza ou pura burrice?

Algo em que pensar nesse curto tempo sozinha e, depois, na companhia da única pessoa no mundo que a conhecia por completo, e a amava mesmo assim.

Quando estacionou em frente à casa — o sobrado branco e simples de dois andares com a ampla varanda coberta, a mesma varanda que ajudou o pai a construir quando tinha quatorze anos —, ela apenas ficou sentada ali, olhando.

A grama do quintal mostrava os sinais do verão seco, mesmo nas áreas sombreadas pelo velho bordo no canto leste.

Mas, ao redor da varanda, de cada lado dos degraus, um canteiro de flores se erguia de um tapete orgânico escuro. Cestos pendiam de suportes decorativos nas colunas laterais e transbordavam uma mistura vibrante de flores vermelhas e brancas, entrelaçadas com trepadeiras verdes.

— Estou vendo — disse em voz alta ao sair do carro —, mas ainda não consigo acreditar.

Lembrou-se de verões durante sua infância, quando a avó plantava em vasos e jardineiras, e até cavava uma hortinha nos fundos. Como ela xingava cervos e coelhos por devorarem tudo, a cada temporada.

Também se lembrou da fama do pai de matar até as plantas mais resistentes dentro de casa.

E agora ele havia plantado...

Ela não sabia o nome da metade daquelas flores, mas os canteiros ostentavam tons vibrantes, com muito vermelho e roxo, além de alguns toques brancos.

E tinha que admitir que davam um toque bonito ao lugar, assim como precisava admitir que aquele arranjo todo não poderia ter vindo da mente nada paisagística de Lucas "Homem de Ferro" Tripp.

Refletindo sobre isso, ela destrancou a porta e entrou. E, dentro de casa, a mudança também era evidente.

Flores? Desde quando seu pai tinha flores espalhadas pela casa?

E velas — grossas colunas brancas que, quando ela cheirou, tinham um leve aroma de baunilha.

Além disso, havia um tapete novo na sala de estar, com um padrão de blocos coloridos espalhados sobre um chão que, claramente, havia sido polido. E ela precisava admitir que o resultado era bonito, mas ainda assim...

Com as mãos apoiadas nos quadris, girou pela sala até quase ficar boquiaberta. Havia inúmeras revistas espalhadas sobre a velha mesa de centro. Revistas de decoração e jardinagem, e desde quando seu pai...

Pergunta idiota, admitiu. Desde que Ella entrou na vida dele.

Um pouco cautelosa com o que mais poderia encontrar, seguiu até a cozinha, mas antes espiou o escritório do pai. As antigas cortinas bege haviam sido substituídas por persianas de bambu em tons quentes.

Cortinas feias, lembrou-se.

Mas o banheiro de visitas foi uma verdadeira revelação. Não havia mais um simples sabonete líquido no balcão, nem toalhas de cores neutras no suporte.

Em vez disso, um elegante dispensador cromado soltava uma porção de sabonete líquido com cheiro de limão. Atordoada, ela lavou as mãos e as secou em uma das toalhas felpudas azul-marinho, cuidadosamente dispostas junto a paninhos de rosto em tons de vermelho.

Ele tinha um pote de *pot-pourri* — *pot-pourri!* — e um quadro emoldurado de um campo florido em uma parede recém-pintada, combinando com os paninhos de rosto.

Seu pai tinha pintado as paredes do banheiro de visitas em um tom vermelho cranberry. Rowan talvez nunca superasse isso.

Ainda atordoada, foi até a cozinha e piscou algumas vezes ao olhar ao redor.

Limpeza e eficiência sempre foram os lemas dos Tripp. Mas, pelo visto, detalhes charmosos haviam sido acrescentados à lista desde a última vez que ela esteve ali.

Uma travessa oval, que ela achava ser de bambu e que nunca tinha visto, estava cheia de frutas frescas. Vasos de barro vermelho se alinhavam no parapeito da janela acima da pia, cada um com ervas florescendo.

Um suporte de ferro para vinhos — com garrafas de vinho, ela notou — decorava o topo da geladeira. Ele também havia trocado os estofados surrados dos bancos da ilha central, e Rowan tinha quase certeza de que as revistas na sala chamariam aquele tom de "abóbora".

Na área de jantar, dois jogos americanos de bambu estavam dispostos, acompanhados por guardanapos de pano enrolados em anéis.

E, para completar, um vaso de margaridas brancas e velas em pequenos suportes âmbar decoravam a mesa.

Ela pensou em subir para o segundo andar, mas decidiu que precisava de uma bebida primeiro — e de um tempo para assimilar o choque. *Um tempo como, tipo, sei lá, um ano*, pensou ao abrir a geladeira.

Tudo bem, pelo menos ainda tinha cerveja. Isso era uma constante.

Mas já que havia uma garrafa de vinho branco aberta, vedada com uma tampa elegante, optou por ela.

Tomou um gole, sendo obrigada a admitir que era muito bom, enquanto explorava os suprimentos.

Foi se sentindo mais em casa e menos como uma intrusa ao organizar as coisas para o jantar, separando peitos de frango para descongelar, lavando batatas.

Talvez tenha balançado a cabeça ao notar as cadeiras no deque pela janela da cozinha. Sabia que ele as pintava a cada dois anos, mas nunca havia optado por um vermelho vibrante.

Quando ouviu o barulho da porta abrindo, já estava preparando o jantar na frigideira grande. Serviu uma segunda taça de vinho.

Pelo menos ele continuava igual.

— Tá com um cheiro delicioso. — Ele a envolveu em um abraço apertado. — Melhor surpresa do dia.

— Eu também tive algumas surpresas. Servi uma pra você. — Ela lhe entregou a taça de vinho. — Já que agora você é um especialista em vinhos.

Ele sorriu e brindou com ela.

— Muito bom. Temos tempo pra sentar lá fora um pouco?

— Sim. Seria bom. Você andou ocupado por aqui — comentou Rowan, indo para o deque.

— Dei uma ajeitada nas coisas. O que achou?

— Tá... colorido.

— Tô um cadinho fora da minha zona de conforto.

Ele se acomodou em uma das cadeiras de cor vibrante e suspirou satisfeito.

— Pai, você plantou flores. Isso tá quilômetros fora da sua zona de conforto.

— E ainda não matei nenhuma. Mangueira de irrigação.

— Como é?

— Instalei uma mangueira de irrigação. Assim elas não ficam com sede.

Vinho, mangueiras de irrigação, paredes cor de cranberry. Quem é esse cara?

Mas quando ele olhou para ela e colocou a mão sobre a dela, ela o viu. Ela o reconheceu.

— O que tá passando pela sua cabeça, filha?

— Um monte de coisas.

— Desembucha tudo.

E foi exatamente o que ela fez.

— Sinto que não consigo ter controle sobre as coisas, ou manter o controle. Hoje de manhã, achei que tinha, e então tudo começou a escapar de novo. Voltei a ter aqueles sonhos com o Jim, só que estão piores. Mas com tudo o que aconteceu nessa temporada, como eu deveria apenas deixar isso de lado? Tudo o que a Dolly fez, depois o que aconteceu com ela. Acrescente o pai dela, completamente fora de si. E o pior é que, se ele fez o que dizem que fez, se ele matou ela, o pastor, se começou os incêndios, e ele deve ter feito isso, por que eu tô mais irritada e enojada pelo fato de ele ter fugido e deixado a esposa sozinha, sem nenhuma ajuda? E eu sei a resposta — continuou, levantando-se de um salto. — Eu sei a resposta, e *isso* me deixa ainda mais furiosa. O fato da minha mãe ter abandonado a gente não define a minha vida. E eu com certeza não quero que isso me defina. Sou mais inteligente do que isso, droga.

— Sempre foi — declarou ele, quando ela se virou para encarar o pai.

— Eu tô envolvida com o Gull, e não sei se tô pensando com clareza. Sério, pra onde isso pode ir? E por que tô até pensando nisso, tipo, por que eu ia querer que fosse pra algum lugar? E você… Você tá plantando flores, bebendo vinho e tem *pot-pourri*.

Ele sorriu.

— Tem um cheirinho mais gostoso do que aqueles difusores elétricos.

— Tem frutas vermelhas e florzinhas brancas nele. Enquanto isso fica bagunçando a minha cabeça, a mãe da Dolly tá entregando a bebê pros Brayner porque não consegue lidar com tudo sozinha. Provavelmente é o melhor a fazer, deve ser a coisa certa, mas isso me deixa triste, o que me irrita ainda mais porque *sei* que tô projetando, e *sei* que a situação daquela criança não tem nada a ver com a minha. Talvez eu salte no Alasca amanhã, e tô presa aqui, pensando em almofadas cor de abóbora, em uma bebê que eu nunca nem vi e em um cara que tá falando sobre ficar comigo depois da temporada. Como foi que tudo isso aconteceu?

Lucas assentiu devagar, tomou um gole de vinho.

— É bastante coisa. Vamos ver se conseguimos organizar tudo. Não gosto de saber que você voltou a ter esses pesadelos, mas não posso dizer que estou surpreso. A pressão de qualquer temporada pesa sobre você, e essa não foi uma temporada qualquer. Você provavelmente não é a única tendo sonhos tumultuados.

— Não tinha pensado nisso.

— Já conversou com o L.B.?

— Não sobre isso. Sobrecarregar ele com o meu estresse não ajudaria ninguém. É por isso que sobrecarrego você.

— Vou te dizer o que já conversamos antes, depois do que aconteceu. Todos nós vivemos com os riscos e treinamos corpo e mente para minimizá-los. Quando um paraquedista tem um lapso mental, às vezes ele tem sorte. Às vezes, não tem. O Jim não teve, e aquilo foi uma tragédia. Foi um golpe duro pra família dele e, assim como os parentes de sangue, a equipe também é a família dele.

— Eu nunca tinha perdido ninguém antes. Ela não conta — disse de pronto, referindo-se à mãe. — Não da mesma forma.

— Eu sei. Você quer salvá-lo, quer voltar naquele salto e salvá-lo. Mas você não pode, filha. Acho que, quando aceitar isso de verdade, os sonhos vão parar. — Ele se levantou e passou um braço pelos ombros dela. — Não sei se você vai conseguir aceitar isso completamente até que essa história com o Leo se resolva. Tá bem na sua cara, então também tá na sua cabeça. A Dolly tentou culpar você pelo que aconteceu com o Jim, e parece que contar que estava grávida logo antes de um salto contribuiu pro lapso mental dele. Depois, o Leo partiu pra cima de você por causa do Jim, da Dolly… e agora a polícia acha que ele é o responsável pelo assassinato dela. Tá na hora de usar a cabeça, Ro. — Ele beijou o cocuruto da filha. — E pare de carregar o peso que as pessoas realmente responsáveis deveriam estar carregando. Sentir pena da Irene Brakeman é só um ato de humanidade. Talvez eu e você sejamos um pouco mais humanos do que a maioria nesse quesito. Ella tá lá com a Irene agora, ajudando a superar, e me sinto melhor sabendo disso.

— Acho bom que ela, a sra. Brakeman, tenha alguém.

— Eu tive seus avós, que me apoiaram demais. Tive meus amigos, meu trabalho. Mas, acima de tudo, tive você. Quando alguém vai embora, isso deixa um buraco dentro de nós. Algumas pessoas preenchem esse buraco, com coisas boas e ruins, e seguem em frente assim. Outras deixam o buraco aberto, às vezes esperando o tempo curar, às vezes por tanto tempo que nunca cicatriza por completo. Odeio admitir isso tanto quanto você, mas acho que fomos do último tipo.

— Eu nem penso nisso, na maior parte do tempo.

— Nem eu. Na maior parte do tempo. Agora, você tem esse cara, e é a primeira vez que menciona alguém como sendo um problema. E isso me faz pensar que você deve sentir alguma coisa por ele, mas conseguiu evitar até agora. Você tá apaixonada por ele?

— Como alguém responde a essa pergunta? — perguntou ela, irritada. — Como se sabe? Você tá apaixonado por essa Ella?

— Estou.

Atônita, Rowan deu um passo para trás.

— Assim, na maior? Você pode simplesmente... *puf*, tô apaixonado?

— Ela preencheu o buraco, filha. Não sei como te explicar. Nunca soube como falar sobre esse tipo de coisa, e talvez tenha sido aí que falhei com você. Mas ela preencheu aquele buraco que eu nunca deixei cicatrizar completamente, porque, se deixasse, poderia haver outro. Mas prefiro correr esse risco do que não tê-la. Eu queria que você conhecesse ela... — Ele ergueu as mãos, como se tentasse alcançar algo. — Ela é engraçada e inteligente, e tem um jeito de dizer o que pensa que é sincero sem ser cruel. Ela sabe fazer de tudo. Você precisava ver ela mergulhando, filha, juro que é um espetáculo. Poderia competir com a Marg na cozinha, e não repita isso pra ninguém, ou eu nego até a morte. Ela entende de vinhos, de livros, de flores. Tem a própria caixa de ferramentas e sabe usar. Tem filhos incríveis, que têm filhos incríveis. Ela presta atenção quando você fala. Ela tenta coisas novas. Ela me faz sentir... Ela me faz sentir.

Era isso, Rowan percebeu. Se existisse uma ilustração no dicionário para a definição de "estar apaixonado", seria o rosto do pai naquela hora.

— Tenho que colocar o jantar na mesa. — Ela se virou para a porta, mas depois voltou ao ver que ele a encarava, com o brilho um pouco arrefecido no olhar. — Você tá, tipo assim, pedindo a minha bênção?

— Acho que sim. Tipo isso.

— Se alguém te faz feliz desse jeito, e ainda te convenceu a se livrar daquelas cortinas horríveis do seu escritório... De boa por mim. Você pode me contar mais sobre ela enquanto a gente janta.

— Ro. Isso significa mais para mim do que consigo dizer.

— Você não tem almofadas em formato de coração na sua cama agora, tem?

— Não. Por quê?

— Porque esse seria o meu limite. O resto, acho que consigo relevar. Ah, e nada daquelas capinhas de crochê pra rolo de papel higiênico. Aí não dá, fim de jogo.

— Vou anotar.

— Ótima ideia, porque acho que ainda tenho mais algumas condições. — Ela foi para o fogão, satisfeita ao ver que o brilho nos olhos dele havia voltado com força total.

25

⌘ ⌘ ⌘

SENTINDO-SE SOCIÁVEL, Gull se jogou no sofá da sala de descanso com seu livro. Assim, poderia se desligar da história de vez em quando, prestar atenção nas conversas, no jogo de beisebol passando na TV e no andamento da partida de pôquer na qual ainda não estava interessado em entrar.

Ou poderia simplesmente deixar tudo aquilo zumbindo nos cantos da mente, como um ruído branco.

Como poderia ser chamado a qualquer momento, optou por um *ginger ale* e um pacote de batatas fritas para beliscar enquanto avançava mais um ou dois capítulos.

— Com medo de perder o salário? — caçoou Dobie, da mesa de pôquer.

— Apavorado.

— Eliminado? — Trigger saltou da cadeira, indignado com uma marcação na segunda base. — Aquele corredor tava seguro por um quilômetro. Eliminado, uma ova! Você viu aquilo? — exigiu saber.

Ele não tinha visto, mas concordou.

— Com certeza. O árbitro é um imbecil.

— Deviam arrancar os olhos dele, já que não sabe usar. Cadê a sua cara-metade?

Alegre, Gull virou a página.

— Me largou por outro cara.

— Mulheres. São piores que árbitros. Não dá pra viver com elas, nem dá pra acertar elas com um tijolo.

— Ei! — Janis descartou duas cartas na mesa de pôquer. — Só porque tenho peitos não quer dizer que eu não escuto, colega.

— Ah, você não conta. Você é uma paraquedista.

— Sou uma paraquedista com peitos.

— A menos que vá botar eles na mesa de apostas — disse Cards —, a aposta é cinco pra você.

— Eles valem muito mais do que cinco.

Melhor que ruído branco, decidiu Gull, e provavelmente melhor que seu livro.

Do outro lado da sala, Yangtree — com uma bolsa de gelo no joelho — e Southern jogavam uma partida intensa e quase silenciosa de xadrez. De fones de ouvido, Libby balançava a cabeça como um metrônomo enquanto resolvia palavras cruzadas.

Muito espírito de grupo por ali, ele refletiu. Metade dos paraquedistas da base estava reunida — alguns em grupos, outros sozinhos, muitos esparramados no chão, vidrados na tela acompanhando o jogo entre os Cardinals e os Phillies.

Modo de espera, decidiu. Todos sabiam que a qualquer momento a sirene poderia tocar, mandando-os para o norte, leste, sul ou oeste, onde haveria camaradagem, mas pouco lazer. Sem tempo para xingar árbitros ou decifrar a resposta da linha horizontal das cruzadinhas. Em vez de ganhar no pôquer, como Cards fazia agora com gosto, eles estariam remexendo brasas e cinzas.

Ele viu Trigger erguer as mãos em triunfo quando o corredor marcou um ponto, observou Yangtree capturar o bispo de Southern, e Dobie empilhar fichas para aumentar a aposta, fazendo Stovic resmungar e desistir da rodada.

— Duas palavras que definiriam tédio profundo? — perguntou Libby, em voz alta.

— Comerciais de TV — sugeriu Trigger. — Deviam ser proibidos por lei.

— Eu disse tédio, não chatice. E você falou três. Além disso, algumas propagandas são engraçadas.

— Não engraçadas o suficiente.

— Cansaço existencial — respondeu Gull.

— Droga, eu sabia essa.

— Ele fica se achando porque sabe tudo — resmungou Dobie.

Gull apenas sorriu. Definitivamente, não sentia qualquer cansaço existencial. O que sentia era contentamento. Sabia que estaria pronto para agir se fosse chamado, mas, por enquanto, apreciava o prazer de relaxar com os amigos, curtindo a conversa fiada e as zoações enquanto esperava sua mulher voltar para casa.

Ele havia encontrado seu lugar. Não sabia exatamente quando chegou àquela conclusão. Talvez na primeira vez que viu Rowan. Talvez no primeiro salto. Talvez naquela noite no bar, quando deu umas surras.

Talvez quando olhou para um campo de tremoceiros silvestres.

Não importava quando.

Ele gostava do trabalho como bombeiro especialista e das pessoas com quem trabalhou. Ou da maioria delas. Aprendeu a combinar paciência, ação e resistência, aprendeu a amar o combate — sua violência, brutalidade, ciência. Mas o que encontrou ali era mais profundo, e despertou um amor e uma paixão irresistíveis.

Ele sabia que se esparramaria pela sala de descanso, ouvindo papo furado e besteiras, temporada após temporada, enquanto fosse capaz.

Sabia, pensou ao ver Rowan entrar, que esperaria ela voltar para casa sempre que ela saísse.

— Caramba, agora deixam qualquer um entrar no clube. — Ela se jogou ao lado de Gull e enfiou a mão no pacote de batatas fritas dele. — Placar?

— Empatado — respondeu Trigger. — Um a um, por causa de um árbitro cego pra cacete. Começo da quinta entrada.

Ela pegou o refrigerante de Gull, encontrou a lata vazia.

— O quê, tava me esperando voltar pra ir buscar outra lata pra você?

— Você me pegou.

Ela se levantou e pegou uma Coca.

— Você vai beber isso e gostar. — Tomou um gole primeiro e depois entregou a lata para ele.

— Valeu. E como tá a minha cara-metade?

— Do *que* você me chamou?

— Ele que disse. — Gull dedurou Trigger sem remorso.

— Texano magrelo desgraçado. — Ela inclinou a cabeça para ler a capa do livro que Gull colocou de lado. — *Ethan Frome*? Se você tava lendo isso, tô surpresa por não ter te encontrado babando em coma.

Ele devolveu a Coca para ela.

— Achei que ia gostar mais agora, sendo mais velho, sábio, erudito. Mas continua tão incrivelmente chato quanto quando eu tinha vinte anos. Graças a Deus você voltou, ou eu poderia ter ficado paralisado pelo cansaço existencial.

— Lá vem você…

— Foi uma resposta das palavras cruzadas. Como tá seu pai?

— Apaixonado.

— Pela ruiva gostosa.

Rowan franziu as sobrancelhas.

— Gostaria que você não a chamasse de ruiva gostosa.

— Eu digo as coisas sem rodeios. Como você tá?

— Tive que passar pelos canteiros de flores que ele plantou, flores em vasos, velas, *pot-pourri* no banheiro social…

— Mãe de Deus! *Pot-pourri* no banheiro social. Precisamos reunir um grupo agora mesmo, ir lá buscá-lo. Ele pode ser desprogramado. Não perca a esperança.

Como ele tinha esticado as pernas sobre o colo dela, ela torceu o dedo do pé dele. Com força.

— De repente, tudo na casa tem cor. Ou melhor, tudo tem Ella. Fiquei achando que era frescura, que a mulher tinha forçado todas essas coisas nele. Mas não. Tem estilo, um toque de charme. Ela trouxe cor pro bege e pro marrom. Ele tá feliz. Ela faz o meu pai feliz. Ela preencheu o buraco que ele nunca deixou cicatrizar completamente… foi o que ele disse. E eu percebi uma coisa: naquele dia em que encontramos com ela na cidade, o dia do sorvete, ela tinha razão. Disse que se eu fizesse ele escolher entre nós duas, ela não teria chance. E, se eu tivesse feito isso, seria igual à minha mãe, e ficaria com nojo de mim mesma. Algo do tipo: ou ela ou eu, amigo, não dá pra ter as duas.

— Mas você não fez isso.

— Não. Não fiz. Tenho que me acostumar com ela, mas ela colocou um brilho nele, então acho que vou ser uma fã.

— Você é uma mulher de fibra, Sueca.

— Se ela sacanear ele, eu vou arrancar a pele da bunda dela com uma lâmina de barbear cega.

— Nada mais justo.

— E mais do que justo. Preciso dar uma volta pra digerir a refeição bacana que eu preparei, depois vou me recolher.

— Espera aí. Você cozinhou?

— Tenho um repertório completo de doze pratos. Quatro deles são variações do clássico sanduíche de queijo grelhado.

— Um novo lado seu para explorar enquanto a gente dá essa volta. Quero meus sapatos.

Gibbons entrou quando Gull jogou o livro de Edith Wharton na mesa para alguém pegar.

— Vocês talvez queiram encerrar essa partida de pôquer. Tá todo mundo de prontidão. Ainda não é oficial, mas parece que vamos mandar duas equipes pra Fairbanks hoje à noite, ou talvez direto pro incêndio. O L.B. tá resolvendo alguns detalhes. E parece que Bighorn pode precisar de ajuda amanhã.

— Bem agora que a minha sorte tava começando a virar — resmungou Dobie.

— Você vai poder comprar sapatos novinhos em folha — lembrou Cards.

— Se eu faturar mais algumas rodadas, posso comprar sapatos novos sem precisar comer fumaça.

— Quem estiver nas primeiras duas equipes talvez queira checar o equipamento enquanto tem tempo — acrescentou Gibbons.

— Nunca fui ao Alasca — comentou Gull.

— É uma experiência e tanto. — Rowan afastou os pés dele do colo. — E eu sou movido por elas.

ELA ENFIOU mais algumas barras de proteína na mochila de suprimentos e, depois de ponderar por alguns segundos, acrescentou duas latas de Coca-Cola. Preferia carregar o peso a ter de ficar sem. Trocou as roupas casuais que usara para visitar o pai e estava justamente afivelando o cinto quando a sirene soou.

Junto com os outros, correu para a sala de prontidão para se equipar.

Assim que entrou no avião, reivindicou seu espaço, organizando o equipamento e se esticando com a cabeça apoiada no paraquedas. Pretendia dormir durante o voo.

— Como é lá? — Gull a cutucou com a ponta da bota.

— Grande.

— Sério? Ouvi dizer que também é frio e escuro no inverno. Será que é verdade?

Ela deixou a vibração dos motores niná-la enquanto os outros paraquedistas se acomodavam.

— Tem bastante luz do dia nessa época do ano. Lá, o problema não é tanto com as árvores na hora de saltar, e sim com a água. Tem um bocado, e você não vai querer errar o alvo e cair nela. Muita água, muita terra, montanhas. Não tem muita gente, o que é uma vantagem. — Ela se mexeu, encontrou uma posição mais confortável. — Os bombeiros paraquedistas do Alasca sabem o que fazem. A temporada também tem sido seca por lá, então eles devem estar sobrecarregados, sentindo aquele cansaço de meio de temporada. — Rowan abriu os olhos para encará-lo. — É lindo. A neve que nunca derrete nos picos enormes, os lagos e rios, o brilho do sol da meia-noite. Também tem mosquitos do tamanho do seu punho e ursos do tamanho de um caminhão blindado. Mas no fogo, é praticamente a mesma coisa. Matar o dragão, sobreviver. Todo mundo voltando são e salvo. — Ela fechou os olhos. — Vai dormir. Você vai precisar.

Ela dormiu como uma pedra e acordou com o corpo rígido feito uma tábua. Ficou grata por terem pousado em Fairbanks, o que deu tempo para a equipe se alongar, comer, e para os chefes consolidarem a estratégia.

Com quase cento e sessenta e dois hectares em chamas e o vento provocando novos focos, seria essencial manter uma comunicação firme com a equipe do Alasca. Ela conseguiu descolar uma Coca-Cola gelada, preservando as duas que guardou na bolsa, antes da última checagem entre parceiros e do embarque.

— Você tinha razão — comentou Gull, quando sobrevoaram Fairbanks rumo ao sudoeste. — É lindo. E falta pouco pra meia-noite, horário local, mas tá claro como se fosse fim de tarde.

— Não se encante, não. Vai perder o foco. E a besta vai te engolir vivo.

Ele precisou mudar de ângulo para conseguir seu primeiro vislumbre do incêndio, ajustando o equilíbrio quando o avião começou a balançar com a turbulência.

— Mais uma boca do inferno. Tô focado — acrescentou quando ela lhe lançou um olhar severo.

Gull viu os picos brancos da montanha através das colunas de fumaça. A sagrada Denali, com sua natureza selvagem ao norte e a leste queimando intensamente.

Continuou observando e assimilando tudo enquanto Rowan ia para a traseira da aeronave para conversar com Yangtree e Cards, que atuava como *spotter*. Outros paraquedistas já se alinhavam nas janelas, conferindo abaixo o que tinham vindo combater.

— Vamos tentar pousar naquela clareira entre as bétulas, no lado leste. A equipe do Alasca usou aquele ponto para aterrissar. O Cards vai lançar algumas fitas para ver que direção elas tomam no vento.

— Caralho, vocês viram aquilo? — perguntou alguém.

— Parece uma explosão de fogo — disse Gull.

— Tá bem a oeste do ponto de aterrissagem. Todo mundo na calma — ordenou Rowan. — Concentrem-se, e mantenham a cabeça fria.

— Protejam os paraquedas reserva! — gritou Cards, puxando a porta.

Gull observou as fitas sinalizadoras voarem, ajustando-se com a guinada e os solavancos do avião. O vento arrastou o fedor e a neblina da fumaça para dentro da aeronave, um pequeno aperitivo do que estava por vir.

Rowan se postou à porta, lançou um último sorriso para ele. E se atirou para fora, com Stovic logo atrás.

Quando chegou sua vez, ele controlou a respiração, ouviu Cards descrever a direção do vento. Fixou a clareira na mente e, ao sentir o tapa no ombro, saltou.

Maravilhoso. Ele podia pensar nisso enquanto o vento o chicoteava. Os picos brancos estonteantes, o azul de um tom indescritível refletido na água, o verde intenso do verão, tudo contrastando com os malignos tons escuros, vermelhos e alaranjados do fogo.

Seu paraquedas abriu, transformando a queda em um voo controlado, e ele fez um sinal de positivo para Gibbons, seu parceiro de salto.

Pegou uma rajada de vento turbulento que tentou empurrá-lo para o sul, e ele lutou com todas as forças para voltar ao rumo através da fumaça que o envolvia. Outra corrente de ar surgiu e o puxou com brusquidão. De novo, ele viu aquele azul profundo e onírico através da névoa e pensou: *de jeito nenhum, droga, de jeito nenhum que vou cair na água depois do aviso da Rowan.*

Ele agarrou os controles com firmeza, aceitou que passaria batido pelo ponto de aterrissagem e voltou a se ajustar.

Gull voou acima das bétulas, xingando. Não caiu na água por pouco, pois seu pouso quase o fez rolar direto para dentro dela.

Levemente irritado, recolheu o paraquedas enquanto Rowan e Yangtree vinham correndo.

— Achei que você fosse parar na água.

— Peguei uma turbulência.

— Eu também. Quase me enrosquei. Agradeça por não estar molhado ou mancando.

— Rasguei um pouco do meu velame.

— Imagino. — Então ela sorriu, como fez pouco antes de saltar para o vazio. — Que viagem!

Assim que todos os paraquedistas estavam no chão, Yangtree chamou Rowan e Gibbons para uma reunião de alinhamento enquanto os outros cuidavam do equipamento.

— Eles achavam que podiam conter o fogo, com quase quarenta paraquedistas lá, e por dois dias parecia que iam conseguir. Aí, ele se virou contra eles. Uma série de explosões, problemas com equipamentos, alguns feridos.

— O mesmo caos de sempre — comentou Gibbons.

— Isso aí. Vou coordenar com o chefe da divisão do Alasca, o pessoal da Agência de Gestão de Terras e com o Serviço Florestal. Vou pegar um helicóptero pra ter uma visão mais clara das coisas, mas, por enquanto… — Yangtree pegou um graveto e desenhou um mapa improvisado na terra. — Gibbons, leva uma equipe pra trabalhar no flanco esquerdo. Tem uma linha de contenção por aqui. É onde você vai se encontrar com a equipe do Alasca. Tem uma fonte de água aqui pras bombas. Sueca, você fica com o flanco direito, cria um contrafogo e depois apaga tudo.

— Vamos pegar o bicho pelo rabo — disse ela, seguindo o mapa na terra —, e deixar o danado com fome.

— Mostrem do que os Zulies são capazes. Pegamos o dragão de jeito, sacudimos pelo rabo e avançamos até a cabeça. — Ele conferiu o horário. — Se dermos no couro, é capaz que a gente chegue à frente em quinze, dezesseis horas.

Discutiram estratégias, detalhes e direções, agachados entre as bétulas, enquanto no local do pouso a equipe descarregava motosserras, caixas de sinalizadores, bombas e mangueiras.

Gibbons se levantou e ergueu sua Pulaski para o céu.

— Vamos nessa! — gritou.

— Dez homens pra cada lado. — Yangtree bateu palmas como um capitão antes do grande jogo. — Botem pra quebrar, Zulies.

E foi o que fizeram.

Como planejado, Rowan e sua equipe usaram sinalizadores para criar incêndios controlados entre o flanco direito furioso e a estrada de serviço, derrubando árvores mortas e alargando a linha de contenção ao avançar para o norte.

Se o dragão tentasse desviar para o leste, com intenção de cruzar as estradas rumo às fazendas e cabanas, passaria fome antes de chegar lá. Eles trabalharam pelo restante da noite e do alvorecer, conforme o flanco crepitava e rugia, cuspindo brasas que o vento carregava em arcos até a tundra seca.

— Hora de comer — anunciou ela. — Vou patrulhar a área queimada e ver se descubro por onde anda a equipe do Gibbons.

Dobie pegou um sanduíche amassado da bolsa e encarou as colunas gigantes de fumaça e chamas.

— Esse é o maior que já vi.

— É uma besta selvagem — concordou Rowan. — Mas você sabe o que dizem sobre o Alasca. Tudo aqui é maior. Comam. Ainda temos um longo caminho.

Ela não poderia dar muito tempo de descanso para eles, pensou ao voltar. O *timing* e o ritmo eram ferramentas tão vitais quanto a Pulaski e a serra, porque Dobie não estava errado. Esse incêndio era uma besta gigantesca, muito maior do que haviam previsto, concluiu ela, e, pelo que estimara pela formação irregular de sua própria linha, também tinha o corpo mais largo.

O cheiro de alcatrão e resina de pinheiro impregnava o ar, o fedor pungente da fumaça que subia como fitas cinzentas do solo de turfa do que Rowan imaginou ter sido um dia uma floresta intocada. Agora, as árvores retorcidas e carbonizadas jaziam como soldados caídos em um campo de batalha devastado.

Ela não ouvia o som das motosserras nem os gritos dos homens através do rugido do fogo. Gibbons não estava tão perto quanto esperava, e ela não podia arriscar ir mais longe.

Comeu uma banana e uma barrinha de proteína, e voltou a passos rápidos para sua equipe. Gull entornava uma garrafa de Gatorade quando ela chegou.

— Qual é a situação, chefe?

— Estamos segurando o rabo dela, como ordenado, mas é um rabo longo pra caramba. Vai ser difícil cumprir o tempo estimado pelo Yangtree. Temos uma fonte de água chegando. Deve estar a uns cem metros, um pouco a oeste. Vamos usar as mangueiras menores, bombear e encharcá-la como a Dorothy encharcou a Bruxa Má. — Ela pegou o Gatorade dele e tomou alguns goles. — Ela tá ardendo com força, Gull. Algum burocrata esperou tempo demais pra chamar reforços, e agora ela tá cavalgando esse vento. Se pegar força suficiente, pode nos cercar por trás. Temos que ralar, chegar à água, molhar e voltar.

— Ralar é o que fazemos.

Mesmo assim, levou um tempo brutal e exaustivo para alcançar o riacho caudaloso da montanha, enquanto o fogo avançava, jogando fagulhas como uma criança arredia lança pedras, seu rugido ecoando como uma enxurrada constante de zombarias e ameaças.

— Dobie, Motosserra, apaguem aqueles focos! Libby, Trigger, Southern, serrem os galhos secos e a vegetação rasteira. Os outros grupos, instalem as bombas, passem a mangueira.

Ela pegou uma das bombas, conectou à linha do galão de combustível e liberou a pressão. Movendo-se rapidamente, pingando de suor, prendeu a válvula de sucção, conferiu a vedação e a apertou com uma chave de boca da sua bolsa de ferramentas.

Precisavam contê-lo ali, pensou, do contrário seriam forçados a recuar e contornar para o leste, cedendo dezenas de hectares e arriscando deixar o fogo avançar por trás deles, afastando-os ainda mais da cabeça, de Gibbons. Da vitória.

Ela posicionou a válvula em "Y" na saída da bomba e apertou-a com as mãos. Foi então que percebeu que ela estava girando, mas sem rosquear.

— Vai, vai. — Ela tentou fixá-la de novo, culpando a pressa, mas quando obteve o mesmo resultado, examinou a válvula de perto. — Puta merda! Meu Deus do céu, a rosca tá espanada. A rosca da válvula dessa bomba tá espanada.

Gull olhou de onde estava trabalhando.

— Tô com o mesmo problema aqui.

— A minha tá boa! — gritou Janis, com a terceira bomba. — Tá pressurizando.

— Liga e mantém funcionando. — Mas uma bomba não seria suficiente, pensou Rowan. Era como tentar apagar o fogo com uma gota d'água. — Estamos ferrados. — Ela esmurrou a bomba inútil.

Gull encontrou seu olhar.

— Não tem como ser acidental estarmos com duas válvulas espanadas.

— Não podemos nos preocupar com isso agora. Vamos nos segurar com uma enquanto der, usar o tempo pra serrar e cavar uma linha de corta-fogo. Depois voltamos para aquela antiga linha de contenção que cruzamos e recuamos para o leste. Merda, vamos perder todo esse terreno. Não dá tempo de trazer mais bombas, nem mais gente. Se eu tivesse uma fita adesiva, talvez desse pra improvisar.

— Fita adesiva. Espera aí. — Ele se endireitou e correu até onde Dobie jogava terra sobre um foco de incêndio moribundo.

Rowan observou, incrédula, quando ele voltou correndo com um rolo de fita adesiva.

— Para o Dobie, isso aqui é igual a tabasco. Ele nunca sai de casa sem.

— Pode dar certo, ou pelo menos funcionar por tempo suficiente.

Trabalharam juntos, posicionando a válvula defeituosa e enrolando a fita adesiva com firmeza na saída. Ela acrescentou uma camada extra para reforçar e continuou a montagem.

— Cruza os dedos — disse para Gull, ao bombearem a válvula de pressão. — Tá pressurizando — murmurou quando a água espirrou pelos buracos. — Vamos lá, continua. Fita adesiva cura tudo. Cruzem os dedos.

Ela fechou a válvula de sucção e abriu para a mangueira dobrável.

— Vai funcionar.

— *Está* funcionando — corrigiu Rowan, e acionou o motor para aquecê-lo. — Trigger, na bomba! Vamos ligar a outra — disse a Gull.

— Não em duas bombas — repetiu Gull conforme trabalhavam.

— Não, isso não pode ter sido coincidência. Alguém fez uma merda federal ou…

— … fez de propósito.

Ela deixou a palavra pairar no ar ao encontrar o olhar dele.

— Vamos colocar isso pra rodar. Lidamos com essa história quando a gente sair dessa bagunça.

Eles mantiveram o fogo contido, jogando água, cavando e lançando brasas de volta para a boca do incêndio. Mas a satisfação de Rowan foi ofuscada por uma raiva efervescente. Acidente ou não, descuido ou sabotagem, ela havia colocado sua equipe em risco porque confiara no equipamento.

Quando alcançaram o horário de encontro previsto por Yangtree, ainda estavam a mais de oitocentos metros da cabeça do incêndio, depois de quatorze horas de trabalho árduo. Rowan enviou a maior parte da equipe para o norte, mandou dois de volta para verificar a linha de contrafogo e mais uma vez cruzou a área queimada.

Aproveitou o tempo para se acalmar, informar a base sobre o equipamento defeituoso e o progresso. Mas, daquela vez, quando atravessou o terreno morto, ouviu o zumbido das serras.

Animada, seguiu o som até chegar à linha de Gibbons.

— Eu chamei isso aqui de caos? — Ele parou por um instante para limpar a testa. — Qual é o próximo nível acima disso?

— Sei lá, mas tivemos de tudo… Só faltou a gente dar de cara com o Pé Grande. Tivemos duas bombas com válvulas em "Y" espanadas.

— Eu tive três motosserras com defeito. Duas com velas queimadas, uma com a corda de partida desgastada que arrebentou na primeira puxada. Tivemos que… — Ele parou e seu rosto refletiu o mesmo choque e suspeita que o dela. — Que merda é essa, Ro?

— Precisamos conversar sobre isso, mas tenho que voltar pra minha equipe. Com sorte, chegamos à frente do incêndio em mais três horas.

— A que distância vocês estão?

— Pouco menos de um quilômetro. Estamos apertando o cerco agora. Podemos conversar sobre essa merda no acampamento. É capaz de a gente conseguir conter o incêndio hoje à noite, mas não vamos extinguir tudo.

— A equipe precisa descansar. Vamos ver como as coisas andam. Entramos em contato por volta das dez, se não fecharmos isso antes.

— Eu dou notícias.

Ela voltou para a própria equipe e os encontrou cortando uma linha de contenção através dos abetos-negros.

Eles já estavam na batalha fazia quase dezoito horas. O cansaço estava estampado nos olhos fundos, nas bocas entreabertas.

Rowan tocou o braço de Libby e esperou até que a mulher tirasse os protetores auriculares.

— Pausa prolongada. Uma hora para um cochilo. Passa a mensagem adiante.

— Graças ao bom Deus.

— Vou até à frente do incêndio para avaliar a situação.

— Seja o que for, vou acabar com ele, desde que eu tenha minha hora de soneca.

Rowan fez um sinal para Gull.

— Vou até à frente. Você pode vir comigo, mas vai acabar perdendo a hora do descanso.

— Prefiro caminhar pela natureza selvagem com a minha mulher.

— Então vamos logo.

Eles atravessaram a área dos abetos-negros à medida que os paraquedistas largavam suas ferramentas e se esparramavam por entre as rochas.

— Gibbons tinha três motosserras defeituosas; duas com as velas de ignição queimadas e uma com o cabo de arranque partido.

— Então é oficialmente sabotagem.

— Isso é extraoficial até a análise, mas sim, é o que parece.

— O Cards era o *spotter*. Isso faz dele o responsável pelas cargas.

— Pelas cargas como um todo — relembrou Rowan. — Mas ele não checaria cada válvula ou vela de ignição. Ele só garante que esteja tudo carregado e em ordem.

— É, isso é verdade. Escuta, eu gosto do Cards. Não quero apontar o dedo pra ninguém, mas esse tipo de coisa? Tem que ser alguém de dentro.

Ela não queria ouvir isso.

— Pode ter sido qualquer um que teve acesso ao equipamento. Funcionários de suporte técnico, mecânicos, pilotos, equipe de limpeza. Mas a questão não é só quem, é *por quê*.

— Verdade, de novo.

Por estar se sentindo abalada, ela pegou uma das preciosas latas de Coca-Cola, ansiosa por uma ingestão de cafeína e açúcar, e fez com que a barrinha de proteína descesse mais fácil.

— Não teríamos ficado encurralados — acrescentou Rowan. — Tínhamos tempo pra encontrar uma rota de fuga, pra chegar a uma área segura. Se a gente não tivesse dado um jeito naquelas mangueiras pra manter a linha de contenção, teríamos ficado bem.

— Mas... — incitou Gull.

— Mas, se a situação tivesse sido diferente, se tivéssemos ficado presos e precisássemos das mangueiras pra sair dali, alguns de nós poderiam ter se ferido... ou pior.

— Então, os motivos podem ser: um, sacanear e causar problemas. Dois, dar vantagem ao fogo. Ou três, querer que alguém se ferisse... ou pior.

— Não gosto de nenhuma dessas opções. — Cada uma delas a deixava com o estômago embrulhado. — Mas do jeito que as coisas têm acontecido nesse verão, temo que seja a opção três. O L.B. vai requisitar a inspeção completa de todos os equipamentos, até dos fechos das botas. — Ela tirou as luvas e esfregou os olhos cansados. — Não quero desperdiçar energia ficando puta com esse assunto — disse ela —, pelo menos não até irmos embora. Meu Deus, Gull... Olha como ela queima.

Eles pararam por um instante, encarando a muralha ardente.

Ela já havia lutado contra incêndios antes. Sabia fazer isso. Mas nunca tinha lutado contra dois inimigos na mesma guerra.

26

⌘ ⌘ ⌘

Ella observava Lucas do outro lado da bela mesa de café da manhã que havia montado no deque. Tinha se dado ao trabalho de preparar crepes e ovos ao forno em sua melhor porcelana, frutas vermelhas em tigelas de vidro delicadas, mimosas em altas taças de cristal, e uma de suas hortênsias azuis mergulhada em um vaso de vidro quadrado e baixo como centro de mesa.

Ela gostava de caprichar de vez em quando, e Lucas geralmente mostrava apreço. Mesmo se fosse um cereal frio e uma caneca de café, pensou, ele sempre agradecia pelo esforço.

Mas, naquela manhã, ele falou pouco, e apenas beliscou a comida que ela havia preparado com tanto cuidado.

Ela se perguntou se ele estava arrependido de ter tirado o dia de folga para ficar com ela, para dar uma volta no mercado de antiguidades de Missoula. A ideia tinha sido dela, lembrou-se, e, afinal, será que algum homem realmente gostava da perspectiva de passar o dia fazendo compras?

— Sabe de uma coisa, me ocorreu que talvez você preferisse fazer outra coisa hoje. Lucas — repetiu ela ao não obter resposta.

— O quê? — Ele ergueu os olhos do prato. — Desculpa.

— Se pudesse fazer qualquer coisa hoje, o que gostaria de fazer?

— Honestamente? Eu estaria no Alasca com a Rowan.

— Você tá mesmo preocupado com ela. — Ela estendeu a mão para segurar a dele. — Sei que você deve se preocupar toda vez, mas dessa vez parece mais sério. É mais sério?

— Conversei com o L.B. enquanto você preparava o café da manhã. Ele achou que eu deveria saber... Não, ela tá bem. Eles estão bem — acrescentou rapidamente quando sentiu os dedos dela se contraírem. — Mas o incêndio é mais intenso e bem maior do que imaginavam. Você sabe como é — disse ele, dando de ombros. — O que me preocupa é que, ao que parece, eles saltaram com várias peças de equipamentos e ferramentas com defeitos.

— Mas essas coisas não são inspecionadas e têm manutenção constante? Isso não deveria acontecer.

— Sim, tudo é verificado e testado. Ella, eles acham que pode ter sido sabotagem.

— Você quer dizer... Meu Deus, Lucas, agora entendi por que você tá preocupado. E agora?

— Vão examinar o equipamento, investigar, analisar. O L.B. já pediu uma inspeção completa de tudo na base.

— Isso é bom, mas não ajuda a Rowan nem os outros no meio do incêndio.

— Quando se está no meio do fogo, você precisa confiar em si mesmo, na sua equipe e, acima de tudo, no seu equipamento. Isso poderia ter acabado muito mal pra minha menina.

— Mas ela tá bem? Você tem certeza?

— Sim. Trabalharam quase vinte e quatro horas antes de acampar. Agora ela tá dormindo. Vão atacar o fogo cedo hoje; terão a luz do dia a favor deles. Enviaram mais equipamentos, e vão mandar outra leva de paraquedistas, mais brigadistas. Um outro avião-tanque também... — Ele parou de falar, sorriu de leve e acenou com a mão. — Chega de falar de incêndios.

Ela balançou a cabeça.

— Não. Você precisa falar sobre isso. Quero que sinta que pode conversar comigo.

— O que eles enfrentaram foi o clássico caos total. Houve demora para chamar reforços e equipamentos, ventos erráticos e um perímetro cem por cento ativo. O fogo cria seu próprio clima — continuou ele, e Ella ficou satisfeita ao vê-lo relaxar enquanto cortava um pedaço de crepe. — Esse criou uma tempestade, continuou saltando a linha; isso significa que ele lança faíscas, avança, atrasa o confinamento. Explosões de fogo, chamas de vinte e cinco metros na linha de frente.

— Meu Deus do céu.

— É bem impressionante — disse ele, e surpreendeu Ella ao sorrir.

— Você realmente queria estar lá. — Ela entrecerrou os olhos e apontou para ele. — E não só por causa da Rowan.

— Acho que isso nunca some por completo. O fato é que eles fizeram um bom progresso. Terão um dia infernal pela frente, mas até de noite vão fazer esse incêndio se render.

— Sabe o que você deveria fazer? A coisa mais próxima de voar para o Alasca e saltar sobre o acampamento da Rowan? Você deveria ir até a base.

— Eles não precisam de mim lá.

— Você pode ter se aposentado, mas ainda é o "Homem de Ferro" Tripp. Aposto que gostariam da sua experiência e conhecimento. E você se sentiria mais perto da Rowan e da ação.

— A gente tinha planos para o dia — lembrou ele.

— Lucas, você ainda não me conhece?

Ele a encarou, então levou a mão dela aos lábios.

— Acho que sim. E acho que você me conhece também.

— Gosto de pensar que sim.

— Fico me perguntando como você se sentiria se eu pedisse pra vir morar aqui com você. Se eu pedisse pra viver com você.

Demorou um minuto para o cérebro dela assimilar as palavras dele.

— Você... quer morar junto? Aqui?

— Eu sei que você tem tudo o que quer aqui, e estamos juntos há poucos meses. Talvez precise de mais tempo...

— Sim.

— Sim?

— Quero dizer, vou ter tudo o que quero bem aqui quando você estiver em casa. Então, sim, absolutamente sim. — Encantada com a expressão perplexa dele, ela riu. — Com que rapidez você pode fazer as malas?

Ele soltou um suspiro, pegou a mimosa e tomou um belo gole.

— Achei que você fosse dizer não, ou que devíamos esperar mais um tempo.

— Então não deveria ter perguntado. Agora você tá preso.

— Preso com uma mulher incrível que me conhece e ainda assim me quer por perto. Pelo amor de Deus, não sei o que fiz de certo. — Ele pousou o copo de volta na mesa. — Fiz tudo ao contrário, porque primeiro eu devia ter dito... Eu devia ter dito: eu te amo, Ella. Eu te amo.

— Lucas. — Ela se levantou, deu a volta na mesa e se sentou no colo dele, segurando seu rosto entre as mãos. — Eu te amo.

Ela o beijou, mergulhando naquela sensação.

— Estou tão feliz que meu filho tenha me convencido a saltar de um avião. — Suspirou, encostando a bochecha na dele. — Estou tão feliz.

QUANDO ELE foi embora, ela reorganizou seus planos para o dia. Precisava abrir espaço para um homem. Para o seu homem. Espaço no armário, nas gavetas. Espaço para coisas masculinas. A casa que ela havia feito completamente sua agora se tornaria uma mistura, incorporando traços dele, nuances dele.

Era incrível para ela o quanto queria aquilo, o quanto desejava ver como essas nuances se misturariam.

Concluiu que precisava fazer uma lista do que deveria ser feito. Ele iria querer um espaço de escritório, decidiu, enquanto pegava um caderno e uma caneta para anotar. Então tamborilou a ponta da caneta na mesa, calculando qual área funcionaria melhor.

— Ah, quem é que consegue pensar? — Rindo, largou a caneta e começou a rodopiar pela cozinha.

Precisava ligar para os filhos e contar a novidade. Mas esperaria até se acalmar um pouco, para que não pensassem que tinha ficado tão eufórica quanto uma adolescente na noite do baile de formatura.

Mas era exatamente assim que se sentia.

Quando o telefone tocou, ela rebolou até ele, mas sua animação sumiu ao ver o nome de Irene no visor.

Respirou fundo duas vezes.

— Alô?

— Ella, Ella, você pode dar um pulo aqui? O Leo… o Leo ligou.

— Calma — pediu, quando Irene despejou as palavras de uma só vez. — O Leo ligou pra você?

— Ele se entregou. Tá na delegacia e quer falar comigo. Eles deixaram ele me ligar, e ele disse que não vai falar sobre nada com ninguém até falar comigo. Eu não sei o que fazer.

— Não faça nada. Tô indo aí agora mesmo.

Ela tirou o celular do carregador e pegou a bolsa, apressada. No caminho até a porta, ligou para Lucas.

— Tô indo pra casa da Irene. O Leo se entregou.

— Onde? — Lucas exigiu saber. — Onde ele está?

— Ele ligou pra ela da delegacia. — Ela fechou a porta do carro com força, trocou o telefone de mão para puxar o cinto de segurança. — Diz que não vai falar com ninguém até falar com ela. Vou acompanhá-la.

— Não chegue perto dele, Ella.

— Não vou, mas não quero que ela vá sozinha. Ligo pra você assim que voltar.

Encerrou a chamada, jogou o celular na bolsa e deu marcha à ré para sair da garagem.

Acordar com a vista da Cordilheira do Alasca e do Denali melhorava o ânimo de qualquer um. Ainda no acampamento, Rowan sentia que a montanha estava do lado deles. As equipes tinham dado o máximo de si; tinham queimaduras, contusões, dores e cansaço para provar isso. Ainda não haviam matado o dragão, mas, com certeza, ele estava ferido. E, hoje, ela tinha um bom e forte pressentimento de que, sim, eles cravariam a espada direto no coração dele.

Sabia que a equipe estava toda detonada, esgotada, mas haviam conseguido quatro horas inteiras de sono, e agora estavam enchendo a barriga. Com mais equipamentos, mais homens, um caminhão extra de bombeiros e dois tratores, ela acreditava que poderiam estar voando de volta para casa naquela mesma noite, deixando o trabalho final de contenção e rescaldo para a equipe do Alasca.

O descanso, ela concluiu, renovava as forças.

Pegou o rádio assim que ouviu o bipe.

— Ro, no acampamento base, diga aí.

— L.B., na central de operações. Tenho alguém aqui querendo falar com você.

— Como tá a minha garota?

— Oi, pai. Tudo certo. Só tô aqui, pensando e olhando pra uma montanha gigantesca. Queria que você estivesse aqui. Câmbio.

— Entendido. Bom ouvir sua voz. Ouvi dizer que vocês tiveram problemas ontem. Câmbio.

— Nada que não pudéssemos resolver com um pouco de chiclete e fita adesiva. — Ela observou o acúmulo de nuvens sobre o parque e os filetes de fumaça subindo de ilhas verdejantes. *Estamos indo atrás de você*, pensou. — Vamos acabar com ela hoje. Câmbio.

— Entendido. Ro, tem algo que você precisa saber. — E ele contou sobre Leo.

Quando encerrou a chamada no rádio, Rowan foi até Gull e se sentou ao lado dele.

— Que vista incrível — comentou ele. — A Libby tá apaixonada. Tá falando em se mudar pra cá. Largar a gente pra se juntar à equipe do Alasca.

— As pessoas se apaixonam pela montanha. Gull, o Leo se entregou hoje de manhã. Ele tá preso.

Ele a observou por um momento, depois tomou mais um gole de café.

— Então, hoje é um dia muito bom.

— Acho que sim. — Ela suspirou. — É, acho que sim. Vamos torná-lo ainda melhor e matar esse dragão de vez.

— Tô dentro. — Ele se inclinou e a beijou.

IRENE FICOU bastante abalada ao entrar na sala e ver Leo algemado à única mesa. Ele havia perdido peso e seu cabelo, mais ralo e desgrenhado, pendia sobre a gola do uniforme alaranjado da prisão. Ela não sabia havia quanto tempo ele não se barbeava, mas os pelos estavam surpreendentemente grisalhos no rosto magro.

Ele parecia selvagem. Parecia um criminoso. Parecia um estranho.

Fazia apenas um mês desde a última vez que ela o vira?

— Irene.

A voz dele falhou ao dizer seu nome, e o som das algemas ecoou de forma obscena em seus ouvidos quando ele estendeu as mãos.

Ela precisou desviar o olhar por um momento para se recompor.

A sala parecia abafada e clara demais. Ela notou o próprio reflexo no espelho grande — *vidro espelhado*, ela pensou. Ela assistia à série de televisão *Lei & Ordem*, sabia como funcionava.

Mas a imagem refletida ali a deixou chocada. Quem era aquela mulher, aquela velha esquelética com o cabelo sem vida preso para trás em um rosto abatido?

Sou eu, pensou. Eu também sou uma estranha.

Não somos mais quem éramos. Não somos quem deveríamos ser.

Será que estavam observando por trás daquele vidro? Claro que estavam. Observando, julgando, condenando.

A ideia feriu o pouco orgulho que ainda lhe restava, reacendendo-o. Endireitou os ombros, firmou o queixo e encarou o marido. Foi até a mesa, sentou-se, mas se recusou a segurar as mãos que ele estendia para ela.

— Você me abandonou.

— Me desculpa. Achei que seria melhor pra você. Eles estavam prestes a me prender, Irene, por *assassinato*. Achei que, se eu fosse embora, você estaria melhor sem mim e eles encontrariam o verdadeiro culpado, e aí eu poderia voltar.

— Pra onde você foi?

— Fui pras montanhas. Fiquei mudando de lugar o tempo todo. Eu tinha um rádio, então fiquei ouvindo pra saber se tinham prendido alguém. Mas não prenderam. Alguém armou isso pra mim, Reenie. Eu só...

— Pra você? Pra você, Leo? Eu assinei meu nome junto com o seu, coloquei nossa casa como garantia pra sua fiança. Você fugiu, e agora vou perder a minha casa porque, mesmo arranjando outro emprego, não consigo pagar as prestações.

A aflição no rosto dele parecia genuína, julgou ela.

— Eu não pensei nisso até ter ido embora. Não estava pensando direito. Só achei que você e a bebê ficariam melhor sem mim. Eu não pensei...

— Você não pensou que eu ficaria sozinha, sem saber onde meu marido estava, se estava morto ou vivo? Você não pensou que eu teria uma bebê pra cuidar, contas pra pagar, perguntas pra responder? E tudo isso logo depois de eu ter enterrado a minha filha?

— Nossa filha, Reenie. — Sob a barba, suas bochechas ficaram rubras quando ele bateu o punho na mesa. — E eles acham que eu matei a minha menina. Que eu quebrei o pescoço dela e depois a queimei como se fosse lixo em um barril. É isso que você pensa? Você acha que eu fiz isso?

— Eu parei de pensar, Leo. — Ela ouviu a própria voz e a achou tão sem vida quanto seu rosto e seu cabelo. — Tive que parar, só pra conseguir sobreviver de um dia pro outro, de uma tarefa pra outra, de uma conta pra outra. Perdi minha filha, meu marido, minha fé. Vou perder minha casa. E vou perder minha neta.

— Eu estive vivendo como um animal… — Ele parou, entrecerrando os olhos. — O que você disse? Eles não podem levar a Shiloh embora.

— Não sei se podem ou não. Mas sei que não consigo criá-la direito sozinha, sem um bom lar pra dar pra ela, sem tempo suficiente. Os Brayner chegam amanhã, e vão levá-la pra casa, pro Nebraska.

— Não. — O rosto daquele estranho se acendeu de fúria. — Irene, não. Pelo amor de Deus, escute o que eu tô dizendo agora.

— Pode abaixar o tom de voz comigo. — A firmeza em sua voz fez com que a cabeça dele recuasse. — Eu vou fazer o que for certo para aquela criança, Leo, e isso é o melhor. Você não tem poder de decisão nisso. Você nos abandonou.

— Você tá fazendo isso pra me punir.

Ela se recostou na cadeira. Engraçado, percebeu. Não se sentia mais tão cansada, tão desgastada, tão cheia de sofrimento. Não. Sentia-se mais forte, mais segura, mais lúcida do que estivera desde o dia em que lhe disseram que Dolly estava morta.

— Punir você? Olhe pra si mesmo, Leo. Mesmo se eu quisesse te punir, e não quero, você já se puniu o suficiente. Você diz que viveu como um animal… bem, a escolha foi sua.

— Eu fiz isso por você!

— Talvez você acredite nisso. Talvez precise acreditar. Eu não me importo. Tem uma bebê inocente no meio de tudo isso, e ela vem em primeiro lugar. E, pela primeira vez na vida, eu tô me colocando em segundo. Antes de você, Leo. Antes de qualquer outra pessoa.

Algo despertou dentro dela. Percebeu que não era raiva. Estava cansada de sentir raiva. Cansada de sentir desespero. Talvez, apenas talvez, o que despertava dentro dela fosse fé — fé em si mesma.

— Vou fazer o que for preciso pra mim. Tenho que pensar no assunto, mas devo me mudar pra ficar mais perto da Shiloh. Vou pegar a minha parte do que restar quando tudo isso acabar e deixar você com a sua.

Ele recuou como se ela o tivesse esbofeteado.

— Você vai me abandonar assim, enquanto eu tô preso, quando mais preciso da minha esposa do meu lado?

— Você precisa? — repetiu ela, balançando a cabeça. — Vai ter que se acostumar com a ideia de que suas necessidades vêm depois. Depois da Shiloh. Depois das minhas. Eu teria ficado ao seu lado, Leo. Teria cumprido meu dever como esposa e ficado com você, independentemente do que acontecesse, pelo tempo que fosse. Mas você mudou isso quando provou que não faria o mesmo por mim.

— Agora, você tem que me ouvir, Irene. Me escuta... Alguém pegou aquele rifle, pegou aquela arma, direto da minha casa. Fizeram isso pra me arruinar.

— Espero, pelo bem da sua alma, que isso seja verdade. Mas você e a Dolly transformaram a nossa casa em um campo de batalha, e nenhum dos dois se importou o suficiente comigo pra encerrar a guerra. Ela me deixou sem pensar duas vezes. E, quando a aceitamos de volta, porque é isso que um pai faz por um filho, ela mentiu e me manipulou, como sempre fez. E vocês dois brigavam, se atacavam, como sempre fizeram. Comigo no meio, como sempre.

Que Deus me ajude, pensou Irene. Ela choraria a perda da filha pelo resto da vida. Mas não choraria mais pela guerra.

— Agora ela se foi. E minha fé tá tão destruída que nem sequer consigo ter o conforto de acreditar que foi a vontade de Deus. Não tenho nem isso mais. E você me deixou sozinha na escuridão quando eu mais precisava de uma mão forte pra segurar. Não sei o que você fez ou não, mas de uma coisa eu tenho certeza: não posso mais depender de você pra me estender a mão, então tenho que depender só de mim. Já era hora de eu fazer isso.

Ela se levantou.

— Você deveria ligar pro seu advogado. É dele que você precisa agora.

— Eu sei que você tá chateada. Sei que tá brava comigo, e acho que tem esse direito. Mas, por favor, não me deixa aqui sozinho, Irene. Tô te implorando.

Ela tentou, uma última vez, buscar dentro de si mesma o sentimento de amor, ou ao menos compaixão. Não encontrou nada.

— Volto quando eu puder, e posso trazer pra você o que eles autorizarem. Mas agora preciso ir trabalhar. Não posso me dar ao luxo de pegar uma folga hoje. Se eu conseguir voltar a rezar... rezarei por você.

L.B. CHAMOU MATT quando ele voltava da corrida.

— Já fez seu treino do dia?

— Já. Eu ia tomar um banho e pegar café da manhã. Tem algo que você quer que eu faça?

— Precisamos de ajuda para reabastecer os equipamentos à medida que forem sendo inspecionados. A equipe voltou de Wyoming enquanto você estava fora.

— Vi o avião passando. Cara, L.B., eles também tiveram problemas?

— Outra válvula de bomba com defeito.

— Que merda.

— Tem um monte de mecânicos revisando cada centímetro das bombas, das serras e tudo mais. Estamos desempacotando todos os paraquedas, e coloquei os responsáveis pelas dobraduras para inspecioná-los. O Homem de Ferro tá aqui, então ele tá ajudando com isso.

— Pelo amor de Deus, L.B., você acha que alguém mexeu nos paraquedas?

— Tá disposto a correr esse risco?

Matt tirou o boné, passou a mão pelo cabelo.

— Acho que não. Quem faria uma coisa dessas?

— Vamos descobrir, com certeza. O Lucas trouxe notícias. Leo Brakeman se entregou hoje de manhã.

— Ele voltou? Tá em Missoula? A polícia prendeu ele?

— Exatamente. Isso me faz pensar há quanto tempo ele anda por aqui.

— E ele pode ter feito isso. Pode ter sacaneado a gente desse jeito. — Matt desviou o olhar, balançando a cabeça. — Ameaçando a Ro, atirando nela, pelo amor de Deus. Agora sabotando os equipamentos. A gente nunca fez nada contra ele nem contra a família dele. Nunca fez nada, e ele não pode dizer o mesmo.

— Agora precisamos cuidar dos nossos. Então toma seu banho, come alguma coisa e depois se apresente na sala de prontidão.

— Beleza. Escuta, se precisar de mim de volta na lista de saltos…

— Vamos te deixar de fora por enquanto.

— Eu agradeço, de verdade. Meus pais devem chegar no fim da tarde. Vou avisar que talvez precise encurtar a visita. Não quero que você tenha que remanejar alguém pro meu lugar com toda essa merda acontecendo. Se precisar de mim, me chama.

— Entendido. — L.B. deu um tapa no ombro dele.

Então voltou para a central de operações. Tinha vinte e um homens no Alasca e não esperava vê-los de volta antes do dia seguinte, no mínimo. Outro grupo mal havia pousado, e um incêndio na Califórnia poderia precisar dos Zulies antes que tudo estivesse resolvido. Além disso, tinha previsão de seca para as próximas duas semanas.

Mas ele não mandaria a primeira equipe sem ter certeza, absoluta certeza, de que cada fivela, cada alça, cada maldito zíper e cada botão haviam passado pela inspeção mais rigorosa possível.

Pensou em Jim, sentiu a já familiar dor no peito. Acidentes não podiam ser evitados, mas esse tipo de merda causada por gente, ele podia e iria controlar.

No fim de um dia muito longo, o tenente Quinniock dirigiu até a base. Queria ir para casa, ver a esposa e os filhos, jantar com eles como faziam os homens que não eram policiais.

Acima de tudo, queria se livrar de Leo Brakeman.

O homem era um muro de pedra, não cedia um centímetro.

Cada tentativa que ele ou DiCicco haviam feito — juntos ou separados — teve o mesmo resultado.

Zero.

Brakeman só continuava sentado, imóvel, de braços cruzados, olhar severo, maxilar tenso sob aquela barba desgrenhada de homem das montanhas. Perdera uns cinco quilos, ganhara uns dez anos, mas continuava firme no discurso de que estava sendo incriminado.

Agora exigia — por meio do advogado, já que se recusava a falar — um teste de polígrafo. Então teriam que passar por aquela palhaçada.

Quinniock suspeitava que, se o polígrafo indicasse que Brakeman era um mentiroso de carteirinha, incapaz de dizer a verdade até sobre o tamanho do próprio pau, ele alegaria que o teste estava adulterado.

Tinham provas circunstanciais de sobra. Tinham motivo, meios, oportunidade e o fato de ele ter fugido. O que não tinham era uma confissão.

O promotor público não queria acusar Leo Brakeman — ex-jogador de futebol americano, nascido em Missoula, sem antecedentes criminais e com laços profundos na comunidade — do assassinato da própria filha sem uma confissão.

E como todas as malditas provas ligavam o assassinato de Dolly ao de Latterly, também não podiam acusá-lo do último.

Eles precisavam de uma pausa, pensou Quinniock. Precisavam de um descanso antes de voltar no dia seguinte para bater de frente com o promotor. Mas, primeiro, precisava ver o que diabos Michael Little Bear queria.

Ao chegar à base, foi direto para o escritório de L.B.

— Tá procurando o L.B.?

Quinniock parou e assentiu para o homem que se dirigiu a ele.

— Isso mesmo.

— Ele acabou de ir pro mezanino. Sabe onde é?

— Sei, obrigado.

Ele mudou de direção. A base parecia estranhamente silenciosa. Nenhuma equipe treinando do lado de fora ou correndo de um prédio para outro, embora tivesse visto alguns apressados em um jipe em uma das estradas de serviço. Um teste ou um passeio à toa, concluiu.

Quando chegou ao mezanino, passou pela sala de prontidão e entendeu o motivo do silêncio.

Ali, o lugar fervilhava de atividade. Homens e algumas mulheres desmontavam e remontavam ferramentas. Outros retiravam equipamentos das prateleiras ou os guardavam.

Inspeção de rotina? Ele se perguntou, analisando o caos organizado ao adentrar o mezanino.

Viu paraquedas estendidos sobre os balcões, sendo desempacotados ou meticulosamente repostos. Outros pendiam na torre de montagem, esperando inspeção ou já etiquetados para conserto ou reempacotamento.

Avistou Little Bear ao lado de Lucas Tripp em um dos balcões.

— Homem de Ferro. — Quinniock estendeu a mão com genuíno prazer. — Já convenceram você a voltar pra equipe?

— Só ajudando por hoje. Como vai, tenente?

— Já tive dias melhores, e já tive piores. Você queria falar comigo? — perguntou a L.B.

— Sim. Cadê a guarda florestal?

— Cuidando de alguns assuntos de guardas florestais. Queria que ela estivesse aqui?

— Não especialmente. Tenho equipes no Alasca e outra que acabou de voltar hoje de manhã de Wyoming.

— Fiquei sabendo dos incêndios no Alasca, ameaçando o Parque Denali. Qual é a situação?

— Esperam conter em algumas horas. Foi uma batalha longa e difícil, e minha equipe saltou para aquele incêndio com equipamentos defeituosos.

— É disso que se trata? — Quinniock deu outra olhada ao redor do mezanino. — Está conduzindo uma inspeção de equipamentos?

— O que tá acontecendo é que os equipamentos foram sabotados. Válvulas espanadas nas bombas, e umas delas foi pra Wyoming. Motosserras com velas queimadas e um cabo de partida desgastado.

— Não quero dizer como fazer seu trabalho, mas tudo isso poderia muito bem ser desgaste natural, algo que passou despercebido no auge de uma temporada movimentada.

O semblante de L.B. endureceu como pedra.

— Nós não deixamos passar nada. O equipamento chega de um incêndio, passa por revisão, inspeção e só então volta pro rodízio. A mesma válvula desgastada em três bombas, sendo duas delas na carga que foi pro Denali?

— Okay, isso já vai além.

— Pode apostar. Estamos inspecionando tudo e já encontramos mais duas serras defeituosas e quatro bolsas de água com os bicos entupidos com massa de vidraceiro. Não somos negligentes; não podemos nos dar ao luxo de ser. Nós não deixamos passar nada.

— Certo.

— Temos que inspecionar cada paraquedas, cada item de frenagem, paraquedas reserva. E, graças a Deus, até agora nenhum dos que verificamos mostra sinais de adulteração. Sabe quanto tempo leva pra reempacotar um único paraquedas?

— Uns quarenta e cinco minutos. Já fiz a visita guiada. Certo — repetiu Quinniock, pegando a caderneta. — Você tem a lista de quem inspecionou o equipamento?

— Tenho, sim, e já revisei. Vou te passar os nomes, e também os dos mecânicos que fizeram reparos ou limpeza. Não cai sobre uma única pessoa.

— Alguém do seu grupo está enfrentando mais estresse do que o normal?

— Minha equipe no Alasca, que teve que improvisar as bombas com fita adesiva, porra, ou perderiam o terreno.

Como também enviava homens para o campo e carregava o peso dessas decisões, Quinniock compreendia a fúria contida. Manteve a voz firme:

— Precisou disciplinar alguém, afastar alguém?

— Não e não. Você acha que foi alguém da equipe? Eles nunca sabem quando vão ter que saltar, nem onde, nem em que condições, até o momento do salto. Por que diabos alguém sabotaria o equipamento, quando poderia ser justamente ele com o cabo da motosserra arrebentado na mão ou tendo que se virar com uma bomba d'água inútil enquanto o fogo avança?

— O pessoal de apoio, os mecânicos, os pilotos, esses não saltam.

— E Leo Brakeman entrou na sua delegacia hoje de manhã. Já atirou na minha base antes e não tem problema nenhum em causar incêndios. Sabotar equipamentos aqui exige algum conhecimento mecânico.

— E ele tem mais do que um pouco. — Quinniock soltou um longo suspiro. — Vou investigar. Se foi ele, garanto que vai continuar sentado exatamente onde está por um bom tempo.

— A esposa dele tá deixando ele — acrescentou Lucas. Ele tinha acabado de reempacotar um paraquedas, etiquetá-lo, e se virou para falar com Quinniock. — Ela vai entregar a bebê para os Brayner, os pais do Jim. Eles estão chegando de Nebraska. Ela está se organizando para passar a casa adiante, vender o que puder, sacar o que for possível. Tá pensando em se mudar pra perto dos Brayner, pra ficar perto da neta, ajudar, ver a menina crescer.

— Você tá bem-informado.

— Minha... — Lucas hesitou. Um homem de sessenta anos tinha namorada? — A mulher com quem estou saindo é muito amiga da Irene.

— Ella Frazier. Também estou bem-informado — acrescentou Quinniock. — Eu conheci ela no velório.

— Ela está ajudando Irene como pode. A Irene contou tudo isso pro Leo hoje de manhã, quando foi visitá-lo.

Quinniock passou a mão trêmula de cansaço pelo rosto.

— Isso explica por que ele se fechou totalmente.

— Agora ele não tem mais nada a perder.

— Ele quer passar por um teste de polígrafo, mas pode ser ideia do advogado. Continua com a mesma história, e quanto mais pressionamos, mais ele se mantém firme. Talvez jogar essa sabotagem na cara dele o faça desmoronar. Quero as linhas do tempo... quando cada equipamento foi usado pela última vez, última inspeção, quem executou a ação em ambos os casos, se puder conseguir isso pra mim. Mas, antes, preciso fazer uma ligação.

Pegou o telefone e ligou para o sargento de plantão, exigindo que ficassem de olho em Leo Brakeman contra uma possível tentativa de suicídio.

27

⌘ ⌘ ⌘

O AVIÃO POUSOU em Missoula pouco depois das dez da manhã. Haviam enfrentado uma turbulência violenta sobre o Canadá, com granizo voando como balas enquanto a aeronave sacudia como um carrinho de montanha-russa no meio da tempestade.

Metade da equipe desembarcou enjoada ou já vomitando para todo lado.

Como tinha dormido o voo inteiro, Rowan calculou que estava se sentindo quase três quartos humana. Humana o suficiente para tomar um banho de um ano de duração e comer como um cavalo faminto.

Enquanto ela e Gull andavam até os alojamentos, avistou L.B. com Cards, supervisionando o descarregamento. Suspeitava que L.B. estava travando sua própria guerra enquanto eles travavam a deles.

Não queria pensar em nenhuma das duas batalhas por um tempo.

Sentou-se na cama em seu quarto, tirou as botas.

— Eu quero muito, muito transar.

— Você é mesmo a mulher dos meus sonhos.

— Primeira rodada: sexo molhado no chuveiro, depois que a gente raspar algumas camadas da tundra do Alasca, aí uma pausa curta e satisfatória pro almoço. — Ela desafivelou o cinto e baixou a calça. — Depois, uma segunda rodada de sexo de fazer o colchão chacoalhar.

— Acho que tô sentindo uma lágrima de gratidão e admiração se formando no canto do meu olho. Não pense mal de mim.

Meu Deus, aquele homem mexia com cada centímetro dela. E percebeu que, mesmo com a barba por fazer e o cabelo desgrenhado, ele ainda atiçava cada fio de desejo em seu corpo.

— Aí uma rapidinha só pra encerrar antes de eu começar meus relatórios. Tenho que me reunir com o L.B. em algum momento e encaixar meu treino diário. Depois disso, mais comida.

— Tem que ter.

— E aí, acredito que será a hora do sexo relaxante antes de tirar um cochilo.

— Posso anotar tudo isso na agenda, só pra não esquecermos nada.

— Já está tudo aqui. — Ela tocou a têmpora. — Então... — E foi andando nua para o banheiro. — Vamos começar a festa.

Rowan considerou a primeira rodada como um verdadeiro nocaute. Agora que já se sentia cem por cento humana, e com Gull se barbeando no banheiro dela, foi se vestir.

Pegou um bilhete que alguém devia ter enfiado debaixo da porta nos últimos quarenta minutos.

REUNIÃO DETALHADA – TODA A EQUIPE
CENTRAL DE OPERAÇÕES – 13H

— Ah, droga. Vamos ter que adiar nossa segunda rodada. — Entregou o bilhete para Gull ler.

— Talvez ele tenha algumas respostas.

— Ou talvez só tenha um monte de perguntas. De qualquer forma, é melhor a gente se apressar se quiser comer antes da reunião.

— A Marg talvez saiba de alguma coisa.

— Tô pensando o mesmo.

Como Marg gostava dele o suficiente, Gull foi com Rowan até a cozinha.

Percebeu que talvez não fosse o melhor momento, ao entrar no ambiente quente e com a correria habitual. Marg, Lynn e a nova cozinheira — Shelley, lembrou — trabalhavam juntas, cortando, mexendo, distribuindo comida em um ritmo criativo que o fez pensar em um *Cirque du Soleil* culinário.

— Ei. — Lynn encheu uma vasilha grande com uma espécie de macarrão misto. — Shelley, precisamos de mais pão, e a salada de frango tá acabando.

— Já tô cuidando disso!

— Traz a assadeira de churrasco quando voltar — pediu Marg a Lynn enquanto enxugava o suor do rosto com um pano. — Eles vão estar prontos para isso quando trouxer. Sei como devoram essa comida. Reunião à uma da tarde — murmurou, balançando uma colher na direção de Rowan. — Bem no meio de tudo, então todos atacam esse lugar antes do meio-dia como se fossem Henrique V invadindo… sei lá onde.

— Posso ajudar a cortar alguma coisa — Rowan se ofereceu.

— Só fiquem fora do caminho. Assim que levarmos essa segunda rodada de churrasco pra eles, vão se acalmar por um tempo.

— Você tinha razão. — Lynn voltou com uma assadeira quase vazia. Juntas, ela e Marg a encheram mais uma vez.

— Isso cobre tudo, menos a mesa de sobremesas. Shelley e eu cuidamos disso.

— Boa garota.

Marg pegou dois pratos, jogou pães abertos neles, despejou molho de churrasco por cima, acrescentou a mistura de macarrão ao lado e uma porção de abobrinha amarela. Depois apontou para Gull.

— Pega três cervejas e traz pra minha mesa. Leva isso.

Ela empurrou um dos pratos para Rowan antes de pegar os talheres.

Saiu apressada e, depois de colocar os pratos e os talheres na mesa, pressionou as mãos na parte inferior das costas.

— Minha nossa.

— Senta aí, Marg.

— Preciso me alongar um pouco antes. Vão comendo.

— Você não vai comer?

Marg negou com um aceno de cabeça.

— Isso aqui é o que eu quero. — Pegou a cerveja que Gull lhe entregou. — O ar-condicionado tá no máximo, mas na metade do turno do almoço, isso aqui fica parecendo Nairóbi. Comam. E sem engolir a comida às pressas.

Gull pegou o sanduíche desmantelado e deu a primeira mordida. Quente, picante, com a carne de porco derretendo no molho e a combinação se fundindo em algo como êxtase temperado.

— Marg, o que eu preciso fazer pra você vir morar comigo?

— Muito sexo.

— Isso eu garanto — respondeu, com a boca cheia, apontando para Rowan em busca de confirmação. — Isso eu garanto.

— Todo mundo tem que ser bom em alguma coisa — comentou Rowan. — Qual é a novidade, Marg?

— O L.B. tá uma arara, isso é certo. A gente não vê aquele homem perder a calma com frequência, é por isso que ele é bom no trabalho. Mas tem soprado fumaça pelas ventas nos últimos dias. Fez com que verificassem cada paraquedas, cada equipamento, cada macacão. Teria usado microscópios neles se pudesse. Cada peça de equipamento, cada ferramenta, tudo. Agora tá mandando revisar os jipes, os veículos de baixa pressão, os aviões.

Ela tomou um longo gole de cerveja, colocou a garrafa de lado e, para a surpresa de Gull, deslizou suavemente para uma posição de ioga.

— Meu Deus, isso faz milagre. Ele chamou o Quinniock aqui.

— Ele quer uma investigação policial? — perguntou Rowan.

— Já tá convencido de que foi o Leo quem fez isso. Pode ser que ele esteja certo. — Ela se inclinou mais à frente, quase tocando o chão por um momento, e depois se endireitou. — A Irene tá largando ele. Já começou a arrumar as malas. Os Brayner vão levar a bebê amanhã, e acho que ela não vai demorar muito pra ir também. Ela vai se mudar pra casa do seu pai por algumas semanas, até resolver as pendências.

— Ela vai morar com o meu pai?

— Não, na casa dele. Ele que ofereceu. Ele vai ficar na casa da Ella.

— Ah...

— Não me olhe com essa cara de "que porra é essa". Conversa com o seu pai sobre isso. No meio-tempo ouvi dizer que colocaram o Leo sob observação por risco de suicídio e que ele se fechou completamente. Quer fazer um teste do polígrafo. Acho que vão fazer isso hoje ou amanhã. É isso. Agora tenho que voltar.

Gull esperou um momento e depois pegou um pouco do macarrão no prato.

— Depois de tudo isso, aposto que a única coisa em que você tá pensando é que seu pai vai morar com a ruiva gostosa.

— Cala a boca. Além disso, ele só tá fazendo um favor pra sra. Brakeman.

— É, aposto que tá sendo um sacrifício enorme. Sabe no que eu tô pensando?

Deliberadamente, Rowan encarou o céu.

— Não tô nem aí.

— Tá, sim. Tô pensando que, do jeito que as coisas estão indo, eu vou me mudar pra sua casa. Você vai ter espaço, e assim posso ficar mais perto da Marg e garantir esse churrasco regularmente.

— Não acho que seja assunto pra brincadeira.

— Querida, eu nunca brinco quanto a churrasco. — Ele lambeu o molho do dedo. — Será que um Fun World faria sucesso em Missoula?

Rowan tentou aliviar um pouco do estresse apertando a ponte do nariz.

— Tô perdendo o apetite.

— Que pena. Posso ficar com o que sobrou do seu sanduíche?

Uma risada inesperada escapou dela.

— Droga. Toda vez que eu deveria ficar irritada com você, você dá um jeito de escapar. E não. — Com um sorriso travesso, enfiou o resto do sanduíche na boca.

— Só por isso, vou pegar uma torta. E não vou trazer pra você.

— Não vai dar tempo. — Ela bateu no relógio de pulso. — Reunião.

— Vou pegar pra viagem.

Ele não pegou torta para ela, mas apareceu com uma bela fatia de bolo de chocolate. Os dois comeram a sobremesa com as mãos a caminho do prédio de operações.

Paraquedistas surgiam de todos os lados — do campo de treinamento e da pista, saindo dos alojamentos, chegando do mezanino e do hangar.

Um Cards de rosto sombrio, ombros caídos e mãos enterradas nos bolsos, saiu da sala de prontidão.

Rowan cutucou Gull com o cotovelo e mudou de direção para interceptar Cards.

— Você tá com cara de quem perdeu o último baralho — comentou ela.

— Você acha que eu não fiz o meu trabalho? Que não prestei atenção nos itens do carregamento?

— Eu sei que você fez. Você sempre faz.

— Aquele equipamento foi inspecionado e checado. Eu tenho a merda da papelada. Eu verifiquei a merda do manifesto.

— Estão caindo em cima de você? — Rowan exigiu saber.

— Tem que subir na cadeia de comando, algo assim, e quando a merda sobe, alguém leva a culpa. O que querem que a gente faça? Conferir cada válvula, bico, cabo e fivela antes de carregar, quando tudo já foi inspecionado antes de entrar na rotação? Querem que a gente acione cada equipamento antes de embarcá-lo no avião? Que se foda. Que se foda tudo. Eu nem sei por que ainda faço essa merda de trabalho.

Ele saiu pisando duro, deixando Rowan ali parada, com a mão cheia de migalhas de bolo e cobertura derretida.

— Ele não deveria levar a culpa por isso. Isso é culpa de quem mexeu nos equipamentos.

— Ele tem razão sobre as coisas voltarem na cadeia de comando. Mesmo que provem que foi o Brakeman, ou outra pessoa, o Cards pode acabar levando uma parte do tombo.

— Não é justo. O L.B. vai defender ele. Já tivemos problemas suficientes pra agora um dos nossos ser punido injustamente. — Ela olhou para a mão suja de chocolate. — Porcaria.

— Toma. — Gull tirou dois guardanapos úmidos do bolso. — Alguns problemas têm soluções fáceis.

— Ele é um ótimo paraquedista. — Rowan limpou as mãos. — E um dos melhores *spotters* que já tivemos. Pode ser chato com o lance dos jogos e truques de cartas, mas veste muito mais a camisa nesse trabalho do que a maioria de nós.

Gull poderia ter apontado que vestir mais a camisa do que a maioria no trabalho significava que Cards tinha acesso fácil e constante a todos os equipamentos e que, como *spotter*, ele não saltou no incêndio do Alasca.

Mas não havia necessidade. Ele sabia que a lealdade dela era forte.

— Ele vai ficar bem.

Eles entraram no prédio, onde as pessoas se agrupavam e murmuravam entre si.

Ele viu Yangtree sentado, esfregando o joelho, e Dobie encostado na parede, cochilando em pé. Libby mexia no iPhone e Gibbons estava apoiado no balcão, concentrado em um livro.

Alguns bebiam café, outros se reuniam em grupinhos discutindo incêndios, esportes ou mulheres — os três temas favoritos — ou especulavam sobre a reunião. Alguns apenas devaneavam, sentados no chão, escorados na parede ou em uma mesa.

Todos haviam perdido peso desde o começo da temporada, e muitos, como Yangtree, sentiam dores no joelho — o calcanhar de Aquiles dos bombeiros paraquedistas. Ombros tensionados, distensões musculares, queimaduras, hematomas. Alguns tinham desistido de se barbear, ostentando barbas de diversos estilos.

Todos entendiam o que era o cansaço extremo, a fome real, o medo intenso. E todos vestiriam o equipamento no instante em que a sirene soasse. Alguns lutariam feridos, mas ainda assim lutariam.

Ele nunca conheceu um grupo tão teimoso e resiliente, tão disposto a colocar o corpo, a mente e a vida em risco dia após dia.

E, mais que tudo, amar tudo isso.

— O L.B. ainda não começou. — Matt se postou ao lado dele. — Achei que ia chegar atrasado.

— Ainda não. Não esperava te ver por mais uns dias.

— Só vim pra isso. O L.B. queria todo mundo aqui, a menos que estivéssemos em um incêndio. Qual é a situação?

— Pelo que sei, eles ainda estão inspecionando. Encontraram mais algumas peças de equipamento adulteradas.

— Filho da mãe.

— Seus pais chegaram bem? — perguntou Rowan a Matt.

— Sim. Estão visitando a Shiloh. Vamos levá-la pra passear por algumas horas depois, pra ela se acostumar com a gente. Ela já se apegou à minha mãe.

— Como a sra. Brakeman tá lidando com isso?

Ele deu de ombros e encarou a mesa de operações.

— Tá sendo muito digna. Isso mostra o quanto ela ama a bebê. — Ele suspirou de leve. — Ela e a minha mãe choraram juntas. O L.B. já vai começar.

— Certo, prestem atenção — anunciou L.B. — Tenho algumas coisas pra dizer, então escutem. Todo mundo já sabe sobre as falhas de equipamento nos incêndios no Alasca e em Wyoming. Quero que saibam que ainda estamos conduzindo uma inspeção completa. Qualquer equipamento ou material que ainda não tenha sido averiguado e aprovado não será usado. Chamei alguns especialistas extras de aparelhamento para ajudar a reinspecionar, liberar e reembalar todos os paraquedas da base. Não quero ninguém preocupado com a segurança do próprio equipamento. — Ele fez uma pausa. — Temos um bom sistema de checagem nesta base, e ninguém faz as coisas pela metade. Todo mundo aqui sabe que não é só importante, é absolutamente essencial que cada paraquedista tenha confiança de que o equipamento necessário para saltar e combater o fogo será seguro, atenderá aos mais altos padrões e estará em perfeito funcionamento. Isso não aconteceu nesses saltos, e eu assumo a responsabilidade.

Ele encarou os protestos até que se dissipassem.

— Entrei em contato com o Conselho de Administração para que estejam cientes do que está ocorrendo. A polícia local e o Serviço Florestal dos EUA também estão cientes e conduzindo as próprias investigações.

— Eles sabem muito bem que foi o Leo Brakeman quem fez isso! — gritou alguém, desencadeando um burburinho geral.

— Ele não deveria ter conseguido. — A voz de L.B. ecoou como um trovão, esmagando o falatório como um pé sobre um formigueiro. — Ele não deveria ter conseguido nos atingir desse jeito. O fato de ele estar preso é ótimo, mas vamos reforçar a segurança por aqui. Vamos fazer inspeções surpresa, patrulhas regulares. Se eu pudesse suspender as visitas, suspenderia. Mas como isso não é uma opção, a partir de agora, cada grupo será acompanhado por dois membros da equipe. Até que as investigações e análises sejam concluídas, e saibamos quem fez isso e como, não vamos correr riscos.

Ele parou outra vez e respirou fundo.

— E estou recomendando que todos coloquem um rolo de fita adesiva nas suas mochilas táticas.

A risada geral ajudou a aliviar a tensão.

— Quero que saibam que estou protegendo vocês: na base, no ar e no fogo. Publiquei uma nova lista de saltos e uma rotação de atribuições. Se alguém não gostar, venha até o meu escritório para que eu possa chutar sua bunda. Se alguém tiver perguntas, sugestões ou quiser reclamar publicamente, agora é a hora.

— Você acha que o governo pode arcar com as fitas adesivas? — perguntou Dobie, arrancando risadas e aplausos.

Gull lançou um olhar de admiração ao amigo. A atitude certa, pensou. *Mantenha a confiança, mantenha a calma, mantenha a unidade.*

Quer a sabotagem tivesse partido de dentro ou de fora, a união fazia a força.

Ele tinha perguntas, mas não do tipo que queria fazer ali.

— Tenho uma coisa pra resolver — disse Gull a Rowan em meio às conversas paralelas. — Falo com você depois.

Ele percebeu o olhar desaprovador dela, mas saiu mesmo assim e seguiu direto para o quarto. Lá, ligou o laptop e começou a trabalhar.

Quando a sirene soou, ele encerrou o trabalho e bloqueou o acesso ao arquivo com senha. Gull não estava na primeira nem na segunda leva, mas correu para a sala de prontidão para ajudar quem estava. Carregou equipamentos nas prateleiras móveis, ergueu cargas já embaladas e presas e levou tudo até o carrinho elétrico.

Ouviu e observou.

Ao lado de Rowan e Dobie, assistiu ao avião subir no imenso céu azul sem nuvens.

— Ainda bem que o L.B. conseguiu fazer aquela reunião antes do chamado. — Com a palma da mão, Rowan cobriu os olhos contra o sol. — O céu tá meio esquisito pro leste.

— Capaz de a gente acabar saltando logo.

Ouvindo a ansiedade na voz dele, Rowan se virou para Dobie.

— Você tá com febre de salto. O melhor remédio é dormir um pouco.

— Tenho trabalho a fazer. Tô no PC — respondeu ele, usando a sigla de paracargo. — Empacotando e prendendo no depósito do supervisor de carga. Você também, parceiro — informou a Gull. — A Sueca pegou o mezanino.

— Sim, vi isso. Também vi que quem estava no incêndio do Alasca pode tirar um intervalo de duas horas antes. Mas que se dane. — Ele se inclinou e beijou Rowan. — Voltamos pra nossa programação depois.

— Pode contar com isso.

— Não acho justo nem certo você ter uma mulher bem aqui na base — reclamou Dobie quando os dois partiram juntos para o depósito do supervisor de carga. — O restante de nós tem que sair caçando uma, se der sorte, e conseguir uma folga pra ir ao bar.

— A vida é cheia de injustiças. Se não fosse, eu estaria esticado numa praia de areia branca com aquela mulher, bebendo *mai tais* pós-coito.

— Pós-coito. — Dobie riu como um moleque de doze anos. — Você é uma peça rara, Gull. Uma peça rara e única.

Como não a encontrou no quarto dela, Gull supôs que Rowan havia terminado suas tarefas primeiro, então voltou para o quarto a fim de continuar seu projeto.

Sentou-se na cama, deixando a porta aberta de um jeito casual, como se não estivesse fazendo nada de importante.

De vez em quando, alguém passava pelo corredor, mas a ala permanecia, em sua maioria, silenciosa.

Como também tinha deixado a janela aberta, captava trechos de conversas quando as pessoas circulavam lá fora. Um grupinho que não estava na lista de salto fazia planos de ir à cidade. Alguém resmungava sozinho sobre mulheres, e a claridade do crepúsculo ia se esvaindo.

Ele parou por um momento e viu que Rowan tinha razão sobre o céu a leste. Nuvens se acumulavam naquela direção, navegando como barcos de guerra. Uma tempestade estava prestes a cair, pensou. Cogitou sair para correr antes que desaguasse, mas decidiu esperar por Rowan.

Ela chegou ao mesmo tempo que o primeiro rugido do trovão.

— Raios pra tudo quanto é lado — contou, jogando-se na cama. — Fui ver o radar. Tornados estão causando estragos em Dakota do Sul.

Enquanto falava, ela girava o pescoço, esfregando com força a parte de trás do ombro esquerdo.

— Vamos acabar tendo que correr na esteira. Odeio isso.

Ele pressionou os dedos onde ela esfregava.

— Credo, Rowan, você tem concreto aqui.

— Nem me fale. Não tive chance de alongar hoje. Preciso da corrida, de um pouco de ioga… ou disso. — Suspirou quando ele se ajustou e afundou os dedos nos músculos tensos.

— Vamos correr depois que a tempestade passar. Usamos a pista. — Um raio irrompeu, iluminando e incendiando o céu, e o vento sacudiu as persianas da janela. Mas a chuva ainda não tinha dado as caras. — Quando as coisas acalmarem, vamos pedir ao L.B. uma noite de folga e reservar uma suíte de hotel chique. Uma com banheira de hidromassagem. Vamos ficar de molho nela metade da noite.

— Hum. — Ela gemeu baixinho, mergulhando na imagem que ele pintava. — Serviço de quarto com bifes suculentos e uma cama enorme pra brincar. Dormir com alguém que tem dinheiro e não se importa em gastá-lo tem suas vantagens.

— Se você tem dinheiro e se preocupa em gastá-lo, então não tá se divertindo.

— Gosto dessa filosofia. Tá mandando e-mail para casa?

— Não, outra coisa. Você não vai gostar.

— Se você tá mandando e-mail pra sua esposa grávida perguntando sobre seus dois adoráveis filhos e seu cachorrinho travesso, eu não vou gostar. — Ela se virou para ele. — Esse foi o tom que você usou. Como se fosse me contar algo que me obrigaria a te dar um soco na cara.

— Minha esposa não tá grávida, e a gente tem um gato. — Ele deu um último aperto nos ombros dela, depois foi fechar a porta.

— Você não fez isso pra gente continuar nossa programação de cedo…

— Não. É sobre a sabotagem, Rowan. Brakeman pensar nisso e depois executar tudo, enquanto fugia da polícia, não faz sentido pra mim.

— Ele conhece essa área melhor do que a maioria. É mecânico e tem um rancor contra a gente. Pra mim, faz sentido.

Na superfície, sim, ele pensou. Mas bastava arranhar um pouco a camada.

— Por que adulterar apenas alguns equipamentos? — Gull começou a listar seus pensamentos. — Ele não conhece nosso funcionamento por completo, nem aqui na base nem no incêndio. Não todos os detalhes.

— A filha dele trabalhou aqui por três temporadas — apontou Rowan. — Ela tinha um conhecimento razoável de como a gente trabalha, e ele já passou tempo na base.

— Se ele queria machucar a gente, tinha formas mais diretas. Ele tinha armas; poderia ter usado elas. Sim, ele poderia ter descoberto onde o equipamento ficava — reconheceu Gull — e poderia ter chegado até ele. Nessa altura da temporada, a gente dorme até durante uma explosão. Acorda com a sirene, do mesmo jeito que uma mãe escuta o choro do bebê à noite, mesmo exausta. Estamos sintonizados, mas, fora isso, estamos apagados. Isso foi sutil, sorrateiro, e é o tipo de coisa que, a meu ver, você só saberia fazer se soubesse exatamente como um equipamento defeituoso pode impactar uma equipe em um incêndio. Porque você já esteve lá.

Ele estava certo, Rowan pensou. E ela não gostou disso.

— Você tá dizendo que foi um de nós quem fez isso?

— Estou dizendo que um de nós poderia ter feito. Porque sabemos como acessar o equipamento, como sabotá-lo e como isso impactaria um combate.

— Quão estúpido seria fazer isso, já que poderia ser você mesmo o afetado?

— Exato. Vamos começar por aí. Quem não saltou em nenhum dos dois incêndios? — Ele virou a tela do laptop para ela.

— Você tinha razão, não tô gostando nem um pouco disso. E, antes de qualquer coisa, o Yangtree saltou com a gente.

— Ele passou quase todo o tempo coordenando, fazendo sobrevoos.

— Isso é besteira. E… o L.B.? Sério mesmo?

— Ele não saltou. O Cards trabalhou como *spotter*, então não pulou. Nenhum desses nomes aqui pulou. São mais de vinte pessoas, com seis fora da lista por motivos pessoais ou lesões.

— Yangtree salta há trinta *anos*. De repente ele decide ver o que acontece se sabotar o equipamento? O Cards tem dez anos de experiência, e o L.B. mais de uma dúzia. E…

— Olha, eu sei como você se sente com relação a eles. São seus amigos, são sua família. Eu sinto o mesmo.

— No meu mundo, a gente não cria listas de suspeitos com amigos e família.

— Quantas vezes, no seu mundo, sabotaram seu equipamento? — Ele pousou a mão no joelho dela para amenizar as palavras. — Escuta, eu sei que é pior pra você porque tá aqui há mais tempo. Mas eu treinei com muitos desses nomes na lista. E passar por isso junto cria laços fortes.

— Eu nem sei por que você tá fazendo isso.

— Porque… droga, Rowan, se não foi o Brakeman, podemos continuar fazendo nossas rondas, nossas checagens e patrulhas, mas… Se você quisesse entrar na sala de prontidão, na sala do supervisor de carga ou em qualquer outro lugar da base hoje à noite pra bagunçar alguma coisa, você conseguiria?

Ela ficou em silêncio por um momento.

— Sim. Eu conseguiria. Mas por quê? Por que qualquer um de nós faria isso?

— Essa já é outra questão. Antes disso, temos que considerar a possibilidade de que, se for um de nós, pode ser alguém que saltou, que sabia que estava na lista. Que queria estar lá, fazer parte da missão. Nosso trabalho é estressante. Pessoas enlouquecem ou passam dos limites. O bombeiro que provoca incêndios e depois se arrisca para apagá-los. Isso acontece.

— Eu sei que acontece.

Ele digitou algo e mudou de página.

— Dividi as equipes do jeito que estavam no dia.

— Tem uns nomes faltando aí.

— Acho que podemos nos eliminar.

— O Dobie não tá na lista.

— Ele tinha a fita adesiva.

— Isso foi muito conveniente.

— Ele sempre carrega uma... Beleza, você tem razão. — Doeu na consciência dele, mas ele acrescentou o nome do Dobie. — Na verdade, eu deveria colocar a gente também, porque você pediu a maldita fita e eu lembrei que ele tinha.

— Qual seria o nosso motivo?

— Talvez eu quisesse te assustar pra caralho, daí você largaria o trabalho e ficaria em casa, cozinhando pra mim, todas as noites.

— Até parece. Mas falando sério. Qualquer que seja o suspeito, qual é o motivo?

— Tá bom, vamos nessa. Yangtree. Ele tá pensando em se aposentar. Os joelhos dele tão detonados. Trinta anos de serviço, como você disse. Dedicou mais da metade da vida a isso, e agora sabe que não pode continuar. Os mais jovens e fortes estão chegando. Isso é um pé no saco.

— Ele não é assim. — Ela rebateu no reflexo, mas se conteve ao ver o olhar de Gull. — Tá bom. Isso é um absurdo, mas tá bom.

— O Cards? Tá tendo uma temporada de merda. Lesões, doenças. Isso desgasta. A mulher com quem ele queria se casar deu um fora nele. No verão passado, quando era o *spotter*, Jim Brayner morreu.

— Aquilo não foi...

— Culpa dele. Concordo. Nem sua, Rowan, mas você tem pesadelos.

— Tá bom, tá bom. Eu entendi. Podemos repassar essa lista e encontrar um motivo plausível pra todo mundo. Isso não torna verdade. E, se fosse uma teoria das boas, os policiais já teriam pensado no assunto.

— E quem disse que não pensaram?

Aquilo a fez parar, impactada.

— Esse é um pensamento horrível. Só de pensar neles de olho na gente, investigando, cavando pra encontrar nossas fraquezas, segredos. Que estão fazendo o mesmo que a gente aqui, agora, mas numa escala bem maior.

— É horrível, sim, mas eu prefiro encarar do que ignorar o que pode estar bem debaixo do nosso nariz.

— Eu queria que fosse o Brakeman.

— Eu também.

— Mas se não for — disse ela, antes que ele pudesse continuar —, temos que pensar na segurança da equipe. Não é o L.B.

Ele fez menção de argumentar, mas recuou.

— Qual é a sua linha de raciocínio?

— Ele trabalhou duro pra chegar onde está, e tem o maior orgulho disso. Ele ama a equipe e também a reputação dela. Qualquer coisa que prejudique ou ameace isso respinga nele. Ele poderia ter abafado tudo e mantido em segredo, mas preferiu expor. Foi ele quem trouxe o problema à tona, mesmo sabendo que pode arcar com as consequências.

Ótimos argumentos, concluiu Gull. Todos muito bons.

— Concordo contigo.

— E também não é o Dobie. No fundo, ele é bom demais pra isso. E ama o que faz. Ele ama tudo isso, mas, acima de tudo, ele ama você. Nunca faria nada que te colocasse em perigo.

— Valeu.

— Não falei isso por você.

— Eu sei. — Mas ainda assim aquilo aliviou o mal-estar tanto no estômago quanto na consciência. — Mas valeu de qualquer jeito.

Ela contemplou os relâmpagos que caíam do lado de fora, e os trovões ecoando acima dos picos envoltos em escuridão.

— O vento tá empurrando a chuva pro sul. A gente não tem um segundo de folga.

— Não precisamos fazer isso agora. Podemos deixar de lado e ir pra academia.

— Não sou uma fracote. Vamos repassar a lista. Vou te dizer por que não pode ser a Janis.

— Beleza. — Ele segurou a mão dela, desconcertando-a ao levá-la aos lábios. — Sou todo ouvidos.

28

⌘ ⌘ ⌘

GULL CALCULOU que teria, no máximo, uma hora. Com Rowan atolada nos relatórios do incêndio no Alasca, ela estaria ocupada por esse tempo. Ele foi até o mezanino para cumprir com suas tarefas, conferindo o horário ao percorrer a estrada de serviço em uma corridinha leve.

Ninguém desconfiaria de um homem fazendo sua atividade física, e não havia motivo para suspeitarem de que ele marcara um encontro longe dos olhares curiosos.

Principalmente Rowan.

De todo modo, ele gostava de estar ao ar livre, dando uma corrida extra para se perder nos próprios pensamentos.

A tempestade da noite anterior não tinha despejado mais do que um pingo de chuva, mas conseguiu baixar a temperatura. Eles haviam despachado uma carga naquela manhã, para ajudar com um incêndio a leste, então ele não queria se afastar demais caso a sirene soasse.

Nem precisou.

Cerca de um quilômetro dali, Lucas se encontrava ao celular, com sua calça de corrida e uma camiseta.

— Claro, vai ser ótimo. — Ele assentiu discretamente para Gull. — Perfeito. Vejo você lá.

Após encerrar a chamada, ele enfiou o celular no bolso da calça.

— Gull.

— Obrigado por vir.

— Sem problema. Ainda dou uma corrida por essas bandas de vez em quando, e já fiz uns dois quilômetros ou mais. Imagino que isso tenha a ver com a Rowan, já que você não quis conversar comigo na base.

— Com ela, com todo mundo. Ninguém conhece o pessoal melhor do que você, Lucas. Os funcionários e a equipe, os Brakeman, os policiais. Talvez não tanto os novatos, mas aposto que você tem alguma informação sobre eles, pois saltam com a sua filha.

Lucas arqueou uma sobrancelha, mas Gull apenas deu de ombros.

— Você deve ter feito uma avaliação, algumas perguntas, obtido respostas.

— Eu sei que você é rápido com os pés, tem uma reputação excelente como bombeiro especialista, e o L.B. te considera um membro valioso na equipe. Você não se importa com uma boa briga, gosta de carros velozes, tem a cabeça boa pros negócios e bom gosto pra mulheres.

— Temos esse último item em comum. Então vou direto ao ponto: você acha que Leo Brakeman tem a inteligência, a astúcia, digamos, a capacidade de fazer tudo o que estão colocando na conta dele? Esqueça o motivo ou a oportunidade e essa baboseira policial. — Gull deu de ombros. — Ele é homem suficiente pra isso?

Lucas ficou calado por um instante, apenas balançando a cabeça, imerso nos pensamentos.

— Ele não é burro, e é um mecânico dos bons. Começando pelo fim, sim, ele descobriria um jeito de sabotar os equipamentos sem dar na vista até que fosse tarde demais. O assassinato de Latterly… — Lucas enfiou as mãos nos bolsos, desviou o olhar para as montanhas. — Consigo vê-lo indo atrás do filho da puta depois de descobrir que ele estava metido com a filha. Consigo vê-lo espancando o infeliz, ainda mais pela conexão que ele tinha com a igreja da esposa. É difícil ver o Leo metendo uma bala na cabeça dele, mas não é impossível. — Ele suspirou. — Não, não é impossível. Ele foi capaz de atirar contra a base. Mirando em ninguém em particular, acho que não. Mas se tivesse intenção de acertar alguém, não teria falhado. E isso é algo em que tenho pensado muito, já que a Rowan parecia estar bem na mira. E quanto a Dolly? Eles se engalfinhavam como dois rottweilers brigando por um osso. Ele é esquentado, e isso não é segredo pra ninguém, assim como não é segredo que a filha causou muita vergonha e decepção pro pai.

— Mas?

— Mas… Só consigo vê-lo matando a própria filha se foi por acidente. Não sei se tô me colocando no lugar dele, ou se isso é um fato, mas é como vejo as coisas. Acho que o que tô dizendo é que consigo vê-lo fazendo tudo aquilo no calor do momento. Ele tem pavio curto, é, esquentadinho. Mas o fogo apaga rápido.

— Você andou pensando um bocado nisso.

— A Rowan tá no meio de tudo.

— Exato. Temperamento explosivo. Intenso e impulsivo. — E, pensou Gull, exatamente como ele mesmo via a situação. — Latterly e a sabotagem. Aquilo foi feito de um jeito calculado, frio.

— Você tá achando que alguma dessas coisas, talvez a maior parte, vem de alguém que trabalha na base. Talvez até de alguém da equipe.

Ele pensou nos homens e mulheres que treinaram com ele, aqueles com quem batalhou contra incêndios.

— Eu não queria pensar nisso.

— Nem eu, mas comecei a me fazer essas mesmas perguntas depois que o L.B. me contou sobre a sabotagem. Depois que me acalmei um pouco. A gente tem evitado falar diretamente sobre o assunto, mas tenho certeza de que ele tá se perguntando a mesma coisa.

— Você tá pensando em alguém em particular?

— Eu trabalhei com algumas dessas pessoas. E você sabe tão bem quanto eu que isso não é como compartilhar um escritório de repartição ou um bebedouro. Não consigo imaginar ninguém que eu conheço, e conheço de verdade esses homens e mulheres, fazendo algo do tipo. E não sei se é por causa do que fomos, e ainda somos, uns para os outros, ou se é a mais pura verdade. — Ele esperou por um instante, observando a expressão no rosto de Gull. — Você não contou pra Rowan sobre a sua linha de raciocínio?

— Contei.

Aprovação e um leve traço de divertimento curvaram os lábios de Lucas.

— Podemos acrescentar coragem à lista de coisas que sei sobre você.

— Não vou fazer nada pelas costas dela. — Gull pensou sobre onde e com quem estava naquele momento. E sorriu. — Bom, quase nada. De qualquer forma, eu fiz uma planilha. Porque gosto dessas coisas — acrescentou quando Lucas soltou uma risada. — São eficientes e organizadas. Ela não queria acreditar que pudesse ser verdade, mas pelo menos me ouviu.

— Se ela ouviu, e não te deu um fora só por sugerir isso, é porque acho que o relacionamento de vocês dois é sério.

— Eu tô apaixonado por ela. E ela tá apaixonada por mim. Só não se deu conta disso ainda.

— Bem… — Lucas observou o semblante de Gull por um instante. — Bem — repetiu, suspirando de novo. — Ela não acredita muito na longevidade dos relacionamentos. E isso é culpa minha.

— Não penso assim. Acho que são as circunstâncias. Ela pode ser cabeça-dura e ter o coração fechado, mas não é inacessível. Ela é esperta demais, tem plena noção de quem é, sem falar que nasceu pra correr riscos. Ela não se negaria a pegar o que quer quando tá decidida. Em algum momento, ela vai se dar conta de que me quer.

— Bem arrogante, né? Gosto de você.

— Isso é bom, porque se não gostasse, ela me daria um pé na bunda. Daí ela ia ficar toda triste e arrependida pro resto da vida.

Diante da risada involuntária de Lucas, Gull relanceou o olhar para o relógio de pulso.

— Tenho que voltar.

— Vou contigo. Eu corro por aqui de vez em quando — lembrou Lucas. — E tenho algo pra falar com a Rowan, cara a cara.

— Se for sobre o fato de ir morar com a Ella, ela já ficou sabendo.

— Porra. — Lucas esfregou a nuca durante a caminhada. — Eu devia ter adivinhado que a notícia ia se espalhar pela base, e nem me atentei a isso. Com esse tanto de coisa acontecendo, quem poderia imaginar que a minha vida social ia entrar nas rodas de fofoca? E aí? — Lucas deu uma cotovelada nas costelas de Gull. — Como ela reagiu?

— Ela ficou meio sem chão. Mas vai se acostumar com a novidade, porque ela te ama, respeita a Ella e não é idiota. Aliás, antes de voltarmos, e a menos que ela pergunte diretamente, prefiro que a Rowan pense que nos esbarramos sem querer na estrada.

— Provavelmente é o melhor a se fazer.

— No geral, eu não me importo em irritá-la, mas ela já tá com preocupações demais. Então, antes de a gente voltar, queria perguntar se posso te mandar a planilha por e-mail.

— Jesus Cristo. Uma planilha.

— Listei nomes em várias categorias, junto com dados gerais, depois minha opinião sobre cada um. Também acrescentei a perspectiva da Rowan. Incluir a sua pode ajudar a reduzir o campo.

— Me manda logo essa maldita planilha. — Lucas ditou o endereço de e-mail. — Precisa anotar?

— Não, já decorei.

— Mesmo que o Brakeman não tenha feito tudo isso, ou nada disso, na verdade, enquanto ele estiver atrás das grades, isso tem que acabar. Não dá pra incriminar o homem se essas merdas continuarem acontecendo enquanto a polícia sabe exatamente onde ele tá vinte e quatro horas por dia. Acho que a pergunta que deveríamos fazer é: quem tem um rancor desses contra o Leo?

Lucas ergueu as sobrancelhas quando Gull não respondeu.

— Você tá pensando em outra coisa?

— Acho que pode ser exatamente isso. Mas também acho que o Brakeman, com o temperamento dele, com o histórico que tinha com a Dolly, é o bode expiatório perfeito. E sei que quem fez isso é um filho da puta doente. Não acho que filhos da puta doentes param só porque seria inteligente.

— Eu queria que você não tivesse dito isso e me feito pensar a mesma coisa. Temer a mesma coisa. Se pudesse, faria a Rowan tirar folga pelo resto da temporada, sair dessa confusão.

— Não vou deixar nada acontecer com ela. — Gull encarou Lucas diretamente. — Sei que isso é um daqueles clichês idiotas, mas não vou. Ela consegue lidar com quase tudo que vier contra ela. O que ela não puder, eu dou conta.

— Vou te cobrar essa promessa. Agora, é melhor você dar um sumiço enquanto vou falar com ela. Mas não vai pra muito longe — acrescentou Lucas. — Ela vai precisar descontar em alguém o que sente sobre minha nova situação de moradia depois que eu for embora. Que seja em você.

ROWAN TERMINOU seus relatórios, revisou novamente a lista de paracargos que havia solicitado e recebido no segundo dia do combate. Tudo em ordem, decidiu.

Assim que entregasse para L.B., poderia sair para tomar um pouco de ar e, então...

— Tá aberta — disse ao ouvir duas batidas na porta. — Ei. — Seu rosto se iluminou ao ver o pai entrar. — Chegou na hora certa. Acabei de terminar meus relatórios. Já fez sua corrida?

— Achei que poderia passar por aqui no caminho e matar dois coelhos com uma cajadada só, vendo minha garota.

— Te digo o seguinte, vou pegar uma bebida gelada no cooler e troco por uma olhada no meu trabalho aqui.

— Se tiver um Sprite, temos um acordo.

— Sempre mantenho a bebida favorita do meu paizinho em estoque — lembrou ela, enquanto ele se apoiava na mesa e examinava seu trabalho no laptop.

— Minucioso e direto ao ponto — disse ele depois de um momento. — Você tá de olho no cargo do L.B.?

— Ah, isso seria um grande "de jeito nenhum". Não me importo de gastar tempo em relatórios, mas se tivesse que lidar com toda a papelada, personalidades, política e merda que o L.B. lida, acho que eu me daria um tiro pra acabar logo com o sofrimento. Você poderia ter feito isso — acrescentou. — Ter ficado mais uns anos.

— Se for pra lidar com burocracia, que seja a *minha* burocracia.

— É, acho que foi daí que herdei isso. Quer ir pra sala de descanso? Ou talvez pra cozinha? Imagino que a Marg tenha uma torta que poderíamos convencê-la a nos dar.

— Não tenho muito tempo. A Ella vai me pegar daqui a pouco.

— Ah.

— Queria te ver, conversar sobre umas coisas.

— Ouvi dizer que a Irene Brakeman vai deixar a casa e provavelmente se mudar pro Nebraska. Que você tá deixando ela ficar na sua casa até resolver tudo. Foi um gesto bonito, pai. Deve ser difícil pra ela, sozinha naquela casa, com todas as memórias. Além de saber que, no fim, não é mais realmente dela.

— Ela se muda amanhã. Preciso separar algumas coisas que vou levar comigo. A Ella tem ajudado a Irene a fazer o mesmo... a empacotar o que precisa agora e o que quer levar quando for embora.

— É um grande passo. Vários grandes passos. Deixar Missoula, deixar o marido, os amigos, o emprego.

— Acho que ela precisa disso. Ela tá com uma aparência melhor do que desde que tudo começou. Depois que decidiu o que precisava fazer por si mesma e pela bebê, parece que tirou um peso das costas. — Ele tomou um gole longo e lento. — Falando em decisões, das grandes… Não vou voltar pra casa depois. Vou morar com a Ella.

— Minha nossa, você vai se casar?

Ele não engasgou, mas engoliu em seco.

— Um passo de cada vez, mas acho que isso deve acontecer em breve.

— Ainda tô me acostumando com você namorando, e agora vão morar juntos.

— Eu amo a Ella, Rowan. Nós nos amamos.

— Tá bom, acho que vou me sentar um pouco. — Ela se jogou na cama. — Na casa dela?

— Ela tem uma casa incrível. Espaçosa, com jardins. Fez tudo do jeito que queria. Aquele lugar significa muito pra ela. A nossa? — Ele deu de ombros. — Metade do ano ou mais, é só onde eu durmo.

— Bom. — Ela não sabia o que sentia, porque era coisa demais para processar. — Acho que, se soubesse que aquele seria nosso último jantar na casa juntos, teria… sei lá, feito algo mais importante do que frango grelhado.

— Não vou vender a casa, Ro. — Ele se sentou ao lado dela e pousou a mão sobre seu joelho. — A menos que você não a queira. Achei que você podia ficar com a casa. Podemos pagar alguém pra cortar a grama e tudo mais durante a temporada.

— Talvez eu pense nisso um pouco.

— O tempo que quiser.

— Grandes mudanças — disse ela com dificuldade. — Você sabe que demoro um tempo pra me adaptar a mudanças.

— Sempre que você ficava doente quando criança, a gente tinha que achar o mesmo pijama.

— O dos cachorrinhos azuis.

— É, aquele azul com cachorrinhos. Quando você cresceu e ele não servia mais, foi um inferno.

— Você cortou o tecido e fez um travesseirinho pra mim. E então ficou tudo bem de novo. Droga, pai, você parece tão feliz... — Seus olhos marejaram ao tocar o rosto dele. — E eu nem percebi que você não tava.

— Eu não tava infeliz, querida.

— Mas tá mais feliz agora. Ela não é a única que te ama. — Rowan beijou as bochechas do pai. — Então, considere que tenho meu travesseirinho de cachorrinho azul, e tá tudo bem.

— Bem o suficiente para que você tire um tempo, quando puder, pra ir lá, conhecer ela melhor?

— Sim. O Gull acha que ela é gostosa.

As sobrancelhas de Lucas se arquearam.

— Eu também acho, mas é bom que ele não tenha nenhuma ideia.

— Tô fazendo a contenção ali.

— Você também passou por algumas mudanças desde que ele apareceu.

— Aparentemente. Essa temporada tá uma loucura. O Gull enfiou na cabeça que alguém da base pode estar por trás do que tem acontecido, em vez do Brakeman.

— É mesmo?

— Sim, e no estilo dele, organizou todos os dados e suposições em um arquivo. Achei isso uma loucura, mas depois que ele expôs tudo, comecei a questionar. Aí voltei pro trabalho e decidi que é maluquice de novo. Até ele apontar mais algumas coisas. E eu acabo sem saber o que pensar. Odeio não saber o que pensar.

Ele passou a mão de leve pelo cabelo curto dela.

— Talvez o melhor a fazer seja manter abertos os olhos, os ouvidos e a mente.

— Os dois primeiros são fáceis. O último é difícil. Todo mundo tá tenso e fingindo que não. Já saltamos em quase o dobro de incêndios comparado ao mesmo período no ano passado, e a taxa de sucesso é boa, os feridos não são muitos. Mas fora isso? Essa temporada tá uma zona, e todos nós sentimos isso.

— Me faz um favor. Fica perto do Elite o máximo que puder. Faça isso por mim — acrescentou Lucas, antes que ela o interrompesse. — Não porque acho que você não consegue se cuidar, mas porque vou me preocupar menos sabendo que alguém tá cuidando de você.

— Bom, já é meio difícil me livrar dele de qualquer jeito.

— Ótimo. — Ele deu um tapinha na perna dela. — Me acompanha até a saída.

Enquanto iam para fora, Rowan ruminava tudo o que tinham conversado.

— É diferente? Com a Ella? Diferente do que foi com a minha mãe? Quero dizer, não as circunstâncias, a maturidade, essas coisas. Quero dizer... — Ela bateu de leve o punho no coração. — Vou aceitar qualquer resposta. Só queria saber.

Ele levou um tempo, escolhendo as palavras.

— Eu fiquei fascinado pela sua mãe. Talvez um pouco atordoado, muito empolgado. Quando ela me disse que estava grávida, eu já amava ela. E acho que foi porque amava o que estava dentro dela, o que tínhamos começado sem planejar. Às vezes me pergunto se ela sabia disso antes de mim. Poderia ser motivo de mágoa. Eu me importava com ela, Rowan, e fiz o meu melhor por ela. Mas você foi o motivo. Posso dizer que a Ella me fascinou, me deixou atordoado, me empolgou. Mas é diferente. Sei o que não senti pela sua mãe porque sinto isso agora, pela Ella.

— O que se deve sentir? — perguntou Rowan, impaciente. — Nunca consigo entender.

Ele pigarreou.

— Talvez você devesse perguntar isso pra outra mulher.

— Tô perguntando pra você.

— Ah, droga. — Ele remexeu os pés, inquieto, o homenzarrão, o Homem de Ferro. — Não vou falar sobre sexo. Já tive essa conversa com você uma vez, e foi mais assustador do que qualquer incêndio em que já saltei.

— E constrangedor pra nós dois. Não tô perguntando sobre sexo, pai. Eu sei sobre sexo. Você me diz que a ama, e eu vejo isso em você, tá estampado. Vejo, mas não sei como é que se sente... como é que deveria se sentir.

— Tem muita coisa envolvida. Confiança, respeito e... — pigarreou de novo — atração. Mas o centro de tudo é um reflexo de todas essas coisas, todas as suas forças e fraquezas, esperanças e sonhos. Elas pegam fogo ali, no centro. Às vezes é um incêndio, às vezes é só uma brasa, um calor constante, mas tem calor e luz, todas essas cores, e o que tá ao redor alimenta essa chama. O fogo não só destrói, Rowan. Às vezes ele cria. O melhor dele cria, e quando o amor é um fogo, seja em labaredas ou num brilho constante, quente ou morno, ele cria. Ele te torna melhor do que você era sem ele.

Ele parou, meio corado.

— Não sei explicar melhor que isso.

— Essa é a primeira vez que alguém explica de um jeito que eu consigo entender, pai. — Rowan segurou as mãos do pai, olhou nos olhos dele. —

Tô muito feliz por você. Digo isso de verdade, do fundo do coração. Muito feliz mesmo.

— Isso significa mais para mim do que consigo pôr em palavras. — Ele a puxou para um abraço apertado no segundo em que Ella estacionou o carro. — Você foi o meu primeiro amor — sussurrou no ouvido de Rowan. — E sempre será.

Ela já sabia disso, mas agora conseguia aceitar que ele poderia amar outra pessoa também.

Rowan acenou quando Ella saiu do carro.

— Oi.

— Oi. — Ella sorriu para Lucas. — Estou atrasada?

— Chegou na hora certa. — Ele manteve a mão entrelaçada à de Rowan e se inclinou para beijar Ella. — Como foi com a Irene?

— Empacotar, organizar, decidir o que levar de uma casa onde uma mulher viveu por vinte e cinco anos é um projeto monumental… e você sabe que eu adoro projetos. Acho que tá ajudando ela, todo esse trabalho, planejamento. Ajudando a passar por esse momento.

— Os pais do Jim… — Rowan hesitou.

— Eles estão indo embora hoje à tarde. Eu conheci os dois, são pessoas adoráveis. A Kate convidou a Irene pra ficar com eles quando for pro Nebraska, até encontrar um lugar próprio. Acho que ela não vai aceitar, mas a oferta deixou ela emocionada.

— Não fique triste — disse Lucas, enlaçando o ombro de Ella quando os olhos dela marejaram.

— Não sei o que tenho sentido. — Ela piscou para conter as lágrimas. — Mas liguei pro meu filho e pedi pra ele trazer as crianças mais tarde. Sei como me sinto depois de algumas horas com meus netos. Feliz e exausta.

Netos, Rowan pensou. Tinha se esquecido daquilo. Isso fazia do seu pai meio que um avô, de certa forma? O que ele pensava em relação a *isso*? Como ele…

— Ah, droga, esqueci que preciso falar com o L.B. Dois minutos — prometeu Lucas a Ella antes de sair correndo.

— Então — começou Ella —, estamos bem?

— Estamos bem. É… estranho, mas estamos bem. Imagino que você já tenha contado pros seus filhos.

— Sim. Minha filha ficou maravilhada, o que pode ter algo a ver com os hormônios, já que tá grávida, então pra ela foi uma ótima notícia.

Mais um?, Rowan pensou.

— Parabéns.

— Obrigada. Meu filho... bem, acho que ele tá um pouco envergonhado agora, com a distinta possibilidade de que Lucas e eu fazemos mais do que montar quebra-cabeças e assistir à TV juntos.

— Ele não deveria se envergonhar por vocês jogarem buraco de vez em quando.

Ella soltou uma risada divertida.

— Ele vai superar. Gostaria que você viesse jantar com a gente um dia, com todas as crianças, quando puder. Nada formal, só uma refeição em família.

— Parece bom. — Ou pelo menos administrável, Rowan pensou, o que tinha potencial para ser bom. — Mas quero deixar claro desde já: eu não preciso de uma mãe.

— Ah, mas é claro que precisa. Todo mundo precisa. Uma mulher que escute, que fique do seu lado, que diga a verdade, ou não, dependendo do que você precisa. Uma mulher em quem você possa confiar, custe o que custar, e que te ame, não importa o quanto você faça besteiras. Mas como você já tem isso na Marg, fico feliz em ser sua amiga.

— Podemos ver como isso vai se desenrolar. — A sirene soou. — Droga. Eu tô na escala.

— Meu Deus! Você tem que ir. Eu posso assistir? O Lucas me contou como funciona essa parte, mas gostaria de ver.

— Por mim, tudo bem. Mas você tem que correr.

Sem esperar, Rowan disparou para a sala de prontidão.

Ela passou direto por Cards, então ele apertou o passo para acompanhá-la.

— Qual é a situação? — perguntou ela.

— Difícil. Tem um pegando forte em Flathead, arrasando com o desfiladeiro. É tudo que sei.

— Você tá de *spotter*?

— Vou saltar.

Eles entraram na confusão controlada da sala de prontidão, pegando o equipamento dos armários. Rowan vestiu o macacão, checou bolsos, zíperes, fechos, prendeu as luvas e a corda de descida. Calçou as botas e viu Matt fazendo o mesmo.

— Como você conseguiu voltar pra lista?

— Pura sorte. Me apresentei de volta não tem nem vinte minutos. — Ele balançou a cabeça e pegou seu paraquedas e o reserva na prateleira. — Acho que o deus do fogo decidiu que já tive folga demais.

Rowan prendeu os paraquedas, pegou sua mochila de suprimentos.

— Vejo você no avião — disse, colocando o capacete debaixo do braço.

Ela se encaminhou para a saída, surpresa ao ver Gull, já pronto, parado ao lado do pai e de Ella.

— Eita, você foi rápido.

— Eu tava na sala do supervisor de carga quando a sirene soou. Bem conveniente. Tá pronta?

— Sempre. — Rowan levou os dedos à testa em um gesto despreocupado e deu um sorriso ao pai. — Te vejo depois.

— Te vejo depois. — Ele repetiu a despedida que os dois trocaram a vida toda.

— Perguntei se era permitido, e como é, vou dizer: tenham cuidado.

Rowan assentiu para Ella.

— Esse é o plano. Vamos nessa, novato.

— Sei que você me falou que tudo acontece muito rápido — comentou Ella enquanto Rowan caminhava com Gull rumo ao avião à espera —, mas eu não tinha noção de quanto. Não tem tempo nem de pensar. A sirene toca, e eles passam de beber café ou arrumar caixas a voar pra um incêndio, em questão de minutos.

— É uma rotina, como se vestir de manhã. Só que em modo acelerado. E eles estão sempre pensando. Acaba com ele! — disse Lucas a Yangtree.

— Vou acabar com ele, sem dar trégua. Até a volta, amigo.

Ele conversou com outros que estavam indo para o avião, alguns com quem já havia trabalhado, outros que pareciam tão jovens quanto mudas recém-plantadas.

Lucas entrelaçou os dedos aos de Ella quando a porta do avião se fechou.

Um deles poderia ser o assassino.

— Eles vão ficar bem. — Ella apertou sua mão. — E logo estarão de volta.

— É...

Mesmo assim, sentiu o conforto do toque dela ao observar o avião taxiando, acelerando e subindo aos céus.

APÓS O relatório informativo durante o voo, Rowan se juntou a Yangtree e Trigger acima dos mapas abertos para falarem sobre a estratégia.

Gull colocou os fones de ouvido e deslizou os óculos escuros sobre o rosto. A música abafava o ruído dos motores e deixava sua mente livre para pensar. Por trás das lentes escuras, ele escaneava os rostos e a linguagem corporal dos outros paraquedistas.

Talvez parecesse errado desconfiar deles, mas preferia sentir pontadas de culpa a sofrer as consequências de mais sabotagens.

Cards e Dobie passavam o tempo jogando cartas, enquanto Gibbons lia um exemplar surrado de *Cama de Gato*, de Kurt Vonnegut. Libby estava encolhida ao lado de Matt, dando tapinhas no joelho dele em um de seus gestos de consolo. O *spotter* se levantou do assento atrás da cabine para atravessar o avião e conversar com Yangtree.

Quando chamaram os paraquedistas para a checagem entre parceiros, Gull foi para os fundos para realizar o ritual com Rowan.

— O Yangtree vai deixar a gente — avisou Rowan.

Yangtree balançou a cabeça com um sorriso.

— Vou trabalhar com o Homem de Ferro no começo do ano que vem. Vou tirar o outono de folga, comprar uma casa, operar meu outro joelho, pescar um pouco. Vou ter muito mais tempo pra pescar sem precisar ficar no comando de vocês durante o verão todo.

— Você vai abrir mão dessa vida de viagens, glamour e romance? — perguntou Gull.

— Já tive todo o glamour que queria. E talvez encontre um pouco de romance quando não estiver comendo fumaça.

— Talvez devesse começar a tricotar também — sugeriu Trigger.

— Talvez. Posso tricotar uma tipoia bem bonita pra você, já que gosta tanto de usar uma. — Ele passou por cima do pessoal e do equipamento para uma última conversa com o *spotter* e o piloto.

— Ele não tem nem cinquenta anos. — Trigger mastigou um chiclete. — Droga, um dia eu vou ter cinquenta. Por que ele quer parar?

— Acho que ele só tá cansado, e o joelho dele tá ferrado. — Rowan lançou um olhar para frente. — Provavelmente vai mudar de ideia depois que operar.

Mais uma vez, o *spotter* se posicionou à porta.

— Protejam seus reservas!

O ar quente do verão, impregnado de fumaça, explodiu para dentro da aeronave assim que a porta se abriu. Rowan se reposicionou para olhar pela janela, observando o incêndio engolindo as copas de pinheiros e abetos. Bolas vermelhas de gases inflamados explodiam como artilharia antiaérea.

— Tá evoluindo rápido — avaliou Rowan —, e pegando um bom impulso com o vento pelo desfiladeiro. Vamos pegar ventos cruzados fortes na descida.

O primeiro conjunto de fitas sinalizadoras confirmou sua estimativa.

— Você tá vendo o ponto de aterrissagem? — perguntou a Gull. — Ali, naquela clareira a sudoeste. É melhor entrar pelo sul, pra evitar dar de cara na parede de pedra. Você é o segundo homem, terceira dupla, então…

— Não. Primeiro homem, segunda dupla. — Ele deu de ombros quando Rowan franziu o cenho, sabendo que Lucas pedira a L.B. para trocá-lo, assim ele podia ser o parceiro de salto dela. — Acho que o L.B. reorganizou as coisas quando colocou o Matt de volta.

— Certo, vou pegar a corrente de ar atrás de você. — Ela olhou pela janela e viu o próximo conjunto de fitas. — Parece que temos trezentos metros.

Ele estudou as fitas sinalizadoras e as colunas de fumaça, reluzindo prateadas no topo do incêndio e escuras na base.

Na última volta, Trigger ajustou a tira do capacete, abaixou a tela de proteção e segurou no cabo suspenso para ir até a porta. Matt, o segundo homem, o seguiu.

Rowan avaliou o fogo, o solo, o voo. Os paraquedas se inflaram no céu escuro e azul quando o avião fez sua segunda passagem.

— Estamos prontos! — respondeu Gull ao chamado do *spotter*.

Com Rowan logo atrás, posicionou-se à porta, enfrentando o rugido do vento e do fogo. O tapa no ombro o lançou para fora, mergulhando pelo ar, sendo sacudido pelo vento. Ele vislumbrou o horizonte, estabilizou-se quando o paraquedas de frenagem abriu, e o principal segurou, conduzindo a queda controlada com suavidade.

Ele localizou Rowan, viu o paraquedas dela inflar, viu o sol atravessar a fumaça por um instante e iluminar o rosto dela.

Então, se viu com uma batalha em mãos, quando os ventos cruzados tentaram girá-lo. Uma rajada subiu de repente, empurrando-o perigosamente perto da parede do penhasco. Ele compensou, mas passou do ponto na correção quando o vento o puxou de volta, teimoso.

Acabou desviando do ponto de aterrissagem, ajustou o rumo e se deixou levar pelo vento, aterrissando suavemente na margem da clareira.

Ele rolou no chão e viu Rowan pousar três metros à sua esquerda.

— Foi uma manobra e tanto lá em cima — comentou ela.

— Funcionou.

Recolhendo os paraquedas, juntaram-se a Matt e Trigger no limiar do ponto de aterrissagem.

— A terceira dupla tá descendo — comentou Trigger. — E... puta merda, o Cards vai parar nas árvores. A sorte não tá do lado dele nessa temporada.

Rowan ouviu nitidamente os palavrões de Cards quando o vento o jogou contra os pinheiros.

— Vamos lá, Matt, ver se ele não quebrou nada importante.

Como ainda podia ouvir Cards resmungando, o que significava que ele não estava inconsciente, Rowan manteve os olhos no céu.

— Yangtree e Libby — disse, observando o avião se posicionar para a próxima passagem. — Janis e Gibbons. — Foi listando os próximos saltadores. — Quando todos estiverem no solo, quero que você cuide da carga de equipamentos.

Ela colocou as mãos nos quadris, observando o paraquedista seguinte saltar do avião.

Yangtree, pensou. Ele ainda iria instruir, ainda iria saltar de aviões. Mas saltos esportivos com grupos turísticos estavam muito longe de...

— O drogue dele. O paraquedas de frenagem não abriu. — Ela correu adiante, gritando para os outros no solo. — Drogue preso! Meu Deus! Corta logo! Corta! Aciona o reserva! Vamos, Yangtree, pelo amor de Deus!

O estômago de Gull revirou, seu coração martelava ao ver seu amigo, sua família, despencar pelo céu e pela fumaça. Outros gritaram, com Trigger praticamente berrando no rádio.

O reserva se abriu com um solavanco, chegou a pegar ar… mas tarde demais, percebeu Gull. A queda de Yangtree mal desacelerou antes de ele se chocar contra as árvores.

29

⌘ ⌘ ⌘

ELA CORREU, atravessando a mata, pulando troncos caídos, rochas, o que quer que estivesse no caminho. Gull passou por ela como um raio; seu próprio medo corria junto. Com as emoções em frangalhos, obrigou-se a pensar, a agir.

O paraquedas reserva dele tinha aberto no último instante. Ainda havia uma chance, sempre há uma chance. Ela diminuiu o passo ao alcançar Cards, que estava com o rosto ensanguentado e descia por um pinheiro com sua corda de rapel.

— Você tá muito machucado?

— Não. Não. Vai! Pelo amor de Deus, vai!

Matt tropeçava pela floresta atrás dela, o rosto pálido, os olhos sem vida.

— Fica com o Cards, pra garantir que ele tá bem.

Ela não esperou por uma resposta, só continuou correndo.

Quando ouviu o grito de Gull, virou para a esquerda, sentindo as agulhas secas dos pinheiros estalarem sob seus pés como ossos finos.

Avistou o paraquedas reserva, um emaranhado de trapos brancos pendurados nos galhos altos. E o sangue, pingando como uma torneira com vazamento, respingando no chão da floresta.

Preso nos galhos retorcidos, a mais de vinte metros de altura, o corpo inerte de Yangtree balançava. Um galho de sessenta centímetros se projetava da lateral de seu torso, a ponta atravessando-o como um alfinete perfurando uma mariposa.

Gull, com as esporas fixadas nas botas, já escalava. Rowan largou o equipamento, prendeu as próprias esporas e começou a subir atrás dele.

Todo quebrado. Ela conseguia ver que havia fraturas — a perna, o braço, e provavelmente mais. Mas quebrado não significava morto.

— Você consegue chegar nele? Ele tá vivo?

— Vou chegar nele.

Gull subiu sobre um galho e usou a corda para se deslocar até outro, testando o peso ao avançar. Estendeu a mão para soltar o capacete e colocou os dedos no pescoço de Yangtree.

— Tem pulso. Tá fraco, instável. Múltiplas fraturas. Um corte profundo na coxa direita, mas não atingiu o fêmur. O ferimento de perfuração... — Ele xingou ao chegar mais perto. — Esse maldito galho tá segurando ele na árvore como um prego de ferrovia. Não consigo me posicionar pra estabilizá-lo daqui.

— Vamos prendê-lo com as cordas. — Rowan se esticou o máximo que pôde, tentando avaliar a situação por si mesma. — Cortamos o galho e o baixamos daí com ele.

— Ele não vai aguentar o meu peso e uma serra. — Ele recuou. — Tá rachado na base. Não sei se aguenta você.

— Vamos descobrir.

— Dobie ou Libby. Aguentaria um dos dois.

— Eu tô aqui em cima, eles não. Ele tá perdendo sangue demais. Deixa eu ver o que consigo fazer. Me traz mais corda, uma serra, um kit de primeiros socorros.

— Tá muito ruim? — gritou Trigger lá de baixo.

— Ele tá respirando.

— Graças a Deus. Já acionei a equipe de resgate aéreo. Ele tá consciente?

— Não. Explica tudo pra ele, beleza? — Ela e Gull trocaram de posição. — Precisamos de corda, kit de primeiros socorros, uma motosserra. O Gull tá descendo.

Rowan se inclinou para trás no arnês, tirou a camisa e cortou tiras e compressas com seu canivete. Em seguida, ela se amarrou e deslizou para fora no galho. Aquilo precisava aguentar o peso dela, porque precisava que aguentasse.

— Yangtree, tá me ouvindo? — Ela começou a fazer um curativo improvisado no corte profundo da coxa dele. — Aguenta firme, cacete. A gente vai te tirar dessa.

Ela usou a corda que tinha, passou ao redor da cintura dele e depois o contornou para prender com mais firmeza. Gull já estava de volta, entregando-lhe mais corda.

— Vou prender no galho logo acima e passar por baixo dos braços dele.

Ela observou Trigger e Matt escalando a árvore ao lado e assentiu ao entender o plano.

— Passa outra corda pra eles. Vamos descê-lo em forma de "V" depois que eu cortar o arnês e serrar o galho.

Suor frio escorria nos olhos dela enquanto trabalhava, e, como foi obrigada a movimentar a perna quebrada de Yangtree, ela rezou para que ele continuasse inconsciente até terminarem. Colocou a compressa improvisada no ferimento em torno do galho o melhor que pôde, usou o cinto para prendê-lo ainda mais firmemente ao tronco.

Então hesitou. Se não funcionasse, ela poderia matá-lo. Mas o pulso dele estava cada vez mais fraco. Não havia escolha.

— Vou soltar o arnês dele. Preparem-se.

Assim que o libertou do paraquedas destruído, esticou a mão para pegar a serra.

— Vai funcionar — disse a Gull.

— A equipe médica tá a menos de dez minutos.

Ela plantou os pés, puxou a corda de ignição. O zumbido estremeceu seu corpo. Viu Trigger e Matt se firmarem para segurar o peso, sabia que Gull e Dobie faziam o mesmo atrás dela.

Confiando na corda — por ele, por ela mesma —, avançou no galho e posicionou a lâmina na casca e na madeira, o mais próximo do corpo de Yangtree que ousou.

— Segurem ele firme! — gritou. — Não deixem ele cair.

Ela fez um corte preciso, sentiu o galho estremecer com o impacto. Então Yangtree ficou suspenso, o galho e o espinho funcionando como um saca-rolhas em seu corpo. O corpo dele balançou quando começaram a descê-lo devagar, mão sobre mão, até onde Libby e Stovic esperavam para segurá-lo.

— Pegamos ele! Pegamos ele! Ah, meu Deus. — A voz de Stovic vacilou. — Meu Deus, ele tá um caco.

Mas tá respirando, Rowan pensou, ao ouvir o barulho do helicóptero se aproximando.

Ele só precisava continuar respirando.

⌘ ⌘ ⌘

AQUILO A deixou arrasada — estar em solo seguro e ver o helicóptero decolar levando seu amigo. *Destroçado*, pensou, enquanto o vento das hélices a atingia. Os braços dele, as pernas dele, e Deus sabia o que mais — e não havia nada mais que ela pudesse fazer.

Ela gritou no rádio, atualizando a base, realinhando a estratégia, enquanto Cards, com o rosto ensanguentado apoiado nas mãos, sentava-se no chão. Trigger acompanhou o helicóptero com o olhar e, então, voltou-se lentamente para ela. Tudo o que ela sentia — o choque, a angústia, a fúria estarrecedora — estava refletido no rosto dele.

— Paracargo… — começou ela, mas Gull apertou seu braço.

— Deixa comigo. Eu cuido disso — repetiu quando ela apenas o encarou. — Dobie, Matt, vocês podem me dar uma mãozinha?

Recomponha-se, Rowan ordenou a si mesma.

— Trig. — Respirou fundo e se agachou para rabiscar na terra. — O incêndio tá indo pro nordeste, ganhando força. Eu preciso de você — disse baixinho, quando ele só ficou parado, balançando a cabeça.

— Me dá um segundo, tá? Só a merda de um segundo.

Ajoelhada, ela colocou a mão sobre a bota dele.

— A gente precisa matar esse dragão e depois voltar pro Yangtree. O atraso… — Rowan teve que parar e firmar a voz: — O fogo aproveitou a oportunidade. Tá queimando forte, Trig. Jogaram lama retardante na cabeça dela, mas ela pegou impulso no vento, pulou a cordilheira e tá subindo rápido.

— Certo. — Ele passou o dorso da mão sob o nariz e se agachou ao lado dela. — Posso pegar o flanco esquerdo, cortar uma linha de corta-fogo com cinco da equipe, contê-la ali.

— Leva sete. O L.B. tá mandando mais uma equipe, e eu me viro com eles. Você tem uma fonte de água aqui. — Ela marcou um X no chão. — Então leva a bomba d'água e a mangueira. Eu vou subir pelo lado direito e fazer um reconhecimento.

Quando ele pegou a mão dela, ela entrelaçou os dedos.

— A gente vai matar essa coisa — disse ele. — E depois vamos descobrir que merda aconteceu.

— Pode apostar que vamos.

Eles discutiram linhas de contenção, pontos seguros, dois possíveis acampamentos para a equipe.

Quando ele separou os sete homens e reuniu o equipamento, Rowan se voltou para o restante.

— Cards, preciso que você fique aqui e…

— De jeito nenhum, Sueca. — O rosnado dele fez sangue escorrer do lábio rachado. — Não vou ficar pra trás.

— Não tô pedindo pra você ficar pra trás. Preciso que espere a próxima carga, leve metade e suba pelo flanco esquerdo atrás do Trigger. Mande o restante pra mim. Preciso do Gibbons na minha equipe, e da Janis. E deixa claro que eles vão ralar até o osso. Preciso que você lidere isso — disse Rowan, antes que ele pudesse retrucar. — E o Trigger vai precisar de você na linha.

Ela se afastou quando ele assentiu.

— Gull, Dobie, Libby, Stovic. Peguem seus equipamentos.

Não havia tempo a perder. Não havia tempo para pensar em nada além do fogo. Todo o resto tinha que ficar trancafiado do lado de fora.

Eles cavaram e cortaram, cada golpe das Pulaskis ou zumbido das motosserras ecoando como um grito de vingança. E o fogo rugia e crepitava.

— Preciso que você assuma aqui até o Gibbons chegar — disse a Gull. — Ele acabou de dar o sinal. Todo mundo pousou com segurança. Vou subir até a cabeça do incêndio pra ter uma visão melhor. Se vocês conectarem com a linha de contenção antes de eu voltar, me avisa.

— Certo.

— Tem uma fonte de água uns cinquenta metros adiante, nessa mesma direção. A linha vai ficar meio torta, e o Gibbons tá vindo o mais rápido possível, mas se chegarem lá antes dele, coloca o Stovic e a Libby na mangueira. Qualquer mudança no vento ou…

— Eu cuido disso, Rowan. Vá fazer o que precisa; a gente se vira aqui. Só mantém contato.

— Não deixa ninguém ficar pensando no que aconteceu. Fica de olho neles. Eu volto logo.

Ela saiu a passos largos, atravessando as árvores, subindo a encosta irregular, desaparecendo na fumaça.

Tudo o que ouvia era o fogo, seu murmúrio sombrio de prazer. Crepitava sobre a madeira seca, lambia a resina derretida dos pinheiros, devorava folhas e galhos caídos no chão. Ela desviou de uma fagulha e apagou o foco de incêndio com um golpe.

Pensou em corpos carbonizados até os ossos.

Quando alcançou o cume, parou para se orientar. Viu a fúria vermelho-alaranjada devorando o que servia de combustível. O fogo tinha ganhado vantagem, pensou. Não tiveram escolha. O dragão corria livre e com vontade.

Rowan fez contato pelo rádio solicitando o lançamento de retardante e recebeu um relatório breve e insatisfatório sobre Yangtree.

Estavam cuidando dele.

Sentiu a mudança no vento, um sutil redemoinho, e viu o fogo pegar impulso. Agora cortava para oeste, ainda ao norte da equipe de Trigger, mas avançando na direção deles.

Ela deu a volta e contatou Trigger pelo rádio.

— Ela tá mudando de direção, voltando pro seu lado.

— Temos uma linha de contenção larga aqui. Acho que ela não vai conseguir ultrapassar. Rota de fuga pro sul.

— Estão trazendo retardante. Pedi que jogassem uma carga a oeste, descendo pelo seu flanco. Fiquem fora da área.

— Entendido. O Cards acabou de chegar com reforços. Vamos segurar esse corta-fogo, Sueca.

— Depois que despejarem a lama, vou pedir um relatório aéreo. Quero lèvar quatro da sua equipe e quatro da minha até a cabeça. Apertar o cerco. Mas se o dragão pular a estrada, se mandem daí.

— Pode apostar. E toma cuidado.

Avançando em meio ao fogo, ela continuava coordenando com Gibbons, com a base, mantendo olhos e ouvidos atentos para os aviões-tanque. Virou para o lèste, os olhos ardendo com a fumaça, e então se sobressaltou, caindo de costas, quando um galho em chamas, grosso como a coxa de um homem, caiu bem à sua frente.

Atingiu combustível fresco no solo e incendiou-se com um assovio, lambendo as solas de suas botas antes que ela conseguisse se afastar.

— Galho traiçoeiro! — gritou para Gibbons. — Tô bem, mas vou ficar um pouco ocupada aqui por um minuto.

Ela bateu nas chamas, cavando a terra para abafá-las com sujeira. Ouviu o estrondo do avião-tanque e xingou ao mesmo tempo que travava sua pequena guerra pessoal.

— Estou segura. — Entre os golpes de pá, avisou Gibbons e depois o piloto do avião-tanque. — Estou segura.

E correu.

A chuva rosa espessa caiu, abafando as chamas, levantando fumaça, batendo no solo e nas árvores em salpicos pesados. Ela correu para se esconder em um abrigo quando gotas do retardante atingiram seu capacete e jaqueta. Uma chuva de fagulhas fez com que desviasse o percurso em um zigue-zague desesperado em busca de um terreno mais alto e seguro.

Sentiu o rugido familiar atrás de si, a terra tremendo sob seus pés. Seguindo o instinto, saltou através da cortina ondulante de fogo, quase ouvindo-a se fechar atrás de si antes da explosão.

Pedras deslizavam sob seus pés ao se impulsionar para cima da encosta, longe das chamas vorazes e assassinas.

— Estou bem! — gritou, o rádio estalando com vozes. — Só tive um pequeno desvio.

Ofegou, tentando recuperar o fôlego.

— Me dá um segundo pra me orientar.

Uma muralha de chamas, sólida como aço, bloqueava sua rota de volta à equipe.

Ela pegou a bússola para confirmar a direção, aceitou que sua mão estava tremendo um pouco.

Podia cortar um atalho pelo lado do Trigger, calculou, reagrupar e depois contornar de volta à sua posição.

Transmitiu seu plano e tirou um instante para se hidratar e acalmar os nervos.

De volta à linha de combate, Gull encarou Gibbons.

— Ela tá machucada?

— Ela disse que não. Tá minimizando, mas acho que passou aperto. — Gibbons enxugou o suor da testa. — Ela tá cortando caminho pelo Trig, depois vai dar a volta pra se juntar a nós. A lama reduziu um pouco o fogo no flanco deles, e eles tão subindo com as bombas d'água até a cabeça do incêndio. Estão bem-posicionados. — Ele balançou a cabeça. — Nós não podemos dizer o mesmo. O vento tá empurrando o fogo na nossa direção. Elfa, leva o Gull, o Stovic e o Dobie e sobe com essas bombas. Sigam a linha da escavadeira. Comecem a afogar esse incêndio. Vou mandar mais quatro assim que tivermos mais homens.

— Focos! — gritou Libby, e dois membros da equipe pularam em ação.

— Estamos sendo massacrados aqui — Gibbons informou Trigger pelo rádio. — Pode mandar alguém?

— Mando dois. Serão três quando a Sueca chegar.

— Diz pra eles acelerarem o passo!

GULL MANEJAVA a mangueira e podia jurar que a força da água só fazia o fogo dançar. O vento escolheu um lado, soprando as chamas em paredes maciças.

— O L.B. tá mandando mais um carregamento e trazendo paraquedistas de Idaho — informou Janis.

— A Rowan conseguiu chegar no Trigger?

— A Rowan mudou de tática. Tá voltando pro Gibbons. Precisamos conter isso aqui, parar aqui, ou recuar. — Ela puxou o rádio. — Gibbons, precisamos de ajuda aqui em cima.

— Tô esperando o Matt e o Cards da linha de corta-fogo do Trigger. E a Sueca. Paraquedistas novos chegando. Tempo estimado: trinta minutos.

— Trinta não serve. Preciso de mais gente ou vamos ter que recuar.

— Você decide, Elfa. Vou pegar as localizações e volto. Se precisar sair daí, não hesite.

— Droga, droga. Stovic, pega aqueles troncos secos. Se ela alcançar a copa das árvores, estamos ferrados. — Enquanto a água arqueava e chiava contra o fogo, ela olhou para Gull. — Não vamos conseguir segurar por trinta minutos sem mais gente.

Algo se revirou no estômago dele.

— Rowan, Cards e Matt já deviam ter chegado. Chama ela no rádio, pega a localização dela.

— O Gibbons tá…

— Chama a Rowan, Janis — interrompeu. — Tem alguma coisa errada desde o salto.

E talvez não fosse só a natureza que estivessem enfrentando.

Ele a ouviu tentar chamar Rowan uma vez, duas vezes... E a cada vez sem resposta, o sangue dele gelava mais.

Ela tentou Matt, depois Cards, e respondeu rápido quando Gibbons chamou:

— Não consigo contato com nenhum deles no rádio — disse Gibbons. — Vou mandar alguém até a última localização conhecida.

Mas Janis já tinha os olhos fixos em Gull.

— Negativo. O Gull tá indo. Ele é o mais rápido. Me manda alguém. Vamos tentar segurar aqui.

— A Libby tá subindo agora. Vou mandar mais lama, chamar outra escavadeira. Se tiver que recuar, siga pro sudoeste.

— Entendido. Encontra ela — disse Janis a Gull.

— Pode contar com isso. — Ele se virou para Dobie. — Segura o máximo que puder.

— O tempo que você precisar — prometeu Dobie, pegando a mangueira.

Ele correu, usando a bússola e o mapa em sua cabeça para calcular a direção. Rowan tinha sido forçada a seguir para oeste, depois sul, antes de recuar para o flanco esquerdo. Tentou julgar a velocidade dela, a rota mais provável antes de inverter o caminho para o leste de novo e reforçar o flanco direito.

Ela teria se juntado a Matt e Cards, se fosse possível, ele calculou, mas não teria perdido tempo esperando por eles, nem saído da melhor rota de volta, principalmente quando sua equipe precisava de ajuda.

Uma chama explodiu à sua esquerda, subindo do solo até a copa das árvores. Ele ignorou o instinto de apagá-la e continuou correndo.

Mas Rowan não teria ignorado. Ela teria combatido o fogo enquanto avançava, e isso poderia ter alterado sua direção a qualquer momento.

E se outro inimigo tivesse cruzado o caminho dela, ela não teria reconhecido. Veria um companheiro de batalha, um amigo. Alguém em quem confiava, talvez até amava.

Ele saltou um riacho estreito, forçando o corpo através do calor, da fumaça e do medo crescente.

Ela era esperta, forte e astuta. Ela lutaria, ele se lembrou — talvez com ainda mais ferocidade quando o inimigo estivesse disfarçado de amigo.

Gull se obrigou a parar, verificar a bússola, reorientar. E a ouvir, ouvir qualquer som além do rugido do fogo.

Norte, decidiu. *Nordeste a partir dali,* e rezou para estar certo. Uma árvore desabou, cuspindo uma chuva de fagulhas que queimaram sua pele exposta como picadas de abelha.

O som seguinte foi mais agudo, mais letal. Ele correu em direção ao eco do disparo, sentindo o coração saltar no peito como se tivesse sido atingido pela bala.

30

⌘ ⌘ ⌘

QUANDO TINHA condições, Rowan acelerava o passo para um trote constante. Havia machucado o quadril ao desviar do galho mortal, mas sequer se dava conta da dor — era só um incômodo surdo e distante.

Eles estavam perdendo a guerra, pensou, vinham perdendo desde que o paraquedas de Yangtree falhou em abrir.

Tudo parecia errado, fora do eixo, desequilibrado.

O vento continuava a mudar, a se agitar, aumentando a velocidade e a potência do fogo. Aqui e ali, pequenos e traiçoeiros redemoinhos de poeira dançavam ao sabor das chamas. O ar seguia seco o suficiente para estalar como um graveto.

Ela nunca chegou a alcançar a equipe de Trigger para avaliar o progresso — ou a falta dele — com os próprios olhos, para verificar aquele flanco, sentir o que o fogo tramava, planejava. Não, pensou no momento, não depois de ouvir a urgência na voz de Gibbons. Não teve escolha a não ser voltar.

Cortou um atalho rumo ao norte, atravessando o fogo, para encurtar a distância, calculando que talvez cruzasse com Matt e Cards.

Os focos de incêndio pipocavam tão rápido e com tanta frequência que ela começou a se sentir como se o fogo estivesse brincando com ela, uma brincadeira mortal.

Em movimento, ela engoliu um gole de água, jogou mais no rosto suado e resistiu ao impulso constante de contatar a base, mais uma vez, para pedir notícias de Yangtree.

Era melhor acreditar que ele estava vivo e lutando. Acreditar e, assim, tornar aquilo verdade.

Por baixo desse pensamento, porém, permanecia o medo persistente de que não tivesse sido um acidente, mas um ato de sabotagem.

Quantos outros carregavam o mesmo medo? Como conseguiam manter a concentração com essa dúvida corroendo a mente? Como ela poderia, quando continuava revivendo cada minuto e cada movimento na sala de preparação, no voo, na sequência de saltos?

Será que já havia algo errado naquela hora? Deveria ter notado?

Depois, ordenou a si mesma. *Reviva isso depois*. Agora, apenas sobreviva.

Com sua resistência começando a falhar, tirou uma barra de proteína da mochila e começou a rasgar a embalagem.

Largou-a no chão e correu quando ouviu o grito.

A fumaça a cegou, a desorientou. Ela se obrigou a parar, fechar os olhos. Pensar.

Direção norte. Sim, norte, decidiu, e arrancou em disparada.

Rowan avistou o rádio fumegante, faiscando, no chão, e o sangue espalhado na base de um tronco seco em chamas. Perto dali, um galho tomado por chamas deixava um rastro de fogo pelo chão.

Com medo pelos amigos, levou as mãos à boca, pronta para gritar. Mas as baixou de novo ao sentir o estômago revirar de medo. Viu a trilha de sangue seguindo para o leste e a acompanhou, puxando o rádio do cinto devagar.

Porque agora ela sabia. E em algum lugar dentro de si, ela se perguntava se sempre soubera — ou pelo menos desconfiara. Mas a lealdade não permitiu, admitiu para si mesma. Simplesmente não permitiu que cruzasse esse limite — exceto nos sonhos.

Agora, com o coração pesado de tristeza, se preparou para cruzar o limite.

Antes que pudesse ligar o rádio, ele estava ali, bem ali, um sinalizador aceso na mão, os olhos repletos de tristeza. Ele o lançou ao vê-la, acendendo sua pequena bomba. Um abeto-negro explodiu como um fogo de artifício.

— Eu não quero machucar você. Você não.

— Por que você me machucaria? — Ela encontrou aqueles olhos tristes. — Somos amigos.

— Eu não quero. — Matt puxou a arma do cós da calça. — Mas eu vou. Joga o rádio fora.

— Matt...

Rowan se assustou quando Gibbons chamou o nome dela pelo rádio.

— Se você responder, eu atiro. Vou sentir muito, mas farei o que precisa ser feito. Tô fazendo o que precisa ser feito.

— Cadê o Cards?

— Joga o rádio fora, Rowan. Agora! — gritou ele. — Ou vou usar isso. Vou atirar na sua perna e deixar o fogo decidir.

— Tá bom. Certo. — Ela abriu a mão e o largou no chão, mas ele negou com um aceno de cabeça.

— Chuta pra longe. Não tenta a sorte comigo.

— Não estou tentando. Não vou. — Ouviu a voz de Janis agora, ao chutar o rádio para o lado. — Precisamos sair daqui, Matt. O lugar tá desmoronando. Não é seguro.

Ela lutou para manter os olhos focados nos dele, mas já tinha visto a Pulaski presa ao cinto de Matt, e o sangue manchando a lâmina.

Cards.

— Eu nunca quis que fosse você. Não foi sua culpa. E você foi ao velório. Sentou com a minha mãe.

— O que aconteceu com o Jim não foi culpa de ninguém.

— A Dolly mexeu com a cabeça dele, deixou ele confuso. Ela mexeu com a cabeça de nós dois, então as últimas palavras que trocamos foram horríveis. E o Cards era o *spotter* dele. Ele deveria ter visto que o Jim não tava bem pra saltar. Você *sabe* que é verdade.

— Cadê o Cards?

— Ele escapou. Talvez o fogo tenha pegado ele. Isso é com o destino, de qualquer forma. Eu devia ter atirado pra garantir, mas é sobre sorte e destino. Não fui eu quem decidiu. — Ele sacudiu a cabeça. — A Dolly caiu. Eu não matei ela; ela caiu.

— Eu acredito em você, Matt. A gente precisa ir pro norte, e lá podemos conversar quando...

— Eu dei dinheiro pra ela, sabia? Por causa da bebê. Mas ela queria mais. Eu só ia falar com ela, acertar as coisas, quando passei pela casa dela. E ela tava saindo, sem a bebê. Ela era uma mãe horrível.

— Eu sei. — Calma, cordial, compreensiva. — Matt, quem melhor que eu pra saber disso? Pra saber que a Shiloh tá melhor agora? Eu tô do seu lado.

— Ela foi àquele motel. Ela era uma vagabunda. Eu vi o pastor abrir a porta pra ela entrar. Meu irmão tava morto, e ela se divertindo com aquele pastor em um quarto de motel. Eu queria entrar, mas tive medo do que faria. Esperei, e ela saiu e foi embora dirigindo.

Ela ouviu outra árvore virar uma tocha.

— Matt…

— Aí, o pneu dela furou. Isso foi destino, não foi? Ela ficou surpresa ao me ver, a culpa estampada na cara, quando parei atrás dela. Eu disse pra ela pegar a estrada de serviço. Eu só ia acertar as coisas com ela. Mas as coisas que ela disse… Se ela não fosse tão mentirosa, manipuladora, egoísta, eu não teria empurrado ela daquele jeito. Ela ia simplesmente abandonar a bebê. Você sabia? Que tipo de mãe faz isso?

— A gente tem que sair daqui — disse ela, mantendo o tom calmo, mas firme. — Quero ouvir tudo, Matt. Quero ouvir, mas vamos ficar encurralados se a gente não sair daqui.

— A Shiloh… pode ser minha filha. — Ele passou a mão livre sobre a boca, enquanto Rowan o encarava. — Foi só uma vez, quando eu estava solitário e sentindo falta da Annie, e bebendo um pouco. Foi só uma vez.

— Eu entendo. — Isso a fez se sentir arrasada por todos eles. — Eu também me sinto sozinha às vezes.

— Não, você *não* entende! Ela me disse que era minha, depois disse que era do Jim. Então disse que talvez fosse minha, porque *sabia* que ele não queria um bebê, não queria ela. Ela *sabia* que eu faria o que precisava ser feito, que eu ia ter que contar pra Annie. E nós brigamos por causa disso, logo antes de o alarme tocar. Eu e o Jim. Ele tava na lista. Eu não. Ele tá morto. Eu não.

— Não foi sua culpa.

— E o que você sabe sobre isso?! Eu mandei ele ir pro inferno, e ele foi. Isso é o inferno. Eu só ia dar um jeito no Cards pra que ele não pudesse mais saltar, porque é isso que ele mais ama. Assim como eu amava meu irmão. Colocar algo na comida dele, fazê-lo tropeçar. E eu só ia pegar a bebê da Dolly, deixar ela com a minha mãe. Isso era o certo. Mas ela caiu, e eu tive que fazer alguma coisa, não tive?

— Sim.

— Eu também mandei ela pro inferno. Foi aí que percebi que precisava fazer o que devia ser feito. Eu tinha que levar a bebê pra minha mãe, então tinha que tirar o Leo da jogada. Fazer ele pagar também. Ele sempre enchia o saco do Jim, nunca tinha nada de bom pra dizer.

— Então você pegou o rifle dele do cofre e atirou em mim. Atirou em mim e no Gull.

— Em você não. Eu nunca ia machucar você. A Dolly contou qual era a combinação do cofre pro Jim, e ele me contou. Foi como se ele estivesse me mostrando o que fazer. O Leo tinha que pagar, e pagou. Peguei a bebê pra minha mãe. O Jim teria querido isso.

— Certo. — Brasas incandescentes voavam como mísseis. — Você tava fazendo justiça pelo Jim e cuidando da sua família. E eu vou te ouvir, fazer o que você quiser, é só me dizer. Mas não aqui. O vento mudou. Matt, pelo amor de Deus, a gente vai ficar preso se não sair daqui agora.

Os olhos tristes dele não vacilaram.

— Tá nas mãos do destino, como eu disse. Foi o destino que decidiu quem pegou as bombas e as motosserras defeituosas, quem pegou o paraquedas avariado.

— Você brincou de roleta-russa com os nossos paraquedas? — Ela se arrependeu na mesma hora, mas a fúria simplesmente explodiu. — O Yangtree nunca te fez nada. Ele pode morrer.

— Eu poderia ter pegado o equipamento sabotado tanto quanto ele. Foi uma jogada justa. No fim, Ro, fomos todos nós que matamos o Jim. Todos nós, fazendo o que fazemos, levando ele a fazer também. E todo mundo teve a mesma chance. Eu não queria que fosse você, mesmo depois de ver o jeito como você me olhou quando falei que íamos arranjar um advogado por causa da bebê, que a minha mãe ia criá-la. Vi como todos olhavam pra mim porque eu estava vivo e o Jim, não.

Rowan sabia que não conseguiria correr mais rápido que uma bala, caso ele disparasse. E, em breve, também não conseguiria correr mais rápido que o fogo.

Conseguia ouvir o assovio, o rugido das labaredas se aproximando.

— A gente precisa ir, pra você estar presente na vida da bebê, Matt. Ela precisa de um pai.

— Ela tem os meus pais. Eles vão cuidar bem dela. — O fogo refletia vermelho e dourado no rosto dele, encharcado de suor. Seus olhos passaram de tristes a insanos. — Terminei com a Annie ontem à noite. Não sinto mais nada por ela. E eu sabia, quando entrei por aquela porta hoje, que tinha que ser a última vez. De um jeito ou de outro. Achei que seria eu, morrendo como o Jim morreu. O fogo é tudo o que me resta.

— Você tem a bebê.

— O Jim tá morto. Eu vejo ele morto quando olho pra ela. Vejo ele queimando. Só resta o fogo agora. Eu gostei disso. Não de matar, mas do fogo, de atear, de ver e observar o que ele faz. Gostei de dar vida a ele mais do que de combatê-lo. Talvez eu goste do inferno.

— Eu não tô pronta pra ir pra lá. — Ela transferiu o peso para a ponta dos pés.

Uma árvore despencou com um estalo ensurdecedor, sacudindo o chão ao aterrissar a menos de um metro de distância. Rowan saltou para a direita e disparou às cegas. Ela ouviu o disparo, e retesou a coluna ao se preparar para o impacto da bala.

Ouviu um zumbido, como o de um marimbondo furioso, passando rente ao seu ouvido, depois desviou bruscamente para a esquerda quando uma chuva de faíscas explodiu a seus pés.

Se Matt não a matasse, o fogo o faria.

Ela preferia o fogo. E, como uma mariposa, voou em direção às chamas.

Por um momento, elas a envolveram, um abraço ardente que roubou seu fôlego. O grito ecoou dentro da sua cabeça, escapando em um brado selvagem de medo e triunfo quando ela rompeu a barreira incandescente. O impulso a lançou para a frente, fazendo-a escorregar e cair sobre as mãos e os joelhos. Sua mochila pesava como chumbo enquanto ela lutava para se levantar, tossindo por conta da fumaça. Ao seu redor, a floresta ardia em uma cavalgada frenética, rugindo como uma besta enlouquecida, tal qual o homem que a perseguia.

Ao som de outro tiro, ela adentrou ainda mais as entranhas da besta.

Ela o ouviu em seu encalço, mesmo sob o bramido das chamas. Os passos ecoavam mais perto do que ela ousava crer. Olhou de relance para a fumaça e as labaredas.

Era lutar ou fugir.

Rowan estava cansada de fugir. Cansada de deixar que ele a conduzisse como gado para o abate. Com as labaredas erguendo e cercando-a, ela fincou os pés no chão e empunhou a Pulaski. Segurando-a com as mãos, preparou-se para lutar.

Ele podia matá-la. Na verdade, provavelmente mataria. Mas ela com certeza causaria algum estrago antes disso.

Por si mesma, por Yangtree. Até mesmo, pensou, pela pobre e patética Dolly.

— Você vai sangrar — disse a si mesma. — Vai sangrar antes que eu morra.

Ela avistou a camisa amarela através da névoa de fumaça e, então, a silhueta despontando a passos acelerados.

Bem devagar, ela respirou fundo, injetando adrenalina nas veias. Tinha um instante, talvez dois, para decidir se arremessaria a arma e esperaria que acertasse o alvo, ou se avançaria atacando.

Avançar. Melhor manter o machado nas mãos do que arriscar errar.

Ela inspirou mais ar poluído, ergueu a Pulaski sobre o ombro, rangendo os dentes ao calcular o tempo.

Tá vindo rápido demais, pensou, com os braços trêmulos. Muito, muito rápido. Ai, meu Deus.

— Gull. — Ela arfou seu nome quando ele irrompeu pela cortina de fumaça.

Rowan correu até ele, sentiu as mãos dele se fecharem firmemente sobre seus ombros. Nada, ela percebeu, nenhum toque, nenhum abraço, jamais havia sentido algo tão glorioso.

— Matt.

— Eu sei.

— Ele tá armado.

— Sim, eu sei disso também. Você tá machucada? — Ele escaneou o rosto dela quando ela negou com a cabeça, como se precisasse confirmar por si mesmo. — Consegue correr?

— O que você acha?

— Então vamos acelerar, porque o Matt não é o nosso único problema.

Ela estava prestes a concordar, mas seu corpo tensionou.

— Espera. Tá ouvindo isso?

— Você que tem ouvidos afiados… É, agora eu ouvi.

— Ele tá vindo. Por ali. — Ela apontou. — Parece que ele tá chorando.

— E eu tô me sentindo supermal por ele. Acho que a nossa melhor chance é seguir pro sul.

— Se conseguirmos chegar até a área queimada. Mas se nós conseguirmos, ele também vai conseguir.

— Espero que sim. É lá que vamos acabar com ele. Agora, corre! A gente conversa depois.

— Não precisa segurar o ritmo por mim — começou ela.

— Ah, fala sério! — Ele agarrou a mão dela, e a puxou para uma corrida insana.

Ela apertou o passo, determinada. De jeito nenhum permitiria que Gull diminuísse a velocidade por sua causa. Não importava se seus pulmões queimavam, se suas pernas doíam, se o suor escorria para os seus olhos como ácido.

Ela corria através de um mundo enlouquecido, violento, estonteante em suas luzes caleidoscópicas de vermelho, laranja e azul flamejantes. Ela se lançou através da fumaça fétida, saltando ou desviando de galhos em chamas, pulando focos de incêndios que se espalhavam sobre o solo como armadilhas mortais.

Se conseguissem chegar à área queimada, eles lutariam. Dariam um jeito.

Ela arriscou um olhar para Gull. Suor escorria pelo rosto dele, todo sujo de fuligem. Em algum ponto da corrida, ele havia perdido o capacete, e seu cabelo estava coberto de cinzas.

Mas seus olhos, pensou ela enquanto se esforçava ao máximo, eram intensos, focados, determinados. Olhos que não mentiam. Olhos nos quais ela podia confiar.

E confiava.

Eles iam conseguir.

Algo explodiu atrás deles.

Sem fôlego, ela olhou para trás e viu uma coluna laranja de fumaça subir rumo ao céu. E, diante de seus olhos, ela resplandeceu ainda mais.

— Gull.

Ele apenas assentiu. Também tinha visto.

Não havia tempo para falar, planejar ou sequer pensar. O chão tremia; o vento açoitava. Com um bafo trovejante, o fogo cuspia brasas, carvões, pinhas incandescentes que explodiam como granadas.

Chamas azul-alaranjadas subiam em garras à esquerda, sibilando como cobras. Um tronco queimado estourou entre as labaredas, lançando uma chuva de brasas sobre eles. A fumaça se tornou tão densa quanto algodão, com o redemoinho de faíscas cintilando dentro dela.

Uma fonte de fogo amarelo jorrou à frente, forçando-os a desviar do calor brutal. Gull grunhiu quando um galho em chamas atingiu suas costas, mas não diminuiu o passo ao se jogarem por um aclive.

Rochas desmoronavam sob suas botas, e ainda assim o fogo os perseguia como um cão vindo do inferno. O rugido ecoou, aquele bramido de guerra, longo e gutural, quando a explosão de fogo avançou sobre eles.

Um redemoinho incandescente rodopiou da fumaça para dançar. Não havia mais para onde correr.

— Vamos improvisar um forno mortal. — Gull cobriu a boca de Rowan com a bandana amassada no pescoço dela e fez o mesmo com a que usava.

Aquela coisa rugia, Rowan pensou ao arrancar a capa protetora do abrigo de incêndio e sacudi-lo para abrir. *Ou talvez tenha sido o Matt*, mas um cara surtado com uma arma havia se tornado o menor de seus problemas.

Ela firmou os pés nos cantos inferiores do abrigo de alumínio e agarrou as abas de cima para cobrir as costas. Espelhando seus movimentos, Gull lhe lançou um último olhar e abriu um sorriso que aqueceu seu coração.

— Te vejo depois — disse ele.

— Te vejo depois.

E eles se jogaram no chão, encapsulados.

Trabalhando rápido, Rowan cavou um buraco no chão para enfiar o rosto, em busca do ar mais frio. De olhos fechados, travou respirações curtas e superficiais através da bandana. Bastava um suspiro dos gases superaquecidos que zuniam lá fora para que seus pulmões queimassem e envenenassem seu corpo.

O fogo eclodiu com um rugido ensurdecedor e uma onda avassaladora de calor. O vento açoitava, tentando erguer o tecido do abrigo térmico e fazê-lo inflar como uma vela. Fagulhas cintilavam ao seu redor, mas ela manteve os olhos fechados.

E viu o pai, fritando peixe sobre uma fogueira, as chamas dançando nos olhos dele ao rir com ela. Viu a si mesma de braços abertos, sob os dele, em seu primeiro salto de paraquedas. Viu-o abrir os braços sempre que ela corria ao encontro dele depois que ele voltava de um incêndio.

Rowan viu o rosto do pai resplandecendo com uma chama interna quando ele falava sobre Ella. *Te vejo depois*, pensou ela, à medida que o calor insuportável aumentava.

Ela viu Gull, o sorriso presunçoso e o andar despreocupado, despejando um capacete cheio de água sobre a cabeça dela. Viu-o bebendo uma cerveja, tranquilo como sempre, depois enfrentando um bando de arruaceiros tão brutais quanto um redemoinho de fogo.

Sentiu-o puxá-la para seus braços. Virar-se para ela no escuro. Brigar com ela à luz do dia. Correr com ela. Correr até ela.

Ele atravessou o fogo por ela.

O medo lhe cravou o ventre. Já havia sentido medo antes, mas percebeu que a maior parte era porque ainda não estava pronta para morrer. Agora, temia por ele.

Tão perto, pensou, enquanto o fogo urrava, arrebentava, explodia. E, ainda assim, completamente separados. Não havia nada que pudessem fazer um pelo outro agora, exceto esperar.

Te vejo depois.

Ela aguentou firme. Pensou em Yangtree, em Jim. Em Matt. Pensou em Cards... Meu Deus, Cards. *Será que Matt também matou ele?*

Ela queria vê-lo de novo, queria ver todos eles. Queria dizer ao pai que o amava, só mais uma vez. Queria dizer a Ella que estava feliz por seu pai ter encontrado alguém que o fazia sorrir.

Queria tirar sarro do Trigger, zoar o Cards, sentar na cozinha com a Marg. Estar com todos eles, sua família.

E mais do que isso, mais do que qualquer coisa, queria olhar nos olhos de Gull de novo e ver aquele sorriso iluminar seu rosto.

Queria dizer a ele... tudo.

Por que diabos não havia dito? Por que tinha sido tão teimosa ou burra ou, na real, tão covarde?

Se ele não saísse vivo dessa porcaria para que ela pudesse admitir seus sentimentos, ela mesma daria uma surra nele.

Tonta, percebeu que estava enjoada. Calor demais. *Não posso desmaiar. Não vou desmaiar.* Regulando a respiração novamente, percebeu algo mais.

Silêncio.

O fogo ainda estava lá, mas distante agora, num rugido abafado. O chão sob seu corpo estava firme, e o trovejar abrasador havia cessado.

Ela estava viva. Ainda estava viva.

Estendeu a mão, tocou seu abrigo. Ainda quente ao toque, pensou. Mas podia esperar. Podia ser paciente.

E se ela sobreviveu, ele que se atrevesse a não sobreviver também.

— Rowan.

Seus olhos já irritados arderam com lágrimas ao ouvir a voz dele, áspera e rouca.

— Ainda aqui.

— Como tá indo aí?

— Tudo sob controle. E você?

— O mesmo. Tá começando a esfriar um pouco.

— Não sai ainda, novato.

— Eu conheço o protocolo. Vou contatar a base. Quer que eu dê algum recado?

— Diz pro L.B. avisar meu pai que tô bem. Não sei do Cards. Tinha sangue. Eles precisam procurar por ele. E pelo Matt.

Ela fechou os olhos outra vez, deixando-se devanear, passando a hora seguinte imaginando-se nadando em uma lagoa ao luar, bebendo água direto de uma mangueira de jardim, fazendo anjos de neve... anjos de neve, pelada, com Gull.

— O Cards conseguiu voltar — disse ele. — Tiveram que resgatá-lo de helicóptero, porque ele perdeu muito sangue.

— Ele tá vivo.

Sozinha em seu abrigo, ela se permitiu chorar.

Quando o abrigo esfriou ao toque, ela avisou Gull:

— Tô saindo.

Ergueu a cabeça para o ar esfumaçado e olhou para Gull. Imaginou que os dois deviam parecer um par de tartarugas suadas e meio cozidas, saindo dos cascos.

— Oi, coisa linda.

Ela riu. Sentiu a garganta doer, mas riu com vontade.

— Oi, bonitão.

Os dois rastejaram um até o outro sobre o solo enegrecido e coberto de cinzas. Os lábios se encontraram em um beijo, a barriga de Rowan tremendo com uma mistura devastadora de risadas e lágrimas.

— Eu ia ficar tão puta contigo se você morresse...

— Ainda bem que evitamos isso. — Ele tocou o rosto dela. — Que passeio, hein?

— Ah, com certeza. — Ela encostou a testa na dele. — Ele ainda pode estar vivo.

— Eu sei. É melhor a gente se situar, depois nos preocupamos com o paradeiro dele.

Rowan pegou a bússola, conferindo a direção enquanto bebia o resto da água de sua garrafa.

— Se formos para o leste, voltamos por parte da área que percorremos e ainda seguimos na melhor direção para o acampamento. Precisamos de água.

— Vou avisar pelo rádio.

Apesar das pernas ainda trêmulas, Rowan se levantou para examinar os abrigos térmicos.

— A camada interna derreteu — disse a Gull. — Pegamos mais de 800°C. Eu diria que aqui dentro bateu nos oitenta graus fácil.

— Meu chocolate derreteu, e isso é uma tragédia. — Ele estendeu a mão para ela. — Quer dar uma volta na floresta?

— Adoraria.

Eles andaram pela terra carbonizada, com as cinzas ainda pairando no ar. O treinamento falava mais alto que o cansaço, e os fazia apagar pequenos focos ainda fumegantes no caminho.

— Você veio atrás de mim.

Gull ergueu o olhar.

— Claro que vim. Você faria o mesmo.

— Faria. Mas eu achei que estava morta; não ia desistir fácil, mas morta, de qualquer forma. E você veio atrás de mim. Isso conta. Muito.

— Tem um placar? Eu tô ganhando?

— Gull. — Dessa vez, ela não riu, quando tudo o que sentia subiu em sua garganta já ferida. — Eu preciso te dizer… — Parou de repente, agarrando o braço dele. — Ouvi alguma coisa. — Rowan fechou os olhos, se concentrou e apontou.

Voltou a encarar os olhos dele. Avançar ou recuar? Ele assentiu, e os dois se moveram na direção do som.

Eles o encontraram, encolhido atrás de um amontoado de pedras. Elas o protegeram um pouco. Mas não o suficiente.

Seus olhos, injetados de sangue, encaravam os dois em um rosto destruído. Ela pensou no sonho que teve com Jim, com o irmão dele.

O fogo os transformara em imagens espelhadas.

Ele gemeu de novo, tentou falar. Seu corpo tremia violentamente, a respiração vinha em arquejos. Queimaduras brutais, em carne viva, cobriam o lado esquerdo do corpo, o mais exposto, onde o fogo havia incinerado sua roupa protetora.

Ele quase conseguiu escapar, notou Rowan. Mais uns cinquenta metros, e ele talvez tivesse conseguido. Será que achou que daria conta? Será que entregou a vida nas mãos do destino em vez de abrir o abrigo?

Gull passou o rádio para ela.

— Chama o socorro — instruiu, então se agachou, pegando com cuidado uma das mãos arruinadas de Matt.

Ele tinha isso dentro dele, Rowan pensou. Aquela compaixão por um homem que estava morrendo, mesmo sendo um assassino.

— Base, aqui é a Sueca. Encontramos o Matt.

Os olhos dele buscaram os dela quando ela disse seu nome. Ele ainda conseguia pensar?, ela se perguntou. Ainda conseguia raciocinar?

Por um instante, viu arrependimento neles. Então seu olhar se tornou fixo, quando a respiração arfante cessou.

— Ele não resistiu — disse ela, controlada, devolvendo o rádio para Gull.

Controlada até se sentar no chão ao lado de um homem que havia sido seu amigo, e chorar por ele.

⌘ ⌘ ⌘

ELA QUERIA ficar e lutar, pois considerava uma questão de orgulho e honra estar presente no abate final. Rowan se reidratou, comeu, substituiu equipamentos perdidos e danificados. E reclamou o tempo todo quando recebeu ordens expressas de ir embora de helicóptero.

— Não estamos feridos — argumentou ela.

— Sua voz tá coaxando igual a um sapo — observou Gull ao tomar um assento no helicóptero. — Um sapo sexy, mas ainda assim um sapo.

— A gente inalou um pouco de fumaça, e daí?

— Você perdeu a maior parte das suas sobrancelhas.

Atordoada, ela levou os dedos acima dos olhos.

— Merda! Por que você não me disse?

— Estilosas. Eles estão encurralando o fogo — acrescentou Gull, olhando para baixo ao decolarem.

— Esse é o *objetivo*. Aquele dragão desgraçado tentou matar a gente. Devíamos estar lá embaixo pra acabar com ele.

— Não esquenta, amor. — Ele deu um tapinha no joelho dela. — Ainda vai rolar muito incêndio tentando matar a gente.

— Nem tenta passar pano. O L.B. tá deixando os policiais mandarem na gente. Qual a diferença de darmos o depoimento agora ou depois? O Matt já morreu mesmo. — Ela virou o rosto, olhou para o céu. — Acho que a maior parte dele, a melhor parte, morreu no ano passado, junto com o Jim. Você segurou a mão dele para ele não morrer sozinho.

Gull não disse nada, mas ela percebeu seu desconforto e voltou a encará-lo.

— Isso conta muito também. Você tá acumulando pontos hoje.

— As pessoas fazem escolhas quando a vida as fere. Ele fez a errada. Um monte de escolhas erradas.

— Você não fez. Nós não fizemos — corrigiu Rowan. — Bom pra gente.

— Não chore mais. Isso acaba comigo.

— Meus olhos só tão lacrimejando, só isso. Da fumaça.

Ele achou que não faria mal se os dois fingissem que era só isso. Mas segurou a mão dela.

— Quero uma cerveja. Uma garrafa enorme e bem gelada. E sexo no chuveiro.

A ideia fez Rowan sorrir.

— Eu quero sobrancelhas.

— Bom, você não vai ficar com as minhas. — Ele inclinou a cabeça para trás e fechou os olhos.

Rowan observou pela janela, contemplando o terreno ondulado, as montanhas se elevando. Casa, ela estava indo para casa. Mas o significado tinha mudado, se tornado bem mais profundo. Era hora de tomar coragem e falar para ele.

— Preciso te dizer algumas coisas — começou ela. — Não sei como você vai reagir, mas é a vida. Então...

Ela se recostou, entrecerrou os olhos.

Não valia a pena abrir o coração para um homem que estava dormindo profundamente.

O momento podia esperar, decidiu, e observou o sol descendo sobre os picos a oeste.

⌘ ⌘ ⌘

ELA VIU seu pai correndo para a plataforma de pouso, com L.B. e os cachos ruivos e esvoaçantes de Ella logo atrás.

Marg saiu correndo da cozinha. Lynn parou de enterrar o rosto no avental. Mecânicos, paraquedistas que não estavam liberados para a lista saíram dos hangares, da torre, dos alojamentos.

O policial e a agente federal também estavam lá, parados do lado de fora da central de operações, impecáveis em seus ternos alinhados.

Ela cutucou Gull com o cotovelo.

— Temos um comitê de boas-vindas.

Assim que o helicóptero tocou o solo, ela saltou, correu abaixada sob as hélices e se jogou nos braços do pai.

— Aqui está minha filhinha. Aqui está minha garota.

— Tudo certo. — Ela o abraçou forte, sentindo seu cheiro. E, ao ver Ella por cima do ombro dele, com lágrimas rolando pelo rosto, estendeu a mão. — É bom te ver.

Ella segurou sua mão, apertou contra a bochecha e, então, tentou envolver os dois em um abraço.

— Nada de sair daqui — murmurou Lucas. E, colocando Rowan no chão, foi até Gull. — Você cuidou da minha menina.

— Esse é o trabalho. Mas, na maior parte do tempo, ela cuidou de si mesma.

Lucas o puxou para um abraço apertado.

— Continue assim.

Ambos se viraram quando Rowan soltou um grito, se desvencilhou de Marg e correu para o homem que andava devagar até a plataforma.

— Eu disse pra esse filho da mãe que ele só podia sair da enfermaria se ficasse deitado na cama. — L.B. balançou a cabeça ao ver Cards.

— E o Yangtree? — perguntou Gull.

— Cinquenta por cento de chance. Não esperavam que ele chegasse tão longe, então estou apostando nele. Tenho uma gelada guardada pra você.

— Então não vamos deixar esperando.

— Quer que eu peça pros policiais darem um tempo até você e a Rowan se ajeitarem?

— Melhor resolver logo. Ela precisa encerrar isso. Acho que eu também.

— Ele começou a falar coisas sem sentido — disse Cards a Rowan. — Sobre eu ter deixado o Jim morrer, sobre a Dolly. E disse… disse que a Dolly ligou pra Vicki e contou que a gente estava se pegando. Deu a entender que a bebê era minha, pelo amor de Deus. Que foi ideia dele.

— Você pode consertar isso com ela.

— Eu vou tentar. Mas, Ro, ele veio pra cima de mim. Jesus. — Ele tocou o ombro onde a picareta o havia perfurado. — O Matt veio pra cima de mim. Eu empurrei ele pra trás, ou pra baixo. Falei pra polícia que é como um filme de terror rodando dentro da minha cabeça. Eu corri. Ele tava logo atrás de mim. Acho que tava, mas depois não tava mais. Eu só continuei correndo. Me perdi até encontrar a linha de contenção, e segui por ela.

— Boa ideia.

— Não sei como ele pôde fazer o que fez, Ro. Trabalhei lado a lado com ele. Todos nós. O Yangtree… — Seus olhos ficaram marejados. — E aí ele foi atrás de você, pra morrer daquele jeito. Não consigo entender.

— Você tá exausto. Vai se deitar. Eu vou te ver depois.

— Eu amava aquele desgraçado.

— Todos nós amávamos — disse Rowan, e então Cards voltou para o alojamento.

Gull se aproximou.

— Se quiser, podemos falar com os policiais agora. A Marg tá preparando uns bifes.

— Deus é mais.

— Podemos resolver isso enquanto comemos.

Eles se sentaram a uma das mesas de piquenique.

— Antes de tudo, quero dizer que é bom ver os dois de volta, seguros. — Quinniock cruzou as mãos sobre a mesa. — Não adianta muito, mas vocês deveriam saber que, depois de alguma investigação e um pouco de pressão, a agente DiCicco descobriu hoje mais cedo que Matthew Brayner terminou o noivado recentemente e interrompeu qualquer contato com a noiva. Além disso, largou o emprego.

— Também descobri há alguns dias que ele tinha diversos troféus e prêmios. Tiro ao alvo. Várias pessoas da sua equipe têm experiência como atiradores de elite.

Rowan assentiu para DiCicco.

— Vocês estavam investigando todos nós.

— É o meu trabalho — continuou DiCicco. — Chegamos aqui para interrogá-lo quase ao mesmo tempo que ele atacou seu colega. Conseguimos convencer o sr. Little Bear a nos deixar vasculhar o quarto de Brayner. Ele mantinha um diário. Está tudo lá. O que fez, como, por quê.

— Ele estava de luto — disse Rowan.

— Sim.

Ela olhou para Quinniock.

— No fundo, ele se culpava pelo que aconteceu com o Jim. Por ter sido fraco, por ter tido relações com a Dolly, por ter discutido com o irmão antes daquele salto. Ele não conseguia conviver com isso, então teve que culpar o Cards, a Dolly, todos nós.

— Muito provável.

— Mas era mais do que isso. — Ela olhou para Gull. — Ele se apaixonou pelo fogo. Encontrou um tipo de propósito nele, e isso justificava o resto. Ele disse que deixou tudo nas mãos do destino, mas mentiu pra si mesmo. Entregou tudo ao fogo, transformando o que amava, e para o que havia sido treinado, em um castigo. Talvez tenha achado que poderia queimar a culpa e o luto, mas nunca conseguiu. Ele morreu lamentando tudo o que perdeu.

— Ajudaria — disse DiCicco a ela — se você pudesse nos contar exatamente o que aconteceu, o que foi dito e feito.

— Sim, eu posso fazer isso. Mas depois, nunca mais vou falar sobre o assunto. Porque ele já pagou por tudo. Não tem mais nada pra arrancar dele, e nada pode mudar o que aconteceu.

Ela relatou tudo como se fosse um relatório de incêndio. De forma precisa, breve, pausando apenas para se encostar no ombro de Marg quando a cozinheira colocou os bifes ainda chiando na mesa.

Ela comeu, e Gull passou a contar a versão dele da história.

— Você sabia que era o Matt quando me encontrou — interrompeu Rowan.

— O Cards só teve azar nessa temporada. Foi o *spotter* do Jim. Há de se respeitar uma sequência, seja de sorte ou de azar, mas quando se analisa tudo, parecia que talvez não fosse só uma questão de azar. Depois, o Matt não conseguiu encarar o Yangtree depois que a gente tirou ele de lá. Você tava ocupada demais para notar — acrescentou ele —, mas ele foi o único que não conseguiu olhar. Quando a Janis disse que nenhum dos três estava respondendo no rádio, foi só ligar os pontos.

Ele olhou para DiCicco.

— É isso. Não tenho mais nada pra relatar.

— Farei o possível pra encerrar tudo sem incomodar vocês novamente — disse DiCicco a Rowan. — E estou torcendo pelo seu amigo, pelo Yangtree.

— Obrigada. O que vai acontecer com o Leo Brakeman?

— Ele foi inocentado dos assassinatos e, como Brayner detalhou o tiroteio na base no diário, incluindo como conseguiu a combinação do cofre, por meio do Jim e da Dolly, essas acusações também foram retiradas. De qualquer forma, ele fugiu depois de pagar a fiança, mas, dadas as circunstâncias, estamos recomendando clemência.

— Matt não matou ele — murmurou Rowan —, mas destruiu a vida dele. Fez tudo isso pra conseguir a bebê pra mãe dele.

Quinniock se levantou.

— Um homem inteligente iria para o Nebraska e tentaria reconstruir a vida. Isso vai depender do Brakeman. Apesar das circunstâncias, foi um prazer conhecer vocês dois. Obrigado pela cooperação.

— Digo o mesmo.

Rowan ficou lá, mastigando um pedaço de bife e vendo os policiais se afastarem.

— Isso foi meio estranho no final.

— Só no final?

Ela riu.

— Você sabe o que quero dizer. Preciso passar um tempo com meu pai. Você pode vir também.

— Claro. Antes ou depois do sexo no chuveiro?

— Depois, por vários motivos. Agora, preciso dar uma caminhada. A lua tá aparecendo.

— Pois é. — Ele se levantou e segurou a mão dela.

Provavelmente seria mais apropriado, pensou ela, se tomassem um banho antes, se esperassem até que todos na base estivessem dormindo e os dois ficassem a sós.

Por outro lado, cobertos de fuligem, cheirando a fumaça e suor? Não era exatamente isso que eles eram?

— Pensei muito lá dentro do forno mortal — começou ela ao andarem rumo ao campo de treinamento.

— Não tinha muito mais o que fazer lá dentro.

— Pensei no meu pai. Em nós dois, em pequenos momentos. Nele e na Ella. Só vou admitir isso uma vez, mas você estava certo sobre minha primeira reação ao namoro deles e o motivo dela. Já superei isso.

— Você não precisa repetir, mas talvez possa anotar para os meus registros.

— Cala a boca. — Ela deu um empurrão de leve nele com o quadril. — Pensei no Jim e no Matt, em todos os caras. No Yangtree.

— Ele vai sobreviver. Tô apostando nisso.

— Eu só acredito porque ele é um filho da mãe resistente, e porque já houve perdas demais nessa temporada. Pensei em você.

— Eu esperava estar nessa lista.

— Pequenos momentos. E quando você os analisa bem de perto, percebe que podem ser fundamentais. — Ela parou e o encarou. — Então... eu quero me casar.

— Comigo?

— Não, com o Timothy Olyphant, mas tô me contentando com você.

— Beleza.

— Só isso?

— Ainda tô processando o Timothy Olyphant, me dá um segundo. Mas acho que sou mais bonito.

— Você acha.

— Não, sério. Meu cabelo é melhor. Mas, enfim. — Ele a puxou para perto, levantando-a até a ponta dos pés. O beijo não foi casual nem divertido, mas intenso, profundo e verdadeiro. — Eu ia te levar pra outro piquenique e te pedir em casamento. Mas isso aqui é melhor.

— Eu gosto de piqueniques. Poderíamos...

Ele segurou o rosto dela entre as mãos.

— Eu te amo. Amo tudo em você. Sua voz, sua risada. Suas sobrancelhas, quando crescerem de novo. Seu rosto, seu corpo, sua cabeça dura e seu coração cauteloso. Quero passar o resto da minha vida olhando pra você, ouvindo você, trabalhando com você, apenas estando com você. Rowan dos tremoceiros roxos.

— Uau. — Ele literalmente a deixou sem fôlego. — Você é mesmo bom nisso.

— Estou guardando há um tempo.

— Eu não queria me apaixonar por ninguém. É tão complicado. Tô tão feliz que foi por você. Tô tão feliz por te amar, Gulliver. Tão feliz por saber que terei uma vida com você, um lar, uma família com você. — Ela pressionou os lábios nos dele. — Mas quero uma cama maior.

— Do tamanho que quiser.

— E onde a gente vai colocar ela? Quero dizer, depois da temporada.

— Tenho pensado nisso.

Naturalmente, ela pensou.

— É mesmo?

— Primeiro, acho que devo tirar a minha licença de piloto. Vamos viajar bastante entre Montana e Califórnia.

Ele entrelaçou as mãos às dela, e, como ela viu o pai fazer com Ella, balançou os braços de forma brincalhona.

— Talvez a gente encontre um lugar no meio do caminho, mas tô de boa em ficar aqui na maior parte do ano.

Ela inclinou a cabeça.

— Porque Missoula precisa de um fliperama para famílias?

Ele sorriu, beijando os nódulos dos dedos dela antes de voltarem a caminhar.

— Tenho feito algumas pesquisas quanto a isso.

— Eu realmente te amo — declarou Rowan. — É meio surpreendente.

— Eu sou um partidão. Muito melhor que o Olyphant. Onde vamos morar é apenas um detalhe. Vamos resolver isso.

Ela parou e, confiando neles dois, entrelaçou os braços ao redor do pescoço dele.

— Vamos resolver isso — repetiu.

— Ei! — gritou L.B. do outro lado do campo. — Achei que vocês gostariam de saber que o incêndio foi contido. Pegaram a besta de jeito e estão apagando tudo.

— Vai, Zulies! — bradou Gull de volta.

Ela sorriu para ele. *Mais boas notícias*, pensou. Logo iriam contar as novidades para o pai, para a família deles.

Mas, por agora, ela havia encontrado o próprio fogo e queria caminhar um pouco mais, compartilhando o calor dele, apenas com ele, sob a lua despontando no céu.

Este livro foi composto na tipografia Minion Pro,
em corpo 11/15,2, e impresso em
papel off-white no Sistema Cameron da
Divisão Gráfica da Distribuidora Record.